U0460151

东明兄弟

DONGMING XIONGDI

张国东 著

小镇兄弟的逆袭之路

让梦想飞上天

河北出版传媒集团

花山文艺出版社

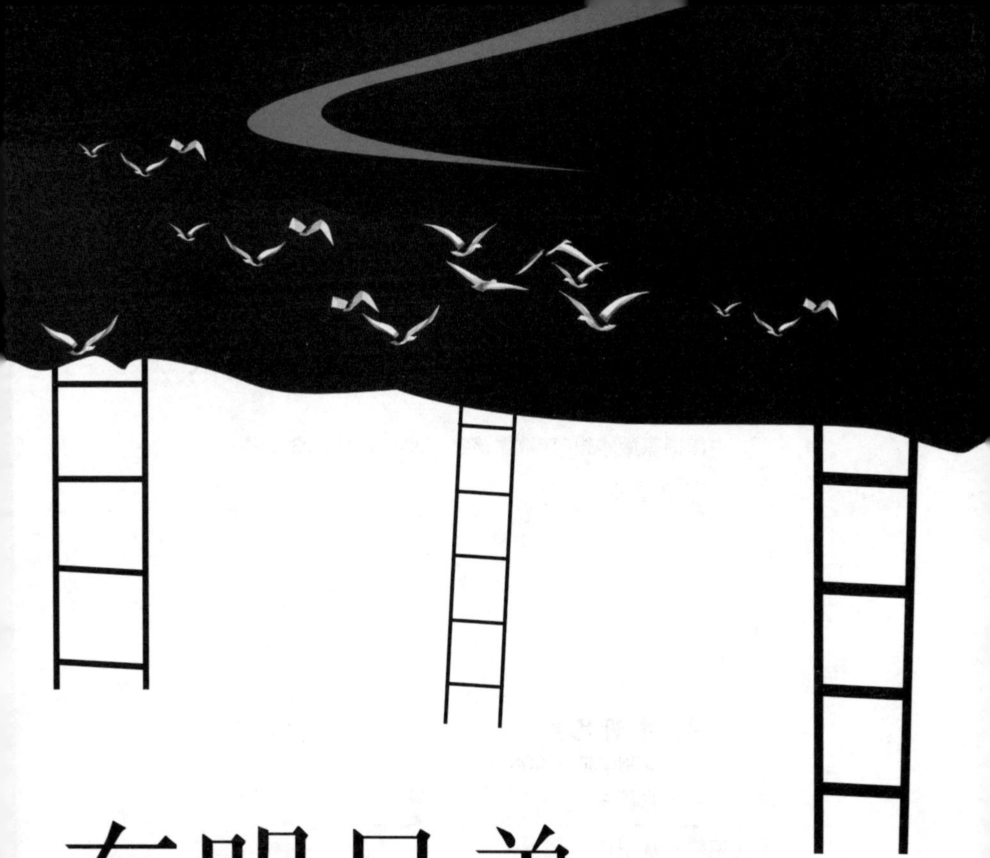

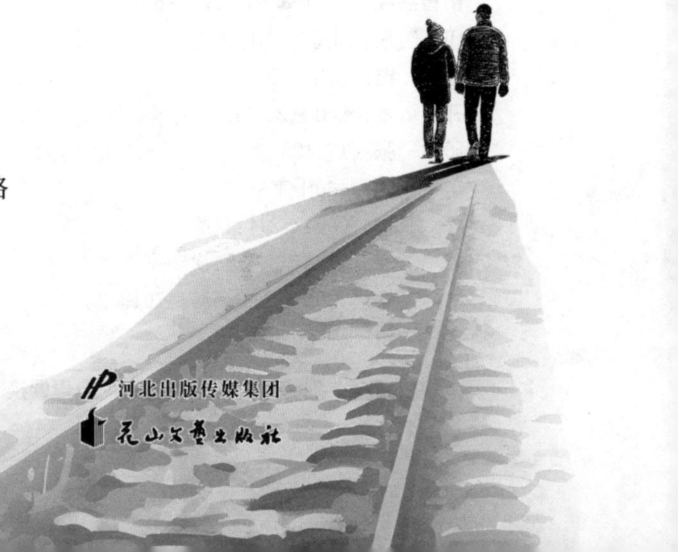

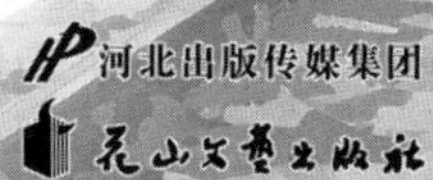

图书在版编目（CIP）数据

东明兄弟 / 张国东著. -- 石家庄 : 花山文艺出版社, 2024.3
ISBN 978-7-5511-7019-2

Ⅰ. ①东… Ⅱ. ①张… Ⅲ. ①长篇小说—中国—当代 Ⅳ. ①I247.5

中国国家版本馆CIP数据核字(2024)第014103号

书　　名：东明兄弟
DONGMING XIONGDI
著　　者：张国东

责任编辑：郝卫国
责任校对：杨丽英
美术编辑：王爱芹
出版发行：花山文艺出版社（邮政编码：050061）
（河北省石家庄市友谊北大街330号）
销售热线：0311-88643299 / 96 / 17
印　　刷：北京一鑫印务有限责任公司
经　　销：新华书店
开　　本：880毫米×1230毫米　1/32
印　　张：17.125
字　　数：460千字
版　　次：2024年3月第1版
2024年3月第1次印刷
书　　号：ISBN 978-7-5511-7019-2
定　　价：69.80元

目 录

Contents

第一章　告别小镇

一

暖暖的太阳刚刚睡醒，揉揉双眼照亮大地，照亮平西矿区的西梁小镇。在车站附近有一条街道，从东头走到西头大约要半个小时，街的两侧随处可见庆祝香港回归的标语。东明家的早餐店就在街中央南侧，仅仅一间门面房，屋里有两张餐桌，店门前还摆了一张。

慢慢地，太阳完全露出了笑脸，流露出火辣辣的激情。街上的行人也陆陆续续多了起来，有学生，有做生意的，有赶早市的，有闲逛的。东明兄弟照常帮着父母开始了一天的忙碌，对于兄弟俩来说，最让他们羡慕的就是那些背着书包的学生了。哥哥十六岁，弟弟八岁，就莫名其妙地被剥夺了上学的权利，做起了成人的活计。东明忙里偷闲地朝街上张望，当眼神不由自主地落在花枝招展的妙龄少女身上时，才清晰地意识到自己已是一位朝气蓬勃的青年。

"包子、油条、胡辣汤……大姐，请到屋里坐。"老张一边炸油条一边吆喝，还时不时地招呼客人。东明赶紧盛饭、上包子、夹油条，小弟明明在一旁洗碗刷筷。最轻松的要数收钱的老板娘——张夫人了。不、不、不，还有一个更轻松自在的，那就是躺在摇摇车里不满一周岁的婴儿，一副大老板的神态。这会儿小家伙儿倒挺乖，要是他哭闹，明明就会被临时调换岗位，推着车去哄孩子。这一点儿事情，恐怕也只有明明一个人喜欢去做，这样就可以暂时离开那脏兮兮的碗筷。

“给我拿两个包子。”一位短胡须的中年男子背着大包，一边说着一边递过两枚硬币。东明从蒸笼里拿出两个热气腾腾的包子，装进袋里递给他。张夫人接过钱，片刻间又迟疑了。她看到男子左手牵着一只老猴儿，老猴儿背上驮着一只小猴儿，小猴儿手里攥着一面紫荆花红旗。就在此时，小猴儿跳了下来，老猴儿居然直立起身，做着恭喜发财的“手”势。见此情形，张夫人又把钱还给他说：“你的猴儿真机灵！”

“那当然！老板娘发财、发财、发大财！”男子欣喜之余连连恭贺着。

这男子无疑是沿街耍猴儿的，以此讨些碎银，他品尝着免费的早餐朝街的斜对面走去。看到猴子，明明突然有了兴致，在心里琢磨着：猴儿妈妈呢？是不是在家照顾更小的小猴儿？

这是街上最热闹的时候，来小吃店吃早餐的人络绎不绝。老张浑身上下都透着沉稳的气息，头发被油烟熏得稀疏发亮。他这会儿忙得不可开交，无暇顾及太多。没有专门的地方洗碗，就在店门外用水桶和盆子将就着洗洗。这夏季还好，倘若是在冬季，虽说也兑了热水，可一会儿便凉，再有冷风吹着，双手还是难免要皲裂。明明先把残羹剩饭倒进泔水桶，然后在清水桶里洗头遍，捞出来放到盆里再涮一遍，清洗完毕后，一个一个摞起来叠放在方凳上。这种工作，若是大人在做，肯定是稳拿，可换作像明明这样的孩童，万一分了神，那可就……这不，他的眼神贼溜溜地飘向了斜对面，拐着弯儿地绕过晃来晃去的看客，从攒动的人影中钻了进去。他看到了，猴儿戏开始了。只见男子从包里拿出金箍棒抛向空中，老猴儿一个跃身接着，随铜锣声挥动起来。凡是猴子，都要沾点儿“齐天大圣”的光，以这般武艺为荣耀。虽然棒子总是掉落，但还是赢得了喝彩，猴子兴奋地连翻几个跟头。男子又拿出圆木，上面放一块木板，让猴子表演起平衡杂技来了。

“咔嚓……咔……嚓……”一阵清脆的响声把明明的魂儿拽了回来。是乐器的声音吗？当然不是！糟糕得让人始料未及的情况发生了——就在他摞碗的时候一不留神，十几个碗失去重心摔碎在地上。是怪自己呢还是怪猴子？这都不重要了，祸事已出也就无法挽回。

“怎么了，怎么了，这是怎么回事？”张夫人大吼大叫地从屋里走了出来。

“我……我……”明明支支吾吾不知所措。

“你看看！你看看！”张夫人指着满地的碎片，“上个星期你打碎了两个碗我还没跟你算账呢，这下好了，打破纪录了！”

“老板娘，收钱——”屋里有顾客喊道。

“你等着，等我忙完了再收拾你。”她说罢便走开了。

油锅里冒出滚滚青烟，老张两手捏着面团儿站在那里默不作声，疑惑是看错了还是听错了。东明见状三步两跳来到近前，急忙捡着碗碴儿，并安慰弟弟说：“没事，别怕，有我呢。”

此刻，所有人的目光都齐刷刷地从四面八方射向明明。他神情恍惚地用双手像笤帚一样扫着碎片，以为那双手是铁做的，慌乱中觉得左手食指疼了一下。东明站起身跑到里屋，抱出来十个备用的新碗，想掩饰这一切，却又不像烂了个鸡蛋，随手扔进垃圾桶那么简单。哦——烂鸡蛋，自打那次张夫人在垃圾桶里发现烂鸡蛋后，每天必做的事情就是数鸡蛋，她可不想让鸡蛋无缘无故地再烂第二个。明明也是记住了那一擀面杖的教训，也记住了张夫人那冰冷的脸。

吃早餐的人慢慢散去，临近中午的时候，张夫人像法官一样端坐着，两条眉毛可以拧成一股儿绳。她把明明叫到跟前，开始训斥：“不是我说你，你那两只手又不是猪蹄儿，有那么笨吗？你算算，

一个碗两三块钱，十几个碗要几十块钱了，我要卖多少包子、油条才能赚回来呀！”她冷笑了一声，“不是我这做后妈的心狠，是你太不争气，罚你三天不要吃晚饭了，省点儿钱好去买碗！”她明知三顿饭钱顶多了买两三个碗，可她还是要这么说这么做。

老张和东明伫立一旁，满脸的无奈。老张憋足了劲儿才挤出一句话:“行了，差不多了，我去做饭给你们吃。”

“吃、吃、吃，你还有脸说吃饭，也不管管你儿子，看他干的好事！你就是做好了饭，老娘也吃不下！”张夫人吼道。

老张听了只得迈着小碎步，摇摇头咧咧嘴朝后屋走去。东明也随即走开，相信弟弟能扛得住，但心里却不是个滋味儿。正在这时，摇摇车里的娃娃“嗯啊”一声响，这是在给妈妈助威呀！

“把手伸出来！”后妈吼道。明明感到左手食指黏黏的，就伸出了右手。后妈拿起擀面杖，利索地啪啪就是两下。明明没有躲闪，这已经不是第一次了。“把左手伸出来！”后妈再次吼道。明明无奈之下，只得伸出了左手。当后妈看到他手指上的血渍时，迟来一句:“擀面杖也是有情的。”接着，她把擀面杖高高举过头顶，缓缓落在明明的手心，轻轻点了两下。

太阳的余晖还眷顾着小镇，忙碌了一天的人们开始享受傍晚的清闲与安逸。可明明心里却丝毫不能平静，不是因为摔碎了碗，也不是因为挨了两擀面杖，他是越发地想念亲生母亲了。虽然记不清妈妈的模样，但毕竟有两年是在妈妈的呵护下成长，那怀抱的温暖仿佛还未消散。记得起的记不起的大事小事都已成为过去，找不回了，再也找不回那无微不至的呵护了，再也不能坐在妈妈的脚面上听那婉转的童谣了。夜幕降临，明明饿着肚子躺在床上，直盯着天花板，眼光似乎能够冲破屋顶冲向夜空，借着点点星光望见母亲的脸庞——是那样的慈祥。

兄弟俩，不、不！应该是兄弟仨，不能因为联系不到，就把鲁明大哥给忘了。后屋分成两小间，老张和老婆一间，兄弟三个一间。鲁明没走的时候，三个人睡上下铺。大哥睡上铺，东明和明明睡下铺。可如今，睡在上铺的不是鲁明，而是东明。他轻脚走进房间，在床边坐下，拿出一个包子递给明明，那是他藏在衣袋里的，"白骨精"没有看到。兄弟俩总是暗自称后妈"白骨精"，"白"是说她确实白，"骨"是说她消瘦如柴，"精"不免有厌恶之嫌了。

"我不吃，就让我饿死算了！"明明懊恼地说。

"你不能这样，难道你不想离开这儿吗？"

"想，我想马上就离开！"明明一下子精神旺了，锐声答道。

"那你先把包子吃了。"

明明深吸一口气，咬咬牙啃了起来，包子还未完全进肚，就脱口而出："我吃完了，我们走吧！"

言者无心，听者有意，东明无意中说的话触碰了弟弟幼小的心灵。此时，应该稳住弟弟激动的情绪，东明平心静气地劝解说："不，我是说以后……想要离开，你必须听我的，今天晚上好好睡觉，等我想好了再告诉你。"明明看了看哥哥凝重的眼神说："好吧，听你的。"过了一会儿，他突然间想起了大哥："我们去找大哥吧。"东明眉头紧锁："不知道他在哪里，怎么去找？他都走了一年多了，连个信儿都没有。"

老大、老二是男孩儿，老张当年就巴望着明明能是个女孩儿。每当听到后院那个小丫头"伯伯、伯伯"地叫他的时候，心里就发痒，痒了好几年，也酝酿了好几年。最终决定了，老婆怀上了，可生出来才知道，天——不遂人愿。鲁明比东明大一岁多，做事果断，没有多余的话，没有多余的动作，前一天跟东明说了一声："我要走了。"第二天便不见了踪影，什么也没带，似乎是空着手走的。老张是连一句话都没得到，儿子便像一团水汽蒸发了。后妈就更别提了，在她与鲁明碰面的那一年里，彼此没有递过话。鲁明只知道她

是爸爸的一个女人，别的都无所谓存在与否。鲁明在后妈面前的沉默犹如核武器，在她心中裂变了一年，他走了她才心静。唯独明明始终觉得大哥是在跟他捉迷藏，不知道他藏在哪里，猜不出找不到，等到自己也要走了，才意识到那不是儿戏。找不到大哥，兄弟俩只能另寻去路。离开？离开小镇？离开爸爸？离开早餐店？离开了又能去哪里？任凭兄弟俩使出浑身解数又能做些什么？东明心中茫无头绪，不能草率地说走就走，要有个更为充分的理由，不能为之感到后悔。他是有心思的，他的心思爸爸赞同了，后妈还是要阻止的，即便如此也要表明——是时候了——哪怕换回的只是她的冷漠。

屋子里坐着三个人，沉闷的空气熏透了心肺，惨淡的光线照不见脸上的阴云。东明揉捏着手指，有些发烫了："爸，我觉得饭店应该有更大的发展，餐饮业前景广阔。"老张听后低头看了看脚上的一双鞋，把鞋带松开，像是松开了心中的焦躁，而后慢悠悠地重新系好，嘴上却没发话。后妈嗑着瓜子，跷起二郎腿，冷不丁地咳了两声。三个人的谈话不应该是东明独唱，两位大人不理不睬的态度抹杀着他的心志，把他的远见遏制在摇篮里。他心中灼热如同火焰：难道不对吗？我已经不是小孩子了！他心里想着，正要重复那句话的时候，听到了"白骨精"的声音："唉——说得倒好听，什么发展啊壮大啊？还'前景广阔'，让那些阔人去阔吧，我们这些平民老百姓能过个安稳日子就很不错了，我可不想到头来连个小吃店也没了，三年的心血全都搭进去。"老张依然低着头，瞧那笨拙的手指，怎么把鞋带打了个死结，他要解开这个结，一定！"白骨精"起身盯着老张，有点儿愀然不乐了："我说，老张，你别再倒腾你那鞋带了！行吗？你要是觉得无聊就嗑嗑瓜子。"她把剩下的半袋瓜子放于老张脚边地上接着又说，"老张，醉仙楼是镇上最大的饭店吧？刚开业的时候是挺红火，可热闹了不到一年就冷清了。现在呢？呵呵，我老远就看见那门上贴了一张大红纸，上面写什么来着？你是知道的！”这事儿跟系鞋带有关系吗？“啊？哦，写着‘停业’……‘转让’……”老张拽着鞋带漫不经心地敷衍道。“白骨精”拍拍屁股，把眉毛皱拢去苦笑着说：“你俩慢慢畅想吧，我去睡觉了。”她回里屋了，剩下父子俩。老张总算是解开了死结，又一次系好了鞋带，真是不容易啊！他抓了一把瓜子递给东明说：“来，什么也不说，跟爸一起嗑瓜子。”瓜子嗑完，散会了。

夜已深人已静，窗外传来阵阵蛙鸣，明明辗转反侧难以入睡。哥哥醒来发现弟弟不在下铺，便忽地起身跳下床，光着膀子穿上拖鞋走出房间，心里嘀咕着：他不会走远，一定就在附近。趁着朦胧的月光，在不远处的铁轨上有一团黑影——是他，一定是他！东明稳步走上前去，并肩坐下，和蔼地说：“怎么一个人坐着，也不叫我？”

“想让你多睡一会儿，明天好有精神带我离开这鬼地方，就算她不打我、不骂我，我也要离开，我不想每天都洗碗、洗碗、洗碗！长大了跟你一样卖包子……我要上学，我要上大学……我要发明一种药，能治所有病的药！”

东明知道弟弟心里怎么想：要是人间真有那种药，妈妈就不会一病不起，不会永远地离开了。“哥知道，你是想妈妈了。”说着，他把弟弟揽在怀里。

后妈也并非心狠手辣的女人，自从有了自己的娃娃之后，才对明明越来越凶了，但对老张还算贴心，这也是兄弟俩迟迟没有离开的原因。更何况，开小吃店的钱都是她出的，都说她不能生孩子，跟了老张之后，居然生了一个男孩儿。老张的结发妻子自幼多病，生了鲁明和东明后又得了头痛病，补脑液和头痛粉是家里常备的药。老张不能安心地去劳作挣钱，别人家的房子变成砖墙的时候，他们家还是土墙。

想要顾全大局，兄弟俩就不能出走，一旦离家出走，大局必乱。

东明顾虑的是弟弟，他尚年幼，怕带他走后经不起艰难困苦，可丢在家里又担心后妈会虐待他。

“哥哥，我们不能待在这里，我们要去找一个属于我们自己的地方……那里没有吵闹，没有垃圾，有一座山，有一条河，还有树木，还有学校。”

“你是在做梦吧，那是你心中的理想之地吗？”

“理想之地？是的！是理想之地！一定能找到的！”

“我们走了以后，没有吃的，没有住的，你会后悔吗？”

“不后悔！就是被野兽吃掉我也不后悔！”

东明早就酝酿好了，只是在拷问弟弟的决心。预想着将来要吃的苦要受的罪，又想起病逝的妈妈，不由得眼角已有泪珠滑落，弟弟却浑然不知。月光下，只有兄弟俩亲密的身影，沉寂的夜里，听不到一丝虫鸣声。遥远的矿灯跟夜幕下的星光连成一片，以至于分不清哪些是灯哪些是星。

第二天早上，东明一家跟往常一样忙碌着，丝毫看不出曾经发生过什么，也猜不出将要发生什么。平静的水面下隐藏着暗流，一个秘密的计划正在悄然进行。小吃店只卖早餐，只有饭时过了，才轮到自己吃饭。中午，老张和老婆，还有他们的娃娃在睡午觉。东明和弟弟在小屋里准备行李，衣服只带夏天和秋天的，要轻装上路。“牙膏、牙刷要不要带呀？”明明幼稚地问。“你平时刷过几次牙？怎么这时候想起来啦？”哥哥笑了笑接着说，“只用带一个水杯，一条毛巾就好。”无意中，东明听到有金属掉落的叮当声，他从地上捡起一枚一元钱硬币，翻转时发现硬币的两面都是正面，没有背面。硬币肯定是特制的，只是从未听鲁明大哥说过从何而来。东明这才恍然大悟：怪不得大哥跟明明玩抛硬币时，大哥总是猜正面。东明觉得很有意思，就找来胶水，把这枚硬币和另外一枚硬币的正面牢牢地粘在一起，像是跟大哥背靠着背，心连着心。除了衣服和日用品，东明还不忘带上两个“宝贝”——字典和词典。兄弟俩没钱买书，也借不到书，有的只是东明上小学、初中时的课本，他几乎可以倒背如流。上学期间，东明也曾从同学那里借到一些课外书。最多的是鲁迅的著作，虽然看得不大透彻，但孔乙已和阿Q等鲜活的人物形象，总能从身边找到他们的影子，不知有多少不知道阿Q的人用阿Q精神胜利法麻痹着自己。除了鲁迅的著作，就是名家的选集了。东明无比怀念学校生活，可那已成过去，他能做到的就是精心珍藏用过的课本。前些日子，他偷偷地买了一本《钢铁是怎样炼成的》。第二天，就被“白骨精”发现了。她大叫：“你想大炼钢铁呀！”面对无端的质问，东明啼笑皆非。为了轻装上路，也只能带两个宝贝了，什么都可以停，唯有学习不能停。至于别的书，随后妈处理吧。她肯定会把书连同纸箱一股脑儿卖给收废品的，然后再由废品站卖给造纸厂，最后被熬成纸浆做成别的纸制品，似有一种“寿终正寝”或者“落叶归根”的意味。

人生行事，犹如抛出的硬币，落下之前，很难猜得准是正面朝上呢还是背面朝上。东明把事情简单化，简单到一反一正的选择。他抛起硬币，那硬币转动着在空中翻滚，似乎带有银铃般的响声。响声中，周围的一切都静了下来，只有硬币在翻滚。硬币落下，正面朝上——是真真正正的正面朝上。走！离开！就是这么简单，无须顾虑重重。去往一个可以实现理想的地方，不知道是哪里，也不管是哪里，都要迈出这人生的第一步，为理想而奋斗的第一步，没人能阻止得了，也没有困难能吓得住他——决心已定！

晚饭，明明没有去吃，他知道哥哥肯定准备好了。事实确是如此，东明早就在柜子里藏好了两个包子。

又到了深夜，跟昨天一样的夜深人静。东明打开门缝，探出头来，竖起耳朵，听不到爸爸屋里的动静。兄弟俩背上行囊，悄无声息地离开了房间，这次不见的是——两个人。他们在屋后的槐树下

停了下来，东明蹲下身子，扒开碎石和杂草，在树根旁挖出一个塑料袋，打开来，里面有三百元钱和两张纸。他把《钢铁是怎样炼成的》用塑料袋包好“葬”于树根。黛玉葬花，东明葬书——牵强的联系，东明并不觉得牵强。他对自己说：“我这不是行为的造作，只想用一种形式来呈现我的抉择，这是不同寻常的一天，是我人生转折的第一步，是值得纪念的。”从他脑子里蹦出的最简单的做法就是把那本后妈所谓的炼铁的书埋藏起来，兴许二十年后真就变成一块钢铁呢！他又对弟弟说：“让这本书留下，它会见证一切的！”明明默不作声，尚未懂得哥哥的心思，只觉得这是一件很神秘的事，就像童话里的魔法棒给石头施了魔法，石头瞬间变成金子一样。明明倒是希望在他饿的时候，书本能变成一张可以吃的油饼。呵呵！天真无邪的童心啊！能留得光阴多少年？

皎洁的月光洒下，在宽阔的公路边上有一长一短上下动的两个身影。兄弟俩马不停蹄，他们要在天亮之前赶到二十里外的村边跟妈妈告别。哥哥背着大包（那是妈妈生前用过的背包），弟弟背着小包（东明上小学时用过的书包），跑得累了就快步走。过了一个多小时，明明有些气喘吁吁了。东明卸下他的书包拎在手里，放慢脚步，递给他一杯水说：“喝点儿吧，坚持住。”

快了，快要到了，借着月光，已经隐隐约约可以看到久别的村庄。刚到下路口，明明早已按捺不住激动的情绪大声呼喊着：“妈妈——妈妈——我们回来了！”他很清晰地记得妈妈安睡的墓地，就在不远处的田边。他全然忘却了一路的劳累，箭一样飞奔而去，扑倒在坟前。“妈妈……妈妈……”他嘴里喊着，手上扒着。东明也踉踉跄跄跟了上来，放下包袱，看到丛生的杂草就拔了起来，显然是很长时间无人打理了。他用力过猛，划破了手指也感觉不到疼痛。兄弟俩顿觉两只手不太够用，但还是三下五除二平出了一块空地，并肩跪下。东明说着最最纯真的心里话：“妈妈，请您原谅我们，现在才来看您，请不必为我们担心，我们很好，虽然没有以前那么开心快乐，但至少衣食无忧。可是，我和弟弟还是要离开，去我们想去的地方，哪怕吃再大的苦，受再大的罪也不会有怨言……”哥哥的话音未落，弟弟便接着说：“妈妈，您知道吗，您最喜欢的手镯被后妈拿去了。有一次，我看见她戴在手上，后来不见了，被她藏起来了……妈妈，您放心吧，等我长大了，会给您买世界上最漂亮的手镯。”明明念念不忘哥哥给他讲过的关于手镯的事：那是妈妈留下来的，后来被老张给了他们的后妈。

是困了，也是累了，兄弟俩偎依在妈妈的坟前小憩一会儿，夜空中仿佛有一种声音在回荡：

妈妈啊妈妈，您可知道，
没有您的日子是多么煎熬；
妈妈啊妈妈，您可知道，
兄弟俩将要踏上征程，去往那未知的远方。
风飘飘雨洒洒，
妈妈万千牵挂，孩儿无以报答。
山绵绵水茫茫，
叫一声：“妈妈啊，请为您的孩儿护航！”

黎明的曙光即将驱散黑夜的沉寂，东明拍了拍弟弟说：“天快亮了，给妈妈告个别，我们该走了。”兄弟俩重新振作精神，背上行囊踏上征程，他们三步一回头。明明再一次喊道：“妈妈——我们会回来的，还会再回来的……”

二

东明兄弟来到县城火车站，他们想尽早尽快地去往最远的地方。在他们的意识里，火车总比汽车跑得远跑得快。车站售票和候车在一个大厅里，大厅有正门和偏门。东明虽然不喜欢旁门左道，可这一次他决定从偏门进入，因为在他们前面有几位少男少女拉拉扯扯地走向正门。在距离偏门十几米的时候，传来一阵火车的轰鸣声。“快！火车进站了！”东明喊着拉住弟弟便朝偏门直冲过去，只听得砰的一声。这是怎么了？撞到什么了吗？东明顿时觉得两眼直冒金星，弯下腰捂着额头。

“哥哥，你怎么了？”

“我……我没事……”

原来这偏门不是门，而是一块两米多高的玻璃，东明用脑壳撞上去，居然没碎——真够结实！擦得真够透亮！那撞击声从额头直接传到耳膜，这一撞赢得了旁人的嗤笑，也赢得了身穿制服的警务员的关注。东明觉得鼻尖有些生疼，伸手摸了摸，还好没出血，停了片刻才缓缓地直起腰。“制服先生”背着手走过来呵斥道：“嘿！你们俩跟我过来！”东明心想：这下肯定完蛋了，要被逮起来了。没想到啊没想到，这刚一出门就来了一个“碰壁”。兄弟俩磨磨蹭蹭地被带到警务室，制服先生开始审问了：“你们是干什么的？”

哥儿俩像罪犯一样耷拉着脑袋。“我们……去外地……打工……”东明的话在嗓子眼儿里打转。

“大声点儿！”警务员一声怒斥吓得明明连忙抓住哥哥的手，手心黏黏的有些冒汗。

“我们去打工。”东明重复了一声。

“打工？打童工？看你们俩也干不出什么好事，没把玻璃撞碎算你幸运，要不然，你赔都赔不起。你站在那里也那么高了，怎么还往玻璃上撞？难道你不知道玻璃是透明的吗？”

“是，是透明的，透明的……”这声音恐怕也只有他自己听得到了。

“你们俩把身份证拿出来。”

东明从口袋里摸出那两张纸条递给警务员，那可是他们身份的唯一凭证——两个人户口簿的复印件。

“还没有身份证吧，你拿这个有什么用？跟父母吵架了，要离家出走？”

“不是，我们……”

“不是？我看就是，小小年纪就不听话了，父母说你们几句，就得竖起耳朵听着，有什么好憋屈的！你们跑出来，万一出了什么事儿咋办？赶紧回去吧！”警务员敲着桌子教导。

“我的证件。”东明憋足了勇气说。

警务员觉得他们幼稚得无药可救，只是嗤之以鼻地笑了笑，不屑一顾地顺手将两张纸条甩给东明，拉长了嗓门儿说道：“喏，你的，还给你，回去吧！”

两个人垂头丧气地走出警务室，走出大厅，离开车站。东明的意志并未因此而泯灭，只是放弃了买票坐车的打算，准备徒步前行。他们沿着铁路一直走着，似乎永远也走不到尽头。已经离县城很远了，没人会注意到他们，于是便坐在铁轨上歇歇脚。

此时的小镇上依然人来人往热闹非凡，唯有老张家的小吃店紧闭着门，上面用粉笔写了“家中有事、暂停营业”八个大字。东明虽然看不到，但也预感到会有这样的事情发生，心中有些自责和愧疚，是因为自己给家里带来了变故，更不应该带弟弟出来，他尚年幼。可不这样做，父母会为了他们而改变自己的做法吗？东明别无选择，不想让青春年华在包子和油条之间消逝，没有回头路可走，

毅然决然地勇往直前。

并行的两条铁路延伸到旷野，延伸到远方，东明兄弟就像依附在铁轨上的两只小蝌蚪。东明看了看弟弟问道：“你怕吗？”明明心直口快地回答：“我不怕。”哥哥接着又问：“你往前面看，有没有人？”

“没人。”

“你再往后面看，有没有人？”

明明站起身环顾四周，空无一人，他摇摇头说：“前面后面，左面右面都没人。”

“来，坐下来，哥哥再问你，你真的不怕吗？”

“有哥哥在，我什么都不怕！”

“假如有一天，我不在你身边了，你怎么办？”

“那我就哭，大声地哭，哥哥听到了，就会回来。”

弟弟对哥哥的依赖反而让东明心里有了一些慰藉，他关切地问：“饿了吧，想不想吃点儿东西？”

“等我肚子叫的时候再吃。”明明摸了摸肚子，然后站起身，伸开双臂，沿着铁轨小心翼翼地走起平衡来了。

东明拿起石块敲打着铁轨，敲一会儿扔掉再换一块。“让我来听听有没有火车开过来。”东明自言自语地掷出石块，两手扶在铁轨上，将耳朵贴在手背上仔细地听——还是没有声音。

“哥哥，你能听得到吗？”弟弟看到不解地问。

“只要有火车开过来，能听到的，这叫千里传音，只是现在还没有。”

“我也来听听。”明明学着哥哥的样子去做，过了几分钟……

“有了！有声音了！”听到弟弟的惊叫，东明拿开手，将耳朵直接贴着铁轨去听，好像是有声音了。

他们直起身极目远眺，果真有一列火车徐徐开来，近了，更近了……两个人撤到安全地带，看着火车呼啸而过，留给他们的是满脸的茫然若失。火车尾风卷起白色的塑料袋飘向空中，欢快地舞动着，久久不愿落下。没有生命的袋子被风赋予了灵魂当然是高兴的，反衬得兄弟俩“失魂落魄”了许多。他们漫无目的地沿着铁路继续前行，多想飘一飘啊！可脚底板实在太沉重了。过了两个小时，又有一列火车经过，不知坐在车厢里的乘客有几人看到了铁路边那两个孤苦伶仃的身影。东明始终觉得是在原地打转，就在他极度惆怅的时候，不远处的铁轨多出一条，那是交叉口，临时停车的地方，终于有了一线希望。他们朝着道岔儿走去，找到一处隐蔽的窝槽，静静地候着，准备“守株待兔”。这里是矿区，会有装满煤炭的火车开往外地，但愿有一列在此停留。

又是两个多小时过去了，还是没有煤车的影子。明明有些按捺不住了：“哥哥，会有火车开过来吗？”

“我们今天就在这里等，要是没有，就睡在这里，明天早上再走。”

已经时过中午，兄弟俩饿得肚子咕噜直叫。东明拿出两个包子、两根油条和一杯水，第一次野餐生活开始了。虽然没有美味的佳肴和酸甜的饮料，可兄弟俩还是吃得津津有味，不为吃饱，但求不饿。心满意足后，明明跑到一根断了半截儿的水泥柱旁小个便，即将方便完毕时，远处传来了火车的轰鸣声，一列满载煤炭的火车缓缓驶向岔儿道。

“哥哥，火车来了！火车来了！”明明大喊。

火车驶出主干线，慢慢地，慢慢地在道岔儿上停了下来，这即将成为东明兄弟的“专列”。大约过了半个小时，一列客车呼啸而过，原来是煤车在给客车让道呀。机会不容错过，赶紧行动，没有铁道游击队员的身手也要爬上去。车厢不是长方形，而是上宽下窄的梯形，在车厢底部的夹角处，可以容下几个人，车厢底距离地面仅有半米来高，爬上去很容易的。东明先上，然后把弟弟拉上去，他们的行动没人发现，坐稳了靠在车厢上。又过了半个多小时，他们的专列开动了，驶向主干道。东明望着小镇的方向默默地说了一声：“爸，请您多保重，我们走了，等以后再回来看您。”

就这样，兄弟俩坐上火车走了，背上行囊带上心愿朝着他们的理想之地走了。

铁道两旁的树木、房屋从眼前掠过，就知道，他们离小镇越来越远。渐渐地，所有能看到的景象被灰蒙蒙的暮色所笼罩，百米开外，也就剩下了影子；渐渐地、渐渐地，灰蒙蒙变成了黑漆漆，夜色吞噬了所有，吞噬了铁轨、火车，还有东明兄弟。这是一个不眠之夜，月光有些暗淡，兄弟俩坐在运煤车上。东明不敢睡觉，也不能睡觉，万一睡着了掉下去，那可就没命了。弟弟困了就靠在哥哥身上打个盹儿。他们带的食物不多，只有在忍不住饿的时候才吃一点儿，这会儿两个人不饿也不困。

“我们来唱歌吧，唱你喜欢听的《外婆的澎湖湾》。”东明拍了拍弟弟的手说。

“好啊！”明明说着便唱了起来，“晚风轻拂澎湖湾，白浪逐沙滩，没有椰林缀斜阳，只是一片海蓝蓝……”

火车急促的咣当声被悠扬的歌声所淹没，他们唱完一遍再来一遍，孤寂而又漫长的黑夜在歌声中消逝。他们竭力地让自己忘掉时间的龟速，盼着朝阳带来的希望——相信！难熬的一夜很快就会过去！

终于，天亮了，火车慢了下来，左看右看有十几条铁路并行交错。火车进站了，停在较远的铁轨上。这时四下里无人，即便是有人也不会搭理他们，自打上了火车，就意味着后果自负。他们幸运地安全地到站了，两个人抖了抖蜷缩一夜的双腿，跳下专列，蹒跚地越过一条又一条铁路线，朝着南面有高楼大厦的地方走去。

在一栋楼房的背面，兄弟俩停了下来，坐在一块废弃的大理石板上。东明拿出两个包子半杯水，就剩这点儿吃的了。等他们吃完早餐，继续前行，没走多远，看到一处围墙有些坍塌，不足两米高。要是绕着走不知要绕到什么时候，倒不如走捷径翻过墙去，火车都爬上去了，这断壁残垣算得了什么。兄弟俩停下脚步，准备翻墙而过。

他们走过去放下行李，打量了一会儿。而后，弟弟踩着哥哥的肩膀趴在墙头上打探，这是街角的僻静处，早上很少有人到此。明明轻声地说："哥哥，没人。"

"来，你先下来。"接着，东明爬上去，骑在砖墙上，依次接过背包和书包丢到围墙的另一侧。然后，拉住弟弟的手，费了九牛二虎之力才把他拽上墙头。"你先坐稳了，别动。"东明说完矫健地跳了下去，站稳并举起手。弟弟也趁势一跃而下，扑在哥哥的怀里。对于东明兄弟来说，市区与火车站也就一墙之隔，他们越过了。

人与人之间又何尝不是一"墙"之隔呢？两个陌生人站在一起，互不侵犯互不理睬，每个人都为自己筑起了一道心墙，难以突破，难以逾越。东明兄弟只是翻越了一道砖墙，迈出了第一步，可今后，还有更多的山墙、水墙、火墙和心墙等着他们。

第二章　广场上

东明兄弟沿着街道往前走，第一次来到大城市，一切都是那样的陌生而又新奇，整个西梁小镇也比不上这里一条大街的繁华。街上行人越来越多，有的散步，有的遛狗，有的练拳，有的赶路。兄弟俩仰望摩天大厦，数了三遍还是数不清到底有多少层。最让他们惊讶的是——狗，居然穿上了马甲扎上了头花，真是人模狗样了；最让他们疑惑的是——挂着洗头城、洗脚城招牌的门店，难道大城市的人洗头洗脚还要到这城中之“城”吗？大城市就是大城市，他们的休闲他们的娱乐让东明兄弟除了惊讶、疑惑就是羡慕了。

“不能总是到处乱看，要注意哪家店里招工，哥哥先要找个工作，干活儿挣钱。”东明边走边说。明明应和道：“给我也找一个。”

“哈哈！你真想打童工呀！”哥哥笑了。

也不知道拐了几个弯，转了几条街，两个人早已忘了走过的路，是街道太多迷失了方向，绕了一大圈，又稀里糊涂地回到了火车站，不同的是，这是站前广场。高大的楼房上悬挂着三个大字：湖滨站。湖滨市在哪里？就在东明兄弟脚下。转回来也好，他们暂时就把这广场当作“根据地”。南来北往的旅客在广场上穿梭，宽敞、平坦、干净的大理石路面，中央有几处花坛。兄弟俩看上了花坛边长长的靠椅，那可是免费的床铺。

等了半个多小时才占了两个座位，他们早已两腿发麻两脚发胀，脚底像有两块炭火炙烤着，瘫坐在长椅上如同煮熟的面条，眼前所有的事物似乎都变了颜色，眼眶里只有走来走去的无数双脚。

歇了一个多小时后，东明拍了拍弟弟的手说：“你在这里看好行李，我到前面看看。”

东明穿过小巷来到另一条街，在经过一家面馆儿的时候，看到门前的招工启事。他深吸一口气，镇定地走上前去问了一位服务员：“你好，请问你们这儿还招人吗？”服务员没理他，冲着厨房喊了一声：“老板，有个小孩儿想来干活儿，您看一下行不行。”话音刚落，老板视察完厨房，腆着肚子走了出来，他把东明上下打量了一番：看他中等身材，腰板挺得直直的，穿着一件褪色泛黄的汗衫，一条满是皱褶的浅灰色休闲裤，一双破了皮的运动鞋；头发有些蓬乱，刘德华式高翘的鼻梁给他增添了几分帅气，刚毅的眼神透着沉稳，使老板觉出他是块干活儿的料。

“你都会做什么呀？”老板问道。

“我家开过小吃店，我会……”

“小吃店，那你对油盐酱醋、锅碗瓢盆都很熟悉喽？行，你明天这个时候过来。”

东明没有多想，只要能找到活儿就好，哪怕是自己不想干的，总得有个开端。他怕弟弟等着急了，一路小跑回到车站广场，看到明明还坐在那里。哥哥问道：“有没有人来抢座？”

“有位老奶奶过来问我……没有抢……我趴在包上没理她。”明明这心墙筑得也真够结实，也是出于自我防护的意识吧，只要不对别人造成伤害，不冲破防御的底线，也并非什么坏事。

根据地不仅有免费的椅子，还有免费的开水、免费的洗手间。他们现在要做的是耐心地等待，开始真正意义上的体会并接触这座城市。兄弟俩轮换着自由活动，都在彼此的视线之内。临近中午的时候，东明想走得远一点儿，去小街道买几个便宜的馒头，于是叮嘱弟弟不要着急。他一路走去，记下每一个路标，免得走错路耽误时间。也就是在上午去过的那条街，走到尽头再往南拐，巷子口就

有一家馒头店。东明这次可谓是快去快回，没等弟弟着急便拎着一袋馒头回来了。没有菜，啃馒头喝开水，也一样吃得香甜。他们小口小口地咀嚼着，两腮在有节奏地微动，细细地品味麦香和麦芽糖的甜。感觉无聊的时候，就来个成语接龙，或者谈谈天论论地，聊聊花说说草，不让时间随意从指缝间悄悄溜走。

夜幕降临，兄弟俩昏昏入睡，睡梦中：东明见到了曾经帮助过自己的表哥，他到车站来送行，手里拎着一袋水果，身边还有几位同伴；表哥嘱咐东明路上小心，有困难他会随时赶到，东明激动得连连道谢。

啪、啪，不知是谁在东明的小腿上踢了两脚，他睁开惺忪的睡眼，定睛一看，眼前站着五个青年，手里拎着袋子，其中一个跟表哥长得非常像。会不会是表哥来了？那也不对呀，他怎么会找到这里？东明是被兴奋冲昏了头，冲着那青年便叫："表哥，你怎么来了？"话音未落，啪、啪又是两下，并听那人吼道："谁是你表哥，快滚开！"

"不是……那个……"东明刹那间蒙了脑袋。

"那个什么呀！这是我的座儿，还不快滚开！"说罢就是啪、啪……

刚才的醒不算醒，东明这次是真正被踢醒了，揉揉眼睛，确定他不是表哥，可长得咋就那么像呢？兄弟俩面对强悍而又霸道的对手，只得忍住怒火离开了。他们来到广场的小角落，坐在地板上。明明咬牙切齿愤愤不平："那个座位我们都坐了一天了，怎么一下子变成他们的了，等我长大了，一拳把他们揍扁。"东明摸了摸弟弟的脑袋说："你把别人揍扁，别人也会把你揍扁，你比别人强，还会有人比你更强。他们就是想要我们屁股底下的座位，看我们好欺负才会这样，要是不让给他们，就等着挨揍吧。"

"你是不是怕挨揍啊？"

“不是我怕挨揍，我是怕你挨揍。”东明说着在弟弟肩膀上轻轻来了两拳。

这注定又是一个难熬之夜，两个人蜷缩着靠在背包上迷迷糊糊，似睡非睡的。正在这时，有一位大姐走过来问：“两位小兄弟要凳子吗？一个小时一块钱。”东明懒得理她。片刻之后，她没趣儿地走开了。过了一会儿，又有一位大姐走过来说：“你们俩困了吧，我这儿有凉席，铺在地上睡一会儿吧，一个小时五块钱。”这人跟之前那位拿塑料凳的可能认识，她们是以此为业。没想到，在东明兄弟落魄的时候竟能得到这样的“关心”，很可惜都是要收费的，被东明默默地拒绝了。

清晨，广场上一片宁静，偶尔会有两三个人在走动也是悄无声息。虽然已经立秋了，可空气中还是没有一丝凉意，没有微风吹拂，蚊子尽情地四处乱飞。一夜间，它们在兄弟俩身上没有遮盖的地方留下了不少“杰作”，两个人用指甲掐着扁平疙瘩，以此来止痒。蚊虫的叮咬和别人的欺负都算不了什么，真正折磨他们的是不能正常一日三餐，不仅是挨饿，身体也会因此而变得瘦弱，兜儿里那点儿钱是撑不了几天的。

慢慢地，广场上热闹起来了，东明站起身抖擞精神，去买点儿吃的回来。在广场的另一边，有对儿夫妻推着车在卖油条、豆浆，油条是提前炸好放在保温箱里的。东明走上前去问道：“油条多少钱一根？”

“五毛。”

“给我拿两根。”

那男子不慌不忙地拿出两根油条。东明接过来，递给他一元硬币。

“是十元！小孩儿！”

“五毛一根，两根不是一元吗？”

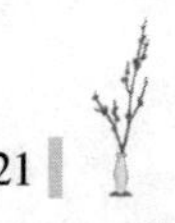

“是五元一根，你听错了！”那人气势汹汹地说。

东明看了看四周，好像只有他一个顾客，连个管闲事的都没有，一时间束手无策。即便是有旁人，又有谁会管这等闲事？他缓缓神儿深吸一口气说：“那油条给你，我不要了。”

“不要，你说得倒轻巧，你已经拿在手里，沾了细菌，卖给谁呀？”

“可这是用袋子装的，很干净。”

“那细菌腿长，能爬进去，别再啰唆了，影响我做生意，你赔得更多，赶快拿钱来！”

这对夫妻肯定住在附近，这明摆着是敲诈勒索嘛。东明的怒火在鼻孔里呼哧呼哧乱窜，有可能的话，他想冲上去拧断那人的脖子，把油条踩在脚下，把车子砸个粉碎。可他此时却毫无办法，深吸一口气，稍作镇定后，从裤兜儿里摸出一张十元钱，捏钱的手像刚从火炉里拔出来一样。那男子接到钱装腔作势地说：“哎，这就对了，做人要有诚信，食品这东西买了就不能退，多少钱就是多少钱，我不多要，你也不能少给呀。硬币是你的，还给你！油条带好了，回去慢慢享用吧！”听了这话，东明简直气炸肺，他眨巴眨巴眼睛咬咬嘴唇，感觉油条就像两块巨石，沉甸甸地让他迈不开脚步，脚尖挨着脚跟挪了回去。明明看哥哥面无表情便问：“哥哥，你怎么不高兴啊，我都快饿死了。”东明一言不发地靠在背包上，过了一会儿才委婉地说：“哥哥没事，我吃过了，你吃吧，我就是有点儿困。”这么贵的油条，东明还真舍不得吃。此时此刻，他的脑海中浮现了父亲炸油条的身影，也许真不应该出来。

被勒索的事，东明瞒着弟弟，承受着躲不过的磨难。他背起包，领着明明去了那家招工的面馆。

“这小孩儿是谁？”老板问道。

“他是我弟弟，暂时没地方去，他不会打扰你们的，让他在那边等着，我干完活儿就带他走。”东明一边说一边指了指不远处的墙角。

东明安置好弟弟，跟着老板进了洗碗间。老板吩咐道：“今天，你就在这儿洗碗，看你表现好了，以后再让你干别的。汪大姐，教他怎么做。”

汪大姐是本地人，性子急，干活儿利索，一个顶俩，说起话来口水四溅。她看到那些慢悠悠的人，总是慨叹时间都浪费了，脸上布满不耐烦的表情，嘴上说着不耐烦的话。可在老板面前，她也很能“憋”，大事小事都能憋。她要是感到尾骨以下、臀部中间夹着一股气（也有非生理上的气）的时候，一定要找个没人的地方才把它放出来，那感觉，没的说了。“来，小伙子过来，”汪大姐把东明叫到身边接着说，“你要听好了，我只说一遍，看好了，这里有三个水池，一洗、二冲、三浸泡。在第一个水池里把碗、筷洗干净，然后放进第二个水池冲一下，不能有半点儿脏；最后放到第三个水池浸泡，那可不是一般的水，不仅消毒还有清香，过个四五分钟后捞出来，把水控干，摞在台子上。”这汪大姐讲起来一套一套的，在她眼里没有合格的人选，一个个被她骂走，也只有这样才能彰显出她的能耐，也好从老板那儿多领几个钱。东明这是遇到了一个挑剔而又难缠的主儿。

东明按照汪大姐的要求认真仔细地做着，只是速度慢得出奇。汪大姐终于忍不住催促道：“快点儿，别磨磨蹭蹭的！”东明也想快，可又怕像弟弟那样把碗摔碎，越是着急越容易出错，始终无法放松。无巧不成书，就在东明手忙脚乱的时候，水管漏水，水龙头关不上，东明急忙用塑料袋缠了起来，可还是不停地冒水。汪大姐看了便大叫大嚷：“怎么回事？你才来多大一会儿就把水龙头弄坏了！算了、算了，你先干活儿，等忙完了再修！”其实，水龙头早该换了，这节骨眼儿正巧被东明赶上。

“给我拿几个蒜瓣儿！”有客人在叫。

这会儿，服务员在忙别的，顾不上这事儿，汪大姐便吆喝起东明：“去！拿几个蒜瓣儿过去！”汪大姐做事很揽杂，没有她不干涉的。东明看着一大堆碗筷说：“我……我洗碗。”

“叫你干什么就干什么！别挑活儿呀！”汪大姐不耐烦地吼了起来，嫌人烦就是不喜欢。

东明只得不情不愿地应诺道：“好，我去拿，蒜瓣儿放在哪里？”

“自己去找！”

“唉！有没有人拿蒜瓣儿！”客人又在叫了。

东明瞅来瞅去还是看不见蒜瓣儿，心中有些着急。汪大姐更急了，便叫住东明：“来，过来！站好！立正！向后转！向前三步走！左转三步走！抬头！告诉我，你看到了什么？”东明毫无意识地随着号令去做，可当他看到蒜瓣儿的一刹那，才恍然大悟——自己在被别人耍着玩。他稍作镇定后，忍气吞声地抓了一把蒜瓣儿给客人送去。

东明心里已经打定不在这里干了：我是来挣钱的，不是来受气的，那也要填饱肚子再走。这家面馆儿以面食为主，搭配各式炒菜，东明看着客人吃剩下的菜倒掉觉得很可惜，想捞点儿尝尝又怕别人嗤笑。他耐心地等着机会，趁别人不注意的时候捏几块豆腐或者几片肉塞进嘴里，嚼几下便囫囵半片地咽了下去。忙完了午餐，趁着间歇大家围坐在一起吃饭。

“老板，我去看一下弟弟。”东明轻声细语地说。

“行，去吧，给他带一块甜饼。”

“谢谢老板！”

老板的阔绰让东明心生一丝犹豫。算了吧，这对于老板来说只是寻常小事，他们吃剩下的，兄弟俩都吃不完。当东明来到弟弟面前，看到他左手拿着字典，右手捏着树枝在地上画着，感到非常欣慰。

“明明，我们要回广场了，下午不用干活儿了，我们要从前面小巷绕过去。”

“哥，我们现在就回去吗？”

“对，马上！”

明明很纳闷儿，可东明已经完全参透了其中的玄机：老板一没问他来历，二没要他证件，只要能干活儿就行，逮到一个算一个，用一天算一天，给口饭吃不用付工钱——实惠！东明不再多想，趁他们不注意的时候，兄弟俩悄悄地溜进了小巷。其实，即便兄弟俩从他们眼皮下走开，也不会被叫住的，是东明多虑了。

真没想到，刚找到工作就立马失业，世事变化无常，让东明难以预料。在车站广场附近偏僻的地方，依然由弟弟守候着，哥哥去寻找出路。东明广泛地收集信息，把目光投向了便民信息栏，招工的信息很多，不知哪些是真哪些是假。工资高的都要技术，没技术的工资少得可怜。正在他一张张看的时候，一位戴着眼镜斯斯文文的青年男子走过来问道：“你要找工作吗？我能帮你，你看那些早就招满了，我这里有新的。”

“你是——”东明一搭话，那人顿觉有戏。他拉住东明的手热情地说：“我是信息服务中心的，来，跟我来，我们中心就在旁边。”东明意识到他是搞中介的，不管那么多了，去看看再说，钱在自己兜儿里，他还能抢了去？到了中心，东明被他们像模像样的摆设给蒙蔽了。屋子中间有一张长方形办公桌，桌子上放了两部电话机，以此证明他们的业务很忙。桌边有一个足球大小的地球仪，那意在说明他们的眼光是如此远大——放眼“全球”。倘若有所怀疑，再看正面墙壁上的世界地图就知道了，他们是认真的。“坐堂”的也是一位戴眼镜的，是个中年男子，领带结有形有棱，让人怀疑还能不能解得开。他手里拿着笔和本，正襟危坐，开始问这问那。他应该是管事儿的，是这个“中心”的主任吧。东明在他对面坐着，像是受审的犯人，不知不觉已陷了进去。等他们谈得差不多了，男青年走上前来一本正经地对东明说：“是这样啊，你先交五十元保证金，要是找不到合适的工作，一分不少退给你。”东明的心智已被迷惑，丧失了主观判断能力，最终把希望寄托给了别人。等到第二天，他满怀期待地去了信息中心，却没见到那位男青年。管事儿的告诉他说：“你是说小李吧，他去帮你找工作了，没那么快，你再等等啊。”这一等又是一天过去了，盘点一下盘缠，就剩下一百八十三元零三毛了，不能这样耗下去。于是，东明再一次来到中心，幸运地见到了男青年，悬着的心才落下一半，看来小李并非有意躲开。

“你想不想做保安？”小李问道。

“保安我没做过，不知道行不行。”

“没关系，你可以试一下，不行的话，我再帮你找别的。”

东明拿着写有地址的纸条一路找去，几番辗转找到了所谓的工厂，看上去断壁残垣，破烂不堪，三层的楼房侧面写着大大的“拆”字。东明核对一下地址和门牌号——没错，是这里呀！他看见从门卫室走出一个老头儿，急忙走上前去问道：“大爷，您看一下地址和门牌号，是这里吗？”说着，东明把纸条儿拿给他看。

“好像……是这里，你找谁？”

“我不找谁，请问你们这里要保安吗？”

“我是没地方住，暂时睡在这屋里，这一片儿我很熟悉，工厂早就停了，破房烂院儿的还用得着保安吗？”

希望再次破灭了，东明垂头丧气地往回走，在一棵枣树下停住了脚步，抱着树干猛力地摇晃，并自言自语着：“为什么？这到底是为什么？不是我们不想待在这里，而是这座城市容不下我们。”此时，已有枣子落下，东明沮丧地捡起六颗干瘪的枣子往回走。

在一座天桥上，东明停下脚步，桥下行人匆匆，他却两眼茫茫，分不清哪些是车哪些是人。都是谁的过错？他劝慰自己：也许大家都情有可原，都是为了生活才来到这里，做了一些损人利己的事；原谅他们吧，我不去嫉恨，希望那些人能够自醒；我没有能力改变他们，只能回避，但愿以后不要再遇到那样的人。

此时的桥上只有东明一人，他左顾右盼，也不知在看些什么。过了一会儿，有个男青年走上桥来，站在东明身旁。东明心生疑问：他也惆怅了吗？都是陌生人，互不理睬。就在东明想要离开时，走来一位中年男子，脸形跟推土机铲斗一样。他在东明和男青年的眼皮下丢掉一个烟盒，那里面装的可不是香烟，而是一卷百元大钞。两个人看得清清楚楚——没错！钱的一头儿露出烟盒。中年人若无其事地路过天桥，头也不回，不像是有意丢掉的。有这么巧的事？要不要捡起来？会不会有诈？东明还在犹豫呢，那位男青年毫无顾虑地向前一步，弯腰捡起。

“哎！小兄弟，真是天上掉馅儿饼啊！好多钱呀！什么也别说，就我们俩知道，”男青年把一烟盒子钱塞进口袋，拉住东明，“走！赶快走！我们把它分了，等会儿，那人肯定会找来的。”

东明似乎中了魔咒，拾金不昧的高尚情操荡然无存，身不由己地跟着青年人来到桥下。还没走多远呢，就被丢钱的中年人看到了，他站在桥上喊了一声：“喂——你们俩先别走！”男青年回望一眼后，提醒东明：“他追上来了，假装不知道！”

“我刚才丢了一千元钱，是用烟盒装着的，”中年人跑下桥，走到跟前慌里慌张地说，“上……上桥的时候还有，下了桥就没了，就你们俩在桥上，要是捡到了就还给我，我妈做手术，等着急用！”

一千元呀！这对东明来说就是个天文数字。

“没有啊！我们是在桥上，可我们没看到啊！可能是又有人路过，捡去了吧，你说是吗？兄弟。”

“啊？哦……哦、哦，是啊！”东明这般撒谎还是第一次，连自己都不敢相信，居然会这样地曲意逢迎。

“不可能！还不到五分钟，不会有别人，你们要是还给我，我愿拿出两百元给你们作为酬谢，你们要是不肯承认，那就别怪我报警了！”

“报警也没有啊！兄弟，他不相信，你就把口袋翻出来给他看，看有没有一千元钱。”

东明此时已经完全迷失自我，身陷其中。他翻翻口袋，也就八十三元零三毛，还有六颗红枣，这般穷酸相，令丢钱那人大失所望。东明本以为可以证明自己的清白了，不料，中年人见好就收。

“我想起来了，里面是有一张五十元的，”他从东明手中拽过钱来，装模作样地看了一眼接着说，“就是这张，还不承认，我真要报警了！”他说着就拿出了手机。

东明还没反应，男青年急忙收场：“别、别、别，别报警，是我捡了，我们只是在考证，到底是不是你丢的钱…… 喏——还给你了。”他把钱连同烟盒还给了失主。

中年人接过钱，背对着东明拿出两张递给男青年说：“我说话算话，这两百元算是酬谢，我赶着去医院，走了啊！”

“唉——”东明眼看着别人拿着自己的五十元钱跑远了。

“兄弟别急，这两百元有你一百，元”男青年往东明裤兜儿里塞了一张接着说，“赶紧散，免得夜长梦多。”说罢，他也跑远了。

东明顾不上把钱掏出来看一看，只是摸了摸——嗯！是有一张。他也急匆匆地往回赶，心里盘算着：被信息中心的人骗了五十元，现在又拿五十元换了一百元，等于没出没进，扯平了。这样想来，东明还是高兴的，本来互不相干的两伙儿人两件事，东明愣是把他们扯到了一起，还居然给扯平了。

回到广场，明明还在原处耐心地等待，看到哥哥回来，急切地问:“哥哥，找到工作了吗？”

“先别提工作的事，哥哥问你，你喜欢这里吗？”

“嗯——不喜欢，没有房子住，吃的也不够，天天饿肚子。”

“那行，这里不是我们想要的地方，我们又要出发了。”

“现在就走吗？”

“对，现在就走，去找我们的理想之地。”东明果断地回答。

明明还小，想到的也就是吃住，他哪里知道哥哥被人敲诈勒索，被人戏弄，被人欺骗。东明能承受的都承受了，无法承受的尚未发生的将被他们远去的脚步甩在身后。

“稍等一会儿，我有好东西给你。”东明说着从口袋里掏出那六颗枣子。

“哪儿来的红枣？我想吃。”

“这本来就是给你的，急啥呢。”

明明吃完了五颗，这才想起要给哥哥留一颗。东明却含蓄地说:“六！图个顺，要一个人吃完！”听了哥哥所言，明明把最后一颗枣子塞进嘴里，让它去寻找吉祥的同伴了。

东明慌乱之余，摸出那张一百元钱，可当他看到“钱”的一瞬间，心口一阵剧痛——又被骗了！那只是一张像钱的纸。是的，没错！烟盒里那一卷所谓的一千元钱，只有外面那一张是真的，卷在里面的全是纸，两个人是一伙儿的，他们在递“钱”的时候都是避开东明的视线。可恶！可恨！可气！东明一只手捂着胸口，一只手把那张纸揉捏在手心，攥紧拳头，一阵苦笑——他全身的筋骨绷得紧紧的，快要喘不过气来！幸好自己仅有的一张百元大钞藏在背包里，没有随身携带，否则的话，也会变成一张纸。

“哥哥，你怎么了？”明明见状有些惊慌。

“没事，过一会儿就好了。”

不用多虑，走！离开！再不走，不光钱会成为别人的，就连行

李也会成为别人的，弄不好，整个人都会变成别人的奴隶——东明越想越恐怖!

十来分钟后，东明平心静气地说:“好了，我们出发吧！”

“我们该往哪边走？”

“往东！朝着太阳升起的地方走！”

东明兄弟站起身背上包，向车站广场挥手告别。广场上人来人往，有谁知道在他们身上发生的事？有谁知道他们在寻找什么？有谁知道他们想要去哪里？大家都各忙各的，谁也顾不上谁。

第三章　遇见星儿

东明兄弟在经过夜市的时候，停下了沉重的脚步，蹲坐在一处屋檐下休息。看着不远处的烧烤摊儿，冒出一股股炭烟，仿佛飘来了阵阵浓香，两个人越发饥饿难忍。吃点儿什么呢？正在他们寻思的时候，一个跟明明年龄相仿的小姑娘从他们面前走过。热闹非凡的夜市告诉他们——此时此刻还在湖滨市。小姑娘走到烧烤摊儿前，有几个人围坐着，桌子上摆放着啤酒和小菜，还有牛肉串儿、羊肉串儿、烤鸡翅和别的什么东西。过了一会儿，小姑娘已经站在那桌客人旁边，大人吃着，小女孩儿看着，大人坐着，小女孩儿站着。兄弟俩投以馋巴巴的目光，真想冲上去抢些吃的，撒腿就跑。只见，一个女人手里晃动着几串儿什么吃的，听不到她对小女孩儿说了些什么。小女孩儿不动声色地接着，朝东明兄弟走了过来。不会吧，她走到兄弟俩面前，旁若无人地坐了下来。

这也没什么大惊小怪的，小女孩儿已经在这个屋檐下度过了三个夜晚。真是无独有偶，东明兄弟在此落脚，占了别人的地盘儿。不过，这次与车站广场上强横的青年人抢座儿有所不同——没有威胁性，这倒是可以相安无事了。兄弟俩总算是看清了女孩儿手中的美味：三串儿麻辣豆腐。这是一家夜宵店，店门外是烧烤，店内还有炒菜、炒拉条、麻辣烫、饮料之类的。那桌客人是把吃剩下的施舍给了小女孩儿，这对于她来说，便可以安逸地度过漫长的夜晚。

这回是小女孩儿吃着，兄弟俩看着，明明咂巴咂巴嘴伸伸脖子，口水咽了又咽。小女孩儿意识到有人在注视着自己，便停下了嘴

巴。过了片刻，她做了一个不同寻常的举动——递给明明一串儿麻辣豆腐。明明转过脸，看哥哥神情淡定默不作声。他又看了看小女孩儿手里的豆腐串儿，散发的香气钻进鼻孔，穿过胃，缠绕着饥肠。他口水如泉涌一般，觉得可以接过来享用，那真叫神速，不是接过来，更像是抢过来。他扭过身子低下头，一眨眼便把豆腐块儿塞进了嘴里，差点儿被竹签扎到了舌头。小女孩儿看呆了，东明也看呆了。等着美味的豆腐块儿下肚，明明抬起头才发现有两双眼睛直直地盯着自己。他难为情地嘟囔了一声："哥哥，我……"东明连忙说道："我知道，没事。我们还是换个地方吧，等会儿，小妹妹的家人会来接她回家的。"

东明站起身正准备拉住弟弟走的时候，明明的另一只手被小女孩儿拽住。这一拉一扯间，明明看看这个瞧瞧那个，无所适从。面对这种情形，东明微笑着对小女孩儿说："小妹妹，我们不想打扰你，你爸爸、妈妈什么时候来接你？"她没有回答。东明又问："你是跟家人走散了，迷路了吗？"她还是没有回答。明明听哥哥叫她小妹妹，心情有所放松，也把她当妹妹一样问："我哥哥问你呢，你怎么不说话？"她依然没有回答。小孩子想到什么说什么，不会遮遮掩掩，明明轻声地对哥哥说："她是不是不会说话，是个哑巴。"他的话音刚落，小女孩儿的泪珠便夺眶而出，顺着脸颊往下滑，灯光照得泪滴晶莹透亮。东明急忙安慰说："小妹妹别哭，我们不会欺负你的，你爸爸、妈妈会找到你的。"东明寻思着换一种方式问她，"你不会说话？"小女孩儿含着泪点点头。他接着又问："你没有家？"小女孩儿连连点头。这时，明明抢着说："我知道了，她跟我们一样，是从家里跑出来的。"明明像是找到了知己，激动不已。莫非——小女孩儿能听得见却不能说话？太不可思议了，这说明她不是先天的聋哑人，更像是后天嗓子出了问题：想到这个，东明重新坐了下来。看着女孩儿忧伤的眼神，东明不知该说些什么，只要不离开，就是对她最大的关怀。明明也觉得自己突然间长大了，面前有了一个需要照顾的妹妹。借着明亮的街灯，可以清晰地看见女孩儿消瘦的脸庞，皮肤稍显黝黑，但不失一点点秀气，两眼散射着让人怜悯的目光。

“你叫什么名字？”明明自问自答，“哦，你没有名字。”

三个人依偎着，显得是那样温馨而又甜蜜。夜市渐渐散去，他们静坐了许久之后进入了梦乡。没有房屋，没有床铺，有的只是相互传递的体温，还有那微风吹动幌子时发出的呼哨声。睡梦里：明明带着小妹妹走进了一间小木屋，木屋里有一张床、一张桌子、三把凳子；床上铺着洁净的床单和一条被子，桌子上摆着米饭、煎鸡蛋、煮花生、炒肉丝、土豆片、大虾、脆鱼，还有香蕉、橘子和别的水果，都是属于他们的……

朝阳再次迎来了新的一天，东明站在墙角边，望着街道的尽头，似乎有走不完的路。不知何时，弟弟、妹妹（东明从心底已经开始接纳这个不知名的妹妹了）站在了他的身后。“哥哥，你在想什么呢？”明明问。东明没有正面回答，他问弟弟、妹妹：“想不想吃包子？”两个小家伙拼命地点头。“那好，你们等一会儿，我去去就来。”说完，东明就朝早餐店走去。一个人心情好的时候就不会有太多顾虑，兄弟俩多了一位新成员，理所当然要庆祝一番，开不了盛宴，一顿丰盛的早餐还是少不了的。不一会儿工夫，哥哥便拎着热气腾腾的包子回来了，有两个肉馅儿，两个粉丝馅儿，两个豆腐馅儿，两个青菜馅儿，还有三杯豆浆，他从来没有这么破费过。明明吃完一个包子说：“哥，我告诉你，她叫黑妹，是我给她起的名字，她以前的家不知道在哪里，想有个新家，她想跟我们一起走。”

“我知道，她想跟着我们。”

“她没跟你说，你怎么知道？”明明问。

“我猜的，那你呢，你又是怎么知道的？”

“我问她想不想跟我们一起走，她点头笑了笑，所以我就知道了。”

小黑妹虽然不会说话，可她的一举一动、一颦一笑，兄弟俩心里都懂。嘴上的言语是听出来的，心里的言语是悟出来的。

太阳已经高高升起，澄碧的天空像是刚刚擦过的玻璃，这无疑又是晴朗的一天，兄妹三人整装待发。“出发了！朝着我们的理想之地！”在哥哥的一声召唤下，他们迈出了坚韧的步伐，将要离开这个陌生的城市。走了很久很久，宽阔的马路高耸的楼房被远远地甩在身后，前方已有村庄出现，三兄妹走出了湖滨市。带走的是希望，留下的是遗憾，不管有再大的困难，再多的坎坷都削弱不了他们的意志，阻挡不了他们的脚步。

一路走来一路唱，快乐的人儿放飞的心，犹如彩蝶翩翩，唤来小鸟做伴。蜿蜒的小河不想打扰村庄的宁静，拐了两道弯，绕过竹林，绕过田野，缓缓地流向浅滩。那浅滩像一个小小的蓄水池，溢出多余的水继续流淌。浅滩水清澈见底，最深处也不过明明的腰间。浅滩边有堆起的碎石，有沉积的细沙。夏日的余热尚未散尽，正好可以洗个澡。三兄妹欣喜若狂，争先恐后地脱掉鞋子，去感受河水带来的清凉。

洗澡，脱光了衣服才叫痛快。可问题是——哥哥和妹妹……“男女授受不亲，授受不亲……”也不知明明从哪里学来的古人云，在一旁大叫着。东明笑了笑说：“我看这样吧，让妹妹先洗，我们去洗衣服。”明明想到自己是哥哥了，便迟疑了一下说：“哦，那就让妹妹先洗吧……哥哥，你去洗衣服，我到那边田里看看有没有蚂蚱。”东明看弟弟娇里娇气的样子，只得应允：“行，那就赶快把衣服脱下来吧。”

“唉、唉，这边有女生，我要到那边去脱。”明明说过便跑开了。

东明转身对妹妹说：“小黑妹，不、不，小妹妹，你去洗澡吧。”

就这样，哥哥在小河边洗衣服，弟弟在田野上玩耍，妹妹在浅滩洗澡。

田里那些蚂蚱都已“风烛残年”，蹦跶不了几天了，无论怎样地拍打翅膀都飞不了多高也飞不了多远，全靠两只后腿弹跳。再看明明，半蹲着身子，半伸着双手，像欲要跳起的袋鼠，预备着扑向一只青灰色的蚂蚱。

东明把洗好的衣服晾在柳树枝上，然后叫弟弟过来。明明光着膀子，手里果真抓着一只蚂蚱，欢呼雀跃地跑到哥哥面前说：“你看，多肥呀！等会儿烤着吃。”

“你先别想着吃，我交给你一个艰巨的任务，你去把妹妹的衣服拿过来。”

“啊？我是男生，我不能去。”

“哈哈哈……男生啊！”东明仰天一笑，“有什么不好意思的，你把脸转过去不就看不见了嘛。”

“可是……”

“别可是了，快去吧，你要是完成任务了，我给你抓螃蟹吃。”

“真的？”小孩子就是挡不住吃的诱惑。

明明兴冲冲地跑去芋头地里，摘了一大片芋头叶子，正好可以挡住他的小脑袋。他像螃蟹一样横着走过去，挤着双眼，像弯弯的月牙，很是调皮。他抱起妹妹的衣服便往回跑，跟窃贼似的。

“你等一会儿，洗好了还要送回去，妹妹没有替换的衣服。”

“妹妹的衣服可真脏啊！哎呀……真脏……”明明叫着。

“难道比你的还脏吗？你的衣服洗好，整条河都染黑了。”

“那是你的衣服染黑的。”明明反驳道。

东明拿出仅有的一点儿洗衣粉，把妹妹的衣服洗了一遍又一遍，洗好后交给弟弟。明明又一次螃蟹式地走过去，把妹妹的衣服晾在岸边草坪上。小黑妹洗完澡，穿上白色花边 T 恤衫和短款牛

仔裤，拎着拖鞋走在草坪上。在这温热的天气里，湿衣服穿在身上，几阵风吹过，便会干爽。终于轮到兄弟俩洗澡了，两个人扭扭捏捏地走到浅滩边，那样子还没有妹妹来得大方，可进了水就不一样了。东明是正儿八经地在洗澡，犹如唐僧面见如来佛祖前那般庄重。弟弟如鱼得水般窜来窜去，激起朵朵浪花，一会儿侧着，一会儿趴着，一会儿仰着，与其说是在游泳，还不如说是在水里打滚儿。不知他从哪里找了一节空心的桐树枝，一头插进水里，一头露在外面，用右手抓住中间，不停地有节奏地左右摇摆，水柱便从中空的树枝里喷出。这一招儿，明明早就会了，只是没有太多这样的机会玩耍而已。“哥哥，你看！喷泉！”他欢快地叫道。

“哎哟，还真像喷泉！”哥哥的赞许让弟弟玩得更起劲儿了。过了个把小时，兄弟俩才恋恋不舍地走出浅滩。妹妹在不远处的野花丛中徒手捉蝴蝶，自得其乐忘乎所以。

“我们今天住在这里吗？”明明问。

“我想是吧。”

“那边地里有瓜棚，我看过了，没人。”

“太好了，我们晚上就睡在瓜棚里。”东明爽朗地说。

“要是有西瓜就好了。”

“想吃西瓜，等明年吧，田里有西瓜的时候，瓜棚里有人，只有没西瓜的时候，瓜棚里才没人……唉，你是想去跟小黑妹捉蝴蝶呢，还是跟我去抓螃蟹？”

“我——先去捉蝴蝶，然后再抓螃蟹。”

明明说罢便跑去野花丛，一动不动地站在不远处，看着妹妹屏气敛息，轻手轻脚地去捏一只落在野菊花上的蝴蝶。捉蝴蝶若用捕网会容易一些，要是用手指去捏，那可就难多了。明明照着妹妹的样子，看准一只蝴蝶落在桔梗花瓣上，当他伸手去捏的时候，还是惊得彩蝶翩翩了，试了好几次都没成功。小黑妹已经捉到一大一小两只蝴蝶了，大的那只黑红相间，非常漂亮。“唉——我还是去抓螃蟹吧。”明明自言自语着走开了。

徒手捉蝴蝶需要把整个身心融入花丛，化蝶为伴。相比之下，抓螃蟹就不需要那么高的境界了，只需不停地翻开石块儿，就会有或大或小的螃蟹爬出。它们爬得再快也逃不出兄弟俩的手掌，遇到大的，明明怕夹到手指，总是叫哥哥去抓，然后用狗尾草穿起来，压上石块儿，它就动弹不得了。兄弟俩还在水流缓慢处围起了“堤坝”，等到有鱼虾游进“小水库”，就赶紧把入口堵上，不停地往外撩水。一会儿工夫，小鱼便露出了白肚皮，还有几条在岸上活蹦乱跳，这叫名副其实的竭泽而渔。

夕阳西下，天边的晚霞倒映在小河里，倒映在浅滩中，一片火红，一片金黄，夹杂着一缕缕淡雅的玫瑰色，折射出非凡的神韵，仿佛河水即将流向天际，想要让人挽留。微风吹拂梧桐沙沙作响，垂柳摆弄着树枝，好似淑女秀发飘飘；田野里嫩绿的芋头叶子，还有一垄垄的红薯；小河边五颜六色的野花，间隔着一片片的野草，再伴奏着潺潺的流水声，好一派无须雕琢的纯自然美景！在瓜棚外，他们燃起了枯树枝，把铁饭盒儿放在支撑的石块儿上，灌入泉水，撒进两包捡来的方便面调味粉，再放进十几条小鱼，几十只小虾，多的是螃蟹，一锅炖不完再来一锅。在夕阳下，在晚霞中，在田野上炖河鲜，别有一番风味。

明明把蚂蚱放在火堆上，烤熟了香气扑鼻。他兴奋地说：“哥哥，蚂蚱头给你，肚子给小黑妹，剩下是我的。”

“一只小小的蚂蚱就别分了，你自己留着吧。”

吃足了河鲜，他们钻进瓜棚。明明问道：“这儿很美，是我们要找的地方吗？”

“好像是，又好像不是。”东明想罗列一些字词，阐述是非两可的问题，却罗列不出来。

“哎呀，到底是不是呀？我们还要走吗？”

“有时候，不是我们要走，而是看这个地方愿不愿意留我们。”

“‘这个地方’，你是说瓜棚吗？我们不是已经进来了吗？”听了弟弟天真无邪的话，哥哥会心地笑了。坐在一旁的小黑妹拿着蝴蝶爱不释手。东明看出了她的心思，就从包里找到一个塑料瓶，在盖子上戳个孔，然后叫妹妹把蝴蝶塞进瓶子里盖上盖子，这样就可以安心睡觉了。临睡前，哥哥揉了几个小纸团，全都把耳朵堵上，防止有虫子爬进去。三兄妹舒舒服服地躺在铺好的麦秆上，就在他们将要安睡的时候，外面传来了狗叫声和嘈杂的脚步声。

“里面的人出来，你们是干什么的？快出来！”外面有人在大喊大叫。

弟弟、妹妹惊恐万分，猛地起身偎依在哥哥身边。“别怕，肯定是有人发现我们了。”东明嘴上说着别怕，心里却怦怦直跳。他稍作镇定后说，“没事的，我们出去看看。”

一对儿中年夫妇牵着一只狗站在瓜棚外，看见兄妹三人走了出来，男人便问：“你们是干什么的？为什么躲在瓜棚里？”

“我们是路过，我们……”东明怯声怯气地说。

“路过？那你们要去哪里呀？”

“我们去……去……”

“不知道去哪里，还说路过，我要进去看看你们到底干了些什么。”

小狗汪汪直叫，夫妻俩像进暗堡一样小心谨慎地走进瓜棚。“芋头叶子！肯定是我们地里的！”那妇人指着地上的罪证叫道。丈夫看了怒不可遏，窜出瓜棚冲着兄妹三人便大吼：“摘我的芋头叶子，还挖我的芋头！说，挖了多少？”

“没有，我们没挖。”东明辩解道。

其实，那对儿夫妇心里也明白不是他们挖的，因为芋头已经丢了好几天了，有的尚未成熟。夫妇俩只是心中憋气无处撒，借此迁怒于人罢了。

“没挖，摘叶子也不行！没了叶子，它还能长吗？今天晚上，你们不能待在这里，赶紧收拾东西离开！”

听了这番话，弟弟羞愧地低下了头；哥哥却暗自心喜——总算是可以脱身了。“好，我们马上就走！”东明说完便去拿包，顾不上那么多了，走为上策，至于睡觉的地方，还是容易找到的。

一场虚惊之后，三兄妹又开始一路寻找，寻找安身之处。

第四章　流浪

一

这是一个月明星稀的夜晚，早已听不到潺潺的流水声，只有路边草丛中虫声叽叽，辨不清是否蟋蟀凄切的鸣叫。晃动的树影让人心生畏惧，还好有月婆婆做伴，才得以壮着胆向前走。倘若是在漆黑的夜里，看不清前面的路，难免要踩进泥潭，或者绊到障碍物。趁着皎洁的月光，可以看到远处有一排高出地面像堤坝一样的建筑物。东明停下脚步对弟弟、妹妹说：“看见没有？如果没猜错的话，应该是砖窑，我们就朝那边走。”等他们来到建筑物前，证实了东明的猜测，这是一处废弃很久的砖窑。东明长舒一口气说：“小黑妹待在原地，我们俩绕着砖窑转一圈儿，找几根木棍和一些塑料膜。”

过了一阵子，明明拿着木棍，东明拿着塑料膜回来了。他们把塑料膜缠在木棍上，点起火把，进了窑洞。只见地面上堆积着厚厚的尘土，到处散乱着破碎的砖块儿，要是弄脏了衣服，想找个池塘、小河洗一洗不太容易。于是，他们把砖块儿拼凑起来铺在地上，然后从包里拿出报纸，像床单一样铺在“床”上。一路上，他们看到用得着的，带得动的，都会收入囊中，此时，便派上了用场。

住窑洞，东明早就听说过了，可万万没有想到会发生在自己身上。这一夜，他带着弟弟、妹妹住进了窑洞，相比屋檐下有别样的感觉。住窑洞，更像是在长征途中，这能比得了长征吗？短征也是壮举！可不是随便谁就能做出这种“壮举”的！

深夜里，他们枕着裹上报纸的砖块儿，硬生生地睡着了。不料，有一只老鼠趴在明明耳边嗅啊嗅，万一把耳朵当作美餐咬上一口，那可就惨了。他挣扎着，试图把老鼠赶走，可双手像压着巨石动弹不得。他的额头直冒冷汗，嘴唇颤抖着拼命地求救："哥哥……哥哥……老鼠……"东明被弟弟恐惧的叫声惊醒，连忙拍醒他，搂在怀里说："做噩梦了吧，有哥哥呢，别怕。"明明醒来，还是有些后怕。就在此时，果真有一只老鼠从他们身边溜走，钻进了洞里。明明一惊，把哥哥搂得更紧了，还好这一切没有吵醒妹妹。这一惊吓，明明是再也睡不着了，看到每一个砖缝里似乎都有老鼠探着头龇着牙瞪着眼。

早晨，一缕阳光透过砖缝照进窑洞，东明醒来走到外面想要小个便。他无意中向窑洞瞟了一眼，惊恐地发现——就在他们睡觉的正上方，有一条长长的裂缝，给人一种大厦将倾的预感，还不时地听到洞里有砖块儿掉落的声音。难道是大风吹了一夜让洞顶摇摇欲坠了？东明有一种不祥的预感，而且越发得强烈。

"快走！马上离开，这儿危险！"东明急急忙忙跑进窑洞，一边系皮带一边呼喊。

弟弟、妹妹还不知道怎么回事，就被哥哥拉了起来，背起包快步走出窑洞。他们没有回头，当走出百十米远的时候，听到身后轰隆一声巨响……兄妹三人愣住了，回头一看——惊呆了！天哪！那条裂缝处——窑洞坍塌了！吉人自有天相，是上天保佑，让三兄妹躲过了一劫。东明更加坚信，他们的存在是有意义的，而不是多余的无用的流浪儿。他们要用坚实的步伐证明：梦想终有一天会实现。

"哥——哥——"明明一声长叹。

这是阳光明媚的一天，三兄妹来到一个乡间集市。赶集的都是附近的村民，集市的旁边还有一个非常简陋的戏台，看上去已经很

久没有演出了。明明凝视着戏台，仿佛听到了鼓点儿的声音，看到了刀马旦耍花枪的身影。在西梁小镇，他曾多次跑上几里地去看大戏，也是类似这样的舞台，整个戏场弥漫着油条和胭脂粉的混合香气，那是很熏心的特殊气味，是明明最喜欢闻的。除了香气，明明对戏子的花脸和服装也很着迷，总是偷偷地溜进后台，看演员们化妆穿戏服。看完戏，回到家里，还不忘戴上枕头套哼上几声。

三兄妹每天都忍饥挨饿，兄弟俩有些消瘦。小黑妹倒是看不出有太大变化，她默默地站在小吃摊儿前，眼中透着馋巴巴的光。卖小吃的大娘看她楚楚可怜，什么也没问就递给她一个煎饼。东明看见了急忙掏出硬币说："这是我妹妹，我付钱。"

"你们这是……这样吧，煎饼呢，是一块钱一个，你给我两块钱，我给你三个。"

"那真是太谢谢您了！"

三个人一看就是无家可归的样子，大娘的怜悯和同情让东明决定在集市上稍作逗留。煎饼吃得是津津有味，明明还把手指在唇边抿了抿，把指头上沾的一丁点儿油脂舔个干净。

东明看见有一位大姐支起两根钢管，上面挂满了各式各样的童装，妹妹没有替换的衣服，便领着她走上前去，相中了一件红色T恤衫和一条浅蓝色裤子。他让小黑妹钻进围帐换上新装，自己站在围帐外，等着赏心的一幕。当小黑妹再次站在哥哥面前时，东明顿觉眼前一亮，说不清是妹妹好看还是衣服好看，反正就是好看。小黑妹脸上洋溢着甜蜜的微笑，许久许久，那笑容还挂在脸上。东明爽快地付了十五元钱，只要妹妹高兴就好，即便是把钱省下来也改变不了命运。明明看着他们扬扬得意地回到自己身边，嚷嚷着问："哥哥，什么时候给我买衣服呀？"东明哄着说："快了，别急。"

临近中午的时候，东明发现塑料瓶中的蝴蝶不见了——那是在他们离开窑洞后，小黑妹悄悄把它放飞的。她觉得那只蝴蝶就是天使，救了他们，不应该把它装在瓶子里。小黑妹虽然不能用嘴巴说出，但可以通过她的眼神心领神会。不能说话——哦——不！东明多么希望她能叫一声“哥哥”呀！在戏台的左边有几间门店，其中一家是中医诊所。明明看着行李，东明带着妹妹走进诊所。小黑妹张大嘴巴，老中医仔细查看一番后说：“她这个不是先天性的，应该是吃了什么药，把嗓子吃坏了。”

“那还能治吗？”东明问。

“这就要看造化了，也许会出现奇迹吧。”

从此以后，给小黑妹治嗓子，希望她能开口说话，成了东明的一块心病，期盼着奇迹能够降临到妹妹身上。

傍晚的时候，三兄妹来到一个小型水库边，在堤坝的外侧有一条平坦的水泥路，很少有人来往，夜里便可以在此睡觉。他们放下行李，坐在路边台阶上，望着即将被夜色笼罩的一片杨树林，呆呆地坐着。东明看了看弟弟问道：“今天谁去‘化缘’呀？”听哥哥这么一问，明明连忙指了指小黑妹。东明笑哈哈地说：“轮也该轮到你了，要不——你陪着妹妹去？”

“啊？——那好吧。”

像出家人化缘这种事，东明还真的做不来。他往那儿一站，不高不低也一米好几，让人看了会有别样的想法：他就不能干活儿挣钱吗？明明和小黑妹就不同了，不管是流浪的孤儿也好，家境贫寒也罢，不会给人太多的猜疑。小黑妹穿着旧衣服，拉着小哥哥的手朝他们路过的村庄走去。东明独自坐着，心中充满愧疚。他要想办法尽快结束这样的生活，想要改变这一切，只有靠自己的双手，一双能劳作的双手。他想：倘若这双手起不到作用，那跟残疾有什么区别？还不如把它斩下来丢进垃圾桶。他看着自己的手，充满了无穷的力量却使不出来，那是怎样的一种痛苦和无奈呀！东明此刻的内心就像没能引爆炸药一样，觉得自己就是一个废物，做不到应该做的。他不停地揉搓着自己的一双手，想着：不能！我不是废物，我的手还有用！

烟囱里冒出缕缕青烟，忙碌了一天的人们开始准备各自的晚餐。隔着篱笆，兄妹俩看到小院里有两位老人，看样子已经吃过晚饭了。看老人慈眉善目，小兄妹便推开柴门走了进去。

“爷爷、奶奶好，我妹妹饿了，她……她还没有吃饭……”其实，明明也很饿，他是在拿小黑妹说话，要点儿小聪明。

“是不是你们家生活困难，跑出来了？唉——可怜的孩子！”老爷爷慨叹着走进灶房，拿出两张烙饼和一个烤红薯。

东明焦急地等待着，他也想买着吃，可兜儿里那几个钱是买不了几顿饭的，也只能这样了，走到哪里吃到哪里，走到哪里喝到哪里，无法奢望太多，只要不太饿就行。一个多小时过去了，两个小身影再次出现在哥哥的视线里。东明跑上前去，想把弟弟、妹妹一块儿抱起却又抱不动。

夜幕慢慢降临，月儿挂在天边，星儿做伴，遥望星空，群星璀璨，哪一颗属于你？哪一颗属于我？明明指着最亮的一颗问：“哥哥，那颗最亮的是什么星？”

“那一颗应该是金星，日落后在西边，日出前在东边，就是我们常说的启明星。还有一颗很亮的恒星叫天狼星，让我找找看，在哪里呢？”

“牛郎、织女是哪个呀？”

“天狼星我还没找到呢，你别急，让我慢慢找啊。”

看着幽深的夜空，东明陷入沉思：在那些星辰的背后还有多少星辰？倘若也有如同我们一样的生命存在，他们是否知道还有一颗蓝色的星球如此美妙；倘若没有人类，众星还会存在吗？敢问星空——是眼中的世界，还是世界在我眼中？过了一会儿，东明回到现实，是夜空和星星让他心中有了一个名字。他说：“明明，我们来给小黑妹起个名字吧，总不能老是小黑妹、小黑妹地叫。”

“好啊！”明明应道，还不停地念叨着，“叫什么呢？小豌豆、小泥鳅……”

“行了、行了，你别再小字辈儿了，你看啊，天上有这么多星星，它们有一个共同的名字……”

“我知道了，叫星星！”明明抢过话头儿说。

“星星有点儿男孩子气了，叫星儿怎么样？”

“星儿……星儿……好啊！就叫星儿，”明明激动地转身对小黑妹说，“你以后就叫星儿了，喜欢吗小黑妹？不、不，是星儿。”星儿微笑着点了点头。

有星星做伴的夜晚真是奇妙，让人心驰神往，让人浮想联翩，想要插上翅膀飞向那亮点。

凌晨3点，明明一个人站在堤坝上，眺望天边。哥哥看见了走过去问他：“你在看什么呢？”

“我在找启明星。”

东明触电一般瞬间湿了眼眶，鼻子酸酸的，搂住弟弟说：“让我来陪你一起找。”

清晨，兄弟俩还站在堤坝上，听清风掠过耳畔，看水面微波荡漾。远处有一层淡淡的雾气，薄雾笼罩着山影、树影、水影，仿佛海市蜃楼模糊不清，在那些影子的背后是否上演着神话一般的故事？

东明有些忧虑：是继续在乡间游荡呢，还是去城里？乡里人都是自己的事情自己做，不会找人帮忙，倘若去城里——想想在湖滨市遇到的那些事，就觉得心灰意冷。某个地方的遭遇能代表其他所有地方吗？也许换个城市会好一些：想到此，东明领着弟弟、妹妹再次朝着城市的方向走去。

又到了傍晚，微风轻轻地吹，树枝缓缓地摇。三兄妹沿着乡间

小道走着，不急不慢，悠闲自在，没有时间的约束，有的只是前进的方向。在经过一片菜园子的时候，他们停了下来。那是一个挺大的农家菜园，仔细看去，有黄瓜、茄子、豇豆、丝瓜、扁豆、韭菜、青菜、辣椒，还有番茄。能够生吃的要数黄瓜和番茄了，可直截了当地去园子里摘了吃，如同盗窃。三兄妹静静地站着看着，发现田埂上有被扔掉的番茄梗，尚有未掉落的半青半红的小番茄。他们站了许久许久，无人路过，便把目标锁定在番茄梗上。

"你们在这儿等着，我过去看看。"东明说完，放下背包，再次巡视四周，确定没人后，便沿着田埂走了过去。他伸手翻动枝茎，挑选了十几个将就着能吃的番茄，用衬衫兜着走了回来。无处清洗，三个人就拿着番茄在衣服上蹭了蹭，吃了起来。说到吃，在这个时节，倘若阴雨过后，晚上去往杨树林，就会看到有不计其数的蝉蛹爬上树干，抓上个一小桶带回家炒着吃，那可是捡来的美味。"哥哥，附近怎么没有杨树林呢？"明明边走边问，他是吃着素的想着荤的。东明说："你是在想爬叉了吧？"

夜幕拉下，路边草丛中已有萤光点点。过了一会儿，那萤火虫飞了起来，绕了一圈又飞回草丛。慢慢地，越来越多，一串串，一片片，犹如撒下的繁星，撩拨着三兄妹的视线。明明奔跑着，迂回着，追赶着，试图抓到一只飞舞的萤火虫。那小精灵早已看出他的意图，飞得更欢了，似乎在说："来呀！来抓我呀！"明明看着一只只萤火虫从身边飞过，就是抓不到。他也完全不在乎这个，一个劲儿地扑来扑去，东抓抓西抓抓，仍是抓不到一只，但也无妨乐在其中。他已经忘乎所以，忘了是在流浪的路上，忘了将要熬过的漫长黑夜。星儿也来了兴致，她不像小哥哥那样漫无目标地去抓。她不急不躁地走进草丛，盯上一只闪光的萤火虫，稳稳地悄悄地靠近，那光点还在草叶上没动。她用双手在几乎要碰到萤火虫的瞬间，迅猛地捂了上去，那光点没了，肯定是被夹于掌心。她欢呼雀跃地跑到小哥哥身旁，晃动着双手。明明不用猜就知道——她抓到了！

“快打开来看看！快！快！”明明兴奋地说着，小心翼翼地打开星儿的手掌，生怕萤火虫飞跑了。那萤火虫居然趴着没动，继续闪着微弱的光。他用手指捏了起来，仔细地看着飞虫的小肚囊，想要知道那闪光到底是怎么发出来的。

再看看东明，蹲坐在路边，陶醉在孩童和虫儿所营造的夜色之中。这一夜无须去往别处，就在路边水渠旁露宿。明明和星儿玩得累了才来到哥哥身边，三个人背靠着背，看着眼前的萤火虫飞来飞去，再仰望夜空，繁星点点，这夜不再孤寂不再空虚，令人心醉神迷，没了困倦。

第二天早上，三兄妹走在乡村公路上，过往的车辆和行人掩饰了他们的行踪，使得看起来像是在旅途中。有两辆真正外出旅行的大巴开了过来，停在离他们不远的地方，十几名小学生下车跑去路边厕所。一名女学生随手把吃剩下的半截儿火腿肠扔了出去，掉在明明身旁。他抬头瞟了一眼那名女生，只见她若无其事地钻进了女厕所。明明转过脸低下头，眼光落在了那根儿香肠上，准备着捡起来。

最后一名上车的是位男生，看样子跟明明年龄相仿。男生回眸凝视了三兄妹片刻，然后走进车厢，趴在车窗上看着他们。车还没开动呢，明明就急不可待地捡起火腿肠，剥了皮就吃，这一幕被那名男生看到了。他跳下车，跑到明明身边，递上三个面包，扭头便回车上。东明看到大喊一声：“小兄弟！谢谢了！”那男生头也不回地上了车。车缓缓地开动了，远去了，消失在三兄妹的视线里。

男生的热心肠给东明留下了深刻的印象，恐怕也只有他看透了三个人是在流浪，那心怀比成年人更为坦荡更为友善。虽然东明记住的只有他那双大耳朵，但东明坚信再次见到时定能认得出！——无论时间有多么久远！东明本可以称他小朋友的，可脱口而出就叫

他“小兄弟”，是不假思索的呼唤，也许他们有缘重逢后真能成为兄弟！

二

又是一天过了，日落西山，晚风吹来乡村的味道，烟囱里冒出的柴烟一股股一团团飘散。放牧的牵着牛儿、羊儿，种菜的背着锄头、耙子，赶集的蹬着三轮车……他们都回家去了。一头母猪领着九只满月了还没断奶的幼崽儿，悠闲地从东明兄妹身边走过，它们这是要回家进圈了。三兄妹站在路边，让出道儿来。

在农村，有的牲畜圈养，有的牲畜散养，最令人烦恼的要数那些猪猡，到处拉屎不说，还会糟践庄稼。不过，话又说回来，无奈归无奈，但谁都不会加害那些大猪小猪，折损了别人的财路。都是村上村下，抬头不见低头见的，谁都不会太过较真儿。哪家的猪长什么样，一眼就能认得出，顶多了跑到家里讨个说法。天长日久，大家也都习惯了这些，看到有猪跑到田里，不管是不是自家的猪自家的田，都会上前驱赶，路边、河边、树林里的青草还是吃不完的。村子里，要数老孙头儿脸皮最厚，条件最差，光棍儿了大半辈子，已垂垂老矣，是重点困难户，刚刚路过的母猪、小猪就是他家的。本来一窝刚好生了十只猪崽儿，老孙头儿那个高兴啊！还破费地给母猪加了两个鸡蛋进餐，可万万没有想到——失职的“母亲”带丢了一个顽皮的“孩子”。老孙头儿已经找了三天，还是下落不明，他琢磨着：会不会是有人圈起来了，或者是杀了吃了？不应该呀！谁会起这歹心？

三兄妹不打算进村，就在村口露宿，无家可归的还不如牲畜呢！

前些日子，魏医生家的诊所遭到抢劫。深夜里，两名歹徒持刀破门而入，抢走了一些贵重的药品和一些钱财，案子尚未侦破。县城的联防队本来是不到乡下的，迫于任务，就派了两名队员，每天夜里到村上巡逻。

夕阳已经完全落下了山，夜幕也已拉下，没有星星，只有一弯月牙。三兄妹背靠背地坐着，聆听夜的声息。就在他们即将发困的时候，不远处传来了猪的“哼哼”声。

“哥哥，我听到猪的声音了。”明明说着推了推东明的胳膊肘。

“有吗？”东明竖起耳朵仔细地听，“是有猪在叫！”他站起身揉揉屁股，弟弟、妹妹也随即起身，三个人的目光极力地探寻着夜色中的目标。这次是星儿先发现了，她指向小路，确实有个黑影晃晃悠悠地朝他们走来。他们走上前去，看到一只二十多斤的小猪，本来是胖乎乎的，现在几乎皮包骨头了。小猪继续哼哼唧唧地往前走，试图绕开三兄妹，它似乎闻到了“妈妈”的味道，找到了回家的路。可明明比这小猪更为调皮，它往哪边走，他就哪边挡，一时间，急得小猪发出了尖叫声。它恨不得冲上去咬他几口，可这只瘦弱的幼崽儿，几乎连走路的力气都没了，怎能闯得过去呢！小猪左摇右晃，明明就是不肯让道，还口出狂言：“我们把这小猪吊起来，烤着吃吧！”东明听后拍了一下弟弟的脑袋警示道：“嘿！亏你想得出来，你把别人的猪烤着吃了，别人就会把你煮着吃了！”

“我说着玩呢，你干吗打我？我才不吃它呢，浑身猪毛，肚子里还有一泡屎——呕哇……”明明说着还煞有介事地做了一个呕吐样。

正在他们与小猪“纠缠”不清的时候，远处射来一道光，还有摩托车的嘟嘟声。也就不到一分钟，便听到有人在喊：“你们三个站着别动！”听到恐吓声，明明下意识里举起了双手，这是有举手投降的嫌疑了。只见两名联防队员下了车，其中一位拿着手电筒挨个儿照了照三个人的脸，然后又照向了小猪。想必，小猪也感到惊

诧了吧，居然站着不动了。明明眨眨眼避开那刺目的灯光，光线最终落在东明的脸上。他面无表情，像是戴上了死亡面具。只听得那人问道：“你们是干什么的？”

“我们想去……去村上。”东明怯声怯气地回答。

“去村上？那干吗不去呀？在这儿遛猪呢！偷的吧！”

“不是，碰巧的……我们不想去村上了……就在这儿……刚好来了一头猪。”东明神色慌乱地解释着，这样就更容易让人怀疑了。

“一会儿想去，一会儿不想去，我看是猪不走了，你们扛不动，就歇歇脚，不用废话了，是不是偷的，明早再说！”

联防员不再听东明解释，业务熟练地把兄妹三人拉到路边杨树旁，还连声吼道：“老实点儿！不许反抗！老实点儿！”那人说罢，利索地将三个人捆在树干上，一棵树拴一个，显得很公平。

东明只剩下一句话了：“唉！你们不能这样！唉……”急也没用了，他们置若罔闻，这明摆着是宁可错绑一千，也不放过一个。联防员撂下四个字：“明早再说！”然后，带上小猪，骑上摩托车进村了。

联防员是不好在夜里挨门挨户打听谁家丢了小猪的，抱着猪崽儿巡逻实属不便。开车的只管开车，坐车的那位肯定不会把脏兮兮的小东西直接抱在怀里，他是从东明的背包里拽出一件上衣包了起来。衣服虽旧但还没破，就这样给一只猪“穿”上了。小猪不停地叫着弹跳着，联防员有些不耐烦了，不停地拍打。此时，开车的那位想到了魏医生，他在协同刑警调查案情的时候去过魏医生家，他们碰过面，应该还能认得出，把猪暂放魏医生家也未尝不可。于是，他就找到魏医生家并敲了门。前来开门的是魏医生的儿子，上小学三年级，看到身穿制服的联防队员便没了言语。

世事无大无小，只要关乎民生，在联防队的职责之内，他们就得管。走进院子，屋前的门灯亮着，见了面，都还认得出。开车的那位握住魏医生的手说："有件事想麻烦你，我们在村口捡到一只小猪，不知道是谁家的，先放你这儿，等明早儿喇叭上喊两声，看是哪家的。哦，对了，还有比猪更重要的，有三个小孩儿还在村口，像是在外流浪的，等会儿我把他们带过来，随便找个屋子蹲一蹲，明天再做处理，你看怎么样？"他这可不是随便说说，是转了几圈之后，有所感触而言由心生了。他想着自己也是为民做事，不能草率，不能虐待了三个未成年的孩子。魏医生说："你就放心吧，你的事就是大家的事，去把他们带过来吧，今晚就住在我家。"联防员把小猪撒在院子里，魏医生端出剩饭给它吃。小猪可能是饿过头了，或者是怯生不敢吃，只是嗅了嗅。

联防队员进村后，东明深感怨愤，似乎还没弄清怎么回事呢，就被绑了起来。这是要背靠大树睡觉吗？他可不想！东明也没有武侠的身手，憋一口气便能挣断绳索（兄妹三人可能还配不上那亮晶晶的手铐），虽然绑得不算太紧，可还是无计可施脱不了身。偶尔会有晚归的村民路过，也视若无睹，眼看着三个人被绑在树干上，心里却想着会是如何的蹊跷，怕招惹了是非，也就难免无动于衷了。

"哥哥，我手脖儿疼……为什么绑我们呀？那猪又不是我们偷出来的。"明明叫嚷着。

"等见到小猪，你问它吧！"东明万般无奈。

星儿此时想要落泪，她说不出话只能默默地忍受，愿意同两位哥哥一起受苦，只因那苦中裹着甜！她知道两位哥哥都是爱她的，从不后悔跟了哥哥，只想着能够瞬间长大，像大人一样干活儿挣钱，不让哥哥跑来跑去，忍饥挨饿。就在此时此刻，她还想着能够像孙悟空那样，吹一口气就能把哥哥救出来。夜幕下，东明看不清妹妹的举动，他何尝不担心妹妹呀。看她犹如被钉在十字架上一般受罪，东明心如刀绞。倘若这样一直到天亮该如何是好？妹妹小小年纪是无法承受这种痛苦的，但愿那两名联防队员只是想吓唬吓唬他们。东明想着自己和弟弟、妹妹没招谁没惹谁的，就这样不明不白被绑了起来，难道这世界也酒醉了吗？可以浑然做事？

正当东明兄妹痛苦难耐的时候，又一次传来了摩托车的嘟嘟声，还是那两名联防队员。他们停下车走了过来，一边给三兄妹松绑一边说道："都是误会，让你们受罪了，为了表示歉意，我给你们找了一个住的地方。"东明听后猜测着：是他们回心转意了，还是另有阴谋？

"我……我们不需要住的地方。"听了东明的回答，性情耿直略有浮躁的联防员气恼地说："哟嗬！还不领情了？别耍小孩子脾气啊！我们也是执行公务，谁让你们在村口儿晃悠呢？今晚，你们就得跟我走，否则的话——还把你们捆起来！"这话意是让东明没得选择了，不想走也得走，跟着联防队员走。

魏医生医术高超，远近闻名，别说是乡里人，就连县城里的，也会慕名而来。找他看病的人多了，也就收入颇丰，他家的房子、院子、院墙、大门，在当时的农村，可算得上是大富户，也就难怪乎被贼惦记上。唯有不如愿的是——有了一个儿子，就想要女儿，"子女双全"才叫"好"。可惜啊可惜！两年前生了一个，女儿是女儿，不到半岁就夭折了，两口子也是以泪洗面，几个月才平静下来。

东明兄妹被联防队员带到魏医生家，看到小猪被绑了起来，三个人的眼光汇聚了。东明深有感触地冷冷一笑，人被放了，猪——却被绑了起来。哀叹！猪运不佳呀！联防员把人交给魏医生后便离开了，临走时胸有成竹地说："明天，让村支书处理这事儿吧。"魏医生琢磨着：让村支书处理还不如自己处理，越快越好。三兄妹像雕像一样站在那里，无所适从。魏夫人一番慰问一番寒暄之后，拿出三块鸡蛋糕给他们，愉悦的眼神却直直地盯着星儿，那眼光中似乎藏着一只小手，想要抚摩星儿。星儿警觉地畏缩在东明哥哥身后，像一只受惊的小鸡躲在母鸡的翅膀下。

“你妹妹怎么长得跟你俩一点儿都不像呀？倒是和我儿子……魏德花，过来，跟这位小妹妹站在一块儿，让我看看。”魏夫人说着把两个人拉在一起。不比不知道，这一比——还真是有点儿像。不只是略显黝黑的肤色，就连脸的轮廓也有几分相像。再瞧瞧“魏德花”这名字取得——啊哈！未得花！未得花！当魏医生的儿子出生那一刻起，两口子的愿望就已经写进了名字。

魏医生看到老婆的举动，似乎明白了什么，便拉她到里屋说：“我看这丫头还不错，不如……”魏夫人抢过话茬儿说：“不如把她留下来，就说是领养的孤儿。”夫妇俩真是心有灵犀一点通啊！魏医生走过来，拉着东明到沙发前坐下。魏夫人让儿子带着明明和星儿去院子里。星儿敏锐的耳朵极力地捕捉着他们谈话的信息，却捕捉不到。

“我想跟你商量个事儿，”魏医生和颜悦色地说，“你带着妹妹挺辛苦的，让她留在我家怎么样？”

“那样会给你们添麻烦的。”

“不麻烦，留下来就是我女儿了，我跟你婶儿会好好待她的。”

东明这才明白，魏医生不是想要留妹妹几天，而是想认作女儿。东明不置可否，脑子里一片混乱：舍不得妹妹，可星儿跟着自己如此这般受苦，又于心不忍，留在魏医生家定然会过得好一些，可是……

“我妹妹她……她不会说话，是……是个哑巴。”东明闪烁其词，希望魏医生能主动放弃心中的念头儿。

“哦——是哑巴呀。”魏医生有些犹豫了。

“我不相信，我要过去看看。”魏夫人插了一句话。她走出屋子来到院里，弯下腰问星儿：“听你哥哥说，你叫星儿，你几岁了？”星儿比画出一个“八”的手势。

“八岁了，你能听得见，真是奇了怪了！你将来肯定会大有出息！”

“我妹妹的耳朵可灵了！”明明听到别人夸赞星儿便应和道。

魏夫人笑着回屋儿去了，她已经心中有谱儿，挨着老公坐下，贴近他的耳畔说：“小丫头耳朵没问题，就认她了。”魏医生闪烁着质疑的眼神暂不作声，过了一会儿才发出话来：“我觉得吧……”

“不用你觉得，我觉得好就行。”魏夫人打断了老公的话，“不会说话，还省得跟人吵架了呢！人们常说‘耳聪目明’，她定是个聪明的丫头。”

“我老婆她……哈哈……想女儿想疯了。”魏医生也只好敷衍地笑。

“我要问一下星儿。”东明说着咬了咬嘴唇。他稍一松口，魏夫人便快言快语道：“我去跟她说。”

魏夫人再次面对星儿弯下了腰，和蔼地说：“星儿，你留在我家好吗？跟我们一起生活，我家什么都有。”星儿朝屋里看了看，已经猜得出大人们在谈些什么。哥哥端坐在沙发上，似乎也在等着星儿的回话。星儿心想：只要能让哥哥不再受苦，什么都愿意！她指指魏夫人，指指自己，伸出五个手指头，点点头。

“你是说——你愿意了？那五个手指头是什么意思啊？”魏夫人心领神会又略带疑惑地问。

“我妹妹说，你就是给她五百块钱，她也不愿意！”明明曲解着星儿的意思。魏夫人在心里嘀咕着：没看见她摇头啊？

明明拉住星儿走到哥哥身边说：“哥哥，我们走吧。”

东明看看弟弟瞧瞧妹妹不知如何收场。就在此刻，星儿出人意料地挣开明明的手，跑到院子里，一把搂住魏夫人的腰。魏夫人激动得泪眼婆娑：“我就说嘛，你还是愿意的，真是懂事的好孩子，我们先去洗个澡，今晚跟妈妈睡一张床。”情感发展得如此之快，就像一个梦。

“星儿，你……”此时，明明也只能轻轻地叫上一声。

夜里，星儿侧着身躺在妈妈怀里，眼泪已经湿透了枕巾……明明翻来覆去难以入眠，想着陌生人睡在一起会怎么样呢？东明心如明镜，他清楚地知道妹妹心里想些什么，手中攥着五百元钱，面色忧伤。

“哥哥，你拿了钱，就是把星儿给卖了！”明明的话就像一把刺刀扎进了东明的胸膛。

第二天早晨，一个令人心痛的早晨，兄弟俩准备着离开。东明看着星儿穿上自己在集市上给她买的新衣服，披着柔顺的长发，显得漂亮了许多。他脸上挂着僵硬的笑把钱还给魏医生说：“我们暂时不需要钱，只要能找到活儿干，我自己会挣，希望你们能对我妹妹好一点儿。”

“你放心吧，留在我家就是我女儿了，”魏医生点点头接着说，“钱呢，我先替你保管着，需要的时候，随时回来拿。”

临别时，星儿的一只脚跨出门槛，另一只脚还在门内，情感的纠结让星儿一时间举棋不定，想要追上哥哥却又迈不出脚步。东明走着走着心头一阵莫名的疼痛，他蓦然回首，一声呼唤：“星儿——”星儿终于迈出脚步，飞奔而去，流着泪扑进哥哥的怀里。

三兄妹走了，留给魏医生家的是——一片茫然。

第五章　奇遇

一

一个星期后，三兄妹来到了城市的边缘，走在宽阔的马路上，隐隐约约看到了高楼大厦的影子。夜幕低垂，他们幸运地路过一个公园，大人们在公园散步，小孩子在旁边玩耍。终于可以歇歇脚了，他们像柔软的面团儿瘫坐在长凳上。人们渐渐散去，虫儿点着萤火带着思念穿梭于草丛之间。东明静坐着，想到了家乡，想到了父亲：这个时候，要是还在小镇上，爸爸会把第二天用的包子馅儿都拌好了，炸油条的面粉也拌上泡打粉用温水和好了；零碎的活儿明明帮着后妈来做，揉面筋就留给了东明……可是，已经离开了，却不知自己身在何处。

正在东明思来想去的时候，走过来一个比自己稍大几岁的小青年并肩坐下，长凳显得越发拥挤了。起初，东明并未在意，可过了一会儿，那男子拉过东明的手一边抚摩一边说："你的手凉，我给你暖暖。"

"没事，不用了。"东明说罢急忙缩回手来。

又过了一会儿，男子俯下身，撩起东明的裤脚，摸着小腿肚子说："你没穿袜子呀？你的腿真白！"东明没有吱声。我的天啊！这是什么情况，这个男人居然摸男人的腿——事不宜迟！东明站起身拉着弟弟、妹妹便逃出了公园。

"我们干吗走这么快？"明明不解地问。

“公园里有条蛇。”

“没有啊，我怎么没看见？”

“我看见了！”

宁静的夜，带有一番空虚，静得出奇。夜空中零零星星闪烁着几点微弱的光，看得眼酸了也就找不到那亮点的位置，但确乎是存在的，时隐时现。不知道是否有所移动，当它再次闪现的时候才发现不只是一颗、两颗，旁边还有。再加上与之遥相呼应的几颗晶莹透亮的星，这夜就不再寂寞了。星星们默默地俯视三兄妹坐在路边台阶上，只听得风吹动广告牌咣当咣当地响。星儿推了推哥哥指了指街角，她好像看到了什么。东明顺着她手指的方向看去，在昏黄的街灯下，不远处停着一辆婴儿车。东明这会儿没心思去多想，看着婴儿车就如同衬托夜色的道具。

“我们过去看看吧。”明明非常好奇。

“还是别过去了，万一把我们当贼一样抓起来，那可就不好了。”

个把小时过去了，小推车还是停在那里。东明觉得不对劲儿，心生疑虑：难道是被遗弃的婴儿？不、不、不！这可是个严肃的问题，不能瞎猜，肯定是个空车。又过了半个小时，婴儿车依然停在那里，这让东明心绪不宁无法淡定。就在此时，车里传出了婴儿的哭声。“哥哥，有娃娃在哭！”明明惊讶地叫道。

“我也听到了，我们过去看看吧。”东明话音刚落，星儿便率先走去。她似乎对哭声特别敏感，也对此事特别感兴趣，没有丝毫胆怯。等到三兄妹来到婴儿车前，事情才全然明了——这是一个被遗弃的婴儿，不敢想的事实就摆在眼前。娃娃长相喜人，只是有些瘦小，不是个胖娃娃。车篓里有两袋奶粉，一袋蛋糕，还有两百元钱。被褥里包着一瓶冲好的奶粉，尚有一些余温，看样子小车停在这里没多长时间。

“他好像饿了，我给他喂奶。”明明说着便拿起奶瓶，把奶嘴儿

塞到娃娃口中。明明在小镇上就经常给“白骨精”的娃娃喂奶，可谓是个老手。遇上此事，还能怎么办？也只能这么办。至少，今天夜里到明天，也只有三兄妹照顾孩子了。倘若他们不管，遇上没良心的，拿了钱就跑，那孩子可就遭罪了。东明思量片刻说：“我们推着车回公园吧，那条蛇应该钻进洞里了。”

他们回到公园，轮流照顾孩子。作为哥哥，东明理应身担重任，让弟弟、妹妹先睡。看看四下里无人，东明抱着孩子俨然慈祥的母亲。只要娃娃不哭，他情愿一直抱下去，可天底下哪有不哭不闹的神娃呀！这不，小家伙儿“哇哇”地哭了起来。摸摸屁股，纸尿裤已经湿透，东明从婴儿车里找到一片儿干净的换上，拍着哄着：“乖……不哭……睡觉了……”他没有叫醒弟弟、妹妹，只有等娃娃不哭的时候才能打个盹儿眯一会儿。

朦胧中，一个戴帽子的女人从东明身边走过。东明疑惑：深更半夜的还有人逛公园？还戴着帽子裹着围巾？

这些天，天气不冷不热，对于三个流浪的孩子和一个婴儿来说，是最好的天时。他们除了给娃娃喂奶，还要换纸尿裤擦屁股，三个人真够忙活的。东明买了足够吃一天的方便食品，准备好了在公园里“安营扎寨”。从早上到晚上，他们绕着公园转了一圈又一圈，漫长的一天又将过去。明明和星儿在亭子里唱拍手歌，东明抱着孩子来回踱步。照看婴儿可不像照看小狗小猫那样简单，若不说婴儿，也可说成小小的人儿，就单从“人”这个字眼上，也能体会出与自己息息相关的远祖流传而来的血缘。东明不可回避地要细心照料，哭的时候去哄，乖的时候逗他发笑。无意中，东明又看到了昨天夜里那个戴帽子的女人，跟上次一样地从他身边走过，这次更近了，近得可以闻到她身上淡淡的清香。东明故作镇定，任她像微风一样吹过。

已经两天了，东明开始寻思着更好的办法：去找公安局吗？那可不行，那样的话，自己的身份也就暴露了，会被遣返回家的。

“明明、星儿，我们把孩子送回去吧。”

星儿在一旁连连摇头。明明说：“没人给娃娃喂奶，他会饿死的。”

“不能说死，不吉利！可是，我们连住的地方都没有，一天两天可以，长此下去会很困难的。”

东明想好后找来一张纸条，上面写道：“这个孩子我们照顾了两天，却没有能力抚养，您要是喜欢，就请带回家吧。”他把纸条儿放到小车里，趁着夜深人静的时候，把婴儿安安稳稳地放回到原处。三个人悄无声息地躲在昏暗的墙角后面，耐心地等待着。

过了许久，那个戴帽子的女人终于出现了。难道她就是娃娃的妈妈？那她为何要丢弃孩子？是不喜欢呢，还是……太多的疑问让东明感到迷惑。她走到婴儿车前，在小车里翻来翻去，像是拿东西又像是放东西，几分钟后便离开了。娃娃已经喂过奶粉，正在睡觉。东明走上前去，想要看个究竟——小推车里只是多了两百元钱。东明估计她还会回来的，便退回到墙角处守候着。果真不出所料，个把小时后，那个女人真的回来了，不过这次停了不到两分钟便匆匆离开。东明冲了上去，一股狂热让他变得像猛兽一样无所畏惧。他先看了一下车里，发现纸条上多了一行字：“我是孩子的妈妈，却不能带他回家。”东明抓住纸条，毫不犹豫地朝着她的背影追了过去，并大喊着：“等一下！等一下！”她放慢脚步，他也慢了下来；她又加快步伐，他就快步紧追。她慢他也慢，她快他也快，她停他也停，她……一段拉锯战之后，东明一声长吼：“如果您是孩子的妈妈，如果您还有一点儿良心，就请您站住！”那吼声霹雳般划破夜空，把她镇住了停下了脚步。

东明一步一个脚印地走到她身后。她转过身摘下帽子，借着昏暗的街灯，仍能看清她漂亮的脸庞——刚用泪水洗过。东明的心弦

瞬间被触碰了，此时被镇住的不只是她，还有他。

“小兄弟，我也不想这样……可是，我……”她说着眼泪溪水般哗哗地往下流。

“那个……不是……刚才……我……”东明吞吞吐吐不知说些什么。他的身子从上到下，从里到外已经酥软了下来。

“今天夜里就请你照顾我的孩子，明天公园里见，我会把所有事情都告诉你的。”她擦去泪水说道。

东明站在那里一动不动，目送她远去，许久、许久……直到她消失在茫茫夜色之中。

“我们回去吧，那个人已经走了。”明明拉了拉哥哥的手说。

东明没有说话，脑海中全是泪水洗过的美丽脸庞。他魂不守舍地随着弟弟、妹妹推着车回到了公园。

熬过了漫长的一夜，三兄妹在公园里焦急地等待着。临近中午，那个陌生而又熟悉的身影又一次出现了。她身材匀称，眉目清秀，鼻梁俊俏，嫩白的皮肤透着红晕，明净的眼眸仿佛能望穿秋水，润泽的双唇无须口红，自然而然地泛着柔情蜜意。她穿着长衫披着长发，闪着珠光的发卡把她装点得楚楚动人，丝毫看不出已是生过小孩儿的妈妈。她步履轻盈地走了过来，整齐而又洁白的牙齿衬托着迷人的微笑。东明第一次这么近地见到漂亮女人，眼光闪烁，心情复杂，年少的他扑通扑通跳动着一颗萌动的心。

绕过翠竹林，走过木板桥，是一处凉亭。东明像个姑娘似的羞答答地站在亭中，看着弟弟、妹妹推着婴儿车在池塘边玩耍。她先行坐下，然后拍拍长凳示意东明。他这才扭扭捏捏地坐了下来，离她却那么远。

“这个孩子是我的，我住在东郊，我叫爱兰，爱人的‘爱’，兰花的‘兰’，怎么称呼你呀？小兄弟。”

“我叫——东明。”

“我二十二岁，你呢？”

“十六。”

“东明弟，你要是不介意的话，以后我就算是你姐姐了。”她翘了翘嘴角说道。看东明默不作声地会心一笑，爱兰又问:“你们带着行李，这是要去哪儿呀？”

“去，去想要去的地方。”

“那你们的家在哪里呢？”

“在，很远的地方。”

脚下一条路，不清楚要去哪里，将要去哪里，到了哪里，只有停下脚步的那一刻才知道到了另一个地方，离家更远了一些。东明模棱两可的回答让爱兰只好去猜，于是她便不再打听。过了片刻，她又尝试着问:“东明，你能留下来帮姐姐带孩子吗？”东明刚想说点儿什么，话还没出口就被爱兰打住了，“你不说话就是默认了。”哪里是他不说，分明是她不让他说。

“我已经在附近租了一间房子，你们吃的住的我全包了，换了别人我也不放心，姐姐就看上你了。”爱兰不需要有任何顾虑，直觉告诉她，不会有错。

“爱兰姐，你为什么要把孩子…… 你不是说——要把所有的事情都告诉我吗？带孩子可以，只是……”

“先不说这个，你跟着姐姐走就是了。”

事情就是这样水到渠成，三兄妹稀里糊涂地随着爱兰来到住处，餐桌上已备好了四菜一汤，还有香喷喷的米饭。这是爱兰特意嘱托房东黄阿姨帮忙做的，对于三个流浪儿来说已是盛宴了。黄阿姨是个热心肠，推着孩子在房前屋后转悠，好让他们吃个安稳饭。瞧这四个人，你看我，我看你，没人动筷子。爱兰看得出他们三个是有点儿难为情了，就给每个人夹了一块红烧肉，然后说道:“赶紧吃吧，别愣着了，千万不要拘束，我们能坐在一起就是缘分，吃

了这顿饭就是一家人了。”正如爱兰所说，不一会儿便有说有笑边吃边聊，一顿饭下来，大家就不觉得陌生了。

晚上，爱兰抱着孩子坐在床边，觉得应该坦诚相告，也只有这样才能真正赢得别人的信赖和帮助。她把东明叫到身边娓娓道来：“你不是想知道关于孩子的事吗？我先不直说，等一下，你抱着孩子仔细地看，看看有什么不一样的地方，倘若看不出来，我再告诉你。”几天来，东明是曾觉察到孩子有些不一样，但他认为是孩子太小，就像未成熟的果子还在发育，也就没有多想。东明接过孩子抱在怀里，娃娃的小脸儿在他的肩膀上蹭来蹭去，仿佛想要睡觉。孩子的眼神呆滞无光，黑色的瞳仁总是盯着一处看，不会随着东明身影的晃动而转来转去。难道他的眼睛有问题？东明委婉地问：“兰姐，我在逗他玩儿，他怎么不看我的脸？”

爱兰听了含着泪诉说：“这个孩子出生后三个月，感染了脑炎，治愈后……应该是后遗症吧……已经一岁半了，看起来就像五六个月的样子，他不会走路，手脚发软，眼睛看不见。我们去了最好的医院，找了最好的医生……还是没有好转，我丈夫根本就无法接受这个现实，他叫我抛弃孩子，否则就要逼着我爸爸还债，甚至还要闹离婚。小兄弟，我根本就做不到，你说我该怎么办？”爱兰说着说着就想放声大哭。东明看她极度悲伤，连忙安慰道：“兰姐、兰姐，你别难过，没事的，我来帮你带孩子，我看这孩子挺好的嘛！等他长大了就能看见了。”

等爱兰情绪稍稍平静，东明一本正经地问：“兰姐，他真的看不见？”爱兰肯定地回答：“是的，看不见，只能感觉到光亮。”

事情已经清楚，东明平日里就喜欢思索关于生命价值的问题，想不出什么大道理，仅仅是一点儿感悟罢了：像这样一个孩子，他的人生意义何在？是悲痛还是折磨？是苦难还是无奈？有谁能说得清？是孩子来得太过匆忙，全然忘了自己只是个弱不禁风的嫩芽，是他急着想要看到妈妈的样子吧，只可惜——没能看到！无法想象的事实——一个人，从来到这个世界直到离开，就从未看见过任何事物，那是何等的凄惨啊！真是可怜的孩子。多想向天长啸，希望能有一束灵光闪现，为他点亮，点亮他所看不到的世界！即便没有奇迹出现，那他的生命也是有意义的——他肯定了这个世界的存在，这个世界也接纳了他，难道不是吗？作为孩子身边最亲近的人，又怎么能够拒绝？东明想了很多很多，却不知从何说起。

爱兰与三兄妹道别，看了看正在安睡的孩子，不舍地回家去了。她坐在公交车里，看着形形色色的陌生人，感到无比的孤独与无助。虽然东明愿意留下来，可终有一天还是要离开的，这个可怜的孩子终究是自己的，逃不掉也躲不过，既来之则安之吧。

小屋里，东明抱着孩子，像棉花团儿一样轻轻地把他放到床上，大脸贴着小脸。等孩子睡踏实了，他才松开手，稍稍休息一会儿。“啪！”东明按下开关，熄了灯。

“哥哥，现在还早，我们还没睡呢，干吗要关灯？”明明不解地问。

“关了灯，他能睡得更安稳。”

“姐姐说，这个娃娃眼睛看不见，那他长大了怎么知道妈妈长什么样呢？”

“他可以摸到妈妈柔软的皮肤呀，可以去想象。”

“哦——想象……妈妈很漂亮……姐姐长得真漂亮，她要是能住在这儿就好了。”明明说着娃娃想着姐姐。可别小瞧了七八岁的孩童，他对“美”的审视可比大人直观，说话也是直来直去，不懂得也根本不需要去懂得遮遮掩掩。明明说着闭上眼，双手在空气中摸来摸去，似乎真能摸到漂亮姐姐。

“那你可以跟姐姐说啊！算了吧，说了，她还是要回去的。”东明替弟弟想替弟弟说。

星儿也闭着眼睛在屋里摸来摸去，她不是在捉迷藏，而是想体验一下看不见的感觉。“星儿、明明，到这边来，”东明把两个人叫到身边又接着说，“这是不一样的，我们永远体会不到，现在只是关了灯，但关灯之前，你们已经知道了床在哪里，桌子在哪里，凳子在哪里。如果让你们走进一个从未进过的房间，里面漆黑一片，你们能知道屋里有什么吗？”明明和星儿连连摇头。东明叹了一口气说：“这个孩子一岁半了，就好像还在妈妈肚子里，不知道人是什么样，花草什么样，猫狗什么样，小鱼、小虾什么样……汽车、火车什么样，桌椅板凳什么样……”

“他会不会把我们想象成怪物呀？”

“很有可能，他会把你想象成猪八戒——大耳朵！”

“啊？那你就是孙猴子——浑身长毛！”

“大耳朵……”

“孙猴子……”

兄弟俩相互逗笑着。“嘘——”东明嘘了一声，“小声点儿，别把他吵醒了。兰姐一直忙着给孩子治病，没顾得上起名字，我来给他起一个，你们看怎么样？”

“好啊，就让哥哥起，反正我也想不出来，起一个跟星儿一样好听的名字，姐姐一定会高兴的。”

“不光要好听，还要有意义，这个孩子需要有一双明亮的眼睛，我们就叫他亮亮吧。”

“亮亮……亮亮……”明明不停地念叨着。

“你们俩要是没有意见的话，就请闭上眼睛，在心里郑重地叫上几声，然后睡觉，等他醒了还要喂奶粉。”

这一夜，小亮亮出奇地乖，醒来后喝过奶粉接着又睡，似乎是三兄妹在叫亮亮的时候，冥冥中传达了一种祝福，他收到了，懂了！

二

早上，东明给亮亮换好纸尿裤洗好脸，在屋里等待着。没多大一会儿，就听见砰砰的敲门声。“姐姐来了，我去开门！”明明欢呼雀跃地跑过去。他打开门看到爱兰便叫：“姐姐、姐姐……”小嘴儿一时间抹了蜂蜜，流露出对姐姐纯真的喜欢。

“大家都饿了吧，我带着早餐呢，孩子要是不哭，就把他放车里，我们来吃吧。”

明明手里捏着鸡蛋饼走到爱兰身边说：“姐姐，我们给娃娃起了个名字，叫亮亮。”爱兰听后转过脸看了一眼东明，微笑着说：“你挺用心的，那我就叫他亮亮了。”东明含蓄地说：“‘亮亮’就是希望他有一双明亮的眼睛，能够看得见。”

上午，爱兰让三兄妹把衣服换下来洗一洗，鞋子脱下来刷一刷。衣服有替换的，可鞋子就只有脚上那么一双，只好趿拉着拖鞋将就着。东明看了看爱兰的手说：“兰姐，我看你两手娇嫩，还是我来洗吧。”

“小看姐姐了不是，我可是什么家务都做的，你带孩子我来洗。趁我心情好的时候，把该做的事情赶紧做了，要是等到心里难受了，就是想做也做不好喽。”

“兰姐说得对，那我现在心情也好，就陪亮亮玩会儿。”这是东明在爱兰面前说的第一句俏皮话。

爱兰在刷鞋的时候，记下了每双鞋的尺码，她想……衣服洗好了鞋也刷好了，爱兰对东明说：“没什么事儿了，我们去公园转转吧！”

“我和星儿也要去！”明明还真是机灵，听说要去公园，反应神速。

“那就前面带路吧！”爱兰嬉笑着说。弟弟、妹妹又蹦又跳前面跑着；哥哥、姐姐推着婴儿车后面跟着。这情景，黄阿姨全看在眼里，望着他们的背影，黄阿姨暗自心想：这俩人要是过到一块儿，孩子就不用遭罪喽。

公园里有一个池塘，岸边的垂柳倒映在水中，就像正在梳妆的长发女郎。软软的湿湿的沙滩像是铺了一张金色地毯。明明和星儿光着脚踩在沙滩上，在靠近池水的地方蹲了下来。明明用树枝在沙滩上工工整整地写了“星儿”两个字，星儿也模仿着用手指一笔一画地写着。哥哥写“爱心”，妹妹也写“爱心”，哥哥写“中国”，妹妹也写“中国”，他写什么她就写什么，两个人从自娱自乐中找到了写字的乐趣。爱兰看得出他们对学习的渴望，却暂无能力改变现状。

爱兰推着车，东明紧随其后，慢慢地并肩而行了。只是，东明趿拉着拖鞋，有些不协调，兰姐当然是不会介意的。她说：“东明，你们这样离家出走，父母找不到你们，肯定会着急的。”

“兰姐，一定要说是离家出走吗？”

“嗯——当然不是，还可以说是外出旅行吧。”

“我们这是苦难之旅。”

“唉，你说星儿也是从家里跑出来的，那你要一直带着吗？”

“她不想回家，只好带着了，等她什么时候想回去了，不管有多远，我都会送她回去的。”

“说心里话，我知道你们出来是有自己的理由，你说想找一个你想要的地方，可又不知道在哪里，你们的家人会因为这些而改变自己的生活，变得好了算是庆幸，要是变得不好了……”

“要是变得不好了，就算是对他们的惩罚，生活总归要改变的，总不能每年每天，每日每夜都重复着不想做的事情，没完没了，没有尽头，让人觉得困顿、无聊。”

“不能说惩罚，我们每一个人都要反省一下，你说对吗？”

“对，如果我们的离开留给爸妈的是痛苦的思念，如果有一天他们想明白了，我们还是会回去的。我能找到回家的路，我想要的地方也许就在家里。”

爱兰听到这话，感到一丝欣慰。她想：所有的事情都会因人而变，事在人为，别人因自己而改变，那么也要为别人而改变自己，不论是你、是我，还是他，都要越变越好，没有必要非整出个是非对错来。

“以后的路还很漫长，那姐姐就祝愿你们痛苦的旅行早一天结束。这一段时间呢，什么也别想，留下来帮姐姐渡过难关。”爱兰说着瞅了东明一眼，片刻后，她说，“讲讲你小时候的事吧。”

东明只顾低头走着，不停地审视自己的一双脚，想着拖鞋能瞬间变成皮鞋。

“哎！哎！说说你小时候的事！”

“哦……小时候啊……”东明回过神儿来，“小时候，妈妈身体不好，天天吃药。还记得，是三岁那年，夏天的傍晚，我在大门外玩耍，把塑料袋套在头上，拽不下来也撕不破，差点儿憋死，是妈妈及时赶到救了我。”

“嗯——是你妈妈给了你第二次生命。”

“十一岁那年，也算小时候吧，我在河里洗澡，被人无意中用石块儿砸破了嘴唇，缝了十几针，要是砸到眼睛，可就不是我现在这副模样了。妈妈每日每夜，看见我就流泪。那小孩的父母反赖我惹了他们家儿子，气得妈妈病情加重，没过多久，她就……我是真不想再回老家看到那些人的嘴脸！”

“可怜天下父母心，你妈妈为你而担心，因别人而受气，她走得很凄凉……你也不必把心中的愤恨扩大到整个村，每个人、每个家庭都是不一样的，该回去的时候还是要回去。”

“也许是吧，倘若有一天我回去了，那也是为了去我妈坟上磕个头。”

“这些事太伤感了，说点儿高兴的吧。”

“高兴的……”东明深吸一口气，“给我欢乐最多的，应该是院子里的红枣树，又大又圆，又脆又甜的红枣……对了，兰姐喜不喜欢散文？我写了一篇，题目就叫《红枣树》。”

“当然喜欢，等会儿回去，你拿给我，我要回家一字一句地看。”

他们聊了许多，弟弟、妹妹也玩得开心。傍晚，爱兰又该回去了，她嘱托东明说：“以后，我每天都会过来，孩子夜里就拜托你了，要是有特殊情况，叫一下黄阿姨。”

“兰姐，你就放心吧，这孩子挺喜欢我的，只要我抱着，他就不哭。”

这天夜里，爱兰趁着丈夫熟睡，从衣袋里掏出《红枣树》手稿，坐在台灯下仔细地看着。她不只是在默读，还是在领略东明内心世界的那份童真：

红 枣 树

七月边，枣红圈，日日盼夜夜盼，盼望着七月早日来临。等到又大又圆微微泛红的枣子挂满枝头，小伙伴们早已按捺不住心中的欲望：想要摘一颗尝尝。院墙外的“过客”只能望枣止渴，院墙内的我垂涎欲滴。这是我家的枣树，我要先摘一颗尝尝鲜，也好给自己一个第一的荣誉。

于是乎，我便往上爬，那年我八岁，双臂合抱树干还有两拃的间距，要是这样顺着树干爬上去实在困难。幸好，主干上有三个分杈便于攀爬，似乎是专为我生长的，再加上紧靠院墙，可以用脚蹬，手脚并用，爬上去就容易多了。我两脚踩着人字形分杈，一只手扶着头顶的细枝，另一只手作钳状去探寻中意的目标。有一颗枣子在阳光下晃动，试图用一片叶子遮挡我的视线，可还是被我盯上了。我脚下有些颤抖，就差一点点了，稳住……嘿！终于摘到了！我迫不及待地嘎嘣一口，又脆又甜，顿觉像吃了蟠桃的猴子，真的要飘飘欲仙了。

没过几天，大枣已是半边红半边金黄，若是等到全红，吃起来就不脆了。姑姑家的表哥、表弟来了，邻居家的小潘也不约而同地来了。我们派表哥上树摇晃，抖动树枝，顷刻间枣子像轰炸机抛下炮弹，砸在头上、肩膀上，落在地上、脸盆里。我们争先恐后地去捡，用碗、用盆、用袋子……捡回来的都要全部交给鲁明大哥，他会每人发两颗，捡得多的就多发两颗，表哥功劳最大，给得也最多。我们不仅尝到了枣的脆甜，还体验了丰收的喜悦。

九岁那年，枣子有些稀疏了，可能是枣树累了，想要休养生息一下，也好来年结更多的果。枣子没有像往年一样晾晒枣干，一半送人，一半带到集市上变卖。枣树是哪年栽种的连父亲都说不清，反正是村上最大的一棵，这一点有些让我引以为荣。自从记事后，枣树就像老爷爷一样陪伴着我。从叶落到发芽，从开花到结果。幼小时拍拍它的躯干，希望快点儿长大；长大后爬上它的枝丫，摇晃着哼着小曲儿。

每逢枣树结果时节，总能吸引村上小孩子的目光，哪家院子里有枣树，他们是盘查得清清楚楚，我家那棵自然而然就“树大招风”了。曾有一年的一天，一个陌生的男孩儿从院墙外爬到墙头，然后爬上树干，当他爬到树的半腰时，被我抓个正着。我一个手势一声怒吼吓得他滑落下来，跳下墙去，一溜烟儿跑了。打那以后，我就多了一项任务——看护未成熟的青枣。等到枣子成熟，就要更加防范了。

随后的两年，不是结了更多的果，而是越发稀疏了。难道

枣树真的老了？我难以置信，听父亲说有可能是被摇晃的，像人一样散了架；也可能是吊了太多的玉米，压得它喘不过气来。我信以为真，开始自责和埋怨别人，时常一个人坐在院子里忧心忡忡，担心有一天，一颗枣也没了该怎么办？后来，我又怀疑起父亲的说辞，前几年也都是这样摘枣的，而且每年都要挂玉米，为什么短短两年就……我又一次爬上枣树，是为了查看病情，我翻开叶片，并没有发现害虫，只是细枝上有许多突起的“瘤子”，症状明显。剩下的就是零零星星的十几颗，兴许是几十颗枣子了，全然失去了硕果累累挂满枝头的景象。

此后，我再也没有爬上枣树摇晃，也禁止别人这么做。我找来一根竹竿把网兜固定在一端，然后用细铁丝窝成钩子，对准网兜中心，绑在竹竿上，这就是我的摘枣“武器”。站在平房顶，钩住一颗轻轻一拽，落入网中，因为稀少才倍加珍惜，生怕掉到地上摔破了。

十二岁那年，妈妈不在了。枣树反而格外枝繁叶茂，开花时节彩蝶翩翩，我拿来木凳坐在院子里，看着满树的翠绿点缀着金黄的小花，心中浮现压弯枝头的串串红枣。可事与愿违，那曾经的丰收景象始终没有出现。从六月等到七月，从七月等到八月，一直等到九月，等到花开花落，等到落叶黄霜满天，还是没见一颗枣子。这让我有些心伤，是我们呵护不周才让枣树衰老得不能结果。渐渐地，它的枝杈开始枯萎，像老人步入了晚年。再后来，终于被伐掉了，卖给别人做了家具吧。

红枣树——没了。我不仅仅失去了一棵树，一并失去的还有童年时无尽的欢乐。

爱兰看完《红枣树》，眼角已挂着一颗滚烫的泪珠。她已经洞察到东明的内心世界，每一个字都是从血管里蹦出来的，充斥着这个少年对逝去美好时光的眷恋和对未来满怀期待的向往。她躺在床上久久不能入睡，一边徜徉在东明所编织的曼妙的童话世界里，一边琢磨着：等到明天，一定要给他们带点儿惊喜。

翌日中午，三兄妹带着亮亮在门外玩耍。明明握住亮亮的小手问道："哥哥，亮亮怎么老是抓自己的手啊？"

"我早就发现了，他一会儿左手抓右手，一会儿右手抓左手，因为他看不见玩具在哪里，那双小手就是他最心爱的玩具！"东明的话让人沉思让人忧伤。是啊！"最心爱的玩具"，比起从超市货架上买回的玩具，他的一双娇嫩的小手更容易被抓到——随时随地！

"看不见？不行，我要测试一下！星儿，把拨浪鼓给我！"明明说着从星儿手中夺过拨浪鼓，在亮亮面前左右不停地转动着，发出嘣咚嘣咚的响声。亮亮的眼神似乎随着拨浪鼓转来转去。

"他看见了！"明明激动地说。

"他不是看见了，是听见了，他的听觉比你灵敏。就说星儿吧，她虽然不能说话，可她有一双会说话的眼睛啊，上帝在给他们关上一扇门的同时也为他们打开了一扇窗。"

"窗？什么窗？"明明疑惑不解地问。

"听不懂了吧，等你长大就知道了。"

正在这时，星儿拽了拽小哥哥的衣角。明明回过头看见姐姐拎着大袋小袋，步履蹒跚地走了过来。

"是姐姐来了！"明明叫着便和星儿跑过去帮忙拿东西。

中午，明明和星儿吃着姐姐带来的羊肉面，眼神儿却不由自主地飘向那个粉红色袋子，里面会是什么呢？吃完饭，爱兰把大家叫到身边，从袋子里拿出三个盒子，打开一看，是三双漂亮的新鞋。"快把鞋子换上，让姐姐看看合不合脚。"爱兰说着把鞋子递给兄妹三人。他们换上鞋子，心里乐滋滋的，明明还兴高采烈地在屋里转

了几圈儿。爱兰又从小袋子里拿出两沓写字本，还有十支铅笔，两块儿橡皮擦和一个削笔刀。然后，她朝明明招招手说：“来！过来，你看，这些是送给你和星儿的。”明明接过礼品，把写字本放在鼻尖上嗅了嗅，兴奋地叫着：“哇！真香啊！星儿，你也闻闻。”于是，星儿学着小哥哥的样子，鼻孔紧贴写字本，深吸一口气，仿佛也找到了同样的感觉，恐怕也只有他们能闻到这纸的清香了。

“那几个袋子里是一些日用品和蛋糕，还有亮亮的奶粉和纸尿裤，你看怎么合适就怎么放吧。”爱兰说着指给东明看。

“兰姐，你买这么多东西要花不少钱吧？”东明问。

“姐姐我是什么都缺，就不缺钱，我老公可是中天大酒店的经理，他爸爸就是老板。”听了兰姐风趣的话，东明附和道：“那我就是什么都不缺，就缺钱。”说完哈哈地笑了。

“东明，我还有一样非常特殊的礼物送给你。”爱兰从包里拿出两个诺基亚手机，一个粉红色，一个湛蓝色，款式一模一样。她说：“粉红色的，是结婚时老公给我买的，这个湛蓝色的是今天我爸给钱买的，送给你，以后不管有什么事，都要在第一时间通知我。”爱兰看东明默然无语，肯定是在想花钱的事儿，便逗他：“你看，这两个手机像不像一对儿情侣？”

“像，真像！”东明这才搭了话。

趁着亮亮乖，爱兰教东明怎样使用手机、怎样发信息、如何充电。凭借东明的聪明劲儿，学这点儿东西当然是不在话下。等学得差不多了，就开始给亮亮捏筋，等到下个正规疗程还要过两个月，可捏筋每天至少要做两遍，从胳膊到手，从腿到脚。爱兰真希望亮亮能通过他们的双手而强健起来，像别的孩子一样，跑到跟前，抱抱腿、撒撒娇，黏着缠着。老公放弃了对孩子的治疗，自己坚决不能：这是东明从骨子里传达给爱兰的一种信念。

不知不觉又到爱兰回去的时候，看着屋里写字的写字、捏筋的捏筋，她依依不舍地走到门外，正巧碰到了黄阿姨。她连忙打招呼：“阿姨这是要去公园散步吧，我要回去了，这些天给您添了不少麻烦，真是谢谢您了！”

“唉，别说这些客气话，像你这种情况，换了谁都会照顾的，倒是你自己，每天都要跑这么远，真是不容易啊！”

“没事的，等过了这阵子就好了。”

三

从东郊到西郊少说也有三十多里，再难熬的日子总有过去的一天。就在爱兰坐上公交车没多久，亮亮开始不停地哭闹，东明摸摸他的屁股，没拉屎也没撒尿，刚喝过奶粉应该不是饿了。逗他哄他没用，抱在怀里一样没用，东明觉得有些反常。黄阿姨听到哭声走进房间，问了情况后摸了摸孩子的额头。

“哎呀！糟了，孩子发烧了，火烫火烫的！”黄阿姨火烧火燎地说，“该怎么办呢？社区诊所不接收发热的小孩儿，去医院，直接去医院，阿姨陪你们去！”

东明慌忙掏出手机，想给爱兰打个电话。黄阿姨看到愣了一下问：“你有电话？”

“是兰姐送给我的。”东明点点头说。

“那太好了，你先拨通，我来说。”

电话通了，黄阿姨说：“喂，爱兰，你现在有没有到家？”

“你是——”

“我是黄阿姨。”

“哦，黄阿姨呀！我快到家了，您有什么事儿吗？”

“你赶快回来，孩子发烧了，还不轻呢！”

“啊？我马上回去！”

为了节省时间，爱兰叫了一辆出租车，不到二十分钟就赶了回去。

“黄阿姨，我回来了，我和东明带孩子去医院，明明和星儿留在家里，又给您添麻烦了。”

“快别说了，赶紧去吧，家里的事儿有我呢。”

等他们赶到医院，小儿科医生已经下班，亮亮一阵阵地哭，每一声都揪着爱兰的心。没办法，只好去急诊室，医生查看后开了药，还要输液。在输液室里，护士拍了拍亮亮娇嫩的手掌，看不清血管，扎了两次都没扎到位，只好把那闪着冷光的细针刺进了他的脚腕儿。爱兰抱着孩子刚刚坐下，电话铃响了。

“你什么时候回来呀？”是爱兰的丈夫在家里等着急了，打来了电话。

“我今天要加班，你先睡吧，不用等我了。”

“那你提前说一声啊！让我等到现在，哥们儿约我，我都没去。”

“我……我忘了……”爱兰吞吞吐吐地说。

“忘了？是忘了回家还是忘了我？”老公尖酸刻薄的话让爱兰很伤心，不过也没什么，心知肚明，说白了，他就这样。

“我这会儿正忙，先不说了，等我回去再跟你解释。”

两个小时过去了，那透明的液体还在滴答滴答流个不停，这是最后一小瓶。东明从未照顾过这么小的病号，有点儿手足无措，只能帮忙拿拿东西倒倒开水。护士给亮亮测了一下体温，比刚来的时候降了一点儿，发热已经得到控制。等输完液回到家里，明明和星儿已经熟睡。亮亮这会儿也睡着了，爱兰抱着坐在板凳上。东明关切地说：“兰姐，我来抱一会儿吧。”爱兰说：“没事，你先睡吧。”

东明躺在床上，看着兰姐疲惫的样子，他是睡不着的。爱兰看了看钟表，已经十点多了，便拿出手机，给老公发了信息：“亲爱的，对不起，我的工作出了问题，受到处罚，心情很沉重，我住在同事家里，今晚不回去了。”十来分钟后，老公才回了信息：“没关系，你回来后编个美丽的谎言就行了。”对于这样的回复，爱兰并不感到意外，从结婚到现在，这是第三次夜不归宿了。爱兰每次撒谎，老公都不生气，他似乎很喜欢听“美丽的谎言”。只要她的身体回去，至于灵魂，不管飘到哪里，他都不会介意的。

爱兰正想着家里那点儿事儿的时候，亮亮醒了，一阵哭声把明明和星儿吵醒。明明揉揉蒙眬的睡眼，关心地问：“哥哥、姐姐你们回来了？亮亮好了吗？”

“没事，过一会儿就好了，你和妹妹乖乖地睡觉，有东明哥哥陪姐姐就行了。”

小屋里只有两张单人床，东明睡一张，明明和星儿睡一张。等到亮亮不哭了，东明执意要爱兰抱着孩子睡在床上，自己找到旧的被褥铺在地上，躺了下来。他突然间觉得像个大人，兰姐得到了自己的照顾，心里美滋滋的。

第二天清晨，黄阿姨来到房间，问过亮亮的病情后，才放心地去了菜市场。一整天，爱兰没有给老公打电话也没有发信息。到了晚上，她还是放心不下孩子，也许真应该回去，就在她犹豫不决的时候听到了敲门声，会不会是黄阿姨？可当她推开门的那一瞬间愣住了，来的居然是自己的老公。爱兰惊讶地问：“你怎么来了？你怎么知道我在这里？”

“我怎么就不能知道，我也不想知道太多，只怪我那哥们儿侦查能力太强，什么事都逃不出他的视线，还有他那张嘴，我叫他别说，他非要跟我说，真拿他没办法。你说孩子已经送人了，我就过来看看，也顺便看看你的工作，说老实话，你这地方挺好找的嘛。”他一边说着违心的话一边往里走。

他看了看婴儿车里那个熟悉的娃娃，沉默片刻，再转身看了看伫立一旁的兄妹三人，朝着爱兰嬉笑道：“这就是你的工作？照看三

个野孩子？你把我们的孩子送给他们了？大孩子带小孩子，好啊！这样很好！”听到这话，东明气愤地问：“兰姐，他是谁呀？”

“他是我老公。”爱兰走到东明身边低声说道。

“哎哟！‘兰姐’，叫得挺亲热嘛！”那个“不速之客”讥讽地说。

“你既然都知道了，我就不多说了，孩子，我是不会扔掉的。”爱兰郑重地向老公声明。

“兰兰，我可从来没说要你把孩子扔掉，事情由你做决定，什么样的决定就意味着什么样的结局。”说完有悖良心的话，他定了定神，而后，他开始抱怨起来，“想不通啊想不通，不幸的事怎么会落到我头上，你看看你生这个，这样一个……”他比画着手，撇撇嘴耸耸肩，显出一副很无辜的样子。

东明越听越急，便叫道：“那也不能怪兰姐呀！生孩子，谁知道要生什么样的！难道出生的时候就有脑炎吗？”

爱兰的老公也算是英俊潇洒，可说出的话总是让人觉得冷飕飕的。他听到东明的指责，又开始指手画脚了：“你多大了，小屁孩儿，没结婚，说什么生孩子不生孩子的。你有能耐让我儿子站起来吗？你有能耐让他自己拿玩具吗？你有能耐让他看见我这张脸吗？你不能——不能，就什么也没用！”爱兰看情况不妙，拽了拽两个人的衣袖说：“好了，你们两个人互不相识，没有必要说这些，我今天——回家。”这是爱兰最后一次在老公面前说“回家”两个字，她已经预料到了那种无法逆转的结局。她把该准备的准备好，该交代的交代过，坐上老公的私家车回去了。街上的路灯亮了，万家灯火点缀出五彩缤纷的夜色。两个人坐在车里，任凭车窗外灯光掠过，一路上无言无语。

到家后，在宽敞的客厅里，两个人坐在软绵绵的沙发上。老公开始诉说心中的委屈：“我们已经尽力了，几个专家都说没希望，很有可能还是个弱智，养这么一个孩子，亲戚朋友在我跟前不吭声，私下里肯定说三道四，把我们的不幸当作他们茶余饭后的话题。也不知道我上辈子作了什么孽，要受到这样的惩罚……”他没完没了地絮叨着。最后，爱兰含着泪说了一句话：“孩子——不是你的！”就是这样一句话，六个字，像一把匕首插进了他的胸膛，使他感受到了强烈的刺痛。他这才意识到自己是在胡说八道了，只好长话短说：“行，我不说了，说来说去结果都是一样的，从明天起——你自由了。”

真是将心比心，他心里这么想，也就误以为别人也会这么想。他是受了父亲的影响，被名利冲昏了头，爱情、亲情、友情，在他那儿显得十分模糊。在酒店里，作为经理的他就像一颗小太阳，一群人围着他转，就连服务员都要经过他的筛选。他舍得高薪聘请优雅的小姐，俊俏的姑娘见多了，也就不觉得爱兰有多漂亮，就像山珍海味吃多了，美味佳肴也不过家常便饭罢了。

这天夜里，爱兰想得更多的是孩子，以后都要靠自己，丈夫是不会管也不会问了。第二天，她早早地去了黄阿姨那里，手里拉着一个大大的皮箱。

“兰姐，你怎么带行李来啦？”东明迷惑地问。

“没事，晚上再跟你说。”她尽可能地去掩饰，不让东明看出她的伤心与难过。

孩子已经退烧，病情好转，四个人像往常一样做着该做的事。到了下午，爱兰把亮亮交给弟弟、妹妹，领着东明去了街上。转了两个多小时，好不容易才买到一张可以折叠的单人床，爱兰是准备好要住在这里了。东明还是明知故问：“兰姐，你真的要住在这里吗？”

“怎么，不欢迎啊？”爱兰嬉笑道。

“不是，我当然希望你能住在这里，我是说——你不回去的话，你老公他……”

“他才不管我呢，我们约定好了，一个月之内，他愿意接受这个孩子了，就过来接我们母子回去；假如我把孩子送人了就自己回去。一个月之后，他不来我也没回，就意味着离婚。东明，你看姐姐有伤心的样子吗？”

东明觉得这是一个沉重的话题，便轻声答道：“没有，我看兰姐挺好的。”

“我哭过了，哭完了，现在好了，这里就是我的家。”

四

时间过得真快，一转眼，好几天过去了，他们越来越熟悉越来越亲近，就像一家人，搭起了灶台，准备了灶具，过起了日子。这些天，东明睡在折叠床上，从折折叠叠中找到了生活的乐趣。

晴朗的夜空星罗棋布，皎洁的月光清晰地照见东明和爱兰的身影，两个人坐在院子里。在院子的墙角边有一盆茉莉花、一盆金菊，还有一盆牵牛花。半圆的月亮带着圆月的期盼照向茉莉花，照向金菊，照向牵牛花。

“东明，你最喜欢什么花？”爱兰问道。

“茉莉花！纯洁而又清秀，就像兰姐一样。”

“是我像茉莉花呢，还是茉莉花像我？”

“反正都一样。”

“你说，姐姐我漂亮吗？”

“这还用问吗？当然漂亮！”

爱兰就是想听东明亲口说出“漂亮”二字，像一股暖流，从耳朵根一直流到心里，听得让人心醉。

“那你喜欢姐姐吗？”爱兰趁着热乎劲儿问。

“喜欢！嗯——我是说……”东明嘴巴没张话已出口。这样心直口快的回答，还有什么好解释的，即便是弟弟对于姐姐也难免有爱慕之心。爱兰听了暖暖地笑了，问道：“东明，你最大的心愿是什么？”

“我的心愿没有最大，也没有最小，刚出来的时候就想着，能有一个地方可以让弟弟去上学，我做自己想做的事。现在，我又多了两个心愿：一个是希望星儿能够开口说话，另一个是希望亮亮能够看得见。”

“谢谢你能想着亮亮，你觉得——愿望能实现吗？”

“能，肯定能！我们一定要有信心，相信奇迹会出现的！”东明给了爱兰无限的信心和勇气。慢慢地，爱兰从这个小青年身上找到了心理上的依赖感。

“你是几月份生日？”爱兰又问。

“是七月一日。”

“是香港回归那天！那也太巧了吧！”

“哈哈……是农历。”东明笑道。

“那也不一样。”爱兰接着问，“东明，你会跳舞吗？”

“不会。”

“姐姐教你，把手机给我。”

“跳舞拿手机干吗？”东明不解。

“快拿给我，我是让你看手机跳舞。”爱兰把两个手机并齐，竖立在平滑如镜的大理石桌面上，打开振动，放出音乐，就像王子与公主翩翩起舞。

“太奇妙了，手机也能跳舞！它们碰到一起了！”

“不是碰到一起，是抱到一起！”爱兰这是话里有话。

两个人的夜晚很是奇妙，浓浓的情意飘散在每一个角落，温馨中带着愉悦，两个人聊得开心，聊到很晚。爱兰柔声细语地说：“东明，时候不早了，该休息了。”他和她缓步回到屋里，她拉开帐子，

与他也就一帘之隔。

一个星期后的一天，黄阿姨来到小屋，叮嘱东明兄妹：“这两天要是有人来查暂住证，就说是亲戚。”她坐了一会儿便离开了，没想到在院子里碰到民警，真是无巧不成书啊，只好屋里请了。

“你不是说一个大人带一个娃娃吗？怎么又多了三个？”

“都是亲戚，没来几天，过一段时间就走。”

“您不用绕弯子，没什么大事儿，十天之内到派出所登记，办个证，要是不去，可是要罚款的。”他说完记下了名字，就匆忙地到另一家去了。

这天夜里，东明忧心忡忡：连身份证都没有，该怎么办？停留半个多月了，也该走了，可又不知道怎么给兰姐说，舍不得也要走啊。第二天中午，东明鼓足了勇气对爱兰说：“兰姐，我想——我该走了。”爱兰听了有意岔开话题：“先不说这个，我们来给亮亮捏筋吧。”捏了半个小时，东明感觉手腕有点儿酸，就扶着亮亮的腋下，试图让他走动，可他还是挪不开半步，只是勉强能够站立。东明似乎忘了刚才所说的事，被爱兰带入了她的生活。又是一天过去了，东明再一次鼓起双倍的勇气说：“兰姐，我真的要走了。”爱兰沉默片刻，再一次岔开话题：“急什么，你不是想给星儿看嗓子吗？我打听了几家诊所，带她去看看，你在家照看孩子。”爱兰领着星儿出去了大半天。等她们回来后，东明急切地问：“兰姐，怎么样？”爱兰深沉地回答：“我问了三个医生，都说治不好。”东明听了犹如雨淋，愣了半天说不出话来。

夜里，东明兄弟悄悄地来到院子里，坐在石凳上。东明凝视着那盆茉莉花问道：“兰姐不想让我们走，该怎么办呢？”

“太好了，那我们就不走了！”明明的话只能说明他的幼稚。

“那怎么行呢，我们在这儿也只能帮忙带带孩子，可我们的衣食住行都要靠兰姐，要花很多钱的。”

“姐姐不是说过，她很有钱吗？”

“钱再多，终有一天会坐吃山空的。”

“我们省着吃，就不会空了。”

东明摸了摸弟弟的后脑勺儿说：“你放心好了，我会带你找到一个比这里更好的地方。”

“再好的地方，没有姐姐就不好了，”明明满脸失望地说，“走就走吧，我听哥哥的，我还以为这里是我们的理想之地呢，现在又要走了。”

翌日清晨，东明早早地起了床。爱兰抱着孩子，坐在帘帐后的小床上，轻柔地唱着甜美的歌。

“兰姐，我想好了，亮亮这段时间挺乖的，我们不想再给你添麻烦，我们今天要走了。”

片刻之后，歌声停了，爱兰忧伤地说了一句：“你要真想走，什么也不用说。”她顿时觉得鼻尖酸酸的，眼角挂着晶莹剔透的泪珠，话里的每一个字就像一个个小小的鼓槌儿，敲打着东明的耳膜，让他也感受到了离别的伤痛。东明不再说话，把早已准备好的留言条放在桌子上，开始收拾行李。明明和星儿也已起床，三兄妹在叠衣服、装袜子、拉拉链……爱兰听着不想听的离别的声音，傻傻地坐着。

东明兄妹背上行囊，迈出沉重的脚步，走出小屋，走到院子里。黄阿姨看见了跑上前去问道：“你们这是要去哪里呀？”

“阿姨，我们要走了，以后有机会还会回来的。”东明说罢就领着弟弟、妹妹朝大门外走去。

黄阿姨看情况不对，急忙跑进小屋儿叫着：“爱兰、爱兰……”

“是黄阿姨来了。”

黄阿姨掀开帘子，接过亮亮说：“他们都走了，你还愣着干什么，还不去追！”爱兰这才缓过神儿来，穿着睡衣跑到大门外，已

经看不到他们的身影。她望着空空的小巷，心情万分惆怅，站了一会儿，才摇摇晃晃地回到小屋。

“黄阿姨，他们——走远了……”

其实，他们并没有走远，就躲在墙角后面，东明感到撕心裂肺的痛，泪水涌出了眼眶。

“哥哥，你哭了？”

“没……我只是……眼睛里进了东西。”东明擦干眼泪说，“兰姐已经回去了，我们要快一点儿，不能让她看到。”三个人一路小跑消失在巷子的尽头。

爱兰看着东明的留言，那是用她送给他的金色钢笔写出来的，每一个字都情深意切，渗透着无尽的不舍与忧伤：

兰姐：
就这样吧，我走了，
带着无尽的期盼，
离开这温暖的小屋；
就这样吧，我走了，
留下太多的思念，
在这温暖的小屋。
请不必忧伤与难过，
会有那么一天，
我们重逢在另一间温暖的小屋。
但愿——兰姐能够忘却痛处，
只把美好的记忆；
但愿——兰姐能够留取一份豪迈，
好让自己潇洒！
就这样吧，我走了，
在一个阳光明媚的早晨。

第六章　离别后

一

三兄妹与爱兰离别后，经过几番周折，找到了一家玻璃瓶厂。东明报了名填了表，私家小厂没什么要求，只要能干活儿就行。厂里的工人都是附近的居民，宿舍里空无一人，管事的允许明明和星儿住进去，但要从东明的工资里扣掉一百元住宿费。头一个星期，只能领当天的饭票，一个星期后，就可以一次领一个月的了，饭票不仅可以买饭，还可以在厂内小店买些零食或者日用品。早餐是稀饭、咸菜、馒头。中午有饭有菜，三菜一汤，荤汤素菜，那一大盆汤里也就八块鸭肉——数好的！八人一桌儿围坐着吃饭，东明是第一次吃这圆桌儿饭，紧张得没敢抬头，生怕掉了米粒儿或者菜梗在桌子上。舌头较为活跃的人尽最大所能调动说话的功能，呱唧呱唧着。东明对无聊的话题不感兴趣，也赶不上"兴趣"，只是听着碗筷碰撞的叮当声、嚼黄瓜的咔嚓声，还有喝汤的吸溜声，奏成一曲交响乐。这是一个赤裸的、浓缩的小世界，中华上下五千年饮食文化的精髓被聪明的现代人一口一口咽进了肚子。嗯！大家确实都在吃自己的饭，没人盯着东明看，可他还是埋着头。等交响乐结束了，东明才知道他是最后一个离开餐桌的。然而，他只吃了一小碗米饭、三片黄瓜、一块鸭肉、两块豆腐。大人们吃剩下的给明明和星儿留了一份儿。到了晚上，所有人就只能可怜巴巴地吃剩饭剩菜了，虽然是剩的但还没有变味儿，这里的剩饭剩菜是永远吃不完的。

一次做两顿的，省电省煤气更省事，到剩得不能再剩了，才想起院墙外拴着的小猪。这些对于东明兄妹来说算不了什么，东明决心要坚持一段时间，不能让劳动全都白搭进去。

真是没想到，东明第一天上班就把时间搞错了，被脑中的时差捉弄了一下。两个师傅蹿进宿舍大吼：“你是新来的吧！你看几点了！还不去上班！”东明愣了一下说：“上班？哦，马上！”

车间里有三十多摄氏度高温，要是靠近融化的玻璃浆，被热气炙烤着脸，那滋味儿就更难受了。吹瓶的师傅每天只工作五个小时，可下了班还是满脸通红，像半熟的烤鸭。滴水的衣服穿在身上，大风机吹着，不到十分钟，全干了。

东明这是第一次看到玻璃瓶是怎么吹出来的，还有吹小泡儿的，跑瓶的。新来乍到，他只能帮忙开合模具。说到“吹”，那就是用手指粗的空心钢管，一头蘸玻璃浆，另一头放入口中吹气，把玻璃浆吹出泡来，然后塞进模具里。东明目不转睛地看着模具，待吹瓶的师傅踏脚示意后，赶紧合上。师傅边吹边转动钢管，等到定型后，打开模具就是红彤彤冒着热气的瓶子了。什么样的模具里出来就是什么样的瓶子，钢管有一米半长，个子矮的师傅脚下还要垫些砖块儿。

吹小泡儿的都是学徒，一个瓶子吹出来要分两次：徒弟们先用细钢管蘸点儿玻璃浆，吹出拳头大的小泡儿，并排放在架子上冷却；师傅们再拿小泡儿蘸玻璃浆吹出大泡儿，然后放进模具成形。下班后，大家都走了，留下两个人扫地，另外一个耍滑头，拿起笤帚意思了几下也走了，剩下东明一个人。他此时已经觉得头昏脑涨，大口大口地喘着气，脑袋像是刚从蒸笼里取出，快要熟透了。可第一天上班总要表现一下，他坚持着清扫完地上的玻璃碴儿。

第二天上班，果真得到了师傅的夸奖：“扫得挺干净，小伙儿干得不错，我们这里就缺像你这样的！”可东明心里不免冷笑：哼哼！就缺像我这样的，像我这样的老实人就该活受罪吗？

东明的辛苦得到了肯定，干得更起劲儿了，几天下来就能熟练操作。刚满一个星期，管事的找到东明，递过一个月的饭票说："拿着吧，不过，你要是干不够一个月是不给工资的。你弟弟、妹妹可以到包装车间帮忙呀，包吃包住，听好了，是帮忙，我们这儿是不收童工的。"这言外之意是不打算付工钱了，明明和星儿看着哥哥含辛茹苦，想分担一些，就无奈地答应了。

十来天后，东明换了岗位，干起了跑瓶儿。所谓跑瓶儿，就是把冷却成形后的玻璃瓶放入退火炉，再烤上那么一遍，使其变得更坚硬，更耐高温。空的钢管带回并排放在架子上，好让学徒再次吹出小泡儿，看似简单的活儿却不能出错，否则就会很糟糕。有个比东明大两岁的学徒，习惯性地抓起钢管，不料——他"啊！"一声把钢管甩到地上，还骂骂咧咧："王八蛋！你烫到老子了！"原来是东明没注意把钢管放颠倒了，发热的那头儿对准了学徒，那小子可就惨了——被烫到了手。他一气之下把东明踹翻在地，伸手指着："你……"东明意识到自己闯了祸，不敢吭声，只能忍受别人的欺辱。幸好东明栽倒时，双手没有按到玻璃碴儿，否则的话，后果不堪设想，手掌上指不定割出多大的口子，指不定流出多少血呢。这些个吹小泡儿的、吹瓶子的都不戴手套，他们说戴手套会找不到手感，被烫到也是常有的事儿。小伙子看东明还算老实，就没再纠缠下去，继续吹他的小泡儿了。东明本以为事情已经平息，可没想到，管事的要扣掉他两百元工资，赔偿给人家。

东明感到万分沮丧，这十来天又白干了。明明在一旁问道："哥哥，我们该怎么办？"

"是啊，你说我们该怎么办？"

"你要是不开心，我们就走吧。"

"我，一点儿都不开心！"

东明沉思了一会儿，就果断地决定要走，多干一天都是白费。他把饭票全都换成了香肠、泡面和矿泉水。第二天清晨，他们神不知鬼不觉地走出了厂门，踏上了新的征程。

三兄妹沿着乡村公路前行，饿了就吃香肠和泡面，没有开水，就拿面块儿当饼干吃，累了就坐在路边歇歇。傍晚，他们来到了河畔，河水早已干枯，就在小桥下生起了火，把矿泉水倒进铝饭盒里煮泡面吃。晚饭吃过后，星儿总觉得想要拉肚子，这无疑是泡面吃多了，也并无大碍，过两天就会好的。这天夜里，他们睡在桥下草坪上，再次塞上了耳朵，这种风餐露宿的日子还要继续，只希望能早一天结束，至少在天气变冷之前。

漫长的夜终于熬过去了，桥头的杨树挥动着枝丫，迎来了黎明的曙光。有人从桥上走过，有车从桥上开过，谁也没有在意桥下的流浪儿。

“明明、星儿，我们该走了。”

“哥哥，睡在软绵绵的草坪上真舒服。”

“是吗？要不——你继续睡，我和星儿先走？”

“那怎么行，再舒服也没有床上舒服，总有一天，我会拥有属于自己的床，铺上竹席，再铺上床垫，那才叫舒服！”

“别再做白日梦了，走吧！”

二

三兄妹在经过一个村庄的时候，从身后开来一辆面包车，在他们身旁停下，走出来一名留着一字胡须的男青年。他向三兄妹打招呼：“喂！小孩儿，你们去哪里呀？”东明没有搭话，只是默默地猜着此人的来头：这人是要打劫还是要行骗？肯定不是问路。

“哦，别紧张，我就住在这边村上，看你们好像走了很远，要一直往前走吗？我去县城，刚好顺路，可以坐我的车。”

“不用了，谢谢你啊！”

“是不是怕我讹你们，是这样啊，我家是做鞭炮的，我想去县城劳务市场找个帮工。愿意坐我的车，给六元钱，我带你们一程，明码标价，这样该放心了吧？”

听了那人的话，东明琢磨着：要是走过去，会省下六元钱，要是花了六元钱，就可以直接到劳务市场，说不定还能找个活儿干干，于是便放下戒心上了车。

“一字胡”把车开得很慢，如同散步，他边开车边问：“你们是兄妹吧？”

“对，是兄妹。”东明说。

“听口音不是本地人，你们是来走亲戚的？不应该呀，走亲戚怎么会步行，还带着行李，是回家没有路费了吧？”

“我们不是回家。”

“不回家？我知道了，你是出来打工的，被骗了……你打工带着弟弟、妹妹干吗？”

“家里没人。”

“明白了，你还没找到工作吧？”

“找到过，一个玻璃瓶厂。”

“原来是那个厂，那就难怪了，没有认识的人不能进——太坑了！”

“说得对，我干了半个月，工资全被扣了，都怪我自己不小心烫了别人的手。”

“烫就烫了呗，算他活该倒霉，要是有熟人，买瓶饮料安慰一下就行了，又不是故意的。”

“熟人？我能认识谁呀，是我自己找过来的。”

“用不用我带几个人，去把钱给你要过来？”

“算了吧，谢谢大哥的好意。”

过了一会儿，面包车吱嘎一声停了下来。东明心头一颤：是不是自己说错了什么？

“一字胡”沉沉稳稳地说：“我说个事儿，你考虑一下，我家这段时间比较忙，你去给我干活儿，管吃管住，一个月五百元工资。你弟弟、妹妹住在我家里，随便做点儿什么都行，我家地方可大了。”

“大哥，我……”

“不放心是吧？我可以带你到我家看看，想做就做，不想做，我再把你们送到县城，反正我也没别的事儿。”

“也行，那我就去看看，不知道我能不能做得了。”

“简单，一看就会，谁都能做。”“一字胡”递过来三个橘子，又接着说，“吃吧，别客气，要是能长时间做下去，我会给你涨工资的。”说完，他得意扬扬地吹起了口哨，好像吃了免费的午餐一样。口哨吹得越响，东明心里就越发慌。

车子掉过头往回开，他加大油门儿，不一会儿便到了家门口。他推开大门便叫：“老婆，我回来了！”

“这么快就找到了，咦——怎么还有两个小孩儿？”

“是跟班儿。”

“跟班儿？干活儿的还要带跟班儿？有什么屁，赶紧放！”

“我呢，没去劳务市场，他们是我在路上捡的。”

说者无心听者有意，这句话飘到东明的耳朵里，感觉好像真是被他“捡”去了一样。

“捡的也好，大的能干活儿，可这两个小孩儿……你就不怕有人来查，说我们雇用童工？”

“查？谁来查呀？谁敢来查呀？你看看是不是我额头上的‘王’字有些模糊了。”“一字胡”说着指了指额头上的三道皱纹，他心血来潮的时候还会用粉色笔在中间画上那么一竖，“王”字不就出来了嘛。说来也巧，这人确实姓王，人称王大哥，媳妇儿自然就是王嫂了。

他们相互了解之后，王大哥带东明走进一间房屋。里面堆放着硬纸，有裁好的也有没裁的，卷好的鞭炮纸筒一捆一捆摞了起来，就等着装填火药了。屋子中间放了一张工作台，台子上散乱地放着一些工具。这比起之前那个私家小厂就显得更为“私家”了。

“小弟抽烟不？”

“王大哥，我不抽烟。”

“那就好，你也看到了，屋子里是绝对不能抽烟的，下午没别的事儿，让你嫂子教教你。”

“行，那我先学一学。”

“我家除了做鞭炮还养兔子，让你弟弟、妹妹帮忙喂兔子，这可是好差事，平时都是你嫂子在喂。”

东明看着王嫂拿起锥子和硬纸，轻轻松松地卷成纸卷儿，自己却笨手笨脚的特别费劲儿。他一个接一个地卷着，越来越熟练了，直到手掌有些疼痛才停下来，咬咬牙搓搓手，歇一下继续干活儿。东明只顾埋头苦干，不知不觉快到晚上了，王嫂忙着做饭。她的儿子放学回来，在院子里玩耍，王大哥称他“小王子”。

小王子看到家里多了三个人，感到很欣喜。他和明明一般大，也是八岁，于是便开始展示自己的玩具。他拿出金箍棒、大刀和冲锋枪，先在明明和星儿面前挥舞，显摆一番，然后问：“你们想不想玩？”

“我想玩那把刀。”明明心直口快地说。他从电视剧中看到过关公，这把刀很像那把青龙偃月刀，明明握在手里耍两下，威风凛凛。星儿不太喜欢这些玩具，站在一旁微笑着，露出欣赏的目光。小王子跑进屋里，想找个娃娃给星儿，可是一个也没有。他把柜子翻了

几次，抱出一个大篮球，星儿摸了摸，摇摇头撇撇嘴；小王子只好跑进屋里换了一辆坦克车，星儿还是摇摇头撇撇嘴；小王子再一次跑进屋里，拿出一支竖笛，吹了两下递给星儿，星儿也试着吹了两下便又还了回去。“又不喜欢呀！”小王子不知如何是好，“那你告诉我，你喜欢什么？”明明听了，凑近他的耳畔悄悄地说：“我妹妹她不会说话。”

“啊——是哑巴！”小王子十分惊讶。

明明急忙嘘了嘘，提醒道：“不能说哑巴，说哑巴，她会哭的。”不过，这次星儿没哭，她没有哥哥说得那么脆弱，只是看起来有些忧伤。小王子也就不再说了，他很想给星儿找一个女孩儿都喜欢的布娃娃。正在小王子绞尽脑汁的时候，突然想起过生日那天，表姐送给他的俄罗斯套娃，后来被妈妈收起来了，不在自己的玩具柜里。他跑到妈妈跟前问：“妈妈，我的俄罗斯套娃放在哪里？”

“都这么长时间了，怎么想起那个东西？给你买的玩具还少吗？妈妈跟你说过，那个要留给你未来的妹妹。”

“未来？你肚子平平的怎么生？我才不管呢，快点儿拿给我！”

王嫂知道拗不过儿子，只好擦擦手去拿套娃了。

“小心点儿，别弄坏了。”王嫂叮咛道。

小王子抱着套娃走到星儿面前，问她：“你知道这是什么吗？”片刻后，他喃喃自语，“哦，我忘了，你是……你不会说话。”星儿从未见过这种玩具，只是摇头。小王子一边演示一边说：“这个叫俄罗斯套娃，大娃套小娃，外面打开，里面还有一个；再打开，里面还有一个；再打开，里面还有一个；再打开……现在，我全都打开了，你能把它们重新套起来吗？”

星儿眉开眼笑，她果真喜欢这个套娃，从里到外一个个套起来，娃宝宝睡在大娃的肚子里，真有意思。吃过晚饭后，小王子问星儿讨要俄罗斯套娃，星儿有些爱不释手。小王子为难地说：“明天再给你玩，要不然妈妈会骂我的。”星儿只好物归原主了。

夜里，三兄妹睡在堆放成品鞭炮的平房里，王嫂还特意为他们准备了木制马桶。起初，东明并没有觉察到这个特殊用意有何诡异。直到深夜，他起床小便，想要推开门的时候才发现——门是锁着的。看来王大哥是把他们当囚犯一样关起来了，锁了大门就行了，还锁房门。难道三兄妹还能翻墙跑了不成？这一举动让东明的心情瞬间跌入谷底，小举动也能反映大问题。三个人真成了王大哥捡来的“便宜货”。东明思来想去：还是再坚持几天吧，刚来就走，有点儿说不过去，也许过几天，王大哥就不会这么做了。大人与大人之间的距离总是比小孩儿与小孩儿之间的距离远一些，什么时候大人也能像小孩子一样容易接近该多好！

一天过去了，东明感到手掌非常胀痛，每次抓握都犹如火烫，指尖好似针扎，真是十指连心哪！可他还是咬紧牙卷着纸筒，过一阵子也就麻木了。王嫂在院子里洗衣服，王大哥一早就去了城里。小王子上学前，偷偷地把俄罗斯套娃给了星儿，并嘱咐说：“千万不要让我妈看到，记住了！”

在一间瓦房里，养着几十只兔子，明明和星儿要照看一窝刚出生三天的兔崽儿，可这会儿两个人都在“偷懒”，全然忘了自己的职责。明明背靠着房门在看小王子的童话书，已经入了迷；星儿摆弄着套娃，乐在其中。等他们查看兔崽儿的时候，才发现出事了，有一只被压在下面不能动弹。星儿急忙用手指捏起来放在手心，娇嫩的小东西不停地颤抖。明明也凑上前来，轻轻地吹着气，希望它能精神起来，可没过多会儿，这只兔崽儿便没了动静，很不幸——可怜的兔崽儿被压死了。正在他们忐忑不安的时候，从门缝里看到王嫂走了过来，要是被她发现了可怎么得了？故事书随便找个地方一塞，可兔崽儿、套娃藏哪里呢？两个人脑袋蒙了。明明闭上双眼，像聪明的一休在脑壳上画着圈儿，急——急中生智——情急之下，他把最里面那个最小的套娃拿了出来，然后把死去的兔崽儿装进套娃里藏在纸箱后面。

“小兔兔儿怎么样了？有没有问题？”王嫂推开门，轻声地问。

“没……没事……很好……”明明吞吞吐吐地回答。

“没事就好。”王嫂倒也没有多想，说完便关上门走开了。

两个人长舒一口气，这一关总算是过了。正在这时，小王子回来吃午饭，村上的小学没有食堂，只能回家去吃。

“儿子，过来，妈妈问你点儿事儿。”小王子刚进院子就被妈妈叫住了。

“妈妈，今天中午我要多吃点儿，下午有体育比赛，有什么事到晚上再说吧。”小王子说着就往厨房里钻。

“不行！你快给我过来！”王嫂像猫捉老鼠一样，一把拽住了小王子。她义正词严地问，“俄罗斯套娃哪里去了？”

“套娃？我放回原处了。”小王子心存侥幸地说。

“原处？你跟我过来。”王嫂拉着儿子走进卧室。她打开柜子问道，“原处有吗？”小王子知道这下是瞒不住了，赶紧转动脑筋编造谎言。

“妈妈，我……我带到学校了……忘了拿回来……”

“你这个猪脑袋，万一丢了怎么办？赶紧给我回去，把套娃拿回来，跑快点儿！怪不得今天上学鬼鬼祟祟的，原来你……想在同学面前显摆是吧，要是丢了，看我怎么收拾你。”

小王子听到妈妈的恐吓，一溜烟儿朝学校跑去。可套娃在星儿那里，跑到学校也没用啊，他在路口踱来踱去，巴望着救星——亲爱的老爸能够出现！正在他一筹莫展的时候，王大哥的面包车开了过来，不愧是儿子心中的王者，在最需要的时候出现了。

“小王子，你站在这里干吗？快上车！”王大哥停下车，打开车门喊道。

“爸爸，你是大王，有件事不知道你能不能办到。”

“妈妈又打你了，说吧，干了什么坏事？”

“妈妈没打我，我也没干什么坏事，就是——我把……那个套娃……给了星儿玩……我骗妈妈说……忘在学校了……”

“别再结巴了，就这点儿小事儿，看你老爸的，等我们到家，我来掩护，你去找小丫头要套娃，动作要快！”

到家后，王大哥抱着纸箱先进院子，儿子躲在车里。

“媳妇儿，我回来了，我给你买了一样东西，会让你从早上乐到晚上。”

“什么东西呀？能让我乐上一天？我先问你，有没有碰到儿子？”

“碰见了，他不想坐车，在后面走着呢。”

“嗯，碰到就好。你买的东西呢？让我看看什么玩意儿。”

“这个东西要到内屋去看，关上门拉上窗帘。”

他们来到内屋，王嫂不耐烦地问：“用得着这么神秘吗？”

“你再稍等一会儿，把眼睛闭上，我要像变魔术一样变出来，不光要神秘，还要浪漫！”

小王子看到院子里没了人影，就急忙跑进养兔房，慌张地说：“我的俄罗斯套娃呢？快给我！”星儿从纸箱后面拿出套娃，小王子接过来转身就走。明明迅猛地一把拽住他的衣袖，支支吾吾地说：“不行啊，那里面有，有……”

“我知道，里面还有小套娃，套好就行了！”小王子顾不上听明明多说，回复了一句后，便挣开身子，抱着套娃跑出房间。这下糟了，明明和星儿刚刚放下的心又揪了起来。

“妈妈，我回来了！”

“儿子回来了，快准备吃饭吧，我肚子都饿扁了。”王大哥说着走出里屋。

“你买的东西我还没看呢！”

“你自己打开看吧。”

王嫂打开一看，竟然是满满一箱火药，这确实是个惊喜，就是有点儿让人担心。她走到王大哥跟前问：“你怎么用纸箱装？不是说，下个月才能买到吗？”

“我这是障眼法，车上还有两箱呢，我不是在城里买的，是朋友介绍，私下里弄的，等到下个月，黄花菜都凉了。我们要抢占商机，这下你就不用着急了。”

“你可要小心点儿，万一被查到……”

“谁来查呀？谁敢来查呀？你看一下，是不是我额头上的‘王’字又模糊了。”王大哥的老套话又来了。

“行了，行了，就你那‘王’字啊，哈哈……”王嫂说着一声嗤笑。

王大哥扬扬自得，开始跟小王子戏言了：“以后上学不准带玩具，知道吗？”

“我知道了——”小王子故意拉长了嗓门儿给妈妈听。

其实，小王子完全没有必要撒这个谎，也没有必要绕这么大的弯儿，他是怕挨打，深化了妈妈的意思，才小题大做了。吃饭的时候，好像什么也没有发生过一样，东明更是一无所知，只有明明和星儿忐忑不安，心情无法平静。因为，只有他俩知道那个俄罗斯套娃里套着什么，要是被王嫂发现了，她不大发雷霆才怪呢！

刚吃过饭，村支书来了。他看着三个陌生人拐弯抹角地说：“这小伙子应该是来给你们干活儿的，那两个小孩儿是你们家亲戚吧，赶紧把他们送回去吧，可别耽误了学习呀！”

“您这是明察暗访啊。”王大哥心领神会地说。

“大家心知肚明，不该做的事，我们还是不要做的好，你说是吗？”

“是、是、是，陈书记，您放心，我明天就把他们送回去。”

“行，没别的事，我就不坐了。”陈书记说完就走了。王大哥纳闷儿：“这不对呀，陈书记怎么会知道呢？”

“问你儿子呗！”王嫂甩了一句。

“小王子，是不是你在学校嚷嚷了，我交代过你，这事儿不能说出去。”

“我没嚷嚷，我就随便说了一句。”

“还随便，还一句，一传十，十传百，这下好了，又要送人家走了，你这孩子，咋这么不听话！”王大哥说着晃了晃小王子的脑袋，想让儿子清醒一下，长长记性。

没办法，陈书记在村上德高望重，不能为难他。两口子商量好了，明天送三兄妹离开。

真是天遂人愿，由于锁门的事让东明心存不悦，想走又不知道怎么开口。更何况，还有套娃里死去的兔崽儿，虽然是桩小事东明不知，但小事情也会引发大麻烦。既然事情已经发生，也就无法挽回，就等着明天启程吧。

第二天吃过早饭，王大哥把东明叫到身边说：“你弟弟、妹妹年龄太小，在这里不方便，我送你们去县城，看看有没有别的活儿，这两天的工资，你想要多少？我给你。”

“不用了，谢谢王大哥，我们自己走过去，这两天就算是跟大哥交个朋友，钱嘛就算了，好聚好散。”想到可以光明正大地脱身，东明豪气满天。

“小兄弟真会说话，”王嫂塞给东明五十元钱说，“拿着吧，就算是给你的路费。”

就这样，三兄妹又踏上了新的征程。他们没有去县里，想要走得更远。路上，东明倒是心安理得了，可弟弟、妹妹……

“你们俩有没有忘记什么事儿？忘拿什么东西？”

听到哥哥说“事儿”，明明和星儿的目光碰了一下，然后把头摇得跟拨浪鼓似的，是怕哥哥知道后责怪吗？——多虑了！

临走前，星儿悄悄地把那个最小的套娃放进兔窝，盖上苜蓿叶，真希望兔妈妈能把它暖一暖，变成可爱的兔宝宝，更希望死去的兔崽儿能够再次苏醒。

他们已经走了很远，在王大哥家里，无论发生什么事都找不着他们了。

三

一天后，三兄妹路过一个工业区，也不知是哪座城市的工业区，远离市区。东明找到了一家钢管厂，这家工厂的老板只要结果，不看过程。工厂的忙碌带来的是“钱”的效益，管理上却松懈得很，被工人们搞得一团糟，老板却无心理会。不是没有管理，是懒得去管，干活儿的自己管自己，施行“高度自治”。刚刚进厂，东明就被安排了岗位干起了活儿，不用填表不用登记，干脆、爽快，一个字—— 干！于是乎，就干上了。明明和星儿不但不用干活儿，而且可以到处乱跑到处乱转，宿舍和食堂免费向他们开放。对于吃的，老板很含糊，照他自己的话说：“撑死了能吃多少？”饭，想吃多少自己盛去；菜，想吃多少自己夹去。就冲这个，东明打算坚持几天，看看能不能胜任。

钢管按工艺来说，有两种：一种是焊接管，一种是无缝钢管。这家工厂生产的是无缝钢管，把手腕粗三米长的钢管拉细拉长。对！是拉。把钢管坯子放进硫酸液中浸泡后，用一台巨兽般的机器“咬”住钢管的一端，从一个固定在轨道上的细孔拉过，如同拉面。东明第一次感受到了机械的力量，惊叹于人类的创造能力。东明的工作是给拉好的细钢管做退火处理，虽然不费力气，但站在退火炉旁时间久了，还是火辣辣的。虽比不了玻璃厂的热度，但时间较长，要连续工作十到十二个小时，看一看蒋师傅古铜色的脸就知道了，那是被“烤”出来的。东明的师傅五十来岁，刚进厂还是大众黄的脸，三年下来就改了色，恐怕是变不回原样了。“你怎么会找到这里？”他一边问一边摇头。东明没去琢磨话里的深意，随口回道：“路过这里，看到招工启事就来了。”蒋师傅继续摇头：“唉——我说年轻人啊！干几年活儿回去，家里人都认不得你是谁喽……像我这样不好找工作的才流落到这里，是流落……”东明说：“我先不想那么多，干几天再说，能干就干，不能干了再走人。”蒋师傅说：“也行，过两天你就知道了。这个厂里只有一点儿好处，那就是自由，没那么多规矩，一边干活儿一边抽烟都行。”说着，他在火红的钢管上点燃一支烟——他已经习惯了高温下忙碌中的“消遣”。蒋师傅夹着香烟深吸一口，吐出的烟雾飘向烧得红彤彤的钢管上，映射成了红色。他飘飘欲仙地问：“来一支吗？”

“不，我不抽烟。”东明接着问道，“师傅平时喜欢做些什么？”蒋师傅说：“出了厂门往东走上两里地，在石子路边有一个池塘，我经常在那儿发呆。”

生产车间是十二小时两班制，夜班的人迟迟没到。蒋师傅下班后，东明继续守着岗位，等了一个多小时，来了两个醉醺醺的老头儿。东明回到宿舍，明明和星儿还在等着。厂里工人少，宿舍宽裕，三兄妹住一间，一人一张床还空了一张。“哥哥，怎么样？我能做吗？我也去干活儿。”明明问道。东明不以为然地说：“我在厂里就是一只小蝌蚪，你呀，顶多了是一颗卵，还动不得呢！你和星儿老老实实待着吧，包吃包住不用干活儿，多好啊！”哥哥的话让明明联想到了下午的事，他说：“不行啊！今天下午，你在干活儿，我和星儿在宿舍，听到隔壁那一间里在吵架……我就站在外面听，是一个新来的跟一个当官的在吵架。那个人说，他是看到包吃包住才来的；当官的说，干活儿才包吃包住。那个人又说，包吃包住还干什么活儿；当官的就大声说，包吃包住是给干活儿人的，你不干活儿，哪儿来的包吃包住？……那个人也急了，吵吵着，你们招工启事上写得明明白白，还想抵赖吗？我是先看到包吃包住才来的……他们吵了很长时间。后来，当官的又叫了一个人，就把那个不想干活儿的人赶走了，哦哦，是拖走了，哈哈哈……”明明讲得绘声绘色，星儿也忍不住在一旁笑着。东明听得如同旁观，满脸笑容没有出声，心想：世上居然还有这样厚颜无耻的人。过了片刻，明明问道：“我和星儿会不会被赶走？”瞧着明明顾虑的眼神，东明一本正经地说：“不会的，你们两个还是小孩子，这个厂里的活儿，你们干不动。”

宿舍就在车间后面，是三层楼房，每一层有十来间，一楼有三间女人房，三楼是夫妻房，三兄妹住在二楼。深夜里，他们睡得正香，门外、楼梯上，传来一阵急促的脚步声。“咚咚咚……噔噔噔……”嘈杂而又混乱。明明和星儿没有被吵醒，东明眨眨眼不想起来——他实在太困了，别说起来，连翻个身都懒得动，天塌了只要楼房还在，就万事大吉了。

“出事了！出事了！”

“出了什么事？”

“到车间看看就知道了！”

…………

叫喊声伴随着脚步声响作一片，一阵骚乱后又重归于平静，大概宿舍里的人都去了车间吧。即便再有声音，东明也听不到了。

第二天上班，所有机器冷冰冰地趴在那里，车间里空无一人。人呢？东明不知情，独自揣测着：是停电了，还是出了什么事？昨天夜里……他想到了那一阵叫喊。无心去打听，东明就出了厂门往东走，在石子路旁，果真有个池塘。水面上的菱角疯狂地长，以致野鸭不用游水，直接在菱角的枝叶上飞跑。池塘的对面蹲着一个人，仔细看去，会不会是他？东明沿着池塘边绕到他身旁，问道："师傅又来发呆了。"蒋师傅没吭声，过了半天才说："坐，坐下来。"于是，东明挨着蒋师傅坐在了池塘边。蒋师傅指着菱角丛上的一对儿野鸭说："看到了吧，野鸭！人都要拼了命地赚钱，然后拿钱买吃的，而动物就省去了这道环节，直接出去找吃的……有时候，我就想——我要是一只野鸭该多好！"蒋师傅说着笑了，笑自己为何会有这种奇怪的想法。东明细思片刻，心领神会地说："太累了！人是被累死，动物是被饿死，搞不好，一样都要死。"他为别人也为自己而感到悲哀。蒋师傅仿佛遇到了知音，扭头看了东明一眼，说道："死——我倒是想尝尝被饿死的滋味儿，可惜呀，不能！人啊，只要有一双手两只脚，就不可能闲着。始终轻松的人，永远无法体会劳动之后的放松。我就这贱骨头，孩子们都成家立业了，我完全可以清闲清闲，可我还是来了，在这儿一干就是三年，还要继续干下去。"说完一番话，蒋师傅捡起一粒石子揉捏着。静了一会儿，东明问："昨天夜里怎么回事？今天干吗休息？""唉——"蒋师傅叹了口气说，"都是苦命人啊！一个贵州的老汉被矫直机绞断了一只胳膊，是右胳膊，是整只胳膊，从腋窝处断了，身上没流一滴血，拧断的血管都打结了……我从地上捡起那胳膊……骨头上坠着一片鲜红的肉，手上戴着的绒线手套居然完好无损，真见鬼！老板的侄子从我手中夺了去，落到他们手里，老汉就别想见到自己的胳膊了……他再也不能洗澡的时候帮我搓背了。"东明听得忧伤："我……我是不是太冷漠了，我也应该到车间去……"蒋师傅说："你到不到车间无关紧要，你今天不问我，我是不会说这些的，这样的事，少知道为好。老板也是亡羊补牢，今天厂里安全整顿，就让我们歇一歇，很难得啊！我是说老板能想到安全很难得。存在安全隐患的工作也要有人去做啊，丢了胳膊算是庆幸，弄不好，连命

都丢了。我不知道你是怎么想的，我劝你还是走吧，立马回宿舍收拾东西就走，别把大好时光浪费在这里了。你看看厂里，都是老年人，连个中年的都没有，你一个年轻小伙子，是个稀罕物，折煞你了。”

东明非常感激蒋师傅说得这么透彻，照师傅说的去做，准没错。于是乎，他就照师傅说的去做了。不管到任何时候，东明都不会忘记在长满菱角的池塘边发呆的那个人和他所说的那番话。

第七章　梦醒时分

在通往城市的公路边，有一座水泥厂，高耸入云的烟囱里冒出滚滚浓烟，周围百里之内也就几十户人家，散落在采石山的山坳间。山上没有树木没有杂草，只有大大小小的石灰岩，有的山坡已被开挖大半，送去水泥厂做了石料。五年前，水泥厂尚未建成的时候，山里人还在抱怨祖上为何在这荒山野坂定居。现如今，靠着给水泥厂送石料为营生积攒了一些钱，有几家买了拖拉机，成了致富带头人。靠山吃山，虽说干的是力气活儿，挣的是苦命钱，但已没了怨言，倘若还有，那就只能说明自己的懒惰了。

东明兄妹走上采石山，来到山顶。他们不知道为何来到这里，没有理由，只觉得想上山就上山了。看着山脚下停着两辆拖拉机和一辆铲车，与采石场相距甚远，铲车是水泥厂派来的，那是要收费的。远远地听到有个人头戴安全帽手持扩音喇叭高喊："开山放炮喽——注意隐蔽——开山放炮喽……"一阵呼喊之后，那人藏于半山腰的一块大岩石下。明明和星儿也随哥哥走到一块大岩石前，藏起身来。十来分钟后，轰隆一声巨响，地动山摇，兄妹三人感受到强烈的震动，把身子缩得紧紧地，恨不得像穿山甲一样钻进石缝里。

伴随着震耳欲聋的响声，爆破像龙卷风卷起了沙尘，直冲云霄。飞起的沙石哗哗落下，飘得远的都是些细碎的沙土，大的石块儿都落在爆炸点附近，这次爆破很显然不是定向的。细沙犹如撒下的冰雹落在东明的背上腿上，尘土随着风暴飘散得更远。这情形像是在战场上，使人感受到了催命的威力。几分钟后，听不到沙石落下

的嘭嘭声了，三个人才探出头来。确定没有危险后，东明抖抖身上的沙尘，远望刚刚炸开的山坡，像是被巨兽啃过的大馒头——少了一块。

出于好奇，东明兄妹想要走到跟前看一看，便像战士一样无畏地前进。快到采石场了，他们发现有十几个男人戴着头盔踩着被炸碎的石灰岩登上采石山。东明好生奇怪：这十几个人是从哪里冒出来的？隐蔽得比狙击手还神秘。一、二、三……是十六个人，只见他们把石块儿推下山坡，滚入采石场。大大小小的石灰岩顺着斜坡咕噜噜向下翻滚，相互碰撞咚咚作响，如同礌石，势不可当！倘若有人躲闪不及被击中，那定然是九死一生，不难窥见古代战场“滚木礌石”的残酷。他们当然很清楚潜在的危险，都站在同样的高处，确定下方没人了才动手。三兄妹坐在岩石上，像督战的将军看着他们干活儿。

临近中午，太阳高高地照在头顶，有人擦汗，有人撸起袖子，他们歇了歇走下山坡收工了。在采石场的东边平地上有一间木板房，那是他们临时休息吃饭的地方。有三五个人端着饭盆儿走出屋子，蹲在地上吃了起来，可能是屋里嫌热吧。而外面呢？空气中还飘散着细微的尘埃，落入饭盆儿，加点儿“作料”，他们照吃不误。累吗？热吗？额头淌下的汗水滴进盆儿里，苦命人就连同饭食吃进肚子，只有命苦的人才懂得如何度过苦命的生活。

“哥哥，还有吃的吗？”明明摸摸肚子问道。东明从包里拿出一张大饼，三个人撕开了分着吃，又该准备“粮草”了。这个时候，东明才知道，为什么乡里人见面打招呼都喜欢问一声：“吃了吗？”简简单单的三个字，蕴含了多大的心酸和不易啊！

下午，拖拉机和铲车开进采石场，轮到钢铁勇士上场了。此时，三兄妹已经走在去往水泥厂的路上，道路是水泥厂专用的，然而他们却不是要去水泥厂，只是去往公路就必须走过这一段。为了节省投资，自家的水泥又舍不得用，十多里的路面还是沙土，并未铺上水泥。雨天过后，会有一些小水坑，倘若车技不好便会打滑，也就只能等着铲车来拖了。

石磊三十刚出头儿，在半坡羊村是出了名的硬汉，可在家里却是个软男。对！是软男而不是暖男，他根本就讨不到老婆的欢心，而老婆也就成了他情感的克星。他生有一身健康的肤色，头发卷短而浓密，老实的面容让人一看就能猜得出他是个山里人。石磊虽不魁梧但很健壮，浑身上下有使不完的劲儿，在胳膊或者大腿上揪起一绺儿肉来，两个字——结实！他喜欢自己这一身肉，为此而感到骄傲，“天生我材必有用”，他觉得自己是天生干活儿的好材料，他要把别人比下去，独占鳌头。他的名字诠释了他的人生，终将与这山石为伴，一块石头不够，再“磊”上三块。他省吃俭用攒了钱，刚买回一辆拖拉机，摸索着开了几天空车，勉强能够驾驶就闲不住了，正满载着石料送往水泥厂呢。别人劝他少拉点儿，他就是不肯，因为石料是要过磅秤重算钱的。前天刚下过雨，路面尚有一些湿滑，不知道石磊这生平第一车石料能否顺利地送达。万一滑在路上，耽误了时间，拉不到第二车，那回到家里可就——天不塌屋也塌了！

拖拉机的排气筒嘟嘟嘟、嗵嗵嗵地冒着青烟，可车轮却始终在原地打转。石磊下车察看，发现左侧后轮滑进了泥坑，车轮越陷越深。他擦把汗叹息道：“真他妈倒霉，出师不利呀！”他看看前面没人，再看看后面，也只有东明兄妹向他走来，只能求助于他们了。等三兄妹走到近前，石磊招招手问道：“小兄弟，能不能帮我一个忙，我的车陷进泥坑出不去了。”东明看着满车的石头，心想：这是要推车吗？就是三个人加起来也推不动啊！他热情地说：“可以啊！那我该怎么做呢？”石磊急忙拿出一根半米长的方形枕木递给东明说：“你拿着这个，我去开车，你看到车轮动了，就把木棍垫在轮子下，别让它后退，我一边开，你一边往前挪，试试看，应该可以的。”

准备就绪后，石磊便去开车。东明看到车轮向前移动，迅速地将枕木垫在轮子下。咳！车子还真被挡住了，没有后退，有希望！就这样，两个人相互配合，拖拉机终于艰难地把车厢拉出了泥坑。车是出来了，可意外却发生了。东明只顾着弯腰看轮子，不曾留意车厢的晃动，就在车厢即将被拉出泥坑的那一瞬间，一块三十来斤的石灰岩掉下来，正巧砸在东明的肩膀上，石头的棱角划破了衣服划伤了肌肉。伴随着一阵剧烈的疼痛，东明“哎呀”一声，伸手摸了摸，鲜血直流。

“哥哥，你流血了！”明明惊叫着和星儿跑上前去。

东明蹲坐在路边不能动弹，片刻间，上衣已被染红了一大片。看起来伤得不轻，明明和星儿不知所措。

“快……快找块布……给我捂上，别……别让流血……快……”东明忍着痛说着。明明手忙脚乱地扒扒背包，找不到烂布，于是就拿出毛巾，血肉模糊得看不清伤口，就把毛巾折起来捂在哥哥的肩膀上。明明不敢松手，血迹开始渗透毛巾，粘在他的手指上。他被吓得想要流泪，口中不停地叫着：“哥……哥哥……”星儿在一旁翻着背包，很想找出一块布来给哥哥包上，却始终找不到。

石磊停下车熄了火，要郑重其事地向人家表示谢意，可眼前的一幕却让他始料未及、惊恐万分——白色的毛巾已被染成了红色。“我说兄弟，你这是……是被砸到了？”石磊俯下身关切地问，一时间，惊慌失措。东明扭头看了他一眼，咬咬牙没有吱声。石磊搓着手念叨着：“这该怎么办呢？该怎么……”他开始转动脑筋：别人帮了自己却受了伤，理所当然要送去诊所治疗，村上那个老中医就会摆弄一些中草药，治不了外伤的；水泥厂倒是有个医务室，擅长外伤包扎，在采石场干活儿，天天跟石头打交道，磕磕碰碰也就在所难免，这事儿想来也是为了送石料才受的伤，他们会给治的。石磊拿定主意后说："我带你去水泥厂吧，没别的地方了，我们走过去，已经不远了，车停在这里，让你弟弟、妹妹看着。"石磊朝那块石头踹了一脚愤愤地说，"该死的石头，死去吧！让你死在这里！"发泄完毕，他走过来扶起东明，换上自己的毛巾捂在东明的伤口上去了水泥厂。

石磊还不曾向水泥厂送过石料，这是第一车。见了门卫，他腼腆地说："这位小兄弟被砸到了，想到厂里包扎一下，您看行吗？"

"流这么多血，赶紧进去吧，在办公楼一楼左边，快去吧！"门卫说着指了指办公楼。

"一楼左边……左边……医务室……"石磊自言自语着，"找到了，就这儿！"

值班的是一位五十多岁的外科医生，他不光在厂里上班，还经常出诊，又进修了中医。他去半坡羊给人看病时，石磊见过他。

"王医生，您看这小兄弟他……"石磊镇定中带有一些慌乱。

王医生见怪不怪，神情自若地打量一番后便开始处理伤口，血还在不停地流着，要先止血才行。他拿掉毛巾翻开衣服，看到伤口时，迟来一声叹："乖乖！这口子有点儿深了，要缝的呀！"

"要……缝……"石磊虽然没有哑口，但已无言了。他愣了半天后才说，"那就——缝呗。"石磊的紧张是因为出乎了他的意料，本以为擦一擦，抹点儿药粉就行了，万万没有想到还要缝，那可不像缝衣服一样简单易做，自己就能敹上几针。此时的东明只觉得疼痛，别无他想。

"肯定要缝的，要不然伤口愈合得慢，很容易感染的。"王医生强调过事情的严重性之后，有条不紊地忙了起来。他先用止血钳止血，然后清理伤口消毒，再打上麻醉针。等伤口麻木了，王医生拿来专用的棉布罩在伤口上，只露出嘴巴一样的口子，灯光照着开始

缝合了。只见他动作娴熟而又敏捷，捏着针穿上线，针针到位，缝好一针后就用剪刀剪断，捏着镊子夹住线头绾个扣儿，接着再来一针，足足缝了十二针。东明只觉得有针线穿过皮肤，却麻木得没了疼痛。

一个多小时过去了，明明和星儿坐在车头上焦急地等待着，有过路的询问也不吭声。伤口缝好还不能立马走人，要输消炎水配消炎药，没两三个小时走不了。石磊也开始着急了，石料终归是要拉过来的。他趁着给东明挂水的空当儿，晃晃悠悠地把一车石料拉到水泥厂过了磅，算了钱开了票卸了石料。明明和星儿来到医务室，看到哥哥在输液，心里踏实多了。消炎药输完后，东明拎着药站在门口。石磊伸伸脖子咬咬牙说："王医生，这是我送的第一车料，您看我……我也没带钱，这车料就算是为您送的，等过半个月结账了，钱再给您，行吗？"

"没关系、没关系，只要人没事就好！"王医生慷慨地说。

石磊赶上这档子事儿，就别想着再去拉石料了，都怪自己太心急，挣的钱还不够赔医药费呢，就等着挨训吧。一路上，他琢磨着需要跟老婆交代的"台词"。石磊的老婆名叫花姑，比他小两岁，一米六五的个头儿，头发乌黑却不柔顺，一张瓜子脸，身材不算太胖，只有小腹有些赘肉。两排墨灰色的四环素牙总能给人深刻的印象，那可不是容貌上的一点点瑕疵，而是大打折扣。花姑听到拖拉机停在门口，兴冲冲地抱着两岁的孩子前来迎接凯旋的丈夫，可当她看到车厢里的三个人时，万千疑虑涌上心头。她诧异地问："怎么有三个人？那个大的还包着肩膀头子！"

"那个……什么……等一下我慢慢说。"石磊支支吾吾地把想好的台词给全忘了。

"你能说出什么呀！"花姑话多嘴快嗓门儿大，十来个人坐在那儿聊天，有一半声音是从她的嘴巴里蹦出来的，所有的话就挂在嘴边。从早到晚，她嘚啵嘚啵个不停，为了生活，准备继续嘚啵下去。她又要絮叨个没完了："你回来挺早的嘛，离天黑还远着呢，是不是偷懒了？拉了一车？两车？肯定不会拉第三车的。我还给你煎了鸡蛋饼呢，想犒劳犒劳你，没想到你这么早就回来了，是不是新车舍不得用？那又没关系，用旧了刷点儿油漆不就行了。你别忘了，借我哥的两千元钱还没还呢，还有你儿子，你就不给他吃奶粉了？这油盐酱醋，哪样不要花钱？"

"你让我说两句行吗？什么呀，我儿子，那是咱儿子！"石磊强行插上一句又被花姑打住了。

"好、好、好！咱儿子，奶粉又涨价了，照你这样干活儿，奶粉就不要买了，搅点儿面糊儿喂喂得了！"

"你说的都哪儿跟哪儿啊，都不是！你还想不想听我说了？"

"让你说，你能说出什么呀！"花姑指了指东明兄妹接着又说，"你们三个先在车上等着。"她一手抱着孩子一手拽住石磊的胳膊说，"来、来、来，你跟我进去好好说，你说都不是，那到底是怎么回事？"说着，两个人进院了。

花姑这么叽里呱啦噼里啪啦一阵子，东明只觉得一团糟。他叹口气想了想：伤口缝合了，也输了消炎药了，就下车在门口儿等着，不管他们两口子是谁出来，说一声就走，不给人家添麻烦了。

来到院子里，坐在石凳上，石磊抢先开腔，不抢他就没机会说话。他强作镇定地说："花姑，你先别说，你听我说，给我三分钟，不！五分钟，我把事情说清楚。"

"好！你说！你说！"说的人不急，听的人倒急了，没人比得了花姑的语速，跟机枪似的。

"是这样啊，我呢——拉了一车石料，想多拉点儿多挣点儿，可在路上呢——"

"你能不能说快点儿！"花姑又急了。

“你急个啥！我有五分钟呢！前天下了雨，路滑，你是知道的……后来，车子陷进泥坑了，刚好那三个人路过，我看也没别人了，就请人家帮忙吧，没想到啊没想到，石头掉下来砸了人家，肉都裂开了，就去水泥厂缝了十几针，我说……我们可不能缺德不管人家，人家的伤口还没痊愈呢，就是赔钱也要等人家伤口好了再走。”石磊似乎找回了台词，不到两分钟便说完了。

“你这死东西，怎么不早说呀！我们可不是那没良心的人！”

“你早——不让我说啊！”

“算了、算了，不跟你说了！”

花姑把孩子递给石磊走到门外，客气地请东明兄妹进来。东明没想到这女的虽然嘴巴厉害，但还是通情达理的。

晚上，花姑煮了捞面，拌韭菜炒鸡蛋，一人一个碗，可以端着蹲在院子里吃，省得摆桌儿了，况且屋里也坐不下这么多人。她家的饭桌儿是为两个人常备的，有贵客来了才会在小桌子上放一张大的桌面儿凑合着用，一般的客人也只能像东明兄妹这样吃捞面了，随便哪里一蹲就行。花姑也并非为了省那一张桌子的钱，关键还是没地方，只因花姑有个癖好，名曰“储物癖”。不管是屋里还是院里，都要摆上东西，似乎没那些物件就不能成为家一样，用得着的用不着的摆成一片，连个下脚的地方都没有。地上摆满了就摞起来，或者放柜子上，实在不行就挂墙上，结婚时更是一次性准备了一辈子的被子，这确实是心理上的癖好。花姑看到有一丁点儿地方，不赶紧放些什么就会觉得难受，绞尽脑汁地放上一样她认为合适的东西才会安心。家里没有空地，就像城市没有绿地一样，全盖了房子。她的东西，哪怕是破烂不堪、残缺不全，也不想让别人碰一下。石磊为此而烦心，可又不敢说，就是撑破胆说了也没用，换回的只能是一顿臭骂，天长日久后，也就习以为常不管她了。

除了储物癖，花姑还有一大癖好，那就是“洁癖”。干净整洁当然是好事，可要是过了火儿，就有些折磨人了，她自己是感觉不到的。锅碗，石磊清洗完了，她还要再擦上一遍；衣服，石磊洗过了，她还要例行检查；被子，石磊叠好了，她要看看有没有皱褶……两口子的日子因为花姑的洁癖铺上了一层针毡。石磊洗脚必须洗上两遍，否则花姑就不让上床；尿布洗过，只要花姑看到有一丁点儿脏，石磊就得重洗。生活琐事太多，她一定要挑出一些毛病不可。石磊说："我不是不想做饭洗衣服，我是怕弄不干净，你又要没完没了，你的要求太高！"花姑说："不是我要求高，是你不想做，你要是想做了，就能弄干净！"两个人经常争执不休，到最后还得石磊让步，是上辈子他欠她太多，这辈子她拿他来撒气。"唉——"石磊总是苦恼地叹气。

除了特殊的癖好，花姑还喜欢认"死理"（她自以为是的理）。是属于一边吃着可口的零食一边唠叨着钱不够用的类型，谁看了都会质疑：那零食是买的还是别人送的？她夜里看电视，一定要开两盏灯照着（确定不是小夜灯，一盏足够亮了），理由是：开一盏灯光线太暗，会近视的——哈哈！岂有此理？她买的新衣服舍不得穿，压箱底儿了，出门都是穿旧衣服，照她自己的话说，那叫"节约"。可过个一年半载，她又会去买衣服，石磊看了总是提醒："这样的衣服不是买过了吗？你还没穿过呢。"可是，她早忘了！石磊听到最多的话就是："花钱的地方多着呢，开支那么大，能省就省。"嗯！花姑就是这么懂得"节省"。

东明兄妹当然是不知道这些的，花姑把碗边擦了一遍又一遍，不能有半点儿水。她给三兄妹盛上面浇上菜，三个人坐在墙角的砖块儿上吃了起来。两口子坐在屋里，孩子偎依在花姑身旁。吃过晚饭，三个人住哪里呢？花姑要说上一番了："真是太谢谢你了，要不是你，我老公天黑了也回不来。都怪他自己笨，简直笨死了，连个车都开不好，你说他怎么会往泥坑里开呢？你也真够倒霉的，都是意外，谁都不想帮忙的时候被砸到，倒霉的时候，喝口凉水都塞牙。你们三个跑来跑去连个住的地方都没有，我家地方小，要不然可以住在我家养养伤。你们也太能吃苦了，要是我的话，没地方睡觉，找不到吃的，扒垃圾桶也不知道哪里有，非饿死不可。小兄弟，你看怎么住呢？该怎么办呢？我也不知道了，你看……”

“你说那么多干吗？”石磊冒着危险打断了花姑喋喋不休的话。他转过脸对三兄妹说：“我带你们去采石场，这两天先打个地铺，住木板房里。”石磊没有闻到“火药”味儿，便找来破旧的草席，准备开拖拉机送他们过去。花姑可就不乐意了，她连忙叫道：“昨天不是没加油吗？不要停在半道儿回不来了，不就七八里地嘛，你们走过去吧。”石磊听了摇摇头——走就走呗，又不是没走过。东明一直是默不作声，感觉这一家有些不同寻常，怕说错了什么惹人家生气。石磊不会唠家常，路上也就说了一句：“我老婆就这样。”嗯？——东明有所疑问但又没问，心想：他老婆怎样？他到底想要说些什么？石磊没有多说，更没有解释，以为天下人都知道他们家的日子，然而很多人都不知道，东明更是一无所知。

木板房虽然不大，单就睡上三个人，还是绰绰有余的，石磊安顿好三兄妹就回去了。

两天后，东明的肩膀能够自如活动了，便想着离开。他不喜欢与石头打交道，他不是这山里人，更没有石磊那样的肌肉。夜里，已经九点多了，东明听到有人推门而入，便起身打开手电筒，照见了石磊的身影。这么晚了，他跑过来干吗？跟老婆吵架了吗？东明猜测着。看明明和星儿都在熟睡，他就随石磊来到门外。月光青白而又通透，像一盏台灯照亮了采石场，静谧中夹杂着从石缝中传出的细微的虫鸣。夜空中有阴云飘过，忽明忽暗，房门前放着一箱啤酒。

“东明兄弟，陪我畅饮一下？”石磊不想独酌，就来找东明。

“好啊，那你老婆她……”东明为石磊感到忧虑。

“我们喝酒，不管她！”石磊说着拿出一包花生米。

他们找来两块平整的石头，对坐在木板房门外。花生米放在纸箱上，瓶盖儿用牙齿开，花生米用手指捏。石磊望着一轮明月问东明：“你说月亮上有什么？”听了这问话，倘若东明说有山，那未免太过实际，石磊想听的肯定不是这个。东明回答说：“有嫦娥。”石磊补充道：“还有捣药的老婆婆。”

“对！嫦娥身体不好，要经常吃药！”东明的幽默让两个人相视一笑对瓶吹。

“石磊哥，像你们靠采石头挣钱，万一水泥厂停了该怎么办？”东明的随心所问有些沉重，但在石磊看来那是不可能的，只要山里有这几十户人家，那水泥厂就不可能会停，天塌了都不会停。他激昂地回道：“不可能！别瞎说！那绝对不可能！”

“假如呢？”东明又拿问号敲了石磊一棒。

石磊咕咚两口啤酒，定了定神说：“那就盖石灰窑，自己烧石灰卖。”

“要是石头烧光了怎么办？”东明也不纯粹是在泼冷水，只是看得远了一些，远得有些遥不可及了，石磊才不想这个呢。

“兄弟！不说这没劲的！来一瓶，一口闷！”石磊跟东明碰了满瓶啤酒，还真的一口闷了，赶紧捏几粒花生米塞进嘴里。

“那你知道我今晚为什么找你喝酒吗？”

“想借酒浇愁呗！”

“都是我老婆，她那个人嘛，哎——”石磊一边摇头一边说，“昨天我洗衣服，把她的白衬衫和我的灰裤子一块儿泡在洗衣液里，今天拿出来一看——完了！白衬衫染成了灰衬衫，我老婆那大发雷霆啊！唉，是不是叫‘大发雷霆’这词儿？”

“石磊哥，都是小事儿，别往心里去。”东明淡淡地说。

花姑在家很强势，也就难免磕磕碰碰、吵吵闹闹、幽幽怨怨，家庭和睦无从谈起。她和石磊之间没有卿卿我我、缠缠绵绵、恩恩爱爱，没有温馨没有浪漫，更多的是一种责任，对于父母、对于孩子、对于彼此的一种责任。他们之间的爱情是无味的苦涩的，不是两情相悦而是两性相悦。当他们脱光了衣服钻进同一个被窝抱着彼此光滑的身子时，谁又能说出，除了两性交融时的欢心还有什么？然而，对于他们这样的寻常百姓已经足够。还能奢求什么？食色乃人之本性，梁山伯与祝英台的悲壮，七仙女与董永的奇幻，不会发生在他们身上。人生相聚就是缘，情缘也好，怨缘也罢，既然一起过日子，就要对得起自己的“那口儿人”。不要轻易地说离婚，石磊没说过，花姑没说过，石磊觉得没到那份儿上，花姑觉得她的言行很正常。

花姑在家坐不住了，自己的老公，说几句有什么呀！她总觉得他不应该闹气。她把孩子哄睡去了老李头儿家，得知老公去了采石场，就急急忙忙骑上自行车赶了过去，由于骑得太快，绊到石块儿摔了一跤。石磊老远就听到自行车的声音，猜到是老婆找来了。他稳如泰山，已经做好了骂不还口的准备。

“你这死东西，跑到这儿来喝酒，快把我急死了！”花姑跑过来一把拽住石磊，“快跟我回去，孩子醒了会闹的。小兄弟，你自己喝吧，我们回去了！”

石磊顾不上跟东明打招呼，看到花姑一扭一拐的便问：“你怎么了？”

“还不是因为找你这死东西嘛，摔了！磕到脚了！”

“那我给你揉揉。”

“回家再揉！”

“来嘛！揉揉！”

“回——家——了，死东西！”

两口子你捏我，我拍她，打着情骂着俏走了。

东明虽不喝白酒，但喝啤酒还是海量的，五瓶啤酒喝进去也只是催眠而已，往草席上一躺，便昏昏入梦了。梦里，他戴着厨师帽炒着菜，身边有个兰姐模样的女人，怀里抱着一个孩子，甜蜜地笑着……他不小心把菜翻到地上了……“你怎么这么不小心，你这死东西，还不快捡起来……”东明听到责怪，扭头看时，那女的瞬间变成了花姑的嘴脸……

东明——被惊醒了！

第八章　浪仔

一

猛烈的风一阵阵呼啸而过，吹得三兄妹眯着眼往前走。东明耸了耸酸痛的肩膀，伸了伸手臂。他们离开采石场后又走了两天的路，在路边找到了一间瓦房。门窗都已拆除，只剩下一座空壳，他们走进去放下行李，坐下来歇歇脚。天色渐渐变得阴沉，乌云黑压压一片，风像强盗一样在屋里横冲直撞，路边的杨树疯狂地摇摆着枝头，这预示着暴雨将至。不一会儿，雨点啪啪地打在瓦片上，打在窗台上，雨越下越大，风反而越刮越小，一道道闪电划破长空，紧接着一阵阵雷鸣响彻云霄，乌云犹如黑色的大手撕破了天幕。随即，暴雨倾盆而下，足足一个多小时，时大时小，像是给大地洗了个澡，把房屋、树木、道路……冲刷得干干净净。慢慢地，暴雨变成了小雨，淅淅沥沥下个不停。明明和星儿啃着火腿肠，悠然自得。东明拿出了手机，拨通了兰姐的电话。

“东明，是你吗？”爱兰难以置信，激动得热泪盈眶。东明再一次听到了轻柔而又甜美的声音，也差点儿掉下泪来，用颤巍巍的嗓音说：“兰姐，对不起，手机没电，我……”

“别说对不起，姐姐知道，这没关系，只要你好，我就放心了，你们现在在哪里？”

“我也不知道是哪里，外面正在下雨，我们躲在一间破房子里，今天就在这里睡觉了，兰姐你现在怎么样？”

“我带着亮亮回娘家了，还好吧，就是没你给孩子捏筋，姐姐有点儿累，感觉好累……”爱兰说着说着泪珠夺眶而出，顺着脸颊滚了下来。兰姐是多么希望东明能够在她身边，每天都能看到他抱着孩子的身影啊！

“兰姐别难过，等亮亮长大就好了。”

“等孩子长大了，我也想跟你一样去‘旅行’，走在陌生的人群中。”

“可你不能像我一样没吃没住的。”

“咱俩一道怕什么，姐姐跟你说过，我是什么都缺，就不缺钱。我们来一次真正的旅行，看到新鲜事物，我拿相机拍下来，你用钢笔记下来，多么美妙！”

“是啊！我的脑海中仿佛已经出现了那样的画面，真让人期待！”东明闭上眼，会心地说道。

“好了，能跟你聊几句，姐姐就很开心了，亮亮在闹，我去哄哄他。”

“知道了，兰姐。”

东明把手机捂在胸口，仿佛心跳也能随着电波传达出去一样。明明瞅了瞅窗外说：“外面还在下雨，今晚是看不见星星了。”东明神色忧伤地回道：“看不见，但能听得到，每一颗雨点就像是星星流下的泪滴，诉说着心中的伤痛，等你长大了就会明白。”明明似乎懂得了人世间最纯洁的真情！他说：“不用长大，我现在就明白，你是说亮亮，他看不见，只能去听……真想回去看看他，还有姐姐。”东明听了欣慰地露出笑脸，伸手把弟弟揽在怀里。一个风雨交加的夜晚，三兄妹在沉思和想念中度过了。

两天后，手机无处充电，东明再次与兰姐失去了联系。在一个陌生的大都市里，一排排路灯照亮了每条街道，映衬着闪烁的霓虹，夜市上显得格外热闹。一家夜宵店门口摆放着两张餐桌，墙角处的

笼子里静静地趴着一只狼狗。客人渐渐散去，有一只流浪狗在摊位前晃悠，寻找食物。店主随手抛给它一片白菜叶子，它低头闻了闻、舔了舔，似乎不感兴趣。店主看情形便开始驱赶："野狗，不吃就滚开！快滚开！"流浪狗只得缩在公用垃圾桶后面，等待时机。它已经盯上了餐桌旁的塑料桶，残羹剩菜全在里面。机会终于来了，桌子、凳子都已搬回店内，这会儿外面没人，至于笼子里那只狗，被锁着拴着，它是不可能缩身钻出来的，顶多了狂吠一阵。流浪狗蹿上去，先把桶打翻，然后吞上几口容易下咽的，再扒出一大块肉骨头，飞奔而去。店主听到汪汪声走了出来，流浪狗已经跑远。他看到刚扫过的地面又撒满了食物残渣，瞬间火冒三丈，嘴里骂着："野狗！疯狗！找死啊！"他打开笼子，放出爱犬，嗾使它追去。

就在流浪狗跑出没多远的时候，夜宵店主的爱犬就追了上来。流浪狗掉转身，丢下肉骨头，嗷嗷直叫。它毛色棕黄，有一只眼睛紧闭失明。两只狗个头儿相当，半米多高，只是流浪狗略显瘦弱。它们互相怒视着，露出长长的尖牙。这时，店主也赶了上来，手里抓着木棍，不停地发号施令。爱犬似乎明白了主人的意思，发起了攻击，流浪狗迅猛闪开，没被扑到。而后，这边扑，那边闪，几招下来，流浪狗被困在墙角。此时，狗仗人势的那只变得异常嚣张，它不顾一切地猛扑上去，流浪狗躲闪不及，被咬了后腿，顺着惯性，两只狗都翻倒在地。流浪狗被压在下面，它勾过头，瞅准对手的脖颈，发出致命一咬，只听得几声凄惨的哀叫……三分钟……五分钟过去了，两只狗没了动静，难道是……店主试探着走上前去——就在这一瞬间，流浪狗嗖地脱身而逃。即便流浪狗受了伤，人也追不上呀！更让店主感到意外感到吃惊的是，自己的爱犬在搏斗中竟然被活活咬死。他一脸茫然，不敢相信也得相信，真是赔了夫人又折兵，也只能忍痛收尸了。这场以弱胜强的搏斗靠的不是体能，而是全凭流浪狗的机灵与敏捷。

三兄妹在一个破旧的帐篷下睡觉。东明深夜醒来，总觉得身边有不一样的东西。他借着微弱的月光四处察看，发现不远处趴着一只狗，这让他感到很诧异。仔细看去，那只狗不停地舔着后腿，像是受了伤。没错，这正是那只抢劫食物被追赶的流浪狗，滴下的鲜血诠释着在另一条街道刚刚发生过的殊死搏斗。

天渐渐地亮了，流浪狗还趴在那里，伤口的血和绒毛凝结在一起。它呼哧呼哧地喘着气，疼痛和饥饿让它没力气站起。狗本身没有好坏，就看它的主人。东明看它楚楚可怜，想给它包扎伤口，喂它食物，可这么近距离地接触陌生的狼狗，难免有些恐惧。他从包里掏出火腿肠，剥了皮用手指捏着，轻轻地走到狗跟前，缓缓地伸出微微颤抖的手，表现出友好和诚意。流浪狗没有过激的反应，他再伸近一点儿，再近一点儿，把火腿肠放在它张口就能够到的地上。片刻后，流浪狗叼了起来，开始品尝。就这样，一根火腿肠开启了东明和流浪狗之间的信任和沟通。

“哥哥，这只狗会不会是从家里跑出来的？”明明凑近哥哥问道。

“不会，狗是很忠实的，只要主人不抛弃它，它是不会跑出来的。它后腿有伤口，可能是被别的狗咬到了，没有消炎药，只能用布条缠一下。”东明说完，毫不犹豫地从旧衣服上扯下一块布条，在狗的身边蹲下，轻柔地抚摩着它的脖子，然后从背部到腹部来回不停地划动，传达着自己的友善，使它放松不再警惕。流浪狗开始接受这位新的主人，静静地趴着。东明也不再畏惧，不慌不忙地为它包扎伤口，相信它绝对不会反咬一口。现实的苦难，促使这只狗尽快适应新的变化，天性让它没有别的选择，哪怕日后主人不再喜欢它，只要不把它抛弃，它就会一直跟随。很庆幸，东明绝非那样的主人。东明给狗包好伤口，拿出剩下的全部火腿肠，流浪狗饥不择食，吃个精光。这只狗究竟是聪明的，它认定了东明这位可以信

赖的新主人，还有两位小主人，真是不幸中之万幸。

“明明，你和星儿在这里守着，我去附近看看有没有宠物诊所。”东明吩咐道。

“那你要快点儿回来！”明明说。看一只狗可不比看管行李那么简单，明明心里有些忐忑不安，担心它会“狗咬吕洞宾”。好在，这种担心是多余的是童心的，聪明的狗比小孩子都乖，只要两个小主人不来回跑，它也就不乱动。明明开始尝试着与狗亲近，狗没有躲开，迎上前去摇着尾巴。人和动物之间流露着坦诚和喜悦，人是感觉，狗是直觉，或者说是本能。

个把小时后，哥哥还没回来，明明有些着急。他摸了摸狗的额头自言自语地说：“也不知道你叫什么名字。”在他心里，狗也是应该有名字的。又过了一会儿，哥哥终于回来了。三兄妹带着流浪狗去了宠物诊所，给伤口敷了药，重新包扎。东明摸着狗的眼睛问医生：“请您看一下，它这只眼睛是怎么回事？”医生拨弄了几下眼皮说：“从外观上看，像是做过手术，缝合的，没有眼珠，可能是受了严重的伤后，就把眼珠取掉了，它能活下来真是个奇迹。”

东明带了一些消炎药粉离开了诊所，流浪狗一扭一摆地跟在后面。

“我们要找一个偏僻的地方住下来，等狗的伤口好了再走。”东明带着弟弟、妹妹还有流浪狗，朝着偏远的郊区走去。

“哥哥，我们叫这只狗什么名字呢？”

“我已经想了老半天了，流浪的人带着流浪的狗，就叫它浪仔吧。”

“好啊！”明明牵着狗不停地叫着，“浪仔、浪仔……以后就叫你浪仔了。”

他们在一个集市上停了下来，四处张望后，走近小吃摊儿，买了几个馍夹菜和几块油酥饼。“我们这样买着吃，钱够用吗？”明明问道。

“怎么想起来问这个，关心起‘经济’来了？不瞒你说，一个月都用不完。”

“不会吧，你没挣几个钱呀？”

“哥哥我是没挣几个钱，可你忘了一个人，你的漂亮姐姐。她在我们临走前，偷偷地塞进背包里五百元钱，用红丝巾包着，是她精心准备的。离开兰姐后第二天，我就发现了，只是没有告诉你而已。”

“是真的吗？还有什么秘密没告诉我？”

“没别的了，就这一个秘密，你已经知道了，”东明从衣袋里掏出红丝巾说，“如果不是兰姐，我们又要忍饥挨饿了。”

“好漂亮的丝巾，给我看看。”明明央求道。

“拿好了，可别把口水喷到上面了。”

明明接过丝巾，捧在手里自言自语：“好软、好滑呀！”他又贴着鼻尖闻了闻，还有一股清香。他拉住星儿说：“你也闻闻。”星儿双手捏着丝巾，轻轻划过脸颊，甜蜜地笑了，感受到了一丝温柔的呵护，仿佛兰姐的纤纤玉手在抚摩着她。

他们走了十几里路，找到一处拆迁房，住了下来，在破烂不堪的房子里没人打搅。一个星期后，浪仔的伤口已经恢复，毛色润泽，看起来精神多了。东明把木棍扔出十几米远，浪仔飞奔而去，噙在嘴里，叼了回来。它还能从窗外一跃而进，行走墙头如履平地，体格比先前强健了许多。

三兄妹和浪仔同吃同住，不分彼此。东明想把这新闻告诉兰姐，就在他买快餐的时候，向老板娘问道：“阿姨，我能在您这儿给手机充一下电吗？”

“好说，好说，插座在那边。”老板娘接着说，“面呢，等你走的时候再做，要不然就放凉了。”

手机充着电，东明耐心地等着。正在这时，老板娘的儿子，一个油头粉面的小伙儿在他身边坐下，用调侃的语气说："有钱人啊！兄弟在哪儿发财？第一次到我店里，以后要经常来呀。"在那个年头儿，在底层社会，基本上都是固定电话或者公用电话，手机就是奢侈品。

"不是，这手机是别人送的。"

"有钱人跟有钱人混，你要是穷光蛋，谁会跟你套近乎，躲都来不及。"

"有些人并不像你说的那样。"东明总觉得像兰姐那样不为钱便可以接近的人还有很多。

"也许吧，反正我没遇到过。"

看一个人怎样，就要看他身边的朋友怎样，这样说并不过分，近朱者赤近墨者黑，物以类聚，人以群分。宁缺毋滥，像东明这般，宁愿一个朋友没有，也不会招惹那些不三不四的人。

东明看了看钟表，时间差不多了，便朝老板娘说："阿姨，您做面吧，我准备走了。"

十来分钟后，快餐面做好了，盛入餐盒装进袋子，东明付了钱拎着就走。这会儿不忙，老板娘的儿子说："妈，我有点儿事儿，出去一下，一会儿就回来。"说完，他紧跟着东明走了出去。他看上去二十出头儿，长得挺壮实。东明前面走着，他就后面跟着，步步紧逼。在街的尽头，东明停住脚步，扭转身冲那人喊道："这位大哥，你干吗跟着我？"他快步走到近前说："好兄弟，我来帮你拎着，你的手机借我用一下好吗？我想给女朋友打个电话，在家不方便，不想让我妈知道。"

东明总觉得他不怀好意，快要到"家"了，拐过街角就能看见那间破房子，只要大喊一声，浪仔就能听到。东明谨慎行事，说道："你用了，就不会还给我了。"

“兄弟说笑了，我不是那种人。”他说着摆出一副正人君子的样子，伸手去接装快餐面的袋子。东明左手拎着袋子，右手拿着手机，本想给兰姐打电话的，全被这人搅乱了。东明见势不妙，急忙缩回手说：“等一下，等一下！再往前走走！拐过去再说！”他已经看到了浪仔的身影，在门外候着呢。

“这位兄弟，我跟女朋友有点儿急事儿。我就站在这儿，打完电话立马给你。”那人说完，趁东明不备，猛地夺过手机。

“你干吗？抢劫！”

“兄弟别激动，我拿去用一下，明天就还给你！”话音未落，他已转身跑开。

“浪仔！浪仔！……快去追上他！”东明连忙高呼。浪仔听到主人的呼唤，狂吠着箭一样飞奔而来，朝着东明指的方向追去。

小伙子万万没有料到会有狼狗追击，慌乱中把手机当石块儿砸向浪仔，“啪”的一声摔在地上。东明叫住浪仔，跑过去捡起被摔碎的手机，已经无法使用，感到既心疼又气愤：“凭什么呀！摔我的手机，我招谁惹谁了？”再看看那人，他已经跑远。

东明回到屋子里，吃不下面，向弟弟、妹妹讲述了事情的经过后，带着浪仔来到餐馆儿。他说：“阿姨，您儿子摔坏了我的手机，您看一下。”

“啊？有这事儿？没听他说呀，他去女朋友家帮忙了，过两天才能回来。”老板娘故作惊讶地推脱着。看来，想要赔偿是没戏了，在这个陌生的城市里，有谁会给东明做主，为他讨回公道？即便有热心人，当遇到蛮横不讲理的也难免会变得沉默，东明大叫大嚷又能怎样？自认倒霉吧，遇到了不该遇的人。

二

城里真是鱼龙混杂深不可测，事情过后，他们离开了城市。途中，居然遇到了劫匪，那是在星儿尿急的时候，浪仔护送她去了路边的小树林。一伙儿八个人把东明兄弟团团围住，其中一个胡子拉碴的中年人吼道：“把包留下！衣袋儿、裤兜儿里掏干净走人！”看到这阵势，明明吓得躲在哥哥身后。东明看看这群人不像是真正来抢劫的：八个人抢两个包能分到什么呀？就是把所有钱全都拿出来，他们每人又能分得多少？摆这么大的阵势，捞到一点点好处，有点儿“铺张”，有点儿“浪费”。这是在荒郊野外，四下里就只有他们这伙儿人，呼救也没用。东明强作镇定，一言不发。

双方对峙片刻后，“胡子拉碴”见东明站着不动便恐吓道：“不想放下东西，不想掏钱，那就跪下来求我，我就放了你们。”他这是想让东明兄弟跪地求饶。他用铁棍在路中间画了四个圆圈后说：“把膝盖并齐，跪在圈里！”东明在他的威慑下依然是不说话，不行动。他们僵持着，那人不好发出撤退的命令——多丢人啊！可不能把胆量给赌输了。

“你俩到底跪不跪？”那人挥动着手中的铁棍大声吼道。

“打死也不跪！”东明此言一出，有些后怕，怕他真的动手。东明紧握着弟弟的手，已经冒了冷汗，希望那人不是亡命之徒。

东明不放下包，不掏钱，不下跪。就在他们僵持不下的时候，星儿和兄弟俩的战神回来了。浪仔虽然姗姗来迟，但还没有错过表现的机会，它龇着牙嗷嗷直叫。有浪仔在，兄弟俩还怕什么，只要东明一声令下，浪仔必将奋勇拼搏。那人并未因为浪仔的出现有丝毫胆怯，仗着人多势众，继续狂言厉语：“哟嗬！又冒出来一个丫头、一条狗，我一块儿收拾了！”接着，他手握铁棍指向浪仔，

“叫！再叫！再叫，我一棒敲死你！”谁都知道，狗命不如人命，倘若浪仔真被那人打死了，也不会有警察来抓他。话又说回来，他抡起铁棍能敲到浪仔吗？他没见过浪仔的身手，难免会口出狂言。东明在心里暗自发笑：可能吗？没等你举起棍子就已经被浪仔扑倒了，别说你一个人，你们一伙儿全上也不一定是浪仔的对手。浪仔终究是聪明的，不会贸然进攻，它要等待时机。在狗的世界里是没有罪犯没有警察的，只听从于主人，咬伤了人也是主人的事，不会归罪于狗。为此，东明也对浪仔进行过特殊训练，每当发号施令前都会在浪仔的耳根后重重捏上三下，看到浪仔欲要咬人时吹起口哨，它便会收住嘴巴。东明想教训一下这群人，杀杀胡子拉碴的嚣张气焰。他捏了捏浪仔，拍拍它的额头松开了手——战神出战了，号叫着跃跃欲试地靠近那人。胡子拉碴终于被激怒了，挥起铁棍抡向浪仔。浪仔迅猛闪开，趁那人还没来得及抡起第二棍的刹那间，纵身跃起，迎面扑了上去——他毫无招架之力地仰面倒下。正当浪仔张开血盆大口时，传来了口哨声。它回头看了看东明，伸长了舌头，流出的口水滴在那人脸上。

“回来！快回来！回来……”浪仔听到主人的召唤撤了，向观望的那七个同伙儿狂叫一阵，警告他们——不服的也是这下场！几个人赶忙跑过去扶起那位逞能的。胡子拉碴擦着浪仔滴下的口水愤愤道：“狗东西！我敲死你！”就在此时，他们的老大骑着自行车戴着安全帽赶来了，来得很及时。

“行了，都给我回去！一群大老爷们儿欺负三个过路的小孩儿，还是男人吗？”

工头儿训斥完部下，向东明兄妹解释说：“他们都是我工地上的，闲着没事干，老板拖欠工资，就跑出来拿你们撒气，吓着你们了。这条路走不通，前面就是我的工地，你们回过头去，朝右边那条道儿走，前面的路宽敞着呢，相信我！”说完，工头儿领着部下

撤了。

是啊！前面的路宽敞着呢！东明没有理由不相信工头儿的话。汪汪的叫声让那群人回头望了望，东明急忙按住浪仔的额头示意它不要出声。平静后，东明牵着浪仔带着弟弟、妹妹朝工头儿指的那条道儿走去。

一场风波之后，东明兄妹来到了乡村。傍晚，他们在树林边小路旁，找到了一个柴草棚。浪仔在棚外守着，三兄妹在棚内整理杂乱的柴草，腾出睡觉的地方。准备好了就叫浪仔进来做伴，风餐露宿亦无所谓。

夜里，月明星稀，冷冷清清，大概是三更时分，“汪、汪、汪……”浪仔叫个不停。兄妹三人被惊醒，东明连忙捂住它的嘴巴，让它平静下来。东明悄然走到棚外，看见月光下有一个人影，背着鼓囊囊的袋子朝远处跑去。这人半夜三更跑那么快干什么？东明想着回到棚里，正在寻思的时候，又跑来一位大爷。老大爷听到有狗在叫，便气喘吁吁地喊：“棚里……有人吗？我……”东明再一次钻出柴草棚，借着月光，看到老人弯着腰，双手扶膝，便走上前去问道：“大爷，您这是怎么了？”

“我……跑不动了……我的鸡……被偷了……刚从这儿经过……”

“原来是偷鸡贼呀！我看到了！大爷，您别急，先到棚里歇着，我去追！”东明把大爷扶进柴草棚吩咐道：“明明、星儿，照看好这位大爷。浪仔！又到了你表现的时候，跟我一起出发，追上那偷鸡贼！”说罢，东明毫不犹豫地带着浪仔狂追而去。东明可谓是轻装上路，那贼背着袋子跑了一段路，很显然越来越慢了。眼看就要被追上，那贼才意识到刚刚经过的路边柴草棚，还有那令人胆怯的狗叫声。偷鸡贼撂下袋子大吼：“你是那老头儿什么人呀？关你什么事啊？”

“只要是贼，就关我的事！”东明回应道，“你偷鸡也不找一个摸黑的夜，难道你喜欢一边偷鸡一边赏月吗？”

“老子眼神儿不好，我怕黑！”

东明听了不再和他纠缠，捏了捏浪仔的耳根，嗾使道：“浪仔！上！”接到命令，浪仔猛冲上去，偷鸡贼吓得魂飞魄散，丢下麻袋，飞奔逃窜。东明立马收兵：“浪仔！回来！快回来！”

东明背起麻袋，回到柴草棚，估计有十几只鸡。老大爷看了喜笑颜开，感激地说：“多谢了！小伙子，若不是你，我的鸡是追不回来了。我刚才听你弟弟说，你们一直在外面，不如到我家去吧。”

“不用了，等到天亮，我们就去别的地方，您干吗不养只狗呢？”

“养了，被刚才那贼给毒死了，真可恶！”

“您离这儿远吗？我把鸡给您送回去。”

“小伙子就别客气了，这几十斤东西我背得动，我看你们老是在外面游荡也不是办法，我和老伴儿养了六头猪，一百多只鸡，有一间放饲料的瓦房，你们要是愿意，可以放一张床进去，将就着住一住。”

“我也想找个安稳的地方，可就是不知道去哪里，不知道该做些什么，还有我弟弟、妹妹……”

“我年轻的时候，每天都上山采药，运气好的话，能采到满满一箩筐，等晾干后，拿到城里去卖，品相好的就能卖上好价钱。你们既然来到这里，何不试着去采药呢？”

“采药？去哪里来呢？药材我都不认识。”

“这都不是问题，我可以教你。从这里往南走十里就是转山了，转山不是一座山，而是有六座大山环抱一个湖，山上的草药可多了，野生的很值钱，可不知怎么的，采药的人越来越少，浪费了这山中宝贝。”

“大爷，听您这么一说，我还真想上山采药了。”东明有一些心动。

“这就对了，我们能碰到一起就是缘分，我家离这儿不远，拐个弯儿就到了。小伙子，我就不跟你客气了，你们先在这棚里睡一觉，等天亮了，我再来接你们，记着，一定要等我！”老大爷说完背起麻袋回去了。

第二天清晨，老大爷如约而至。东明用自己的言行再一次赢得了别人的信任，他也想从中获得一些帮助，于是便随着老爷子来到家中。狭小的院子里别无他物，东边是鸡舍，西边是猪圈，老两口儿吃住在一间房里，只是在门外搭了个简陋的灶房。屋内简单的陈设，过着简单的生活，三个儿子都搬进了城里，他们如今没有太多的奢望，但求无灾无病，安度晚年。进了门儿，兄弟俩连忙打招呼：“奶奶好！奶奶好！”

“好，好！先把东西放下，屋里坐，”老奶奶说，“你们的事情我都知道了，真是好孩子！”

老两口儿和东明兄妹可谓是一见如故，亲如一家，可能是长时间见不到儿孙们的缘故吧，看到三个孩子就觉得特别亲切。老爷子把爱犬装进麻袋，放到三轮车里，对三兄妹说：“你们在家歇着，我去田里把它埋了。”

放饲料的房间里已经铺好一张床，那是老爷子特意为三兄妹准备的。三个人把行李拿进房间，整理一下，然后去洗洗脸。东明走进灶房，一边帮忙烧火一边问：“奶奶今年高寿？您和爷爷身体可好？”

“我呀，六十有三，你爷爷大我两岁，我们身体好着呢，平时少操点儿心，少摊点儿事儿，养养猪养养鸡，活动活动，这身体就没什么大碍。”

早饭刚做好没多大一会儿，就听到三轮车的响声，是老爷子回来了。他满脸忧伤，毕竟养了好几年的爱犬突然离去，会有一些挂心。浪仔摇着尾巴，老爷子走到跟前，摸了摸它的额头，找寻一丝安慰。

这一天，老爷子让三兄妹看了养的猪和鸡，还向东明讲述了草药的品种。他们商量好了，明天进山，由老爷子带路，先让兄弟俩认识一下草药，至于能采多少并不重要。

吃过晚饭，东明毫不隐瞒地向两位老人讲述了自己的经历。老爷子深有感触地说："不管是城市还是农村，就看你遇到什么样的人，我年轻的时候跟你一样，不喜欢待在家里，独自一人外出闯荡。在我走投无路的时候，遇到了你奶奶，我们结了婚，有了孩子，现在孩子们都有出息了，我们也老了，就守着老地方，过完这一生也就算了。你还小，路还长着呢，将来一定会大有出息！"

"大爷，那您说，我将来该做些什么？我该到哪里去？"东明迷惑地问。

"那要看你喜欢什么，最擅长什么，你能去哪里？总不至于躲在深山里吧，你在农村人生地不熟的，又能做些什么？年轻小伙子多吃点儿苦，多一番经历是好事。你们先在这里稳一稳，等日后再做打算。"老爷子深沉地说着，字里行间都渗透着过来人对初出茅庐小伙子的劝导。

"是啊！你爷爷说得对，你要找一条适合自己的路。"老奶奶在一旁插了话。

东明听后有所领悟地笑着并点点头，流露出一种虔诚。

夜里，三兄妹挤在一张床上，兄弟俩睡一头儿，星儿睡另一头儿。

"哥哥，你说采药是不是跟挖野菜一样？"明明问道。

"应该比挖野菜困难吧，你想啊，野菜是挖来自己吃的，而草药是卖给别人的，买家都很挑剔。"

“山里会不会有野兽？”

“听爷爷说，大型野兽没有，只有一些狼，但是不常见。”

“那我们要带上浪仔，再带上两把猎枪。”

“不带浪仔，它要在家看门，爷爷家根本就没有猎枪，只要早点儿回来，就不会碰见狼，赶紧睡吧，明天好有精神上山采药。”

星儿蜷缩着双腿，明明还是能蹬到她。于是，明明也蜷起腿来，把身子贴紧哥哥。

“别把我挤下床了！”东明抖了一下翻过身，搂紧了弟弟。

东明没见过采药的，不晓得采药的工具，梦里他竟然背着锄头上了山……

第九章　走进山林

公鸡刚打过鸣，三兄妹就起床了，来到院子里才知道，爷爷、奶奶已经在等他们了。吃过早饭，老爷子和东明兄弟背起竹篓，带上小洋镐、铲子、钩子、绳子、红丝线、干粮和水出发了。他们快步走着，明明更是觉得有趣，一路小跑，跑得快了就等一等。

山脚下蜿蜒着一条小河，河水清澈见底，带着大山的问候流向远方。走过石拱桥就要爬山了，沿着曲折的石子路缓步前行。山上郁郁葱葱，随处可见高大的松树，还有白桦树，偶尔还会看到松鼠在树洞中钻进钻出。树荫下一片片绿色，点缀着各色的小花，山中那无须雕琢的纯自然美景，让人心旷神怡。

在一个用木板象征性搭起的山爷府前，他们停了下来，磕头跪拜山神，得到庇佑后，就可以安心地带走想要的“宝贝”了。老爷子边走边说：“这山里见草就是药，但不能见草就采，要先找最名贵的，像人参、灵芝、天麻之类。要是碰不到，回头也只能采一些大黄、五味子、松毛翠之类的普通草药，装满一箩筐也就回去了。”走着走着，老爷子停住了脚步，指着远处一片不一样的绿色，惊喜地叫道：“看！看那边！应该是野山参！”东明顺着老爷子手指的方向看去，是有一小片儿比周围稍浅的绿色。“走吧，我们过去看看。”老爷子说罢就前面带路，兄弟俩后面跟着。走到近前，老爷子仔细辨认，果真是野山参，急忙用红丝线拴上，不让它“跑”掉。惊喜之余便开始采挖，挖人参可是个精细活儿，急不得。老爷子边讲边做示范，东明在一旁学着。先用铲刀铲去大量沙土，然后用竹

签，像抽丝剥茧一样一点儿一点儿地抠出土粒，直到露出全身。“记着，一定要小心，千万不要把一百元的人参挖成十元，这东西有灵性，不能碰伤。”老爷子说着用嘴对着在参须吹了吹。

经过半个多小时的挖掘，一根生长二十多年的野山参终于现形。老爷子小心翼翼地打好参包，揣在怀里。三个人坐在林下，吃点儿干粮喝点儿水，尽情享受大山的怀抱。

时过正午，老爷子顺着一股清香找到了一大片细辛草，采满两竹篓也该回去了。去路慢回路快，快要出山的时候，他们登上一块大岩石，环顾四周，每一片叶子，每一株青草，每一个花蕾，每一粒种子，每一捧土壤，每一块石子……无不跳动着生命的音符。还有那飞鸟、走兽、彩蝶、爬虫……密林遮不住通透的阳光，也挡不了洒下的雨露，所有的一切让这大山生生不息。

“孩子们，你们觉得这山里怎么样？”老爷子走了几十年山路，仿佛能听到大山的诉说，满怀深情地问。

“太美了！我喜欢这儿！”东明情不自禁地说。

“我也喜欢！要是有一间房子，我们就住在这儿！”明明应和道。

“你是说房子呀，你往那边山顶看，是不是有个东西？”老爷子指着最高的一座山问道。

兄弟俩极目远眺，在山顶的空旷处有一个黑点。明明好奇地问：“爷爷，我看到一个黑点，那是什么呀？”

“那就是你说的房子，一间小木屋，以前住着一位守护森林的哨兵。跑山人是不去山顶的，我倒是去过一次，哨兵还没有结婚，向我诉说了他的苦衷。后来，哨卡撤了，可怜的哨兵走了，小木屋就空在那里，我以后是不会再去了，不会……走吧，回家喽——”老爷子说罢，一声长叹，“唉——”

星儿和奶奶，还有浪仔在家等候着，等到老爷子和东明兄弟回到家已是傍晚。吃过晚饭，东明在帮爷爷清洗草药。明明抑制不住内心激动的情绪，喋喋不休地向星儿讲述大山的神奇：“你见过松鼠吗？它吃松果的时候用双‘手’捧着……山里有个石洞，听爷爷说，原始人在里面住过……有小溪流过的地方就会有很多清泉，我喝了一口，甜甜的……对了，山顶上还有一间小木屋，明天我要进去看看，应该有一张小木床，可以睡觉……”小哥哥讲得有声有色，星儿听得入了迷。

这天夜里，明明梦见自己去了小木屋，里面住着一位漂亮的小公主，养了一只小白兔，小屋前有一簇迎春花……

第二次进山，没有老爷子带路，哥哥背着竹篓，弟弟拿着干粮，走过小桥，走过岩石。要想采到新鲜的草药，就不能在老路上转，兄弟俩另辟蹊径，朝着密林深处走去。路上，明明还惦记着小木屋，便恳切地问：“哥哥，我们去小木屋好吗？”东明一本正经地回答：“去那里太远，天黑之前可能回不来。”明明沮丧地坐下说：“我走不动了，你去采药吧，我在这儿等你。”

“怎么，不高兴了？”东明思虑片刻后接着说，“好吧，暂时不采药了，我带你去小木屋，我们要快一点儿。”

“太好了！”明明欢呼雀跃地跳了起来。

绕过几道崎岖的山路，他们来到那座最高的山的山脚下，抬头望去，不算太陡，却与别的山坡迥然不同。高大的白桦树下铺满了厚厚的落叶，踩上去深一脚浅一脚，像是踏在棉花上，俨然进入一片原始森林，少了成片成片的绿色。两个人紧挨着，小心翼翼地朝山顶爬去。当他们回头看时，已过半山腰，再仰望小木屋，它那清晰的轮廓已映入眼帘。正在此时，明明脚下滑动，他顺势抱住哥哥的左腿，只见一块岩石滚下山坡，像坠落的流星，无法阻挡。东明急忙把弟弟拉起来，这才意识到落叶下潜伏的危险。等明明回过神来，心有余悸地问：“哥哥，我们会不会像石头一样滚下去？”东

明深吸一口气说:“你比石头轻多了。”

半个小时后，终于到达了山顶，在相对平坦的地方，有一间小木屋。明明兴奋不已地叫着:“小木屋，我的小木屋！我来了，我来了……”小木屋是用白桦木搭建而成，就近取材，省去了搬运的艰辛。兄弟俩推门而入，只见屋里有一张简陋的床榻，榻上放着一件旧的军用大衣，还有散乱的书信，坐在榻上透过窗子便能看到远山的风景。明明抑制不住心中的喜悦问道:“你说会不会有人来呀？”东明不假思索地回答:“不会的，爷爷不是说过嘛，这个哨卡已经撤了，山顶没有草药，不会有人来的。”

“太好了！这间小木屋就是我的了！”明明惊叹之余，躺在了床榻上，“真是太舒服了！”

东明随手捡起一张书信，按说是不能偷看别人隐私的，可是看了没在信封里的书信，就不能算是偷看，因为主人已经放弃了隐私权。书信是女友写给哨兵的，大意是说他没出息没前途，想要分手，最后三句写得很明了:“你说你喜欢大山，愿意做森林的卫士，我很敬佩，可我却等不到你承诺的幸福生活。三年了，你还是一无所有，一事无成，即便是你拥有整座大山整片森林，还是抵不过城里的一套房子。我不想再等下去，我们就此分手吧。”不管是否为女友的本意，东明都为可敬可爱的哨兵感到一丝丝悲哀。哨兵可能伤心欲绝，否则不会把书信散落床上。

“信上写什么呀？”明明好奇地问。

“说——小木屋没有城里的房子好。”东明这话里透着一股莫名的愤慨。

“城里好什么呀，我觉得还是小木屋好，要是有一个美丽的小公主就更好了。”

感受一番后，兄弟俩走出小木屋。外面是一大片空地，没有白桦树，没有落叶，到处长满了绿草，还有几块大岩石。两个人呼吸着新鲜空气，听微风吹动落叶沙沙作响。

“不早了，我们该走了。”东明说完拉着弟弟离开了小木屋，离开了白桦林。他不想空手而归，没有按原路返回。两个人跨过山涧小溪，绕过一片松林，来到一座相对陡峭的山坡前。放眼望去，除了白桦树、松树，偶尔还会发现几棵翠柏。在一处峭壁上隐隐约约有几棵神秘植物，会不会是爷爷说的不老草？好奇心促使东明想要爬上去一探究竟。他们顺着峭壁向上攀登，到达峭壁顶端，在临近边缘的地方找到一棵足够结实的松树。东明拿出绳子，一头系于腰间，一头系于树干上，准备完毕后，鼓足勇气抓紧绳子缓慢地顺着峭壁往下坠。明明守着树干，看绳索是否松动。虽然不是悬崖绝壁，但也相当危险，万一坠落，那也是九死一生啊。东明从未攀过岩，只是听老爷子说过而已，那些教诲的话仿佛时刻在耳边叮咛，提醒自己小心谨慎，再凭着一股胆识和勇气，想应该不会出问题。东明的双脚已经踩在离那神秘植物不远的地方，左看右看，左边五棵右边三棵。他蹬着突出的岩石，开始向左边平移，近了，更近了，它那神秘的面目终于呈现在眼前。东明定睛察看，果真是地地道道的不老草，感到万分惊喜。他顺利地采完了所有的不老草，装进背篓，拽着绳子攀爬到崖顶，稍作休息后便下了山。

他们继续绕道而行，没走多远，看到前方有几棵栎树。听老爷子说，有栎树的地方就容易找到灵芝，东明暗自心喜，但愿能有意外的收获。于是，两个人快马加鞭跑到树下，居然不是几棵，再往前是一大片栎树林，希望是越来越大了。兄弟俩开始地毯式的查找，不放过每一棵树。明明没有哥哥那么仔细，只是绕树一圈，便溜到下一棵树。当他来到第十二棵树下，地上散落着枯枝败叶，无意中发现，在树的根部有个奇特的东西。明明虽然没见过真正的灵芝，但看到过灵芝的图片，非常相像。他欣喜若狂地连声叫道：“哥哥、哥哥……我找到灵芝了，你快过来！”还在树下找寻的东明听

到“灵芝”两个字，心头一惊，箭一样飞奔过去问道：“在哪儿？在哪儿？”明明指了指说：“在这儿，快看！”东明俯下身子一看，还真是灵芝。哥哥惊喜万分地对弟弟说：“哎呀，我的弟呀！你还真行，腿快眼也快！”采到第一株就想着第二株，两个人全然忘了回家的时间，向着树林深处走去。可是，当他们再次去找的时候，却没那么幸运，眼看夜幕即将降临，还是没有碰到第二株灵芝。失望之下，只好放弃心中的念头，踏上回家的山路。当兄弟俩快要走到那块大岩石的时候，眼前的一幕让他们心惊胆战。一条三米多长的蟒蛇横卧在路上，这是他们回家的捷径，就这样被一条蛇给挡住了。也许它只是路过，在此稍作休息，却不知有人要打此经过。

“哥哥，蛇！”明明惊叫一声。

“我看到了！快跑！”东明话音未落，就已撒腿跑开。

“好了……不用跑了……那条蛇好像没有追我们……”东明双手扶着膝盖，气喘吁吁地说。

两个人蹲坐在草地上，喘着大气，这速度真赶得上百米冲刺了。他们在附近找到一棵能爬得上的榕树，万一有狼偷袭，便可以迅速地爬上去。在树下，明明一口气喝完了满瓶水，没多大一会儿，就感觉想要撒尿。他按照哥哥的意思，对着空瓶哗啦、哗啦……“哥哥，我好了。”东明屏住呼吸接过瓶子，从这棵榕树到回家的小路上，每隔一段就洒上一点儿。

夜幕缓缓坠下，星儿和浪仔站在门外，巴望着哥哥快点儿回来。

此时的山林，笼罩在一片暮霭之中，犹如洒下的云气，四处飘散。远处高高低低的树木在晚风中晃动，像巫师在挥动扫帚，令人生畏。飞翔的鸟儿躲进了巢穴，跳跃的松鼠钻进了树洞，爬行的虫子盖上了落叶，只有夜间出没的动物才开始蠢蠢欲动。兄弟俩瑟缩在榕树下，背靠树干，竹篓挂上了树枝，听到远处传来乌鸦的鸣叫，瘆得令人发慌。他们环顾四周，一片沉寂，放眼望去，除了树木、杂草、岩石，别无他物。黑黑的夜幕没有在意东明兄弟的处境，毫不客气地落下了，镶嵌着星星和月牙。树枝间屹立着猫头鹰，石缝中蠕动着青蛇，杂草下隐藏着老鼠。兄弟俩成了闯入黑夜的陌生“动物”，他们很难看到它们，而它们却很容易看到他们。对于夜视力超强的动物来说，两个人就像两团燃烧的火焰，光芒四射。看远处风吹草动，听飘来细微响声，令人心生胆怯，兄弟俩不由得把身子缩得更紧了。明明睁大双眼四处察看，东明此时却很淡定，眯着眼只是去听。冥冥中，东明仿佛听到了不知何处传来的欢声笑语，再仔细听听，像是童年的伙伴在红枣树下，争着抢着捡红枣。那时候，妈妈还在，可又不像是在老家的院子里。穿过淡淡的雾岚，像隔着一层薄薄的轻纱，朦朦胧胧看到了妈妈的模样。

“妈妈，是您吗？”东明不敢相信自己的眼睛。

“是我，是你们的妈妈，听说你们被困在山里，我特意来看看。”

“妈妈，真的是您，您真的来看我们了。您知道吗，自从您离开我们之后，我和弟弟的日子是怎么过的；自从我们离开家，离开爸爸之后，一路上，我和弟弟的日子是怎么过的……妈妈，您都知道吗？妈妈，请您告诉我，为什么找不到我们要待的地方。妈妈，您带我离开吧，带我离开这里，离开这个卑鄙的、虚伪的、肮脏的、残酷的世界！我不要待在这里，请您带我离开！”

“不！不！不！孩子，千万不要这么想，这个世界是充满爱和关怀的！难道一路上就没有遇到值得你留恋的？不要因为遇到了不该遇的人和事去恨，要为着遇到了美好的人和事去爱！你忘了自己写过的留言吗？——‘忘却痛楚，只留美好的记忆！’——孩子，好好想想吧！”

东明知道，妈妈即便心里想到了，嘴上也说不出这样的话，难道是自己在反驳自己？可他分明看到了妈妈的样子，就在他神情恍惚的时候，妈妈瞬间化身成了兰姐，简直太神奇了。

“兰姐，怎么是你？刚才妈妈还在，她走了吗？”东明惊讶地问，可兰姐却沉默不语。

山林的夜晚容易让人产生幻觉，难道是东明的幻觉？他睁开眼，一切都已消失不见，手里紧紧地抓着红丝巾。他转过脸对弟弟说：“明明，我刚才看到妈妈了，还有兰姐。”

“真的！在哪儿？我怎么没看见！”

“是妈妈托梦给我，但又不像，那就是幻觉吧，说不清。”

“我想妈妈也不会跑到这山里来，她又不知道我们在这儿，就是有人告诉她，她也不知道路呀！”在明明心里，妈妈一直都活着。

就在此时，榕树上传来了老鼠吱吱的叫声。借着微弱的月光，明明抬头一看，吓得打了个冷战，一条花斑蛇盘绕在树枝上，正在吞食老鼠。“哥哥，上面又出来一条蛇！”东明朝弟弟指的位置看去，老鼠的身体已被吞进一半，只露出头和前腿，发出凄惨的叫声。这次，兄弟俩没有跑远，只是后退了几步，毕竟这条蛇比起那条蟒蛇小多了。况且，它正在吞食猎物，无暇顾及别的。看来，这榕树也容不下他们了。“山里怎么这么多蛇呀？”明明诧异地问。

“蛇再多也不会威胁到我们，真正可怕的是狼，但愿不要遇到。”

“要是待在小木屋该多好，就不会这样了。”

“你还想着小木屋，要不是去小木屋耽误时间，我们早就回去了。”东明嗔怪道。

“没耽误时间，下山的时候还早，是你要去采药，去找灵芝的，结果就晚了，回不去了！”明明显得理直气壮。

“照你这么说，还怪我了，早知道这样，就把你留在家里，我一个人上山了。”

“你说的是哪个家里？是爷爷家，还是后妈家？那都不是我的家！我的家是在农村，有妈妈，院子里还有红枣树，对吗？”

“是又怎么样？我们都已经出来了。”

“哥哥，你真不应该把我带出来，连个睡觉的地方都没有，到处都是危险。好不容易遇到了姐姐，你说要走，现在有爷爷了，你肯定还要走！”

“嘿！你是在埋怨我了，这可要说清楚，当初我没打算带你，是你非要跟着我的，现在后悔了？那你可以回去呀，或者留在爷爷这里，反正我还是要走的！”

“我什么都不懂，是你说要找一个美好的地方，还说是我们的理想之地……在哪儿？在哪儿？这儿也不是，那儿也不是，到底在哪儿？你自己找吧，我回去了，回妈妈那里，回到属于我自己的家！”明明叫嚷着转身就走。

“你还真走啊！走了就不要回来，看你能走多远！”

“不要你管我，我就是要走，我要回家！”

明明只身一人，孤单无助地朝着回家的路口走去，在一棵高大的松树下停住了脚步。月牙仿佛就挂在树梢，而自己就像一只虫子，一只四处觅食的虫子，随时都有可能被天敌吃掉。明明仰望松树，想着想着便号啕大哭：“妈妈、妈妈……您在哪儿？快来救我……我回不去了，妈妈，来救我……我该怎么办？”

“孩子，回去吧，哥哥在等着你呢。”

“妈妈，您是说，让我回到哥哥身边吗？”

“对！快回去吧，你哥哥是在说气话呢，不会当真的，听话，回哥哥身边。”

“谁，是谁在说话？妈妈，是妈妈！我怎么看不见您！”明明大喊着晃了晃脑袋。他不相信这是幻觉，更不相信那只是发自内心深处的声音。等他稍稍清醒后，便踉踉跄跄地回去找哥哥，去那棵榕树旁。可当他回到原地的时候，却看不见哥哥的身影。就在他想要再次放声大哭的时候，哥哥那可靠的身影突然出现在眼前。东明扑上去把弟弟紧紧地抱在怀里，含着泪说了一句：“我知道，你会

回来的。”

“哥哥，我错了……我不该埋怨你……不该离开你……我错了……”明明哭着说着。

“没事，不哭了，哥哥不怪你，回来就好，跟哥哥在一起不会有事的，不哭了……”东明连连安慰着。

兄弟俩把这一夜的安危交给了苍穹。已经是深夜，万籁俱寂，山林的夜晚阴森恐怖，仿佛有无数双狼的眼睛在盯着他们。两个人坐在一块光滑平整的大岩石上，手中紧握树枝，准备着突如其来的战斗。假如来的是一只狼，还好对付，倘若是两三只，就危险了，必须躲到榕树上去，把蛇赶走。就在他们严阵以待的时候，远处传来了细微的响声，撩拨着身上的每一根毛发。敏感的神经告诉他们，有什么东西正在慢慢靠近，令人不寒而栗。

“哥哥，有声音，会不会是狼？”明明怯声怯气地问。

“很有可能！”

“爷爷、浪仔，快来呀！哥哥，我们还是爬到榕树上去吧，我怕！”明明说着瑟瑟发抖。

“我也这么想！”

于是，两个人丢掉手中的树枝，迅速地跑到榕树下，攀着垂下的细枝爬了上去，紧紧地抱住树杈。那条蛇已经看不见，可能自行爬走了吧。他们绷紧神经，密切地观察着四周的动静。东明无意间朝明明的头顶瞟了一眼——天哪！是那条蛇！它没走，还是又回来了。“明明，小心，头顶上！”东明不提醒便罢，这一提醒，明明便抬头看去。

“啊！蛇——”明明惊恐地发出一声尖叫，叫声未落，自己的身体却从榕树上落了下来，重重地摔在沙土上。东明不顾一切地跳了下去，扶起弟弟连忙问道：“怎么样？没事吧？”明明揉了揉肩膀说：“没事……我的肩膀可能撞到石块儿了。”此时，他们听到了狗叫声，不对呀，山里怎么会有狗呢？再仔细听听，确实是狗在叫，而且叫的声音跟浪仔一模一样。对！浪仔！会不会是浪仔？兄弟俩顿时忘了恐惧，明明忘了疼痛，朝着汪汪的叫声看去，浪仔那矫健的身影在月光下显得潇洒飘逸。它，东明兄弟的战神——浪仔，正在飞奔而来！

“浪仔！你总算是来了！”兄弟俩和浪仔相拥相抱，忘乎所以，那种激动的心情恐怕也只有月光下的大山知道，树林知道，花草知道，飞虫知道！爷爷和他的外甥打着手电筒紧随其后，看到兄弟俩安然无恙，老爷子悬着的心才放了下来。明明很想知道，爷爷是怎样像侦探一样找到他们的，便饶有兴致地问：“爷爷，您是怎么找到我们的？”爷爷感慨地说：“真是不容易啊！我跑了两趟才……先不说这个，我们回去吧，等到了家里，我再慢慢讲给你听。”

爷爷的外甥爬到树上，取下竹篓，里面的“宝贝”还在安睡，殊不知外面发生了一场惊心动魄的遭遇。原来，爷爷第一次带着浪仔进山找兄弟俩，也碰到了那条蟒蛇，不敢靠近，便折返回去，叫了外甥再次进山。他的外甥有二十出头儿，身材魁梧，天生不怕蛇。老爷子照着手电筒，外甥手握钢钎，谨小慎微地靠近，再靠近，再近一点儿，瞅准蛇的颈部猛刺进去，蟒蛇却连丝毫反应都没有。外甥接过手电筒，对着蛇的头部仔细查看了一番，凭着以往抓蛇的经验判断——是一条死蛇。它可能是吃了不该吃的东西吧，难怪一动不动地趴在路上，从下午一直到深夜。

就是这条死去的蟒蛇把兄弟俩困在了山里。回到家中，爷爷娓娓道来：“然后，我和外甥把蛇拖到路边草丛中，浪仔闻到了你们身上留下的气味儿，跑得那叫快呀！它跑着还不停地回头向我们打招呼。回来的路上没有告诉你们，是不想让你们害怕，你们肯定以为蛇已经爬走。现在好了，回到家就安全了，睡觉吧，明天哪儿也不去，把你们的故事讲给奶奶听。”明明就像听侦探小说一样听得

如痴如醉。爷爷还不知道，浪仔闻到的是……明明既感羞涩，又有点儿沾沾自喜，也算是自己的一点点功劳吧。

第二天，星儿在帮奶奶择菜，明明在帮爷爷拌鸡饲料。东明刚劈完木柴，独自一人躲在房间里。他抚摩着柔软的红丝巾，思绪万千，直觉告诉他，此时此刻最想念的是妈妈和兰姐。可他却不能回到故里，守着那圆圆的土冢，活着的和逝去的两个世界的人，只能在冥冥中相遇，却无法在现实中生活。东明想到山林中妈妈所托的话，细细想来：也只有兰姐了，只有她让我百般眷恋。是啊！最让人留恋的也是最美好最珍贵的，兰姐的美丽善良和温柔足以成为他回去找她的理由——无须别的！在东明心中所萌生的那种爱意，完全超乎了单纯的男女之恋，掺杂更多的是姐弟之情。他喜欢这位姐姐，想与她相依相伴。他知道，兰姐也喜欢他，这一点让东明有足够的信心和勇气，可以毫无顾虑地回去找她——她肯定不会拒绝！

东明言简意赅地向爷爷表述了自己的决定。爷爷似乎早有预料，平心静气地说：“你终于想清楚了，你确实不能这样走下去，也不能待在这里，回去吧，也许那就是适合你的地方。人生经历的事太多，不要纠结一些琐碎的事，不要太过较真，心平气和地看淡一切，做到胸怀宽广，容得下万事万物。”

没有过多的准备，也无须带什么行李，只有一条红丝巾和破损的手机。第二天上午，东明来到县城车站，买了票，坐上了开往泉阳的汽车，去那座兰姐所在的城市。

第十章　重逢

一

滚动的车轮载着颠簸的车厢，奔驰在宽阔的公路上，是车厢内沉闷的空气拉长了乘客脑海中时间的弦，这辆车仿佛来自远古要开往未来，总觉得跑得缓慢。东明从未承受过这样无休止的震动，感到胃里面的食物一股一股往上翻。他想吐，可在公众面前一次又一次地往下压，不能吐出来，不能让大家觉得恶心，晕车的滋味可真难受！东明强忍着对售票员说："大姐，能不能让司机师傅停一下，我……我不坐了，我晕车，我坚持不住了。"

"你不是去泉阳吗？还远着呢！"售票员回答。

"没关系，让我下去吧。"

"有人下车！"售票员喊过，汽车吱嘎一声停了下来。东明迅速地冲出车厢，蹲在路边，胃里的食物早已抑制不住激动的情绪，似乎未经喉咙，直接从胃里喷射而出，可惜了一顿早餐！他一阵接着一阵地吐，十几分钟后，肚子里空了，胃里也空了，这才好受些。可在公路边，前不着村后不着店，连个人影都没有，该怎么办？"兰姐，你在哪里？明明、星儿，你们在等我，我又在哪里？"此时，东明只有自言自语，心中感到无比的孤独与凄凉。

东明沿着公路漫步前行，一副有气无力的样子，即便是这样，还是不想坐车。行走在空旷的天地之间，呼吸着无限的新鲜空气，总比憋在车厢里要舒服些。当初，兄妹三人离开泉阳时走的是乡间

小路；如今，东明沿着公路回去，不知要走多久，更不知离泉阳还有多远。

已经走了大半天，时过正午，才看到远处的村庄和小镇，还有路边一排排的房子。东明加快步伐，想要找个人打听打听。他走到一位中年妇女面前问道："大婶，您知道这儿离泉阳还有多远吗？"她告诉东明说："不远了，过了这小镇就是。"东明这才松了一口气，天黑前到达泉阳是没问题了。只要找到住过的小屋，找到黄阿姨，就能找到兰姐，只怪自己没问过兰姐的地址。有一个最简单最直接的办法，那就是给兰姐打电话，虽然手机被摔坏，可她的号码东明还清晰地记得。但思来想去，他不打算这么做，既然回到了泉阳，离兰姐也就不远，是自己来找兰姐的，不想让她多走半步反过来去接自己。他想要的情景应该是：兰姐打开门，突然看见自己的身影。那该是多么意外，多么惊喜！

很可惜，后来发生的事，给兰姐的不是惊喜，而是惊吓。

当东明走到泉阳，找到公交车站，已是饥肠辘辘。他买了两个煎饼一杯豆浆，一边吃着，一边朝开往西郊的公交站点走去。他仔细看了看指示路线，到黄阿姨那里，中途还要转车。晕车的劲儿刚刚缓和，又坐上了公交车，这开开停停的，才过两站，东明就感觉不妙，到了第三站，就果断下车，免得遭罪。他发誓，这两天不再坐车了。

临近傍晚，东明走在热闹的街道上，穿梭于陌生的人群中，宛如别人身边的隐士一般，无问人间百态，无问人情冷暖。然而，东明绝非这样的人物，他永远逃不掉牵牵连连，是本性决定了他的为人。累了，他就坐在路边，把目光在人群中不住地搜索，搜索不一样的面孔，不一样的身影，不一样的穿着，不一样的行动，只是不知其中蕴藏着多大的奥妙。最后，他的眼神落在了一位骑自行车的大姐身上，看她骑着车悠然前行，一如往常，没有丝毫警惕。她根本没有料到，自己已成为别人眼中的猎物。就在她毫无防备的情况下，一名男青年进入了东明的视线。只见他冲到自行车近前，朝着后轮，抛出一个块状物，物体上系着一根长绳，块状物体穿过转动的辐条，绳子瞬间缠住了车轮。大姐并未意识到是歹人所为，自然而然地停下自行车查看情况。当她低下头的一刹那，男青年趁机抓起前面车筐里的红皮包，飞奔而去。这简直是贼胆包天，光天化日、众目睽睽之下，竟然旁若无人地用这种卑鄙的伎俩抢劫财物。更让人费解、难以置信的是，竟然没有一个人冲上前去制止。是在拍电影吗？不！是这世界暂时沉默了。

大姐直起身，发现皮包被人抢去，顿时惊慌失措，丢下车子追出几步，可她哪能追得上啊！于是高呼："抢劫……有人抢劫……"路人听到呼声，显得非常"冷静"。东明对于这种事不会置之不理，要是浪仔在这儿，只需在它耳根捏上三下，再给出一个手势，它便会冲上前去。没有浪仔，自己上！"别人不管，我来管！绝不能让劫匪跑掉！"事不宜迟，果断行动，东明在心中大喊一声，鼓起勇气，不顾可能遭到的反击，奋起直追。当东明快要追上劫匪的时候，那人猛地掉转身大骂："王八蛋，让你多管闲事！"随即，冲着东明的头部就是狠狠一拳，东明躲闪不及，遭到重击，顿觉眼前金星闪闪。他从未跟人打过架，不懂得招式，不知道是进攻呢还是防守，只觉得头脑昏昏，想要弯下腰，便顺势就势，扑倒在地，牢牢地抱住劫匪的双腿，使他动弹不得。这看似不合理的一招儿，让劫匪防不胜防，像断了根的柱子，扑通一声倒地。路过的几个年轻人激情踊跃，趁势一举将劫匪拿下。围观的人越来越多，有人报警，有人扶起东明。骑自行车的大姐赶上来关心地问："小兄弟，碍不碍事？你的眼角流血了。"此时，东明还算清醒，回答说："我没事。"说过，他站起身想要走几步，可突然眼前一黑，像断了电似的瞬间倒地，失去了知觉。不到二十分钟，警车来了，救护车也来了……

劫匪被带到派出所，王警官开始审问："说！你是怎么打人的？"

"我没怎么打……就轻轻地……一拳……他就……"

"还轻轻地，人还在医院里抢救呢，说具体点儿！"

"我是有点儿用力了……好像打到太阳穴了吧……可我根本没想到他会……"

"好家伙！打人家太阳穴！如果抢救不过来，你知道会被判什么罪吗？"

"不会是死罪吧？"

"差不多！"

这个为非作歹的青年人，抢皮包打人的时候无所顾忌，听到王警官说的三个字，吓得两腿发软额头冒汗。这边的审讯还在继续，医院那边正在紧锣密鼓地进行抢救。

审讯结束后，王警官从东明的手机里取出电话卡，装进自己的手机，拨了爱兰的也是存的唯一的号码。此时，爱兰正在吃晚饭，接到电话，看到是东明的号码，激动不已地说："东明，你总算是打电话了！不知道你现在怎么样，都这么长时间了！"

"你好，我不是你说的那个人，我是警察，就看到这一个号码……不知道你们是什么关系，这边出事了。"

"警察？出了什么事？东明他……他怎么了？"爱兰听到警察两个字，心里怦怦直跳，颤巍巍地问。

"你先别急，如果你是他的家属，请你过来一趟，到我这边再说。"

爱兰二话没说，丢下碗筷，把孩子交给妈妈，坐上出租车，直奔派出所。见到王警官，还没等他开口，爱兰就急忙解释："东明他不是那样的人，他不会干违法的事，肯定是你们搞错了。"

"是你误会了，他不但没有干违法的事，而且做了一件见义勇为的好事。嗯——我想知道，他是你什么人？”

“他是我弟弟，他在哪儿，我想见他。”

“那是当然，不过……他呢……在与歹徒搏斗的时候受了点儿伤，在医院里，应该不太严重。”

听说东明受伤，爱兰的心瞬间悬起来，双手攥得紧紧地。她央求道：“您能带我去吗？我想见他。”

这王警官是众所周知的好民警，还没顾得上吃晚饭呢，又不知道要忙到什么时候了。他乐意为别人做事，更何况这是他的职责，于是便爽快地答应：“当然可以，我这就开车送你过去！”

爱兰一直沉默无语，不敢想象见到东明的样子。她只是在心里不住地祈祷：“没事的，没事的……不会有事的，应该是擦破一点儿皮。”

他们来到医院门口，爱兰问了另外一件事：“王警官，只有我弟弟一个人吗？还有两个小孩儿呢？”

“怎么，还有两个小孩儿？没见着啊，这又是怎么一回事？”王警官更为迷惑了。

“我还是先看一下东明，回头再跟您说吧。”

两个人下了车，走进大楼，走进急诊室。东明此时还在昏迷中，无法知道自己想要见的人就在眼前。爱兰看到此情此景，用手捂着嘴巴哽咽了，泪水在眼眶里打转。她抑制着悲怆的心情，不让泪珠滚下来。吴医师走到她身旁，深有感触地说：“别难过，他会没事的。”

爱兰走到床前坐下，握着东明的手，透过氧气罩，看不到一丝他想要说话的样子。她从未见过一个人昏迷的样子，今天，她看到了。透明的液体一点儿一点儿地滴落，东明却感觉不到时间的慢慢流逝。爱兰的眼泪流进肚里，却说不出话，许久、许久，始终默默无语，只是凝视着东明苍白的脸。王警官很理解爱兰此时的心情，

但又不能这样耗着，万一误了大事，那可就追悔莫及了。于是，找了一位年轻的护士代为问话。护士照王警官的吩咐走到爱兰身边，轻声地问：“请问这位小姐，两个小孩儿是怎么回事？”爱兰没有吱声。护士又问：“姐姐，两个小孩儿是怎么回事？”爱兰听到有人叫她姐姐，这才缓过神儿来。她站起身，随王警官走出病房，就在门外，说了所有的事。王警官说：“这两个小孩儿若是还在泉阳，问题不大，否则的话——那可就难说了。希望东明快点儿醒过来，一问便知，听医生说，不会有生命危险。”说过，王警官一阵沉默后，递给爱兰一个精美的印花手提袋。

听了王警官的话，爱兰的心才稍稍放松一些。她接过袋子满怀感激地说：“王警官，让您费心了，您先回去吧，我一个人在这儿就行。”王警官说：“好吧，那我就先回去了，你弟弟明天要是还没醒过来的话，我们会出动全部警力寻找，这事拖不得。”王警官走后，爱兰回到病房，再次握住东明的手，继续她的守候。

让人忧心而又焦虑的一天过去了，王警官给吴医师打电话，得知东明依然没有醒过来。他夜里已经计划好，早早地来到派出所，协同所有警员，有条不紊地开始他们的找人行动。此时，爱兰的心再次悬到了半空，感到万分焦虑：东明若是一直昏迷不醒该怎么办？找不到明明和星儿又该怎么办？

这会儿，病房里静静的，只有姐弟两个人。爱兰轻轻地打开手提袋，小小的袋子里装着那条凝结着情义的红丝巾，还有手机和电话卡。她拿出红丝巾捂在东明的手上，她再也抑制不住滚烫的泪水夺眶而出。她把东明的手贴在自己的脸颊上，想要给他送去一丝温暖，真心地说着最深情的话：“东明，你不是想见我吗？你是回来找我的，对吗？我就在你面前，你倒是看看我呀……我可不想看到你现在的样子，你快点儿醒过来吧……姐姐知道，你喜欢我，那你就醒过来，姐姐让你亲个够。姐姐愿意等你，等再过几年，你能当家立事了，姐姐就嫁给你…… 东明，醒过来吧……”

就在此时，爱兰感觉到东明的手指微微颤动，急忙擦干眼泪，招呼护士：“护士小姐，你快过来！我弟弟刚才动了一下！”护士走过来看了看，他还是静静地躺着，便微笑着说：“这是很正常的，他是有知觉的，我们要等他完全醒过来。”听了护士的话，爱兰更加相信自己对于东明的重要。他是有知觉的，他能感受到，倘若把这份感情毫不遮掩地表达出来能让东明早点儿苏醒，她——愿意！她不再隐藏，不再掩饰，不再羞涩，不再拖延，就在此时此刻，在东明最需要的时候表达出来——那份纯真的爱！

“东明，姐姐以后就是你的兰兰，等你好了，就跟我回家，我的家就是你的家。你离开后，我日日盼夜夜盼，盼望着你能回来，可没想到你会……记得那天夜里，你在后面追我，我停了下来，那算是我们的第一次见面吧。我就觉得你跟别人不一样，我没有看错，你就是这样一个人。我喜欢像你这样的，对于什么事都明辨是非，敢作敢为，刚毅坚强，对于爱和感情又是那样一尘不染。我愿意把我所有的一切都给你，我以后的人生属于你，你听到了，感受到了就醒过来。”

护士在给东明换药护理，听到“姐姐”的字眼儿，感到非常诧异。爱兰毫不介意护士“偷听”，明知她就在身旁又有何妨？人间真情还怕别人知道吗？护士嘴甜，叫着姐姐好奇地问：“姐姐，他——是你弟弟？是什么弟？肯定不是亲弟弟。姐姐，我嘴快，问错了，你别生气。”爱兰看她面带微笑天真无邪的样子，也就坦然道：“我们只是姐弟相称，是在路上认识的。”爱兰说着说着就刹不住车，跟护士聊了几句，舒缓一下心情。护士听了，连连感慨：“我要是遇上这样的弟弟，也愿意去等。姐，你早上到现在还没吃东西，我在这儿照看着，你去外面餐馆吃点儿吧。”有专业的护士照顾，哪能不放心呢？爱兰点点头，缓缓地站起身，慢步走开，给护士回眸一个微笑。

爱兰来到餐馆，一碗清淡的酸菜面也只是吃了一半，便匆匆离去。她顺着狭长的街道前行，仿佛受了地心引力一般，拐进一个小公园，在假山后、树荫旁停住了脚步，找到了属于自己的片刻宁静。假山的石缝中有泉水溢出，哗哗地落在下面的岩石上，这虽然是人工的造做，但在此时此刻也有别样的情趣，犹如时间的流逝，无法停息。冥冥中，东明的身影闪现在眼前，又在瞬间消失不见，爱兰意识到该回去了。

回到病房，东明依然静静地躺着。爱兰悄无声息地坐下，凝视着、抚摩着、期盼着，也不知钟表的秒针转了多少圈，更不知护士进进出出跑了多少趟。她困了，就趴在床头睡去，如梦似醒，昏昏沉沉，迷迷糊糊，几番醒来又睡去，从傍晚到深夜，从深夜到凌晨。就这样，一整夜，她简简单单平平静静地熬过去了。虽然东明无法体会陪伴的煎熬，但爱兰却无怨无悔、心甘情愿。清晨的曙光透过玻璃窗，折射到房间的每一个角落。她站起身，直直腰，洗洗脸，绽放出无尽的自然而又纯净的美。

又到了中午，有护士照应着，爱兰嘱咐了一声再次去了餐馆，一碗水饺盛上来，总觉得对面少了一个人。回来时，她带了一份豆腐脑儿，这次回到病房，看到了令人惊喜的场面。

王警官已经找到了明明和星儿，是他亲自去接的。听说东明受了伤，老爷子也跟了过来。

“明明……星儿……”

“姐姐……”

他们激动地相互叫着，内心的喜悦依然掩饰不住对东明的担忧。大家都希望他能立马醒过来，也一同分享这团聚的幸福时刻。明明“哥哥、哥哥”地叫个不停，星儿多想叫一声哥哥呀！也许，东明听到了星儿的呼唤就能醒过来。星儿使出浑身的劲儿，从脚尖到发梢，把全部的力气都集中在嗓子里，发出了一个重叠的声音："哥——哥——"星儿紧接着又叫了两声，这是她能够发出的唯一的呼唤，不能算作说话，仅仅呼唤而已，但这已足够，足以让东明苏醒。也许是亲人的期盼，也许是星儿的呼唤，东明先是抖动了手指，然后便睁开了双眼。他看着身边的亲人投来关怀的目光，精疲力竭地说了一声："我怎么在这儿……我好饿……"

"哥哥，你醒了！"明明欢悦地叫道。

"东明，你总算是醒了！"爱兰说着眼含热泪，急忙打开那份豆腐脑儿，用勺子一勺一勺地喂给他，这已经不仅仅是姐姐照顾弟弟了。这一幕催人泪下，大家的眼眶全都湿润了。

接下来最忙的要数王警官，如果说找到明明和星儿是情理之中的事，那联系到星儿的母亲就是意外的收获了，他正在安排母女俩见面。能在不到两天内取得这样的成绩，除了王警官的努力外，还有各兄弟机关的全力配合。在周边县市，大家用最快最直接的方式去寻找，这件事一时间牵动了千万人的心，有众人的参与，茫无头绪的事，也就变得清晰明了。

东明兄妹走到今天，只是走过了他们人生的一小段，未来还有很长很长的路等着他们去走。三兄妹似乎有了各自的归宿，阴雨过后会是霞光一片！

二

温馨的相聚，不舍得离开，明明和星儿要暂时住在爷爷家里。王警官送他们去了车站，有老爷子带着，他也就放心了。

三天后，东明不想让爱兰没日没夜地照顾，便执意要求出院。爱兰拗不过他，只好回家。从医院到家里这段路，爱兰很熟悉，也就没再麻烦王警官。

几天来，爱兰的爸妈忙得不亦乐乎，除了店里，还要照顾亮亮，挺不住了，只好请钟点工帮忙。在一条繁华的街道，在十字路口，有一家名为“小肥牛”的涮锅店，一楼大厅可以容得下五六十人同时就餐，二楼有大小十五个包厢——那便是他们家的经济来源。知道爱兰要回来，杨夫人做好了饭菜在家里等候着。杨老倌儿在店里忙活，到晚上才能回家。见了面，东明很恭敬地叫了一声：“伯母好！”杨夫人笑嘻嘻地说：“好！好！”

客厅里的灯饰、家具、摆设都是东明前所未见的，简洁而又大气。堂壁上挂着一幅《马到成功》画，茶几上摆着“一帆风顺”工艺船。东明两手摸着双腿，眼神飘来飘去，最终落在小推车里的亮亮身上。他对爱兰说：“兰姐，我想抱抱他。”爱兰微微一笑点点头。东明把亮亮抱在怀里，亲切地说：“亮亮，你还好吗？你知道我是谁吗？”爱兰看在眼里，听在耳里，想在心里，总想说一声：“孩子，你不知道他是谁，妈妈知道。”

餐桌上，东明显得很是拘谨，爱兰一边给他夹菜一边说：“多吃点儿豆腐、鸡蛋，容易消化，那些肉呢，不想吃就别吃了。”

“咳！你怎么不让人家吃肉呢？来，伯母夹给你，听说你喜欢吃炸鸡块儿，尝尝我做的。”

就在他们其乐融融的时候，电话铃响了。爱兰站起身去接：“爸，您还忙着呢？”

“不忙、不忙，你回来了，你说的那个小孩儿……”在杨老倌儿心里，女儿所关心的那个人仍是个没长大的孩子。

“带回来了——”还没等爸爸说完，爱兰就接上了话。

“回来就好，让你妈接电话，我有事跟她说。”

杨夫人接过电话，叽里咕噜也不知道说了些什么。爱兰问道：“我爸说了什么呀？”

“他说，找了个医生，在等着呢，让我把亮亮带过去看看。”

“是这事儿啊，那您……”

“我这就过去吧，到店里吃，你们在家吃。”

从家里到店里不是太远，来来回回都是骑电动车。杨夫人把亮亮包在肚兜儿里，就像一只小袋鼠。刚到店里，杨夫人就急切地问：“老倌儿，你说的医生呢？”

“医生怎么会跑到这儿来呢？我问你，那小孩儿怎么样？”

“什么呀！小孩儿，人家成熟得很！医生呢？”

“别老医生、医生的，我是骗你出来，给孩子们腾出地方，今天晚上，家里就属于他们俩。你呀，真是个棒槌，连这个都不懂。”

“哎哟，我还真棒槌了，那我们今晚就睡在店里？”

“不睡店里，还能去旅馆呀？省点儿钱给孩子们用，是吧，老伴儿？”说着，老两口儿笑了。

其实，爱兰已经猜得出爸爸那点儿猫腻了，她也想跟东明单独待一会儿，只是不便开口而已。到了晚上，东明不见伯父、伯母回来，便问：“兰姐，你爸妈怎么还不回来？”

“不回来了，他们经常住店里，宽敞着呢。”

“那我们过去看看吧。”

“别瞎说，你要好好休息……跟我过来。”爱兰拉住东明的手，走进自己的卧室说，“今天晚上，你睡在我的房间，我去爸妈那屋。”

爱兰悄悄地离开，轻轻地关门，门内门外，屋里屋外，隔开的是两个人，隔不断的是两颗心。东明清楚地知道，兰姐是他亲爱的姐姐，不能有丝毫的遐想。他环顾整个房间，简单而又整洁，墙上挂着兰姐和亮亮的照片，还有一幅描绘乡村田野的油画。梳妆台上没有过多的瓶瓶罐罐，只是摆放着一些简单的头饰。看着叠得方方正正的被子，铺得平平整整的床单，东明心生疑虑：我能躺在上面吗？他走到床边，用手指轻柔地抚摩床单，犹如蜻蜓划过水面。他缓缓地在床边坐下，深深地吸了一口气，还未等呼出，便听到了敲

门声。他应了一声："兰姐，进来吧。"

爱兰推开门走进房间，看到东明正在抹平床单上被压出的皱褶，微笑着说："不用了，等明天早上再收拾，你要不要去洗个澡？"

"不了，"东明迟疑了一下连忙改口，"我还是——去洗一下吧。"

爱兰带他来到洗澡间，洗头膏、沐浴露、毛巾，各种洗浴用品一应俱全，热水、凉水、温水，随意调节。"你看墙上挂的睡衣，给你准备的。"说完，爱兰走出洗澡间来到客厅，独自坐在沙发上。听着细微的水花声，爱兰感觉不像是在照顾弟弟，而是在调教自己未来的男人，很有成就感，很是奇妙，简直就像在给自己量身定做一般。爱兰能定做出属于自己的男人吗？这个未来之事，连她自己都难以判定。

东明冲洗着，觉得跟脱了壳一般，想着以前顶多了抹点儿肥皂，这是第一次感受到沐浴露带来的润滑和清香。洗完澡，东明擦干身子，穿上睡衣，来到客厅。

"兰姐，我好了。"

"我也去洗一下……唉，你是喜欢看综艺节目呢，还是电视剧？"

"我——都喜欢，只是现在……我只想坐一会儿。"

"别拘束，就当自己的家。"说过，爱兰把遥控器放了回去。

等了一会儿又一会儿，还不见爱兰出来。于是，东明来到阳台上，看着一轮明月，看着星光点点，看着万家灯火。"家"——他第一次感受到了这个平凡汉字的不平凡之处——不是房子，不是家具。一路走来，是广场上？是瓜棚里、窑洞里、宿舍里、屋檐下还是小桥下？……那都不是家，倘若东明真把这里当作自己的家，爱兰是绝对不会说"滚出去"的。可此时，他只能感受一下，却不能当真——做梦也梦不到的事。就在他思绪飘飘的时候，兰姐已经悄悄地站在身后。两个人的睡衣除了颜色，款式一模一样，东明一时间还没有觉察到。

“东明，你站在这儿想什么呢？”

“兰姐，我想明明和星儿。”

“他们在爷爷家，你就放心吧，你心里想的，就是王警官牵挂的。我们要相信王警官，他会把所有事情都安排好的。”

“但愿如此吧。兰姐，我想请你帮个忙，帮我找个工作，你看行吗？”

“好啊！我爸店里正缺人手，你可以到我爸店里呀。先不说这个，我问你一件事，你要老实回答，你昏迷的时候，有没有听到我说话？”

“听到了。”

“我都说了些什么？”

“好像说，等再过几年就什么什么的。”别的话语，东明确也没有印象，只有那句话像一道光在脑海中闪过。

“快说！等再过几年怎么？”爱兰急切地想听东明说出——那想一想都让人兴奋的话。

“等再过几年就……”东明瞥了一眼爱兰，脑筋一转说，“就开一家涮锅店。”

“唉——你根本就没有听到。”爱兰叹了一口气又接着说，“好吧，那就开涮锅店，到时候，我专门负责收钱。”爱兰暂且把美好的向往收藏，沉默片刻后，转移了话题。

“东明，你为什么不问我和老公的事？”

“你们大人之间的事，我就不问了，兰姐要是想说，我就听着。”

“也没什么好说的，我跟老公已经离婚了，亮亮我带着，在我老公心里只有女人没有爱情，我爸开店借他的钱也都还上了，现在两清了。”

“两清了好，兰姐就不用受委屈了。”

两个人走进客厅，窗外静静的，屋里静静的，仿佛能听到彼此的心跳和喘息声。他们各自回屋，爱兰睡在爸妈的房间，安然自若。可东明就截然不同了，不是自己的家，不是自己的床，兰姐又那么漂亮，怎么想怎么不自在，还好有一层睡衣隔着，把身体包了起来。过了许久，他才慢慢地躺下，自觉飘浮于空中一般。

第二天，爱兰早早地起床，熬了粥热了菜，然后给东明送去了一套西装，一双皮鞋。她嘱咐说："换上吧，等会儿给我看看，今天去见我爸。"等东明换好衣服，站在爱兰面前的时候，她愣住了——他这是脱胎换骨了！黑西装、黑皮鞋、白衬衣，气宇轩昂！感觉一下子成熟了许多。这行头，是在东明住院期间，爱兰托妈妈挑选的。没想到，妈妈的眼光还真不错，东明穿上很是气派。爱兰目不转睛地审视着："来，我把领带给你系上。"

"不了……兰姐……那个……"东明吞吞吐吐地说着并后退了两步。

"行，那就不系了，面见我爸也不用太庄重太严肃。"爱兰说完把领带放回了盒子里。

他们吃过早饭便去了涮锅店，刚到店门口，就见门两旁并排站着六名服务员。她们齐声高呼："兰姐好！东哥好！"杨老倌儿那浓密的自来卷头发总能给人深刻的印象，他就喜欢排场。爱兰每次来到店里都会听到这样的欢呼，已经习以为常了。可东明就有些受宠若惊，流浪汉一下子变成了东哥，真让他无地自容啊！他尾随兰姐来到大厅，杨老倌儿已经等候多时，杨夫人抱着亮亮站在一旁。

"欢迎兰兰光临本店，这位是？"杨老倌儿佯装不知地问。

"是东哥——"爱兰拉长了嗓门儿回答。

这排场无疑是孙厨师长按杨老板的旨意安排的。诸如"兰姐带回来一个男孩儿""不是男孩儿，是男人""不能瞎说""我早就知道他叫东明"之类的话，昨日已经在大家嘴里传开了。

杨老倌儿伸出右手说："幸会、幸会！"东明满脸窘迫，该用什么礼节呢？他连忙伸出手应声叫道："大伯好、大伯好！"他们握了手，进了包厢，杨老倌儿已经准备好了一桌菜。东明看着华丽的灯饰、典雅的墙纸、时尚的桌椅、洁白的餐具，自觉是刘姥姥进了大观园抑或孙猴子进了龙王宫。他从未有过这样的优待，小时候不曾听爸爸讲过，长大后也不曾经历过，十六年了，这是头一回。他想自己何德何能？也没做什么让别人感激的事，就这样稀里糊涂被请到了餐桌旁。偌大的餐桌只坐了四个人，还有一个抱在杨夫人怀里的小亮亮。爱兰索性靠近东明坐下，对面是爸妈，这饭局有点儿像"南北对话"。吃涮锅没什么讲究，先涮羊肉卷儿、牛肉卷儿，把肉的浓香渗透到汤里。然后再涮粉丝、豆腐、鸭血、土豆粉、虾糕、金针菇、香菇、木耳之类的素菜。调味料有芝麻酱、蒜蓉、海鲜酱、怪味料。桌子的玻璃转盘上摆满了菜，在杨老倌儿这里，用的是小电磁炉，一人一个锅，取代了传统的锅具。电磁炉嵌入桌面的固定位置，铺上桌布，看起来平平整整，只露一个锅儿在外面。这里的服务员都练就了一双"火眼金睛"，能隔着桌布一下子按到电磁炉开关。东明摸了又摸还是找不到，只好请兰姐帮忙。等高汤烧开了，东明夹几个羊肉卷儿，放进汤里，稍稍一煮，香气扑鼻而来。他夹起煮熟的肉片，蘸点儿芝麻酱，放入口中——嗯！真是美味！

"东明，你有没有生吃过牛肉？"爱兰在一旁问道。

"没有，牛肉能生吃吗？"东明疑惑地问。

"爸，来一份生食牛柳怎么样？让东明开开眼。"

"当然可以！"杨老倌儿说罢没叫服务员，直接给后厨孙师傅打了电话。

"兰兰，再稍等一下，干冰刚刚用完，我让孙师傅去制干冰了。"杨老倌儿得意扬扬地问，"那你们知道干冰是怎么来的吗？"这个，

东明想上一万年也难以想得通，牛肉和干冰怎么会联系到一块儿呢？爱兰呢，也只是见过餐桌上的一幕，却没见过制干冰的过程。两个人闪烁着好奇的眼神连连摇头，表现出纯粹的无知。

“我告诉你们，这个制干冰呢，就是把二氧化碳冲进一个帆布袋里，让气体变成固体，一块一块乳白色的，就是干冰了。二氧化碳是装在储气罐里买来的，看起来像煤气瓶。制干冰的时候，钢瓶要斜着放，不能竖直也不能平躺，要与地面成四十五度角才行，我不知道为什么，你们肯定也不知道吧？”杨老倌儿说着自得其乐地笑了。

他们边吃边聊，还不到一刻钟，孙师傅就送来了生食牛柳。那可不是用普通的盘子装的，而是用一个漂亮的圆形木盒子。盒子黑底色，边缘有粉红色印花图案，分两层，下面放有干冰，上面是半卷形的牛肉片，摆成一圈儿。孙师傅把开水从中间倒入，干冰遇到热水，瞬间蒸腾，冒出滚滚白烟，犹如牛肉卷儿在腾云驾雾一般。没想到啊没想到！吃的东西也能玩出这般花样，真奇特！东明算是大开眼界了。

爱兰是生吃过这种牛肉的，先夹了一片，蘸了蘸芥末酱，放入口中，吃给东明看。她连连称道：“够味儿，真够味儿！东明，你也尝尝，不许吐出来，一定要咽下去。”东明心想：肯定有很特别的味道，不至于难以下咽吧，兰姐已经吃过了，她让尝尝，那就尝尝呗。他学着兰姐的样子，夹起牛肉卷，蘸了点儿芥末酱，慢慢塞进嘴里。好家伙！一股子辣味直接从嘴里窜到鼻孔里，除了辣还是辣，这种辣不只是辣舌头，而是从嘴巴到鼻尖来回窜着跑，这不是“够味儿”，而是够辣够呛！东明没嚼几下就囫囵地咽了下去。兰姐看了，绷着笑脸说：“多吃几片就习惯了，虽说不是店里的主打菜，但也称得上是一个幌子，人们都有一种猎奇的心理。”

等大家吃得差不多也聊得差不多了，杨夫人带着亮亮到外面玩儿。爱兰陪着东明，要跟爸爸说正事儿了。还没等东明开口，杨老倌儿便问："你的事情我听兰兰讲了一些，你想到我店里来帮忙？"

"对，我想找个工作，不知道去哪里。"

"那你会什么呀？"

"我会……"

"爸，他会切菜！"爱兰看东明没有底气就替他回答。

"切菜？兰兰，你又不是不知道，我们这里都是切片机，很少用刀切的。"

"大伯，别的我可以学嘛。"东明颇有诚意地说。

"也行，反正也不是什么高科技，一学就会，那你想要多少工资呢？"

"工资……随便……"东明的话刚一出口，爱兰就偷偷踢了他一脚，提醒他不能随便。

"一个月——八百。"东明瞟了一眼爱兰说。

"八百呀！我可以请两个了！"杨老倌儿听了这个数儿，差点儿被噎着。

爱兰看老爸如此激动，急忙解释说："爸，您糊涂啊！请两个，一人分四百，多难听呀，真不如合起来，八就是发，人家是希望您天天发财！连这个都不懂？"爱兰这胳膊肘拐得让杨老倌儿哭笑不得。

"兰兰呀，什么都让你说了，我还能说什么呢，我懂——八百就八百。"杨老倌儿咂巴咂巴嘴，"那你打算在我这儿干多长时间？"

"只要您不让我走，我就一直干下去。"

"有你这句话，我就放心了。"

正事儿也算谈好了，爱兰和东明是心满意足。可杨老倌儿见了老婆子难免要发几句牢骚："你知道吗？这小子不简单啊，开口就要八百，真像我年轻的时候，够狠！有闯劲儿！"杨夫人不以为然

地说：“狠什么呀，还不都是兰兰教的？”

“可那话是他自己说的，不管这个了，只要闺女满意就行。”

到了晚上，杨老倌儿问女儿：“兰兰，你是带东明回家呢，还是让他住孙师傅那儿？”爱兰说：“还是让他住孙师傅那儿吧。”

随后的日子，东明就和孙师傅住在离涮锅店不远的一间出租屋里。这样的安排全在情理之中，至于第一天让两个人单独相处，那是想让他们俩有个美好的开端。有了开端，以后便是漫长之旅，耐得住的耐不住的寂寞与憧憬一番番回荡，回荡在朝阳与晚霞中，回荡在皎洁的月光下，回荡在曼妙的长夜里。所有的一切，不因时间的流逝而消散，只为以后的共眠而凝聚，凝聚每一言每一行，凝聚每一颦每一笑。也许是清晨的问候，或者是夕阳下道个晚安。没有轰轰烈烈，只有平平淡淡点点滴滴，是雨点打在荷叶上轻轻滑落，是露水沾湿发梢慢慢抹去，是彩蝶隐于花丛翩翩飞舞。美妙的不知有多少，足以让两人去铭记去收藏。

三

明明和星儿在爷爷家，期盼着生活能够有所改变。这天，在王警官的安排下，星儿的妈妈赶了过来。听说妈妈要来，星儿在院子里从早上一直等到中午，有人敲门——是妈妈！真的是妈妈！母女俩见了面，相拥而泣。原来，星儿是无法忍受爸爸的打骂（她的爸爸一股子暴脾气，只要不顺心就拿她撒气），从家里跑出来的，为了这事，爸妈已经闹得不可开交。妈妈四处寻找星儿的下落，一直没有找到，多亏了王警官，才得以和女儿再次相聚。她这次出来就没打算再回去，准备跟女儿相依为命。星儿的妈妈名叫素云，看了她的肤色就知道基因的力量有多强大。她把屋里屋外打扫得干干净净，老爷子既高兴又喜欢。想想自己的三个儿子，全都在城里，虽然他们都事业有成，但很少回来。老两口儿没个女儿，感觉这辈子少了一种陪伴，多了一份遗憾。于是，老爷子便执意挽留，没让她们离开。

两天后，三个儿子应父亲的要求都回来了，大儿媳也跟着，作为嫂子理应积极参“政”，商量大事儿。老爷子把自己的想法跟孩子们说了，大家都积极响应，觉得父亲所言是个万全之策。此事由大儿子做主，趁热打铁。他把星儿的妈妈叫过来，娓娓道来：“大妹子，虽然我们是第一次见面，并不了解，但我相信父亲的眼光绝对不会看错人。再说我们兄弟三个吧，没有姐妹，我爸妈不习惯城里的生活，不愿跟着我们，而我们又没有太多时间往家里跑，只有逢年过节才回来看看。爸妈成了名副其实的空巢老人，很想有个人天天陪着，你既然已经来了，就别走了，我父亲他……他想认你做女儿，不知道妹子是否愿意？”素云正愁无处安身呢，听大哥这么一说，揪着的心瞬间放松，是幸福来得太快，令人难以置信。她激动得不知如何回答，两只手紧紧地抓在一起。大哥已经参透了妹子的心事，赶紧给她下定心丸，不急不慢地说：“我父母年纪越来越大了，你要是愿意的话，等他们安度晚年后，这家里的一切都留给你，都是你的，你看怎么样？”

“大哥，我……”

“行了，不用往下说了，你已经叫我大哥，就说明你认了，有你照顾我爸妈，我们兄弟也就放心喽。”

“我女儿，她……”素云心里美滋滋的，嘴巴却不经意间念到了女儿。

“你女儿是吧，让她在村里上学，校长我认识，说一声就行，等她再大两三岁，我接她到城里，将来去专业的聋哑学校。”听了大哥所言，素云双手捏着衣角，幸福的泪水溢满眼眶。是女儿或者说是东明兄弟给她找到了一个新家，能不激动吗？

“妹子，怎么称呼你呀？”

“我叫李素云。”

“很好听的名字，我嘛，姓赵，名晨旺。”

“是晨旺哥。”

“素云妹，哎呀好啊！我也有妹子了，你说我们前世指不定真是亲兄妹呢！”大哥乐呵呵地说。

素云脸上洋溢着笑容，女儿生来命苦，爸爸不喜欢，全靠妈妈温心呵护，连个正经的名字都没有，女孩儿嘛，就叫妞妞。现在好了，女儿有了名字有了家，还能上学，在这里没有辱骂和责打，只有温馨和幸福。

事情已经定下来，老爷子和老伴儿，还有大儿媳忙着置备酒菜，他们要好好庆贺一番。欢乐的时光总是过得快，老爷子的三个儿子和大儿媳下午就已回城。

傍晚，明明坐在院子里，虽然浪仔偎依在身旁，但还是感到有些孤单。哥哥去了兰姐那儿，星儿有了妈妈，而自己就只有浪仔了，可它又不会说话。正在这时，星儿走了过来，明明瞅了她一眼说：“我要带浪仔离开这里，这儿不是我的家。”星儿听了拼命地摇头。爷爷看出了明明的心事，凑上前去安慰道：“我听王警官说，他已经通知了你爸妈，他们最近几天可能就会过来，你要跟他们回去，回去上学。”

“不！我没有妈妈，我很小的时候妈妈就不在了，我不想回去。”明明镇定地回答。爷爷听了也就不再说什么，他知道会有办法的，事在人为嘛，就看明明的爸妈有没有能耐了。当然了，他也会旁敲侧击地规劝小家伙。

如果让明明回到原来的小镇，回到小吃店，那是十头牛也拉不动的，也许事情会有转机。没过几天，爸爸带着后妈找了过来，一样的院子不一样的人，没有星儿和妈妈见面时的相拥而泣，只有面面相觑。人，还是老样子，只是略显瘦弱。见到儿子，老张感慨之余也就寥寥几句：“明明啊，总算是找到你了，你们干吗要跑出来呢？”明明看了看爸爸身边的“白骨精”，低下了头，无以言表。后妈拿出一个崭新的书包，诚心地带着一番愧疚对明明说：“以前都是我不好，没让你上学，你们走了以后，小吃店就停了，后来转让给了别人，我和你爸回到村上，建了葡萄园。你跟我们回去，所有的家务都不让你做，你只管学习就行。”爸爸在一旁补充道：“这都是真的，后妈也是妈，她是很有诚意的，你看，多漂亮的书包！”老张说着接过书包递给儿子。明明没有拒绝，他毕竟还是很想走进校园的。几番寒暄之后便要道别，明明恋恋不舍地看着星儿和浪仔，幼小的心灵流露出纯真的难以割舍的亲情。他拉着星儿的手说：“我还会回来的，等核桃树结果了我就回来。”对！在爷爷、奶奶家的后院里有一棵他们俩亲手移植的核桃树，这棵树将要代表两个人的约定，还要见证岁月的流逝。走了，爸爸和后妈带着明明走了。浪仔追了一程又一程，明明又是跺脚又是拿树枝驱赶：“回去！快回去！保护好星儿！等我回来——”星儿躲在妈妈的怀里一直掉眼泪。

他们没有直接返程，而是去了泉阳，照着地址找到了东明所在的涮锅店。老张想要见一见儿子，明明想要见一见哥哥。就在明档的橱窗里，他们看到了东明身穿白大褂，头戴厨师帽的忙碌身影。他显然跟以前不一样了，他变了，成熟了许多，不再是围着油锅、蒸笼卖油条、包子的那个少年了。爱兰为父亲分忧，接管了前厅经理一职，见到明明和爸妈来看东明，急忙安排包厢，让东明腾出手来跟家人叙一叙。在包厢里，老张问道：“东明，你现在好吧？”东明说：“还好，兰姐对我很好，现在家里还开小吃店吗？”

“不开小吃店了，在家种葡萄。”明明抢先回答。老张说：“是的，小吃店太忙了，后来，你妈也想通了，不能耽误了你们的前程。

凡事总得有个开始，我们搞种植，就是想让你们有更多的时间做自己的事。”

“我倒没什么，干了厨师就一直干下去呗，主要是明明，他还小，什么都不会。”

“是啊，等他回去了，第一件事就是送他去上学，”老张沉思了一下说，“你妈走得早，如果不是你后妈，我们的日子会更苦，根本就谈不上开小吃店，爸爸也只能去工地干活儿了。我知道，后妈以前对你们不是很好，她很内疚，希望你们能够原谅她。今天，当着爸爸的面，你就带个头儿，诚心地叫她一声‘妈’，就算是你们原谅她了，你看行吗？”东明一直认为，每个人都会变的，后妈这次应该是彻底地改变了。他看看爸爸看看后妈，看看弟弟，诚心地叫了一声：“妈——”面对后妈窘迫而又感动的神情，他说，“妈，以后爸爸还有明明就全靠您照顾了。”说完，他向明明使了使眼色。明明回过头，在哥哥的带动下，鼓足勇气也叫了一声：“妈——”后妈听了，一把抱住明明，含着泪说：“好孩子，都是我不好，以后家里什么都不让你做，你要好好上学，将来上大学。”也就是在这一刻，“白骨精”的形象完全消失了。

“好了、好了，没事了，”老张缓和着气氛说，“东明觉得这边好就留在这边，我们回老家。”

临走时，老张叮嘱说：“好好干，可别给你兰姐丢脸。”

“爸，您就放心吧，您要注意好身体。”

“哥哥，你什么时候回老家呀？”明明投来期盼的眼神问道。

“说不准，指不定哪天，你一觉醒来就看见我了。”

这时，爱兰送来一袋水果，东明接过来递给后妈说：“妈，老家的事就让您费心了。”

这一别，不知何时才能相聚，东明和爱兰站在门口目送他们远去。

事后，爱兰给王警官打了他期待已久的电话：“喂，王警官，非常感谢您所做的一切，东明留在我这边，在店里学厨艺；明明跟爸妈回老家，看样子，回到家就要往学校里跑了；星儿和妈妈留在老爷子那里，他们已经认作一家人了。”王警官听后，放下电话，一边拍手一边笑。他总是这样，为自己鼓掌为自己喝彩，不需要别人知道，只要自己满意就行。

第十一章　新的生活

一

不知不觉已是深秋，天气凉了，花儿谢了，树叶黄了，片片枯叶飘飘洒洒，街上的行人都已换上了秋装。杨老倌儿的涮锅店也越来越忙，谁不想坐在屋里，抱着一口小锅，咕嘟咕嘟冒着热气，炖点儿蔬菜、肉片儿啥的？

这一段儿时间，东明学了不少厨艺，但都是一些皮毛，真正的窗户纸孙师傅尚未点破，全靠个人的悟性。经孙师傅配置的调料，其口味已经远远超出了同行，这也是涮锅店赖以生存的根本。孙师傅常说："万变不离其宗。"然而，东明连这个"宗"都不知道，怎么去变呢？可能是火候未到，也许有一天，他真能悟出这个"宗"来。

一天午后，轮到东明值班，后厨的明档里只剩下他一个人，这会儿没有客人，他正琢磨着怎样把几个素菜拼成一盘儿。他先把豆腐和冻豆腐切成长方形薄片，然后沿着盘子的边缘错落有致地摆上一圈儿，接着拿出千层豆腐皮，用花刀切成长条儿，再半折形地一圈圈摆上三层，最后在中间插入一小撮儿金针菇，四散炸开。等作品完成后，东明有几分满意，可总觉得少点儿什么。正在这时，爱兰走过来看了看，不言不语地拿出一枚红色车厘子，放在金针菇上。东明顿觉眼前一亮，兴奋地说："太漂亮了！兰姐，你这是画龙点睛啊！"爱兰笑着说："没有'龙'，我也点不出来呀！"这盘儿菜就像盛开的鲜花，全靠东明的细心和耐心，真所谓：一片摆歪，全盘皆输！东明得意扬扬地说："兰姐，你看——它活了！"

到了晚上，客人陆陆续续地来了，大家井然有序地忙着，东明摆的拼盘儿放在最显眼的位置。别人都是看菜单点菜，只有一位女士，站在明档外看了一遍又一遍，她是想买点儿肉啊菜啊调料什么的带回家。爱兰走过来热情地问："您是要带走吗？"那位女士微笑着点点头，眼光落在东明的作品上。她指了指问道："别的都装袋子，这一盘儿，我能不能连盘子带走？盘子我买下来。"爱兰爽快地答应："当然可以，盘子嘛，您下次光临本店的时候带过来就行了，不收钱！"

此事不胫而走，杨老倌儿得知后就让东明重新摆了一盘儿。他边看边夸赞："很好，你开始对菜品有自己的想法了，这已经不是客人想要什么，而是你想要给客人什么。"眼前的小伙子使杨老倌儿看到了希望，要不了几年便可以当家立事了。

爱兰对东明的不一样相待，让店里的其他男士有几分羡慕也有几分妒忌，但都能理智地与兰姐保持距离，能偷偷地看上两眼已是美事，孙师傅更是恭恭敬敬。人家如出水芙蓉一般，又是老板的女儿，前厅的经理，思来想去，也只有一饱眼福的份儿了。有不少"绅士"慕名而来，但都被爱兰拒绝了，因为她知道自己需要什么，更知道东明不会令她失望。

事情也未必尽然。在凉菜房的"小猴子"就看不下去了，他二十出头儿，身材高挑动作敏捷。就在一个昏暗的夜晚，只能透过几丝月光照见人影，他拦住了回家的东明，抱怨说："凭什么呀！对你那么好，对我就懒得多看一眼，你觉得公平吗？"

"怎么不公平？兰姐她不是不想看你，是她忙嘛。"东明沉着应对。

"忙你个头！就在我面前忙，到你那儿就闲了，如果你觉得兰

姐不是故意的，那就让我揍你一拳。”

“你最好不要随便动手。”

“我没有随便，我想得很清楚，我要为自己，也为店里的其他男同胞送你一拳，让你清楚地知道什么是真正的‘特殊待遇’。”“小猴子”说罢，趁东明不备，朝着胸膛就是狠狠一拳，牙齿咬得咯吱咯吱响。东明身子趔趄一下，站稳脚跟后警告“小猴子”说：“你还真动手，你会后悔的！”

“有什么后悔的！大不了卷铺盖走人！我不光要动手，我还想动脚！”“小猴子”说着又踹了东明一脚。

“你不要太过分，我现在不想还手！”

“一点儿都不过分，你可以还手，来呀！冲我来呀！”

“小猴子”看东明沉稳地站在那里，也就没再继续纠缠，怒火中烧地指了指东明便撤了。

第二天，东明一言不发地干自己的活儿。爱兰从孙师傅口中得知此事后找到“小猴子”，递给他一个信封和一个工艺水晶球。她心平气和地说：“信封里是你截至今天的工资，水晶球算我送你的，留个纪念。不管你走到哪里，做什么事，心都要像水晶球一样透亮，不要用粗暴的行为解决问题，如果你日后想要报复，来找我，不要找东明。”

“兰姐，我……我错了，我不会报复的，这水晶球比什么都重要。我想——站完最后一班岗再走。”

爱兰看“小猴子”耷拉着脑袋，就不再说什么，表示默许。孙师傅对此事也只剩叹息了，一个很不错的凉菜师，明天就要“再见”了，也许再也见不着了。“小猴子”走了，留下的是一种警告——不要有邪念，更不能有过激的行为，不能妒忌只能羡慕，否则的话，连偷看两眼的机会都没了。

事情过后，孙师傅开始教东明制作凉菜，那可谓是手把手地教。

如果有什么功劳全归东明，有什么过错全赖自己，他已经很清楚东明在兰姐心中的位置。

杨老倌儿身为老板，暂时还没有私家车，刚刚还清债务，需要缓一缓，每天都是坐出租车回家，要么自己，要么跟女儿一道儿。家里没有请保姆，家务事全靠老伴儿一个人。一天夜里，杨夫人问道："老倌儿，我们也买一辆车吧？"杨老倌儿揉揉下巴说："再等一等，等女儿需要的时候买。"

"女儿需要的时候，你是说女儿结婚的时候？"

"嗯！东明这小伙子还算不错，只是——再等四五年，他也就到了二十二岁，闺女一个人，她……"

"我说老倌儿，是你想多了吧，女人要是碰上心宜的男人，那翻来覆去都是好的，闺女高兴等就等呗！"

"是我想多了，是我想多了，我真是老糊涂，又不是我找老伴儿，我急个啥呢！"杨老倌儿拍拍额头自嘲地说。

"你总算是承认自己糊涂了，我们没有儿子，这几年就当儿子养着就行了，不过——你说……让闺女来个事实婚姻怎么样？"

"亏你想得出来，刚才还说我糊涂，我看你比我更糊涂，兰兰是不会的，况且亲戚朋友那么多。"

"老倌儿，我逗你呢，你以为我连自己的闺女都不了解吗？"

"你别逗我了，还是逗你自己吧，捏着自己的鼻子哈哈大笑去吧！"

"去你的，我捏你鼻子。"老两口儿沉浸在一阵嬉笑声中。

"老倌儿，别乐了，我跟你说点儿正经的，我去找个熟人给他们说和说和。"

"这个还算靠谱儿，这事儿兴许能成，那就张罗着办吧！"

"你放心吧，我有分寸。"

老两口儿把女儿的事儿谈得差不多了，才安心地睡去。

二

霞光映红了半边天，一群鸽子来回穿梭，晚风吹动窗帘飘飘悠悠。万家灯火陆续点亮，这一天农历十月初十，是爱兰的生日。杨老倌儿把店里的事情都嘱托给孙师傅，自己带着女儿回家了。店里的员工过生日都会收到一份礼品，女儿过生日，杨老倌儿还真不知道该送什么。

“兰兰，今天是你的生日，你想怎么过啊？”

“现在有亮亮，我又离了婚，还能怎么过？就想跟您和妈妈在一起。”

杨老倌儿听了心怀内疚地说：“是爸爸让你受委屈了，我不该借那些钱，更不该让你跟那个混蛋结婚。”

“爸，不说这个了，我妈肯定什么都准备好了，等着我们回去呢！”爱兰说着给爸爸一个笑脸，希望他不要把那些事儿放在心上。

回到家里，杨夫人已将亮亮哄睡，餐桌上摆放着生日蛋糕，蛋糕上插着二十二支蜡烛。杨夫人接过女儿手中的凉菜问道：“怎么就你们俩，没有别人吗？”爱兰说：“还能有谁？都推托掉了，我们一家人在一起，没人打搅不好吗？”

杨老倌儿默默地向老伴儿点了点头。

“好，当然好！”杨夫人说过把凉菜盛进盘儿里。

爱兰喜欢清静，不喜欢热闹，若是在往年，即便是谢绝了亲朋好友的祝贺，还是会有人来的。今年就不同了，似乎大家都懂了，想让爱兰静一静，也就不去凑热闹了。

就在父女俩刚踏进家门不到二十分钟的时候，门铃响了，会是谁呢？爱兰走过去开门，从猫眼儿里看到了东明的脸庞。居然是他！这是一个小小的惊喜。爱兰打开门，看着东明慌乱的神情，怀里还抱着一个大纸箱，便逗趣地说：“你在我们后面跟着，你什么时候学会跟踪了？哎，箱子里装的什么呀？送给我这么大的礼。”

“不是的……兰姐，我这不是跟踪……箱子里……暂时保密。”东明吞吞吐吐有点儿羞怯。他弯腰把纸箱放在门边，看样子，里面的东西有些分量。

“你是想给我一个惊喜，那好，我现在不看，”爱兰看着东明羞答答的样子说，“要是别人在我屁股后面跟着，我会不高兴的，你嘛——就例外了。”

杨老倌儿很是意外，站在一旁只是抿嘴笑。杨夫人朝门外望了望问道：“东明啊，孙师傅没有跟你一块儿过来吗？”东明说：“没有，他走不开，没有他，店里边儿就乱了。”杨老倌儿听到东明夸赞自己的干将，耸耸肩膀得意地笑了。家里多了一个人，气氛变得欢快了许多。更何况，爱兰一家从未把东明当作外人。然而，东明确乎是“家”之外的“外人”；实则，像东明这样一个“外人”似乎又可以代表其他所有真正的外人。爱兰问道：“我好像没跟你说过我的生日，一定是孙师傅告诉你的吧？”东明笑了笑说：“是的，他昨天就跟我说了，还说了很多很多，简直就像个老妈子。”爱兰说：“这不奇怪，他是过来人，想给你传授经验嘛。”

孙师傅给东明灌输的那些思想，东明都没放在心上，他可不想到最后连个漂亮姐姐都见不着了。他喜欢被兰姐任意摆布，任意打趣，甘愿把自己的青春时光交给兰姐，甘愿做兰姐喜欢的出气筒，只愿她开心快乐。

等一切准备就绪，爱兰深吸一口气，吹灭了每支蜡烛，然后闭上眼许了愿。掌声中，爱兰想要听东明唱歌，东明咂巴咂巴嘴，五次三番还是发不出声音。他可是在孙师傅的指导下练过的，可到了关键时刻——他，傻了。最后，还是由妈妈领唱：“祝你生日快

乐……祝你生日快乐……”和着掌声唱完歌，爱兰切开蛋糕，每人分一块。正在东明品尝的时候，爱兰叫住他说：“东明，你别动，你脸上好像有东西，我来帮你擦一下。”

“有什么东西？”

“别问。”

爱兰不是擦下来，而是抹上去，本来什么都没有，这一抹，好了——东明脸上多了奶油的印渍。然而，东明却不知晓，杨老倌儿和老伴儿也佯装不知。

就在一家人喜气洋洋的时候，房间里传出了亮亮的哭声，是小家伙睡醒了。东明站起身说要回去，爱兰想挽留，可他还是执意要走。妈妈抱起亮亮说：“我来照看孩子，兰兰去送送东明吧。”

爱兰陪东明走出门外，来到楼下，穿过小区，迷迷糊糊把他送进了公园，在池塘边停了下来。微风吹动水面，荡漾着一弯新月，水面下的鱼儿都已安静地睡了。在凉亭旁边，有几盏灯还亮着，草丛中传出虫儿低沉的鸣叫。此时此刻，公园里只剩下两个人的身影。东明饶有兴致地问：“兰姐，你会不会打水漂？”爱兰说：“没试过，不知道。”东明捡起一个较为扁平的石块，攥在手里说：“兰姐，你看好了，平的一面朝下，要与水面保持平行，让它旋转着飞出去。”说着，东明一甩手，嗖的一下，石块在水面上飞荡开去，虽然看不清，但凭直觉，好像到了对岸。爱兰觉得好玩，便兴趣盎然地尝试着，可每次不是直接扎入水中就是砰砰仅漂了两下。

“哎呀，怎么回事啊？”爱兰撒娇似的说，一下子从兰姐变成了小阿妹。东明喜不自胜，在一旁偷偷地笑着。爱兰装出一副生气的样子说：“嗯——不许笑！”试了一次又一次，她始终不能像东明那样让石块潇洒飘逸，便停住手说：“好了，不玩了，过来坐下。”两个人坐在池塘边的草坪上，并未紧挨着。爱兰问道：“你有没有想过找个女朋友？”

“我想再过几年，等我把厨艺学得更精湛些再说。”

“我们店里就有几位不错的姑娘，你要是看上哪个，姐姐帮你牵个线搭个桥怎么样？”

“不用了，你看我，还小着呢。”

“小有什么关系，可以来个恋爱马拉松嘛，多浪漫！”

“那也要再等等，你别老是说我呀，追你的男人排成队，你也挑一个嘛。”

两个人如此这般说着违心的话，真正想的却要彼此去琢磨，去品味。爱兰说：“是、是有很多男人排队，可我看上了一个插队的。”

“啊？这事儿也有插队的？那他肯定貌比潘安喽。”

“你也知道潘安呀，没那么帅，可他插队插得天衣无缝。有很多人都在找啊找啊，苦苦地寻找幸福，到最后突然发现，幸福就在身边，白白浪费了许多美好时光。越是得不到的越想得到，就像一只猫，总想抓住自己的尾巴却始终抓不到。”爱兰顺手拽了一片草叶接着说，“我就不去找，我等，就像守株待兔一样去等，等兔子自己撞上来。我相信，会有一天，幸福从天而降，刚好被我接着。”东明半开玩笑地说：“不知道谁能幸运地成为兰姐的兔子。哎？不对呀！那兔子不是没命了吗？被炖着吃了！”

“你傻呀，谁让你使劲儿撞了，轻轻撞一下就行了，不用那么认真！”兰姐一急，说漏嘴了。她瞟了一眼“傻小弟”，他还真有点儿“傻”。即便不是，东明也得装傻呀，要不，兰姐何以缠绵何以等待？

“东明，我……我该回去了……扶姐姐起来，我有点儿腿酸。”此时不撒娇何时撒娇，不能错过每一个机会，女人在男人面前乐于此道。东明虽说是棵“小树”，但总归是“树”啊！他站起身伸出手，就这样，两只手又一次拉上了。两个人绕过池塘，好不容易才松开手。东明恋恋不舍地往回走，消失在茫茫夜色之中。

“兰兰，爸爸在这儿，东明他回去了？”爱兰刚出公园，就听到了熟悉的声音，回头一看，惊讶地说：“爸，您怎么出来了？他呀，从那边走了。”

“我是在暗中保护你，你可别介意啊，我没有靠近，没听到你们说什么。在你结婚之前，我都是你的监护人，有责任保护你的，希望东明那小子早点儿接我的班。”

“爸，我知道您关心我，那也不用夜里跑出来呀，万一着凉了怎么办？东明接班还早着呢，这几年全靠您了。他就是接班，也要先接您这个‘监护人’的班，涮锅店嘛……”

“涮锅店有我呢，是吗？爸爸没你说的那么娇气，我要确保你绝对的安全。小时候爸爸陪你玩，你现在已是做妈妈的人了，能陪爸爸散散步已经很难得了……”杨老倌儿说着说着有些哽咽了。爱兰紧紧地挽住爸爸的手臂说：“爸——我真想回到童年……”

父女俩回到家，杨夫人已经抱着亮亮睡觉了，两个人相互道过晚安，各自回屋。杨老倌儿早已将纸箱搬进了女儿的房间，里面会是什么呢？爱兰凝视了许久后，轻轻地打开。哇！原来是一盆茉莉花，还有一张纸条，上面写着：“此时无花何须愁，只盼来年满枝头。”东明别出心裁的礼物再次打动了爱兰，她微笑着坐在梳妆台前，看到镜中的自己，也如茉莉花般的清纯。她闭上眼，想着有个东明模样的男人从身后紧紧地、紧紧地抱住自己，是那样温馨而又浪漫。可当她睁开眼的一瞬间，仿佛抱着自己的是前夫，便顺手抓起一瓶喷雾喷向镜面，舒了一口气。她安慰自己：不要惊慌，那只是一点点私心杂念。爱兰赶紧把那点儿杂念连同喷雾一起擦掉，重现美丽容颜。

这个时候，东明回到了家里，一间与孙师傅合租的小屋。东明问道：“孙师傅，你怎么还没睡呀？”

“我这不是在等你嘛，等你回来聊聊，快说说效果怎么样？”

“跟往常一样，没效没果，你说的那些事儿……我这么小……怎么可能呢？”

“你年龄小，可兰姐不小啊，漂亮女人又不是有钱人的专利，你说……唉！过来让我看看，你脸上有奶油，兰姐给你抹的吧，舍不得擦掉，都带回家了，这可是物证，你还不坦白！看来，兰姐喜欢你喜欢得不轻啊！”

“有吗？”东明说着用手抹了抹，还真的有。

“说吧，后来怎么样？”孙师傅笑嘻嘻地问。

“后来……去了公园……坐了一会儿……然后……就回来了。”

“就这些？没了？”

“没了，真没了！”

“行、行、行，算你清纯，你说你小子上辈子怎么修来的这艳福呀！我都妒忌，不！是羡慕死你了！”

“孙师傅是不是也想揍我一拳呀？”

“不敢！那可不敢！”

“孙师傅，那你说，兰姐美在哪里？”

“哪里都美！从上到下，从里到外！”

“兰姐她不仅美在脸上，还渗透到骨子里。”东明饱含深情地说。

“还说自己小，审美观超前了，你说的很有内涵，英雄所见略同，干杯！”孙师傅说着与东明一同做出喝酒的手势。

“孙师傅，你很长时间没回家了，不想家吗？”

“想！想老婆、孩子，我怎么没遇上像兰姐这样的，别说大六岁了，就是六十岁也没关系。改天，我也深更半夜出去转转，指不定也能碰上一个。”

“哦！你喜欢年龄大的，像老奶奶一样的，你老婆要是听到你这么说，会寒心的。”

“我是那样的人吗？我就是随便说说。不行，我现在就出去捡孩子！”孙师傅说罢便走出房间，没过几分钟就回来了。东明问道：“捡到孩子了吗？”

“什么呀！我去了趟厕所，已经很晚了，睡觉吧！”

这天夜里，爱兰做了一个东明曾经做过的梦：梦见自己抱着一个小孩儿，甜蜜蜜的笑挂在嘴角，旁边有个男人戴着厨师帽正在炒菜……也许是心灵碰撞的火花，也许是超然物外的预示，在以后的日子里，那情景那画面时常在爱兰的脑海中浮现。

三

男有所求女有所爱，在一个风和日丽的上午，又有男人出现了。爱兰安排好所有的工作，在大厅里来回踱步。门口停了一辆宝马车，从车里走出一位俊朗的男士，啫喱水把头发定了型，西装革履，风度翩翩，可谓是男人中的绅士，绅士中的男人。他手握鲜花，气质非凡，健步走进店里，虽不是目空一切，但最起码信心满满。

“兰姐、兰姐，那人又来了！”正在收银台算账的思思看到后叫了一声。

爱兰不屑一顾地瞧了那人一眼。是啊！不知道来历，不知道姓名，只能说是——那人。他第一次来的时候也是这般风流倜傥，可爱兰并未心动，她不光是对于自己的容貌无所谓，看待别人也是如此。爱兰有着出众的外表，却拥有一颗平常的心。出于礼貌，她接过了三朵红色玫瑰，两个人自始至终无言无语，仅存玫瑰花语让人明了——我爱你！

又来了，对！他这是第二次来店里。当他看到花瓶里多了一枝白色玫瑰时琢磨着是何用意。他指点花朵自作多情地轻声念道：“我——也——爱——你——”充满自信的男人求爱时无须回避旁人，多少有几分炫耀的嫌疑。思思听到他口中的话语后急忙解释："不！不！不！你搞错了！是——我不爱你！白色是不！是没有！没有！"她一边说一边摇头。那人听了先是一愣，而后瞥向爱兰。爱兰却避开了他的视线，向楼梯口走去。他不紧不慢、神情自若地捏起白色玫瑰，用手指把花瓣弹落地上，然后把花枝放在思思面前，再插入两枝红色玫瑰，剩下的一枝单独递给思思。他那一连串潇洒飘逸的动作不禁让人惊叹——好酷！思思心中泛起甜蜜的激动，带有一丝丝遐想。她很乐意为这位俊男效劳，便噘着嘴问："你这是何意？"那人胸有成竹地回答："瓶里的五朵是——我依然爱你！你手里的一朵是——你是我的唯一。"思思心领神会地说："懂了，你稍等。"她左手拿着花瓶右手捏着"唯一"来到爱兰跟前说："兰姐，他说，他依然爱你！还有，你是他的唯一。"爱兰接过花瓶，接过"唯一"，淡淡一笑。她走到收银台前唤了一声："东明——"

"兰姐叫你呢，快去！"孙师傅穿着龙袍（只有厨师长才有资格穿绣龙的厨衣）背着手，站在后厨的明档里，目不转睛地注视着前厅的动静，就等这一刻。东明听到孙师傅的传唤，放下手里的活儿来到前厅。兰姐拉过他，借花献佛地拿出瓶中的五朵玫瑰递给东明说了五个字："我非常爱你！"然后把那朵"唯一"捻落到地上，并对那男人说："这是我的未婚夫。"

"哈哈……这，哈哈……"那人皮笑肉不笑，"一个毛头小子，听说还是在路上捡的。"

东明听了二话没说，转身走开，在爱兰面前，他可以默默地忍受别人的蔑视。爱兰不会让东明忍受这份委屈，她和颜悦色地对那人说："请你为刚才所说的话，向我的未婚夫道歉。"

"哈哈……"那人又是一阵冷笑，"不说他，那就说说你，长这么漂亮，你这不是自我作践嘛！"

爱兰越听越气愤，是要用绝招儿了，她高举双臂，"啪！啪！

啪！”击掌三下。孙师傅听到掌声，大声召唤：“楼上、楼下、老的、少的，是男的都给我出来！大厅集合！”第一个冲过来的是做职工餐的老刘，因为只有他和孙师傅知道这击掌为号的暗示。后厨的师傅们和前厅的传菜生也都蜂拥而至，把那人围了起来。那人见势哑然失笑，紧绷着脸说：“我是来求爱的，得不到我想要的，但我也不想看到这种局面。”

“请你为刚才所说的话，向我和我的未婚夫道歉，否则的话，你就会得到你不想要的。”爱兰重申。

识时务者为俊杰，那人觉得该收场了。他捋一捋领带，歪着鼻子说：“行！女中豪杰！我是应该为我所说的话负责。”于是，他虽没鞠躬，但也低头向爱兰和东明说了一声：“对不起，我没有资格说那样的话，请两位见谅！”得饶人处且饶人，爱兰最后奉上一句：“我心有所属，请你不要强求。”

那人给东明竖了个大拇指挥手而去——此举洒脱，出人意料。

“出什么事儿了？这么大动静！”人都走了，杨老倌儿才姗姗而来。

“好了，没事儿了，散了！散了！”孙师傅吩咐道，扭头向杨老倌儿笑了笑。

此后，爱兰的事情也就慢慢传开了，成为“绅士”们口中的“冷艳美人”，也就不再有人自找没趣儿了。

涮锅店里的员工换了一个又一个，东明和孙师傅始终都在，他们舍不了的不仅是这份工作和这门手艺，还有对兰姐的爱慕。东明年纪尚小，只是憧憬；孙师傅老婆不在身边，只能望梅止渴，敬而远之。

自从爱兰生日那天，东明送了茉莉花之后，店里每天必放的音乐就是歌曲《茉莉花》。当歌声第一次在前厅和后厨回响的时候，大家都觉得新鲜，以前播放的都是流行歌曲，怎么突然换成《茉莉花》了？孙师傅听着歌曲晃着脑袋对东明说："听到了吧，还说没效果，我看效果不错嘛，都唱起《茉莉花》了！'好一朵美丽的茉莉花……'"孙师傅自我陶醉着。东明和爱兰的眼神闪来闪去，无意间的对视化作微笑洋溢在脸上。聆听着悠扬的歌声，"好一朵美丽的茉莉花，芬芳美丽满枝丫，又香又白人人夸……"，暖暖的心交融着缕缕情意。随着《茉莉花》一天天一遍遍地播放，大家也就渐渐地离不开这歌声了。

东明跟着孙师傅，厨艺日渐娴熟。唯独制作调料，孙师傅还是很保守，每次都是闭门而做，东明也只有凭着那点儿悟性去参了。孙师傅有一个秘制间，小房间里只能放下一个六十厘米直径八十厘米深的圆形不锈钢调料桶，配料都是用不透明塑料袋装好带进去的，人往桶边一站，没地方了。等孙师傅把调料配好搅匀，东明前来帮忙抬出去，却看不出混合了哪些原料，更别提分量了。

杨老倌儿觉得东明是个可塑之才，便联系了一家规模更大的涮锅店，派他去学习一个月。那天上午，爱兰把店里的事情安排妥当后，送东明去了车站，临走的时候还天气晴好，可到了车站，一阵风吹过，天边就乌云密布，看来要下雨了。爱兰忧虑地说："要不，你改天再去吧。"东明沉着地回答："那怎么行，都说好了，就算下雨也没什么，我四处流浪的时候，经常被淋得哗啦哗啦的，这算什么？"爱兰听东明这么一说，会心地笑了。东明坐在候车室等车，爱兰趁这会儿还没下雨，想去买把雨伞。东明说："兰姐，不用了，等会儿上了车，就是下雨也淋不着了。"可爱兰还是执意跑去了商店，东明左等右等还不见兰姐回来。不一会儿，一阵倾盆大雨从天而降，这下糟了，兰姐她……

"东明，我回来了。"爱兰虽然撑着雨伞，可怎能挡得住这狂风暴雨，还是被淋成了落汤鸡。湿了的长发遮住了脸庞，柔滑的上衣裹住了身体，东明差点儿认不出来。

“兰姐，你的衣服都湿透了，该怎么办？我就说不让你去嘛，这阵暴雨全被你赶上了。”

“没关系，近处几家小店没有合适的，我就跑远了一些，没想到还真赶上了，这雨下的，躲都来不及。”爱兰不想让东明担心，就一边说一边笑，可身上还是觉得凉飕飕的。她可是第一次被淋成这样，即便如此，还是无暇自顾，问：“东明，晕车药吃了吗？”

“吃过了。”

“袋子里有水果，还有纸巾、塑料袋儿，到了车上，你要是觉得想吐，就吐到袋子里。”

“兰姐，你怎么知道我晕车？”

“是你无意间说的，我就记住了。”

该上车了，东明挎起背包，拎起袋子。爱兰把雨伞递给他说：“拿着吧，万一下车的时候又赶上下雨呢。这一个月别太劳累了，照顾好自己，等你回来要是瘦了，我就把你开掉。这会儿雨停了，我先回家换件衣服，然后再去店里。”

“兰姐，你就别再去店里了，照顾好自己，别去店里了！”

爱兰点点头，向东明挥手告别。东明坐在车厢里，看着车窗外的她依然站在那里，他挥了挥手。看着兰姐湿淋淋的样子，他心中不是个滋味儿。坐在东明旁边的大姐看到此情此景问道：“送你的那位是你什么人啊？”东明回答：“我姐。”

“多好啊，下着雨来送你，有这样的姐姐真幸福！”

一个月后，东明学成凯旋。其实，所谓的学习也就是开开眼界，长长见识，真正的厨艺还是本店的好，孙师傅的高明。但东明还是要略微展示一下，不能辜负了一双双期待的眼睛，于是便找了胡萝卜雕起花来，这是名副其实的雕虫小技。杨老倌儿很是清楚，自始至终都没有给东明太大压力，只想让他到别家店里体会一下、感受一下。几个人摆弄着东明雕刻的胡萝卜花啧啧称赞，再简单的事情，放到他们手里也是做不出来的。东明又拿来一个心里美萝卜，先雕出轮廓，然后在切片机上切成薄片儿，最后用牙签扎成一朵朵小花，一会儿工夫便是一堆大大小小形态各异的萝卜花了。

四

在爱兰居住的小区里有一个游泳馆，分室内和室外。室外泳池呈桃形状，水清澈见底，有一米半深，围墙外还有花草环绕。每逢夏天傍晚，爱兰总喜欢在室外泳池游上几圈儿。当滚烫的热浪席卷大地的时候，烈日炎炎的夏季也就真正来临了，爱兰早已办好了两张会员卡。

已经一个星期了，爱兰和东明都没有正常上班，每天晚上都见不到他们。爱兰的事由爸爸代劳，东明的事由孙师傅代劳，两个人跑到游泳馆鸳鸯戏水去了。杨老倌儿是无话可说，自己的女儿嘛。孙师傅就有些无奈了，为了安抚他，爱兰特意给他买了一双精美的皮鞋。

东明第一次去游泳馆的时候，紧跟在兰姐屁股后面，生怕跟丢了。他站在服务台前，看看房顶、看看墙壁、看看地板、看看人影，眼神落在兰姐身上。

"唉！你喜欢看女人换衣服吗？呵呵呵……"爱兰一阵嬉笑，"男更衣室在左边，这边是女更衣室，去把泳衣换上，然后冲洗一下身子。"东明顿时觉得有些尴尬，差一点儿跟进了女更衣室。

换上泳裤，冲好身子，东明站在水池边，看着兰姐穿着粉红色泳衣走了过来。她宛如桃花般娇艳，步履轻盈。他瞟了一眼又一眼，就是不敢直视。

水池里的水清凉凉的，玻璃般透明，人在水里看得清清楚楚，可不像东明老家的池塘，只能看到水面上的身体。兰姐说："把泳

帽戴好，我们下水吧。”东明说：“兰姐，我总觉得，这人工挖的水池像是养鱼的。”

“那你就是蓝色小金鱼，我就是粉红色小金鱼，赶紧下水吧，再不下水就喘不过气了，鱼是离不开水的！”兰姐一番幽默之后，如鱼得水般跳了进去。东明却像走进万丈深渊似的谨慎小心，看着自己的脚掌似乎变大了许多。

说到游泳，东明没有兰姐那样标准的动作，纯属自由发挥。他最擅长的是潜泳，像这样的泳池，憋足一口气，游一个来回是不成问题的。兰姐虽说不介意东明的乱手乱脚，乱摆乱划，但还是想让教练给他指导一下。东明却说：“不用了，已经养成习惯性动作，很难改的。”

两个人比赛游泳，爱兰是十战九输，偶尔赢那么一次，还是东明有意让着她，毕竟男生的体力是胜过女生的。东明说要比一下潜泳，爱兰一听举双手投降，因为她见识过东明的表演，着实令人叹服，她还赏给他一个飞吻。爱兰想让东明托住自己的身体像箭一样蹿出去，漂在水面上。当东明碰到兰姐光滑的身子时，不知道双手该往哪儿放。这下，兰姐可急了：“你要不想托我，我找别人了！”

“想！我想！”东明说罢，托起兰姐猛地蹿了出去，没划多远，再来一次，远了一点儿，再来……爱兰乐不可支。过了一会儿，她又有了新点子，让东明面朝下浮在水面上，闭上眼，脑袋沉入水中。东明照做了，兰姐趁其不备，从水下用食指猛戳东明的肚皮。他瞬间一惊，鳄鱼般翻过身来，差点儿呛水。爱兰却在一旁笑得前仰后合，双手拍打着水面，击起朵朵浪花。两个人玩着不一样的游戏，游玩结束后，爱兰走出泳池。水滴顺着她的脸颊滑落，滑过肩膀，滑过匀称的腰间，落在白皙而修长的腿上。她意识到东明在不停地偷看，心里乐滋滋的，想化作一杯美酒，让他偷去喝了。

曾有一天，在室外泳池，爱兰朝对岸游去，东明靠在池边注视着。当爱兰游到池中央的时候，有两名男青年挡住了她，打乱了她的游玩。东明觉察到要有不妙的事情发生，于是便朝兰姐游去。不料，那两个人兵分两路，一个迎上前拦住东明，一个缠着兰姐。东明和比自己稍大几岁的小伙儿面对面站在水中，看他挤眉弄眼，肯定不怀好意。

“她是你女朋友吗？”小伙儿问道。

“对！不，她是我姐！”东明漫不经心地回答。其实，不管东明怎么说，结果都是一样。

“你跟你姐这么好呀？我们去边上聊一会儿，让你姐陪我哥们儿游上一圈怎么样？”

东明保持沉默，他在想：真是游一圈这么简单吗？事实上，那名年轻人就是想找个美女陪着游泳，别无他想。在这偌大的游泳池里，偶尔有一两个靓丽的女子，穿着泳衣，露着香肩和美腿确实有些闪眼。爱兰对于这些事已经司空见惯了，就像以前在舞厅里，有个陌生的男人请她跳舞一样，跳完舞，各走各的，互不打搅。这次，她想给东明一个表现的机会，便叫道：“东明——快来救我——”

“哎！美女，别叫啊！这么多人，我可没欺负你啊！”

“没人说你欺负我。”爱兰是不会乖乖顺从的，她向东明招手。看此情形，东明双脚一蹬，箭鱼一般飞游过去，拦他的小伙儿怎能跟得上啊。等东明游到近前，爱兰说道：“这是我男朋友。”

“等等，我有没有听错？他是你男朋友？嫩得跟豆芽似的，他能干什么呀？”

“你想知道我男朋友能干什么吗？他会用行动告诉你的，你想让我陪你游泳，那就来个比赛。你和你的兄弟接力，跟我男朋友一个人比憋气，你们要是赢了，我就陪你，否则的话——从此以后，不要再打搅我们。当然了，我不介意你们站得远远地偷看我。”

“美女，你说让我们两个大老爷们儿去欺负一个未成年，你这是侮辱我呀！我一个人就行！一对一，三局两胜就算赢！”

“好，那就准备开始吧。”爱兰说着给东明揉揉脖子拍拍胸，准备应战。他那哥们儿在一旁说道：“加油啊！兄弟，可别丢脸！”

比赛开始了，两个人憋足一口气潜入水中，让身体保持静止状态，一分钟……两分钟……三分钟过去了，还不见他们浮出水面。爱兰有些担心，她潜入水下，握了握东明的手，知道他没事才浮出水面。她指了指水下问那人的哥们儿：“你兄弟没事吧？”于是，他也潜入水下，把手背贴在他那兄弟的心口上……爱兰在等着他的回话。他钻出水面说了三个字：“没感觉。”

爱兰听了，不假思索地再次潜入水下，用食指顶了顶东明的下巴，示意他可以出水了。东明刚刚浮出水面，那位小青年便探出了头。他抹去脸上的水得意地说：“美女，你们输了！”爱兰只是冷冷一笑，没有回话，她知道这一局赖不过他们，随后的两局当仁不让。东明最终三局两胜赢了那傲气的年轻人，那人不得不竖起大拇指对东明说：“厉害！我服你！”他又转过脸厚颜无耻地对爱兰说：“美女，我输得痛快，输得高兴，你知道吗？一饱眼福也很享受哇！我发现，我越来越喜欢夏天了，更喜欢夏天的泳池。我准备买一个望远镜，你说过，不介意的哟。”说完，哥儿俩就灰溜溜地爬出了泳池。爱兰还想再游，东明却没了心思。她绕着东明游一圈后，站在他面前问道：“你觉得刚才那两个人是什么类型的？”

“不知道。他说，他要买望远镜？”

“是的，他肯定会买的，你不喜欢别人偷看我吗？”

“我——说不清。”东明还真是说不清：从自私的角度想，确实不想让别人偷看兰姐；但从光明的一面去想，兰姐被别人欣赏，自己脸上也有光。

“那两个人算不上流氓，顶多就是有点儿无赖，他们想用望远镜看女人，就像在公园里看花一样，爱怎么看就怎么看，只要不随便触碰花瓣，就不要去理会。”

“他们明天还会来吗？”东明顾虑重重地问。

“他们来不来，我们都来！你以为像他们那样的人，只会盯着一个女人看呀，兰姐我不是最漂亮的，傻小子！”说罢，爱兰刮了一下东明的鼻子，泼了他一脸水。不对呀！东明觉得，兰姐是最漂亮的，她怎么说自己……她以前可从来没这么说过。东明傻愣着，还没反应过来，兰姐已经上岸了。

东明陪着兰姐度过了一整个夏天。渐渐地，天气没那么炎热了，去游泳馆的人也就越来越少，半个月后，他们俩也不再去了。

并蒂莲公园也是东明和爱兰经常去的。花开时节，池塘里满满都是莲花。池边的大岩石上镌刻着：青荷盖绿水，芙蓉披红鲜；下有并根藕，上有并蒂莲。有很多游客慕名而来，探寻并蒂莲。有一位老年人戴着休闲帽，挎着相机，已经在公园里找了整个夏天，还乘过竹筏游荡于莲花间，依然是没有找到。东明和爱兰经常见到他，他也同样经常见到这对儿情侣。

“你们找到了吗？”老人走到东明跟前问道。

“没有，花期已过，看来今年是没有并蒂莲喽，你看，那些花都开败了。”东明说着指了指已经枯萎的莲花。老人有些失意，他看到的似乎不是莲花，而是一张张脸庞，从含苞待放时的娇嫩，到绽放后的靓丽，直到枯萎后的满脸皱褶。一朵莲花从盛开到凋零也就几天时间，却在老人心中演绎了人的一生沧桑。他神色忧伤地说：“没关系，我明年还会来的。”临走时，老人问及东明的住址，爱兰毫不隐瞒地代东明告诉他自家的地址。他们不曾想到，在老人的相机里已经有了一对儿“并蒂莲”。

一个星期后，爱兰收到了那位老人寄的一封信。打开来看，竟然是她和东明的一张合影，很清晰很蜜意，还附有一首小诗：“鸳鸯映水面，浮游莲花间；两心相融时，情同并蒂莲。”老人的良苦

用心打动了爱兰，她把照片捂在胸口，闭上眼暖暖地笑了。

五

在这座城市里，有一条运河，几百年来水上行船川流不息。河上桥梁无数，爱兰唯独喜欢一座石拱桥，离家不远，每隔一段时间，她就会去一趟，屹立桥上，看着平静的流水，心情也会随之平静。在一个初秋的傍晚，爱兰约东明来到桥上，那确实是一座别致的石桥，像一位世故的老人，在倾听河水的诉说，诉说城市的沧桑。石拱桥有十五米长，五米宽，中间大桥洞可以划过小木船，两端各有两个小桥洞。桥面铺着石板，桥栏用大理石柱雕刻，充满古韵。东明看着十来米宽的河道，也与爱兰有着同样的感受，这河就是老婆婆，这桥就是老爷子，他们活着，活在城市之中。

爱兰面对东明站着，在她的眉宇间，仿佛有一片无限的花园，一片金黄一片紫，一片火红一片绿；水汪汪的眼睛里仿佛是一片海，可以游荡一弯小舟的平静的海；她的清秀而又纯净的脸庞仿佛是一片天，阳光明媚的一片天。东明又大了一岁，抹去了一点点稚嫩，增添了一些成人气，个头儿高过了兰姐，面目也俊朗了许多。

“东明，假如不是遇上我，你现在会是在哪里？”爱兰若有所思地问。

“可能还在路上吧，那兰姐你呢？”

“应该是一个人站在这里。”她琢磨片刻后问，“你相信前世今生吗？”

“信就有，不信就没有，我有一点点相信，生命的轮回很是奇妙，就像无限的宇宙，充满神秘。”

“是啊，想想你刚出生的时候，我也只是个孩童。可如今，站在我面前的，竟然是一个年轻小伙子，那你就用相信的方式告诉我，为什么让我遇见你？”

“因为——上辈子我救过你，你是来报恩的。”

爱兰听了东明的回答，微微一笑，似乎没有比这个更好的理由了。有晚风从身边掠过，爱兰理一理秀发换了话题：“你玩过的场面最大、最惊险刺激的游戏是什么？”东明想了想说：“场面最大……但那不是游戏，是我小时候在老家山上燎荒，烧了一片又一片，很刺激！”

东明所说的那山上没有庄稼，没有树木，没有房屋，只有野草，每逢秋末，漫山遍野都是枯草。年轻人结伴跑到山上，点起一把火，顺着风燃烧开去，遇到沙石，火会熄灭，然后再点起一把，直到把整座山烧个精光，也好让来年长出更茂盛的青草。那是在农村，在山上，倘若在城市，也只能钻进厨房点点煤气了。

正在东明想要讲述燎荒的时候，看到桥的另一侧站着一位少女，于是便问兰姐：“现在大概几点了？”

“八点刚过，你想回去吗？”

“不是，兰姐，你往那边看。”

爱兰转过脸，朝着东明指的方向看去，一位十几岁的小姑娘站在桥栏边。爱兰莫名其妙地问：“我还真没在意，这有什么不对吗？”

“她就一个人。”

“遇见你之前，我也经常一个人站在这里呀！”

东明不再说话，用眼角的余光留意那名少女，总觉得蹊跷。她站了一会儿便离开了，但没走几步又回来了，如此来回辗转了好几次。最后，她手扶桥栏，只听她大叫一声：“爸爸、妈妈，对不起！”紧接着纵身一跃跳了下去。

“不好！兰姐！”说时迟那时快，东明的本性让他毫不犹豫地跃过护栏跳了下去。

“东明小心！”爱兰高呼一声。

看着东明奋力地向女孩儿游去，爱兰心急火燎地打了电话：“喂！孙师傅，你快过来，有急事！”爱兰第一时间想到的是孙师傅，而不是消防员或者警员。

“急事！哦！你在哪里？”

“君上桥，你知道的！”

“我知道，马上去！”孙师傅撂下手里的活儿，跟杨老倌儿打声招呼便乘车直奔君上桥。

还好，水流没那么急，河岸也没那么陡峭，只是河水有些深。东明拽住女孩儿，拼命地往岸边拖，终于抓到了一块岩石，费尽九牛二虎之力才爬到岸上。等孙师傅赶到时，两个人水淋淋地站着，女孩儿不停地打着哆嗦。等他们上车后，孙师傅吩咐道：“去锦湖苑小区。”

想要轻生的人，被生活的困苦压榨得只剩皮包骨头，就想方设法地去寻找一种轻松的死法。当思想意识被生活所麻痹了，没了疼痛感，就像给大脑注射了麻醉剂，也就无所谓轻松和痛苦了——一死了之！第二天早上，东明和孙师傅在等候着。爱兰带着女孩儿来到店里，让她坐在大厅休息。兰姐走进后厨，断断续续地告诉他们：“女孩儿早恋，有感情纠葛……看到有人才跳下去……她想，肯定有人会救她。”东明和孙师傅一边听一边点头：“哦……哦……”眼神却不由自主地飘向了坐在沙发上的少女。她看起来与东明年龄相仿，眉目清秀，有几分姿色。那女孩儿看到有人才跳下去，也是有一点儿冒险的，不是每个人都能像东明一样奋不顾身，她是拿命在赌。

“东明，你过来，”爱兰凑近他的耳畔低声说，“我要你今生救我一次。”

爱兰走出后厨，向老爸打声招呼：“爸，我送这位女孩儿回家，中午回来。”

“去吧，好好劝劝她。”

东明一整天没想明白兰姐在耳朵根说的意思，直到晚上才恍然大悟：是因为自己说过的话，倘若不救兰姐一次，那来世报恩的就不是兰姐，而是那位少女，兰姐是想着来世还能与他相遇。

夜里，孙师傅躺在床上问东明：“兰姐跟你说了什么悄悄话？”

“她说，要我救她一次。”

“什么？救她？她也要自杀吗？兰姐怎么会轻生呢？开玩笑！”

“当然不是，也许是要演一场戏。”

“演戏，这到底是怎么回事？”

“兰姐相信，我救了她，下辈子就可以报恩嫁给我了。”

孙师傅听了，一骨碌从床上爬起来，皱起浓浓的眉毛，趴在东明身边握住他的手说：“真是这样吗？我的小哥，演一场戏，让我来救吧。”

“演戏，但不能让你救！”东明说着便坐起身。

“跟你开玩笑呢，我没你那艳福，这辈子就够了呗，还下辈子，哎！真是气煞我也！”孙师傅虽然嘴上说“气”，但心里还是坦荡的。

“孙师傅，帮帮我好吗？”东明恳切地央求。

“哈哈哈……你小子……”

一个星期后，东明约兰姐散步。他们绕过夜市，走进一条僻静的小巷，远处的灯光照进巷子，能够清晰地见到人影，偶尔会有野猫从身边溜过。他们挽着手，若无其事地走着。不料，隐蔽的角落里蹿出一个蒙面歹徒，从身后用手臂拐住爱兰的脖子。爱兰惊叫一声，猛地踩了他一脚，接着勾起小腿，踢了他下面的命根子。歹徒只得松开手，弯着腰捂住下身。当爱兰转过脸，看到她刚刚踩过的那只脚——乐了！

“东明，快救我！”那歹徒叫道。这下好了，不是救兰姐，成了救“歹徒”，这场戏演反了，才刚刚开始就要收场吗？歹徒用低沉的声音说：“没想到兰姐也会这招儿。”

“平日练的，可我没想到会用在孙师傅身上，我送你的鞋怎么今晚舍得穿上了？是怕我认不出来吗？孙师傅这会儿很疼吧？”爱兰风趣地说。孙师傅拿下面罩，强忍着疼痛，笑了笑：“没关系，多疼一会儿也没关系，这可是幸福的疼痛，不是想要就能来的，以后兰姐可以经常拿我来操练。”爱兰听后也笑了。东明站在一旁支支吾吾地说：“兰姐，对不起……我们……你别生气……”

“我怎么会生气呢，这也不能全怪你们，是因为我，你们才这样的嘛，你们这演技也太差了吧！”

三个人面面相觑，不一会儿便笑作一团，笑过之后，各自回家去了。

随后的日子平平静静，直到秋末初冬，草木枯黄时节，爱兰想起了东明说过的燎荒。她问道：“东明，你说过的燎荒是在这个季节吗？”

“是的，是这个时候，兰姐怎么想起来问这个？”

“在城里待时间久了，就想着去乡下放松放松，带我去你老家山上燎荒吧！”

“啊？这不能，太突然，也许我们去了，早被别人烧光了。”

“那我们就去别的地方。”

“别的地方，让我想想……”片刻之后，东明眼前一亮，“有了，我想起来了！在我来这个城市的路上，我经过的一个地方，在河边，成片成片的茅草！现在应该全都枯黄了吧！”爱兰看东明如此兴奋，便斩钉截铁地说：“那我们明天就去！”

“好啊！我们要准备一下，或者后天去！”

很简单的约定：明天准备，后天出发。他们准备了打火机、镰刀、木棍、湿布，还有一些零食。东明说的那个地方离得并不太远，坐车一个多小时就到了。走在荒郊野外，走在低矮的茅草丛中，仿佛置身于原始部落。干枯的不只是茅草，还有河床。这里四处空旷，没有房屋、树木遮挡，稍稍有风吹过便觉得凉飕飕的。两个人先用镰刀割出区域，不能让火随风蔓延，然后把湿布的一边固定在木棍上，像一面战火中的旗帜，随时准备着扑灭不听话的火焰。等万事俱备之后，东明拿出打火机。爱兰兴趣盎然地说："让我来点！"于是，她接过打火机，小心翼翼地对准茅草，还没点着呢，就连忙把手缩了回去。东明在一旁笑着说："兰姐，那不是爆竹，不会炸开的！"爱兰扭过头，看了东明一眼，然后再来，终于点着了。东明说："兰姐，我们要站在上风头，不能站在下风头。"

他们看着火越烧越旺，风起火起，火起风起，此起彼伏地翻滚着燃烧着，伴着噼里啪啦的声响，像是战场上勇士的呐喊。就在划好的那片即将燃尽的时候，风大了，卷起火苗越过割好的茅草茬儿，继续燃烧，若不及时扑灭将无法控制。

"兰姐站在这里，我去把火扑灭。"

"不！我去！"爱兰说罢，抢过绑着湿布的木棍，跑了过去。那正好是在下风头，风带着火吹向兰姐，她此时正在一个劲儿地扑火，没注意别的，全然不知自己的外套已经燃着了。

"兰姐，衣服！"东明大喊一声便跑了过去。

风和火交织着，似乎有了灵性，就等着这一刻。当东明站到兰姐身边的瞬间，一团火夹杂着尚未燃尽的割掉的茅草，打在他的后背上。

"东明小心！火！"

"我没事，赶快把外套脱了！"东明上前迅速帮兰姐脱下外套，扑灭了所有的火苗。火是扑灭了，但自己还有兰姐的外套已是伤痕累累。还好有惊无险，只是可惜了两件衣服，看来这火，不是好玩

的！一场虚惊过后，他们紧挨着坐在衣服上，吃点儿零食，喝点儿饮料，河边已是灰蒙蒙一片，随处可见冒起的青烟。

“东明，今天是你救了我。”

“这也算救啊？兰姐说笑了，我也没做什么呀，就是挡了一下。”

“对！如果不是你挡着，我可能…… 我的头发，我的脸…… 知恩图报……来世，我一定……”一句话，爱兰掰成几节也没说完，听起来像是玩笑，可在爱兰心底，却是认真的，祈求有来世之缘。

情依依爱恋恋，前世有恩，今生有缘，此生情深意浓，愿来世再度缠绵。

六

冬至那天，吃过饺子，爱兰说要带东明去一个地方，一个可以跟蓝天、白云说话的地方。冬至是一年中白昼最短的一天，过了冬至就慢慢地变长，黑夜开始变短，俗话说：“吃了冬至饭，多做一根线。”爱兰也给冬至赋予了更为特殊的意义——她要向天呼唤，今年，她一定要拉上东明。

冬日的阳光带来了光明，却吝啬地不予温暖。爱兰穿上羽绒服，戴上毛线帽子和丝绒手套，把帽边往下拉了拉，把耳朵藏了进去。再看东明，穿了一件皮夹克，没戴帽子也没戴手套，男人的火力终究是壮过女人的。他们坐上车，去郊外的一座山坡。山坡上没有树木，只有一些杂草，现在都已枯萎。爱兰小时候随爸妈去过一次，山顶平平的，像是盘古用斧头削掉了一般，故名平顶山。长大后，爱兰每年冬至都要去一次，总觉得站在山顶便可以摸到天空。平日里，也会有别人去往山顶，只有冬至这天，人们大都待在家里，即便真有一两个像爱兰这般想要奇幻的人去了山顶，也不一定碰得上。爱兰是没碰上过谁，只有她自己。她从小就充满幻想，这次带东明去，势必更为奇妙。

来到山脚下，便开始向上攀爬，一会儿他拉着她向上攀，一会儿她拉着他向上爬。说是攀爬，其实并不费力，山坡并不陡峭，他们只是想享受被拉的愉悦。拉着的手释放着浓浓的情与爱，温润着心田。爱兰卸下手套装进口袋，不让肌肤的接触隔着一根丝线。被拉的人儿情不自禁地柔软起来，倘若有人看见了，定然会妒忌这对儿情侣，如此这般拉拉扯扯，没完没了。幸好只有他们俩，否则的话，他们也会自觉羞涩的。经过爱的接力，终于到了山顶，平坦而又空旷，没有尘土，雨水把沙石冲洗得干干净净。放眼望去，远处是熟悉的城市，近处流淌着一湾小河。

“兰姐，你说站在这里可以摸到蓝天？”

“什么也别说，你闭上眼，伸出双手，然后深呼吸，像我这样。”爱兰说过做了示范。东明知道，这样做这样想只是为了一种幻觉，没有感情的极致融入是体会不到的，东明发誓：一定要找到那种感觉，不让兰姐失望！不能弄虚作假，没找到说找到，那样的话，是对圣洁的爱情的亵渎，给自己判个死刑也不为过。东明照着兰姐的样子去做，两个人肩并肩做着同样的动作。

“东明，我已经摸到天空了，你呢？”

“兰姐，我……”

东明觉得：天空——空、空、空。

“摸不到，是吗？你可以再试一下，天空不能是空的，有了事物才能摸得到啊！也不光有飘散的白云，还有很多很多……”对！当爱兰闭上眼伸出手的时候，看到东明向她飞来，拉住了她的手，就像往年看到天使一样。东明再一次闭上眼，深呼吸，伸出双手：一阵微风掠过耳畔，似乎夹杂着一丝暖意，远处的天空传来一阵鹤鸣……兰姐头戴花冠，俨如天使般缓缓向他飞来……他摸到了，不只是纤纤玉手，还有美丽的脸庞。东明因爱而动容，为情而流泪——他哭了，流泪了。他没有睁开双眼，任凭泪珠溢出眼眶。爱兰看到东明流泪，默不作声地投入他的怀抱。他放下手，搂紧了她。

“你已经摸到了，对吗？”

“兰姐，你就是我的天，我整个的天空！”

两个人松开手，面对面站着，爱兰抹去东明眼角的泪珠，捂住他的耳朵暖一暖。她说：“你就像一个娃娃。”东明笑了，笑得真就像刚刚断奶的娃娃。

“东明，你站在这里，我朝山那边喊话，看你能不能听到回声。”爱兰往前走了几步，双手作喇叭状，大声地呼喊：“东明 —— 你是我的菜——”

“菜——”东明听到回声，抿着嘴笑着。

“东明，你也来，喊出你心中的话。”

东明也往前走了几步，对着喇叭手大喊：“兰姐——你是我的花卷儿馍——”

“馍——”回声传来。爱兰把身子蜷缩起来说：“东明快来，我变成花卷儿馍了，赶紧来吃啊！”

“啊呜——我来了！”

倘若说男人是触屏，那女人就是手指。如果没有爱兰的点击，东明再有情调，也无法进入界面与她互动。这山坡，因为有了这对儿情侣，也就不再空旷，荡起了回声。

“你还要喊，我没有听到我最想听的声音。”

东明悟出兰姐的心意，再一次对着喇叭手，放大音量，呼喊道：“兰姐——我爱你——”

“爱你——”回声环绕整个山坡，爱兰闭上眼，甜蜜蜜地笑着，那甜如蜜的味道让人心醉！

七

大雪过后，春节将至，杨老倌儿买了一头屠宰好的年猪，孙师傅称量后分割开来。鸡、鸭、鱼、牛肉、羊肉、蔬菜、水果、烟酒、饮料之类的，店里都有，无须特意准备。春节期间，涮锅店照常营业，孙师傅请了两天假，匆匆而回又匆匆赶来，不知道他有没有顾得上与老婆亲热。

这两天，东明给孙师傅打下手，从早上忙到晚上，看到的学到的比之前要多得多。这年春节，东明要跟大家一起过了。爱兰准备好了糖果、鞭炮，这会儿正忙着布置大厅，各种字画、彩带基本就绪，一个大大的“福”字贴在服务台后面。整个大厅显得五彩缤纷、喜气洋洋，就等着除夕夜聚餐了。

到了晚上，各色美味佳肴摆满了后厨的菜架，让人垂涎欲滴。有两名后厨的小伙子忍不住了，时不时地这个盘里捏点儿，那个盘里尝点儿，爱兰和孙师傅都假装没看见。大小包厢都被客人预订，自家员工全在大厅吃年夜饭。酒菜、饮料都已摆上了桌，并特意预留了一桌菜，给战斗在最前线的几位服务员。顾客陆陆续续地来了，等忙完了一阵子，才轮到自己享用美餐，还要一边吃一边照应客人。即便如此，大家也很开心，没人会独享，有人离座就放下筷子，等回来再拿起筷子边吃边聊。一阵鞭炮响后，杨老板来敬酒；再过一会儿，兰姐来发糖果；又过一会儿，孙师傅也来了。

“来！来！来！大家辛苦了，吃好喝好啊！”

“有杨老板照顾，不辛苦！只要生意好，大家高兴着呢！”

“辛苦了！吃点儿糖果！”

“好……好……”

“大家跟着老板干，来年发财，干了！”

“干！有孙师傅带头儿，一起发财，发大财！”

“小李——给客人上菜了！”

“唉！来了！”

“小菊——给客人倒杯茶！”

“唉！来了！”

大厅里谈笑声、招呼声响作一片，好不热闹，好不欢畅！春节相聚就是一家！想必，他们的家人看到了这情形，也会为之高兴的。慢慢地，七点过了……八点过了……九点也过了……客人们渐渐散去，聚餐也将结束。等到所有人都离开了，杨老倌儿才回去，大厅里只剩下爱兰、东明和孙师傅三个人。孙师傅自斟自饮，把酒瓶和酒杯碰得当当响。东明像贴身卫士一样陪坐着，眼神却投向窗外燃起的烟花。孙师傅已有几分醉意，口中絮叨最多的就是：“我怎么没遇上兰姐这样的。”就在此时，大厅里又响起《茉莉花》悠扬的歌声，而且是一遍遍重复地播放。孙师傅迷迷糊糊地问：“怎么全是《茉莉花》呀？”东明回答说：“兰姐还没回去。”

“哦，是兰姐呀，我过去看看。”孙师傅说着摇头晃脑地走到服务台前，看到爱兰便说：“你怎么不回去呀，我今天晚上就睡在这大厅，不是有一张沙发吗，我往上一躺，保证一根牙签都少不了，你就放心地回去吧。”东明也应声说道：“是啊，兰姐，你回去吧，我今晚也睡在店里。”

“我不是怕丢东西，我是担心你们俩，尤其是孙师傅，你看他醉醺醺的样子。”

“兰姐，我没喝醉，我只是……有点儿头晕，没事的。”

“要是真没事的话，那我就回去了……东明，照顾好孙师傅。”

孙师傅一听便急：“我不用照顾，我……我能找到沙发。”他说着踉踉跄跄地走到那张接客用的沙发前，往上一躺便不想起来，呼哧呼哧地喘着粗气，睡他的觉去了。这下，爱兰心里踏实多了，可以放心地回去了。她走到店外，东明站在门口，她走了一段，回头看时，他依然站在门口。这时，东明发现，兰姐好像空着手。他急忙回到服务台，抓起皮包追上兰姐说："兰姐，你的包。"

"我故意丢下的，你要是不给我送过来，我也会回去的，结果是你送了过来，这正是我想要的。你回去把门锁好，拿好钥匙，送我回家。"

"哎！我这就去！"东明像是中了魔咒，灵魂被兰姐摄去，没了主张。

此时，孙师傅已经进入梦乡。东明轻轻地把门锁好，兰姐在原地等着。

两个人牵手漫步，漫步在除夕之夜，漫步在悠长的街道，漫步在皎洁的月光下。万家灯火中渗透着浓浓的情意，让人畅想，让人沉醉。但愿每一刻，时间都能凝聚，凝聚成一条彩带，在晚风中飘荡；但愿每一刻，时间都能燃烧，燃烧成一团火焰，温暖夜的每一个角落；但愿每一刻，时间都能停滞，停滞在挽手之间。东明走的时候没有关掉音乐，只是把音量调到最小，在这幽静的夜里，《茉莉花》那清新悠扬的旋律似乎能够穿破天际四散折射，回响在耳畔。

"东明，今晚你开心吗？"

"开心，能跟大家一起过年，我当然高兴。"

"除了能跟大家一起过年，还有什么？"

"还有思念，一直没有跟明明和星儿联系，不知道他们现在可好。"

"除了思念，还有呢？"

"还有……还有牵挂，我最挂念的就是亮亮，虽然我能经常见到他，可他呢……真希望有一天，他能看见我的脸，叫我一声叔叔。"

“他可能不会叫你叔叔，而是叫你……除了牵挂，还有什么？”

兰姐很有逻辑的追问让东明摸不着头脑：她到底想知道什么？想听到什么？

“还有……还有……”东明一时间还真的想不起什么了。

爱兰停下脚步，用期待的眼神注视着东明，深情而又含蓄地问：“跟姐姐在一起，你不开心吗？”

此刻，东明才恍然大悟，绕来绕去，原来兰姐她……他哪里懂得，四年的等待是多么漫长，甜蜜中带着苦涩，幸福中裹着酸楚。兰姐的眼角已有泪水溢出，他无所适从。

“帮姐姐把眼泪擦干。”

“兰姐，我……”东明不能再像小孩子一样了，他要瞬间长大，长成一棵茁壮的树，呵护兰姐这朵茉莉花。东明伸出手，用那稍显粗糙的手指，轻轻地柔柔地为兰姐抹去眼角的泪珠，擦去心中的忧伤，擦亮眼前的缠绵。他不应该忘了身边的快乐和幸福，要把兰姐当小妹一样哄哄她。他说：“兰姐这么漂亮，就像天鹅，我……我这癞蛤蟆……每个男人都喜欢兰姐，我——更喜欢！只是，你这样等我，对你不公平。”

“爱情不是用公平去衡量的，若真要去衡量，也不是你说了算。”爱兰悠然问道，“你真觉得配不上我？”

“这是事实嘛，长相、学历、家庭背景、年龄，哎呀，全都配不上。”

“但有一样就配得上，在骨子里。”爱兰说着指了指东明的胸膛。东明似乎明白了兰姐的意思，说道：“兰姐心情好了吧，笑一笑啊，我最怕你哭了，虽然不出声，但你那眼神，你那眼泪，兰姐流泪，我的心都要碎了。”

“你会心碎？”

“嗯！”

不知不觉到了小区楼下，东明目送爱兰走进电梯上楼去了，一个东明曾经去过的家——锦湖苑十六栋三楼。

爱兰回到家里，爸妈还在等她。杨老倌儿见女儿面带微笑便问:“谁送你回来的？”

“东明呗，除了他，还能有谁？”

“很好，没让我失望，假如他今天不送你，那我明天就送他回老家。”杨老倌儿开玩笑说。

“爸，假如您明天送他回老家，我后天就离家出走。”

杨夫人听了也凑上热闹:“假如你后天离家出走，我大后天就跟你爸离婚。”

“你要是跟我离了，我立马再找一个。”

一家人有说有笑，喜乐万分，正所谓阖家欢乐。

爱兰在临睡前沉默了许久，她再一次闭上眼睛，想着有个东明模样的男人紧紧地抱住自己。这次，她关了灯，不让幻想瞬间消失，好让自己沉浸在为所欲为的梦幻之中。

东明回到店里，孙师傅正躺在沙发上呼呼大睡。自己就趴在服务台上，倾听着钢琴版《茉莉花》乐曲，似睡非睡直到天蒙蒙亮。东明和孙师傅不曾想到，就这样熬过了除夕之夜。如果说东明熬过的是幸福，那孙师傅熬过的就是孤独。孙师傅醒来揉揉双眼，看到东明，懵懵懂懂地问:“东明，今天是大年初一了吧？大年夜就这样过了？”

“对！就这样过了，怎么，还没喝够？还想再喝？”

“不喝了，我这会儿想老婆，给我换首歌，抒发一下我此时此刻的心情。”

“换哪首啊？”

“随便吧。”

东明搜索了一遍，放了一首《一起吃苦的幸福》。

早上，大家又齐聚一堂，从初一到初五都是双倍工资。初一这天，还可以领到一个红包，大家嬉笑着站成两排，杨老倌儿亲手把红包递给每一位员工。兰姐走了过来，亭亭玉立，在队列之前，庄严而又亲切地讲：“各位兄弟姐妹新年好！这是辞旧迎新的日子，新年伊始，万象更新！希望大家继续用微笑的面孔迎接每一位顾客。客套话我就不多说了，刚才那个红包是老板给的，我现在要给你们再发一个，这是我自己的。”爱兰说着挨个发给大家。这真是个意外的惊喜，几位大姐笑得合不拢嘴。爱兰趁着高兴劲儿说：“大家接了这个红包儿，就要听我讲点儿私事，我自己的事儿。”

“兰姐，你就是不发红包儿，我们也喜欢听你讲私事儿，平时没机会，今天，你想说多久就说多久，说上三天三夜，我们都听不腻！”孙师傅抢先说道。职工餐老刘在一旁应和着：“对！今天就聊私事，不谈公事！”

“既然你们都想听，那我就说了。我知道，你们都觉得我漂亮，但我不会以此为荣，我不会把自己的容貌作为找对象的资本，我想说……我爱上了一个人，一个‘不懂事’的大孩子，我比他大六岁。我不想再遮遮掩掩，我想让我身边的每一个人都知道，我想让你们共同见证，见证我和他……”爱兰羞涩地笑了笑，“这个人就在你们中间，想必大家已经猜到是谁了。”爱兰的话音刚落，所有人的目光都齐刷刷地转移到东明身上。孙师傅朝他喊道：“你这小子，还傻愣着干什么！兰姐都表白了，赶快出列，成熟点儿啊，别扭扭捏捏小孩子气了！”于是，大家你推我搡地把东明从队列中挤了出去。此时此刻的东明，脸上泛起了红晕，真想找个地洞钻进去。这与兰姐的落落大方形成了鲜明的对比，这也正是东明的可爱之处，内心的强大不需要在这个时候展示。爱兰始终把东明牢牢地抓在手里，别说他不想逃，就是想逃也逃不掉啊！他这是掉进福窝里了，要是被兰姐捏成肉酱，那才叫好呢！

“好了，好了，做自己的事去吧，东明也去吧。”大家意犹未尽地照兰姐的吩咐各就各位了。

这会儿怎么不见杨老倌儿了？原来，他早已躲进了包厢，拨通了孙师傅的电话：“喂！孙师傅啊，今天的事，兰兰有没有跟你说过？”

“没，没呀！”

“现在的年轻人谈恋爱都这样吗？”

“不清楚，我跟我老婆是相亲相上的，我没谈过恋爱，现在的年轻人，我就更不清楚了。”

“没事了，忙你的吧。”

孙师傅思量了一会儿，走到爱兰身边说：“兰姐，你爸一个人在楼上。”

“我知道了。”

爱兰来到二楼包厢，门敞开着。杨老倌儿端坐在桌旁，右手在桌面儿上摸来摸去。爱兰缓步走到近前，说道：“爸，您是不是感到很意外、很激动？”杨老倌儿瞟了女儿一眼说：“激动没有，就是有点儿意外，事儿是好事儿，只不过，你这样一弄，我都替你害羞啊！”

“原来是害羞了，是我要恋爱，又不是您，我没羞，您羞个啥呀？您跟我妈相好的时候羞不羞啊？好了，老爸，别再羞了，跟我出去吧。”爱兰娇声娇气地说着挽起爸爸的手臂，来到了楼下。

打那以后，大家便有了茶余饭后的谈资，没有诋毁只有赞赏，还有对爱兰和东明未来的憧憬：等他们结了婚，生个女孩儿像爱兰，生个男孩儿像东明，要是生下龙凤胎……

兄弟们都喜欢拿东明做借口靠近兰姐。

“兰姐，东明感冒了，要不要放他一天假休息休息？”

“兰姐，东明不小心割到手了，我来拿创可贴。”

“兰姐，东明让我传个话儿，他说，他想你。”

…………

姐妹们都喜欢拿兰姐做借口跟东明套近乎。

“东明，兰姐说了，你这凉菜房太乱了，要我来帮你收拾一下。”

“东明，兰姐想吃你卤的鸭脖，有没有现成的？”

“东明，兰姐说了，不要老是想着她，要好好干活儿！”

…………

也是打那以后，涮锅店里除了忙碌的工作，还有放松心情的生活，这里就是一个家，亲如一家！可这“家”里却少了一个人——鲁明大哥。东明多么希望能跟大哥待在一个城市啊！指不定也能闯出一番事业。一个人成就一件事很难，两个人齐心协力，势必会好得多。只是不知他在哪里，根本无法联系。“这个春节，大哥可好？”东明想着，摸出那枚合二为一的硬币。

第十二章　大红花

不一样的人过着不一样的春节。这年春节，远在江宜的鲁明一个人过着。是好，还是不好，只有他自己知道。他从超市里买回两袋速冻水饺，至于别的菜，随吃随买。没贴对联，没买鞭炮，让别人家的烟花燃在自己心中。大年夜，他煮了一袋水饺，数了一下，刚好二十个，要是想吃饱，还得二十个。他对自己说："鲁明，你一个人吃得再饱有什么用？那一袋还是留着吧。"在这样的夜里，他唯一的娱乐就是回想，边吃边想。夜的孤寂约束不了灵魂的思绪，回想童年，会有哪些有趣的事呢？鲁明竭力地挖掘被苦涩埋葬的一点点童趣，也好让自己愉悦一番。

小时候过春节走亲戚，总是跟东明一块儿出发，拎着亲戚送来的馃子到另一家亲戚。两个人一道，也好多得一份压岁钱。兄弟俩玩四方钉游戏，鲁明要是赢不上一局，能追着东明绕村子转上三圈。哥哥愣是饿着肚子迫使弟弟陪他玩到底，把那种执着劲儿发挥得淋漓尽致。如今想来，不免暗自发笑。

他轻而易举就能想到捏糖人儿的中年妇女：头发短密蓬乱，酱糖色的圆脸像是从自己手中捏出来的，长长的灰色围裙上粘满了糖渣。她把白糖倒入小铁锅中，从车厢底下的篮筐里拿出捡来的破烂塑料鞋底，塞到锅底下生了火，不大一会儿，胶烟四起，还飘散着燃不尽的胶絮。

说起捏糖人儿，那可是鲁明过春节最感兴趣的一件事。他是闻不到胶气也看不到胶烟的，两眼直盯着锅里，盼着白糖快点儿变成

糖浆。捏糖人也算得上一门手艺，待到糖浆熬好，那妇人便拿出竹签，手指捏着蘸坨糖浆，吹吹气稍稍降温。鲁明看得有些着急，双脚不由自主地蹭来蹭去。糖浆软而不烫了，妇人手法娴熟地捏了起来，用小巧的剪刀剪出胳膊、腿和手指，然后用挖耳勺大小的小铁钩弯出各种造型。她最擅长捏的是唐僧师徒，猪八戒肚子大，用的糖浆多就要多收一毛钱。由于妈妈体弱多病，经常吃药，鲁明从爸爸那里要不到零花钱买糖人儿，只能趁捏糖人儿的不注意，偷偷地从她的围裙上捏点儿渣渣抿进嘴里慢慢融化，解解馋。他是不嫌脏的，别说是诱人的糖浆，就连别人嚼过的泡泡糖也要嚼上一嚼，还舍不得扔掉。那是一次在上学的路上，鲁明捡到一个文具盒，打开来，没有铅笔、橡皮擦，只是粘着大大的一坨泡泡糖。他把文具盒扔掉，捏着泡泡糖塞入口中嚼了起来，这意味儿好似“买椟还珠”。他才不管这个呢，捡来的泡泡糖愣是嚼了一个星期后变硬了才扔掉。

春节看电影、看电视也是一大乐趣，孩童对放映机和荧屏的兴趣往往大于影片故事。那时候，全村上下也就五台黑白电视机，想看上一集《西游记》，不是挤破头就是掉进粪坑。孩子们索性就不去凑热闹了，抓起一根树枝当作金箍棒跑到大街上，见到拄着拐杖的老人就围上去捉“妖怪”，老人们也开始陪孩子们玩了起来。为了丰富村民的文化生活，村委会组织放电影。晚上最热闹的地方在哪儿？无疑是村委会大院儿了。上了年纪的人夹着凳子早早地来到大院儿，很有秩序地一排排坐在银幕前——坐等！他们知道，第一部影片肯定是戏曲，虽然比不了社戏的实况，但至少大大的银幕也是装得下人的。孩子们对这种形式的戏曲不感兴趣（他们崇尚社戏的参与感），从开始放映到影片结束，都围着放映机，看着转动的两个轮子是怎样把胶片带动起来的。灯光一照，白色的银幕上就有了人，还有声音，很是奇妙。孩童一拨儿接着一拨儿，这一拨儿走了，那一拨儿围上，银幕上会时不时地出现一个黑头或者一只黑手。鲁明和东明没有跑来跑去，两双眼睛直直地盯着胶片，很想带回家研究研究。等戏曲结束，开始放映抗战片了，孩子们才争先恐后地来到银幕前，却发现没有半点儿位置，老人们并没有撤。孩子们只好踮着脚站在砖石上，远远地捕捉闪动的情景。看那墙头上是谁？两个人不会是鲁明兄弟吧！若是第二天问他们看到了什么，兄弟俩不忘绘声绘色地比画着说："八嘎呀路……斯拉斯拉……嘿！……"还抹一抹鼻下的人中部位，演示那具有标志性的"卫生胡"。然而，他们并不知道那话是什么意思，那胡子意味着什么。

…………

盘子里空了，二十个水饺吃完了，想不起更多有趣的事了。鲁明就对着灯光下的影子诉说："谁能懂我？我何尝不想回老家呀！可我不能，不闯出一番名堂决不回老家！我又何尝不想跟爸爸、东明、明明絮叨絮叨哇！我不能，我想让家人看到的是结果而不是过程。"鲁明有坚定的信念：努力挣钱、勤俭节约、积少成多、艰苦创业！那些白手起家的励志故事一次又一次打动着他，使他充满自信。他相信，只要去做了，就能成功，因为在他骨子里刻上了"奋斗"两个字。

门外一阵阵鞭炮声传来，鲁明不再多想，只是看着床头的大红花入了神。他很清楚自己是怎样来到这座城市的，更清楚大红花是怎么得到的，那都不是偶然，也不是计划，是努力奋斗的结果。

说来话长，鲁明离开家离开小镇后，只身一人来到江宜。他不像东明离家时那样处心积虑地积攒路费，他没有顾虑，什么也不怕，车到山前必有路。那是 1996 年元宵节刚过，他拿了五十元钱去县城买了车票，坐上了去江宜的长途汽车。他打听到在江宜容易找到工作就去了，没有亲戚没有朋友，只知道有那么一座城，下车已是身无分文，就连车票还是向别人讨要了两枚硬币凑上的。临走时，

他吃得饱饱的，像牛一样把胃里填满食物，好在路上慢慢消化，可下车后就觉得四肢无力，险些饿过头。他蹲在路边吐了一阵，晕车的样子和东明如出一辙，真不愧是兄弟。他看到有一位老人蹬着人力三轮车，驮着重物，便冲上去帮着推车。老人觉出脚底轻松，回过头看了鲁明一眼刹住了车。鲁明厚着脸皮撒了谎："大爷，我的钱丢了，一天了，还没吃东西，我帮您推车，给我买个饼吃，谢谢您了大爷！"老人疑虑片刻后，摸出十元钱递给鲁明说："拿去吧，不用推了，我自己能行。"鲁明没接，为了表明自己并非是在骗钱，说道："大爷，买个饼用不了这么多。"说完，他转身就走。"等等！"老人叫住了他，"继续帮我推车吧！"鲁明眉开眼笑，知道老人已经消除顾虑，相信他不是骗子了。到家后，鲁明用尽了所剩的全部力气把货物卸下搬到屋里，五个木箱里装的像是铁质的东西，挺重的。中午饭自然是在老人家里吃了，他们吃过饭聊了一会儿。鲁明接了十元钱，去了老大爷所说的工业区，看到一家做自行车鞍座的工厂贴着招工启事，就填了表报了名。厂里生产加急就录用了他，安排了岗位，安排了宿舍，这一步走得还算顺利。看着厂牌上的照片和名字，他甚是欢喜：我是"嘉思特"的正式员工了！两个月后，鲁明领到了第一份工资，在厂区附近租了一间房子，搬出了宿舍，想要拥有一个私人空间。

短短一年过去了，在曾经的那些日子里，车间里经常出现鲁明一个人加班的身影。累了，他就端起茶杯，来到窗前，望着幽深的夜空盘算着：平均一个月攒下三千元，一年就是三万六千元，十年就是三十六万，开个门店做生意够用了。物价上涨工资也会上涨，虽然拿昨天的钱办明天的事不划算，但他还是坚定不移地攒起钱来，不能松懈。只要有信念，漫长的十年定能熬过去。

有一天晚上，鲁明加过班，习惯性地端着茶杯来到窗前。孙总想亲眼看看那个经常自愿加班的人到底是谁，他相信自己的眼睛是雪亮的。他从鲁明身后走过，叫了一声："张鲁明！车间里不能抽烟！"鲁明顿时一惊转过身，不知如何回话。孙总笑了笑说："哟嗬，不好意思，你拿的是茶杯呀，我还以为捏着香烟呢！"孙总没有回办公室，直接回家去了，这天夜里，他要睡个好觉喽！

一个星期后，在建厂十周年总结表彰大会上，鲁明被评为优秀员工，站在台上手捧证书。孙总的讲话是伴着掌声结束的。员工的心情除了激动还有一点儿疑惑，疑惑于孙总那浓密的头发，从耳鬓就能看得出那是假发 。谁说聪明的脑袋不长毛？孙总是真的不想让人了解他的聪明，才会如此弄虚作假。随着大会的继续，焦点开始转移到优秀员工鲁明身上。他和质量奖、节约奖、创新奖得主站在台上，由孙总颁发证书并合影留念，等其他三人下台后，留鲁明一人在台上。孙总满脸笑容，说道："我们的优秀员工，没有大红花怎么行，来！来！来！"孙总招了招手。杏子手握优秀员工大红花缓步走上台，为鲁明戴上。不知是否冥冥中的有意安排，想要逗留戴花的时间，杏子别了半天才把花别在了鲁明胸前。她无意间抛了个媚眼，这让鲁明的心剧烈地跳了一阵子，却侧过脸，错过了多看几眼的机会。孙总逗笑："这就是美女配英雄啊！"他向人事部主管招了招手，"给他们俩拍张合影。"人事部主管让两个人站好，真就拍了一张合影，只不过照片只能作为公司内部资料，不能在光荣榜上展出。在大会上，鲁明还代表全体员工讲了一段让人落泪的话："我觉得工作本身就是一种至高荣誉，我们要珍惜，当我们累的时候，就对自己说：我是在为荣誉而战，而不仅仅是那点儿工资。我们都是勤奋的、努力的，工作让我们充实，我们要从工作中寻找乐趣，不再说'我累了'，要说'我还行'……"为了这次讲话，他写了大半夜，天还没亮就起床，在空旷的稻田边念了一遍又一遍。是的，他表现得还算不错，没有面红耳赤，他觉得台下就是一片稻田。

晚上，鲁明把证书、大红花、奖金摆在一起。证书放下面，奖金放中间，大红花放上面，他凝视了一会儿。不行！大红花是杏子给戴的，不能沾上金钱的味道，他想着就把奖金拿开。嗯——还不行！证书是孙总发的，孙总的手怎能与杏子的手相比，他又想到了手，干脆拿起大红花嗅了嗅，仿佛闻到了花香。这天夜里，鲁明还惦记着那个媚眼，居然做了一个梦：他和杏子……只有两个人……

有了一点儿念头，有了孙总的挑逗，鲁明才有胆量去痴心妄想。杏子是一朵厂花，每天都有一群男人围着她转，鲁明无法靠近也不敢靠近。别的男人给杏子围了一堵墙，鲁明要想办法跳过墙去。不！让杏子跳出墙来，那可能吗？鲁明毫无信心。也无所谓，既然癞蛤蟆都想吃天鹅肉了，还怕天鹅反咬两口，把自己的肉丢进粪坑吗？哼——

鲁明买了一张信纸，工工整整地写了一行字："一棵树、一朵花，小树不发芽，小花无牵挂，红红玫瑰花，不在手中拿。"他第一个走进车间，此时旁无一人，就悄悄地把信纸放进杏子工作台的抽屉里，上面放了一枝红色玫瑰花。大家都开始忙了，鲁明在工作台上也放了一枝同样颜色的玫瑰花。杏子看到走过来说："明天早上，在厂门口见，我有话跟你说。"鲁明心想：在厂门口？要是别人看到，多难为情，还不如在杏子上班的路上等她。翌日清晨，鲁明在杏子必经的运河桥上等着，远远地看到杏子骑车的身影。她在桥上停下，冷若冰霜地说："不是说在厂门口吗？怎么一大早站在这里？也没什么好说的，我只是想告诉你，我已经订婚了。"

订婚？呵呵！鲁明心中十万个为什么：她这是在说给谁听？定婚了还在男人堆里晃来晃去？她可从未拒绝过别人的骚扰啊？她毫无愧疚？那怎么可能，爱情不是儿戏，不能这样随心所欲，她是在游戏人间吗？……鲁明只当杏子是在考验他，看着她远去的背影，一脸茫然。

整个上午，车间里一如往常。鲁明和杏子都是厂里的公众人物，他觉得和杏子的碰面是一个不能公开的新闻，应该发生点儿什么，不能这样平平静静。正在他琢磨着会发生什么事儿的时候，走过来两名小伙儿，其中一位笑嘻嘻地说："鲁明，恋爱了？艳福不浅啊！还想让杏子给你戴大红花呀？"这两个人，鲁明都认识。他们怎么知道了？肯定是杏子说的，她想把自己的秘密公开？哦，这点儿事儿对于她来说不算秘密——鲁明琢磨了一阵后，一声不吭地干活儿去了。那两个人开始一唱一和地冷嘲热讽起来："你说人要是不知道自己长什么样会是什么结果？"

"就像这位劳模一样呗！"

"你说癞蛤蟆要是吃不到天鹅肉会是什么样？"

"浑身长脓疮呗！"

毫不隐瞒地说，这两个人曾与鲁明因争抢加工原料发生过一些摩擦。他们是表兄弟，表哥叫来缘，表弟叫来生，单看名字，倒像是亲兄弟。他们经常为杏子而疯狂，这明摆着是挑衅。鲁明惹不起他们，只好忍气吞声。他俩看鲁明如此温顺，来缘就顺手牵羊地抓起玫瑰花，来到杏子面前，装模作样地嗅了嗅献给了她。杏子非但没有拒绝，反而在鲁明的视线里露出了轻浮的笑脸，还有那油腻的眼神，这让他感到硌硬。她是逢场作戏还是有意而为都不重要了，是他看错了。鲁明揉了揉双眼，他的眼睛——好痛！

鲁明被多彩的世界迷乱了眼神，做着痴心的梦。梦，对于每一个人都是公平的，不分高低贵贱，谁都可以去做，做得好了是美梦，做不好了是噩梦，但不管什么梦，终究都是要醒的。夜，是白天的延续；夜梦，是日梦的洗礼。大人们希望日光下也能继续夜里的美梦，当照见自己恍惚的模样时，方如梦初醒；小孩子总能笑着从梦中醒来，乐在酣睡中。日光下奢侈的华丽的现实的"梦"需要用才华和财富去构筑，极易破碎，对于鲁明来说，就更为遥不可及了。

他只是希望能把夜梦做得长久一点儿，可还是身不由己地醒了，是谁唤醒了他？不知道，只怪小时候把未来想得太过美好，长大后才会如此失望。他不懊恼不气馁，把梦做一番回味后，在别人的“梦”里过着属于自己的生活。

下了班，鲁明和杏子一前一后进了车棚。杏子推电车时发现车胎瘪了，以为是被扎破了，其实……鲁明本想视若无睹地离开，可脑海中浮现杏子抛的媚眼时又犹豫了，只当自己是个傻子，把电车借给她用。他拿着车钥匙来到杏子面前坦然地说：“用我的吧。”

“你的？”杏子不相信鲁明会如此大度。

“谢谢了！我的车胎也没气了，借我用一下，明天还给你！”来生突然夺过钥匙撂下一句话，骑上车，头也不回地离开了。

鲁明深感诧异，意识到这是表兄弟俩为着杏子而编排的戏，被赶上了。果不其然，来缘走过来对杏子说：“我送你回去吧，明天我叫人过来给你修车。”杏子带着迷惑毫无顾忌地上了“贼船”。

第二天早上，鲁明在车棚等着。来缘送杏子上班，看到鲁明冷冷一笑。鲁明面无表情地对杏子说：“车胎我给你修好了。”杏子听了羞愧地低下了头。正在这时，来生走到近前，他把钥匙还给鲁明说：“谢谢了，还给你。”鲁明接过钥匙面色冷酷，用手指捏着，然后丢在地上说：“送给你了。”说过，扭头走出了车棚。

“嘿！别生气呀！大家玩玩嘛！”他说得倒是轻巧，鲁明哪有心思陪他们闹着玩啊！

下班后，鲁明独自一人走在回家的路上，来缘、来生从身后追来。他们把车停在路边，来缘一改往日的傲慢，和声细语中带有一番激昂：“鲁明，到我家喝酒，我请客！”鲁明愣了一下，还以为听错了。来生也豪爽直言：“走吧！今晚就我们仨，畅饮一下！别怕，是啤酒。”这不是白酒、啤酒的事，鲁明纳闷儿：江山易改，本性难移，在他们身上能有这事儿？是兄弟俩要痛改前非，想找人作个见证？还是要自动出局，让出杏子？这是太阳打西边儿出来了，还是打南边儿出来了？鲁明不再多虑，想知道兄弟俩这葫芦里到底卖的什么药，便坐上来缘的车，随他去了家中。

那是一间不大的出租屋，房间里有一张上下铺，一张桌子，四个凳子，一个冰箱，一台电视。来缘打开一箱啤酒，来生从冰箱里拿出鸡爪、猪头肉、豆腐丝、腐竹、花生米。看样子，来缘、来生是早有准备。来缘满上三杯酒说："鲁明，你是第一次来我这里，希望你既往不咎，干了这杯酒，一切重新开始！"鲁明心想：他们是真要洗心革面了，君子成人之美，何乐而不为呢？于是，鲁明毫不客气地端起啤酒，三人碰杯，一饮而尽！

"好！鲁明爽快，我俩高兴！那我就说两句，坐！坐！坐！坐下来边吃边聊。"来缘一边说着一边向鲁明示意。

"我先开个头儿，就说杏子吧，她根本就没订婚，是她自己在谣传。"来生说着捏了一个鸡爪。

"她订不订婚，跟我又没关系。"鲁明不假思索地接了一句。

本来是没关系，鲁明一句话，似乎又跟自己扯上了关系。来缘说："对！跟谁都没关系，我承认，我是喜欢她，追她，表面上我们俩嘻嘻哈哈有说有笑的，可你知道吗？她跟我的实际距离老长老长……"来缘一边说一边比画着手势，仿佛真能画出感情的距离。

"还有我，我也喜欢她，唉——喜欢她的人多了去了，不说这个。为了表哥，我退避三舍，最关键的是，她一点儿都不喜欢我，一点儿都没有。她坐我表哥的车都不愿坐我的车，要是杏子成了我表嫂，我一样高兴。"来生这一番话道出了他跟来缘之间情同手足的关系——千真万确！

"来！我们兄弟干一杯！"来缘、来生一饮而尽。

"你们都比我强，还能跟杏子说上几句，我呢？哈哈……"鲁明说着发出僵硬的笑。

“鲁明，你知道吗？”来缘说，“杏子她，她并不像你想象中的那样随便，很多时候都是有意的。她说太烦了，烦别人也烦我，我在杏子心里也就是过眼云烟，唉——”

“表哥说得好，别叹气了。来！我们仨再来干一杯，敬不甘寂寞的我们！”来生满上三杯酒，三个人一起干了。

“‘不甘寂寞’，你哪儿来的词儿啊？”来缘不屑地问。

“从生活中来。”

“看我表弟，说话都变味儿了。我呢，也就是杏子的苍蝇拍儿，前几天不好意思拍到了你，我应该向你道歉。”

“我既然都来了，酒也喝了，那事儿就让它过去吧，不提了，我敬你们兄弟一杯！”鲁明满上酒敬了来缘、来生。来生拿出电车钥匙递给鲁明说：“我也应该向你道歉，通过表象看人很难看得透，我没你想得那么坏。”鲁明接过钥匙悠悠然说道：“不必道歉，我们都一样，越是得不到的越想得到。我从不判定某个人怎么怎么样，好中有坏，坏中有好，只要把握分寸，不对别人造成太大伤害，就没什么好计较的。我开始不愿和你们闹着玩，是我想错了，太认真了，我应该一开始就进入这场游戏。”

喝完一箱再来一箱，酒没了，菜也没了，三个人醉醺醺地开始胡说八道。当晚，鲁明睡在了兄弟俩家中。充满酒气的一夜过了，鲁明醒来琢磨着来缘、来生的话，将信将疑，但愿杏子保有一份纯真。

鲁明开始想着怎样去改变一下，不能总是土里土气的样子，是行动上，还是言语上？是心里还是外表？外表容易改变。于是乎，他去了发廊，想学来缘那样给头发弄个造型，换换颜色。理发师建议不能太张狂，鲁明确也张狂不起来，让唐僧去耍金箍棒——不像样！鲁明这样想这样做是为了验证一件事：“我不是癞蛤蟆，也不愿做小丑。”曾有一个男人向杏子献过殷勤，杏子没有拒绝，而是满心欢喜，来缘也没有拿苍蝇拍儿拍他。究其原因：那个男人在他们心中就是一个小丑。他点头哈腰了一个多月便从大家的笑声中消失了，临走时还不忘送给杏子一朵玫瑰花以示浪漫，可那朵花笑得花瓣都落了。那个男人确实不一般：身子瘦弱不说，还是个跛脚，一副着急的长相，脸上的皱纹和斑点早早地绽放了，二十多岁看上去像四十多岁的样子。鲁明想不通，很想问他："你到底想找一个什么样的老婆？"——是的，他不需要"女朋友"这样一个麻烦的过程。现在，该轮到鲁明问自己了："我到底想找一什么样的女朋友？"杏子的拒绝和来缘、来生的关注是直观的肯定，肯定了他和杏子之间的距离没那么长也没那么远。鲁明想最后一次证实这一点，仅此而已，他是不愿再觍着脸去拉近那似乎可以缩短的距离了。

当鲁明以别样的风度走进车间，大家见了，目瞪却没有口呆。这个问："怎么不一样了？"那个说："你今天好奇怪啊！"来缘笑道："头发蓬松了呀，这偏分挺到位，额头的一绺儿黄毛挺别致啊！"大家不说便罢，这么说来说去，鲁明就觉出自己的古怪。看来，他还真是服不住"热"，对于来缘再正常不过的装束放到鲁明身上就显得怪异，终究还是不一样的人。来缘曾经把头发"奓"得跟鸟窝儿一样，还故意在人前左摇右摆地走动。换作鲁明——敢吗？第二天，鲁明变回了原样，大家只剩了淡淡的微笑。来缘却说："你昨天多帅呀！怎么又老土了，杏子说，她喜欢你昨天的样子，嗯哼！"来缘的直言不讳鲁明不可不信。杏子确实喜欢时尚，但也无须为她再整个造型出来，新潮的玩意儿不属于鲁明。

鲁明总想用勤奋赢得别人的赞赏，领导认可了姑娘们却不认可。在她们眼里，他只是一台会行走的机器。大红花啊大红花，不该从杏子手中拿，惹得他心乱如麻犯了傻。鲁明觉得和杏子的故事应该有个结局，应该画上圆满的句号。他最大的奢望就是杏子能够永远记得，记得曾有一片露骨的痴情摆在她面前。杏子是他人生中的一道美丽风景，也如一幅画挂在心间。一天后，还是在上班的路上，在杏子必经的运河桥上，他亲手递给她一张信纸，上面写道："做一只洁白的天鹅，不要折损你的羽毛，永远不变的美！"看着短短的一句话她默然无语，看得清的不用去想，猜得透的不用细说。两天后，杏子离开了工厂，从男人堆儿里消失了，就连来缘、来生也不知道她去了哪里。没过多久，来缘、来生的身影也从工厂消失了。有一种美就是默默无语、不知不觉、悄然无声。很可惜，杏子离别时的静美中没有丝毫的缠绵。

听不到新年的钟声，只有鞭炮声一阵接着一阵，仿佛进厂一年所发生过的事在响声中炸开了花。鞭炮声渐渐少了小了，没那么密集了，可鲁明还是盯着床头的大红花发呆。它已褪去了激情的颜色，只代表着一种荣誉。

第十三章　一声问候

LED 吊灯照亮整个车间。三十米长的流水线中间是一条绿色输送带，两边各有十张正方形工作台。每张台子上还有一盏支架管型日光灯，给工作台增加了亮度。两年前，车间里还是空荡荡的，只有三条流水线，如今已增加到八条，倘若再增加一条流水线，就要流到墙外去了。鲁明正在制作样品，实在搞不懂瞿主任哪儿来的奇思妙想，净设计一些不着边际的花样。上次，他拿了一张油滑的 PVC 塑料膜，要鲁明包在鞍座上，那薄膜捏在手里就想滑掉，结果以失败告终。这次呢？好家伙！他要鲁明把一张又臭又硬的牛皮包在鞍座上，看着牛皮，真想把它剪成一双鞋垫儿垫在鞋里。“哼哼……”他笑了。无论他怎样尝试都无法将牛皮完整地包在鞍座上，听着啪啪啪的码钉枪声，牛皮上却连一个码钉都没有，个顶个儿地避开牛皮钻进了塑料壳底板，是技术退化了吗？当然不是！他想给瞿主任建议：把牛皮分成两层，不！三层，那样会柔软一点儿。他想：若真能如愿以偿地诞生一个牛皮自行车鞍座，还要申请个专利——应该的，那是用我的一双手制作出来的！他看了看自己的一双手，已经布满老茧，无论怎样地折磨它都不会感到疼痛了。他把码钉枪放在台子上，搓搓手，望了一眼 8 号流水线，光线暗了，三个加班的都已离开。再瞧瞧旁边 1 号流水线，只有一位女生，她是新进来的员工，并非鲁明的徒弟。看着她孤单的身影，鲁明不由得想起两年前自己刚进厂时一个人加班的情景，很是亲切，应该上前打个招呼。

鲁明把牛皮放进抽屉，收拾好工具关了灯。他走到那位女孩儿面前说：“嘿！该下班了，他们都走了，你也回去吧。”她抬头瞟了他一眼，不敢相信竟会有人来搭话。别人都把她当作一团空气，这是她第一次听到如此亲切的声音，低下头红着脸不敢再看他。她只是柔声细语地说：“好的，我这就回去。”她也收拾好工具关了灯，走到车间门口。鲁明拉下总开关，吊灯熄灭了，车间融入了夜的黑暗。他和她一同走进车棚却没再说话，也没有同行，两个人的住处不在同一个方向。

第二天早上，她在他之前早早地站在离厂门稍远的香樟树下。鲁明来上班，当他的身影出现时，她才推着自行车缓步走向门口。他走上前说道：“嗨！早上好！”她笑了，笑得很好看。鲁明瞟了一眼又一眼，她跟昨天不一样了。崭新的工作服里套了一件洁白的衬衣，若不是厂里规定，她想穿上一条长长的连衣裙，也好掩饰自己有些发胖的大腿。她的头发短而浓密，眉梢上翘，夸张的双眼皮像是割出来的，小圆脸上左右各有一个小酒窝儿——不讨人喜欢的脸庞上唯有的迷人的小酒窝儿。她的神色跟昨天不一样了，而不是容貌——化妆也美不起来的容貌。随后的日子，她每天都会等在厂门外，他见到她都会说一声：“嘿！早上好！”下班后，他也总会跟她说一声：“嘿！明天见！”为了这两句话，她喜欢上了早出晚归。

劳作了一天，很少有人愿意在夜里继续白天的工作，更不想连做梦都摆弄手中的鞍座，扣动着码钉枪，不得消停。生产部杨主任也会安排加班人员，不管是安排还是自愿都少不了鲁明，现在又多了1号线的那名女孩儿。鲁明站起身扩扩胸，扭扭酸痛的腰，习惯性地看了看1号线——她还在。此时，其他同事都在家里吃晚饭了，车间里就剩下两个人。鲁明手中软软的鞍座发泡似乎变成了圆滚滚的石头，裁好的皮革放入烘箱烤热变软。他要在一分钟内，赶在皮革降温变硬之前，迅速地、熟练地、平整而又均匀地将它包在发泡上，然后用码钉枪沿着边缘在塑料底板打上钉固定好。他每天都在重复这样的动作，还要继续下去，每次拿捏指尖都像是被铁锤敲了一下，生疼生疼。坚持不住的时候，他就会想到银行储蓄卡里的钱数，已经增长到九万三千零三百了，为了能使这个数字快速地增长他知道该怎么做——是的！没有别的办法！那一串儿美妙的数字就是最好的止痛药，他咬咬牙接着干活儿。

坐得时间久了，腰部有些酸痛，肚子也痛，还有点儿头晕，感觉身体没有哪个部位是不疼的，已经坚持一天了。他发誓：以后决不再洗冷水澡。肚子越来越痛，是时候收工了。他关了灯，先去一趟卫生间，然后再去跟她打招呼。她看着他走了过去，等着他的“嘿！明天见”。十分钟……二十分钟过去了，还不见他回来。应该去看一下发生了什么事，一股莫名的力量驱使着她。一个女生去卫生间看一个男生？不！不！不！在走廊上等着，那也需要有个恰当的理由，是自己切切实实需要去那个地方：想着，她一口气喝完了一杯凉开水，站起身来回走动着。又过了十分钟，她感到真的想去了，不管是否错觉，总之，她喝过了水。

昏暗的灯光下，鲁明弯着腰蹲在走廊上。她背着脸从他面前走过，装作没看见。“嘿！……”鲁明叫住了她。“哦！我在！”这样心直口快的回答怎能作掩饰。

“你怎么在这儿？”她问。

“你怎么知道我在这儿？”他反问。

“不是……我不知道……我只是……你要是下班的话，会跟我说……可你没有……”她有些语无伦次，不清楚该说些什么。

“你能扶我一把吗？我肚子疼得厉害。”这种疼痛，说实话，鲁明是能坚持得住的，虽不能坚持着干活儿，一个人回家是没问题的。可当他看到她的那一刻，所有的坚持荡然无存，那句求助的话仿佛不是从他口中发出的一样。

“扶？哦！扶——”她是第一次这么近地接触男生，难免有些紧张。不听使唤的双手一会儿松开，一会儿搀扶。鲁明只顾着疼痛，无暇体会搀扶之外的那点儿微妙。他迈着小碎步，把脆弱夸张到了极点。“倘若有来世，我想做个女生。”他暗笑自己突如其来的想法。他们迈着沉重的步伐，艰难地走出车间，来到车棚。她问：“要我送你回去吗？”他说：“我自己回去吧，这会儿好点儿了。”

夜里，鲁明没有吃药，喝了一杯温开水，把头包在被子里，出了一身汗，像是刚刚洗过澡还没来得及擦去身上的水。这一天，就这么过了，以后可是要照顾好身体。早上起来，肚子不疼了，这招儿还真管用。他去上班，见了她，还是那句：“嘿！早上好！”晚上下班，依然是：“嘿！明天见！”然后，才各自回家。随后的两天，鲁明总想接近她跟她聊聊，有了一次近距离的接触，他觉得还能更近一些，从同事到好同事，先拉近这个距离再说。以后的事，谁知道呢？

准备好了就约她，他说：“今晚不加班了，我有点儿事儿想问你。”她欢喜地答应了。去哪儿呢？鲁明始终想不好，那就跟着感觉走吧，去街上溜达溜达。一路上，她总是微笑着，似乎微笑比说话更有情趣。鲁明暂时还没想着去体会这种情趣，只是把她看作好同事，要是成为朋友了，那是意外的收获。他问：“你叫什么名字呀？我还不知道呢。”她说：“嗯——我叫晓鸽。我知道你，进厂那天就知道了，你叫鲁明，是个名人。”鲁明笑了，“名人”被冠在自己身上，有些不符，他倒真希望能成为名人呢。鲁明念道：“晓鸽，很亲切！”她纠正：“是晓鸽不是晓鸽。”鲁明重复了一声：“哦——晓鸽。”他的发音听起来就是“小”，“晓”“小”不分了。她说：“‘小’就小吧。你说有事儿问我，什么事儿？”他说：“就是这件事儿啊。”她说：“这也算事儿？你可以问领导或者我师傅呀。”鲁明被传染了微笑的面孔，不再说话，只为了问个名字，是有找借口的嫌疑，便开始琢磨别的话题。聊厂里的事？没意思；聊生活琐事？太烦了。他们聊了各自的兴趣爱好，还聊到了家乡，很晚才回家，这一路走下来，彼此便有了更深的了解。

中秋节后，鲁明收到了老家寄来的信，是明明写的。他怎么知道我的地址？——鲁明仔细想来，确实往老家打过电话，只是忘了什么时候。他从头至尾看了一遍信件，还附有一张照片，一个女孩儿的生活照。书信的内容是：

亲爱的哥哥：

你好！很长时间了，没有哥哥的消息，不知道你过得怎么样，很想念你，就给你写了这封信。

现在，老家种起了葡萄，我很喜欢那些葡萄，你要是回来了，就尝尝我们家自己种的葡萄。我现在上小学四年级了，我学习很用功，再加上一点点小聪明，成绩一直名列前茅。我还不确定我将来究竟想做什么，也许是科学家，也许是教科学的老师，那就看我努力的结果了。

爸爸和以前一样，没什么大的变化，身体也好，你就放心吧。后妈的儿子很调皮，只要我放学回家就围着我转。后妈变了，和以前不一样了，她不让我做家务，让我好好学习，将来学业有成，也好治治那些村霸。当然了，我是不会为了这个去学习的，我的理想是远大的，不会盯在一个小小的村庄上。后妈的想法也是可以理解的，我亲眼看到过爸爸同那些村霸争夺宅基地的情景。爸爸一个人在屋子里同那些人舌战，整整一个下午，声音很大。我在院子里跺着脚砸着瓦片，发泄我的气愤。哥哥，你知道吗，那天我哭了，没让任何人知道。我发誓：一定努力学习，将来走出这愚昧的村庄。

后妈说，宅基地来之不易，让我在信里传达一下。她托人

给你介绍了一个对象，说她很漂亮，人家要求有房子，可我们家的老房子都快塌了。她说，希望你能寄钱回来，把旧房拆了重盖。我不知道哥哥怎么想，只希望哥哥将来能够幸福。我按后妈的意思给你传个话，顺便把照片寄给你。她给我的第一张照片是艺术照，是化过妆的，我能看得出来，简直不像个活人，就是一张墙上的贴画。是我让她换了一张，就是你看到的这张。我能为哥哥做的，就这点儿了。

别的就不说了，盼望着哥哥能够回来。

明明

1998 年中秋

鲁明没想到弟弟还有一点儿文采，有点儿心思，这很好。想到后妈提到钱的事，他脑子里开始有种声音在响，看到照片时，那声音又小了些。单从照片上看，那女孩儿确实很清秀。鲁明翻来覆去地想：为了她，把钱寄回去？我知道盖房子要花很多钱，家里的钱投资了葡萄园，一点儿没剩？先给我一个美好的念头儿，这当然很好，倘若相亲不成呢？我的钱盖了房子，又搬不走，我愿意留给爸爸，后妈是属于爸爸的，只要他们过得好，我也安心了；可是，我何时才能攒够开店做生意的钱？那些钱可是我的血汗啊！他想来想去有些头痛了，再看看照片，已经直觉地感受到，从这一刻起，不见到照片上的女孩儿，心情将永远无法平静，像一团火，愈燃愈烈。他的内心从来没这么复杂过，当年离开小镇，只身一人来到江宜，那可是毫无顾忌说走就走。现在呢？我这是犯了什么病？——鲁明质问自己却无从找到答案。他提醒自己说：我是发过誓愿的，不闯出一番名堂绝不回老家。可誓愿能平息心中的欲望吗？他的心又激起了浪潮：再过一年，我就二十岁了，我需要什么？我最想要什么？一个漂亮的女孩儿？一栋房子？苍天告诉我，我该怎么做？他不由自主地想到了抛硬币。在他看来，宇宙中有一种神秘的力量，并不是人样的神，那种力量就在自身周围，只要通过一种有形的方式就能让无形的力量显现出来。东明曾把这招儿学到了骨子里，发挥到了极致，若是币面显示与心中的目标大相径庭，那就重来，再抛。鲁明琢磨出来的这种理念，就像数学概率一样有着科学性，他自认为并非迷信。他最喜欢用的方式就是抛硬币，那枚“神奇”（那种神奇是他自己赋予的，有些假意）的硬币落在了小镇上，就从古玩市场买了一枚 1996 年的硬币。他准备好，变换了手法：在光滑的桌面上，用手指一弹，让硬币像陀螺一样快速地旋转，在一瞬间，用手掌按住。他定下规则：字面朝上，寄钱回去。他按住了旋转的钱币，手掌抖动着打开来，看到了字面朝上。

第二天上班，鲁明问晓鸽：“假如说，你爸妈要给你介绍对象，你会回去吗？”晓鸽觉不出问题的愚蠢，因为她自身也已变得“愚蠢”了。她以为，他是要回老家相亲了，便随口说道：“那要看长什么样啊？”鲁明听后，笑着走开了。随后的日子里，两个人仍是天天见面，晓鸽所担心的事暂时放了下来。

一个月后，鲁明把五万块钱放入了 ATM 机，输入了爸爸提供的账号。一张张钞票被吸了进去，像是吸血鬼吸食了自己的血液。鲁明省吃俭用，为的啥？他穿的是过时的衣服，吃的是粗茶淡饭，住的是破旧的房子。刚进厂那会儿，他曾骑过“大铁驴”（二八大杠）自行车，一副土里土气的样子，像刚从地下挖出来似的。为了买如今的“坐骑”，他思想斗争了两个月，骑上新车后（还是电动的），每天都会察看有没有刮伤——那个爱惜啊！心疼啊！甭提有多在意了。在鲁明看来朴素的装束被别人说成老土，在鲁明看来节俭的行为被别人说成小气。买双鞋子，他会为了两三元的差价跑上几个超市。本就长相平庸略有缺陷的他，如此一来就愈加不讨人喜欢了。辛辛苦苦挣来的钱不舍得用，就这样寄回了老家，顾虑和忧心被情感的欲望吞噬了。一天后，确定收款，剩下的就是静待老家的消息。

这年春节，晓鸽回老家了，而鲁明依然是一个人度过。

春节过后，天气渐暖，晓鸽回到工厂，又可以天天见到鲁明了。在桃花盛开的时节，鲁明收到了老家的来信。这次是爸爸写的，专为了上次提到的那件事，说那姑娘已经在家等着了，让他回去见个面。两层的小楼年前就已盖好，像刚出生的婴儿。老张关门时都要双手扶着，轻轻地、轻轻地关。过年时，他置买了一些家具，为了赶潮流，还特意做了咨询。张夫人乐得连做梦都在笑，仿佛步入了天堂。钱都变成房子了，鲁明是不想回也得回，趁着桃花盛开的季节，回去见一位姑娘，也是有一点儿浪漫的。晓鸽知道他请假回老家了，一种莫名其妙的难过和伤心涌上心头。

第十四章　桃花红

小楼如同花冠吸引着人们的目光，说媒的也就络绎不绝。老张没有拒绝也没有答应，话里留着余地，万一不成，再瞧别的。姑娘们会为了小楼而委屈自己吗？楼房能证实鲁明的勤劳与稳重吗？别说是老张，就连鲁明都没有信心。他在厂里可是年年拿奖的，但这改变不了姑娘们的审美观。在她们看来，鲁明确实是一台会行走的好机器。

在桃花盛开的季节，鲁明千里迢迢从外地赶回老家，只为了见一位姑娘。媒人是她的姑父，跟鲁明一个村的。鲁明在火车上咣当了一夜后，到家了，刚进家门，就听到爸妈和媒人在讲述着什么。他们早已在等候着了，老张和老伴儿看见儿子回来喜上眉梢，媒人也是乐开了怀。鲁明放下行李箱，还没站稳脚跟，就被爸爸拉到媒人面前。老张谦逊地说："二哈，我儿子不人才，相貌……身高……你以前见过的，没咋变，还是那样。"媒人嬉笑道："见过、见过，我知道的，这个没关系，这个不成问题，眼小了收光，身材小了精悍！"

"听你说得一套一套的，我就放心了。"老张乐呵呵地说。

"老张，你家有卷尺吗？"

"你要卷尺干吗？"老张疑惑地问。

"有的话，快拿出来用一下！"

面对二哈的催促，老张只好找来卷尺递给他。只见他接过卷尺，把鲁明拉到墙边，贴着墙站直，然后拉长卷尺给鲁明丈量身高。

“我说老张啊，你说你儿子有一米六五，我怎么量出来只有一米六呀！”

“不就差一点点嘛！这个有关系吗？”老张刚放下的心又揪了起来。

“哦，这个，这个没关系，这个不成问题！”二哈笑了笑，“来，你站直了，让我再量量。”说完，他把卷尺拉到一米六五的刻度，用右手拇指和食指掐住，在鲁明的头顶滑来滑去，还自言自语地说着：“还差一点点，还差……”他恨不得鲁明能一下子长高那么一点点。

“好了，够了！一米六就一米六！一米五又能怎样？”鲁明不耐烦地吼了一声甩手而去。

“唉——”媒人见状长叹一声。

老张赶忙追出门外解释说：“鲁明，你可不能这样，可不能因小失大，那姑娘很漂亮的，春节的时候我还见过呢，她有个姐姐嫁到了外地，她爸妈没有儿子，就指望她了。我和你妈答应人家，等她爸妈年纪大了，就从山里接过来，姑娘这才答应见你。你可要忍一忍啊，快回屋跟她姑父道个歉。”

“我就这身高，有什么好量的！”

“快别说了，进屋去！”

鲁明不情不愿地走进屋里向媒人说了一声：“对不起。”媒人这才云开雾散：“一个人的外表算得了什么！主要看有没有才干！看看这屋里，这客厅收拾得啊，这地板砖、这沙发、这吊顶、这墙纸，还有这家具，这在咱村可是数一数二的，这都是鲁明辛辛苦苦干出来的。老张啊，你有这样的儿子真是福呀！”这来回话都让二哈给说尽了。他心里想的、手上做的、嘴里说的似乎都不一样。他的言行极大地侮辱了他那张不太干净的娃娃脸。

“好了，不说这些了，我们还是说正事吧，老弟准备怎么安排？”老张问道。

“都安排好了，明天我带鲁明去见我侄女。”

晚上，他们商量了一些具体的细节。鲁明对于家乡的风俗知之甚少，也只能言听计从了。穿戴不用太讲究，就是见个面，随和一点儿好。

朝阳又迎来了新的一天，媒人骑着摩托车带着鲁明来到山脚下，指着前面崎岖不平的山路说：“鲁明，你顺着这条道一直往前走，会看见路边有个山泉，我给你们约好了在那里见面，她会戴一顶帽子，可别认错人了。骑车过不去，我在这儿等你，她九点钟之前会到的，你要早点儿，不能让人家等你啊！”

“要不，你先回去吧，我指不定什么时候回来呢，等着多着急呀！”

“嗯，也行，那我先回去了，到时候给我打电话，我来接你。”

“那就谢谢了！”

鲁明小时候去山里玩，走过这条山路，蜿蜒曲折地往前延伸，似乎没有尽头。他也清晰地记得那个山泉，一个大大的山泉。确切地说，更像是一个水塘，泉水清澈见底不是很深，过了山泉再翻一座山就是簸箕岭了——姑娘的家所在的山村。簸箕岭家家户户种植桃树，此时正值桃花盛开。远远望去，那定然是花的海洋，不是桃花园桃花林能说得清的，想必要改名桃花岭了。

来到泉水边，鲁明看到水中的倒影，心情有些惆怅，拿起树枝轻轻划动水面，荡起一道道涟漪。过了半个小时，远处走来一位戴帽子的女孩儿，应该是她！鲁明心里怦怦直跳，把准备好的台词过了一遍又一遍。她在鲁明的对面停下脚步，一汪泉水相隔，近在咫尺又仿佛远在天涯。她摘下帽子向鲁明挥了挥手，那婀娜的身影令他不敢直视。他也随手摘下帽子，礼貌性地挥挥手。正在他鼓起勇气，准备绕过山泉靠近她时，她却转身走开了，去往来时的路，留

下一道背影。哦——原来那不是招手，而是……鲁明心想：这下没戏了。此时的鲁明，不只是惆怅，还有伤感和失落。他何曾想到，初次见面居然如此简单，草草了事，来去匆匆的，还未曾看清她的脸庞，她便消失在他的视线里。鲁明怅然若失地绕着山泉转了一圈又一圈，这山泉哪里懂得他心中的凄凉。过了许久许久，已经快要中午了，他才独自一人走在回家的路上。

媒人等不到鲁明的电话，便去了家中。他说："老张，鲁明还没回来，也不打个电话，那我去看看，兴许在路上碰见呢。"

"不用了，在家里等着吧，他自己会回来的。"老张说着端上一杯茶。

过了一会儿，鲁明果真回来了，媒人看他闷闷不乐的样子便问："见了吗？有什么不对吗？"

"见了，还好。"鲁明敷衍以对。

"那就行，剩下的事儿就交给我了！"二哈说罢起身便走。

"急啥，在这儿吃饭吧。"

"嫂子别客气了，正事要紧，我走了啊。"

二哈出了大门，没走多远，靠在老槐树下，给侄女打电话问道："喂！二妞，见了吧，怎么样？"

"是姑父呀，还能怎么样，你说怎么样就怎么样呗！"

"唉！唉！可别这么说，你要是觉得不好，咱就……这毕竟是你的终身大事，也不能太委屈了。"

"不委屈，很好啊！我是爸妈生养的，我的事就是爸妈的事，我姐嫁到了外地，现在家里就剩我一个了，我是想逃也逃不掉了。只要他愿意照顾我爸妈，什么都好说。"

"真是懂事的好孩子！你说好就好，男人嘛，只要能干就行，像姑父这样人高马大的，现在还是几间破瓦房，白长了这一身肉，有劲儿不知道怎么使。"

“您那一身肉可没白长，您那几间瓦房也没破啊！”

“嘿——二妞，你别取笑姑父呀！行了、行了，不多说了，让你爸准备一下，明天我们都过去，可不能变卦啊！”

“姑父，您就放心吧！”

“放心！放心！”

又是一天过去了。清晨，他们早早地出发，二哈和老张前面走着，鲁明和后妈跟随着。他们边走边聊，不知不觉已踏上了山路，隐隐约约看得见远处的桃树林，几座山岭连成一片，分不清是从哪边开始延伸，只觉得漫山的桃花遥相呼应，他们也就走得更快了。到了簸箕岭，走在桃花间，已有淡淡清香扑鼻而来。一朵朵桃花挂满枝头，仿佛有仙女屹立一旁，想与她擦肩而过，好让自己沾上点点仙气。就在岭与岭之间，散落着几十户人家，在不远处的平地上，有三间瓦房和两间厢房，石头墙木板门，竹栅栏围起的院子，这就是山里人简单的居所——姑娘的家。她的父母走出家门前来迎接，还没到岭上，就与鲁明一家和媒人见了面。姑娘的爸爸客气地说：“走这么远，辛苦了。”二哈说道：“这算什么，我年轻的时候爬那山，那才叫真正的山，这只能算是小土包。”

他们来到家中，鲁明注意到那个向他挥过手的女孩儿。她站在门口，看到大家有说有笑地进屋，非但没有上前打招呼，反而有意地回避，走进了厢房。过了一阵子，姑娘的妈妈终于把她请了过来，在一旁坐下。鲁明时不时地会瞟上两眼，看她没有抬头，只是默默地坐着，像是在等候大人们的发落。

老张郑重地递给媒人一个红色手帕，里面裹着三千元钱，二哈再转交给大舅子，大舅子再交给女儿，并嘱咐她数一数。那裹着钱的手帕转了一圈之后，最终落到了姑娘的手里，这过程似乎很短，却拉长了人与人之间的距离。大家都默不作声，在那一刻，所有人的目光都聚焦在红色手帕上。只见她轻轻地打开手帕，拿出一沓崭新的钞票，一张一张地数着，她纤细的手指瞬间变成了没有血肉的点钞机的触手。这还要数吗？鲁明在心里嘀咕着：难道是要把她买下来，还是她把自己给卖了？有知的人们的感情被那无知的钞票给麻痹了给摧毁了。漫长的点钞结束了，长发遮住了她的脸庞，她重新把钱包好，交给爸爸并点了点头。姑娘的妈妈端上四碗荷包蛋，这可是鲁明的最爱，他看看爸妈和媒人只吃了两个便放下筷子，再看看自己碗里，吃了两个还有四个，再吃两个还剩两个。媒人见状敲了敲桌子提醒道："鲁明，你要是吃不完，就剩在碗里吧。"鲁明觉得剩下了不好，于是不假思索地回答："我能吃完。"结果还真把荷包蛋吃完了。鲁明事后才知道那莫名的规矩——不能吃完。

这一天，双方父母算是见了面，吃过午饭，鲁明一家和媒人便要回去。整个上午，鲁明和那姑娘还不曾搭话。她送他们到岭上，鲁明这才有机会与她并行漫步，与爸妈和媒人相距甚远，这也是父母特意所为。他和她第一次面对面站在岭上，站在桃花间。粉红的桃花映衬着她清秀的脸庞，显出几分淡雅，除了鼻梁稍稍扁平，挑不出别的毛病。临别时，鲁明问她："你姑父总是称你二妞，你叫……"

"啊？他没告诉你吗？我叫紫燕，紫色的'紫'，燕子的'燕'。"

"你真的是为了你父母才……"

"也不完全，我想找一个爱我的。"鲁明听了这话，心中有了一些慰藉，他已经知道随后该怎么做了。

挥挥手，他走了，告别了山村，告别了紫燕。当他回望时，她依然站在岭上，站在桃树边，那是一道无尘的风景。不是鲁明多情，只缘山里桃花别样红，但愿下次相见不要如此陌生。

鲁明和紫燕定亲之后，便准备返回工厂忙碌。他向媒人透露了自己的想法，想要带紫燕一起去，也好增进了解，没想到，正中了媒人的下怀。二哈兴奋不已地说服了侄女，并希望鲁明把自家女儿也带上。哦，原来他是另有所图，想让鲁明给他女儿介绍工作。鲁明无奈地答应了媒人，他领着紫燕，紫燕带着表妹坐上了南下的火车。

后妈在相亲这件事上始终如同旁观，成与不成就看造化了，反正房子是不会化为乌有的。临行前，鲁明问弟弟："你觉得她怎么样？"明明说："这是你的事，我不好插嘴。"他怕说错了话，真就没敢插嘴。兄弟相见是高兴的，弟兄离别是不舍得，不舍得让哥哥走，哥哥还是走了。

到了江宜，一座繁华的城市，鲁明安顿好紫燕和她的表妹。厂里没有宿舍，都是在外租的房子。一个星期后，鲁明介绍她们进厂，安排了岗位。电动车给她们用，自己骑了一辆休闲自行车，原来的"大铁驴"早已淘汰卖了废铁。

晓鸽呢？突如其来的女孩儿使她变得沉默了，不加班了，见到鲁明也不打招呼了，只在一味地笑，笑得很勉强，像是戴了一副面具。每当看到这副"面具"，鲁明就会心痛，知道她不是小心眼儿，不会吃醋不会嫉妒。想必，她也心痛，说不出话来——那痛里也在酝酿一种情。不知何时才能重温那两句话："嘿！早上好！""嘿！明天见！"倘若心痛变得让他无法呼吸，他会放弃那"一厢情愿"的。所有的变化，鲁明都看在眼里，为何第一个让他心动的不是晓鸽呢？

自打鲁明把紫燕带到厂里，大家见了之后，出现了一个诡异的现象：鲁明每次去卫生间，后面都会有人尾随，那些富有想象力的男人装模作样地摸摸皮带，眼睛却直直地盯着鲁明的下身——这事儿恐怕也只有等鲁明结了婚才能明白。诡异之外，还碰出了意外的巧合，这不得不提到一个人——鲁明的表哥（比他大一岁），他一年前居然向紫燕提过亲，被拒绝了。他虽然不会中间插上一杆，但还是泛起了一点儿涟漪。

其实，鲁明的表哥阿健也只是向紫燕提过亲而已，并不曾见面，当他看到她时也就形同陌路。他为表弟有了相好而高兴，赶忙把楼上小房间腾出来给紫燕和她表妹住，自己和表弟挤在楼下一间。鲁明和紫燕并非一见钟情，更多的是鲁明的一厢情愿，这楼上楼下犹如邻居般相安无事。鲁明心中透亮，可紫燕始终罩着一层面纱，不可捉摸。到了晚上，阿健兴致勃勃地盘问起来。他迫切地想要知道楼上那位有几分姿色的女孩儿的来历，毕竟都是年龄相仿情窦初开的小青年嘛，也就难怪乎心潮澎湃！

"我说老表，你行啊！长得不错，谁介绍的？"

"是她姑父，我们一个村的。"

"她是哪里的？"

"簸箕岭。"

当阿健听到这三个字时，眼皮跳了一下，他继续追问："她姊妹几个？"

"只有一个姐姐，嫁到了外地。"

阿健听了眼皮又跳了一下，有些思绪波动。难道是她？他揣测着问："她叫什么呀？"

"哦，叫紫燕。"

真是难以置信，当阿健听到"紫燕"这个名字时咳了一声，没想到果真是她，这也太巧了吧。他稍作镇定后又问："那你答应她爸妈做上门女婿喽？"

"没听她爸妈说有这要求啊，你是瞎猜的吧！"

"呵，是瞎猜的、瞎猜的，看来，她爸妈的要求降低了。"

"哎——听你这么说，你了解？"

"不、不，瞎猜的。"阿健转过脸去不再吱声，过了一阵子，他才说了一句，"睡觉了，明天还要早点儿起来呢。"

翌日，天刚蒙蒙亮，阿健就去了厂里。紫燕来到楼下随口问道：

“你表哥已经走了？”

“阿健呀，他早就走了。”

“阿健？是哪个阿健？”紫燕诧异地问。

“我表哥呀，还能是哪个？”

“是他？”

“怎么，你认识他？”

“不认识，只是听说过。”

如此一来，三个人都是心事重重。紫燕和阿健心知肚明，只是碰面有些尴尬。鲁明满怀疑问，一整天都闷闷不乐。上班骑自行车时，他神魂颠倒地把本已开着的锁给锁上，车子推不动了才觉出自己的古怪，然后再把锁打开。又到了晚上，紫燕问道：“阿健还没回来吗？”她这可不是出于关心，仅仅是口中的话题而已。

“回来了，又出去了。”鲁明漫不经心地回答，然后咬咬嘴唇问紫燕，“你真的不认识他吗？”

即便是紫燕不引出这个话题，鲁明也会找机会问她的。紫燕冷冷一笑说：“你还是问你表哥吧，他比我更清楚。”

阿健蹲在池塘边，喝完一小瓶二锅头，把空瓶扔进水塘，很晚才回去。鲁明看他半醒半醉摇摇晃晃的样子，想必已经向鱼儿倾诉了难言之隐。鲁明悠然问道：“喝酒了？怎么不叫上我？你当真不认识紫燕？”

“没机会认识，一年前，我妈托人向她提亲，她爸妈想让我倒插门儿过去，我爸妈说不行，然后就结束了。”阿健虽然有点儿头昏，但心里清楚，说出的话也不带酒气，显得很淡定。

“就这些？”

“可不就这些嘛。不过，我听说她在外面很……没事，认识你之后，她应该会改变的吧。”

鲁明品着阿健话里的意思，像是有鬼，不可轻信，但总是心绪

不宁。他在心里盘问着：她在外面怎么样？她过去怎么样？现在又怎么样？那都是她自己的事，这跟我有何关系！他思绪一转，又自我否定：不！她现在的态度跟我确实有关系！

又是一个星期过去了，阿健无法面对鲁明的眼神，刚进厂不到两个月又离开了。紫燕呢，和她形影不离的不是鲁明，而是她的表妹。傍晚闲暇之余，走在街上，霓虹灯下映照出她和表妹并行的身影，鲁明只能远远地欣赏她那乌黑的秀发和婀娜的背影。鲁明很想找机会问她一声：为何如此冷漠？直到一天晚上，紫燕主动约鲁明去了小区花园。鲁明感到意外惊喜，想要向她倾吐爱慕之情。可最终却事与愿违，她约他不是谈情说爱，而是向他道别。她说："我想去我表哥那里看看，离这儿不远。"

"你要是不喜欢这份儿工作可以换换，一定要走吗？"

"这跟工作没关系，我只是……"

"你只是不想待在这里，你总是不想跟我说话，总是离我那么远。"鲁明说出了憋在心里的话。

"我对谁都这样。"

"是吗？听阿健说，你在广州很好，有很多男孩儿追你，你有过男朋友？"

"他知道吗？也是听说的吧，我不知道他是怎么跟你讲的，我是谈过，但那都是过去的事了，你很在乎这些吗？"

"我在乎的不是这些，而是你对我……"鲁明话没说完就咽了下去。

"我表妹来了，回去吧。"紫燕向表妹招招手走了过去，留下鲁明傻乎乎地站在那里，空有一腔情被风吹散。

留得了人留不住心，鲁明深知紫燕迟早是要走的，他想到的能够做到的就是给她买一部手机，也好方便联系。鲁明下班后已经很晚，他骑单车去了城中手机店，此时街上行人寥寥，店铺十之八九都已打烊。好不容易看到一家尚未关门便走了进去，经过一番精挑细选讨价还价后，鲁明买下了一部粉红桃花色手机，并挑选了电话号码，开了票付了钱。当他走出店门，准备回去时，愣住了——他的自行车不翼而飞。要知道，那可是凤凰牌的，才骑了不到十天呀！是为了紫燕，他才买的呀！就这样不见了？是的，不见了！他东瞅瞅西望望慌里慌张，就是不见自行车的影子，过了一会儿才神情恍惚地意识到车子是被人偷去了。“王八蛋！偷我的车！凭什么呀！我招谁惹谁了？”他含着一汪泪骂出了声音。令人懊恼！令人气愤！无奈之下，也只好坐出租车了。回到家后，鲁明很是沮丧，楼上楼下静悄悄的，静得快要结冰，透着一丝凉气。他蹑手蹑脚地进屋睡觉，像是梦游而归。

第二天早上，要去上班了，紫燕才发现鲁明的自行车不见了，于是便问：“你的车子呢？”

“嗯——车子……一个朋友借去了。”鲁明谎言以对。

“你昨晚没有回来？”

“回来了，很晚。”

“这电车还是你骑吧，我和表妹走着去，我跟领导说过了，再做两天。”

电车是物归原主了，可这却不是鲁明想要的结果，但已无须推让，紫燕领不了这份儿情。不说车的事，也不说她辞职的事，鲁明郑重地递给她精心准备的手机，默默无语地骑上电车上班去了。

两天后，紫燕和表妹待在家里，想要走却又没说。鲁明按捺不住问了一句：“紫燕，你真的要走吗？”紫燕没有回话，只是沉默。

爱是美好的，被爱是幸福的，爱错了是无辜的，读不懂看不透的眼神又何须言语。年轻人一厢情愿的奢侈也只有饱经风霜后才会感到惋惜而追忆过去——后悔莫及！罢了！罢了！也许是短暂的离别，也许是永远的分散，就让情随缘而去，缘随人而走，仿佛一切

都不曾发生，犹如一个梦，醒来——都已飘散微风中。

又过了两天，鲁明下班回到家，看不到紫燕。他缓步来到楼上，门是半开着的，听不到一丝动静，探寻的目光只能看到桌子，看不到床，也许她们在休息吧。鲁明在门外站了半个小时后，决定叫上几声，即便是真打搅了她们的休息，毕竟是等过了，也会心安理得。“紫燕——”他叫了一声，无人回应。“紫燕……紫燕……”始终无人回应。他推开门，轻脚走进房间，已是人去楼空，沉闷的空气让人窒息。被子、床单叠得板板正正，她们用行动让鲁明体会到了认真和严肃。他深呼吸、深呼吸，吸进的是伤心，呼出的是心伤。他为何要伤心？被杏子冷落都不曾这样，不应该啊！不能等到伤透了才觉出自己的可怜和可笑。桌子上留有一张纸条，上面写着：“我去表哥那里了，不知道该怎么跟你说。”这就走了？留下两句话，还是写在纸上，就不能当面说吗？鲁明想着心中一阵阵悲凉。也许是紫燕太过纠结，真不知如何开口，最终还是悄然无声地离开了。

紫燕去的地方，鲁明听说过，确实不远。等到星期天，他给她发了信息：“你能告诉我地址吗？”紫燕给他回了详细地址后，没有一句“多余”的话。他乘车去找她，那是一个小镇，来接他的不是一个人，而是她和她的表妹。两个人挎着胳膊，不是连体胜似连体，让鲁明无缝可入，依旧是她们俩前面走着，他在后面跟着。

到了家中，气氛瞬间活跃，只见三个比鲁明稍大的年轻人呼来喝去，又是拿酒又是端菜，该不会三个都是表哥吧。紫燕和她表妹呢？怎么回避了？还没等鲁明反应过来，就被“押”上了座儿，萍水相逢，先干为敬！是表哥的不是表哥的都一饮而尽，接下来就是给鲁明敬酒，你一言他一语，没完没了。表哥们喝酒划拳，手指像树枝一样在鲁明面前晃来晃去：“六啊六啊，五魁首啊……三三九啊，抖一抖啊……”他们经常在一块儿喝酒，自有一套玩法，鲁明听不懂，只能面带僵笑地陪着，还要身不由己地喝上几杯。几番下来，鲁明已经忘乎所以，也不知喝了多少杯。这可是他第一次喝白酒，只觉得头昏脑涨，酒席还没结束就已无法站立，看样子是想回也回不去了。这全是表哥们有意所为，紫燕不曾想到鲁明会醉得一塌糊涂，只得给他腾出一个房间住下。

夜里，也只有鲁明一个人，呕吐难忍，无力清扫，整个房间充斥着刺鼻的酒气。长夜即将熬过，待他稍稍清醒，摸摸衣袋，是那部他送给她的粉红色手机……他想：是时候了，该走了……趁着天还没亮，他神不知鬼不觉地走了，准备回到属于自己的地方，走到日出，走到天亮。他抬起头闭上眼，酸楚的泪不知是被风吹干了还是流进了心里。无情的人有情的风，尽情地吹吧！猛烈地吹吧！吹到正午吹到深夜，不要停歇，吹去所有的忧伤和孤寂！

走走停停，停停走走，回到家里，已是深夜，鲁明像僵尸一样躺在床上思绪万千。俊朗的外表确实能让人赏心悦目，可内在的骨子里的品质就毫无价值了吗？他几度神伤几度忧，世事无情人有情，留得月下孤身只影，说不完道不尽的梦话说给谁听？一次次被拒绝被冷落，恋爱无从谈起，情窦初开的鲁明备受打击，是折磨也是摧残，他受够了。老张想让鲁明再相几个看看，他回电话说："楼房比我高，比我帅，就让她们跟楼房做朋友吧，去亲吻房子吧！"他后悔把血汗钱盖了楼房，只怪自己没有做主，听从了父母。房子啊房子，算得上什么东西，农村人一辈子都在折腾，土墙拆了盖砖墙，瓦房拆了盖平房，平房拆了盖楼房，为了房子，男人们被扒去了三层皮。老家给了他什么？他想不清辨不明，是痛苦还是幸福？是忧愁还是欢乐？是现实还是梦想？除了吃喝拉撒那些事，很难想起什么别的有趣儿的事儿了。回到老家，鲁明会觉得浑身不自在，甚至起鸡皮疙瘩，不只是因为相亲的事，还有他的童年。鲁明说："我没有童年！"——不愿回忆的苦涩的童年。他的脑海中很容易蹦出一些不愉快的玻璃碎片一样的事儿。鲁明小时候经常听大人们

说："你会不会说话？怎么跟猪一样！"也不知是谁先说的，可能大家都觉得是这样。后来，类似的话就凝结成两个字——猪精，猪都成精了，还是不会说话！鲁明心中深感愤慨："哪儿来的不会说话！我只是少言寡语，没有闲话，不会东扯葫芦西扯瓢。"他的气愤无处宣泄，只能隐忍。倘若是在城市，守好自己的岗位，领取老板发放的工资，倒也没啥影响。可在农村就不行了，俗话说："好马出腿上，好汉出嘴上。"——这不成文的理论就强调了"嘴"的重要性。他的心灵遭到了创伤，严重时，与人讲话，嘴唇会微微颤抖，近乎病态。长大后的他，不得不有意识地强制性地磨炼自己的嘴皮子，改善语言表达能力。在学校里，他最不喜欢别人给他起的绰号——小眼儿眯。他曾经被一个大孩子压在地上欺辱，还说着不够标准的大人话："我在压'直'（制）你，你知道吗？"想到那个大孩子，不！那群大孩子——就痛恨他们。鲁明总觉得别人用异样的眼光看他，以至于一个人躲在墙角看别人玩耍。想过来想过去，想过去想过来，他只剩了自言自语："房子啊房子，你就躺在老家吧，我是不会再回去了。"

这个世界是对的，鲁明错了，错不该用自己的眼光看待这个世界。他生来就带着错误的标签，没人会为他的言行买单。说了什么话，做了什么事，得到什么结果，都由他自己承担，甚至要承担自己错误的身高，错误的长相。他小时经常抱着大门外的楝树念着童谣："楝树高、楝树壮，我抱楝树晃一晃；楝子圆、楝子黄，楝子洗手防冻疮；抱一抱、晃一晃，小孩儿也能爬上墙……"楝树每年都在往高里长，可鲁明却定格在了一米六的身高，他是跳起来也爬不上墙头喽！他也经常用手指扒开两扇眼皮，用力支撑着，希望能把眼睛撑大一点儿，可不争气的上下眼皮总是那么亲密，以至于难以割舍，睁着眼都想亲上，只留一条缝，让人觉得他是在梦游。鲁明恨自己不该来到这个世上，可他没得选择，既然来了，就要勇敢面对，坚强的不应是表面，是在心中铸成一块钢铁，看不见摸不着，除非刨开胸膛。

做人不能总盯着别人的缺点，要学会欣赏别人——道理谁都明白，可鲁明却得不到姑娘们的欣赏。人不可貌相，这是在说给谁听？鲁明向天质问，想来心痛，见到他的姑娘始终得不到赏心悦目的感受。

此生无缘相聚，也只能挥挥手，鲁明最终没能赢得紫燕的欢心。没有无缘无故的爱，也没有无缘无故的恨，就让伤痛在时间的流逝中慢慢痊愈。他喝完两瓶啤酒笑了，笑自己傻，笑自己蠢，笑自己无药可救，似乎只有这样他才能释怀。

第十五章　情难守

杏子走了，紫燕离开了。鲁明对杏子是痴心妄想，对紫燕是一厢情愿。杏子留给他的是一种回忆，紫燕留给他的是一种痛苦。他喜欢上了一首歌——《我想有个家》，每当夜深人静感到孤独时，就放出来听听，好让自己沉浸在那悠悠期盼之中：

我想要有个家，
一个不需要多大的地方，
在我受惊吓的时候，
我才不会害怕。
可是就有人没有它，
脸上流着眼泪，
只能自己轻轻擦。
我好羡慕他，
受伤后可以回家，
而我只能孤单地，
孤单地寻找我的家。
…………

随着时间的推移，大家谈论有关鲁明的笑料时，唾沫星子越来越少，到最后，口也干了，舌也燥了。撇开众人的目光，撇开众人的口舌，他决心要让一切重新来过，先从晓鸽的小酒窝儿开始。毫不隐晦地说，他很喜欢她的小酒窝儿，它就像跳动的音符，扣人心弦。不只是小酒窝儿，在她身上还有内在的美等着他去感触。

新的一天开始了，晓鸽等来了期待已久的问候：“嘿！早上好！”晓鸽兴奋得忘了回话，像是掉落的雏鸟重又回到了鸟巢。她很自然地就把他的问候和离开的女孩儿联系到了一起，过去的记叙文有了结果，新的故事情节又将展开。他约她，她没有拒绝，不管她晓不晓得恋爱他都想与她恋爱。有了过去那番经历，他觉得可以轻松地把握感情（他不喜欢“情场老手”那样的字眼儿）。他感受到了她的单纯与可爱，就像一张白纸等着涂抹。当然了，鲁明是不会乱涂乱画的。他要像一捧清泉一样把她捧在手心，不让滴下一滴；他要像对暖阳下的花朵一样呵护她，不让她有半点儿委屈。

鲁明搬了家，离厂不远，跟晓鸽同是一个村，不在一个家，一个在东，一个在西。夏天到了，晓鸽买了蚊帐，想让鲁明帮忙挂上。晚上，他带着钉子和锤子去了。开了门，她正在收拾屋子，很小的一个房间，一张小床，一个柜子，一张小桌，一把椅子，看起来也就只能住下一个人。鲁明问她：“准备好了吗？”她笑了笑没有回话，她的话不多，总喜欢含羞地笑着。鲁明放下钉子、锤子，脱掉鞋子站到床上，提起蚊帐在墙上比画着位置，有三个角可以固定在墙上，还有一个角需要系根绳子牵住。找好了位置，鲁明捏着一根钉子摁在墙上说：“晓鸽，把锤子递给我。”晓鸽拿着锤子举起右臂。鲁明低下头，伸出右手去接，无意间瞟到了她的胸脯。她穿的是敞领粉红色T恤衫，圆领遮不住她白皙的皮肤，还有文胸半遮半掩有形地突起。他扑通一下心跳，收起眼光，可他心中却伸出一双小手，按着自己的脑袋，让眼神再次落入她的领口。他提醒自己：我是正人君子，不能干龌龊的事儿。他的心在理智与秀色之间摇曳，他想到了一个词——秀色可餐！他的喉咙在动，嘴唇在颤，似乎真的饿了。四根钉子他钉了很久，一会儿说：“晓鸽，给我递钉子。”

一会儿又说：“晓鸽，给我递锤子。”然而这一切，晓鸽并没察觉到有何怪异。鲁明深感自己的眼神已经离不开她，满脑子都是白嫩的有形突起，若隐若现，他的心理要彻底崩溃了。“嘶——啊！”鲁明吸了一口气，他用右手的锤子敲到了左手的食指。“啊？慢点儿，没事吧？”晓鸽问了一句。“没事！没事！”鲁明甩甩手说道。

钉子钉好了，蚊帐也挂好了，他直直地站在她面前，面对面。她突然间“恐惧”了，像一只被雄鹰盯上的兔子。她低下了头，不晓得他会做什么，更不晓得自己该怎么做。她闭上了眼，任凭他怎么冲动，都不想反抗了。他抱起她，感觉像是捧起一只鸡崽儿，他不知道为何一瞬间变得如此有力气，如此大胆！他把她放到床上，他俯下身，用激动的双唇去吻了她，她的初吻就这样被他掠去了。他的脚缠住了蚊帐，把蚊帐拽落，罩住了两个人，许久、许久，两个人的嘴唇还紧紧地贴在一起。

随后的几天，他没约她，她也没找他，两个人沉默了。一个得意的王子，一个害羞的公主，他和她暂时地平静下来，回味不曾有过的甜蜜。又过了几天，两个人的回味中开始夹杂着想念，想念彼此的体温还有彼此的味道。

晚上，公园里，灯影下，凉亭中，他再次约了她。

“晓鸽，你说鸳鸯是一只还是两只？”

“就是一种鸟嘛！”

“确切地说——鸳是雄鸟，鸯是雌鸟，鸳鸯是一对儿。”

“哦，这个我还真不知道。”

鲁明把晓鸽揽在怀里问道：“我们的事，你爸妈知道吗？”

“我不敢跟他们说，我爸可凶了，我哥也会管我，他们不想让我嫁到外地。”

“嫁？”

“嗯！”

晓鸽认为两个人恋爱了就要结婚，她不晓得恋人为什么要分手，她觉得两个人之间是不应该出问题的，就像鸳鸯，除非是被父母拆散。她想到了鲁明不曾想的问题，有点儿担心，怕妈妈，更怕爸爸，她就是一个长不大的孩子。晓鸽知道鲁明一心想攒钱开店，不管是饭店吃饭还是商场购物，她总是抢着出钱。从进厂到现在，她没往家里寄过一分钱。这让爸爸感到很不满意，从开始的偏见到最后演变为成见。恋爱是两个人的事儿，可结婚就是一大家子的事儿了，兄弟姐妹暂且不说，总不该置父母于不顾而私奔吧，生死相依的恋情不一定非要以不孝为代价才能成全。谈婚论嫁似乎还早，可也不能不想，鲁明不能也不会玩弄感情，他是认真的。

两个人越走越近，越来越亲密，大家都知道了，同事们的眼神似乎就可以确定两个人的关系。至于那些玩笑话，无论怎样的过分，鲁明都不会生气。是不会有人在晓鸽面前说“你是不是肚子大了”之类的话，晓鸽自己却犯了疑心。她把鲁明叫到家里摸着肚子问:“我肚子不舒服。”鲁明问她:“肚子疼？拉肚子？”

“不是，好像里面有东西，会不会是小孩儿？”鲁明听后先是一愣，然后放下茶杯，看似沉着冷静，心中却打起了鼓——这不能开玩笑。他问:“谁……谁跟你说的？”

“没有，是我自己在想——你亲了我那么多次，可能怀孕了。”晓鸽这么一说，鲁明一言不发地笑了，他拿起茶杯抿了一小口又放下，伸出双臂抱住了她，心中念着：亲爱的晓鸽，好纯好纯，纯得让人落泪!

“没事的，亲够一万次才会怀孕。”鲁明掬着她的脸哄骗道。

一万次！还远着呢！她平静下来。她是真怕做了出格的事，爸爸来揪她的耳朵。

夏季过后，天气渐渐变得凉爽。鲁明寻觅到了一间更大的房屋，不在一个村，离厂稍稍远了一些。鲁明觉得他们俩终有一天会

在一起的，是日日夜夜在一起。他是有预谋的，一个并不可耻的预谋。爱情没有是非对错，只有卿卿我我，爱情能让人疯狂能让人变傻。晓鸽预感到自己将要被完全征服也不退缩，而是毫不隐晦地说："这间房可以住两个人，你是不是想……"鲁明接过话茬儿说："我想没用，你想才行。"晓鸽说："等我那边房租到期就不交了，我搬过来！"

"什么时候到期？"鲁明有些心切。

"下个月。"

下个月，多么快呀！似乎一切立马就要发生似的，事实婚姻可能要在两个人身上发生了，等生米煮成了熟饭，父母还能怎么着？鲁明寻思着感到自己的一丝丝"卑贱"，甚至是"阴险"。不！不！不！想得严重了，自己是喜欢她的，想要得到她的一切，也是为了更好地完全地去呵护她：鲁明想着握紧了她的手，没有说话。

晓鸽照着自己喜欢的方式摆放着物品，她把鲁明租的房屋当成了自己的家——那是迟早的事。鲁明坐在床上看着她的身影，仿佛看到了未来的老婆在收拾家务。床上铺得板板正正，床单用的是晓鸽的，有些显小，单人床单怎能罩得住双人床呢？已经很晚了，她似乎忘了回去。这是星期天，两个人就去了一趟菜市场，剩下的时间就是在这屋里度过的，两个人要用温情把屋子暖热。晚上，他关了灯，她点上蜡烛，浪漫的气息飘散开来，三朵玫瑰花在烛光下显得越发娇艳。这个日子并不特殊，然而这个夜晚终究不一样——两个人在一起度过的第一个夜晚。他又一次抱起她放在床上，她躺在那里一动不动，等着他肆意地亲吻……直到天亮，两个人才有点儿困意，无心上班便请了假，他没去，她也没去。等俩人起床，发现床单上的一块血渍，才开始有所顾虑：偷食"禁果"会不会受到惩罚？晓鸽把自己的整个身体全都给了鲁明，她根本没想到会有这样的事情发生。两个人起床吃过早餐就出去了，没有逛街，没有逛商场，而是朝着郊外一直走去。一路上，晓鸽少言寡语，在郊区的一处河堤上，她说："我不想搬过来了，我不想结婚。"鲁明莫名其妙地问："怎么了，哪里不对？"她低头说道："我……我很疼……"鲁明什么都明白了，温情地说："没事的，过两天就好了。"他把自己所知道的那些生理知识讲给她听，看她心情有所放松，牵着她的手回家去了。

晓鸽的哥哥比她大两岁，尚未结婚，兄妹俩同在一座城不在一个镇。鲁明和晓鸽想着哥哥迟早会知道他们的事，也就无须刻意隐瞒。三个月后，哥哥来探望妹妹，才知道妹妹有了男朋友，而且已经同居了。他看鲁明国字脸不带赘肉，淡淡的眉毛有点儿女孩子气，穿着黄色夹克衫，蓝色牛仔裤，白色运动鞋。哥哥没有强行干涉，只把事情告诉了父亲。从哥哥的言语行动上，鲁明感觉到他还是默认了这件事实。

晓鸽的爸爸老梁千里迢迢来找她，准备处理此事。他对于女儿的婚姻有个基本原则：不嫁外地人。他想把女儿带回家再作理论，家丑不可外扬，他的老脸算是丢尽了。他对鲁明不便做出什么，简简单单地说了一句："年轻人，我要带女儿走了，你好自为之吧！"鲁明岂肯就此了事，他和晓鸽是真心相爱的！他只是央求："伯伯，您不能带她走。"老梁嗤之以鼻地说："哼！我们的家务事跟你没关系！"

"等我和晓鸽结了婚就有关系了。"鲁明沉着地回答。

"结婚？呵呵……"老梁那言外之意是——门儿都没有！他转身拉住女儿说，"走！跟我回去！"

鲁明看到晓鸽忧郁的眼神再次说道："伯伯，您真的不能带她回去！"

"嘿！小伙子，你有什么能耐不让我带她走？我倒是要看看，"老梁指了指鲁明，"你有什么能耐？"

“伯伯，我没能耐，我也管不了您，但我确实很喜欢晓鸽，我很爱她！”

“你说这有用吗？”老梁说着便拉过女儿欲要离开。

“伯伯，您等等……我爱她不能让她留下来，那我想告诉您晓鸽她……她……她已经怀孕了。”

老梁听了如同晴天霹雳，这算怎么回事？自己娇生惯养的女儿瞒着家里跟别人“私混”，还怀了孕！他怒不可遏，高高举起右手。

“爸爸……我……我……”晓鸽哭泣了，眼泪尚未落下。

父亲看着女儿的泪珠在眼眶里打转，不由得心软了下来。他没有打女儿，反而在自己的脸上扇了两个耳光，并说道：“唉——作孽呀！”

“爸爸、爸爸，我错了……我错了，爸……”晓鸽拉住爸爸抽噎着。老梁放下手，咬着牙皱着眉，忧愁地说：“鸽……跟爸去医院，把孩子做掉。”

鲁明听到伯伯的狠心话，没有去责怪，都是自己年轻冲动，按不住激情的火，才会让晓鸽受委屈。他已经没有别的办法，扑通跪地，哀声求道：“伯伯，都是我的错，您不能让晓鸽去受罪，要罚就罚我……您要是想把孩子做掉，那就连我一块儿做掉吧！”他说罢起身拿来菜刀再次跪下，双手捧着菜刀说，“伯伯，您真要狠心……我没有别的办法，请您不要怪我以死相逼，您带晓鸽走出这个屋子，下一刻，就是一个穷小子倒在血泊中——我自己动手！”说着，鲁明将菜刀置于自己颈上。不管老梁是否真要带女儿走，也不管鲁明是否真的会动手自残，晓鸽都被吓住了。她泣不成声：“爸爸……鲁明……你们别这样……”她也跪了下来，“爸爸……”屋子里的声息似乎也随着两个人的跪下而静了下来，静得出奇，静得可怕。片刻过后，只听得三个人的喘息和晓鸽的啜泣。过了许久，父亲发话了：“小伙子，你真行！算我闺女上辈子欠你的，让她留下来，等孩子生出来我再带她走。”此时，鲁明不能想得太长远，先顾眼前再说，伯伯暂且不带她走就已经很开恩了。

老梁没把事情做绝，忍一时风平浪静，他当天就打道回府了。

到了晚上，鲁明和晓鸽又恢复了往常。鲁明亲了亲晓鸽说：“你哭起来很可爱！”

“都是被你吓的，我怕你割脖子。”

“你觉得我会吗？”

“嗯哼，你不会，可我就是想哭，我爸就是刀子嘴豆腐心。”

说来也快，就在第二年的阳春三月里，晓鸽生下了一名男婴，是个早产儿。婴儿是觉得妈妈肚子里太过憋闷吧，还没到预产期呢，就提前出来了。鲁明请了一个月陪产假，床上床下地伺候着。他给儿子取名朋朋，希望他将来朋友多多。鲁明很懂得人缘的重要，而自己却做不到，总喜欢独当一面。这个孩子，鲁明甚是喜欢，严重到抱着孩子忘了老婆的程度。他盯着儿子的小脸问：“晓鸽，你说儿子哪一点像我？”晓鸽不搭理他。他没想到老婆会吃这碗醋，就赶忙给她一个吻。

晓鸽的哥哥再次来看望她，看着生米已经煮成了熟饭。他想着自己还没结婚呢，妹妹儿子都有了，虽然心中有些憋屈，可他还是挺喜欢这个小外甥的，抱在怀里亲了又亲。这个喜中有忧的事，老梁很快便已得知，是时候带女儿回家了。这次，哥哥站在了妹妹一边，在他的劝说下，又等了两个多月，等孩子过了百天，父亲来了。老梁绝不会像上次那样心慈手软，是狠了心要坚持原则。在女儿面前，他会心软，在邻里面前、亲朋好友面前，他都会心软，但有一个前提，不要触碰他所设定的原则问题，否则的话，谁也不行！他不是铁石心肠的人，可他不愿让两个人缠缠绵绵藕断丝连，与其让他们彼此思念，还不如痛痛快快地断了两个人的念头。需要扮演什么样的角色，他已经想得很清楚，是板着脸来“厉”行家务的。

老梁把孩子塞给鲁明说:“孩子是你的，你爱咋养咋养；女儿是我的，我是肯定要带她走的！”鲁明听了真想骂上一句“混账东西”，可他忍住没有骂出口，反而带着敬重的口气说:“伯伯，您真就这么狠心？让晓鸽离开孩子，离开我？”

“你不用怨来怨去，你要是我们那片儿的，家庭情况还可以的，我会让女儿嫁给你，可惜呀……”鲁明听得懂那意思，接过话茬儿道:“那我倒插门儿去你家不就行了嘛！”

“哈哈……”老梁冷笑，“小伙子，你想得太简单了，我们家窝儿小，我招不起女婿呀！我要是想招，那早招了——”他把声音拉得老长。

鲁明正在琢磨着怎样回话。老梁却毫不留情地对女儿说:“闺女，爸爸辛辛苦苦养了你足足十八个年头儿了，我不能由着你，你在我们乡里乡下找一个，有啥事儿，也好有个照应。我这点儿私心也是为你好呀，你自小到大都没什么主见，那就听爸爸的，跟我回去！”他接着来了一句恐吓，“今天，你要是不跟我回去，我就打断你的腿！”他了解女儿，知道这很管用。鲁明辨得清他这是跟自己上次一样在吓唬，但不同的是：上次是伯伯做最后决定，而这次是晓鸽做最后决定。晓鸽若是死活不回去，爸爸也不会发疯真就打断她的腿，可她……凡事都有两面性，晓鸽的单纯，让人爱恋，可也正因为如此，她可能会听从爸爸回老家。鲁明已经预感到了无法扭转的局面，无力挽回爱情。

“走吧，什么也不用带，现在就走！回到家里，你需要什么我给你买什么。”老梁一边催促一边拉女儿就走。

“晓鸽，你不再抱抱孩子就走了吗？”鲁明喊道。

晓鸽回转身来到鲁明跟前，摸了摸孩子的脸蛋儿，没有抱他。她又看了看爸爸冷若冰霜的眼神，心中万分纠结，像两条水蛇在相互缠绕，一种从来没有过的感受。也许，也许时间久了她就会淡忘，也就忘记掉生“这块肉”时的疼痛，等她跟了别的男人再生一个小孩儿，也就想不起之前那个孩子的模样。这种忘却是一种单纯的不掺任何杂念不受外界影响的遗忘，没有感情色彩。像晓鸽这样极度单纯的女子似乎一切都是容易忘掉的，记得清的只是眼前。她的生活就像接了一盆洗脸水倒掉，然后再接一盆洗过脸，结果是都把脸给洗了，水却不是原来的水。听别人说着惋惜的话，她却纯得可爱，让人怜悯让人疼，从而不忍心去责怪她。晓鸽最终还是说了令鲁明失望令鲁明寒心的话：“鲁明，我……我……我以后会来看你们的，我……”听得出，她嗓音哽咽了。鲁明闭上眼叹了一口气，含着忧伤的泪满怀深情地说：“可能的话——以后，我也许会带着孩子去你那里……都是我害了你，我以为我们将来会……回去吧，找个比我好的，正儿八经地结个婚……”

两个人的泪流在心里，鲁明和晓鸽就这样结束了。她走了，走得很茫然，走得很随意，走得很沉静，没有痛苦，没有忧愁，只有一点点感触。他们之间是一种爱过了不后悔，离别了不绝望的恋情，是一种——悄悄地，我走了，不带走一片云彩的纯真和洒脱。

第十六章　脆弱的生命

生活有时会给人带来意想不到的滋味，自从晓鸽走后，鲁明既要上班又要带孩子，既当爹又当妈。他的日子是熬出来的，但在煎熬中，也体会到了莫大的责任和儿子带来的欢乐。儿子一岁前可是最艰难的，他请了保姆，白天由保姆带，夜里自己带。孩子一天天长大，夜里哭闹的次数少了，鲁明才稍稍轻松一些。他省吃俭用，工资全都用在了儿子身上，只要保姆能照看得好，他毫不吝啬地多出些钱给她。存不到钱，盖房子又花去一大半积蓄，开店做生意的目标也就变得遥不可及了。养儿子天经地义，是他的责任，等儿子大了再说攒钱的事，想想自己还年轻，从长计议吧。

朋朋两岁后，送去了托儿所，自己照顾不到的时间段，还是要请人帮忙。他曾想过去找晓鸽，他没去；他也曾想过把孩子带回老家，他没回。他是想：我若不能带给亲戚朋友欢乐，但至少不要给他们增添烦恼。他遇到事情，首先想到的是如何克服困难，而不是找人帮忙。没人愿意听别人喋喋不休地诉苦，他扛得住的扛，扛不住的，挺挺腰板往死里扛。他又想到了儿子的户口问题，眼看就要上幼儿园了，这个私生子该怎么办？七八年来，鲁明也就回过老家两次，最近三年，他不曾回去过，也没告诉家里人自己的状况。

日出日落，日月如梭，不知不觉，朋朋已过了三周岁。乖的时候他便成了爸爸的小玩伴，那些吃过的苦受过的罪也就如烟消散了。鲁明觉得儿子身上的每一个部位都很可爱很好玩，总想拍拍他的屁股，摸摸他的脸蛋儿，捏捏他的耳朵……“你的手指借爸爸用一下。”鲁明说着便捏住儿子的食指捅进自己的耳孔，细嫩的手指捅得很是舒服。朋朋偶尔也会说些大人话，引得鲁明一阵发笑。星期天，鲁明想用胶水把那破了已久的电动车把套给粘上，胶水用得过多，连中心的铁轴也给粘上了，以至于转不动电把，无奈之下，只好用刀削去把套。朋朋看到了，在一旁嘲笑：“爸爸，你修得算什么玩意儿啊！”鲁明听了这话，着实默笑了一阵，却想不起何时说过“什么玩意儿”这样的话，被儿子学去了。还是那辆电动车，老是咯吱咯吱地响，朋朋就趴在车轮下像模像样地看了一会儿说：“我看了，螺丝也没松啊，怎么老是响啊！”鲁明又是一阵笑。小孩子学大人说话，那叫可爱；若是大人学小孩子说话，那叫白痴。朋朋总喜欢往爸爸身上爬，倘若鲁明坐着，他能爬到头顶，感觉爬上了树梢一般高兴。他还喜欢闻爸爸的脚味儿，别人闻到的是酸臭，而他闻到的却是果香。鲁明逗儿子：“今天，爸爸的脚是什么味儿？”朋朋说：“苹果味儿。”到了第二天，就变成“草莓味儿”了。鲁明想：儿子的特殊嗅觉，将来定能讨老婆欢心。朋朋还喜欢玩老猴驮小猴的游戏（确切地说，那不叫驮），他用双脚钩住爸爸的腰间，双手搂着爸爸的脖子坠于胸腹之下。鲁明就在床上爬来爬去，似有一种哺育幼子的情趣。等鲁明躺下，朋朋便会手扶墙壁从爸爸的脚一直踩到头部，踩到背部时甚好，若是不小心踩到大腿内侧的肉，鲁明也免不了要惊叫一声。

刚刚进入四月份，有一天夜里，父子俩在床上。“朋朋，爸爸今天累了，我们不读绘本好吗？早点儿睡觉。”鲁明说着看看墙上的钟表，已经是夜里九点多了。儿子坐在被窝儿里，嚷嚷着：“爸爸读绘本，读完了再睡，读绘本……”看状况，鲁明是想偷懒都不行了，自打第一夜、第二夜、第三夜……给儿子读完绘本，就意味着以后要遵循儿子认定的模式——读完绘本才能睡觉。他不会埋怨自己给了儿子这样的模式，想想下班后既要做饭又要做家务。儿子一个人玩着，没人陪他，很是孤单，话也越来越少。临睡前，他能做的也就是读一些故事给儿子听，嗯！他绝不会偷懒！

“好吧，那你今天想听什么故事？自己挑一个。”鲁明把绘本摆开，搂住儿子坐在被窝儿里。

“爸爸，读这个，有猴子这个！”

“是《猴子捞月》呀，好啊！就读这个！”鲁明从儿子手中接过绘本，翻开来念着，“晚上，一群猴子兴高采烈地下山去玩……”他读完一段，问儿子，“朋朋，那你知不知道，猴子为什么晚上下山呢？”

“为什么呀？”

“因为——只有晚上才有月亮啊！”他摸了摸儿子的脑袋瓜说道。

鲁明读完了《猴子捞月》，又读了一本《武松打虎》，朋朋这才安心地睡了，他自己也睡了。午夜过后，儿子一觉醒来吭哧着，似是难受想哭。鲁明睁开惺忪的睡眼，摸了摸他的小鸡鸡，硬挺挺的，便顺手从床边凳子上拿起小尿壶，等他“哗啦”完毕，把尿壶放置地上。就在鲁明欲要哄他睡觉时，他却说道：“爸爸，我头疼。”鲁明摸摸他的额头，并不发热，应该不严重吧，就给他按摩了一会儿，看儿子不吭声了，就缓缓地放他在床上。大概过了半个小时，儿子侧过来翻过去，又开始吭哧着说：“爸爸，我头疼，我……”鲁明拍拍儿子说：“你躺着别动，爸爸去找点儿药。”鲁明下了床，走到桌子边，拉开抽屉，找到的都是感冒药和清热消炎药，暂且先吃点儿感冒药吧，管不管用等到天亮再说。他兑好温开水，把药粉化在杯里，端在手中，缓步来到床前。

“朋朋，起来把药喝了，喝了头就不疼了。”

“我不喝药，我不要喝……”朋朋眯着眼，有气无力地说。

“那怎么行，头疼得厉害会炸开的。”

“不厉害，不会炸开的。”朋朋根本就不知道什么叫疼得厉害。

“朋朋乖，你要不听话，爸爸走了，不管你了。”鲁明说着往后退了几步。

“爸爸，我不让你走……不让你走……”

“爸爸不走，来吧，坐起来把药喝了。”鲁明在床边坐下，扶起儿子，把药水置于他的唇边。他用舌头顶了顶，还是不情不愿地喝了下去。喝完药，朋朋又开始委屈地说：“我不喝药，不喝药……”

“不喝了、不喝了，已经喝完了，朋朋真棒！”鲁明给儿子竖了个大拇指。这下应该歇息了吧，他拍着哄着哼着小曲儿，直到儿子静下来。屋里静静的，窗外静静的，鲁明的心情却无法平静，只希望药水能够起到作用。又是半个多小时过去了，他所担心的情况还是不想来而来了，儿子坐起身说：“疼……头疼……”紧接着哗的一下，肚子里的东西全吐了出来。睡衣上、枕头上、床单上、被子上到处都是，酸臭的尚未消化的食物裹着药味儿飘散整个房间。这该怎么办呢？鲁明刹那间束手无策，赶紧拿餐巾纸擦拭，并伸手抓起小垃圾桶放在床上接着。朋朋吐了一阵，等他吐完，鲁明准备清理了，却无从下手。算了，不擦了，他把儿子的睡衣脱了，把枕头套、床单、被罩全撤了，明天再清洗。床上虽然还有一些潮湿，但没那么脏了。鲁明端来温开水让儿子漱漱口，再拿毛巾蘸了温水拧干，捂在他的额头上。鲁明又找了一个塑料袋，时刻准备着儿子下次吐的时候用。他拖着儿子挪了挪，放在干爽的地方，无心睡觉，开着灯背靠床帮。他突然觉得有点儿冷，那种冷不只是身上，还有心里，他不由得缩了缩身子。

第二天早上，鲁明带儿子去了医院，经过检查，得知孩子脑积水，颅内高压，要立马做手术，而市里医院又做不了，要转去南京。鲁明听了医生所说如同晴天霹雳，该怎么办呢？医院的救护车全在外面路上，多等一分钟就多一分危险，情急之下，他找了私家车。老板开口就要五千（这个数，在当时，若是乘坐火车，绕祖国转上

一圈也是用不完的），在这争分夺秒的时刻，不容他多虑，只要能够直达，什么都好说。

在去往南京的路上，朋朋平躺着，柔弱无力。鲁明守在儿子身旁，时时刻刻观察着他的脸色。车里没有护士，老板也没跟着，只有司机一个人。朋朋面色苍白，手掌开始变得僵硬，侧过身呕吐不止，吐出来的不是食物，而是黄黄的浓浓的黏液。鲁明感到揪心而欲哭无泪，拿着一包纸巾，一张一张地抽出，不停地擦拭着黏液。而他自己，早已无法忍受晕车的滋味，也是一个劲儿地吐着，一阵接着一阵。车厢内狭小的空间飘散着刺鼻的酸臭，氧气瓶幽灵般碰撞着车厢，咣当、咣当响个不停，旁边挂着的护士服上有一块黑黑的污渍，像是印上了一只黑手。鲁明自觉被困于棺椁之中，看着儿子垂死挣扎的生命在等待命运的宣判，自己却无能为力驱散病魔。

隔着车窗，在路灯的映照下，鲁明看到了南京的路标——快要到了！可很不巧，将要下高速的时候堵车了，也不知前面发生了什么事儿，车辆排成了长龙，不把人急死也急疯了。鲁明坐下又站起，站起又坐下，看看朋朋看看窗外，看看窗外看看朋朋，束手无策。朋朋吐出来的黏液越来越黄，还带有血丝，鲁明越发感到恐惧，在心里不停地祷念：“朋朋坚持住，朋朋坚持住，不会有事的，朋朋……”足足等了半个多小时，似乎过了半年，车辆才缓缓开动，鲁明紧绷的心弦才得以舒缓。

到达南京儿童医院，天还没亮，他们下车进了急救室。朋朋躺在救护床上，已是昏迷不醒。鲁明对着垃圾桶先是一阵呕吐，然后就头昏眼花地坐在地上。医生看了惊讶地问：“你这是怎么了？”鲁明强忍着说：“没事，我晕车，过一会儿就好了，赶快救孩子！”

医生翻开朋朋的眼皮，用手电筒照了照，又摸了摸脉搏，捏了捏手指。他说：“这么严重啊！还好你们今晚赶到了，要是等到明天呀，你们就用不着来了。”鲁明听了哆嗦一下，不由自主地做出祈祷的手势置于胸前，他不知道在向谁祈祷，总之，他在祈祷！

当晚，朋朋就被推进了重症监护室，并做了穿刺，以缓解颅内高压。第二天上午，做了腹腔分流术。想到手术就想到手术刀，想到手术刀就想到血肉，一个三岁的孩子就这样……当鲁明站在手术室门口时，才知道时间过得有多慢，才真正体会到了生命的珍贵，一个鲜活的生命不应该也绝对不会轻易地离去——鲁明坚信！手术室的门紧闭着，仿佛所有的一切都在“肃静”两个字的威慑下静了下来，静得出奇，让人喘不过气，似乎可以听得到盥洗室水龙头的滴水声。煎熬了两个多小时，犹如过了两个世纪，朋朋被推出手术室后，双眼紧闭尚未苏醒。听外科医生说，手术很成功，鲁明悬着的心才放了下来。朋朋被推进了ICU，剩下的事就交给医生和护士了。

在家属区，看到最多的就是爸爸的沉默和无奈，听到最多的就是妈妈的哭泣和哀叹。在无休止的等待中，鲁明备受煎熬。他怕错过了护士的传唤，不能走得太远，就在ICU病区旁边的椅子上坐着，困了就躺一会儿。鲁明深夜醒来看看四周，那些家属有的躺在椅子上，有的躺在地上，真是可怜天下父母心啊！孩子们在受罪，爸妈在受累——累死，都不会说出口！只愿孩子平安健康！无法探视，所有家属都在惶恐中焦急而又耐心地等着关于孩子的消息。昨天，谁家的小孩儿走了；今天，谁家的小孩儿去了；明天，不知道……每天都会有噩耗传来，不敢知道，也不想知道，可还是身不由已地知道了，看到孩子的妈妈一个人蹲在墙角悲痛欲绝地哭泣，一切都知道了。

午夜刚过，鲁明被一阵急促的脚步声惊醒。他看到有一对儿年轻的夫妇和两名护士推着急救车，一位医生手里拿着氧气袋，床头挂着输液瓶，看不清床上的病号是男是女，仅从被褥鼓起的长度判断是个娃娃。手术室的门开了，医生和护士推着车进了手术室，关

上了门。孩子的父母默默地站在门外，焦急地等待着。鲁明为这对儿夫妇安下了心，去开水房接了一杯热水，回到座位上却不愿躺下。他静静地坐着，时不时地朝手术室门口瞟上两眼。大概过了半个小时，门开了，走出来的还是那位医生，还是那两名护士，还是那辆车那个娃娃。床头却没了输液瓶，医生手里也没了氧气袋。鲁明心想：手术不可能这么快，难道又是一个噩耗？听不清医生说了些什么，只看到他的口罩动了几下。紧接着，那位妈妈抱起孩子失声痛哭，在丈夫的搀扶下走向手术室对面的座椅。墙壁遮挡了视线，只能听到妈妈的哭声，时大时小，时长时短，所有的家属都被惊醒。没人会去阻止她哭泣，尽情地哭吧！可怜的妈妈！两个多小时过去了，已经听不到撕心裂肺的痛哭声。想必，妈妈的泪已哭干，只剩下了细微的低啜飘进鲁明的耳朵。鲁明拿起茶杯抿了两小口，来到绿茶色的玻璃窗前，看着窗外的楼影灯影，心中一阵悲凉。他是为自己也是为别人而感到不公：既然造物主要过早地收回这个生命，那为何还要让他（她）来到这个世上，让孩子的父母痛不欲生？鲁明像冰雕一般站在窗前一动不动，直到天亮。

窗外已是楼房清晰的轮廓，灯影没了，天已亮了。鲁明抖抖酸痛的双腿，正要去食堂买早餐的时候，看到一位妈妈和一名护士推着救护床赶到 ICU 病区。床上的病人头部包得严严实实，白色的布条裹住了昨日的欢笑。鲁明只看到孩子的妈妈攥着拳头在门外来回踱步，却不见爸爸的身影。等他买好早餐回来，那位妈妈还在病区门口，她看上去也就三十来岁的样子。

一天后，朋朋转进了普通病房。鲁明回家属区拿行李时，目光无意中落在了那位妈妈身上。她把折好的纸鹤递给护士，再由护士转交给孩子，不是所有妈妈都能这样用心折纸鹤的。鲁明觉得那不会是一般的纸鹤，肯定蕴含着什么，应该是妈妈的心里话吧。就在这天下午，鲁明特意前来，端坐在靠椅上，注视着那位妈妈的一举一动。ICU 病区的大门开了，只见那位妈妈接过护士转交的纸鹤走去墙角。她打开纸鹤，先是一阵默然，而后双手捂住脸庞泣不成声，接着缓缓地蹲下，身体紧紧蜷缩成一团。看到她痛苦的样子，鲁明用手指敲敲脑壳，提醒自己不能瞎猜，不能想不吉利的事。十来分钟后，那位妈妈才直起身来，拆开的纸鹤掉在了地上，她没注意到（悲痛使她心神迷乱）就走开了。鲁明的眼神盯着被拆开的纸鹤，突然觉得只有自己有资格捡起来递给她。于是，他真就这么做了。当他捡起来看过之后，泪目了——那纸上画着一朵向日葵，还写了一句话："妈妈，我想回家。"是啊！孩子是多想扯掉绷带走出病房，来到阳光下蹦跳，妈妈是多想每时每刻都能看到孩子呀！鲁明定了定神，走上前去说道："大姐，你的……掉地上了。"她回过头看了一眼说："谢谢！这是我女儿……"她接过拆开的纸鹤，想要继续说些什么却没说。

"多大了？"鲁明问。

"八岁。"

"严重吗？"

"医生说……"

"刘悦月的家长在吗？刘悦月的家长——"护士在叫。

"我在这儿！我来了！"

鲁明看着她跑了过去。

在普通病房仅仅过了一天，朋朋又开始头痛，还吐了一阵。医生唯恐出现颅内感染，就让他转回了 ICU。不应该呀！主任医师感到蹊跷。后来，高医师给朋朋注射了造影剂复查，在造影剂的作用下，终于找到了根源——在右边脑中有一个网状囊肿。腹腔分流术解决了左边大脑，没想到右边还有囊肿梗阻，左边好了，而右边依然充盈着脑脊液。这下头疼的不只是朋朋了，还有高医师，他做了二十多年脑外科医生，做过的手术不计其数，像朋朋这样复杂的还

是首例。该怎么办呢？经过几位外科医师会诊讨论后，决定做脑室底造瘘术。天哪！这是苍天有意折磨朋朋吗？凡是开颅的都是大手术，刚刚做完腹腔分流术（在后脑勺上开个口，然后从皮下连接一根细管到腹部）才五天，麻药在他体内还未完全代谢掉，在身体异常虚弱的情况下，就要紧接着做另外一个手术，他能顶得住吗？高医师很理解作为父亲的担忧，他说："手术越往后拖，风险越大，时间已经安排好，明天上午就做。"鲁明深深吸了一口气，握笔的手微微颤抖，咬着牙含着泪在六张文件上签下了自己的名字。

次日上午，十点刚过。鲁明再一次站到了手术室门口，默默地在心里祈祷着，他晃了晃脑袋，竭力不让脑海中出现不祥的一幕。一个星期前，在公园里，儿子前面跑，爸爸后面追；一个星期后，在医院里，儿子躺床上，爸爸站门外。这是怎么了？世事瞬息万变，风雨莫测，鲁明不敢相信，可事情就发生在儿子身上。

熬过了一个多小时，朋朋被推了出来。高医师说："手术成功！"鲁明两眼泪汪汪的，是激动！是兴奋！也有担心！是痛苦的释放，是焦虑的解脱，还没来得及多看孩子两眼呢，朋朋就被推进了 ICU。一道门隔开两个人，儿子受罪，爸爸牵挂。只有在去往 CT 室的路上，鲁明才能有机会见到儿子。看着他头上马蹄形的刀口，头皮下蚕豆般大小调节脑脊液循环的阀门，鼻孔里的插管，还有尿道里伸出的管子，末端还坠着一个尿袋。哦！鲁明肝肠寸断，他的心碎了！

第十七章　患难与共

朋朋第二次手术后一个星期，医生说可以转普通病房了。鲁明收拾好东西，塞了满满一大包。当他来到病房后看到了熟悉的身影——那位给女儿传递纸鹤的妈妈。难怪好几天没看到她了，鲁明不敢相信会有这么巧的事，激动得仿佛见到了久别的故友。他走上前去说道："又见面了！"她微笑着点点头："是啊！真巧！"

这下好了，朋朋有了一位病友。小女孩儿长得端庄秀雅，雪亮的眼睛透着纯洁的光，樱桃小口，皮肤白皙娇嫩，是个小美女。她遗传了妈妈的长相，但愿不要遗传妈妈的身高。

妈妈名叫苏芳，身材娇小，越发衬托出丈夫的高大，她只能顶到他的腋下。身高比例的不协调，也是丈夫变心的一个诱因，再加上文化的差异，也就导致了婚姻的悲剧。苏芳是全职"保姆"，在家照顾孩子，伺候老公。五年前，苏芳的老公去日本进修平面设计，一去就是一年半。回来后开了一家广告策划公司，凭着自己独到的策划和设计，摇身一变，成了老板，事业日渐发达。异国的风花雪月改变了他，他不想再固守这个家，就把公司搬去了省城，苏芳和女儿留在老家。悦月六岁那年，苏芳跟老公离了婚，苏芳不知道老公为何要离婚，去日本那一年半，他一直都在日本吗？在省城的两年，他除了事业，还做了些什么？苏芳无从知晓，只能胡思乱想，任由老公摆布却不能留住他的心。他心已去，就随他去吧，两个人也就离了。悦月的爸爸很仗义地拿出十五万元给了苏芳，说是女儿的抚养费，并承诺十年后再给十五万。这次悦月做手术，他一甩手就是六万，并对苏芳说：“照顾好孩子，我们结婚没有错，离婚都是我的错，我欠下你们的，请允许我用这种方式来补偿。”苏芳没有经济来源也就接受了。

悦月这次受伤是个意外，她是在路边玩耍时被一辆电动三轮车撞翻，磕到了头部，出现了颅内瘀血，来医院做了开颅手术。撞到悦月的是一位做小买卖的中年男子，看上去四十多岁，他跪在地上向苏芳哭诉：“都是我该死，撞了孩子，只要孩子没事，把我怎么着都行……我手头儿有五万元钱，你先拿去给孩子看病，不够了，我就是砸锅卖铁也要……”苏芳扶起他说：“大哥快起来，你是个好人，你不是故意的，现在医术发达，孩子会没事的。”

病房里干净整洁，一台电视机偶尔会打开来看看，夜里把凳子伸展开便可以躺下睡觉。他们关了大灯，只有门灯开着，柔和的光线照亮病房，倘若有私密动作，就把帘子拉开遮挡视线。鲁明陪着儿子，苏芳陪着女儿，两家人一间房。这段时间，朋朋和悦月只能吃半流食，细嫩的面条还有煮得很烂的米粥。到了餐点，会有食堂阿姨推着餐车送到病房门口，家属就要亲自到食堂去买饭了。病房里必须有一位家属不能离开，鲁明去买饭，苏芳照看孩子，苏芳要给饭钱，鲁明不接苏芳便不吃。鲁明就说：“你吃吧，等孩子们好了，出院了再一起给我。”

“早餐来了，早餐……”听到送餐阿姨在叫，鲁明和苏芳拿着饭盒走出病房，盛了鸡蛋面条后回屋。两个病号半躺在床上，妈妈喂女儿，爸爸喂儿子，只听得吸溜儿吸溜儿吃面条的声音，吃得很香。孩子们吃好了才轮到大人，鲁明去食堂买了两个肉包还有两个苏芳喜欢吃的雪菜包，两盒米粥两个煮鸡蛋外加两包榨菜丝。早餐、晚餐都很简单，午餐是米饭、炒菜。苏芳说她不喜欢吃鸡腿，鲁明知道她口是心非舍不得吃。一个鸡腿推来让去不小心掉在地上，也只有这样，鲁明才会乖乖地捡起来用开水冲洗干净吃掉。随后，不管是鸡腿还是大排，苏芳都把自己那份儿夹给鲁明。鲁明也就不再推让，他在心里记着苏芳的好。

星期一早上，刚吃完早餐，鲁明去楼下药店买板蓝根颗粒。护士长带着两名护士来查看病房询问病情，看到苏芳坐在朋朋床前，问道："你儿子怎么样了？"

"哦……他……他不是我儿子，他爸爸刚到楼下去了。"苏芳愣了一下说。

"别开这种玩笑，爸爸出去了，妈妈在嘛！哈哈……你女儿也好吧？"

"好！好！我女儿很好，没事！"

护士长在心里嘀咕着：我本子上记着呢，是我搞错了？到底是哪家的哪一个？我要看一下。

二十分钟后，鲁明买药回来了。护士长查完所有病房后又折返回来，看到鲁明便问："你是朋朋的爸爸？"没等回话，也无须回话，她转过脸看着苏芳，"你是悦月的妈妈？你们……"她话没说完便笑着走开了。鲁明和苏芳的眼神在此刻猛烈地碰撞了，撞出的火花洋溢在脸上。

苏芳看窗外天气晴好，便问鲁明："有没有要洗的衣服？拿出来，我去洗。"

"也没什么要洗的，等会儿我自己去洗。"

"你就别客气了，快拿出来吧！"

鲁明心里暖洋洋的，就找出朋朋的睡衣，还有自己的一件外套和一条裤子，还有……他犹豫片刻后，又偷偷地把内裤和袜子放了回去。这个不干脆的动作被苏芳察觉了，她默不作声地从柜子里拽出内裤和袜子，起身收拾好其他衣物，去了洗漱间。鲁明顿觉脸颊滚烫，似乎要红透了，红到心里，他怎么好意思呀！

相比之下，鲁明外出的次数要多一些。这天上午，苏芳去街

上买日用品，鲁明留守病房。他对儿子说：“朋朋，过两天你就可以跟姐姐下床玩了。”朋朋听了欢快地叫着：“姐姐，出去玩……姐姐……”

“不行！万一摔倒了，磕到了头，又要做手术了，不能太急，还要过两天。”大几岁就是不一样，悦月说话像个大人。鲁明来到悦月床前说：“小美女，你喜欢朋朋吗？”对于这个莫名其妙的问题，悦月只是含羞地笑着。过了一会儿，她问道：“叔叔，我妈妈什么时候回来呀？”

“嗯——应该快了吧，有叔叔在这儿，别着急。”

夜里，朋朋和悦月都已熟睡，鲁明和苏芳听着躺椅发出的咯吱声，就知道彼此都是辗转反侧难以入眠。苏芳去了一趟卫生间，回来时，鲁明已将隔帘拉拢，坐在躺椅上。他叫了一声：“苏芳。”

“哦！你还没睡呀！”

“你不也一样嘛！过来坐会儿？”鲁明说着拍拍躺椅往里靠了靠。

苏芳在躺椅外侧坐下，感慨地说：“这两个孩子真是苦命相怜啊！不只是做手术……一个没有爸爸，一个没有妈妈，唉——”

“有时候，苦中也会裹着甜，看他们有说有笑，开心的样子真像亲姐弟。‘月月’两个字合起来不就是‘朋’了嘛！两个‘月月’就是‘朋朋’啦！”两个孩子的名字，鲁明已经琢磨好几天了。

“第一个字是喜悦的‘悦’，没那么巧。”

“听起是‘月’那就是月，我才不管那么多呢！”

“能够想什么是什么真好！可惜有些事……大人可不像小孩子。”

“是啊，大人都喜欢钻牛角尖，自寻烦恼，你说你老公有一米八的个头儿，难道是他跟你结婚后才长高的吗？真是……”鲁明这话里带有苏芳无法表达的怨言。

“他没长高，那就是我变矮了呗！”苏芳有一点儿自嘲。她若跟鲁明站在一起，倒是挺般配。她无须踮脚，他便可以直直地吻向她的额头。

“那你就打算这样过下去？”

“我才不呢！我还想……我想会有人真正爱上我的。”

“是爱情？你是说爱情？这不像是我们没文化人谈论的话题，能遇上就遇上，遇不上……你有女儿，我有儿子，多好！”

“是很好，孩子都听大人的，不听就跟孩子讲道理，讲不通就训斥，实在不行就……”

“就一顿揍！不过，我还没打过儿子。夫妻俩就不一样喽，难免要发生争执，恩恩爱爱是两口子，吵吵闹闹还是两口子。”

“两口子……”苏芳似乎想要说些什么却话锋一转，“朋朋的妈妈一直没消息吗？”

“我不愿去找她，也不愿打听她的事，孩子的事更不愿告诉她，她——很单纯的一个女孩儿，是我人生中美好的回忆。”

“‘美好的回忆’，说得真好！我的回忆就是洗衣服、做饭、带孩子、陪老公，要是说不美好吧，我也衣食无忧啊，要说美好吧，总觉得缺点儿什么。”

“缺什么？”鲁明随口问道。

“你曾经有过的那种感觉，说是说不清的……好了，扯远了。我跟你说，明天我姐过来看我女儿，早上就到，让她照看孩子，你陪我去好又来商场怎么样？”

“那好啊！不过——明天可能要下雨。”

“带上雨伞怕什么。”

两个人彼此心中有了美好的向往，才能安心地睡觉。苏芳道了一声：“睡觉喽，再不睡天就亮了。”两个人躺下，已经听不到椅子的咯吱声，夜已恢复寂静，他们准备着去做甜美的梦。

翌日早上，苏芳的姐姐千里迢迢来看望悦月，带了一些酸奶和蛋糕。悦月高兴极了：“姨，医生说，再过一个星期我就可以出院了。”

鲁明买了三份儿早餐，等吃过了把事情安顿好，由姐姐在病房守候着，他随苏芳去了好又来商场。

没时间也没闲情逸致逛街、逛公园，那就逛超市，买回所需的物品，一举两得。好又来商场是附近街区最大的超市，购物环境好，还回荡着音乐。鲁明和苏芳带上雨伞徒步而去，走上三里多地便到了。一楼是蔬菜、食品、饮料，二楼是鞋贸、服装、日用品、文化用品……他们来到二楼，鲁明推着购物车，苏芳紧随一旁，俨然夫妇一般。他们先是转了一圈，而后驻足玩具货架前。苏芳曾经多次问过朋朋想要什么玩具，朋朋总是说：“我想要小汽车。”苏芳的眼光停留在几辆玩具车上，小车外形一样，有手掌大小，有黄色的、红色的、绿色的和蓝色的。她拿起黄色和红色小车审视片刻后放到购物车里，想着朋朋一定会喜欢的。鲁明看了问道：“这是买给朋朋的吗？”苏芳回了一句：“你别管这个，推着车就行。”这话听起来有点儿老婆味道。

鲁明只是拿了两包餐巾纸和一瓶洗发露，暂时还想不起需要别的什么东西。苏芳怕冷，夜里睡在躺椅上，盖着外套抱紧双臂还是有点儿冷，就挑选了一件薄的被子和一个枕头。她问鲁明：“你也挑一件吧，我付钱。”鲁明笑了笑：“嗯哼！这不是谁付钱的事，我不需要，我不怕冷，你看我……”他说着还耸了耸肩膀，让苏芳知道他有多结实。苏芳又挑选了卫生巾和袜子，当她站到文胸货架前时，好生犹豫：喜欢的太贵，便宜的又不喜欢。鲁明的眼神收敛又放开，放开又收敛，实在不便说些什么，更不便做些什么，只能看见假装没看见，一副无所理会的样子。然而，他心里却在想：只要是你喜欢的，再贵也要买，我付钱！苏芳拿起自己喜欢的那一件爱不释手，她看他时，他迅猛地转过脸去。殊不知，他已偷看她多时，她的一举一动他都看在眼里想在心里。苏芳思来想去，最终还是把那件粉红色文胸放回原处。苏芳可能习惯了推购物车，看也不看就一把抓了上去，稳稳当当不偏不倚地抓住了搭在车把上的男人的手——她的左手抓住了他的右手。当两个人都感受到肌肤的接触时，温情地傻傻地笑了，无意的接触擦出了有意的火花。苏芳缩回手转过身去，不想让鲁明看到她透着红晕的脸。

回到一楼，他们顺便买了泡面、香肠、南瓜饼和韭菜饼。结完账，在商场门口，鲁明突然想起了什么。他说："哦！我忘了，刮胡刀忘了买了。"苏芳笑道："哈哈！你刮胡子？你这胡子还要刮？"

"你别管这个，在这儿等我就行。"鲁明学起苏芳的口气，洋溢着老公味儿。

鲁明跑了回去，他真不是要刮胡刀，而是站在文胸货架前，看着苏芳喜欢的那件，愣着——我的天哪！要一百二十元，难怪她舍不得买呢！十来分钟后，他已结好账站在苏芳面前。当她看到他手里的文胸时，抖了一下嘴唇不知说什么好了："鲁明，你这……你……"鲁明接过话茬儿说："走吧，回去了，我来拎被子。"

天空已有雨点滴落，还刮起了小风，没走多远，雨哗哗地下了起来。雨越下越大，风也越刮越大，撑着雨伞也难免被雨水打湿。那雨不是直着落下，而是顺着风避开雨伞，斜着啪啪地打在头发上、身上、袋子上，似乎这雨水也是有情的，如此这般激情地为他们下着。

"我们去那边屋檐下避一避吧，这雨好像又要大起来了！"鲁明指了指路边说道。

苏芳随鲁明来到屋檐下，两个人把雨伞放在地上。苏芳手里拎着东西，拎得时间久了，手指有些生疼，她捏了捏。鲁明看到默不作声地接过她手里的袋子，只让她抱个枕头。她暖暖地笑了，不知

说些什么，只是默默地等着。等雨水开始密了，苏芳说：“朋朋做手术要花很多钱，不够的话，我有，我借给你。”这不是随口说说，她确实有钱，是前夫给的。她乐意把钱借给鲁明，无须顾虑他能不能还得上或者什么时候还。她觉得这是一件很自然的事，就如同听风听雨便能想到雨点从树叶上轻轻滑落一样。“我自己有一点儿，厂里同事捐一点儿，老板借一点儿，东拼西凑地……也够用了，”鲁明说，“需要的时候，我再向你借。”

雨下得小了，他们便往回走，一路上没有过多的言语，多有伞把儿的碰撞，就像两颗心，时不时地碰上那么一下。两个人激情荡漾充满遐想，边走边想，边想边走……

走着走着已回到病房，孩子们在看电视，姐姐在洗毛巾。苏芳拿出玩具车来到朋朋床前说：“看！阿姨送给你的，喜欢吗？”朋朋高兴得想不起说谢谢的话，也不抬头看电视了，接过玩具，双手捧着，不用说，他是喜欢的！玩具对于小孩子的价值不会体现在金钱上，而是喜好。一个几百元钱的玩具和一个十几元钱的玩具同时摆在面前，孩子若是喜欢那个十几元钱的，无论你怎样费尽唇舌说几百元的多么贵都没用，他（她）还是想要那个十几元的。喜欢就是无价，朋朋无疑也是这样。

住在病房实属不便，姐姐又不想破费住宾馆，就准备着晚上坐车回去。她抽空把妹妹叫到一旁说：“芳芳，我觉得这人还不错，跟你情况也差不多，眼前的就是最好的，别想得太远，至少在这件事上不能犹豫，想好了，可别错过！”姐姐走后，苏芳回想着她的话——“眼前的就是最好的”。是啊，还能遇上比鲁明更好的男人吗？

两个孩子都能下床玩了，再过两天，悦月就要康复出院。苏芳对鲁明的情感无法交代，可用鲁明的钱还是要还的。她对鲁明说：“这段时间，没少麻烦你，餐费，还有你给我买那个……我把钱给你。”鲁明淡淡一笑说：“餐费可以给我，那个嘛，呵呵，就算我……你不也给朋朋买玩具了嘛！”鲁明说不出“送”字，只因那是一件让男人含羞的物品。

“两个玩具车才几个钱呀！那个太贵了，我都没舍得买，倒是你……”苏芳话没说完便美美地笑了。

“有很多东西不能用钱去衡量，你看朋朋高兴的样子，那可是无价之宝！”

世事难料，就在悦月出院的前一天夜里，朋朋突发一阵抽搐。鲁明急忙给他揉揉胳膊捏捏腿，可过了一会儿又来一阵，频率越来越高，持续时间越来越长。鲁明紧紧地抓住儿子的手不敢松开，苏芳看情况不对急忙跑去叫来护士。朋朋前一刻还有间歇，这一刻已经四肢僵硬，口眼歪斜，吐着白沫，抽搐不止。鲁明犹如子弹穿心，揉搓着儿子的手念叨着：“好孩子，不怕，爸爸在这儿呢，坚强一点儿，爸爸……”

情况紧急，护士叫来副主任医师，注射镇静剂、吸氧、吸痰、抽白沫、测量脉搏、监视心跳，开始抢救。看到这一幕，鲁明哭了……苏芳也哭了……

十几分钟后，朋朋不再抽搐，手脚不再僵硬，可还是不能动弹。鲁明擦去眼泪，看着朋朋戴着氧气罩，心如刀绞。等朋朋状态平稳后，医师和护士才离开，他们随唤随到。鲁明一眼不眨地盯着孩子，密切观察着。苏芳也在一旁陪着。鲁明让她去睡，她就是不肯。

凌晨两点钟的时候，苏芳说：“鲁明，不管你信不信神，都跪下来跟我一起祷告吧。”鲁明看着她诚挚的眼神，也想不出别的办法了，只有祷告，第一次向神祷告。他们并肩跪下，苏芳祷告：“求上天开恩救救朋朋和悦月，可怜两个孩子吧，别再让他们受罪……”

困苦的一夜熬过去了，高医师早上来查房，讯问情况后告诉鲁明说：“由于连续两次手术，有了继发性癫痫，要吃三年的抗癫

痫药。”

癫痫？吃药？三年？鲁明再次祈祷：有什么罪过我来承担，别再折磨孩子了！

悦月的主任医师来查房，苏芳迎上前去说：“我女儿明天出院行吗？我们再待一天。”主任医师回道：“这不合适吧，我昨天跟护士长说过了，可能已经安排好了病号。呵呵，怎么，还舍不得走了？”苏芳不再吱声，只是朝鲁明瞥了一眼。等主任医师走出病房，苏芳来到朋朋床前，握住他的手，眼神中充满关怀。鲁明心有感触地说：“苏芳，你……你还是带着悦月回去吧，医院里也没什么好待的，朋朋……你就放心吧。我……我……我去买早餐，等我一会儿。”鲁明走出病房，在门口停了几秒钟，似乎想到了什么。

相识容易，离别难！苏芳办好出院手续就要走了。她收拾着东西，脑子里纸一样空白。两个人彼此不应该只是过客，她有千种眷恋万般不舍。鲁明也失去了刚看到苏芳时的心喜，带有一点点忧伤。相见与离别就是这样截然不同，他感到她的行李箱如巨石般沉重，拖得快要迈不开脚步。他只是说：“有事打电话。”那没事呢？就只能心里想着？不！还是要打电话，也许以后还能相见，鲁明在想。

临行前，苏芳摸了摸朋朋的脸蛋儿，什么也没说。她只对鲁明说了一句：“病友不能说再见。”苏芳接过行李箱挥了挥手，然后一只手拉着女儿，一只手拉着行李箱走了。她走得很慢，在电梯口回头望时，鲁明还站在病房外的走廊上。苏芳没有立马去车站，不只是姐姐的提醒，她自己也想着眼前的美好，想着鲁明的好，在心中把别的男人比下去。她离婚后，对高大威猛的男人失去了兴趣，开始喜欢“小巧玲珑”的男人。鲁明不光身材小，眼睛也小，在她看来，那叫“美上加美”，正合她意。她没有住宾馆，想让自己受点儿苦，只有受过了苦才会真正体会到爱的甜蜜。

苏芳带着女儿又悄悄地回到医院，在鲁明不可能去的花坛边，搂着女儿坐在长凳上。夜空中，月亮像害羞的小姑娘，遮起了半边脸；星星像调皮的孩子，跳跃着闪动着。远处射来的灯光似乎是有颜色的，说不清是橙黄还是橘红，照得树叶不再是绿、墙壁不再是白。车轮摩擦地面的声响似乎离得很远，不知从哪里传出的几声虫鸣仿佛就在耳畔。苏芳抚摩着女儿的头发，想着：这一切都是老天爷的安排，为了能让自己与鲁明相遇，才让两个孩子承受病痛，希望将来能和鲁明过上幸福的生活，两个孩子也会幸福。

“妈妈，我们不回家了吗？”悦月不解地问。

“妈妈想等一个人。”

“是在等朋朋吗？”

“嗯——你跟妈妈一起等，你等朋朋，我等鲁明叔叔。”

“那我们干吗不去病房里等呢？”

“那不一样，就在这儿等，你要是困了就躺在妈妈怀里睡吧。”苏芳也说不清哪里不一样，反正就是觉得不一样，除了形式上，似乎还蕴含着什么。

由于朋朋抽搐，苏芳昨晚一宿没睡，又要熬过这一夜，不知道自己能否坚持得住。她觉得值得这样去做，哪怕等不到想要的结果也不后悔。坐得久了，脖子酸屁股痛，她扭扭身子，昏昏沉沉地低下了头，还没打个盹儿呢就立马醒来。她从未承受过这种煎熬，索性让自己清醒起来，畅想一下美好的生活，让想象驱散疲倦。她想着有个自己喜欢而又爱自己的男人天天陪着会是多么幸福，想着想着甜蜜地笑了。

“丁零零……”电话响了，苏芳忙不迭地接了电话。

“苏芳，你到哪里了？”鲁明用那部很有“历史”的粉红色手机给她打了电话。关于那段历史，总有一天她会知道的。

“我呀，不知道是哪里，外面黑黑的。”

“你带着女儿回家了，我儿子也不知道什么时候才能出院。他这会儿又哭又闹的，找不到小汽车了，会不会是……会不会是放进你的包里了？”

“啊？让我看看，也许……”

苏芳拍拍女儿，把她叫醒。悦月睡眼蒙眬地坐在凳子上，还不知发生了什么事。苏芳翻开箱子扒了扒，哎哟！找到了，还真是那两辆玩具车。她如孩童般兴奋得忘乎所以，急忙告诉鲁明说：“找到了，在我这儿，我马上给朋朋送过去，我真是昏了头了，看也不看就往包里塞。别急，我这就上去！”

“上来？你不是在车上吗？你别逗我，我就是随口问一下。”

“嗯——不是，我……”苏芳意识到说漏嘴了。

这算什么情况？是无意中的有意安排还是有意中的无意操作？这都不重要了，苏芳没打算走是实实在在的。

“你没走？还在医院？”

“我……”

“啥也别说了，我知道了，告诉我，你在哪里？”

“我……我在 2 号楼后面，花坛边。”

鲁明领着朋朋来到楼下，找到了那个偏僻的小角落。灯光下，他已经看到了母女俩的身影。

“你这是何苦呢？”鲁明饱含深情地说。

“我不苦，我乐意，我还准备着等你一万年呢！没想到，你这就来了！”有情人说着有情的话。

“来了，我来了！朋朋，姐姐和阿姨都没走，还在等我们呢。小汽车，你看阿姨手里拿的什么？”

“朋朋，小汽车还给你。”苏芳把玩具车递给朋朋并摸了摸他的小脸蛋儿。

“我也不上去了，今晚就在院子里赏月，等过几天，我就办理出院手续。医生说过，早两天出院问题不大，医院里床位紧张，他们巴不得都回家疗养呢。”

“朋朋行吗？他的病情刚刚平稳。”

“他行！”鲁明看了看儿子又转过脸，面对苏芳说，“我不想让你等太久。”说完，他握紧了她的手。

第十八章　苦尽甘来

度过了困倦而又幸福的一夜后，苏芳带着女儿回了老家。朋朋出院后，鲁明带着他回到了江宜。苏芳的娘家在农村，她离婚后，前夫把县城的一套房子留给了她。她就住在县城，有空也经常往娘家跑。爸妈虽然健在，但对于苏芳的事从不过多干涉。苏芳带给父母的总是喜悦，不让他们操心，总说自己过得很好。前夫发达后去了省城定居，他像是苏芳婚姻上一个不协调的音符，弹出了不一样的音调。他的愧疚总是在这音调中回旋，物质和金钱就是这回旋而来的补偿。

鲁明和苏芳的离别是暂时的，是安心的，他们知道彼此不久便会再次相聚。不知道会是在哪里，是苏芳去鲁明工作的江宜还是鲁明去苏芳居住的月城，这是他们要慎重考虑的。鲁明不愿让苏芳跟着自己在外打工，可要是回老家，别说他不想回，就是想回而回去了也不知道做些什么。没有本钱做生意，老家又没有像样的工厂，即便是找到了工作，工资也少得可怜。自己和苏芳的相遇是两个孩子铸就的，就是为了孩子，也要有个新的开始，一切重新开始：鲁明想到此，决定不再打工。他把在江宜的家当能卖的卖掉，不能卖的送给朋友，把厂里的事交代清楚辞了职。苏芳的姐姐跟姐夫在县城开服装店，生意还好，总想有更大的发展。姐姐曾经问过苏芳想不想接手，苏芳说她一个人还带着孩子，顾不上做生意。现如今，她有了鲁明，应该可以了，不懂的不会的向姐姐请教，什么时候业务熟练了姐姐再撒手，这个不成问题。至于转让费就更不用提了，随时都可以结清，姐姐当然是不会开口向妹妹要钱的，等生意运转开来，妹妹自会盘算。

苏芳打算好了去找姐姐。来到服装店，看到姐姐和姐夫正在忙活，便默默地站在一旁。妹妹的到来让姐姐欣喜万分，忙里抽空腾出手来坐到柜台前。苏芳问道："姐，你们当真要把店转让出去？"

"是啊，我们已经在东区盘好了门店，那边比这边热闹多了，就等着你呢，嗯——你跟那个男的到底怎么样？"

"我和他，我们俩是没问题啦，两个孩子也挺高兴，就是不知道他愿不愿意到我这边来。"

"芳芳，他愿不愿意你都要争取，他愿意了更好，他要是不愿意——傻子才会呢！你好歹有一套房子啊！总不至于跟着他到几千里外租房子住吧？大人们好说，那孩子呢？也要跟着你们受苦，孩子要上学，外面都要这样那样的证件，你保不了孩子去了就能上学。要是把悦月留在家里的话，不能天天看到孩子，你放心吗？我们这县城没那么多规矩，找个学校找个熟人一说就成。"

"姐，你说得都对，那你这服装店就留给我吧。"

"留着！留着！就等你这句话呢！换了别人，给多少钱都不转让！不用再多想了，你跟他说明，让他带着孩子过来吧，越早越好！"

姐姐的慷慨和热情燃起了苏芳心中的火，没什么可顾虑了，仿佛甜蜜的日子就在明天。苏芳想着给鲁明打电话，怎样圆满地向他说明情况，手机都快要焐热了。正在她思忖的时候，电话铃响了——是鲁明。

"苏芳，我想回老家一趟，把我们的事跟爸爸说一声，我已经辞职了，暂时还想不出做些什么，先回家看看再说。"

"辞职？那好啊！你回老家两天就到我这里来吧。我姐有一个服装店转让给我，正愁着没人帮忙呢，你来了正好，一定要带着朋

朋，在这边上幼儿园。”

“你都安排好了，我还能说什么，高兴都来不及！”

这件事对于鲁明来说确实是个喜讯，真是想什么来什么，是苍天的美意。两家要合并成一家了，儿女双全，又有生意做，还有姐姐的照顾，好啊！什么都有了，鲁明喜形于色，想着想着差点儿笑出声来。他要把这个完美的喜讯告诉爸爸，告诉弟弟，至于后妈——他还不知道——已经不是以前的后妈了，她变了。每次回老家，鲁明都会想起在心里说过千百遍的话：“不闯出一番名堂决不回老家。”可真到了该回去的时候，这句话就显得软弱无力了。

三年前，鲁明一个人回老家；三年后，多了一个私生子。家里人不知道在他身上发生了什么，他默默地回，正如他悄悄地走。他回到了既熟悉又陌生的家，不管多少年不回去，只要回去了，就觉得那是他的家，永远不变的家。他看着两层小楼，突然间感到无比亲切。人不能等同于事物，盖房子没有错，不能因为那人和事对房子产生偏见。日复一日的劳累所换来的房子，从门缝里就可以挤出血汗来。他不再抱怨，胸襟豁然开朗，想要变成巨人，把房子抱在怀里。他没有敲门，他进家从不敲门，拉着儿子推门而入。老张毫无准备，看到大儿子带着一个小孩儿愣住了，真是喜从天降啊！

“你怎么回来了？”老张不是不想让儿子回来，而是觉得应该有所准备，应该提前说一声，最起码进院子之前让他知道，知道儿子回来了。哪怕是儿子自己开了门，但至少是知道了，总不至于这样冷不丁地就站到了眼前，仿佛从地下钻出来似的。鲁明就是这样，否则就不是他了。

“爸，家里还忙吧，有什么事我来帮您做。”

“没啥事儿，你每次回来都神不知鬼不觉的，我一抬头，嘿！你就在我眼前了。”

“爸，我也不经常回来，这样不惊喜嘛！”

“可别把我吓着了，我把头低下去，再一抬头，你又不见了，走——了！”

“没那么快。”鲁明笑了笑。

这时，后妈从屋里走了出来，看到鲁明，神情淡然地说：“回来了，也不吱一声，你爸好去接你。”鲁明随口回道：“接什么呀，我两手空空，什么也没带，用不着接。”说罢，他摸了摸儿子的脑袋，东西是没带，却带了一个人。

老张和老伴儿猜测着小孩儿的来头，已经猜得八九不离十了。还没等他们开口问，鲁明便说：“这是我儿子。”

“不是你儿子还能是谁？”听老张这么一说，张夫人朝门口望了望却没说话。

“老婆……没有，走了，被她爸带走了。”

寥寥几句话，老张已听得明白。他虽然常年在家，但没少听说在外打工的男男女女的故事，没想到这种事会发生在大儿子身上，而且还结了“果儿”。

晚上，张夫人的儿子小超（当然了，也是老张的儿子）放学回来了，看到朋朋分外高兴。作为小叔尚且不懂得作为长辈的尊严，领着朋朋到大门外玩去了。明明读高中，住在学校，这天夜里，鲁明和儿子就睡在明明屋里。老张走进来问起鲁明：“你有什么打算？”

“都打算好了，我这次回来就是要跟您说说，我不去江宜了，也不想打工了，我又认识了一位……”鲁明沉默片刻后又说，“爸，我就长话短说吧，朋朋的事，我一直瞒着您，这倒没什么。可就在前一段时间，他得了脑积水，去南京做了手术，现在好了。我不想让您操心，就没让您知道……爸，您摸一下他的后脑勺。”老张伸手摸了摸正在熟睡的孙子，在他后脑勺上有一个蚕豆大小的疙瘩。鲁明解释说：“做手术做的，还有一根管子通到肚子里。”

“唉——让孩子受罪了……那你也要跟我说啊，该操的心还是要操的。”

“没事了，现在都好了。我是在给朋朋看病的时候认识了一个……她离婚了，带着一个女儿，我跟她挺合得来，我想带着朋朋去她那里，过两天就走。”

“都说好了？”

“说好了，她姐姐有一个服装店，我们接过来，也就有了事儿做，什么都好了。”

老张相信儿子，不管什么事，不说有他的道理，说了也有他的道理，什么时候该说什么，什么时候该做什么，他总能辨得清。老张向来都放心大儿子，总在邻里面前说：“该回来的时候，他会回来的，用不着我操心。”

“爸，东明现在哪里？”

“他呀，在泉阳，有人照顾着，过得很好，就是不知道什么时候能回来。你们兄弟俩都是在外的驿马，难得回来一次。”

鲁明、东明、明明，兄弟三人的性格、爱好、长相都有很大不同，所走的路更是不同。他们天各一方，彼此很少联系，血浓于水，没有了亲生母亲，老大、老二也就失去了回家的奔头儿。至于老张，有了另一个家，却不是三兄弟原本的家，只要父亲过得好，孩子们也就放心了。眼前的亲情在漫长的日子里显得平淡，逝去的亲情在回忆的时光中变得珍贵。鲁明怀念母亲，他不对任何人讲，也就没有谁知道他内心深处的那份思念。

天边刚刚透过一丝亮光，就有勤劳的村民赶往集市，带一些自家种的蔬菜或者自家养的禽蛋去卖。鲁明早早地把儿子拽起来，悄无声息地走出家门，来到妈妈坟前，和儿子一并跪下。他说：“妈，我回来了。”多么简单的一句话，定然抵得过千言万语。是啊！只要回来了就好！他又教儿子说：“奶奶在睡觉，爸爸跟你说过，回来要给奶奶磕头，要叫奶奶的。”朋朋虽然什么都不懂，可在此刻，他仿佛被冥神点化，乖乖地磕了头，叫了一声：“奶奶——”

老张看不到儿子和孙子，在心里嘀咕着：回来不吭声，走了还是不吭声。正当他准备出去买鸡饲料时，鲁明带着儿子回来了。

“爸，您要出去吗？”

“我还以为你走了呢，干吗去了？”

“去了田里，跟妈说一声。”

“嗯，那好！等会儿吃了饭出去转转，我去买些饲料，拐集市上吃。”说完，老张蹬着三轮车走了。

吃过早饭无处可转，他就把儿子交给后妈，自己去了燕楼乡第一初级中学，一个很熟悉的校园。鲁明向门卫递了香烟，说明情况并作了登记。他自己不抽烟，可出门从不忘记带烟，男人之间，有了香烟也就方便了沟通。他找到了明明所在的班级，在教室门口，兄弟俩见了面。明明感到惊讶：“大哥，你什么时候回来的？你怎么来学校了？你是怎么进来的？”明明为之诧异的行为对于鲁明来说就是寻常小事。鲁明岔开问话悠然说道：“我明天就走了，过来看一下，我刚在新华书店买了一本作文辅导书，你用得着，好好学！”说着，他把书递给明明。

“明天就走啊，不能多住几天吗？我星期天回去。”

“你上你的学，我做我的事，各有本分，回教室去吧。”鲁明拍了拍弟弟的肩膀说道。

一天后，鲁明坐上了火车，带着儿子去找苏芳。他出行首选火车，不仅是安全，更重要的是不容易晕车。朋朋没有继承爸爸的这点毛病，感觉坐车跟荡秋千一样好玩。

车窗始终紧闭着，整个车厢里像水壶中的开水沸腾了，壶盖却盖得紧紧地，壶中的气压快要达到极限。鲁明开始痛恨这种工业化的交通工具，怀念起曾经骑过的“大铁驴”。鲁明皱着眉头看那

抱着一摞水桶的老男人，真想把水桶夺过来砸在他头上——因为太挤，他挪不开脚步，把水桶举过头顶时蹭到了鲁明的脸颊。再看，有一位拖着蛇皮袋的妇女，里面像是被褥、衣服之类的，圆滚滚的一大袋，她也被挡在了过道中间，趴在袋子上不能动弹。那是她全部的财产吗？她拖得好累好累啊！真是活受罪。火车有了一点儿声音，车厢有了一点儿晃动，开始缓缓地离开站台。所有的人不约而同地擦了一把汗（天气并不太热），肩并着肩，背靠着背，胸贴着胸。一个年轻的小伙子转过身，靠着座椅站在过道上，看到有姿色的女人挤过，便趁机拱起肚子，伸出一条腿。倘若不小心（应该说，有一半是成心的）碰到了她火热的嘴唇也是被别人挤得，免得落下“流氓”的骂名，多么美妙的计划呀！“大哥，借个光，让我过一下。”小伙子听到客气的言语只好笑着收回肚子和长腿，那些歪心思始终未能得逞。有一位穿着华丽而又时尚的少女忍无可忍地对着电话大声抱怨着：“爸，您这是哪门子计划啊！您是想把我送进地狱吗？请您让火车停下来，我要下去，我要按我自己的计划走访，我要坐飞机去我外婆那里，然后再坐飞机去我舅舅那里，听清楚了，是飞机！”富人无法理解穷人就像穷人无法理解富人一样。

列车已经远离站台，平稳地行驶着。车厢内的人积极地找着属于自己的座位，当乘客找好座位坐下之后，一切都慢慢平静下来。没有座位的就站在过道或者来到车厢连接处，有的干脆钻进厕所，半个小时了还没出来，急得门外响起了“砰砰”声。烟民蹲在吸烟处，拿出吸了半截儿的香烟，继续吐着前半截儿尚未吐完的烟圈，似乎吐出了一天的苦闷，轻松了许多。车厢里的鲁明似乎变了，心中满是怨恨、愤怒、狂躁、焦灼和冷漠，甚至连儿子都爱搭不理的。这种心情不能持续太久，否则会变得像疯子一样行为失常，要尽快消除心中的不安和杂念。车厢里的憋闷不是因为上车的人，而是他们所带的行李，那些东西比起人来更显得杂乱无章，形态各异，霸占空间。然而，那却是乘客的财富，不同的是，行李越小、财富越大，行李越大、财富越小——不成正比。鲁明静坐着，拉开帘子，看着车窗外溜过的树木，任凭儿子在旁边怎样打扰都不予理睬。两个小时后，晕车药发挥作用，有所困倦，他靠在座椅上仰着脸张着嘴怀里抱着儿子，居然用这种姿势睡着了。倘若说，这也算一种功夫，那鲁明绝对是一名高手。

苏芳准备妥当去迎接鲁明父子。她把头发梳理一遍，补上一点儿淡妆，穿上一件白色暗花衬衫和一条紧身牛仔裤，圆润而又高翘的臀部很是迷人。她解开衣领边胸脯上的那一颗纽扣，自信肤色和曲线是很吸人眼球儿的。悦月想要跟着一起去，妈妈的应允使她欢欣鼓舞。苏芳把自己和女儿打扮得如出水芙蓉，仿佛又找回了青春。苏芳小时候随姐姐去车站接过爸妈，鲁明是她除父母之外所迎接的第一人。她要升腾初次相见时的温馨，吟唱车站相遇的情歌。

一阵轰鸣声传来，火车到站了。县城小站停车短暂，也就几分钟，也就十几名旅客下车。背包的背包，拉箱的拉箱，只有鲁明依然是空着手拉着儿子。出行最累的就是拖着大包小包的人，把生活拖得无比沉重。鲁明哪怕是浪费一点儿钱也不喜欢带东西，即便是与苏芳相见也是如此。苏芳老远就看到他了，她向他招手，脚底不自觉地轻轻跃动几下，欲要跳起。等鲁明来到跟前，苏芳关心地问：“坐车时间长，累吧？”鲁明捂了捂嘴，“喔哇”了一声说：“迷迷糊糊，睡了一路，这会儿也该清醒了。”苏芳让女儿去拉朋朋，他缩回手，似乎有些陌生了，逗得两位大人笑了笑。鲁明情意绵绵地对苏芳说：“你今天很漂亮！”

“那以前就不漂亮了？”苏芳娇羞得像个小姑娘。

“都漂亮，今天更漂亮，你要是再长高些还会看上我吗？”

“我要是再高些，别说是你，就是像我前夫那样的，我也看不上。为了你，能长高我也不愿了！”苏芳说得如此俏皮，鲁明默默

地笑了。

回到家里，苏芳打开电视，给女儿和朋朋一些糖果，让他们在客厅观看动画片。她把鲁明叫到卧室，并肩坐在床边。床头墙壁上挂的结婚照早已撤下，新的生活就从这天开始。鲁明有些拘谨，自觉不是总统下榻，而是来讨要生活，讨要老婆，讨要房子，讨要……不！不！不！我没有心怀鬼胎，我会把我得到的连同自己的身心，最终一股脑儿全部还给她，依然属于她的：鲁明在心中唤醒自己。他们不分彼此，所有的一切变化，苏芳都是欣然接受的。鲁明想到自己的真挚和对苏芳的喜欢，握紧了她的手。他要做的就是听从苏芳的安排，全身心地投入日常生活中去，不辜负苏芳的一片情。他想，他能做到！

“我昨晚做梦，想要给你打电话，可怎么也找不到手机。”苏芳柔情蜜意地说道。

“结果我就来了。”

“嗯——”苏芳笑了笑，“我们结婚用的证件都带了吗？”

“都带了，外加一个儿子。”鲁明半开玩笑地说。

“我们进进出出的，人多嘴杂，明天就去登记领证，然后选个日子把婚给结了，你看……”

“我听你的，我就交给你了，可别把我拐卖了啊。”鲁明开起玩笑来，但在这玩笑里，他是认真的，百分百的认真！

“你还挺逗，想想我就跟我姐两个人，没有哥没有弟，势单力薄，送上门儿的女婿就是爸妈的儿。”苏芳说着靠紧鲁明。鲁明伸开手臂抱紧了她，此刻的温情不言而喻。苦难已经结束，美好正等着他们。孩子们的苦难不会白受，大人们的心思不会白费，这是人之缘情之宿，不是天意胜似天意。

第十九章　喜结良缘

一

春节后的一天，东明收到了老家寄来的信。看字迹，是明明写的，虽然有些潦草，但字里行间都透露着对哥哥的思念，想着哥哥什么时候能回老家看看。他还提到了大哥，说大哥寄钱在老家盖了房子却不愿待在家里。看完信，东明心中燃起了对往事的回忆。

不知何时，天空飘起了雪花儿，落在手心，落在房顶，落在窗台，落在地上，所有能够看到的、听到的、想到的一切，恐怕也只有这飞扬的雪花儿能够告诉人们——这是一个多么美丽的世界！

爱兰也看了信件，深切地问："东明，那你准备什么时候回去？"

"想回去，但不是现在，我想等到有大的变化之后再回去，算是一种无形的约定吧。"

"是自己跟自己的约定？"

"也算是。"

"你把手伸出去，雪花儿落在手心，化作一滴水，那你说，是雪花儿好呢，还是水滴好？"

"我想做一片雪花儿，永远不要飘落；倘若能落在你的手心，我甘愿化作一滴水，任你把握。"东明满怀诗意的回答让爱兰心中升起一股暖流。这不只是灵感，东明时常在心中琢磨类似的语句，只是没有写出来而已。他是在恋爱中成长，这甜如蜜的味道，他和

她一同品尝。

窗外的雪还在飘飘洒洒，也许是今年的最后一场雪，带走冬的寒意，带来春的问候。

在东明的老家也是这般下雪，可小时候就不一样了，铺天盖地，那雪下得大呀！最冷的时候，小伙伴们就在池塘的冰面上破个洞，然后往冰上泼水，等结成冰，再泼水……最后，冰层足有一拃那么厚，一群孩子就在上面溜冰，没有溜冰鞋就穿硬底鞋，鞋底越硬，溜得就越快。池塘的水不是很深，先由大孩子探路，确定没有危险之后，小孩子再上。现在的冬天就不行了，倘若有人往上泼水，不是结成冰，而是把冰给融化了，再也找不回小时候那厚厚的冰层了。

时间一天天地过去，暖风吹来，万物复苏，春风化雨，滋润着大地。在一个周末的晚上，东明送兰姐回家，并准备了一枝红色玫瑰，不远的路偏要绕着走，绕过小巷，绕进了锦湖公园。她接过玫瑰，他撑着雨伞，伞下是两个人肩并肩的身影。雨点滴在伞布上，滴在肩膀上，滴在裤脚上，伴随着两个人的脚步，似乎很有韵律，很有节奏。在那幽静的夜幕下，在这缠绵的雨雾中，已经听不到喧嚣的汽笛声，已经看不到嘈杂的人群，只有折射出的微弱的灯光。在雨中漫步，是何等惬意，何等美妙啊！想着心上人如此之近，却不轻易去触碰去抚摩，情感的欲望和德行的约束交织着，在心中翻腾。爱如潮水，一波未平一波又起，恨不得掀起千层浪将彼此淹没。他们没那么冲动：爱兰想要感受那种使她发痒而又挠不到的“爱”，东明想要品味望梅止渴那种尝不到的“甜”。轻轻的脚步细细的雨，这雨虽不因他们而来也不因他们而止，但有了他们的出现而充满神韵。

再过一段时间，这公园里高的树，绿的草，一棵棵一片片，间隔着各种颜色的花，有月季花、樱花、迎春花、丁香花等好多好多种，简直美极了！守着这城市，守着这公园，他天天送她，便可以天天路过。农村虽然没有公园，但有院子、水井、池塘、田野、山坡，自家院里种上几株花草，打开大门就能望见绿油油的麦田。等到槐树开花时节，就爬上山坡撸槐花，一袋袋地往家里背，然后晾干做槐花饼吃。那槐花饼又软又甜，若是拌上肉末，做成煎饼，就又酥又香，可是走到哪里也买不到的。农村的孩子向往城市，而城里的孩子又憧憬着农村。城市是快节奏，农村是慢动作；城市就像飞奔的猎豹，农村就像爬行的蜗牛。东明很想带爱兰走进农村走向大山，去领略大自然的神奇。

慢慢地，雨似乎停了，东明收起雨伞停下脚步。爱兰仰望夜空，已经没有雨点打在脸上。而后，爱兰与东明面对面站着，眼睛对眼睛，鼻子对鼻子，嘴巴对嘴巴。

“东明，我们俩谁高？”

“一样高。”

“真的吗？你站好别动，不能抬头，也不能低头，我的鼻尖要是碰到你的鼻尖就说明一样高。”爱兰说着就缓缓地，缓缓地贴近东明的鼻尖。他和她第一次把面孔贴得这么近，近得能够嗅到彼此的呼吸。两个人的最突出点——光滑的鼻尖真的碰到了！这一刻，凝聚了，停滞了，没有继续的动作，只有急促的喘息。爱兰说：“东明，姐姐脚疼，你送我回家吧。”

“行，没问题！”东明说着便扎好马步。爱兰上“马”一声吆喝：“驾！出发喽——”东明走了一段又一段，爱兰甜蜜地笑着。

“你要是累了，就把我扔在路边吧。”

“我怎么舍得，我就是把自己扔了，也不会把兰姐扔了。更何况，我还说过要背你上山呢，这只当锻炼一下。”

东明一步一步把兰姐背到小区。爱兰看着他气喘吁吁的样子——女人撒娇的时候就这样，把人家累着了又觉得心疼——关切地说：“你累了，要不，就住我家吧。”

“不了，兰姐，我还是回去吧。”

“你越来越不像小孩子了。”她嗅了嗅那枝玫瑰花，显出一副陶醉的样子。临别时，爱兰富有内涵的话，东明要慢慢去体会。

二

时光悄悄流逝，带走了沧桑，留下了回忆，回首走过的路，有太多美好的往事，也许会有痛苦磨难、酸甜苦辣，但都被幸福所淹没，那些曾经的过去，在脑海里泛起一道道涟漪。所有数不尽的是非对错，恐怕也只有夜晚的繁星和月下的老人能够说得清。当朝阳不再和煦，当晚霞不再绚丽，当星光不再闪烁，那个时候又会想起谁？唯有去感悟，去聆听，听《茉莉花》一天天一遍遍地播放，看茉莉花一年年一度度地盛开，就知道。天还是那片天，城市还是那座城市，村庄还是那个村庄，田野还是那片田野，人还是那一群人，不变的事物见证着变化的人们，小孩子变成大孩子，大孩子变得更成熟。

公园还是那个公园，人还是那两个人，这是四年后的情人节，湛蓝的天空吹着自由的风，吹来梦一样的爱情。东明的个头儿已超过兰姐，嘴唇上也多了茸茸的胡须。他手捧一束鲜花站在爱兰面前，洁白的茉莉花衬托着三朵鲜红的玫瑰。无须言语的表白，兰姐接过鲜花，接过四年的爱恋，含情脉脉地注视着他，许久、许久……东明伸出手臂，第一次主动地把兰姐搂在怀里——这不是梦，是真的！她小鸟依人地靠着他的胸膛，用心去体会，体会爱与被爱的交融。

东明和爱兰的婚事按部就班地准备着，一切从简 。婚礼计划在自家店里举行，日子已经定下，2001 年农历三月十八。

爱兰带着东明去了一家影楼，想拍一套婚纱照留作纪念。化妆师是两位小姐，给新娘化妆要精细一点儿，新郎就没那么讲究了，粗略一点儿也没关系。东明端坐在化妆台前，看着镜中的自己——清新俊逸中带有几分稚气，这样能让爱兰依靠吗？其实，兰姐喜欢的就是这样一个他。化妆小姐先拿起毛刷在东明的脸上那么一扫，算是干净了；然后抹上脸油，接着拿起一瓶什么东西在头发上喷呀喷呀；最后勾勾唇线，抹抹眉梢，卷卷睫毛，也就算完事了。等到兰姐化好妆换上婚纱，东明愣住了。兰姐逗笑："怎么，不敢相认了？你放心，是你的就是你的，永远都跑不掉！"

摄影师是一位操东北口音梳着马尾辫的小青年，他带东明和爱兰来到二楼摄影室，拉开布景，先拍几张有趣儿的，暖暖气氛。摄影师递给东明一把折扇，干什么用呢？还没等摄影师开口，爱兰就指挥上了："你现在就是一个花花公子，用扇子挑起我的下巴，你要像在调戏我。"摄影师听了在一旁偷着乐。

"唉，好……很好……朝这边看……"摄影师一边说着一边调试镜头，爱兰和东明摆好姿势，只听得相机咔嚓一声清脆响，这第一张照片算是拍下来了。

"马尾辫"想让面前这对儿情侣更加亲密，就变换了道具。他找来一个苹果，要两个人用嘴唇顶住，不能掉下来。爱兰拿着苹果左看右看，瞟了东明一眼，心有玄机地朝摄影师问道："这个太大了，有没有小一点儿的？"

"太大？小一点儿的，有！我自备的！"摄影师说着从储物柜里拿出一串儿葡萄。他摘下一颗说："这个怎么样？我早上买的。"爱兰接过葡萄说："好！很好！就用这个！"说罢，她便用双唇噙着葡萄做好准备。马尾辫示意东明凑上嘴去，只见他嘴唇噘得能拴一头牛，慢慢地靠近，费了好大工夫才碰到那颗葡萄。马尾辫开始发出口令："注意了，把脸侧过来一点点……好，别动……"就这样，又拍下了第二张照片。

接着，又拍了几张庄重点儿的合影，他们要从中精选一张挂在床头。剩下的时间就交给新娘了，要拍单人婚纱照，东明只能在一旁欣赏。临近中午，助理送来了盒饭，算是午餐了，等吃好了稍作休整后，便乘车去了郊区的生态园拍摄外景。在拍一张特写的时候，出了一个小小的插曲。那是在一棵槐树下，一片草坪上，爱兰和东明侧卧着默默对视。摄影师爬上槐树，跨在树杈上，助理递给他相机。不知是暖风吹动，还是被新娘迷住了，他摇来晃去就是找不到完美的角度。东明预感他要从树上掉下来，两眼全神贯注看着马尾辫，一来二去便失去了配合的默契。马尾辫把身子扭动一下，似乎忘了自己是在树上，动作来得有些大，他的身子开始倾斜。“小心啊！”东明大喊一声，猛地折起身。就在那一瞬间，马尾辫随着喊声掉了下来，把东明扑倒在地。

“对不起啊兄弟，怎么样？你没事吧？”

“你压得我胸口好疼啊！”

助理赶忙跑了过来，扶起他们。爱兰一边给东明揉着胸口一边说：“感觉怎么样？不行的话，我们回去吧。”

“还好，让我坐一会儿就没事了。”

十来分钟后，东明站起身跳跃了几下，真的没事了。爱兰这才放心，然后继续他们的拍摄。若不是东明挡住，马尾辫那一百多斤肯定要砸在爱兰身上，那后果就没这么轻松了。爱兰情意绵绵地说：“你又救了我一次。”东明含蓄地回了一句：“这次算下下辈子的。”

举行婚礼的日子终于到了，店里谢绝了所有的顾客，来的都是自家亲朋好友。东明的家人中，唯独没有鲁明大哥的影子。婚礼没什么讲究，没什么特别之处，由孙师傅主持兼作证婚人，婚礼上少不了爱的誓言：

“新郎，你愿意娶杨爱兰女士为妻，并一生一世爱她吗？”

“我愿意！”

“新娘，你愿意嫁给张东明先生，并一生一世爱他吗？”

“我愿意！”

“好！请新郎为新娘戴上结婚戒指！”

在一阵热烈的掌声中，东明为爱兰戴上了闪光的钻戒，轻轻的一个吻，再喝交杯酒……

等婚礼结束，大家开始享用喜宴。在包厢里，明明和星儿再次相见了，时隔四年，变得彼此不敢相认。兄妹俩挨坐着默默对视，个头儿长高了一脑袋，容貌也是今非昔比。星儿比以前白皙了许多，学会了手语，学会了写作。明明已经上初中了，他问星儿：“浪仔现在怎么样？”星儿比画着手语，妈妈在一旁翻译说：“浪仔跑不快了，它的幼仔很健壮。”星儿站起身拉着哥哥走到柜台旁，从包里拿出一袋核桃，这可是他们俩移植的核桃树结的果。这事儿是爷爷用心安排的，从移植到结果都凝聚着兄妹俩的情意。圆圆的核桃裹着圆圆的思念，不知今天过后何时再能相见。

婚宴上还来了一位不速之客，那就是爱兰的前夫，他可是不请自到。他看到爱兰和东明在给亲朋好友敬酒，便凑上前去说道：“我今天来没有别的事儿，就想说两句话：你，是最漂亮的新娘！你，是最幸福的新郎！”说罢，他果真转身就走。就在此刻，爱兰一把抓住他的手臂，然后敬上一杯酒。他接过酒一饮而尽，放下酒杯后便离开了。当他走到店外时，有个女人挽住了他的手臂——那是一个长得很标致的喷香水的女人，鞋跟跟筷子般粗细。爱兰沉默片刻后，再次回到属于她的世界里。至于爱兰的前夫是怎么知道她今天结婚，是谁告诉他的，似乎已经不重要了。他喜酒已喝过，话也说过了，这是他与爱兰的最后一次见面。

喜庆的一天结束了，新郎和新娘跟亲朋好友道别。最后离开的是东明的家人和星儿一家，他们嘘寒问暖，家长里短说了许多许多。

临别时，明明再次问道："哥哥，你什么时候回老家呀？我给你摘葡萄吃。"东明依旧回答："快了，快了！"

如果说跟哥哥是告别，那跟星儿就是离别了。明明手里提着核桃看着星儿，似乎有好多话要讲，却不知从何说起，只留下短短几句："等以后，我会去看你的，你也可以来找我呀，来我家的葡萄园。"

在车上，明明数了数核桃："一个、两个……五个、六个……九个、十个，刚好十个。"他不知道为什么是十个，而不是九个或十一个。他不解地问："爸，我数了一下，刚好十个，一个不多一个不少，干吗要十个？"老张意味深长地回答："那叫——十全十美！"

打那以后，"十全十美"四个字就深深地刻在明明的心底，他要努力学习，等学业有成再去找星儿。

东明和爱兰可谓是天赐良缘，但这缘分却不是等来的，也不是特意找来的，是勤劳蜜蜂遇到美丽蝴蝶的一种机缘，都是因着花蕊中的"蜜"才不期而遇，是遇到的！倘若东明当初没有离家出走，也就无缘来到泉阳，更是无缘与爱兰相遇而后相爱。东明的生活会被无休止地圈定在包子和油条之间，和他结婚的可能就是一位卖包子的女人了，身上也会散发着油条的香气。

新婚之夜，洞房花烛，洋溢着浪漫的情调，一个是洁白无瑕茉莉花，一个是年少多情嫩如芽。爱兰早已换上了旗袍，完美的曲线彰显出匀称的身材。她给东明脱下西装，解开领带。她暂闭双眼，只在深深地吸气，片刻之后，她睁开眼放出钢琴曲《茉莉花》，两个人揽着腰挽着手，聆听着乐曲翩翩起舞。

"东东，我今天漂亮吗？"

"东东？兰姐，你叫我……"

"别叫我兰姐，叫我兰兰，快说，我漂亮吗？"

"兰兰，你是世界上最漂亮的新娘！"这话从东明口中说出，很直爽，很帅气。情人眼里出西施，无法回归历史目睹她的真容，只能去想象。且不说爱兰闭月羞花或者沉鱼落雁的虚夸，自打东明眼中有了爱兰之后，就再也看不出别的女人的美，这一点是真真切切的！

音乐停了，爱兰说：“帮我摘下发卡。”东明照做了。

“抱起我，把我扔到床上。”

“啊？”东明有点儿为难。

“啊什么呀，我是你的兰兰。”

东明注视着爱兰，眼眶里全是她，爱也需要勇气。他抱起心爱的人儿，朝床上扔去。爱兰翻了个滚儿，觉得十分有趣。于是，她下了床站在东明面前说：“不行，离床太近，重来！”东明后退一步，再次抱起爱人，用力一扔，爱兰佯装在床上滚来滚去，欣喜若狂。一阵兴奋过后，爱兰又跳下床，回到东明跟前，让他后退两步。爱兰说：“好，你就站在这个位置，把我扔到床上。”这下，东明有些顾虑：“不行啊兰兰，万一把你扔到地上怎么办？”爱兰听了爽快地回答：“那就睡地上呗！”东明可要用尽全力了，绝不能把兰姐扔到地上。爱的人想玩，就陪她玩个够！“一……二……三……”爱兰飘也似的落在软绵绵的床上。

随后，两个人又变换了新的花样，一对儿新婚燕尔折腾了大半夜，困了、累了、玩够了，该睡了……关了灯，脱了衣……东明的手指轻轻划过她的脸颊，划过她的肩膀，划向她的心房……柔柔软软，嫩嫩滑滑，如清晨捏一缕轻纱敷于脸上，如傍晚沾一滴花露抹于唇间，美妙的不知多少多少。东明的心跳快要撑破胸膛，时间在这一刻停滞，凝结四五年的恋情在这一刻迸发。

仅仅过了一个星期，小两口儿便回到店里忙活了。不是不想度个蜜月，只是觉得没那必要，自家的店自家的事，想要清闲，随时跟老爸说一声便是。蜜月，不需要限定时间：快乐的，每一年每一

天，每时每刻都幸福；忧伤的，每一分每一秒，每日每夜都痛苦。

这些天，东明神魂颠倒，心不在焉的，孙师傅全看在眼里。对于东明，他只是提醒："小心别烫着了，小心别切到手。"慢慢地，他觉得提醒不够，便摇着头来到爱兰跟前说："兰姐，你看你那位小鲜肉，整天魂不守舍的，我们都是过来人，可他，大姑娘上轿——头一遭。兰姐，好事多磨，你可要悠着点儿啊！"这孙师傅在爱兰面前说话是越来越肆无忌惮了。是啊，都是过来人，都经历过那些事儿，爱兰明白孙师傅话里的意思，更明白他心中所想。她心领神会地笑了笑，没有吭声。感觉这几天是有些放纵，也该收敛一下了，孙师傅的提醒不是信口雌黄。

一天晚上，爱兰先行回家。东明走出凉菜房，不见兰姐便问孙师傅："她呢？"孙师傅故意挑逗："她是谁？"

"她——兰姐！"

"兰姐是谁？"

"兰兰！我老婆！"东明一急，孙师傅扑哧一声笑，得意地说："你老婆呀，她已经回去了，你把凉菜房收拾一下就可以走了。"东明二话没说，手脚麻利地几分钟便搞定，跟孙师傅打过招呼，飞也似的朝家中奔去。当他推开门，发现从客厅到卧室都是漆黑一片，一切静悄悄的。他蹑手蹑脚地走进卧室开了灯，看到了不同寻常的一幕——爱兰的怀里居然抱着另外一个男人。

"东东，你回来了。"

"唉，兰兰，你怎么把亮亮抱过来了？"

"我在教他叫爸爸，学着学着就睡着了，那今晚——你就睡小房间去？"

"哦……不是啊，兰兰……我们三个睡一张床不好吗？"

"你说呢？你翻个身不要压到他呀！"

东明只好不情不愿地去了小房间，躺在小床上，感觉就像睡在独木桥上，一翻身就要掉下去，伸伸腿，不是蹬到床头就是碰到脑袋。东明琢磨来琢磨去一宿没睡好：兰兰这是拿儿子当挡箭牌了，是不是自己什么事没做好，兰兰不高兴了？这几天没什么不对的呀！

这样一来就适得其反了，东明上班，一整天都没精打采，孙师傅看了把头摇得厉害——这小子简直无药可救了。他见了爱兰又有话说："我说兰姐呀，你那位小鲜肉越来越不像话了，他整那个菜呀，那简直……哎，说实话，我都不想吃！"爱兰听了依旧没有吭声，只是觉得有些不妙。虽然说"被窝儿里的事"是夫妻之事，难以启齿，但也要光明磊落毫不避讳地去说，不能瞎折腾了。爱兰寻思了半天，等到夜里，向东明讲明了缘由，并来了一个"爱"的约定，东明只得无奈地答应了。

三

东明和爱兰结婚半个月后的一天，孙师傅和做职工餐的老刘在一块儿喝酒。孙师傅喝到半醉时腆着啤酒肚开始说胡话了："老刘，你说一千年以后，人会变成什么样子？"

"还是这样呗！"

"错！一千年以后，男人有两个身体，机器的干活儿，留着肉体陪老婆；女人就一个肉体，陪老公。"孙师傅昏头昏脑地唠着。

"孙师傅，你喝多了，别再喝了。"

"没事儿，我这破机器不要了…… 我要带着我的肉体，回家陪老婆……不来了，明天我就跟老板说……不！我要跟兰姐说。"

老刘劝不住他，直到孙师傅喝得大醉，才把他扶上床。老刘不放心，给老婆打电话，说明情况后，陪了孙师傅一宿。经常喝酒的人，睡一觉醒来也就没事了。

第二天，他们一如往常地来到店里。准备工作完毕后，孙师傅把兰姐叫到包厢，沉着冷静地说：“兰姐，我想……我想回家，不来了。”

“不来了？你是说——你要辞职？”

“对，我跟你爸这么多年，也不经常回去，我觉得欠老婆太多了，我想回去跟她和孩子们在一起。”

爱兰听孙师傅这么一说，心头顿时酸溜溜的，她很了解女人嘴上不说心里最想要的是什么。孙师傅能够这样想，也算是一个爱家的好男人。

“一定要这个时候走吗？”爱兰认真地问。

“这个时候不走，什么时候走？再过一个月，或者两个月？不都一样要走嘛。”

“可东明他……他还挑不起重担。”

“不是还有兰姐嘛，不仅人漂亮，管理有一套，做人办事有一套，还风情万种，真羡慕东明那小子！这几天，我会毫无保留地把我所有的厨艺传授给他，请兰姐放心！”

“你回家后准备做什么？”

“我都奔四十的人了，还能做什么？就想跟老婆两个人在镇上开一家小吃店。”

“那样的话，你不就大材小用了吗？”

“没关系，只要能跟家人在一起就行，从镇上到家里很近的，天天都可以回去，以后的事，以后再说吧。”

“你要是想开涮锅店，钱不够的话，可以向我爸借呀。”

“不了，你爸对我一直很好，辞职的事我还没跟你爸说，不知道如何开口，所以想请你帮忙，跟你爸好好说说。”

爱兰咬咬嘴唇眨眨眼，深吸一口气，虽然感到非常惋惜，但还是答应了他。杨老倌儿得知此事后，把孙师傅叫到包厢，递给他一张银行卡说："这张卡上有五万元钱，本来想凑凑买一辆车的，现在不买了，你拿去，用得着。"

"不用了，回去开个小店，花不了多少钱。"

"那怎么行！算我借给你的，等你生意做大了，再还给我。"

两个人推来让去，杨老倌儿以泰山压顶的气势说："你有两个选择——不收，人留下！你要走，就收下！"孙师傅看了看杨老倌儿坚定的眼神只好收下了。

"唉！这就对了，人各有志，我不会为难你，非要你留下。日后，只要这小肥牛还是我的，你随时都可以回来，这五万块钱就当是我预付你的工资，密码是兰兰的生日你知道的，后六位数。"

一个星期后，杨老倌儿、爱兰还有东明送孙师傅来到车站。孙师傅走进车厢，从车窗里探出头来，向他们挥手告别。相聚容易离别难，茫茫人海中记得来时路，人走情意在，不问明日君在何处，只觉此刻内心沉重。

孙师傅离开了，东明不光要忙着凉菜房，还要管理后厨，一时间忙得不亦乐乎。这对于东明来说，既是考验也是挑战，他已经没有那么多闲情逸致去想"被窝儿里"那点儿事儿了。爱兰想让他挑选一个合适的人学做凉菜，可他却说："没关系，忙就忙点儿吧，等业务熟练就好了。"

东明全力支撑着涮锅店，每天都是第一个上班，最后一个下班，中午就歇那么一小会儿。两个月下来，他病倒了，由于缺乏睡眠，免疫力下降，一感冒就是十几天好不了。最严重的那两天，他只好待在家里。爱兰知道东明太逞强了，她借此时机，把后厨表现最好的小李安排在了凉菜房。当东明来到店里，看到小李把凉菜房上上下下左左右右都收拾得干干净净、东西摆放得整整齐齐的时候感到非常意外。他惊喜地说："不错啊！比我强多了！"

"是兰姐让我过来的，她说你一个人太忙了。"

“我知道，那你想不想学做凉菜呀？”

“当然想！希望东哥能给我这个机会。”

“没问题！”说罢，两个人击掌为约。

东明把他从孙师傅那儿学来的一五一十教给小李，好让自己腾出手来，搞搞管理配配料。后厨的管理说简单也简单，说麻烦也麻烦。做职工餐的老刘是长辈，做事沉稳不用管，面点房的大姐也不用管，洗碗择菜的两位大婶不必操心。唯独明档里，透过玻璃窗什么都看得清清楚楚，所以东明要不停地看看这个瞧瞧那个。小师傅们的举止是否浮躁啊？菜品好不好啊？调料有没有变味儿啊？每一位来的客人都要从明档的橱窗前走过，可不能让他们看到不满意的地方！

四

一年后，东明越来越成熟越来越干练。爱兰呢？啊哈，她挺起了大肚子，真让人兴奋！择菜的大婶儿递给她一杯茶说：“店里人多，太吵了，我看你呀，还是待在家里好好养胎吧。”

十月怀胎，一朝分娩，临产那天，东明和妈妈在医院陪护。爱兰在产房外走动走动，才两个来回，就感到阵阵剧痛弯下了腰。东明搀扶着，心急如焚地说：“兰兰，你要是坚持不住，就剖宫产吧，我听说……”他只是听说，哪里懂得，还没说完，就被爱兰咬住了手腕。东明咬紧牙关默不作声，这点儿疼比起生孩子简直就是一点点痒而已。阵痛越来越频繁越来越持久，此时的爱兰已经躺在产床上。宋医师和助产护士有条不紊地忙着，东明和妈妈在产房外焦急地等待。十分钟、二十分钟过去了，每一分每一秒都是那么漫长。东明竖起耳朵听着产房内的动静，又过了几分钟，那激动人心的时刻终于到了，一个新的生命诞生了。透过门缝，传来一阵阵婴儿的哭声，就在孩子呱呱坠地的那一刻——十时二十八分——东明的心爆破了。有一个声音在他心中回荡：兰兰给我生了一个孩子，我有自己的孩子了！2002年3月8日，多么不平凡的日子啊！他热泪盈眶，想跪倒、想狂奔、想撕咬、想呐喊……东明的魂儿还在飘来飘去的时候，宋医师喊道："家属可以进来了！"东明来到产床前，看到爱兰散乱的头发，想必忍受了巨大的常人难以想象的疼痛。他关切地问："好点儿没有？孩子呢？"爱兰说："还好，生出来就没事了，孩子在暖箱里。"妈妈看了看爱兰，又看了看娃娃，迫不及待地问宋医师："男孩儿女孩儿？"

"穿裙子的。"

"好啊！是千金小姐！"

杨老倌儿一家对男女没有偏见，只要是自己的都好！东明看着暖箱里的宝贝，眯着眼，肉乎乎的。他伸出手指轻轻地碰了一下婴儿的小脸蛋儿，那软啊嫩啊，生怕碰伤了。

一个小时后，东明扶着爱兰，杨夫人抱着娃娃来到16号房，要在这儿住上一阵子。洗衣、吃饭，照看婴儿，全靠杨夫人。东明不是坐在爱兰身边就是看着婴儿床里的小千金。婴儿还没有力气完全把眼睛睁开，只是偶尔露出一条缝。孩子的名字早已想好，随着哥哥杨晨亮，就叫她杨晨燕。一天后，"小燕子"已经能够完全睁开双眼，她极力地想要洞察这个世界。东明逗她，还会露出笑脸；外婆给她戴上小手套儿，是怕她自己把脸抓破。

护士给婴儿洗完澡又抱了回来，东明左看右看，疑惑地问："兰兰，我刚才在外面，看见几个护士抱着几个婴儿，长得都差不多，这个是我们家的吗？"爱兰笑了笑说："你看一下她手腕上戴着什么。"东明翻开小燕子的手腕，看到一个腕带，上面写着"杨爱兰宝贝"五个字。哦，东明这才明白。

杨老倌儿抽空带着亮亮来了。刚进房间，亮亮就高兴地叫道：

“妈妈，我要妹妹！”爱兰微笑着瞟了一眼东明。他心领神会地拉着亮亮的手来到婴儿床前，轻轻地晃动几下带轮子的小木床，把亮亮的手放置被褥上。亮亮虽不能清晰地看到妹妹的脸庞，但能够听到她的喘息声，能够闻到她身上散发的馨香。“妹妹、妹妹……我有妹妹了……”亮亮不停地叫着。他揉揉妹妹的小手，摸摸妹妹的脸蛋儿。看到此情此景，一家人暖暖地笑了。

“亮亮，我们该回去了。”外公拉过亮亮说。可亮亮却趔趄着就是不愿离开：“不走！我要抱妹妹！”杨老倌儿哄不住他，只得一个人回去了。

头两天，小燕子还是玩一会儿睡一会儿，可到了第三天就开始贪睡了，一睡就是几个小时不醒。杨夫人有些担忧，便找来护士。护士小姐不慌不忙地抓住她的小脚，在脚掌上啪啪就是两下。小燕子顿时被惊醒，哇、哇哭了一阵，浑身通红，可哭过之后又睡去了。护士解释说：“没事的，就这样，有的小孩儿特别贪睡，你可以过两个小时拍拍她的脚掌，就像我这样。”杨夫人照护士说的去做了，大人们都知道那是在叫醒她。可亮亮就不乐意了，听到拍打声，听到哭声，拦住外婆说：“不要打妹妹……不要打妹妹……”还用身体挡在婴儿床上来保护妹妹，他要是能看得清晰该多好啊！妹妹是如此的可爱！

一个星期后，爱兰出院了，待在医院里总归有些憋闷。一路上，亮亮始终偎依在外婆身边，时刻守护着外婆怀里的小妹妹。回家后的第一个晚上，亮亮不去自己的小房间睡觉，黏着妈妈，感受着妹妹吃奶的样子。东明凑上前来，爱兰饶有风趣地说：“你一个大男人，看女人给孩子喂奶，羞不羞啊？”东明连忙用双手遮住眼睛，却从指缝中偷窥，似乎真的害羞了。

这段时间，一家人睡在一间卧室一张床上，孩子夜里经常哭闹，爱兰和东明被折腾来折腾去，依然爱意绵绵。亮亮睡得踏实，不用担心会被吵醒。白天，他不想去幼儿园，要在家陪妹妹。妈妈对他说:“妹妹很可爱，别人不知道啊！你去幼儿园讲给别人听，讲给你的小朋友，讲给你的老师，他们一定会非常羡慕你的！”爱兰连哄带骗地说服了亮亮。

第二十章　回乡

一

日子平平静静地过着，无波无澜，无悔也无怨。有的只是孩子围着大人转，大人哄着孩子玩，忘了劳累忘了疲倦，有说有笑，有哭也有闹。生活的怪味儿啊——苦中裹着甜！小燕子满月过了，一百天过了，一周岁过了，转眼间已经三岁，漫长而又幸福的三年过了。时间就是这样，预想时觉得漫长，回顾时觉得短暂。爱兰翻看孩子的成长日记，往事的记忆有些模糊有些清晰，总能找到闪光的点点滴滴，犹如海滩的贝壳，随手拾取：

2003年3月1日　星期六　晴

今天，要给小燕子断奶了，我在乳头上贴了一片红纸，想吓唬吓唬她。刚开始还好，她喝过奶粉便睡去，可后来就不行了，也许是又想起了妈妈乳汁的味道吧，一直哭个不停。她哭一阵歇一阵，哭得小脸通红，让我心疼。我知道，凡事总要有个开始，就强忍着揪心的痛陪女儿熬过了第一夜。

2003年9月1日　星期五　晴　有小风

小燕子学会走路了，今天表现得异常兴奋，客厅里前前后后左左右右没有她不去的地方，有时还会去阳台上看那盆茉莉花。她直着走绕着走，慢慢地，已经不满足现状，不想空着手，于是便抱起洋娃娃或者皮球、玩具什么的。哥哥陪着她护着她，爸爸、妈妈在为她鼓掌，小燕子乐开了花，拿起一个桃子扑进我的怀里。我不失时机地一会儿让她拿这个，一会儿让她拿那个，一时间，小燕子成了家里的搬运工，她从中得到了无尽的欢乐和鼓励。

2004年三月十八日（农历） 星期四 晴

今天，我不愿记公历，改记农历，因为这天是我的结婚纪念日。更重要的是，小燕子叫了我一声“妈妈”，是第一声。爸爸倒也没有吃醋，世上只有妈妈好嘛！可她看着东明也叫妈妈，这下东明就急了，一整天都重复着一句话：“小燕子，叫爸爸，叫爸爸。”我在一旁偷偷地笑。我们今天去店里，小燕子不跟我们说“再见”（她可是会说的），她可能意识到：说了再见，就一整天见不着爸爸、妈妈，所以不想再见，不想说。幼小的心灵不会拐弯抹角，或许小燕子真是这么想的。

2005年8月1日 星期一 阴云

小燕子就像一朵花蕾需要呵护，可当她进入执拗和秩序的敏感期时，难免也会惹大人生气。送她去幼儿园，要是忘了说“再见”，她便不进教室；袜子、鞋子没穿好就要脱掉重新穿；牙膏和牙刷放的位置不对，她就不刷牙……今天，逛完宠物市场，她想要一只仓鼠，不给买就赖着不走，我们走了一段回头看时，她还在原地，我们走走停停，她始终都在原地。她蹲下片刻，站起身却看不到我们了，这下小燕子可急了，哭着喊着：“爸爸、妈妈……”东明神不知

鬼不觉地迂回到女儿身后，一把抱起她哄着说："赶紧回家吧，再不回去，坏人就把你抓走了，你就永远见不到爸爸、妈妈了。仓鼠老是撒尿，不讲卫生，等下次给你买一条金鱼。"该哄的时候还是要哄，性格很难改变，但可以改善，我和东明学着怎样去疏导孩子，好让她早点儿度过执拗的敏感期。

2005年11月1日　星期二　上午下了小雨　午后晴

今天的事，让我和东明无奈到了极致，小燕子也是执拗到了极点，这是她仅有的一次——极度反常！那是在午夜过后，小燕子一觉醒来，莫名其妙地吵着要去公园，深更半夜的怎么能去呢？她又哭又闹，我和东明百哄不下。她不停地嚷嚷："我要去公园，我要看海豚……"哦，原来是小燕子想到了海豚，为着海豚，东明竭力让自己平静下来。那是在公园里，一片如茵的草坪上，有一对大理石雕刻的海豚，大海豚驮着小海豚，雕塑表面光滑细腻栩栩如生。我告诉女儿海豚已经睡觉了，可小燕子还是叫嚷着要去公园看海豚。最终，东明只得抱着女儿，我跟随着去了公园。深秋的夜，外面有些风凉，东明把小燕子包得严严实实，生怕冻着。夜空中群星璀璨，皎洁的月光洒下，照见三个人的身影，仿佛整个世界就剩下我们一家三口了。我们来到公园，来到海豚跟前，小燕子爬到海豚背上，紧紧地抱着，然后摸摸它的嘴巴，揉揉它的眼睛，宛如畅游于大海之中。在小燕子幼小的心灵里，只有海豚没有别的，是她赋予了海豚生命，是她让这夜不再孤寂。我和东明看着女儿如此开心，也就忘了时间，忘了回去，一直到天亮。

爱兰合上日记本，那情景犹如电影的回放，还在脑海中闪动。小燕子成长的日记，爱兰日复一日地在写。看着孩子每天都有新的变化，东明心血来潮时还会加上几句感言。就说晨燕看海豚那次吧，东明写道：“孩子的‘执拗’长大后就成为‘执着’，追求梦想，追求完美的执着。”——是啊！就像东明自己！

台灯下，爱兰再次问东明：“你多少年没回老家了？”东明扳指一算：“有七八年了吧。”从泉阳到东明老家有多远？不是脚步能走得完，也不是车轮能跑得完的距离。七八年了，是东明从十六岁到二十四岁的一个成长距离，一段走过的人生旅途。

“可别忘了回家的路，晨燕一岁的时候，你说孩子还小，坐车不方便。可如今，晨燕都三岁了，还是回去看看吧。”

“是要回去了，我们准备一下，过两天就走怎么样？”东明深吸一口气说。

爱兰点头微笑，两个人情投意合。两天后，小两口儿带女儿回东明老家。晨亮想要跟着，妈妈对他说：“那个地方很远，要翻过一座山，你长大了，妈妈背不动你喽。”

“妈妈，我不用背，我自己走。”晨亮恳切地说。

“可是，山里有一只狼，专咬小男孩儿。”

“我不怕，爸爸会保护我的。”

“要不，我们就带着亮亮吧。”东明在一旁说道。爱兰没有吱声，把嘴巴贴近晨亮的耳朵，片刻的温存之后，轻轻地摸了摸他的额头。晨亮懂了妈妈的意思，乖巧地说：“妈妈，我会听话的，你们要早点儿回来。”爱兰像是给儿子施了魔法，让他瞬间改变主意。东明觉得不可思议，好奇地问：“兰兰，你给亮亮说了什么呀？让他这么听话。”爱兰笑了笑：“我什么也没说。”东明更是纳闷儿了：什么也没说，怎么可能呢！

临近上车的时候，爱兰递给东明两片晕车药和一瓶纯净水说：“药，提前吃了吧，省得车上难受。”东明接过药片说：“我自己都忘了，你还记着。”吃完药，他看到女儿在候车室欢呼雀跃着到处

乱跑，只得寸步不离地跟着。

半个小时后，他们坐上了回老家的长途汽车。两个小时过去了，大巴早已驶出了泉阳。东明并没有感到不适，应该是药效的作用吧。爱兰和女儿趴在车窗前，看着外面飘过的风景：一排排的杨树，一栋栋的房屋，一辆辆的汽车……东明静静地坐着，想得更多的是老家——小河还在流淌吗？小桥还在吗？池塘是否干涸？曾经年少的玩伴是否像自己一样，结了婚有了小孩儿？东明的心思有些飘飘然：是要回到久违的故乡抑或去往一个陌生的地方。十年大变迁，想想当年离家出走的时候，走的不是这条路，也没有坐这样的车，是徒步而行，现如今，要回去了，行驶在一条非常陌生的回家路上。

东明仿佛已经闻到了一股乡土气息，近处是金黄的油菜花，远处是绿油油的麦田，风吹动麦浪，此起彼伏。慢慢地，车停了下来，他们走出车厢，站在路口。东明是疑惑也是彷徨：路口的两间瓦房早已拆除，昔日尘土飞扬的乡间小路，如今已铺上了水泥，完全不是记忆中的景象。若不是跟司机打了招呼，恐怕到了终点站才会知道走过了。还好，司机师傅知道东明要去的村庄，就在下个路口停了车。下车后，呼吸着乡村的新鲜空气，看着不远处久别的村子，东明心中百感交集。

爱兰是第一次来农村，感到非常新奇。这里没有高楼大厦，没有红、绿灯，不像城里那样，想走到平行的另一条街道，就要绕过一幢幢的楼房。在乡村的田野上，没有遮挡的视线，一眼望穿所有景物，想要去往远处田埂，径直走过去便是。

快到村口的时候，迎面走过来几位老人，布满沧桑的脸上依稀能够辨出岁月留下的痕迹。东明虽然称呼不上来，但知道他们就住在村西头，只是不知道老人们能否认出这位青年——不，东明在老人家的记忆中应该是个少年。看来是认不出了，老人们边走边聊，没有回头，与东明形同陌路。

东明很是纠结，像有两个拳击手，在他心中打成一团，不分胜负。他忧虑片刻后说："兰兰，我们俩换一下，你来抱孩子，我拉行李箱，就一会儿。"爱兰说："那不一样吗，你要是累了，就让孩子自己走走。"

"你误会了，我不是那意思，我是想找一下另外一种感受，一种……"东明想要解释，却有些说不清道不明。爱兰揣摩着东明的心思，似乎有了一些领悟，于是便委婉地问："那你是想让别人认出你呢，还是怕别人认出你呢？"爱兰问到了东明的心坎儿里，使他默然无语。是啊！年幼时，被人砸破嘴唇，心中有怨；年少时，离家出走，羞于见到家乡父老；现如今，携眷而归，又有些沾沾自喜，想要博得别人羡慕的眼神。但不论哪种感受都是自然而来的，东明不会刻意去想。他不会像母鸡下了蛋那样，满院子跑着叫着，"咯咯嗒、咯咯嗒"地喊上一番，那就随遇而安，跟着感觉走吧。东明小媳妇儿似的走着，在村口的小桥上停住了脚步。那桥，除了路面铺上了水泥之外，还是当年土里土气的样子。再看看桥下的小河，十几米的河床只剩下一条一步来宽的水渠，蜿蜒曲折地流淌着。变了，一切都变了，不仅仅是这小桥小河，就连东明自己，也从懵懵懂懂的少年变成了沉稳干练的小青年。

东明没有事先跟家人联系，履行一种超乎寻常的契约。村上盖起了不少新房，东明好不容易才找到自家小巷，有人投来怪异的目光，仿佛他们一家三口是从天上掉下来的似的。顺着小巷往里走，第三家便是，可当东明站在门前的时候，却发现不是原来的那扇门——早已拆掉翻新了。再仰望两层小楼，不由自主地想起了鲁明大哥，那可是用他的血汗钱盖的。

"东明，是不是这家？"爱兰问道。

"别急，让我想想……没错呀！就是这家，闻也能闻得出！"

正当东明抬起手想要敲门时，邻居王大娘走了过来，看到有陌生人站在老张家门口便问："你们是老张家亲戚吗？"东明回过头，一眼就认出了王大娘，毕竟上了年纪的人，除了脸上多几道皱纹，别的都是老样子。可东明就判若两人，过了青春期了。

"王大娘，老张是我爸，我是东明。"

"东明？真的是你吗？一点儿都认不出来了，哎呀，你走的时候还……现在长大成人了，你爸经常提起你，说你很有出息，你总算是回来了。"王大娘激动地说着。

"王大娘，我回来了，回来了！"

"你身边这位是——"

"哦，这是我老婆。"东明说，"还有，这是我女儿。"

"王大娘好！"爱兰也随东明向王大娘打声招呼。

王大娘注视着爱兰啧啧称赞："不得了啊！我都不敢相信，跟仙女儿似的，女儿随妈妈，一样好看！"

"王大娘，您过奖了。"爱兰谦逊地说。

"老张！你儿子回来了！还带着漂亮媳妇儿，快出来开门！"王大娘一边喊一边敲门。

这个时候，老张就在院子里，听王大娘这么一喊，撂下手里的活儿便跑去开门。当他看到东明带着老婆和孩子回来了，刹那间热泪盈眶。

"爸，我回来了。"

"爸，我们都回来了，"爱兰拉着女儿说，"小燕子，快叫爷爷。"小燕子乖巧地叫了一声："爷爷。"

"唉！唉！"老张答应着，一反常态地转过脸偷偷抹泪去了。

"老张啊，你们先团聚团聚，我改天再来。"王大娘也为他们高兴地笑着。

等他们走进院子，张夫人听到声音，从屋里快步走了出来。看到东明一家，她惊喜万分地说：“回来了，都回来了！老张，别再抹泪了，我都想哭了，赶紧去集市上买菜买肉，家里我来招呼。”后妈早已不是从前的后妈，她和东明兄弟心中的结早已打开。东明和爱兰叫了一声：“妈——”小燕子叫了一声：“奶奶。”

后妈的儿子小超放学回来，一家子围坐着，桌上摆着香喷喷的菜肴。大人们叙叙旧，唠唠家常，聊聊孩子。小燕子和小超叔只顾着吃农家小菜，完全不理会长辈们说些什么。就在他们共聚晚餐的时候，传来了敲门声，老张去开了门，来的是三位东明小时候的玩伴。其中一位说道：“张叔，听说东明回来了，我们过来看看。”三个人来到屋里，看到东明和满桌的菜，话多的那位先说：“东明啊，总算是又见到你了，你还认识我吗？叔、婶，我们就是来坐坐，看你们整这么多菜，我都不好意思了。”爱兰一听这话，心里就有谱儿了——无须太客气，这是知根知底的乡亲！他们和东明七八年没见了，这兴冲冲地来，也并非冲着东明和桌子上的菜。果不其然，那小子又发话了：“哎，东明，你身边这位是嫂子吧，孩子都有了，你艳福不浅呀！我们三个还光棍儿着哪！”他说着眼神贼溜溜地瞥向爱兰。

“我还真认不出来了。”东明看看这个瞧瞧那个，找不到一丝年少时的印象，毕竟都过了青春期了，老张只得一一介绍。三个人毫不客气地坐下来一起用餐，可他们的眼神却时不时地集中在爱兰身上。爱兰也逢场作戏，故作娇柔地抛个媚眼过去，撩一撩秀发，抹一抹红唇。起初，东明并未在意这些，可越来越觉得别扭，最终还是识破了这出戏，只是心烦意乱地陪着。爱兰看东明有些陪不住了，便悄然离场。没有美女做伴，也就索然无味，没多大一会儿，三个人各自回家去了。

明明在县城读高中，每逢星期天回来一次。这天夜里，老张让东明一家三口睡在明明的房间。屋里除了一张床、一张桌子、一个

凳子和一些书籍之外，没有过多的摆设和用具，简单而又整洁。已经不早了，老张吩咐道:“早点儿睡吧，先将就一下，等明天你弟回来了，带你们去葡萄园转转，你妈经常住在那边。”

爱兰坐在床边，轻轻地拍着被褥，哄小燕子进入梦乡。东明坐在凳子上，提起了餐桌上的事:“兰兰，你说今天……这算不算炫耀？王大娘的嘴巴也太快了！”爱兰没有立马回答，走到东明身边，用柔嫩的双手掬着他的脸庞，亲切地说:“东东，别把事情想复杂了，偶尔炫耀一下又有何妨？我知道你不会特意拿我去炫耀，他们自个儿找上门儿来看我，就让他们看呗！”

“兰兰，你还记得吗？曾经的兰姐说过一句话，刻在我心里。她说，‘不会拿自己的容貌作为找对象的资本’，兰姐给别人的只是一饱眼福，给我的却是你的全部。”

“我的话，你还记在心里，我是你应该得到的。”爱兰说过送上深深的一个吻。

二

第二天，正在他们吃早饭的时候，明明回来了。东明站起身，兄弟俩相视而笑，有一种惊喜，有一种默契——在心里！

“哥，你什么时候回来的？”

“昨天。你小子长这么高了，是要超过我了！”

“嫂子也回来了，看这小姑娘多可爱，长得跟嫂子一样漂亮！昨天晚上，我去班主任那儿了，就没回来。”

“小弟一定是重点培养对象喽！”爱兰夸赞道。

“不只我一个。”明明谦虚地笑了笑。爱兰拉过女儿说:“来，小燕子，叫叔叔。”

“叔叔……叔叔……”

“‘小燕子’，真好听。”明明摸了摸小侄女的脑袋，卸下背包接着说，“我吃过了，等你们吃好，我们出去转转。”

这一大家子算是凑齐了，爱兰却有些内疚，已经意识到了自己的糊涂——没有带着晨亮。

吃过早饭，明明领着哥嫂，带着小超和小燕子，去了葡萄园，那是租了别人家三亩地搭建的。此时的葡萄青翠欲滴尚未成熟，一米多高的水泥柱上盘绕着一株株葡萄。在最边上有一棵格外引人注目，足有三米多高，枝繁叶茂。听老张说，那是他们家的葡萄王，是移植过来的，有它庇佑着，希望葡萄园能够多子多孙。

然而，东明最想去的，也是明明最想带哥哥去的地方不是葡萄园。而是……顺着小河往上游走去，一路上无须雕琢而又不曾重复的纯自然景象蕴藏着无限的回忆——兄弟俩曾经走过的童年美好时光。他们沿着乡亲们踏出的小路继续往前走，泥土的芬芳随着鲜红的太阳升腾出乡村的景象。看得到狗尾草、猫猫眼、牛蒡草、夏枯草、苍耳子……望得见麦浪、油菜花、老槐树……脚下踩着地骨皮，身边擦过蒲公英，不远处还有零零星星粉的、红的小花。飞来飞去的麻雀在头顶上喳喳地叫着，草丛中的蚱蜢欢快地跳着，水中的鱼儿自由欢畅地游着，偶尔还会传来布谷鸟的呼唤，所有的一切都带着浓浓的乡土气息。爱美的女孩儿会沾点儿猫猫眼乳白色的津液抹于眼皮和脸颊上，相信那是可以美容的，可到了第二天却发现眼皮肿了一圈。调皮的男孩儿会用苍耳子椭圆的小刺球粘满头发，愣充如来佛祖，倘若粘上牛蒡草细长的种子，可就没那么好玩了。

走了几里路，来到山脚下，他们要走过一处翻水洞，也就是大人们所谓的涵洞。小河被道路分割开来，每逢夏季，河水上涨，上游的水流进涵洞，从路的另一侧喷涌而出，那可是东明兄弟小时候觉得最神奇的。小伙伴儿们经常打赌：谁要是敢憋着气从涵洞钻进去，然后从下游浮出来就怎么怎么着。其实，都是嘴上说说，除了

小鱼小虾谁敢哪！别说是小孩子，就连大人也不会傻到冒着生命危险玩儿那样的游戏。

沿着山涧小溪再往前走，有一处卧龙潭。雨季的时候，潭水并非深不可测，只是没有人愿意去试探一下，据说是有一条青龙盘踞潭中，怕惊动了它。雨季过后，青龙便从岩缝钻入山中，整座山里面空空的全是水，就像一个储水罐一样。如今的卧龙潭已经没有昔日那样神秘了，完全是两样，现在只剩下了一汪山泉。明明站在泉水边半开玩笑地说："哥，我记得小时候总想看到龙的影子，可如今，卧龙潭变成了卧龙泉，你看这泉水，清澈见底，是没有龙喽。"东明语重心长地说："那也不是一般的泉水，是因为有龙的传说，才赋予了山泉灵气。"爱兰听了兄弟俩的谈话，想找一点儿野外的味道，于是便俯下身来，掬一捧泉水，抿了一小口，是有点儿甜丝丝的。明明说："嫂子，这可不是城里的矿泉水，还没过滤呢。"爱兰微微一笑说："这样更好，纯天然！"于是，兄弟俩也俯下身，品尝着寻找着童年的味道。

中午，他们走上梯田。爱兰站在梯田边，觉得自己就是一只会飞的鸟儿，纵身一跃，从半米高的梯田上跳了下去，稳健地落在下面的花生田里，美少妇一下子变成了野山姑。她直立起身，扬扬得意地举起双臂，向东明示意，殊不知东明从两米高的梯田上跳下也会安然无恙。花生田！是的，那就是老张家的。东明小时候就喜欢跟大哥一道提溜着大茶壶随爸妈来山上薅花生。口渴的时候，对着壶嘴儿咕咚咕咚，直到晃晃茶壶，把最后两滴牛抵茶滴在舌尖上才肯罢休，那美妙的滋味儿沁人心脾，胜过玉液琼浆。梯田的边缘都用石块儿堆砌而成，那可不是一日之功，经过年复一年地修复之后才有了今日的轮廓。从高空俯瞰，一片金黄一片绿，错落有致，神韵无限。在每一座山坡上都会淌下一条或者两条水沟，水沟边上生长最多的就是酸枣，它的枝杈上布满棘刺，不太好惹，一不留神便会扎到手，让人尝尝摘野果的另一番滋味儿。小燕子指着那一颗颗半青半红的豆豆问道："爸爸，那是什么呀？"东明说："是酸枣，长熟了可以吃的。"小燕子雀跃着来到酸枣树旁，伸伸手，这边有刺，再伸伸手，那边也有刺。不管它了，小燕子盯上一颗伸手便摘。不料，她大叫一声："哎呀！妈妈！"爱兰跑过来看到女儿的手指上已渗出了一滴血，赶忙掏出纸巾擦拭，轻轻地吹了几口气说："没事的、没事的……妈妈来帮你摘。"看来，摘酸枣还真的不能急，小燕子两眼泪汪汪的没有哭出声。也不是所有的山坡都有梯田和酸枣，遥望几座远山上，全是洋槐，那可是蜜蜂采蜜和捋槐花的好去处。听着鸟儿叽叽喳喳从头顶飞过，看着对面半山腰的梯田上，有人在刨地，这不禁让东明想起儿时的疑惑：那位伯伯的锄头显然已经落下，可过了几秒钟才听到锄头刨开沙土的乒乓声——后来才从老师那儿找到了答案。

山脚下的溪水哗啦啦地流着，奏出欢快的乐章。水中的少许石块儿被青色的水草包裹着，以至于分不清哪些是草哪些是石。岸边有许多布满苔藓的石块儿，滑溜溜的，翻开来，便会有或大或小的螃蟹爬出。若是发现溪边有个小洞，千万不要把手伸进去，洞里可能隐藏着水蛇。这小溪里也有细沙和胶泥，手捧细沙，让水流从指缝中把它冲走；挖一坨胶泥，捏个娃娃，栩栩如生。男孩子还喜欢把胶泥拍成手掌大手指厚的泥坯，然后雕刻出一把小手枪，风干后精心打磨，爱不释手，玩的时候威风凛凛，不玩的时候藏于枕下。东明兄弟找到的是儿时的记忆，爱兰找到的是别样的情趣。傍晚的时候，他们才恋恋不舍地告别这山坡这小溪，还有小鸟、小鱼、小虾……走过涵洞，走在回家的路上。

"哥，你们什么时候回去？"明明问了不想问的问题。

"明天再待一天，后天回去。"

"不能多住几天吗？"

“我……晚上，陪我去跟妈妈道个别吧。”东明不知道接下来该说些什么。

兄弟俩不再言语，只是默默地走着。爱兰和女儿还有小超就像三只飞来飞去的蝴蝶，围绕在兄弟俩身旁。

晚上，老张和老伴儿带着儿子去了葡萄园，把屋子腾出来给兄弟俩。爱兰陪着女儿在明明的房间，两个屋里都静悄悄的。东明坐在床边，一副若有所思的样子。明明拿出一对儿精美的翡翠手镯问道：“哥，你还记得这个吗？”

“怎么不记得，这是妈妈的手镯，怎么会在你的手里？”

“是后妈给我的，她想让我留作纪念。”

“后妈能够这样，倒是难能可贵了。”

“你回来一趟不容易，你拿去一个，我留一个，睹物思人，也算是情感的寄托吧。”

“从你八岁那年起，我带你离开小镇，跟妈妈告别，算来有八年了吧？”东明神色忧伤地问。

“是啊，转眼七八年过去了，妈妈要是还在的话……”明明话没说完就有些哽咽了。

东明接过手镯，捧在手心，轻柔地抚摩着，仿佛能从那晶莹剔透的珠光中看到妈妈的模样，依然是那么年轻，温柔而又慈祥。静默许久之后，东明抬头看着墙上三兄弟小时候的合影问了一句：“大哥回来过吗？”

“大哥四月份回来过，还带了一个儿子，可他又没结婚，哪儿来的儿子？ 他后来找了一个离婚的……嗯——大哥的情况有些复杂，你们要是赶到一块儿回来，就什么都知道了。”

其实，大哥的情况并不复杂，他只是不按常理出牌而已，不仅是婚姻爱情，生活琐事也是如此，总让人感到意外，而最终还认为他是对的。就说三月份那次回老家，他依然不愿留下联系方式，只说有事会回来的，会给家里人打电话的（他是报喜不报忧）。他就是最糊涂的聪明人，不会刻意地去耍小聪明，做一些惹人厌的事，他处理生活琐事都是自然而来的一种习惯。做人太“聪明”了，别人就成了傻子，鲁明大哥深谙其中的道理。

黄昏已过，左邻右舍也都吃过晚饭准备休息了。东明兄弟走出屋子，就在他们刚要打开大门的时候，爱兰听到动静追了出来：“东明，等一下，你们这是要去哪儿？”

“我哥想去妈妈坟上看一下。”

“那我也去。”

“小燕子她……”东明有些担心。

“没事，她已经睡着了。带我一起去吧，妈妈还没见过儿媳妇呢。”爱兰恳切地说。

“那好吧，我们一块儿去吧，把门锁好就行了。”明明看看哥哥看看嫂子点了点头。

月光下，是三个人的身影，还是那片地，还是那个小土堆，与当年不同的是，四周整洁，没有杂草，这都是明明精心照料的结果。他们给妈妈跪下磕了头，东明悲怆地道了一声：“妈妈，我回来了，让您久等了。”而后，就再也说不出话，闭上眼，任由泪水从眼角溢出。

“妈，还有我。”爱兰跪在一旁说道。

东明带着老婆、孩子回来了，明明学习优秀，妈妈也可安息了。只是不知东明这次离别之后，何时再能回来。

“哥，嫂子，我们回去吧。”

东明站起身，用那忧伤的目光再次与妈妈告别。

第二天，东明特意送弟弟去了学校，目送他跨入学校大门，走进校园。看着一栋栋的教学楼，看着进进出出的莘莘学子，还有辛勤耕耘、春蚕一般的教师的时候，东明心里已经明白：未来是属于

他们的——朝气蓬勃的青少年！

东明就要告别故土，告别亲人，带着老婆、孩子回到杨老倌儿所在的家了。临走的时候，爱兰无意间看到院墙边的枣树桩，那枣树是锯掉的，没有刨去树根，经过多年日晒雨淋后，有些腐烂，偶尔还会长出细长的蘑菇。爱兰在树桩前站立片刻，仿佛看到了一棵硕果累累的红枣树，东明正跨在树杈上摘红枣。爱兰意味深长地问："这就是当年的红枣树吗？"东明微微一笑点点头。

他们了却了心愿，留下了心意，拉着行李箱，装点儿老家的特产来到村口。老张和老伴儿向东明一家挥手告别。回去了，他们又回去了……

回到家的第一个晚上，爱兰拿出一个精美的玻璃瓶，把里面的"宝贝"倒在盘子里，让晨亮去摸，因为他看到的只是一颗颗黑黑的影子。他辨别事物，全靠去听、去闻、去摸、去品尝、去感受。爱兰问："亮亮，你能猜得出盘子里是什么吗？"

"是葡萄。"

"不对，葡萄是软的，而这个是硬的。"

"是花生。"

"不对，花生是长在地下的，而这个是长在地上的。"爱兰摇摇头说。晨亮仔细想了想问道："是红枣吗？"

"快猜对了，很接近，红枣是从超市买来的，而这个是野生的。"

"是……是……"晨亮稀里糊涂还是猜不出来。

"亮亮，你可以尝一尝呀！"爱兰说着便咬开一颗递给他。亮亮接过来先是闻了闻，然后捏着放进嘴里，嚼了两下说："妈妈，好酸啊！"爱兰急忙伸出手说："是很酸，快吐出来！"晨亮把那酸酸的东西吐在妈妈的手心问道："妈妈，这是什么呀？"

"那你说——酸酸的枣是什么？"爱兰引导着问。

"酸酸的枣……酸酸的……酸……是不是酸枣？"

“嗯！亮亮真棒，你猜对了！”爱兰说着在儿子的额头上赏了一个深深的吻。这时，小燕子凑过来说：“这是我和妈妈摘的酸枣，我扎到了手，我没哭。爸爸说，酸枣放时间长了就会变红，就不酸了。”

东明看到老婆、孩子对这野果野味儿很感兴趣，温馨地笑了，那笑里蕴藏着对晨亮无限的祝福。

第二十一章　雪夜

中学时代，总带着一缕缕恍惚。埋头苦读的书呆子们和谈情说爱的在校园内外形成了两道截然不同的风景。明明缩着身在两者之间游弋，学习是正业，友谊是本分，恋爱是憧憬。苦中作乐，千百种滋味犹如蚕丝般细腻，激荡着一颗颗青少年的心。

明明读高三那年，与班长在学校附近合租了一间房子。学校宿舍太吵，不能安心学习，校外清静多了。班长与明明同姓，名领召，身材威武健壮，酷爱武术，喜欢独来独往，神出鬼没的。他经常夜不归宿，还自告奋勇地跟在巡警老哥后面，寻觅实战的机会。他参加过武术比赛拿过奖，目标是做一名武警。他说：“真正的功夫是在实战中练出来的。”

冬日的早晨有些清冷，房顶的积雪开始吸收阳光，将要融化。昨晚顺着屋檐滑下的雪水，还没来得及滴落，就已冻成了长长短短粗粗细细的冰柱。走在街上，踩着冰雪交融的路面咯吱咯吱地响。明明打开窗，一股凉气扑面而来，赶紧关上，只听得一根冰柱掉在门前摔碎了。他搓搓手哈哈气，理理衣襟拉好拉链准备去学校。领召每天早上起床前先要做一百个仰卧起坐，然后下床，再做俯卧撑。双手完了改单手，单手完了改五指，他不止一次地尝试着做单指俯卧撑，很可惜，还没那功力。天寒地冻的三九天，别人都包得跟粽子似的，而他在锻炼的时候，还是穿着背心儿额头冒汗。也就是他让明明开的窗，他感受到的是凉爽，而明明感受到的却是寒冷。

“召哥，我先走了。”明明总喜欢这么叫他。

“好，我再做五十个。”

新的一天开始了，早自习上，明明喜欢背诵英语。领召总是开小差，看一些课外书，因为能不能考上大学，对于他来说已经不重要了。县里的武警大队早已相好了他，名额给他留着呢。明明坐第三排，领召坐最后一排。领召虽然不喜欢凑热闹，不重视文化课，但做事有始有终，雷厉风行，是班级的铁腕儿班长。除了和他一样喜欢健身的“小旋风”之外，没人不服，也没人敢不服，就连班主任都敬他三分。在他脸上早已抹去了稚气，画上了成熟。明明喜欢物理，对未知的世界充满好奇，他想知道这世界是怎么来的，星球是怎么来的，宇宙是怎么来的，是无中生有吗？他要自己去思考，把琢磨出的道理讲给别人听。说到物理，也许明明真有这个天赋，在他三岁的时候就能把老家那台锈迹斑斑的煤油炉拆解得七零八碎，居然还能拼凑起来，只是越拼零件越少，到最后就剩空壳了。领召问：“你将来想干什么？”他说：“想当一名物理老师。”

“好啊！”领召总是一个好。

晚自习课上，明明正在写物理作业，竟然莫名其妙地停电了，此时无人监督。“啊哦——嗷——”有人开始起哄。即便有老师在，这种声音还是会有的，是同学们紧绷的脑筋在瞬间得到了释放，不出声的学生并不意味着不喜欢漆黑的教室。黑色——淹没了学习的困苦，在这一刻赋予了新意，成了欢快的音符。声音最响的当然是“小旋风”了，班长大喊一声：“别吵！”“小旋风”有些不服，总想找机会添乱。片刻之后，教室里静了下来，有人趴在座位上，有人走出教室，有人点起蜡烛。点蜡烛也不仅仅是为了照明，为了抓紧学习的时间，充满幻想的学生更懂得欣赏烛光的闪烁和蜡烛的泪滴。淡淡的光芒中仿佛能看到老师的脸庞，流下的泪滴温温的软软的滑滑的，像刚从老师的眼眶中溢出，使人想要伸出手指轻轻地去抹平。明明摸了摸抽屉，找不到蜡烛，上次借别人的已经用完了。

海燕看到了不声不响地把半截儿闪着光的蜡烛粘在他的课桌上，一时间，两个人的对视充满温情，羞涩的微笑洋溢在脸上。海燕有几分秀气，柔顺的长发掩饰了略显宽大的肩膀。她和明明彼此之间都有一点点喜欢，倘若非要把纯真的友谊加上一个“爱”字，称作“友爱”也并不为过。当前的友爱并不能决定将来的归宿，情窦初开的少男少女免不了萌生情意。明明从未向海燕表示过什么，而海燕却总想靠近他，喜欢跟他坐在一起吃饭，喜欢请他吃砂锅面，喜欢给他一些小零碎物品。她知道，他在彼此间筑起了“学习为重”的高墙，她更知道将来两个人不一定能走到一起，然而她不在乎，只想享受彼此关爱的感觉。海燕不聪明但很心细，明明用的书签都是她亲手做的，有的印花有的写字。明明的每一本书里都有一片她做的书签，仿佛她无时无刻不藏在里面。

“小旋风”当然是知道明明和海燕之间那点儿微妙的，趁着停电，站在教室门口等待时机。当他看到海燕将要通过讲台走到黑板前时，他便以迅雷不及掩耳之势冲上前去，伸直双臂撑在黑板上，把海燕困在他的双臂之间。海燕不想惹他只想躲开，便低下身想从他的手臂下钻出，可他也随即弯下了腰。明明作为一个“文臣”是对付不了“武将”的，正当他准备起身去阻拦时，班长几个箭步冲了过去，一个胳膊肘拐住了“小旋风”的脖子，使他动弹不得。“小旋风”虽然动作敏捷，但力道比起班长还是逊色多了。海燕得到解脱跑出教室，抱着双膝蹲在花坛边。领召拐着“小旋风”的脖子不松开，怒斥道：“混蛋！胆大包天了你！”

“放开我！”“小旋风”愤怒地叫道。

“回到座位上坐直了，能不能做到？”

“小旋风”怎能轻易败下阵来、这般委曲求全，就在他想要全力反抗的时候来电了，教室里从暗淡的烛光中恢复了明亮。明明和同学们注视两位侠士片刻，便低下头学自己的习了，都装作没看见。

领召默然无语地松开了手，“小旋风”不再反抗，乖乖地回到座位上去了。海燕回到教室，用微笑告诉明明——自己没事。

“小旋风”在晚自习上找过事儿之后，班长就直接坐在讲台上，坐在老师的位置上，能够看得清每个人的一举一动。同学们以为事情可以平息了，但班主任高老师却不答应，要杀一儆百，治治不安分的“小旋风”。他把“小旋风”叫到办公室训话：“你知道你的行为影响有多恶劣吗？已经超出了学生的本分，做了你不该做的！”

“我怎么了？我就是逗逗她嘛，有什么呀！”“小旋风”无理取闹地狡辩。

“你行啊！你觉得没什么是吗？领召，你作为班长，你说该怎么处理这事儿？”

领召警卫般伫立一旁，配合默契地说：“郑重地向海燕道歉！”

“道歉？哈哈……”“小旋风”抖了抖腿接着说，“道哪门子歉呀？谁欠谁呀！”他分明是想抵赖。

领召一言不发，跳跃着做出拳击的动作，“小旋风”看这架势是文的不行就来武的。高老师看“小旋风”不再说话，有些服软了，就泰山压顶地说：“明天语文课上向海燕表示道歉，表现好了就不通知你家长！”“小旋风”咬牙切齿的也没辙了。

杂乱无章的一天总算是过了。第二天语文课上，班主任和班长站在讲台下，“小旋风”和海燕面对面站在讲台上。在所有人的注视下，“小旋风”庄严地低下了头，向海燕鞠了三个躬，并说了一声：“对不起，我错了！”海燕接受了他的道歉，伸手相握还是好同学。“小旋风”知错能改令人佩服，领召拍拍他的肩膀，为他的真诚和坦率竖起了大拇指：“好样的！”“小旋风”听到夸赞，不屑一顾地回到座位上去了，可他心里的毛毛刺儿还未完全清除，想与班长一争高下。

仅仅过了一个星期，“小旋风”就按捺不住心中的狂躁，与领

召在出租屋旁会面，两个人站在雪地里对峙。“小旋风”说：“我不服！”领召面无表情没吭声，许久许久，始终不言不语。“小旋风”看他如此冷漠，转过身似要离开，撂下一句：“假如不是你，这个班长就是我的！”领召不再沉默，老到地说：“你要向我挑战吗？请你讲话的时候不要背对着我！”“小旋风”回转身说道：“我等你半天了！”

明明为他俩的事儿暂时放下学习，陪他们站着，已经冻得瑟瑟发抖，手脚发麻。听他们所言看来是准备好了，明明便说：“我不做裁判，我来作见证。‘小旋风’要是赢了，召哥就把班长的位子让出来，我保证让老师和同学们都同意；召哥要是赢了，‘小旋风’要百分百地听从老师和班长的安排，遵守纪律，不许捣乱。对了，你们是友谊赛，不许打头部，不许打胸口，谁要是犯规就算输，你们要切记，不能给对方造成伤害！ 嗯——别的没什么了，握个手开始吧！”

领召和“小旋风”握了手，表示接受明明所说的规矩。其实，“小旋风”能够战胜领召比做班长更为荣耀，他今天可要全力以赴了。“小旋风”动作敏捷，领召进攻时他就躲闪，东边拳来西边闪，西边拳来东边闪；领召力气过人，“小旋风”进攻时他就挡，拳来拳挡，腿来腿挡。十几个回合下来，还是不分上下，再来十几个回合……明明在雪地上跳来跳去，已经快要坚持不住了。打得时间久了，“小旋风”开始慢慢处于劣势，体力没有领召持久。他把拳头打在班长的拳头上，自己却疼得直甩手，也就少有进攻了。相反地，领召开始频频出击，并夹杂着虚拳。“小旋风”躲得过左拳躲不过右拳，躲得过左脚躲不过右脚。很明显，他已经乱了阵脚，又来了十几个回合后，气喘吁吁地说：“停！我服了！服！”

领召伸出手拉起摔倒在地上的“小旋风”，拍拍他身上的积雪说：“以后我们就是哥们儿了！”“小旋风”也报以侠义之言：“召哥！小弟甘拜下风！”“小旋风”能屈能伸真乃好汉也！明明拍手称快：“那以后我们班就一个正班长一个副班长，我去跟班主任说！”在班主任面前，明明是绝对的样板好学生，他的话有时候比班长还有分量。领召是复读生，班级的元老，至于“小旋风”的捣乱，也都是冲着班长的有意挑衅，大家心知肚明。“小旋风”就像是切碎的白菜帮儿，只有撒上点儿盐，才会服软，经过这次较量，他是心服口服了。

“你这混蛋，费了我多大劲儿啊！早点儿乖乖的不就行了，我跟武警都比试过，你呢？”班长嬉笑着在“小旋风”肩膀上轻轻来了一拳。

快要期末考试了，明明在加紧复习，而领召还是每天苦练身体，根本没把考试当回事儿。明明揉捏着冻得僵硬的手指，在屋里跳跃着，好让身子温热起来。已经是夜里九点多了，领召还没回来，盆子里泡着他的牛仔裤，两天了还没洗。明明把手伸进盆里，冰冷的水中似乎有无数钢针，扎得两手生疼，就缩了回来。可看看自己脚上的一双皮靴，虽然不是领召特意送的，但毕竟是新的。那双鞋，班长穿了几天后嫌小，就送给明明了。还有房租，领召出了一大半，假期出去吃饭也都是他出钱。领召如此大方阔绰也不是光有钱就能做到的，他觉得这些小钱花在明明身上，一个字——值！明明能为他做的也就是洗洗衣服，于是便端起盆子来到房东家院子里，趁着月光，打了一桶温井水，洗着搓着，温温的水没那么刺骨，一会儿便洗好，双手也活动开了。他把衣服晾在竹竿上回到屋儿里，过了半个小时，领召还是没有回来。班长要是整夜不归，会事先跟明明说的，可他今晚没说呀。明明有些莫名其妙地担心，不知道他在哪里，又没电话联系，只能等着。

明明的目标很明确，想当一名物理老师。他的物理学得很好，无须特意花时间进去，主攻英语和数学。为了节省地方，屋子里放

的是上下铺，领召睡下铺，明明睡上铺。领召要做仰卧起坐，唯恐睡在上面把床给晃塌了。屋子中间有一张吃饭写字用的小方桌儿，靠墙的另一侧吊着一个不大不小的沙袋，那是领召练拳用的，是纯纯正正的沙袋，是他亲自从沙河中装的细沙，套上帆布袋吊了起来。明明坐得时间久了有些发困，想起古人的头悬梁锥刺股，就找了一根绳子绑在沙袋上，把小方桌儿移到沙袋下。绳子的一头儿绾成绳圈，然后打上死结固定好，绳圈垫上硬纸板，套在脖子上。好生难受啊！明明在近乎自残的模式中继续伏案苦读。

又是半个小时过去了，明明无法承受头悬梁的折磨，正想摘下绳套时，领召回来了。他看到明明套着脖子便惊讶地问："明明！你在干什么？"

"我……我这不是想多学一会儿嘛，头……头悬梁……"明明苦笑着回答。

"瞧瞧你！瞧瞧你！净学些没用的，我还以为你要上吊自杀呢！只有白痴才会这么做，学习对你来说就那么重要吗？"

"当然要学了，我可不像你，还没毕业呢工作都找好了，没有人能随随便便成功，你不也是在努力吗？你每天刻苦锻炼身体，夜里不好好学习跑出去抓贼，我们只是目标不一样，可我们一样都在奋斗！我努力学习，你努力训练，这不一样吗？不过说——我这样吊起来确实有点儿可笑了，哈哈……"

"何止是有点儿，是非常可笑！你刚才说——我也在努力？你不说，我还真没感觉到，在同学们当中，恐怕也只有你能这么想了。你说我去抓贼是吧，我告诉你，我今晚还真抓了一个，那贼不是偷东西，而是想要害人命，幸好被我碰上，否则的话……"领召摇摇头接着又说，"你听我说啊！那个人，你听啊！"

"我听着呢，召哥你说！"

领召开始扬扬得意地述说他的英雄事迹："我今晚没跟着巡

警，骑着单车路过一家小超市的时候，店门紧闭，有个人往门上泼‘水’，平常人根本看不出他洒的是什么。我一看就知道那不是水而是汽油。他想放火，遇到这种情况，没你考虑的工夫。我跑过去追上他，三两下就把他撂倒了，那人也太不禁打了，我就一拳，看好了，是一拳！他就招架不住了。”领召说着挥动着拳头，足见他有多么自信，多么喜欢自己的拳头。

“那后来呢？”明明饶有兴致地问。

“后来巡警到了，我就把那人交公了，然后就回来了。”

“还是召哥厉害！回来了就睡吧。”

“我的裤子还没洗呢，白天不想洗，晚上没时间，今晚过瘾，我高兴着呢，我去洗一下。”当他看到盆子里空空的便说，“你又帮我洗了，谢谢了！”领召总会客气地道谢，明明总是回以笑脸。

领召在夜里的及时出现，使得超市化险为夷。老板想要表示感谢，被刑警王队长代为拒绝了。没有奖金没有表彰，只有一点儿小小的鼓励，因为他还是一名学生，一位还没有走出校园的青少年。在他成长的路上不能有太多的鲜花和掌声，他要学会承担责任，不为功名利禄而做正义之事的坦荡胸襟。

积雪尚未化尽，又下了起来。大雪纷纷扬扬地飘落，遮盖了屋顶，遮盖了湿滑的路面，遮盖了肮脏的角落，整个世界变得洁净而又美丽，像一位冷艳的少妇披上了白色的裘袍。明明在做最后的考前冲刺，领召也像模像样地捧起书本啃了起来，就是耐不住性子，东张张西望望。领召问道：“明明，你这个周末回去吗？”明明说：“不回了，你呢？”领召说：“我也不回了，下周就要考试了，临阵磨枪不快也光，我总不能老是倒数，我要更进一步。”正在此时，响起了敲门声，领召打开门还以为认错了呢，他揉揉眼睛说：“海燕，你怎么来了，上次让你进来坐坐，你死活不肯，就急匆匆地走了。今天，太阳打西边出来了？你就不怕进了狼窝？”

“哎呀，班长，你还让不让我进了？你在教室里可没这么多话呀！”海燕撒娇似的不请而入了。她的光顾对于两名男生来说可算是贵客临门，仿佛一片霞光照进了小屋。

“来！来！来！快坐！”两个人争着抢着给海燕让座。

“学你们的吧，我坐床边。”海燕含着笑在床边坐下。领召嬉笑着说：“你在这儿，我们也学不进去呀。”

“召哥，海燕不来你也学不进去呀！”明明一句调侃使得三个人笑了。笑过之后，明明问道：“海燕，周末我们都不回去了，你呢？”

“不回了！教室人多，宿舍太吵，我来借宝地一用。”海燕说着拿出了语文课本。

“你瞧瞧！你瞧瞧！标准的学子！”领召感慨道。海燕谦虚地说：“班长别笑话我了，我这是笨鸟先飞嘛！”领召说：“再笨也没有我笨呀！”

他们聊了一会儿便静下来学习。海燕紧缩着身子还是觉得冷，手指僵硬了才想起来要去买双手套。她站起身说：“我走了，去街上买双手套。”

“那你去吧，走大街，别走小道儿。”领召经常夜巡，对大街小巷都很熟悉，哪条街道哪条小巷哪个角落容易潜伏危险了然于胸，他的特别提醒不是随口之言。

海燕走后，领召的眼皮开始跳动。他心绪不宁地问：“明明，我怎么老是眼皮跳啊？”

“左眼右眼？”

“右边。”

“右边是灾呀！不过也没事，没什么根据，都是胡扯。”

领召的眼皮跳得越来越快了，宁可信其有不可信其无，不能因为一个不信而酿成大错而追悔莫及。“不行！我出去一下！”他说了一声便走出去了。

领召在通往学校的几个路口转来转去。此时的海燕还在街上，大超市都已打烊，她找到一家小超市，走进去挑了一双丝绒手套。在回学校的路上，她把班长的话忘得一干二净。有条小道儿绕过校园的围墙，通往学校最近，海燕白天走过那条小路，可在夜里，一点儿灯光都没有，在这飘雪的深夜，只是散射着微弱的雪影。海燕已经走出大街走在弯曲的小路上，路口停着一辆面包车，但她毫无顾忌。领召看到车子就有一种不祥的预感，他每次夜里走过路口，从未见过停车，他判定这辆面包车绝对是外来的。领召已经看到了一名女生的身影，是她——海燕！她毫无防备地走着，就在一个拐角处，蹿出来一个蒙面歹徒，把她扑倒在地，用手紧紧地捂住她的嘴，使她不能呼救。领召勇猛地冲了上去，大喊一声："住手！"歹徒并未料到会有人出现，慌乱地松开了手。海燕胆战心惊地爬起身来，躲在班长背后。

"你快去学校，不用管我！"班长吩咐道。

一个柔弱的女生哪遇到过这种场面，海燕吓得一路小跑去了学校，拐弯时还滑了一跤。她喘着大气跑到学校，找到班主任报了警。

领召和歹徒刚摆开阵势，面包车里又钻出来五个人。领召被他们一伙儿六人团团围住，在势单力薄的情况下，只有使出绝招了——扫堂腿！六个歹徒准备教训一下爱管"闲事"的人，三人殿后三人出手。领召顺势低腰撂翻一个，侧身出拳打倒一个，一个扫堂腿绊翻一个，三招儿干倒三个，功夫了得！其余三个歹徒望而生畏，跃跃欲试却不敢轻易动手。有一人手里攥着一把尖刀，赤手空拳斗不过，就想使用利器，且不说危及性命，就是胳膊、腿上挨两刀也是重伤，情况紧急！危急时刻，警笛声响起！歹徒闻声撤退，准备逃窜，还没钻进车里呢，就被四名警察持枪拦住了，一伙儿六人只得抱着头束手就擒。王队长走到领召跟前问道："小召，没事吧？"

“没事，再过一会儿就不一定了，他们手里有家伙。”

“没事就好，他们手里的家伙还能比得了我这个？”王队长晃了晃手中的枪接着说，“回学校去吧，随后我们会在学校附近加强戒备的，明天中午你抽空到局里来找我。”

领召又一次立了大功，跟上次一样没有声张。学校针对海燕做了心理安慰，公安局给了海燕两百元慰问金。

明明从领召口中得知此事后，约海燕单独会面，作为最要好的朋友，理应给予最诚挚的安慰。就在校门外，明明问她：“海燕，你现在没事了吧？”

“没事了。”海燕淡然回道。

“事情过了，你没事，我们大家就放心了，危险无处不在，以后真的要小心了。多亏班长及时赶到，否则的话……别给自己留下阴影，福从祸中来，或许你和班长将来……他真是好样的！我也很想有他那样的身手。”明明话里有话。

是啊，若不是领召，后果不堪设想，海燕很可能会被那伙儿色狼绑进车里拉走了。海燕没有特意去琢磨明明尚未说尽的话意，她说：“受滴水之恩当涌泉相报，我不知道该怎么报答班长。”

“等以后吧……班长想在县城干武警，你呢？”

“反正我也笨，考不上大学就在县城开服装店卖衣服，你会不会觉得我没前途？”

“不会！不会！人生的路不是大学决定的，前途是属于自己的，不是别人指定的。你们都留在老家，我将来还不知道去哪里漂泊呢！我的将来充满虚幻，倒是你和班长……我们即将进入一个变革世界的年代，在那样的年代里，没有什么事是不可能发生的，相信我！”

“当然相信你，不过——我和班长……我们觉得这世界很小啊！来也县城去也县城！你聪明好学，高中毕业后，我们可能要分道扬镳了。”海燕说着带有一丝忧伤。

“海燕，你要知道，这世界上最珍贵的情义莫过于同学。”

“你说的什么都对什么都好，同学、朋友都是情义。明明，你能听懂我说什么吗？”

明明感觉到海燕的情绪有些飘忽不定，就没有回话，只是默默地点了点头。正在此时，班长走了过来，海燕不假思索地说：“我过去一下。”海燕走到班长身旁，当她回望时，明明冲她微微一笑点点头，少年老成地挥了挥手，她便随班长漫步走远了。

领召做了一夜的思想准备，第二天中午，他来到警局。王队长指着办公桌上的手枪和警服说：“我暂时替你保管着，愿意的话，你高中毕业就来武警队，年龄不是问题！”

没啥说了，领召庄严地献上警礼！他急切地想要把这个激动人心的消息告诉明明，一路小跑回到学校，夺过明明手中的书便说：“警服！还有枪！你知道吗？过一段时间就是我的了！”明明满脸诧异，还没弄清怎么回事呢，领召就已走开。

晚上，天空又飘起了雪花。夜里，明明心潮澎湃地写下了几句：

出家门，白雪皑皑。
天地间，茫茫一片。
手执书卷无觅处，前路隐约独自行；
昨夜冷风欲将寒，明朝踏雪听碎声。
敢问冬夜冷人心？唯我学子暖怀中！
望远看，旷野宁静。
踏雪行，吱吱有声。

雪飘飘洒洒落了一夜，又飘飘洒洒落了一天。在明明的记忆深处，不只有这首小诗，还有那冬日里，雪夜中发生的往事。

第二十二章　多事之秋

一

那是在东明结婚后的第四年，小肥牛涮锅店旁边又新开了一家名叫“东来客”的涮锅店。由于客源有限，这样一分流，杨老倌儿的店里就越来越冷清了，就连老顾客也都想到新开业的那家尝尝鲜。后来，孙师傅听说了，就特意过来看了一下，规模比杨老倌儿的还要大。他带了两个师傅，以顾客的身份去了东来客。

“请问三位想要什么菜？”服务员问。

“所有菜品每样儿一份儿，调料每样一份儿。”

“是全部吗？”

“对！只要是你们店里有的，除了凉菜，涮锅儿一类的都要！”孙师傅回答。

不一会儿工夫，菜品、调味品便上齐了。孙师傅的味蕾异常敏感，他仔细地品尝着，能够分辨出每一种味道的材料来源，推想出制作的过程，这可不是一般人能够做到的。就在孙师傅不注意的时候，被该店的厨师长看到了，觉得很面熟。他们确实是碰过面的，只是忘了什么时候在什么地方。那位厨师长在服务员耳畔嘀咕了一通，不知道说了些什么，服务员一个劲儿地点头。

孙师傅回来后，杨老倌儿问道：“情况怎么样？”孙师傅说：“配料和口味不亚于我们的水平，看来他们是做过调查的。”杨老倌儿听了坦然道：“算了，不管他了，做我们自己的事，这顿饭，算我请客！”

“区区一顿饭，不足挂齿，重要的是，以后该怎么办？”孙师傅忧心地问。杨老倌儿深吸一口气，吐露真言：“以后？还不知道有没有以后呢，当一天和尚撞一天钟，开一天门营一天业，不过，倘若有一天，我坚持不住，把这涮锅店转让出去了，还真有点儿舍不得。”

“老杨，别多想了，那个……我当年走的时候，你借给我五万元钱，加上我自己的，就在镇上开了一家小吃店。现在生意稳定了，这钱也该还了，还是那张卡。”孙师傅说过，抹抹嘴唇拿出了银行卡。杨老倌儿默然无语，只是笑了笑，缓缓地接过银行卡攥在手里。过了一会儿，他说：“实不相瞒，这段时间，入不敷出啊！三十年河东，三十年河西，风水轮流转，看来这风水要转到别人头上去喽。”孙师傅说：“老杨，需要的话，我手头还有。”杨老倌儿听了连连摇头，他清楚地知道，这不是钱能解决的事。就在他们长吁短叹的时候，爱兰和东明一同来到楼上。爱兰手持托盘，盘上放着两只高脚杯，杯中斟好犹如朝阳或似晚霞的红酒，那酒晃动着、闪耀着。杨老倌儿亲手奉上，孙师傅接过红酒。杨老倌儿慷慨激昂地说：“不为别的，就为了今天的相聚，干杯！”两个人的情意在此刻凝聚，两酒杯在此刻碰响，他们一饮而尽！

孙师傅走后，店里一日不如一日，营业额急转直下，生意越不景气，麻烦事反而越多。一天中午，来了三男两女进了包厢，陌生的面孔新的顾客，乍一看，没什么异常。他们看了菜单点了菜，居然要了五份豆腐，这就让人有些纳闷儿了。服务员只管报菜，传菜生只管上菜。等菜都上齐了，五个人并没有急于享用，而是眉来眼去不知搞什么名堂。其中一名男子叫道：“服务员，再给我来一份辣料。”

“一份辣料！”服务员小菊朝传菜生喊了话。

就在小菊朝门外扭头的瞬间，那男子迅速地从衣袋里掏出一个小纸包，把早已准备好的苍蝇放在豆腐上。他佯装惊讶地大叫："喂！服务员，你过来看一下，这豆腐上有一只苍蝇！"小菊曾听别人说过，有这样一些顾客，为了想要打折或者免单，什么卑鄙的手段都使得出来。她不慌不忙地走到客人面前，镇定地说："这怎么可能！"此时，传菜生进了包厢，送来了辣料。

"哎！上菜的，你来得正好，你过来看看，这到底是不是苍蝇，叫你们经理过来！"那人气势汹汹地说。

这位传菜生年纪尚小，没经历过多少世面，他犹豫不定，只是"哦呀嗯呀"地不置可否。倘若他说是苍蝇，那肯定是要免单；倘若说不是，那人凶巴巴的，会纠缠不清。三十六计，走为上策，他没有回话，扭头便走，由于太过匆忙，在楼梯口猛地撞进了爱兰的怀里。

"唉，你这么慌干吗呀？"爱兰叫住他问。

"楼上……那一间……有人……苍蝇……"可爱又可怜的传菜生吞吞吐吐地回答。爱兰冷笑了一下说："我知道了，你去吧。"传菜生总算是可以脱身了。爱兰这冷笑不是为着小男生，而是那桌特殊的顾客。她理理衣襟伸伸袖子，准备应战。

爱兰悄无声息地走进包厢，小菊和那位难缠的顾客还在盯着那只死了都不让人安宁的苍蝇。小菊回过头叫了一声："兰姐。"那人看了看爱兰的穿着，觉得气质不凡，就软绵绵地说："你是经理吧，你说这豆腐上要是有只苍蝇，是不是很恶心？"小菊灵机一动，不能错过表现的好机会，她朝着爱兰说："兰姐，那不是苍蝇，是豆豉，我看得清清楚楚！"说罢，她毫不犹豫地捏起"豆豉"放入口中，吞了下去。小菊这一举动真是了不得！爱兰看得目瞪口呆，在心里为她竖起了大拇指——总算是松了一口气。那位"苍蝇哥"看到自己精心准备的物证没了，便张大嘴巴傻乎乎地愣着。片刻之后，他才发出声音："喂！我这……你怎么……"没想到，他也有结结巴巴不知所措的时候。爱兰站立一旁，暂不作声。那五位顾客觉得没趣儿，领头儿的"苍蝇哥"就甩出话来："结账！走人！"

"结账在下面。"爱兰随口说道。"苍蝇哥"指着桌子说："就在这儿结！"他本以为可以为难一下爱兰，可没想到小菊是干过收银的，这事儿连爱兰都不知晓，真是深藏不露啊！爱兰吩咐道："小菊，去把收银员叫上来。"

"兰姐，不用了，我这儿有。"小菊说着拿出计算器啪嗒啪嗒算了起来，三下五除二便算好了。有兰姐撑腰，小菊说话很气势："兰姐，一百八！"

"一百八？""苍蝇哥"既惊讶又气愤，嘟囔着嘴甩出两百元钱，接着说，"不用找了，今天算我晦气。"当他走到门口的时候，瞪了小菊一眼说："小丫头，以后不要让我碰到你！"

苍蝇的事就这样收场了，小菊并没有太多顾虑，做服务员时间久了，见的人多了，听到的话也就多了，不会被别人的三言两语给吓住。次日早上，大家并列两排。爱兰把小菊的事迹表彰了一番："昨天，店里来了几个人，有意找碴儿，小菊英明果断，吞下了一只苍蝇，这不是谁都能做得出来的。她为我解了围，也为店里挽回了损失、赢得了颜面，我特此奖给她三百元钱，这是她应该得到的！"小菊面带微笑地接过奖金，大家为她鼓掌。

晚上，杨老倌儿闷闷不乐。爱兰问道："爸，您怎么不高兴啊？您是不是觉得这事儿跟东来客有牵连？"杨老倌儿看了看坐在一旁的东明问："你说呢？"东明没有回话，只是点了点头。他曾几次看到过那五个人出入东来客，虽不能以此断定他们的来头，但也无法否认他们的龌龊。倘若真是有人指使，以杨老倌儿的本性，也不会以其人之道还治其人之身，暂且忍一忍，不能因小失大。小肥牛最终的结局是由顾客来决定的，若是大伙儿都想尝尝鲜，那杨老倌儿也只能听天由命了。

二

餐饮业明争暗斗，杨老倌儿不会来暗的，但想明着争一争。他琢磨来琢磨去：打价格战吗？那可不行！价钱降下来容易，想要再涨上去，比登天还难，顾客只会认为是“涨价”，而不会认为是恢复“原价”……把味道做好一点儿、分量足一点儿、赠送一点儿倒是可以。东明也在寻思同样的问题，上班不走老路，步行绕弯经过西苑农贸市场，看到有几家冷鲜食品店，切片机摆在店门口，唰唰唰切出一堆堆羊肉卷儿。看着那肥肥的羊肉卷儿，比起自家店里相差甚远，他很纳闷，居然还有人在此排队。下班，东明没有直接回家，而是去夜市上转了一圈，夜宵摊儿一个挨一个，有小炒、麻辣烫，还有烧烤，烤羊肉的味道一股股飘散。东明对羊肉特别敏感，别说是烤熟的，就是生鲜的，似乎也能远远地闻得出，便想着在羊肉上做些文章。

“爸，我们可以把切片机搬到门外，现切现卖新鲜羊肉卷儿。晚上就卖烧烤……嗯——我想，我学一下烧烤，应该没问题。”家庭会议上，东明先发表了自己的看法。杨夫人只能算听众，不发表意见；爱兰暂无想法，先听听爸爸怎么说。杨老倌儿揉捏着下巴，深思熟虑后说：“你都想透彻了，那就准备吧，你……跟谁学烧烤？”东明说：“不用跟谁学，多去烧烤摊儿吃几次就知道了，您别嫌我贪吃就行，哈哈……”爱兰应声道：“还有我，我也很会吃，也能像孙师傅一样吃出门道来。”杨老倌儿听后笑了，全家人都笑了。这个会议似乎很短，只在于杨老倌儿肯定了东明的想法，然而酝酿的过程却经历了半个多月。

随后两天，东明和爱兰在夜市上把烧烤吃了个遍，每天都是挺着肚子回家。再随后两天，两个人比着拉肚子，一个蹲厕所的时候，另一个已经站在了门外。等东明心有把握后，就购置了一台小型切片机，还有烤箱、木炭和一些所需的零碎用品。

周末的早晨，东明身穿厨师衣，头戴厨师帽，把不锈钢橱柜擦拭干净摆放在店门外左侧，切片机放置橱柜上，旁边有一台速冻冰柜。他拿出三块冰硬的长方形羊肉砖，放在橱柜上稍稍回软，才好削出薄薄的羊肉卷儿。东明在柜台前走来走去，从早上六点一直到上午九点，还是无人问津，店员都来上班了，依然是他一个人站在门外。过路的没有停下脚步，有客人进店了才会瞥上两眼，但他们是不会在门外买了羊肉卷儿到店内享用的，离开时也不会顺便带走门外的东西，更习惯于在明档里打包捎带。如此一来，这一招儿就失灵了，这种营销方式不适合涮锅店，只有在农贸市场才行。就当是尝试吧，除了多一台切片机，没啥损失。那就看晚上了，东明把该准备的准备妥当，爱兰也激情澎湃地忙前忙后。主打烤羊肉，另有烤羊排、烤鱿鱼、烤鸡翅、烤韭菜、烤香芋片……嘴馋的顾客想尝试尝试一边吃着涮羊肉一边吃着烤羊肉是怎样一种体验。还别说，传菜生左一趟右一趟地店里店外穿梭，第一天晚上就卖完了所准备的全部羊肉串儿，有希望！一个星期下来，早上卖羊肉卷儿是连一个卷儿都没卖出去过，只有星期三那天中午，明档里的羊肉卷儿卖完了，东明才有机会在店外削了一盘儿端到店内送给客人。于是乎，便撤了这项营销。晚上的烧烤仍在继续，再接再厉，除了烤羊肉卖得好，其他烤制品也得到了顾客的青睐。

可就在一家人刚刚沉醉于一点点成绩的时候，出事了。不知为何，烤羊肉的香气居然飘到了城管人员的鼻孔里。执法的专车停在涮锅店门口，只见走出两名身穿制服的城管。其中一名快步向前，对东明说："你们这可不行，超出了你们的营业范围。再说了，这么大一个店，摆摊儿卖烧烤，丢不丢人啊！你看你这烟气飘得啊……"

他用手在鼻孔前扇了扇。东明急忙解释："我们刚开始……搭配、搭配……"城管说："我说不行就不行，搭配也不行，你让我们怎么跟夜宵摊主交代？怎么收取摊位管理费？今天算最后一晚，从明天开始，不准再摆出来了！"面对执法人员的干预，东明一时间不知如何辩驳。爱兰应付道："我们也交摊位费，交双倍的。"那位城管瞧了瞧爱兰的容貌，用近乎调侃的语气说："要是你站在烤箱前烤羊肉，不给摊位费也可以，换了这位男士，或者其他任何人，给三倍、四倍，十倍、八倍的摊位费都不行！明智一点儿，收手吧！"此时，杨老倌儿来到跟前，为了顾全大局，他说："收！我们收！从明天起不摆了，也挣不了几个钱，不能伤了夜宵兄弟们的财路，有钱大家赚嘛，这个我懂！"听了杨老倌儿的慷慨陈词，城管拍拍他的肩膀说："明白人，不愧为老板！那我们就不打搅你们了，可别让我们失望啊！"杨老倌儿送上一句："您就放心回府吧，我说到做到，不会食言的。"

这天夜里，一家人再次聚在一起，愁绪布满了每个人的脸庞，生意刚刚有点儿起色，就被制止了，不甘心又能怎样？人家说的就是"法"。杨老倌儿左思右想想不通："我就不明白，干什么都有人管，我们店离那夜市上卖夜宵的、弄烧烤的那么远，八里不沾边儿，怎么会影响到他们呢？"东明也感到疑惑："是他们告到城管去了？"爱兰接了一句："还是有人指使？"如此说来，事情的根源离东来客越来越近了，也不是杨老倌儿一家有意要跟他们扯上关系，实属事情来得太过蹊跷。是不是有人背后怂恿已经不重要了，不收手的话，城管还会找上门儿来，那就难堪了。事实上，卖烧烤的收入从根本上扭转不了局势，也就是招揽招揽顾客，增加一些"生意兴隆"的气氛。

就这样，干了一个星期零三天后，小肥牛涮锅店门前的晚上，不再飘散烤羊肉的香气了。

三

凉菜房早已换人，当初的小李，跟着东明学艺精湛后，想出去闯一闯，人各有志，东明没有强留。小李走后，他把表兄小王介绍过来，人很机灵也很好强，是块培养的料儿，但有时候也难免做些蠢事。那是一天中午，职工餐做了捞面，小王吃了一碗又一碗，吃到第三碗，实在吃不下去了，就偷偷地把剩下的半碗倒进了垃圾桶，正巧被“闯入”凉菜房的东明抓个正着。

“你干吗倒掉？”东明说着一巴掌拍在小王的后脑勺上。小王嘴里噙着尚未下咽的面条，咬牙切齿满脸怒气。东明皱了皱眉头，瞥了瞥垃圾桶说：“把面条捡起来，用水冲干净！”

“东哥，你让我……不就是一碗面条嘛，我赔给你！”

“不是一碗面条的事，你赔不起！照我说的去做！否则的话——我们俩谁也别想走出这凉菜房！”

小王瞧了瞧东明坚定的眼神，看样子是要动真格的了，胳膊拧不过大腿。况且，他还要跟着东明学厨艺，只好忍气吞声地把刚刚倒进垃圾桶里的面条捡到碗里，先用凉水冲，再用热水冲。看着白白的面条，他只想吐。

“我去浇点儿菜汤。”

“不用了！”东明说罢，接过面碗，拿起筷子，夹起面条吃了起来。

“东哥，你——不是让我吃吗？”

“我没说让你吃，我只说让你捡起来冲干净。”等东明把那难以下咽、毫无味道的面条吃完，小王惊呆了。东明语重心长地说：“我们旁边又开了一家涮锅店，现在生意很难做，你又不是不知道，我们要从一点一滴节俭，杜绝浪费，大家要多多担待。”东明放下碗

筷儿，拍了拍小王的肩膀。就在他转身要走的时候，小王道出了肺腑之言："东哥，我错了，从今往后，我就跟着你干，你说一我不说二，你让我往东我就不往西，请东哥放心！"听小王的口气就知道，他是一个讲义气的人。东明没有回话，默默地走出了凉菜房。

应该说，东明的举动让小王刻骨铭心，别看东明一开始气势汹汹，但压根儿就没打算让小王吃那面条，只是想给他一个下马威，让他记住一个教训。这招儿果然很灵，打那以后，小王跟着东明是服服帖帖，任劳任怨。

就在杨老倌儿一家为着店里愁眉不展的日子里，又有人来滋扰生事了。中秋节后的一天上午，来了一个中年男子，长得人高马大，他把车停在店门口，车里坐着一个小孩儿（那是用来压车的活宝）。他把车门关好冲进前厅，抓起服务台上的热水瓶，"啪！啪！啪！"摔碎一地，开水流得到处都是。他大叫一声："老婆，你给我出来！"所有人都被这一幕惊呆了。杨老倌儿见状急忙走过来问道："这位兄弟，你这是怎么回事？"

"对不起啊，我老婆没在这里，我走错地方了。三个暖瓶，我赔你三百元钱，够多了吧，你要是嫌少，可以报警呀！喏，电话给你！"中年男子说着就把手机往杨老倌儿手里塞。杨老倌儿猜得出这样一出戏的来头，看他凶神恶煞的样子就不像好人，于是便笑着说："报什么警呀，都是小事情，纯属误会，我相信你不是故意的。钱呢，你拿好，这三个暖瓶已经旧了，不值钱，早该换了。"

"真的不用赔？"

"不用赔。"

那男子得意地扭头就走，还顺手牵羊地拿走一个供奉给关公的苹果，显出一副无所畏惧的样子。小王跃跃欲试，想要出战，他愤慨地说："东哥，让我上，拿把刀吓唬吓唬他！"

"回去干你的活儿，这人是有准备的，不能意气用事！"

杨老倌儿喘着粗气上楼去了，脚步踏得很重。爱兰来到楼上，看爸爸一个人静坐着，便走上前去说道："我估计又是东来客指使的。"杨老倌儿没有回话，只是低着头。

这次闹事，算是得到了平息，可以后呢？总不能每天都提心吊胆的。又熬过了两个月，杨老倌儿已经无力再支撑下去，也没什么万全之策可以逆转形势，一家人商量好了——停业转让。就在店里，来个最后的聚餐，等大伙儿吃好喝好，再次列队站在大厅，杨老倌儿长话短说："今天是聚也是散，承蒙各位的努力，涮锅店才得以坚持到现在，可天不遂人愿，残酷的现实就摆在眼前，何去何从已不是我说了算……也没什么特别给大家的，我很惭愧，就把各位截至今天的工资结算了，现金发放，真的很感谢你们！"杨老倌儿说完，忧心忡忡地走开了。

"老杨……杨老板……"不管大伙儿想对杨老板说什么，他都只能听在耳里想在心里。沉默的不止他一个，还有老伴儿，还有爱兰和东明。剩下的就是发工资了，爱兰把鼓鼓的信封发给大家，里面或多或少都是血汗钱。

"兰姐，工资我们暂时不需要，你拿回去，我们跟东来客拼了，所有菜价全都八折！"

"对，我们拼了！"

大伙儿义愤填膺、慷慨激昂地你一言我一语，爱兰只用两个字去回应："谢谢！谢谢！……"

次日，杨老倌儿一家去了郊外，暂时离开了城市的喧嚣。看那一棵棵树木犹如卸了妆的戏子，凝视着空旷的舞台，回味着曾经的角色：春天里的飞扬，夏天里的奔放！可如今，已经谢幕了，只剩下寥寥几片黄叶挂于枝头，好像戏子尚未洗净的点点红装，预示着来年再度登场。秋高气爽，风轻云淡，秋风中带着一丝丝凉意，几团好似棉花的白云飘浮着，离得很远，直到晚霞映红了半边天，那

云团才渐渐淡去……

店里的员工都在寻思着另谋职业，只有小王心绪不宁，愤愤不平。他从小肥牛涮锅店门前走过，店门紧闭，门上静静地躺着四个大字：本店转让。他继续往前走，驻足东来客涮锅店门前，看见戴着厨师帽、身穿白大褂的大胖子走到店外，就想上去揍他几拳。小王在酝酿一个行动，没想到还真上演了一场序曲。他对自己的计划充满激情，需要什么样的激情？他曾亲眼见过一位年过花甲的老太太一跃跳上货车偷鸡蛋的情景，她就不怕摔残废了？——激情！小王下定决心，哪怕是挨上一顿揍，也要打抱不平。

两天后，小王带一哥们儿，喝到半醉时，去了东来客，进门儿便叫："服务员，找个包厢！"

"就你们俩吗？"服务员质疑地问。

"怎么，两个人就不能包厢了？"

"能，当然能。"服务员说过，带他们去了楼上，进了包厢。

"请问两位需要什么？"

"来半份儿辣料、半份芝麻酱、半份羊肉卷儿、半份牛肉卷儿、半份玲珑水饺，外加两块豆腐乳。"

"呃——怎么都是半份儿？"

"我们先尝尝，味道好了，另外半份儿再加上。"

服务员已经预感到这两位是来找碴儿的，只好按他们说的报菜，并把此事汇报给了厨师长。等传菜生把他们要的菜全都端上来，摆在桌子上，服务员打开了小电磁炉。待高汤烧开后，小王夹起一卷羊肉放进汤里咕嘟两下便塞入口中。

"你这汤好淡呀！一点儿味道都没有！"

服务员知道有的顾客口味重，就没说什么，急忙给他加了一点儿盐。小王又涮了一卷羊肉，叫道："你加多了，好咸啊！你这算什么服务态度！"就在此时，厨师长推门而入，连声说道："这位朋友很抱歉，服务员态度不好，我来为你服务怎么样？”

“你是谁呀？你配吗？我要女的不要男的！”

“我——本店厨师长！你不配女的，就适合男的，男的有劲道！”厨师长反唇相讥，并一声吆喝，“全都进来！”

乖乖！候在门外的厨小弟们一拥而进，手里还抄着菜刀！小王和他的哥们儿见势顿时一惊，站起身来。这位厨师长果然不是吃素的，他吩咐道：“按住他们，别砸坏了东西！”厨小弟们撂下菜刀，以迅雷不及掩耳之势蜂拥而上，像押犯人似的按住他们的臂膀。厨师长恐吓道：“你们俩给我听清楚了，老实点儿，站着别动！”

厨师长走到小王的哥们儿面前，冷笑一声说：“你是随从，我不打你。”然后，转过脸站在小王面前说，“你是小肥牛涮锅店做凉菜的，前不久我还见过你，是你们老板让你来的？”

“跟他没关系，是我自己的事。”

“我了解杨老板的为人，我想他也不会糊涂到这种地步。你知道本店的老板是谁吗？是我老婆！事情搞大了，我怎么跟老婆交代！我可是立过‘军令状’的，这个店开不好就净身出户，你一个毛孩子，掺和什么呀！记住今天的教训，以后别再来找碴儿，更不能胡作非为！”厨师长说着便伸出拳头，小王扭过脸闭上眼，狠狠地一拳打在他的脸颊上。厨师长打过之后，让厨小弟们松开手，小王和他的哥们儿灰溜溜地走出了东来客。

过了一天，小王在杨老倌儿所在的锦湖苑小区里转悠。他想见东明，却心中有愧，很是为难，就希望东明能够走出家门，在小区里看到他，也好讲一讲所做的仗义之事。说来也巧，临近中午的时候，小王还真在小区里见到了东明——他已经耐心地转悠了一个上午。

“小王，你怎么在这儿？”

“我闲着没事，出来转转，一不留神就到了你家小区。”

“你的脸有些肿胀，跟人打架了？”

“没打，就是——挨了一拳。”

“怎么回事？”

“东哥，我……东来客……”小王断断续续把事情笼统地讲了一遍。

“你呀……”东明本想说他几句，可细想一下，他也是意气用事，就话锋一转说，“算了，你也去过了，领教过了，以后可别再犯傻了，非常的手段，你用不得……”东明还想说些什么，却又没说，只是摇了摇头。小王随东明去了家中，一起吃午饭，聊了一些以后的打算。

第二十三章　平淡的日子

没过多久，小肥牛涮锅店便转让出去了，接手的老板是做中餐的。中餐与涮锅有很大不同，中餐要炒菜，现点现炒，而涮锅店是不炒菜的。有几个服务员和传菜生留下来跟着新老板，后厨那些戴厨师帽的不会中餐，也只能另谋出路了。

挣钱靠男人，攒钱靠女人，女人倘若不愿或者不懂得攒钱，男人挣钱再多工资再高都没用。老婆和女儿是杨老倌儿的存钱罐，瘦死的骆驼比马大，钱罐子里尚有一些积蓄。杨老倌儿在小区附近盘下了三间门面房，开了一家小超市，取名“东明超市”，满足百姓之所需。开业那天，许多亲朋好友前来祝贺，没有特别的招待，只为了喜庆的气氛，门外鞭炮齐鸣，花团锦簇，好不热闹！杨老倌儿为人随和，爱兰温柔漂亮，东明腿脚勤快，小区里的居民都慕名到东明超市购物，只要是店里有的，都是同行最低价。杨老倌儿一家摆脱困境，找到了新的起点，不再纠结过去的成功与失败。新的开始，新的体验，他们把生活融入超市，把超市带进生活，在人们的进进出出和商品的来来去去中寻找不一样的感受。杨老倌儿负责进货，老伴儿负责带孩子，爱兰负责收银，东明负责送货，不忙的时候各尽其责，忙的时候不分彼此。

东明和爱兰，一个近乎文盲，一个是落榜的书生，她比他也只是在校园里多待了几年。就知识而言，她懂的他未必不懂，他不懂的她未必都懂，是同一文化车道上的两辆“大众”。这样也好，无须用学问来粉饰生活，一切都那么纯真，没有伪装、没有掩饰、没

有虚假，不戴“面具”，直面人生。他们的生活是简单的，简单到让上流人士笑话：“低俗、平淡、无趣的人生。”也罢，不为别人活出自己。东明和爱兰平平静静、简简单单地过着属于他们的日子，高兴时提醒自己不要忘形，失落时傻傻地一笑了之——日子，就是这么平淡！

超市离家很近，走上十来分钟便到。杨老倌儿经常回家吃饭，然后把备好的饭菜装进饭盒，带到超市，有时候是杨夫人送过来的。有一天中午，爱兰刚吃完妈妈送来的水饺，来了一位男青年，小眼眯眯的，留着小胡子，他左挑右选了大半天还是两手空空，真不知道他需要什么。东明注意到，他时不时地盯着爱兰看。在有钱人眼里，爱兰是一般般的，可在大众眼里，爱兰虽已三十出头儿，但依然是风姿绰约。东明按捺不住便走上前去问他：“你想要什么？我帮你找。”

“你说是酸奶好呢还是纯牛奶好？”

“是你自己喝吗？”

“不，给我儿子。”

“小孩儿的话，纯牛奶好，你要几袋？”

“一袋，一天一袋，我明天再来……那位眉清目秀的是你老婆吧？”

“你来买东西，问这个干吗？”

“兄弟别误会，我这个人眼小，我老婆眼大，可生了个女儿，偏偏像我，一双眯眯眼。”

“你是深有感触了？”

“对呀！感触太深了！我就是想来你们店里吸收点儿灵气，也好让老婆生个大眼小子。”这是不是借口无关紧要，眯眯眼感慨中略带风趣，东明听了差点儿笑出声来。结账的时候，眯眯眼掏出一大把一毛钱硬币，在爱兰面前一个一个地数，为的就是能够近距离地多看几眼，吸收灵气。

年轻的男人有这样的，那年老的呢？也有！曾有一次，来了位精神矍铄的老头儿，说要称十元钱的酒鬼花生，要老板娘亲自来称。爱兰笑着问道："大爷身体好，还喝酒啊？"老头儿说："不喝酒，我就吃点儿花生，我牙口好，就喜欢吃硬的东西，越嚼越有味儿。"

称重的时候可就来戏了，十元钱不能多一分也不能少一分，要刚刚好。爱兰用袋子装好大概的重量放在电子秤上。哎哟，多了，去掉一点儿，又少了。大爷手中捏着几粒花生，放一个进去，还差一点儿，再放一个进去，还差一点点，再……这老头儿虽然"有趣"，但爱兰觉得不太好"玩"。于是，爱兰说道："您抓一把放进去吧，多就多点儿，我还收您十元钱。"

"哎——那可不行，有多少算多少，做人要守规矩，要严于律己，要是每个人都想怎么着就怎么着，那不就乱套了嘛。我这个人，没别的能处，就知道守规矩，往大处说，我不会干违法的事，往小处说，我不会给别人添乱。"听了老头儿的絮叨，爱兰说："大爷，没您说的那么复杂，我这儿也不乱。"

"你要不乱，我心里就乱了，哈哈……"老大爷笑着，一粒一粒地往袋子里放，电子秤的数字在微小地变着，最让人不可思议的是——他一定要卡在十元钱那个点上。该怎么办呢？大爷有招儿，他捡几个半粒的，一瓣一瓣地放，折腾了老半天，终于成功了。他不像是在买花生，倒像是在玩平衡术，要平衡出钱和花生的等量，真是不容易啊！老大爷可能不是为了多看几眼，而是为了多说几句，面对这样的顾客，爱兰也是啼笑皆非。

这些算不了什么，被别人拿来赏心，那叫喜欢，也只能耐心地赔着笑脸。可要是遇到让人心烦难缠的顾客就不一样了，被别人拿来开涮，那叫撒野！会让人憋闷得一整天都吃不下饭。又是一天中午，有位老太太带着孙子来到店里，小孩儿不懂事，看到想吃的零

食，捏一个就往嘴里塞，有包装的，居然用牙齿撕破了吃。老太太看了也不制止，任由孙子吃这个尝那个。东明走上前去问道："阿姨，您要买零食吗？"

"我不买零食，我买洗衣粉。"

"洗衣粉在后面货架，这是您孙子吧，袋子都撕破了，您看……"

"让他尝尝，喜欢吃了再买。"老太太说罢，从孙子手中要过来已经破了袋儿的零食放回货架。

"阿姨呀，袋子破了，不好卖了。"东明哭笑不得。

"他不喜欢这个。"老太太故意推脱。

"我看他挺喜欢的嘛！"

"你别说了，我不会买的，要是不好卖的话，等我买好洗衣粉送给我不就行了嘛！"难缠的人开始烦了。

她拉着孙子走到洗衣粉货架前，挑选所需的那种品牌。东明摇摇头皱皱眉无言以对，要是说多了，肯定是要争执不休的。不说呢，唉——自己忍着！老太太拿起一袋洗衣粉问："这种就一袋了吗？"东明看了一下说："哎哟，我今天忘了上货了，您要几袋？我去库房拿。"

"这一袋……皱巴巴的……肯定是别人退回来的。"她把洗衣粉翻来覆去地边看边说。东明总归是要上货的，于是便说："这是压的，每箱都有，您稍等，我去楼上搬一箱下来，挑好的。"东明以诚待人，跑去楼上搬了一箱下来，然后开了封。老太太左挑右选，结果还是要皱巴巴的那袋。东明疑惑不解地问："您干吗不挑好看的？"老太太说："这一袋难看了，打八折给我。"喔，原来她是想贪图便宜，那袋零食就不说了，居然还——有点儿得寸进尺了，东明的诚意算是白费了。

"阿姨，您要是不喜欢就算了，这个我卖得出去，我们还没有因为袋子皱打折的，我看您就没打算买东西。”

“看你说的，我不买东西来你店里干吗？倒是你不想卖给我了！”老太太气势汹汹地拿着洗衣粉走到爱兰面前说：“这袋打八折，我买了！”

“八折？没有啊，这是……”爱兰瞅了瞅东明满脸窘相地站在那里，就知道他又遇上难缠的主儿了。最终还是打了折，那袋零食就带回家给女儿享用吧。她走到东明跟前说：“不要拿别人折磨自己，我亲爱的老公，高兴起来！”

当然了，也有许多阔绰大方的“财神”，小区里就有几位老板，每次来店里一买就是一大筐，从来不看价钱，爱兰和东明都是喜迎欢送。

有时欢喜有时烦，慢慢地、慢慢地，杨老倌儿一家也就适应了超市的生活。有了超市，方便了沟通，一张张陌生的面孔渐渐变得熟悉了。东明超市时常为别人代销一些“剩余产品”：逢年过节别人送的烟酒，抽不完喝不掉的拿来代销；厂里发的劳保用品和泡面，用不完吃不掉的拿来代销。有位大叔听说了，就抱了一纸箱鸡蛋问道：“我有一些鸡蛋，吃不完，能在你们超市代销一下吗？”

“可以是可以，但我很好奇，想知道您这鸡蛋是怎么来的，该不是您养鸡了吧？”爱兰是知道这位大叔的，他就在东来客涮锅店做职工餐。鸡蛋的来头很是蹊跷，自家开店的时候就经常丢鸡蛋，难道鸡蛋是……

“是亲戚家送的。”大叔自欺欺人地回答。

爱兰暂且应允了他，就帮他代销。可过了两个星期，他又抱来一箱。爱兰这次趁他毫无心理防备的时候问道：“亲戚家又给您送鸡蛋了，您这亲戚是开养鸡场的吧，除了鸡蛋就没送点儿别的啥？”

“没了，别的东西不好拿……”大叔似乎还想说什么，但已经意识到说漏嘴了，急忙解释，“路远，上车下车的，带东西多了不

方便。”

“带鸡蛋就方便了？”爱兰质问道。大叔笑了笑，避开问话说：“我知道你们家以前是开涮锅店的，后来又新开了一家，你们就停了，东来客我很熟悉，我告诉你，他们……”

“大叔，我不想知道别人家的事，我再帮您卖掉最后一箱，以后，还是别拿‘亲戚家’鸡蛋了。”爱兰打断了他的话委婉地说。大叔听懂了话里的意思，羞愧地低下了头。打那以后，那位大叔就再也没有拿鸡蛋来代销了。

生活中有别人制造的麻烦，也有别人提供的方便，不可能处处是麻烦，也不可能处处是方便。

渐渐地，炎热的夏季到了，啤酒饮料越来越畅销，似乎没有啤酒饮料就不能称之为夏天一样。烟吸多了伤肺，白酒喝多了伤胃，啤酒就有些不同，没等你喝醉呢，就已经饱了，跑去厕所哗啦一阵，回来接着再喝。不喝白酒的人大都喝点儿啤酒，两三瓶下去也就飘飘欲仙了，往床上那么一躺，真叫一个爽！于是乎，东明也就越来越忙活，送得最多的，无疑是啤酒，只要不是太远，买得多的，都送货上门，别说一箱两箱，十箱八箱都不在话下。

一天中午，东明正要吃饭，接到了电话：“喂，小张，请你送两箱啤酒、一桶纯净水过来，赵医生家，你知道的。”

“好，我马上去。”东明虽然爽快地答应了，可心里还是有些忐忑：上次送了三箱啤酒，搬到三楼就已气喘吁吁，是赵医生接力搬回五楼家中。这次呢？是送到三楼还是五楼？

“等吃了饭再去吧。”爱兰关切地说。

“没关系，一会儿就回来。”东明把两箱啤酒和一桶纯净水装进电动三轮车。车座忘了遮盖，被刺目的阳光炙烤得烫手，坐上去，隔着短裤烫着屁股，还没出发呢，就已满头大汗。他拿出毛巾擦了擦，戴上墨镜冒着酷暑开动了电车。

此时的太阳像烧红的铁盘挂在头顶，灼热的光线射向大地，天上飞的、地上跑的、水里游的都躲藏起来。路上行人寥寥无几，生怕被烤成了酱鸭。人们要么躲进空调房，要么坐在大桥下，要么藏于林荫处。路面上热浪滚滚，树叶儿纹丝不动，偶尔有狗趴在门外，张着嘴伸着舌头喘着大气。

路没多远，一会儿便到，剩下就是艰难的搬运了。东明把车停在楼下，抱起两箱啤酒，一步一个台阶地登上三楼，稍做喘息后，放下一箱抱起一箱来到五楼，按响了赵医生家的门铃。

“哦，送过来了。”赵医生开门接过啤酒。

“还有一箱在三楼，我去搬上来。”东明擦擦汗，马不停蹄地去搬另一箱，等上来后又要下楼去搬纯净水，这上上下下着实有些耗力气。

“小张啊，天热，那水……放在楼下吧，我晚上自己带上来。”赵医生犹犹豫豫底气不足。他想为东明减轻负担，可自己那瘦弱的身子，一桶水搬上来恐怕就要歇三歇。

“不碍事，还是我下去吧。”东明说这话的时候，已经头昏脑涨，像是钻进了蒸笼，快要喘不过气来。本想搬上来再歇息的，可不曾料到，竟然会……他来到楼下，抱起纯净水，先是肩扛登上三楼，然后抱在怀里没有停歇直到五楼。门是半开着的，赵医生听到脚步声跑出来接着。东明以为可以歇歇了，谁知不妙的状况陡然而生——他的心脏开始剧烈地跳动，那血似乎要冲破脑门，迸发出来。半分钟后，心跳又像抛起的篮球，久久不能落下，好不容易落了下来，却像铅球一般重重砸在地上。紧接着，东明的脸色开始变得苍白，满头大汗，这汗水不是热的，而是从心口渗到头顶，身体也在微微颤抖。他急忙手扶门框，竭力不让自己倒下去，不能！这是生命欲将终结的信号吗？东明不敢相信，万一倒下去，可能永远也站不起来了。正常情况下，一个人是不可能让自己过度劳累的，然而这次，东明没能照顾好自己的身体。

“小张，你这是怎么了？不舒服吗？”赵医生惊慌地问。

东明没有回话，一直手扶门框不敢动弹。赵医生不知所措，寸步不离地守候着，都怪自己让东明如此搬运。正在吃饭的赵夫人也惊呆了，放下碗筷来到近前。过了许久，东明感觉心跳不再一轻一重了，就扶着赵医生缓缓地走进屋里，坐了下来。他拿出手机递给赵医生说：“给我老婆打个电话，别说我……”

“我知道！我知道！让她放心！”赵医生连声回答。

“喂，我是赵医生，小张他……送过来了，在我家吃饭。”

“那他怎么不自己打电话给我？是不是喝多了？你不能让他……他还要送货呢！”爱兰回道。

“呃——嗯——哦，对！他喝多了，头晕。我……我改天有空向你赔罪！”赵医生随话就说。

过了半个小时，东明才慢慢起身，挪动着脚步。赵医生担心地说：“不行的话，吃点儿东西再歇一会儿吧。”

“不了，我现在什么都不想吃，只想吐……我还是回去吧。”

“那你……你看……这……”赵医生不知如何是好，只是看着东明手扶墙壁慢慢地下楼去了。赵医生自言自语：“小张家有娇妻，自己都累成这样了，还惦记着老婆。”

“是啊，人家为了娇妻拼了命地干活儿，你家只有老太太，就用不着了，是吧？”赵夫人寒心地说。

“老婆子说笑了，你一点儿都不老，我在医院里干得可起劲儿了。”赵医生说着赔上一个笑脸。

“那他也不用这样拼呀！”

“他不拼能行吗？谁让我们住五楼呢，连个电梯都没有。”

“这要问你自己，谁让你金额不足呢，一楼二楼买不起，一下子买到了五楼。”赵夫人有所指责。

“老婆子，你家亲戚有钱的多，让你去借点儿吧，你就是不肯，这样也好，每天都能锻炼身体。”赵医生一番辩驳后，去吃那早已放凉的饭菜了——夏天嘛，就要吃点儿凉的，这可是一个美妙的理由。

东明回到超市，爱兰看他气色不好便问：“你真的喝酒了？”

“是啤酒，没事的。”

“啤酒喝多了，一样会醉，你的话我只能信一半。”

爱兰心有疑虑，赵医生不想隐瞒。就在晚上，赵医生借口买香烟来到店里，看到东明，两个人会心一笑。结账的时候，赵医生趁东明不注意对爱兰说：“小张中午，没吃饭也没喝酒，他累得差点儿昏过去。”爱兰听后愣住了。

这天晚上，还没到九点，超市就打烊了。夜里，爸妈、晨亮、晨燕都已熟睡，只有爱兰和东明在通透的台灯下默默相对。

“告诉我，你为什么要骗我？你不想让我担心，不想让我牵挂，是吗？可你知道吗？你这样，我会更担心，更牵挂。你的心是我的，你的身体也是我的，你是我的另一半，你的劳累，你的痛苦我能感受到。答应我，以后身体不适，不要瞒着我！”

“兰兰，我……”

“答应我！”

“我发誓！以后会照顾好自己的！”

“东明，那你是累的、是热的，还是虚脱？”爱兰小鸟依人地贴紧东明的胸膛问道。

“不清楚，就感觉心跳快要停止，现在没事了，也就那一会儿。”

“那以后送货就送到楼下，让他们自己搬，每箱赠送一瓶。”

话虽这么说，但遇到腿脚不便的、没力气的、年纪大的，东明还是能送到家中尽量不放在门外。不过，为了不让爱兰担心，他放慢了上下楼梯的步伐。

平凡的人，平凡的生活，日子一天天过着，儿女一天天长大，那生活的轨迹总能折射出绚丽的光彩。

第二十四章　生命的延续

晨亮十二岁那年，晨燕六岁，哥哥护着妹妹，妹妹黏着哥哥。晨亮除了有视觉障碍，行动也没那么稳健。按说他应该上初中了，可他现在还是小学四年级，因为有两年是在盲人学校，接受特殊的专业训练。妈妈经常教导他，要笨鸟先飞，他学习很刻苦很努力。

十来年了，晨亮的康复训练从未停过，按照医师说的去做，收效甚微。爱兰琢磨出一套针对性的方案，让儿子天天练习，哪怕只有一丁点儿改善，妈妈也是高兴的。功夫不负有心人，那不只是一丁点儿，而是大大的改善，从只能摇头到学会点头，从只能抓握到捏住铅笔。晨亮的每一点儿进步都要付出常人难以想象的艰辛和努力。他的肢体不能准确地执行大脑发出的指令，在强制性地做一些动作时会伴有轻微的疼痛，想要说话时嘴唇在颤抖，想要抬起手臂时脚不由自主地在动。他的思维要敏锐地去捕捉肢体听话的瞬间，只有在那瞬间碰撞的契合点上才能准确地做出想要的动作。倘若还是做不出来，那就是肌肉的惰性了，停滞久了的各个部位神经变得愚钝而又迟缓。

晨亮的嗅觉和味觉虽然不敏感，但从感知而言影响不大，也就顺其自然了。妈妈的精力集中在他的视觉和四肢上，至于智力的开发，没有过大的祈求，想跟正常孩子一样学习科学文化知识难如登天。他看不清字，这如同瓶颈般的制约是生理上的，不是努努力就能做到的。

笼统地讲，晨亮的世界有百分之六十是听出来的，百分之十是摸出来的，百分之十是尝出来的，百分之十是闻出来的，还有百分之十是超然物外感触到的。

“亮亮，该练习视力了。”爱兰总是轻柔地说着拉上窗帘，让房间里暗下来，然后拿着通了电的灯泡在晨亮眼前晃来晃去。他要随着光源的移动左扭头右扭头，抬头或是低头，妈妈把距离拉远后，再重复同样的动作。这是在练习他的感光能力，是明和暗，而不是白和黑。说到颜色，他只能辨出红色的灯光，倘若在夜市上，他能看到很多红色的灯影。训练在不断升级，灯泡从一千瓦到一百瓦，再到十五瓦，最后是一盏小夜灯。要是赶上夏季，东明就别出心裁地捉几只萤火虫，装进透光的小玻璃瓶中，盖子上戳个孔，好让它们透气。晨亮要分辨出里面到底有几只萤火虫，想好了就在数字卡上摸到对应的数字，这对于晨亮来说可是高难问题，犹如数学奥林匹克赛。他十之八九都是在猜，指不定哪次蒙对了，爸爸会兴奋地掬着他的脸晃一晃。小小的萤火虫一闪一闪的，要是一只还容易分辨，两只不算太难，因为两只不可能每次都同时发光，超过两只也就只能猜了。他多想像萤火虫一样发发光啊！东明把那会发光的小东西放在儿子的手心，让他去摸，居然是那样的小，感觉好神奇！它要是从手心飞出，晨亮的眼神也会随之而去，那是一盏点亮世界的灯，他心中的明灯！

练完了视觉练四肢，爱兰先是揉搓亮亮的手臂和腿，然后轻轻地拍打，稍稍给予刺激，让神经敏感起来。这是一个单调而又枯燥的强化训练，手掌的张开握紧，手臂和腿的伸直弯曲。同样的动作，上午一个半小时，下午一个半小时，重复地锻炼，直到晨亮筋疲力尽坚持不住了才停下来休息。

辨别事物是最基本的，家里大大小小的东西能摸的他都摸过，能闻的都闻过，能尝的都尝过，能发出声音的都听到过。他综合了所有的感官能力，去体察身边的一切。爱兰不满足现状，就带儿子

到户外，让他接触更多的大自然中的事物，大到停在路边的汽车，小到树上的爬虫。他捏着树叶，妈妈就告诉他树的名字；他闻到了花香，妈妈就告诉他花的颜色；他听到了鸟叫，妈妈就告诉他鸟飞得有多高。有风吹过，妈妈就告诉他是东南风呢还是西北风；有雨点滴在手上，妈妈就告诉他雨是怎样形成的……太多、太多，无穷无尽！大自然没有课堂没有教学大纲，妈妈想到什么就讲什么，摸到的、闻到的、听到的，儿子看不清的，妈妈都讲。

东明花了将近一年时间，用薄薄的方形小竹片，亲手为晨亮刻制了三千五百个常用字认字卡。那小小的卡片摸上去很舒服，每一个字每一个笔画都蕴藏着东明的心血。晨亮也不失所望地基本上都能找对，剩下的就是速度了。为了符合晨亮触觉的特性，东明按照部首分类法，把字卡分别粘在六十个硬纸板块上，字数多的部首单独用一个板块，只有几个字的部首合用一个板块，五个一沓挂在墙壁上，算是检字板。部首按笔画数排列在两块板上，直接放在晨亮的书桌上，算是部首索引板。还有一块难检字板，那就是一部活的超级大字典。

爱兰问儿子："除了学习还想学点儿什么？"晨亮说："学跆拳道，我要保护妹妹。"——这是多么纯真的想法啊！几经尝试后，由于他的身体无力支撑，最终还是放弃了。爱兰和东明深感痛惜，哀叹之余，开始商量着让晨燕学点儿什么。由于视觉障碍，晨亮成为学校班级的"附属品"，这额外的一员并未得到额外的照顾。同学们习惯了，老师疲倦了，他从学校里学来的还没有从妈妈那里学来的多。

东明不曾想过让爱兰再生一个，因为他不想让心爱的人再去承受那种撕心裂肺的痛。于是，他把所有希望全都寄托在晨燕身上，希望女儿能够实现自己的理想和愿望，自己做不到的女儿都能做到。若要说自私，那也是伟大的，值得推崇的！只怕女儿不喜欢，或者无力做到。谁不想给后人留下点儿什么？谁不想奏响人生激昂的篇章？能够培养出一位人才，也是一种成功！

在如何培养孩子的兴趣爱好上，爱兰随东明，于是便问：“你说是让晨燕学乐器呢，还是舞蹈？”

“学乐器的话，她会越来越斯文，她本来就不爱动，最好是学舞蹈，能活动身体，还能塑造气质。”

“学舞蹈，学哪一种呢？”

“让我想想，我们对舞蹈都不了解，那就凭直观的感觉去选择。我比较喜欢拉丁舞，很优雅，很标准化、国际化，很能展现女孩儿婀娜的身姿。”东明边说边比画，看来他确实对拉丁舞很感兴趣。

“照你这么说，是想让女儿学拉丁舞喽？”

“这要问一下晨燕。”

“问了，她也不懂啊。”

“嗯——我们去孩子房间吧。”

听到敲门声，晨亮前来开门。走进房间，妈妈凑近被窝，贴着女儿的脸颊轻轻的一个吻，然后柔声细语地问：“喵——小燕子睡着了吗？”晨燕欢喜地睁开眼，伸手搂住妈妈兴冲冲地说：“妈妈，我还没睡呢！”原来，晨燕是在装睡。她正在搭雪花片时，听到敲门声，迅速地钻进了被窝。两个孩子住一个房间，睡上下铺，哥哥睡上铺，妹妹睡下铺。写字台上的书籍和壁橱里的玩具都放得整整齐齐，就像妈妈在梳妆台上摆放日用品一样，他们学会了如何摆放物品。

“小燕子，坐起来，妈妈有重要事跟你说。”

“什么重要的事呀？”

“你想不想学跳舞？”

“想！跳舞可以穿漂亮的衣服，还可以……”

“还可以表演节目！”哥哥抢着说。

“对，你哥哥说得对，表演给别人看，给爸爸、妈妈看，给老师、同学看，大家为你鼓掌，你肯定会高兴的！”爱兰说着握紧女儿的手。

“是啊，把你最完美的一面展示给大家，就像我这样。”东明说着还惟妙惟肖地来两个动作。

“妈妈想让你去学拉丁舞，因为爸爸最喜欢看拉丁舞了，好不好哇？”

“妈妈，什么是拉丁舞？”晨燕懵懵懂懂地问。

“明天星期六，妈妈带你去兴趣班，你看一下就知道了。”

“妈妈，我也要去！”晨亮在一旁叫道。

“行，我们一块儿去！”听了妈妈的应允，两个孩子欢呼雀跃。

星期六上午，杨老倌儿和东明守着超市。爱兰带着两个孩子去了兴趣班，正巧赶上舞蹈课，二十多名学员，看上去有七八岁的也有十来岁的，只有两名男生。光洁的木质地板，绚丽的彩灯，映照着竹影的墙壁。小蓓蕾们穿着黑红相间的练功服，棕色的舞鞋，盘起的长发扎成发髻，右脚撑地，左脚翘起，靠在支架上压压腿，然后换换脚再来一遍。压完腿热好身，老师放出音乐，同学们伴随着悠扬的韵律，扭动腰身翩翩起舞。

“小燕子，你看着哥哥、姐姐们跳舞，你也学着跳一跳。”在教室外，爱兰拉着女儿，带她扭动起来。晨燕有些羞涩，但已被这气氛所感染，剩下的就是报名了。

“您是尤阿姨吧，我带女儿来看看。”尤阿姨四十来岁，天生一副领导的面孔。

“是我，你女儿很可爱，学拉丁舞绝对没错，我们蓓蕾拉丁舞培训机构有许多分校，收费是最低的。我们的连老师参加过很多比赛，还拿过大奖！”尤老师就爱夸夸其谈。

“只要连老师教得好就行，那今天报了名，什么时候来上课？”

“明天就可以来了！”

蓓蕾拉丁舞培训班在周六、周日开课，每节课两个小时，分上午、下午两个班。星期天，晨亮陪奶奶（晨亮已经改口叫奶奶了，晨燕还是叫外婆）骑着代步车送妹妹去了舞蹈班。出了小区，过两个红绿灯路口就是学府路了，名副其实的文化一条街，除了学校，还有辅导班、兴趣班、书店、文具店。蓓蕾舞蹈班就在街中央右侧，驱车二十分钟便到了，尤阿姨热情地迎接：“晨燕来了，是奶奶送你来的？”

“我是她外婆，快跟尤老师问好。”

“尤老师好！”晨燕乖巧地叫道。

“好！好！这是练功服和鞋子，快去更衣室换上吧。”

等晨燕换好服装穿好鞋，尤老师帮她盘起头发打好结，领进教室，向大家隆重地介绍：“同学们，今天来了一位新同学，让我们用热烈的掌声欢迎杨晨燕加入我们的行列！”小晨燕既兴奋又紧张，等掌声过后，她羞答答地走进队列。外婆坐在教室外，透过玻璃门注视着她。晨亮站在一旁，似乎也看到了妹妹的身影。晨燕开始跟着老师，神形兼备地学着每一个动作。

下课后，晨燕正要去更衣室，被外婆叫住：“你先别换，爸爸、妈妈、外公还没看呢，回去跳给他们看。”

晚上，一家人欢聚一堂，迫不及待地想要看看晨燕跳舞。在妈妈的鼓励下，晨燕像模像样地跳了几个刚刚学来的动作，虽然有些生疏，但还是赢得了掌声，还有妈妈的拥抱。

“小燕子真棒！跳得真好！”爱兰给女儿竖起了大拇指，搂住她吻了吻额头。

每逢周六、周日，晨亮都会跟着奶奶接送妹妹学跳舞。又是一个周末，舞蹈课快要结束了，晨亮正在准备考试，奶奶一个人去接

晨燕。回来的路上，她少言寡语，闷闷不乐，外婆问一句，她就答一句，全然没有往日的欢笑。回到家中，外婆问她："小燕子，你有什么心事啊？这么不高兴，跟外婆说说。"晨燕没有吭声，走进房间，静静地摆弄她的洋娃娃去了。爱兰回到家听妈妈一说，就知道有事。她先给尤老师打电话，了解情况。

"尤阿姨，我女儿今天有什么事儿吗？我看她……"

"哦，我正想跟你联系呢，也没什么事儿，就是……有几个动作，她总是做不好，连老师就……她有些伤心了，你就替连老师安慰安慰她吧。"

"是这样啊，都是我把孩子惯坏了，请谅解一下，我会好好开导她的。"

爱兰琢磨片刻，走到晨燕身边，绵言细语地问："小燕子，今天学什么了？跳给妈妈看好吗？"

"我——还没学会呢。"晨燕阴沉着脸回答，"我还没学会，老师就让我一个人跳。"

"让你一个人跳，说明老师喜欢你呀！"

"我才不呢，跳不好，大家会笑我的！"

"大家发笑也是喜欢你，并不是你跳得不好。"爱兰说过做了个鬼脸，"你们连老师是不是很凶啊？像我这样？"

"一点儿都不凶，很搞笑的，他说那两个男生是他失散多年的兄弟，他都那么大了，怎么可能是兄弟，哈哈……他头上扎了一个小辫子，只有女生才扎辫子，你说好不好笑？"

"男生扎辫子，确实很好笑，还有什么好笑的？"爱兰穿针引线地问。

"妈妈，你知道吗……"晨燕贴近妈妈的耳畔低声细语地说，"我们连老师超级苗条，他跳舞的时候，屁股一扭一扭的。"

"他还扭屁股呀！"爱兰佯装惊讶。

“嘘——小声点儿，别让哥哥听见了。”晨燕嘘了一声说。

爱兰这才握住女儿的手谆谆教导：“以后，老师再让你跳舞，你就勇敢大胆地跳，老师给你表现的机会，可不能错过哇，跳得不好也不能不高兴，要微笑着面对老师。像今天这样就不好，老师会想：晨燕又不高兴了，我以后怎么教她呢？那样的话，老师可就不喜欢你喽。”听了妈妈的话，晨燕学跳舞更用心了，一定要跳好，要让老师喜欢，让同学们喜欢。两个月后，晨燕已经能够熟练地掌握一些基本动作。

有时候，爱兰会特意抽空，亲自去舞蹈班接晨燕。尤老师见了她喜上眉梢：“今天你来接了，我们下周日要组织学生参加市里的表演赛，你女儿要不要参加？”

“她才学几天，能行吗？”

“是团体表演，不是单人，参加的话需要订一套演出服。”

“演出服，那要交多少钱？”

“一千多元，是有些贵了，你可以考虑一下。”

“为了女儿，我舍得！”爱兰爽快地回答。

“这就对了！”尤老师拍案叫好，“你说我们这些做家长的，整天忙里忙外的为了啥？不就是为了孩子嘛！”

“孩子，是我生命的延续，不为孩子还能为谁？”爱兰深有感触地说。

爱兰给女儿报名参赛，一千两百元钱的演出服，就连她自己都从未穿过如此昂贵的衣服。周六那天，除了一个扭伤脚的，其他学员都换上了演出服，在做最后的排练。华丽的服装上闪烁着晶莹剔透的吊坠儿，映衬着蓓蕾们娇小的身姿。

星期天，就要去文化馆演出了，天空不巧下起了雨，淅淅沥沥的雨滴并没有打湿人们的激情。连老师带着他的学生信心十足地上了专车，陪同的家长们也个个兴奋不已。快要八点的时候，汽车驶

进了泉阳市文化馆停车场，大家走出车厢，外面还下着蒙蒙细雨。来到一楼大厅，已是熙熙攘攘人头攒动。妈妈陪晨燕去了更衣室，换上演出服，穿上跳舞鞋，戴上黑丝手套。等到最后，晨燕发现少了一样东西，便说：“妈妈，我的项圈不见了。”

“是不是忘了带了？我可是提醒过你的。”

“我也不知道，没有项圈怎么办呢？那我就不参加了。”

“那怎么行，都已经编排好了。”

“妈妈，该怎么办呢？”晨燕说着说着，眼角已挂着一颗晶莹的泪珠。

“小燕子不着急，妈妈有办法，你爸爸教过我一个魔术，很灵的，我来试一下，看能不能变出来。”

“真的？妈妈赶快变呀！”晨燕笑逐颜开。

“你闭上眼睛不许看，一……二……三……出来喽！变出来喽！”爱兰一边说着一边摇晃项圈。晨燕激动地叫了一声：“妈妈！”还情不自禁地搂住妈妈亲了亲。爱兰给女儿戴上项圈，一本正经地说：“其实，这个魔术是假的，你走的时候，项圈落在了床上，是妈妈捡起来装进我的皮包。记住今天的教训，以后有重大活动，出行时要学会检查自己的物品，不能因为忘了带什么东西而耽误了大事。”

“妈妈，我记住了。”

队员们在后台集合，化妆师给孩子们补好妆后，连老师做了心理疏导，让她们放松不要紧张。就在文化馆的舞台上，部分舞蹈队轮流做了最后一次演练。下午三点半，表演赛开始了，家长和观众们有序就座，节目一个个上演。

“下面请欣赏由蓓蕾代表队表演的舞蹈——火焰！”主持人终于报出了连老师排练的节目，嘹亮的声音落下，小蓓蕾们登上了舞台。她们伴随着伦巴的旋律展开队形，在奔放激昂的音乐中，两名男生狂热地甩动手中的红丝绸，左右旋转，犹如两团燃烧的火焰。接着，响起了牛仔劲爆的节拍，女生围拢着两名男生。舞动中，男生迅猛地甩开红丝绸，伸出双手。只见两名女主角随着节拍走了上去，与男生跳起了双人舞。让人出乎意料的是——其中一位女生居然是——小晨燕！她是什么时候学会跳双人舞的？是的！拉丁舞本来就是男生带动女生的双人舞！真是难以置信，爱兰激动得眼泪差点儿滑落下来，在心中呼喊着："是她！小燕子！我女儿！"牛仔过后，节拍稍稍变缓，跳起了恰恰。最后，在桑巴舒缓的音乐中收场。

表演赛全部结束后，很快就评出了奖项。蓓蕾们没有辜负连老师的期望，赢得了三等奖，这已经很不错了。要知道，在她们团队中，有好几名都是刚开始学的，晨燕就是其中一名。在休息区，爱兰问女儿："你跟那个男生跳舞，怎么没跟妈妈说啊？"

"尤老师说，要给你一个惊喜。"

"妈妈确实感到很意外，我高兴得都快要疯掉了！"爱兰说着顶了顶女儿的额头。此时，尤老师走过来说："你女儿很听话，很可爱，很有天赋，没事儿的时候，你就偷着乐吧！"

回家的路上，爱兰搂着女儿，看着车窗外的城市既熟悉又陌生。闪烁的霓虹撩拨着她的思绪，幸福中夹杂着对晨亮的惋惜，激动里透着一番平静，所有的情感交织着、缠绵着、萦绕着……

第二十五章　喜相随

一

就在晨燕读高三那年，她的叔叔，也就是明明已经大学毕业参加工作了，在荣城教书，是一名高中物理老师。明明在学校里，领导和同事们都叫他小张，也有人叫他张明，若是还叫他明明，那就显得太娃娃气了。可有一个人还是“明明、明明”地叫着，那就是他的女朋友——吴梦莹。她与明明在同一所学校，是一名语文老师，长得很清秀。

两个人是在学校应聘时认识的，那天去面试的足有一百多人。也就是在梦莹想要放弃的时候，明明上前搭了话：“我们不能轻易放弃，我们刻苦学习为的就是有个好的结果，也许成功就在眼前，也许留到最后的是我们。想想天寒地冻的时候，手指僵硬，我们依然在写；炙热难耐的时候，蚊虫叮着手背，我们依然在读……好好想想吧。”他像是在自言自语，可就在她的耳畔。梦莹看看四周，也只有明明离她最近。她端详着身边这位文质彬彬的男士：一副略带稚气的童颜，一头浓密的短发，一双深邃的眼睛透着智慧的光。梦莹疑惑地问：“你在跟我说话？你怎么知道我在想什么？”明明坦率地回答：“我看你刚才不停地摇头叹气，肯定是被眼前这群人给吓住了。”

说到第一印象确实很重要，这是一个美好的开端，他和她相识了。其实，摇头叹气的不止她一个，他是被她的秀气所吸引。梦莹瓜子脸白里透红，最关键的是她那双水灵灵的眼睛，闪着喜悦的光，随时都可以把忧愁淹没。明明没想到能与梦莹搭上话，更没想到，这一搭话，居然永远地搭了下去。梦莹当时就觉得这位陌生男士有些不同寻常，不是因为明明的勇气，而是他说的几句话。别人都是“小姐，你是哪所学校毕业的？有空吗”或者“美女，我来帮你拿东西”之类的话，而明明却是猜中了她心中所想，令她深感意外。

两天后，梦莹更是意外地被录用了，闯过重重难关真是不容易啊！可谓是百里挑一，成为所剩寥寥几人中的一名。明明也圆满成功，他对自己还是有一点儿信心的。两个人再次会面的时候，梦莹微笑着略表谢意。为了庆贺成功过关，明明诚恳地请她吃饭，她很乐意地随他去了餐馆。餐桌上，他们增进了解，畅谈未来。之后，两个人便有了联系，开始交往；再之后，明明想要找女朋友的“阴谋”便暴露了。

在大学里，明明对爱情依然只是憧憬，想想毕业后两个人不一定在一块儿工作，还是先找工作再恋爱吧。梦莹也有此想法，没有全身心地投入过热恋，这是她与明明能够相识相恋的重要机缘。他们都不曾想到，工作恋爱一起来！

2011年教师节上午，在荣城高中的会议室里，由校务主任带领，十二名新进教师面对国旗做了庄严的入职宣誓。明明在长春师范大学经历了四年的学习后，实现了自己的理想，成为一名高中物理老师，可以名正言顺地把所学知识传授给学生。这一天，是他人生中值得纪念的日子——暂时地结束了专业的学习生涯，开始走向工作岗位——一边教学，一边再做研究。他穿了一件立领白色暗花衬衫，一套袋鼠牌黑西装，一双“老人头”黑皮鞋，这行头是他压箱底的礼服，只有在重大场合才舍得穿上。他的头发理过还不到半个月，这天早上又去修整了一遍，让理发师用吹风机把头发吹出偏分的自然蓬松的形状，不用啫喱水也不用发胶，他不喜欢头发变得生硬发亮。梦莹听从明明的建议，穿了一件白色衬衫，一套深蓝色职业装，一双黑皮鞋。她柔顺的长发扎成一绺，头顶别了两根长方形粉红色发卡。

在一个月明星稀的夜晚，他约她去了公园。在一个亭子里，她说："我可是有很多缺点很多坏毛病的哟。"明明说："没关系，爱屋及乌嘛，喜欢一个人，就要喜欢她的一切。我知道了，你这么说，是让我做好思想准备，随时都会考验我。'真爱不怕考验'，记住这句名言，哪怕有一天你疯了，我也会以为你是在装疯卖傻。"

"混蛋，你才疯了呢！"她笑着推了他一把，两个人相互开玩笑，那笑声差点儿惊动了水塘中的小鱼。

谈恋爱、谈恋爱，恋爱终究是谈出来的，把那些想说的话从嗓子眼儿里拽出来。试想一下：倘若两个人面对面站着或者面对面坐着，都默不作声会是什么状况？想来：不是甜言蜜语后激动得想要相拥相抱，就是说过了"再见"准备散伙。

"明明、明明。"梦莹连声叫道。

"你叫我明明？"

"傻小子，不叫你明明，还能叫你老张啊！"

"叫吧，尽情地叫吧，我就喜欢你这样叫我。"

"明明，你说——我怎么会看上你呢？"这自信的问话看似轻松却不易回答。

"啊？也是，你怎么会看上我呢？这让我想起了我二嫂和我二哥，同样的问题，我嫂子怎么会看上我哥呢？如果说他们俩是奇缘，那我们俩就是随缘了。"

"奇缘？你嫂子和你哥有故事？我想听，快讲给我听嘛。"她撒起娇来。明明顿时觉得她像是一个剥了壳的煮鸡蛋，软软的滑滑的，很有弹性，这下便有门儿了。

"想听啊，下次换个地方，我慢慢讲给你听，我二哥和我二嫂，那真是……”明明说着故意咬咬嘴唇吸了一口气。

“卖关子了吧，那我就等着喽。”梦莹说完，两个人含情的目光碰撞了。沉默许久后，明明用低沉的嗓音说：“梦莹，我……”梦莹接过话茬儿说：“我们该回去了。”

“好吧，那就……回去吧。”

恋爱的时间总觉得短暂，已经半夜了，两个人才依依不舍地离开了公园。两天后，他们相约在电影院门口。梦莹说：“《美丽人生》不是看过了吗？”

“我知道，可那是在家里，没有电影院的效果好，嗯——重温。”

“你是想有一种气氛，趁我不注意的时候，紧紧抓住我的手不放，是吗？”

“哦！是谁先动手还不一定呢！”听了明明这口气，梦莹瞪大双眼盯着他，投过质疑的眼神反问道：“你觉得我会倒过来追你吗？”明明说：“互相追！互相追！”梦莹会心地笑了，不管嘴上怎么说，爱与被爱都是幸福的。

放映厅里一片昏暗，虽不能说座无虚席，但已是人数过半，不时地传出观众细微的谈话声。明明和梦莹坐在后排，肩并着肩，手握着手——还真说不清是谁先动的手。看到动情处，女生都喜欢靠在男生的肩膀上，梦莹也这么做了，彼此细细体会爱的甜蜜。就这样，一直到影片结束，他们还沉浸其中，余意未了，来的时候是并行，回的时候已是挽手。

又过了几天，他们终于走上了各自的讲台。面对一张张陌生的面孔，一时间不知从何讲起。虽然有老教师指点，但还是讲得云里雾里，别说学生听得晕头转向，就连自己都觉得飘乎乎不知所云。看来，想要达到那种游刃有余的境界，且不说磨穿鞋底，最起码要在讲台上留下一些足迹。学生们似乎并不在意这些，新老师新感觉，几十双眼睛齐刷刷地聚焦在明明或者梦莹身上。不同的班级，

一样的讲台，他们有些不知所措，没办法的时候就让学生自习，好让自个儿有空调整一下。学生们还是“傻乎乎”地瞪着眼睛张着嘴巴非常认真地在听，又仿佛不是在听，而是巴望着什么。明明干脆讲起了自己的大学生活，而像梦莹这样的漂亮老师，自有男生打趣儿，搞搞气氛。学校领导很能理解新教师的尴尬处境，也在为他们加油鼓劲。

两个月后，在座谈会上，明明说出了自己的心得体会：

“喜爱让我走上了教师岗位，把我所学的知识传授给可爱的学生。‘爱’这个字眼，可能听起来比较宽泛，比较抽象，其实很简单，尤其对学生而言。它可以是一个鼓励的眼神、一次亲切的问候、一个温柔的抚摩，就能让学生体会到爱的温暖，从而发自内心地去学习。

“教学的过程也是学习的过程，我应该跟我的学生一同学习一同进步。我会虚心求教，有疑必问，积极征求老教师的意见，学习他们的方法，探讨教学心得。学习别人的优点，克服自己的不足，在实践中让理论不断得到验证和完善……”

日子一天天过去了，他们在讲台走上又走下，师生之间慢慢地熟悉了。他们讲课也没那么吞吞吐吐了，顺溜了许多，不再是初出茅庐的哥哥、姐姐了。学生们“张老师、张老师”地叫着，使明明找到了当老师的喜悦，可学校门卫还是把他当作了学长。梦莹的女学生都叫她“吴老师”，男生中也不知谁带头叫起了“梦老师”。梦莹知道这些可爱的男生不仅喜欢她的人，还喜欢她的名字。叫她“梦老师”的男生表现得分外听话，简直是把她当成了心中偶像，不管她说什么，他们都百分百地执行，有时还照她的吩咐指点别人，这可是梦莹调教男生的绝好良机。

二

一天下午，窗外阴沉沉的，远处的天空就像一张可怕的巫师的脸，念着咒语横扫着天边的乌云。梦莹感到浑身发热，头昏脑涨，想吐又吐不出来，只好请了假，一个人待在教师公寓的房间里。她坐不住就躺在床上，昏昏沉沉懵懵懂懂地侧卧着。白露时节已过，天气有些微凉，她把床单搭在身上，瞅瞅门瞧瞧窗，都是关着的。

没多大一会儿，她看见一个身影站在床前，样子是一个十来岁的小姑娘。身穿白色长裙，白色的长发上缀着一朵儿粉红色小花。片刻之后，就只能看见蓝色的眼睛和红色的嘴唇了。这是谁？她是怎么进来的？不要吓我，梦莹在心里央求着，用床单蒙上了头。过了十来分钟，恐惧挡不住好奇心的驱使，她偷偷地探出了头，想要看个究竟，想要知道那小姑娘到底是谁，总觉得很眼熟。可当她看时，那个影子已经消失得无影无踪了。梦莹急忙拨通了明明的电话，用略带颤抖的声音说："明明……你上来一下，我……"

梦莹住在三楼，明明住在一楼。他接到电话，毫不犹豫地一跃两个台阶蹿到楼上，大步流星来到梦莹的房门前。梦莹听到敲门声开了门，显得柔弱无力，似要昏倒。明明看她两眼泪汪汪的，拉过手便问："你怎么了？"梦莹说："我不舒服。"明明急忙扶她坐下，然后摸了摸她的额头说："很烫，你发热了，我送你去医院。"

"你先别急，没那么严重，我……我刚才看见一个小姑娘，好像在哪里见过，可门是锁着的，不知道她是怎么进来的，好吓人啊！"

"小姑娘呢，走了吗？"

"刚走。"

"不对啊，我刚上来的时候，没碰到人啊，你是不是在做梦？"

“我没睡觉，眼睛是睁着的。”

“那就应该是幻觉，人生病的时候最容易产生幻觉了。”

“不是幻觉，我真的看到了。”

“那就是天使，或者是你外婆小的时候。你外婆刚去世没多久，也许是她老人家化身来看你了。”

“不像是天使，有点儿像鬼，如果是我外婆，希望她不要用这种方式来看我，传个话儿问候一下就行了。”

说着说着，明明差点儿被绕进那虚幻的世界。梦莹真的被吓着了，越紧张越恐慌病情就会越严重。明明在想方设法安慰她，定心细想后，沉着冷静地说：“梦莹，你千万不要自己吓自己，你要知道，这个世界上是没有鬼的。”

“那你用科学的方法解释一下，她是怎么进来的？门没开，她又是怎么走的？”

“不是啊，梦莹，你所看到的根本就没有，是虚幻的，是你想出来的，你这段时间看《聊斋志异》太入迷了，又加上生病，于是就……”

“你不相信？我长这么大，又不是第一次感冒发烧，只有这次，我看到了一个人，而且是透明的。”

明明越是解释，梦莹就越较真儿，不能再耽误时间了，倘若病痛能够替换，他真想自己来承受。看着梦莹难受的样子，明明心里更难受，想要用手去抓那莫名的痛。他焦急地说：“我看，还是赶紧去医院吧。”

“发热头痛还用去医院吗？你为什么不相信我呢？”梦莹说着躺到了床上，再次蒙起了头，显得有些懊恼。明明意识到，在梦莹需要照顾的时候，应该顺着她。他轻轻拍了拍被窝儿说：“那我去药店买两盒儿药回来。”正当明明起身要走的时候，梦莹猛地起身拉住他的手说：“你别去，我害怕，让别人帮忙买吧。”

明明微笑着坐了下来，只好打电话给好友王老师。半个小时后，梦莹所需的药品送来了。她很客气地道谢："麻烦你了小王，谢谢啊！坐会儿吧。"

"不了，别这么客气，都是应该的，你好好休息，我回去了。"

"她刚才做噩梦，我……"明明想要解释却被小王打住了："我知道，照顾好吴老师，我走了。"说完，小王关好门下楼去了。

梦莹吃完药，又开始絮叨了："你真的不相信？我看得清清楚楚，她就站在我面前，那是一个鬼魂，肯定是从门缝里钻进来的，我要重新思考灵魂是否存在的问题了。"明明沉思片刻说："我相信你说的都是真的，不管是灵魂也好，鬼魂也罢，都有好坏之分，你所看到的肯定是好的，她不会伤害你的。"

"可我还是很害怕。"

"你先躺好休息，让我想想办法。"

梦莹被吓得不轻，明明思索着沉入了片刻的宁静。窗外下起了雨，雨点啪嗒啪嗒地打在窗台上、玻璃上，是巫师流下的虚假的眼泪吗？哦——千万不要沾湿了小姑娘的长裙，让她变成邪恶的灵魂！

梦莹得到了一些慰藉，说道："明明，今天晚上你能留下来陪我吗？你一定要想办法，别再让她找我。"

"我……当然了……我正在想办法，有我在，你不用担心。"

天空渐渐昏暗了下来，漫长的黑夜即将来临，雨还在下个不停。明明给梦莹削了苹果，她也只是啃了两口，这会儿还是不想吃东西。明明吃了几块饼干，喝了几口茶，寸步不离地守在梦莹身边。梦莹问道："想到办法了吗？"明明说："想到了，不过——你要听我的，今天晚上好好休息。"梦莹点点头说："听你的，那你快说，有什么办法？"明明说："等明天早上，你退烧了，头也不疼了，我带你去静幽寺请个护身符回来，再带一张佛咒贴在门框上，所有的鬼魂就

进不来了。”梦莹听了，嘴角露出了微笑。她眯上眼，紧紧地握着明明的手安心地睡了。明明真希望梦莹病好了以后，还能这样呵护她，哪怕熬上一夜也是幸福的。梦莹一觉醒来，发现明明坐在床边打盹儿，便如梦初醒地问：“你一直坐着吗？”明明答道：“没关系，只要你能睡踏实就好。”梦莹被真情所动，把身子往里靠了靠拍拍床边，明明心领神会——可还是有些难为情，这样躺下去，不是乘人之危了吗？他犹豫了。梦莹看他忸怩不安的样子，含蓄地问：“怎么，不愿意吗？”

“不是，我……我……”明明吞吞吐吐说个不清，只好陪上一个笑脸。

是幸福来得太快，还是梦莹太过主动？明明有些不敢相信，面对心上人的诚意，必须用行动成全彼此的爱意。他脱去鞋子，听窗外透过一股调皮的风，化作一双有力的手，托起自己轻轻地放到床上，静静地躺在她的身边。浓浓的爱快要让人窒息，两个人握着手没有说话。过了许久许久，她侧过身，贴紧他的肩膀。就这样，一个真实的甜美的梦一直到天亮。

朝阳穿过潮湿的空气透过窗子，洒在书桌上，洒在床铺上。梦莹醒来看到明明在熬米粥，关切地问：“你昨晚没睡好吧？”明明走到近前说：“还好，你怎么样了？”梦莹说：“有你陪着，感觉好多了。”

上午，他们请假去了静幽寺。寺院依山而建，松柏森森，空气清新。庙宇虽然不大，但人气很旺，前来上香祈祷的善男信女络绎不绝。明明和梦莹在佛像前点上三炷香，然后磕头跪拜。就在他们将要起身时，走过来一位老法师。他手持锡杖，身披袈裟，一副很严肃的样子。法师走到明明面前郑重其事地告诫道：“等等！施主且莫起身！”说罢，他绕着明明转了两圈，这让明明和梦莹很是纳闷儿。而后，法师驻足明明面前，先是瞟了一眼梦莹，随即眼光直直地盯着明明，犹如两束佛光从他眼眶中射出，极具穿透力。他用食指点化着明明的额头庄严地说：“你——前世与佛有缘，佛祖留有三成法力，可传于你今生之用，不知施主可愿受之？”明明一听说有法力，顿时心潮激荡起来：法力？还前世今生？可能吗？算了，不管那么多，先过把瘾再说，兴许可以借此哄哄梦莹。于是，明明心不在焉地随口附和：“承蒙佛祖眷顾，留给我三成法力，那就传给我吧！”

“好！很好！施主果真不是凡夫俗子。请施主再上三炷香，方可授予你‘无极法牌’。”

老法师什么都准备好了，明明只管看着听着便是。“施主无须起身，由老衲代劳。”法师说完，点上三炷香，然后把一个牌子置于佛祖掌心。那是一个竹片做的长方形牌子，宽窄有麻将牌一般大，正面刻着佛像，背面刻着“佛”字，也就是法师所谓的“无极法牌”。只见法师盘坐在佛像前，口中念诵着经文。十来分钟后，他取出法牌对明明说：“此法牌已有三成法力，请收好，以备不时之需，两位施主可以起身了。”

明明接过法牌站起身，很有礼貌地向法师道谢后，拉着梦莹，穿过偏门，来到后堂。梦莹揉了揉膝盖，看到柜台上摆放着许多护身符，都是开过光的，她左挑右选后相中了一枚精美的楞严咒护身符。明明亲手为她戴上，并嬉笑着说：“这下好了，有护身符保护你，什么都不用怕了。”

临走的时候，老法师赠送给他们所需的佛咒。一路上，明明在心里琢磨着：上三炷香，磕三个头，一个无极法牌六十元，一个护身符九十元，三、六、九，多好的数字啊！这应该是寺庙的套路，怪不得香火鼎盛——抓住了香客的心理需求。但这些又不能讲给梦莹，就假戏真做地一直演下去吧。

回到家里还没站稳脚跟，梦莹就迫不及待地想要明明展示他的

法力。她关上门便说：“明明，法师说，佛祖传给你三成法力，那我站在门口，你能让我飘到床上去吗？”

“我亲爱的梦莹啊，你就别逗我了，你又不是树叶，怎么飘得起来嘛。”

“你又没试，怎么就知道不行？你不是有个无极法牌吗？”

“要试啊，怎么试呢？”明明稍稍想了一下接着说，“你把眼睛闭上，不许偷看，我来试一下！”

“来了，准备飘起来喽……”明明说着就是一个公主抱，然后轻轻地把梦莹放到床上，哄着她说，“公主，你觉得这样飘过来算吗？”

“你把鼻子伸过来，”梦莹看他那么乖，就刮了他三个响鼻儿说了三个字，“算、算、算！”

梦莹止住笑，可还是很好奇：“我们再试试吧，说不定真的会显灵。”

“再试一个？好嘞！”明明拿来一个敞口玻璃瓶，灌上半瓶水，放在桌子的一边说，“你再把眼睛闭上，不许偷看，我能隔空移物，把瓶子从桌子的这一边移到另一边。”只见他双手合并，把无极法牌夹于掌心，像模像样地念了一通法咒：“南无阿弥陀佛……请赐予我神灵……南无阿弥陀佛……”而梦莹此刻正紧闭双眼，等待那神奇的一幕。

“亲爱的，请睁开眼睛，见证我神圣的法力！”

当梦莹睁开眼，看到瓶子果真移到了桌子的另一边，便像个娃娃似的天真而又惊奇地叫着：“哇！好神奇啊！太神奇了！”

他们在乎的不是真真假假，而是其中的情趣。即便梦莹知道自己闭着眼的时候，明明迅速地把瓶子从桌子的这边拿到那边，也依然无妨他们乐在其中。她惊喜过后，眼神聚焦在瓶中的红色花瓣上。

“明明，我看见瓶子里飘着一个……”

“一个玫瑰花瓣！”还没等她说完，明明便接上了话。

“玫瑰——花瓣？”梦莹轻声问道。

“是的，红色的玫瑰花瓣！而且还有！”明明把手伸进上衣口袋里，从容地掏出一片片花瓣接着说，“虽然花瓣已经脱落，但心还在，情还在！”说完，他欲将手中的花瓣投入瓶中，被梦莹叫住：“别放进瓶子里，用我的洗脸盆，明天早上，我要用泡过玫瑰花瓣的水洗脸。”梦莹说完，接来半盆清水。明明把花瓣撒在水面上，刹那间，仿佛成了一片花的海洋。梦莹自我陶醉地说：“你不觉得这样更美吗？”明明听了连连点头。

一对儿情侣沉浸在浪漫之中，每一样物品都如同神话一般，充满灵性。梦莹说：“怪不得你衣袋里鼓鼓的，我还以为是钱呢，原来……”

“我没那么多钱，有的只是一颗心！”

看窗外夜幕渐渐落下，月牙尚未爬上树梢，已有点点星光相随。梦莹侧身躺在床上，浮想联翩。明明先把写有“唵嘛呢叭咪吽”的佛咒贴于门框，然后端坐一旁。一时间，屋里静悄悄的。

“梦莹，你早点儿休息吧。”

“你坐在这儿，我睡不着。”

“哦，那我……我下楼去了，但愿护身符保佑你，别做噩梦。”说罢，明明便起身要走，还没等他开门，就被梦莹叫住：“等等！你走了，我更睡不着！”明明听了，飞转身来，扑到床前，单膝跪地，拿出一个精美的小盒子。打开来，是一枚闪光的戒指。梦莹坐起身，倾听恋人的告白：“梦莹，嫁给我吧，我不能没有你，让我永远陪着你，照顾你好吗？”

梦莹环顾整个房间，每一个小饰品好像都在说：“嫁给他，嫁给他……”就连玫瑰花瓣仿佛也在为他们喝彩。梦莹定了定神，眼

含热泪伸出左手。明明为她戴上了那枚戒指，情已定，爱已定！没有轰轰烈烈，只有相依相伴；没有灯红酒绿，只有陋室一间。他把她揽在怀里，在额头轻轻地一吻。

三

就在第二年 3 月下旬，他们约双方父母见面，并置办了简单的订婚宴。梦莹的爸妈相信自己的女儿，不会看错人。老张就更不用说了，他欣然乐道："好！好！老大、老二有福，这小的更有福！"

明明筹集了一些钱，在学校附近买了一套房子，等装修好了就结婚。一切准备差不多了，明明想到一个人，是在年少时离家出走的路上遇到的星儿。他想在结婚前去看望她，并请她参加婚礼。梦莹听了明明的讲述后，也深为感动，愿意陪他一起去。

星儿十二岁那年，送给明明的十个核桃，他一直收藏着。明明想着自己有了工作，买了房，正准备结婚，这应该是"十全十美"了吧——只是不知星儿过得怎么样。

国庆前夕，明明带着梦莹去找星儿。在东明结婚的时候，明明和星儿见过一面。十年前，他给她写过一封信，星儿回信说她过得很好，请哥哥不要挂念。之后，就再也没有联系，哥哥没有告诉妹妹电话号码，妹妹也没有来找过哥哥。不是彼此间的淡忘，而是把那份情深深地藏在心底。明明把星儿当作妹妹，可星儿却对哥哥满怀爱恋。哥哥想着再次见到小黑妹时，应该是一个恍如隔世的巨变，是惊喜！也许十几年没见，为的就是这个，星儿比哥哥有更多的期待。

明明清晰地记得那地方，只是时过境迁变了模样。他们走过几条小巷，找到了那个记忆中的院落。房子没变，院墙没变，大门没变，一切都是老样子，像一位饱经沧桑的老人，蹲坐在一片新建的民房之中，给那些年轻的孩子们讲述曾经的故事。他抬头望去，当年和星儿种下的那棵核桃树已经高耸出墙头。对！就是这家！他走到门前，叩响门鼻儿，有人过来开门，仔细看去应该是星儿的妈妈，两鬓虽已斑白，但还能认得出。明明先行打招呼："婶子，您还记得我吗？我是星儿的哥哥，就是路上遇到的那个——明明。"

"明明，是你呀！我怎么能忘呢，我就盼着什么时候能见到你，星儿也时常提起你，说你肯定会回来的，没想到，你这就来了，你身边这位是……"

"这是我对象。"

"婶子好。"梦莹微微一笑。

"好啊，太好了！赶紧进来吧，我们到屋里去！"

他们走进院子，走进堂屋，把大包小包、大盒小盒的放好坐下。婶子素云一边忙着倒茶一边说："明明啊，你大老远回来，带这么多东西干吗呀？"

"这哪算多啊，就是车上不太方便……婶子，我爷爷、奶奶呢？"

素云看了看二老的照片摇摇头说："不在了，都不在了。"明明这才意识到放在屋柜上的照片，虽然显小，但还能看得出老人脸上的一道道皱纹。明明此刻沉默了，哀痛了。过了一会儿，他问道："星儿呢？她在做什么？"

"她呀，你知道的，她有语言障碍，喜欢音乐，后来就学了这个，现在城里一家乐器行做调音师，还可以吧，那你呢？"

"我，当老师，教学生。"明明说。

"人民教师，太伟大了，你们在一所学校吗？"

"对，他教物理，我教语文，婶子过奖了，我们就是教教学生，算不上伟大。"梦莹谦虚地说。

"你们先坐着，我给星儿打个电话。"

"婶子，你告诉我号码，我来打。"明明站起身说。

“还是我来吧，她说话不清晰，你听不懂。”等素云放下电话，告诉他们说，“星儿下午请假，坐车两个小时就到家了，我没说你们回来，就跟她说有急事，等她回来，她一定会感到惊喜的。”明明和梦莹听后会心地笑了。

他们走到院子里，站在核桃树下，只见树干上拴着一只小黄狗，“汪汪”了两声便向他们摇尾巴。明明摸摸它的额头说：“这狗好像认识我呀。”素云站在一旁说：“这是小浪仔，是浪仔的重孙了，很可爱的。”

提到浪仔，明明有些忧伤，想起了当年同星儿告别时，浪仔在身后穷追不舍的情景。不知是哪年的哪一天，它永远地离开了，再也不能回来看它的小主人了。明明喃喃自语：“岁月悠长而又短暂，有太多的事值得去回味。核桃树啊核桃树，刚种下时还没有我高，如今——我跳起来都够不着喽！”

当明明从婶子口中得知星儿还是单身一人没有男朋友的时候，感到很疑惑，但又无法追问。他在心里琢磨着：像这样一位姑娘，即使说话不便又有何妨，难道是自己不愿？是她对爱情的憧憬太高，遇不到合适的？

吃过午饭，素云开始忙着做家务，猪不养了，就养了几十只鸡，女儿有了工作，也就没什么负担。她一人陪着女儿，没有再嫁。与她同样孤身一人的宋齐大曾经陪过她两年，就差拜堂成亲了，宋齐大说要外出打工，挣点儿结婚用的钱，可一走就不知去向。这让素云彻底地死了心，她早已把那人和事儿给淡忘了。她要对得起孩子，对得起逝去的两位老人，对得起晨旺哥。她清楚地知道，自己所拥有的一切都是别人给的。她不孤独不寂寞，因为她有恩人，还有一个懂事的心疼她的女儿。

梦莹在逗着小狗玩耍，明明屋里院里不停地转悠。就在他焦急等待时，传来了敲门声，一定是星儿回来了。明明急忙跑去开门……兄妹俩面面相觑，除了肤色，已经找不到一丝星儿小时候的影子了。明明很难相信，眼前这位身材匀称、面目清秀、皮肤略显黝黑的大姑娘就是当年的星儿。对于星儿来说，更是认不出眼前这位有几分帅气的陌生人是谁。星儿心想：难道是妈妈托人介绍的对象？可事先没有听妈妈提起过呀。星儿诧异地问："你是？"她的嗓音沙哑而又僵硬，但明明还是能够听得出她在说什么。他激动万分地回答："星儿，是我！明明！"

听到哥哥的回话，星儿抑制不住热泪夺眶而出。她用双手捂着脸庞，试图掩饰却掩饰不住，眼泪还是顺着手指缝流了下来。她做梦都不敢相信，明明哥回来了，就在眼前！梦莹看到此情此景也感动得热泪盈眶！

傍晚，他们坐在一起叙叙旧聊聊天。由于星儿用语言表达很困难，用手语的话，明明和梦莹又看不懂，她大多是在听，偶尔会插上一两句简短的言语。星儿从来没有因为自己的缺陷而懊恼，总是乐观地面对生活，积极地面对人生。这天夜里，星儿没有睡觉，她在写一封信，写给明明哥的一封信。妹妹知道哥哥明天就要走，她要把所有的心里话都写出来，装进信封交给他，直到深夜，她才写完。

第二天上午，明明怀揣着信件坐上了回家的列车。星儿和妈妈在站台上恋恋不舍地望着远去的火车，直到消失在铁轨的尽头。车窗外一排排的树木闪闪而过，明明心里思绪万千。列车平稳地行驶着，梦莹拍了拍明明的手说："信呢，拿出来看看。"

"等回家再看吧。"

"怎么，有什么好藏着掖着的？我不看，你自己看嘛。"

明明犹豫片刻后，还是拿出了信件，他知道梦莹不是那种心胸狭窄的人。他一字一句地默念着："哥哥，离别十六年，再次相见，几度惆怅，几度神伤，依然不变的心中有你。十个核桃，裹得住的

是思念，裹不住的是爱恋。无知的少年心啊，悔不该萌生私心杂念……我不是没有男朋友，只是没告诉任何人，包括我的妈妈。我的男朋友叫童缘，我告诉他，想等明明哥结婚了，再考虑自己的事（三年前，我才告诉他）。他对我很好，愿意陪我一起等，这对他很不公平，可他不介意。他知道，只有哥哥结婚了，才能了却我的心结……很想与哥哥朝夕相处，可那只是十全十美的一个梦。梦醒了，各自回到各自的港湾……哥哥就要结婚了，你们一定是最幸福的，那也是星儿最开心的……爱着你的星儿！”

看完信，明明心中极度悲痛，流着泪拍打着车窗念叨着：“星儿，对不起，是哥哥想错了，让你失望了……对不起，星儿……下车，我要回去，我要见星儿……”梦莹从他手中接过那封信，没有细看，当她看到最后一行字的时候，全然明了：原来，星儿一直暗恋着他，一直在等他，等待一个没有结果的结果。星儿比谁都清楚，他们只能相遇却无缘走到一起，可她还是要等，一等就是十六年，十六年的期盼，她，无怨无悔！星儿心中那无缘无故的悲伤也只有自己去抚平，也只能站在核桃树下安慰自己说：“星儿不哭，星儿不难过，哥哥幸福，星儿就快乐。”核桃裹住了她十六年的思念，核桃树伴随她十六年的成长。

男人何尝不脆弱，此时此刻，梦莹需要表现出自己的大度与豁达。在明明最需要慰藉的时候，把他揽在怀里，无须言语，用暖暖的体温去安抚他。列车过了一站又一站，已经驶过中途。待明明情绪稍稍平静，梦莹向他要过来手机说道：“我给星儿发个信息。”她看了看明明质疑的眼神，接着又说了三个字，“相信我！”她打开手机，给星儿发了一条信息：“星儿，哥哥相信，你也有属于自己的幸福，婚礼那天，你和你的男朋友愿意做我们的伴郎和伴娘吗？”过了一会儿，星儿回信答道：“哥，我们很愿意！”

“你跟星儿说了什么？”明明问道。梦莹把手机还给他说：“你自己看吧。”明明接过来，看完之后暖暖地微笑着握紧了她的手。

国庆节终于到了，有许多新人都在这一天结婚，喜迎国庆嘛！明明和梦莹也在这天结婚，婚礼在仙客来酒店举行。他们已经做好了准备，来的有亲朋好友，有学校领导，还有一些他们的学生。

客人们陆陆续续都来了，整个大厅热闹非凡，门口鞭炮齐鸣。司仪走上婚礼台，开始了隆重的结婚仪式。新娘穿着洁白的婚纱，显得清纯而又美丽。新郎为新娘戴上结婚戒指，发过誓言，喝了交杯酒，拜了父母，最后照了一张全家福。

等婚礼结束后，梦莹从司仪手中接过话筒，郑重其事地说：“各位亲朋好友，各位宾客，谢谢你们能够参加我们的婚礼，在这个喜庆的日子里，我想来一个小插曲。大家都看到了我们的两位伴郎和两位伴娘，他们当中有一对儿恋人，我想请这对儿恋人走上前台，让我们一起见证他们的爱情！”梦莹话音刚落，大厅里顿时鸦雀无声。

“星儿，请拉着恋人的手走上礼台。”

星儿听到新娘在叫，一点儿准备都没有，心里有些发慌——有时候，有些事，无须提前商量，提前准备。她看到新娘在不停地招手，便鼓起勇气，拉着童缘的手走上了婚礼台。梦莹看两个人并肩站着，便庄严地说：“他们是在聋哑学校认识的，虽然不能顺畅地用语言交流，但心是相通的。今天，由我来做主，为这对儿恋人举行一个简单的订婚仪式。”新娘说完，只见一位小姑娘抱着一个精美的盒子缓步走上前台。梦莹接过盒子说：“这里面装的，大家可能猜想不到，东西不贵重，但意义很重，是代表‘十全十美’的十个核桃。十六年前，我的新郎收到了这样一份礼物，他精心地保存着；十六年后的今天，我也准备了同样的礼物送给这对儿恋人，祝愿他们永结同心，十全十美！”

星儿手捧礼盒，眼含热泪。机会不容错过，童缘不失时机地单

膝跪于面前，用手语向星儿求婚：你愿意嫁给我吗？虽然大家看不懂手语，但也能猜得到，这可是插曲中的插曲，该怎么办呢？梦莹稍加思索后便有了主意，她用花束做掩饰，双手相握（不对，好像不是在握手，而是做起了小动作）。接着，她弯下腰，向童缘手中塞了一样东西。他凭触觉已经知道那是什么，盯着梦莹愣住了。看到梦莹点头示意，他心领神会地转过脸用手语向星儿表示：亲爱的，请伸出你的左手！星儿羞答答地站着，已经看得透新娘的举动，似乎是无意中安排好的——水到渠成！明明替他们拿着礼盒，星儿乖乖地伸出手。童缘为她戴上订婚戒指，大厅里顿时响起了阵阵掌声。一枚戒指，在短短十几分钟内，从“结婚”走到“订婚”，意义变了，但“身价”没变，世事变化如此奇妙！这是一个美妙的转变，一个无缝的链接，一切尽在不言中，掌声过后，赞许声连绵。

新人和他们的父母在一间包厢里，有证婚人（老张村上的支书）陪着，有一对儿伴郎、伴娘“伺候”着。在另一间包厢里，有鲁明和苏芳，女儿悦月，儿子悦朋（朋朋）、悦文；有东明和爱兰，儿子晨亮，女儿晨燕；还有星儿和童缘；哦，还有老张和张夫人的另一个儿子——小超。东明为鲁明大哥敬上三杯酒，兄弟俩难得相聚，千言万语融入酒中，鲁明一饮而尽！在爱兰的带动下，大家起立为兄弟俩鼓掌，只因他们的相聚太难得！十年前，鲁明带着悦朋骑单车长途旅行途中路过泉阳，没有停留，只留下了电话号码。东明了解大哥做事的风格，并不感到异常，那次是路过，这次才是相聚。鲁明双手握着酒杯，不用去说，单看那双手就知道这次相聚有多么不同寻常——似乎，鲁明稍稍用力酒杯就会破碎——他紧紧地、牢牢地拿捏着兄弟情义。再看看悦朋，眼神在晨燕面前忽来闪去。

婚宴上，明明还见到了两位特殊的老同学——领召和海燕。看到他们身边两岁的小男孩儿就知道——两个人终成眷属了。在明明脑海中浮现出一片恍惚，恍惚那小孩儿是自己的，不！不！不！太恍惚了，不能去想！明明握着领召的手说：“召哥还是那么健壮，儿子像你！”

“你小子艳福不浅哪！”领召说着拍了拍明明的肩膀。明明扭过脸，面对海燕，一时间想不起说些什么，就随口夸夸她：“海燕比以前更漂亮了。”海燕脸上泛着红晕回道：“那也没有弟妹漂亮。”

下午，新郎和新娘向亲友、领导、学生一一道别。

星儿在临行前走到东明身旁，亲切地叫了一声：“哥哥。”这是能听得清的“哥哥”的音调。东明看着长大后的妹妹，满怀深情地回道：“星儿。”两个人默默相对，没有言语，也无须言语，就是这样简单，眼神中有说不完道不尽的千言万语。离别终究是不舍的，是忧伤的，可现实中的他们却无法造就一个永不散的梦。

星儿和童缘回到家后便开始精心准备，想在下一个国庆节举行婚礼。至于那枚戒指，它也不辱使命地完成了任务，物归原主了。童缘为星儿买了一枚一模一样的戴上。

晨燕参加完叔叔的婚礼，回到家里又待了一天后，假期也到了，同爸妈、哥哥、外公、外婆告别后去了学校。东明看过弟弟的婚礼，回想当年，那喜庆的场面仿佛还在昨天，虽然形式不同，但新娘的每一颦每一笑都是一样的甜美！

第二十六章　无言的爱

在宾州有一所聋哑学校——晨星艺术学院。校长就是一位聋哑人，是自主创业成功人士，拥有两家服装厂，为了回报社会，他与另外一位慈善企业家共同创办了这所特殊的学校。校园里的每一位学生都像黎明前的晨星，默默地挂在天边。

学校分初级班、中级班和高级班，学制三年一级，从十二岁（可以放宽到十五岁）入学到毕业要在学校度过九年时光。学校以艺术课为主，文化课为辅，开设了乐器、舞蹈、书画课。星儿学了手风琴和古筝，童缘学了架子鼓和二胡。星儿和童缘就是在学校相识相恋的，毕业那年，他和她都是二十一岁。星儿在高级三班（不按人数，而是按所学科目分班，方便教学），童缘在高级一班。毕业前夕，大家都在忙着排练节目，校长用手语告诉大家：毕业典礼要给每一位学员表演的机会，哪怕从早上演到晚上也不会停。

星儿自编了一段舞蹈，名字就叫“晨星”，她不想演奏手风琴或者古筝，想给大家焕然一新的感觉。星儿酷爱舞蹈，时常模仿影像练习，当她的脑海中浮现某个舞姿时，就会用自己的肢体展现出来，日积月累，简单动作多了，就编成一段段说不上名堂的舞蹈。星儿选择乐器，也并非入错了行。她是想：假如有一天身体走形了怎么办？年纪大了跳不动了怎么办？星儿的想法始终停留在表演上，没有想得太过长远，弹奏乐器不需要那么大的体力，便学了乐器。

已经很晚了，同学们都已休息。星儿来到舞蹈室，只有一盏壁灯亮着，照见她的身影，她开始扭动身躯摆弄舞姿。清晨的星星是什么样子？没那么密密麻麻，也许只有几颗或是几十颗，但它们却是黑夜里最亮的。它们最终会被光芒所吞噬，等到下一个黑夜来临，又会闪烁在夜空，不寂寞不空虚。星儿不就是日出前的晨星吗？她跳着畅想着自我，“晨星”要跳出什么样子？——跳出自己！跳出自己所能想到的感受到的一切，有梦想有期盼，有自信有博爱。

星儿自娱自乐地陶醉在舞蹈中，仿佛整个世界就剩下一间教室和一个人。童缘一样没有睡觉，抱着二胡走在去往音乐室的走廊上，听到舞步声，走过去又走回来。他驻足玻璃窗前，看到了星儿翩翩起舞的样子，误以为她就是舞蹈班的学生。星儿全神贯注地跳着，柔和的舞姿中，想加进几个奔放的动作。由于没有过硬的基本功，她不小心滑倒，扭了脚腕，坐在木质地板上揉着。童缘被星儿所吸引，不是她跳的舞蹈而是她的人，他想走进教室帮她揉揉，可他没有，那样做未免太过莽撞。虽然两个人在校园里在食堂里也见过，但那仅仅是谋面而已，并未留下深刻印象。而这次，童缘觉得，她是在为他跳舞，一种奇妙的情绪涌上心头，单从第一印象说，他喜欢这个跳舞的女孩儿。过了一会儿，星儿站起身来活动活动，童缘看她并不严重就悄悄地离开了。他没有去音乐室，而是回到了宿舍，琢磨着：怎样去接近她，给她买点儿什么，怎样给她。他想过来想过去，已经神魂颠倒夜不能寐了。

第二天晚上，一样的那间教室，一样的星儿在跳舞，一样的他抱着二胡走过舞蹈室。不同的是——童缘把脚步踏得很重，是有意想让她听到，他把一盒儿治扭伤的虎骨膏塞进门缝便匆匆离开了。没想到，星儿还真听到了脚步声，她开门时，膏药掉在地上。星儿捡起来看到了童缘戴帽子的背影，诸多疑问涌上心头：这个男生是哪个班的？他怎么知道我扭伤脚了？可那不严重啊，我自己都没想着买药膏，他是别有用心吗？星儿已经无法静心练习，拿着药膏回宿舍去了。躺在床上，她翻来覆去地看着药膏，想着明天在校园里肯定能见到他；此时的童缘也躺在床上，想着明天一定要让她见到。就这样，一盒儿虎骨膏牵动了两个人。很多情况下，物品的价值不在于本身的用途，而是延伸出去的另一层意义，就像这小小的一盒儿药膏。

度过了思绪万千的一夜，童缘在校园里转悠，看到星儿走过来，忙不迭地站到花坛边，理理衣襟整整帽子。星儿老远就看到他了——戴帽子的男生，虽然不高但很俊朗。星儿没有像童缘那样立马心动，但也想给自己一个恋爱的机会。她走上前去，拿着药膏用手语比画着：这是你送给我的吗？童缘点点头。

星儿手语：你是哪个班的？

童缘手语：高级一班，学架子鼓和二胡，我叫……（童缘拿出了自己的学生证）你呢？

星儿手语：高级三班，学手风琴和古筝（星儿也拿出了学生证给童缘看），毕业会演你准备好了吗？

童缘手语：我准备了二胡独奏《赛马》，你呢？

星儿手语：我不想演奏乐器，我排练了一段舞蹈，名字想好了，叫晨星，就是不知道穿什么服装好。

把自己的情感融入恋爱中的人，都喜欢钻进牛角尖思想，有时候也会歪打正着中了彼此的下怀，即便想偏了想歪了，彼此也不会太过计较。童缘想着：她是真不知道穿什么服装吗？难道是在给自己表现的机会？若是那样，可不能错过了。

童缘手语：我可以帮你想一下，今天晚上，舞蹈室见，我想完整地看一下你编排的舞蹈，可以吗？

星儿手语：那就晚上见，不去教室，去鸳鸯亭。

鸳鸯亭——那可是情人约会的好地方。童缘不敢相信这是真的，兴奋得快要跳起来，目送星儿走进教学楼后就去请了假，精心准备想要送给星儿的礼物，也许牵手就在今晚。

出了校园，往东走上一公里就是红梅公园了。在水塘边，有一个六角亭子，六盏地灯映射凉亭，不远处一簇簇青竹，掩映在高大的松树下，童缘和星儿相约亭中。他拿出一个粉红色盒子，轻轻打开，是一件洁白的连衣裙，上面摆着一对儿星形发卡和一枝红色玫瑰花。童缘手执玫瑰献给星儿，情意绵绵。星儿面带微笑接过玫瑰，接受了童缘的爱恋。两个人挽手相悦，并坐在长凳上，仰望夜空繁星点点，聆听不到夜的声息，静享甜如蜜的温情。过了许久许久，童缘站起身，走出亭台拿来二胡，坐在星儿对面，为她即兴拉奏乐曲。灵感在情思中绽放，弦音在夜幕下回荡，星光、树影、亮灯、草坪、亭台、情侣……所有的一切都糅进那悠扬而又婉转的乐曲声中。琴弦在手指间拨动，运弓在弦丝上滑过，细腻的音调像是情人的言语，柔情万种，诉说情怀，温文尔雅，无言的爱从这一夜开始。

星期六那天，艳阳高照，毕业典礼隆重举行，会演大厅里热闹而不混乱。在这喜庆的日子里，同学们已经不满足于手语表达，他们都竭力地发出犹如婴儿般“咿呀”的声音，表达着毕业后的畅想和对同学的不舍。校长庄严地走上讲台，用手语致词：同学们，今天是一个特别的日子，一个值得纪念的日子，每一位同学都在这里度过了学习的九年，愉快的九年。你们即将踏入社会，用你们所学到的才艺使自己像正常人一样去工作去生活，用你们的行动告诉别人，你们不是弱者，你们都很坚强都很棒！你们就是黎明前的晨星，闪着不一样的光！

同学们静坐着掌声雷动，校长深深地鞠了一躬，走下台去。校务主任报出同学们编排的节目，展示书画的与演奏乐器和表演舞蹈的同学交替上台，动静有致。星儿和童缘都坐在第二排，但并未紧挨着。轮到星儿上台表演了，她要在十来分钟内表达出自己对人生的憧憬和内心世界的宽广。星儿穿着童缘送给她的连衣裙屹立舞台中央，随着音乐响起，她翩翩起舞。随身飘动的裙摆上坠着白色花饰，两条袖子上各有一排闪光的亮片，犹如晨星，头上簪着星形发卡，配上粉红色头花，一抹淡妆掩饰了她稍显黝黑的肤色，有一点点动人心弦。童缘看到的不仅仅是一个舞动的心仪的女孩儿，他还看到了她——不是彩蝶却飞于花丛，不是玫瑰却香气四溢，不是天使却飘然如仙，别人看不到的，童缘都能看到。不知何时，音乐停了，童缘没等星儿谢幕就立马起身，拍手鼓掌，偌大的会演厅里只在回响他一个人的掌声。当他朝四周看时，也只有他一个人站起，其他人全都坐着。这一幕，星儿全看在眼里，她已经知道，自己走进了童缘的内心，在这一刻，他心里只有她。过了片刻，所有人才随之起立鼓掌。星儿谢幕回到座位上，心情久久不能平静。等到另外两名同学展示了自己的画作后，童缘登上舞台，接过场务助理手中的二胡，怀抱着端坐舞台中央。他开始拨动琴弦，拉动琴弓，《赛马》那激昂奔放的乐声响彻大厅——是骏马奔驰在草原上，是战马驰骋于疆场，是飞马行空于天地间。在万马奔腾的震撼中，所有同学都不由自主地起立鼓掌，星儿却表现出与同学们截然不同的举动——她静坐着，貌似无动于衷。恐怕也只有童缘知道她此刻已飘飘然去了草原，或是两个人同骑一匹马，或是各骑一匹马。乐曲停了，掌声落了，星儿的思绪回来了，却依旧静静地坐着——除了童缘，没人能猜得出星儿去过哪里。

等到所有节目表演完毕已是晚上，同学们激情未减。最后，颁发毕业证书并合影留念。

毕业后，星儿和童缘真正踏入社会，开始忙着找工作。两个人虽然经常联系，但彼此间的关系还不曾在老师和同学们面前提及过，因为星儿有一桩心事尚未了却——她还惦记着明明哥。她不想让别人知道自己恋爱了，甚至连妈妈都瞒着，她向童缘表示过这个牵强的要求，没想到童缘爽快地答应了，墨守成规地过了一天又一天。星儿没有向童缘透露缘由，他也没有追问。他知道她肯定有难言之隐，相信有一天一切都会明了。只要两个人心心相印，其他的都会变得无关紧要。

在宾州市区有一个乐器行，名为“星海琴行”，出售各种民族乐器，也有部分西洋乐器。老板和晨星艺术学院校长认识，当他翻看应聘简历时抽出了两张——星儿和童缘。这纯属巧合，并非事先商量好的，两个人在不同的地方不同的时间都看到了招聘启事，都去应聘填了表。第二天，两个人在几乎相同的时间接到了面试通知，都高兴得积极应试。上午，童缘拉了一段《赛马》后就去了星海琴行。星儿把自己精心打理一番，想要给人一个好印象。两个人在没有找好工作之前，暂住在学校宿舍，这是校长对他们的特殊照顾。在校园里，他们保持距离，不让别人看出两个人的关系。童缘到星海琴行没多大一会儿，茶水还没喝上一口，星儿便到了。见了面，两个人相视而笑。老板问：“你们是一个学校的，想必都认识吧？”星儿和童缘以笑作答。老板说：“既然你们都来了，那就拿出你们的真才实学，我这次只要一位调音师，只能留你们其中一位。不多说了，就用我店里的乐器，你们自己挑一样，演奏一曲就行了，剩下的事——明天就知道了。”

星儿听老板说只留一位，她的心情不是紧张而是瞬间放松——不用竞争了，她清楚地知道童缘拉奏《赛马》的震撼力。星儿自觉：不管是手风琴也好，古筝也罢，没有哪一样哪一首敢与《赛马》拼上一拼，那就随便弹上一曲《高山流水》吧，兴许老板喜欢古典优雅的乐曲呢？

女士优先，星儿走到古筝前，抚摩片刻便坐下来弹奏。琴弦拨动，音韵传来，星儿弹出了《高山流水》的清脆和静美，然而仔细聆听，空灵不乏热情，欢悦不失雅致，好似夹杂着“小桥人家”的韵味。星儿弹奏完毕，很坦然地回座儿了。老板暂不发表言论，抠抠耳朵鼓鼓掌，等听完童缘的演奏再说。童缘拿起一把二胡抱在怀里，他一如既往地拉奏《赛马》，思绪有些混乱，不知道该如何拉完曲子。为了星儿，他想……拉着拉着开始跑调儿了，节奏也没那么明快，别说是内行，就是外行听了也会觉得有点儿“东拉西扯”，调儿不搭韵了。星儿瞪大眼睛伸直耳朵，越听越觉得僵硬，不是万马奔腾，而是万马嘶叫。老板用手指轻轻地有节奏地敲着桌面儿，眉头紧蹙。星儿心想：他这是在拿自己开玩笑给老板取乐吗？童缘拉完曲子，老板真的乐了。他不需要纠结两个人的取舍了，于是便笑着说：“我觉得，调音师还是女孩子做比较好，你们觉得呢？”童缘放下二胡，用手语表示：谢谢老板给我演奏的机会，是我让老板失望了，我先回去了。

星儿目送童缘离开，心中充满疑问，等老板安排好上班日期和需要准备的材料后也回去了。

晚上，星儿约童缘见面，还是在鸳鸯亭。星儿手语：童缘，你今天怎么了，毕业典礼会演你拉得多好啊！你是故意的吗？

童缘手语：我不想让你失去这份儿工作。

星儿手语：我就知道……你是为了我，你这是何苦呢？没有这份儿工作，我可以再找嘛！

童缘手语：你再找，不如我去找，我经得起折腾，只要有我在，我就不希望看到你经受困难和挫折。

星儿手语：那我呢？我就想看着你东奔西跑到处找工作吗？星海琴行是全市最大的，若不是老板跟我们校长有那么一点点关系，我们俩都没份儿，你就这样轻易地放弃了？

童缘手语：谁说我放弃了？这份儿工作由你去做比我自己去做更为成功！

星儿手语：那也不行，明天我去找老板说明情况，让你重新面试。顺便告诉你，明明哥也学过拉二胡，很可惜没有学成，他告诉我说，很难！他只是想有个业余爱好，你却不同，对于你一点儿都不难，遇到任何事都不要说“难”，希望如此！

童缘紧握星儿的手置于胸前，然后指指星儿指指自己，又指了指自己再指指星儿，那是在表达：你就是我，我就是你，为了你也就是为了我自己。星儿懂了，情不自禁地投入了童缘的怀抱。

调音师的工作并不复杂，只要懂得音律，把新进的乐器调出最佳的音调即可。星海琴行最近没有购进新的乐器，星儿上班就成了营业员，兼顾调音师，这都无所谓，只要能在这里上班已很知足，老板让做什么就做什么。一个星期后，星儿在乐器行附近租了一间房子，童缘也随之搬出了学校，两个人虽不在一条街，但离得不远。星儿的日常工做伴着阳光，周而复始，说不上绝对的无忧无虑，但也算是学业有成吧。童缘四处奔波寻找工作，与自己所学有关的无关的都找过，不管自己怎样努力，得到的总是冷言冷语。

童缘回到家，桌子上放着煎饼和豆浆。星儿只要时间来得及，就会顺便带一份儿早餐过来，然后去上班。这天早上，很不巧地她来时，他刚好出去，没见到人，只有一份儿温温的早餐。

临近中午，星儿收到了童缘的信息：“我今天不去找工作了，我想回老家一趟，后天就过来。”星儿回信道：“一路顺风！”

童缘找工作处处碰壁，他的酸楚不会向星儿诉说，咽到肚里烂在肠里。他知道困难是暂时的，命运不会锁定在一份儿工作上。他是想到了已逝的爷爷，还有那把讨饭用的二胡。是啊，爷爷逃荒那年，奶奶早已不在。爷爷带着唯一的十二岁的儿子（童缘的父亲）一路乞讨，被狗咬过，被恶人殴打过。爷爷受过伤得了病，可还是每时每刻地呵护着儿子，若是有幸讨点儿好吃的也全都留给儿子。儿子要是推让，他就用力地咳嗽，说是喉咙痛，吃不了。他们从西北黄土坡到江南鱼米乡，从沿海江浙闽到东北三省。五年后回到故

土，爷爷已疾病缠身，唯独那把“风尘仆仆”的二胡保存完好，就把它包起来绑在了房梁上。爷爷去世那年，童缘三岁，父亲跪在灵柩前痛哭流涕的一幕深深地刻在他的脑海中：只记得父亲披着孝衣，缠着孝带，戴着孝帽，全身上下都是白，鼻涕流得老长老长……童缘想想爷爷和父亲那些年经历的那些事儿，那才叫真正的不易。

童缘回到老家已是深夜，爸妈特意为他准备了饭菜。他跟父亲一样没有兄弟姐妹，是个独生子，他学业有成，没让父母失望。童缘吃过饭用手语向爸妈简单汇报了自己的情况后，找来梯子爬上房梁，小心翼翼地取下那把沉睡了将近二十年的二胡。他掸去外面的灰尘，解开带子，抻开包布，露出一把满脸沧桑的二胡，虽已老化，但还完好无损。在灯光下，他轻轻地擦拭着，仿佛那就是爷爷的一张脸。第二天上午，童缘抱着二胡来到爷爷坟前，跪着拉起了哀伤的曲子，拉着拉着外弦断了，但心中的哀痛并没有断，已有泪珠挂在眼角。

又过了一天，童缘便匆匆地走了，返回到他学习和生活的城市。从老家到宾州十多个小时，回到住处已是夜里九点多钟，桌子上放着一碗热气腾腾的水饺。星儿为他理理衣襟拍拍袖口，他浑身上下都裹着一股黄土气息。星儿和童缘各有一把彼此房门的钥匙，一把钥匙，打开的不仅是房门，还有心门。夜里，童缘握着星儿的手送她回自己的住处，不远的路，他们走了很久。

当童缘再次来到星海琴行时，老板笑脸相迎，他说：“你的事，我听你同学说了，真是好样的，你们俩……”老板说着双手比出了心形。童缘拿出断了弦的二胡，更换琴弦可是老板的绝活儿。他爽快地说：“我把弦给你换好，调音嘛……星儿今天可以早点下班了。”再瞧瞧星儿，她若无其事地忙着手里的活儿，好像不认识童缘似的。

又是几天过去了，星海琴行老板得知童缘还没找好工作，就介绍他认识了铿锵乐队的主唱——黄一鸣。两年前，由于鼓手退出，又找不到合适的人选，乐队就解散了，也许童缘的出现能让乐队重整旗鼓。黄一鸣和童缘一拍即合，毕竟他们都是酷爱音乐的。没过几天，黄一鸣就召回了另外两个哥们儿，一位弹吉他，一位弹电子琴，再加上童缘这名鼓手，四个人一个乐队，他们准备收拾家伙登场了。

童缘租了三轮车，拉上架子鼓去了郊区，找到一处空旷的河滩，把架子鼓支在草坪上，准备练上一练。顺河的风徐徐吹来，吹动他的碎发，他挥动鼓槌，敲出了劲爆的节奏明快的“咚咚”声。不知何时，星儿已抱着手风琴站在童缘身后，她今天是特意来陪他的。她随着童缘敲出的鼓点儿声，伴奏着手风琴。童缘听到琴声回头看见星儿笑了笑，把鼓敲得更响了，他——信心百倍！

正如乐队主唱的名字一样，两年不鸣一鸣惊人，第一场公开演出就赢得了台下一片喝彩。那是在天华文化广场上，他们自己动手，搭了一个简陋的舞台，挂起两盏转动的彩灯。星儿也背着手风琴赶了过来，站在观众区，准备给他们鼓掌、助演。童缘看到星儿，向她点头示意。演出的第一个曲目是《海阔天空》，黄一鸣唱出了海阔的神，乐手奏出了天空的韵，委婉中不失强悍。星儿听得潸然泪下，仿佛音乐诠释了她勤学苦练的九年时光。音乐停了，歌声停了，掌声响起。他们稍作休整后，三名乐手开始独奏。童缘准备的是《云宫迅音》，黄一鸣放出配乐，童缘随着节奏鼓动起来。一首大家再熟悉不过的鼓曲，把观众带回了童年时代。在演出即将结束的时候，星儿登台助兴，弹了一曲《莫斯科郊外的晚上》，好让大家带着一份温情入眠。

铿锵乐队的演出就此拉开序幕，辗转于宾州的大小广场和商业庆典，不仅仅是为了挣那点儿演出费，更重要的是愉悦大家。天有不测风云，有一次演出，开场时还天气晴好，当演到一半时，大风吹来，紧接着阴云密布，云层越压越低，风越刮越大，没有停歇的

意思。这场演出是为了一家商场庆祝开业，人家选好的日子不能改。黄一鸣看天气预报说下午有雨，想推掉这场演出，是童缘的争取，黄一鸣才答应。早点儿搭台，早点儿开演，早点儿收工。

风势来得猛，吹得急，演出被迫暂停。他们搭台时有些仓促，大风一吹，开始晃动，不大一会儿，只听得咕咕咚咚——舞台倒塌了。四个人措手不及，一根柱子戳破了鼓面，令人痛惜。童缘表示：这个算我的，我来赔。黄一鸣安慰道："别这么想，别往心里去，我们四个人的乐队，怎么能让你一个人扛呢？"

跌跌撞撞，有喜有忧，没有不变的事，也没有不变的人。三年后，吉他手和电子琴手退出乐队，只剩下黄一鸣和童缘。童缘苦练了电子琴，黄一鸣苦练了吉他，"名缘二人组"继续跑场演出，两个人还经常出现在各大酒店，为人助兴。人少了，携带的乐器也就少了，他们出演不再搭台，不带架子鼓，以唱为主，轻装上场，这样便于跑得更远，去别的城市演出。童缘努力着奋斗着，他下定决心，一定要在宾州为所爱的人安个家。星儿看着童缘四处奔波，不辞辛苦，她也决定——不管童缘将来如何，非他不嫁！

恋爱中的人觉不出时间的漫长，不管有多少年，只觉得是从早上到晚上，从今天到明天。日子一天天一年年过了，直到明明结婚后，星儿和童缘相拥核桃树下，看着满树的核桃，露出了最最灿烂的微笑。

第二十七章　痛苦的折磨

明明拉开窗帘，清晨的霞光透过玻璃窗照进房间，照在《龙凤宝宝》婴儿画像上。自从结婚半年多来，每天起床，他都会盯着画像看上一阵子，已经养成了习惯。梦莹沉迷于网文写作，签约了“红袖添香”网站，每天都要更新她那篇似乎永远也写不完的《生死绝恋》。他准备好早餐叫她起床，当她洗涮好坐在餐桌旁，看到一长一短的亲子筷时笑了笑。她摸摸肚子说道：“你也别太心急，总有一天会如你所愿的。当然了，也是我所愿，只不过……没你心切。”明明说：“我吃土豆丝的时候喜欢用长筷子夹，吃豇豆的时候喜欢用短筷子夹。”梦莹问：“那要是把土豆丝和豇豆一锅炒了呢？”明明放下筷子，不动声色地将土豆丝倒入豇豆盘中，擦擦手捏着吃了起来。梦莹张大嘴巴却不知说什么好了，只是看他。

正在小两口儿吃早餐的时候，高一（3）班班主任宋老师来到家中，他这一大早来肯定有事。看到宋老师来，明明急忙擦去手上的油渍，客气地让座：“宋老师来得早，坐下来一块儿吃吧。”宋老师开门见山地说：“我刚吃过，怕来晚了你不在家，碰不上。小张今天上午没课，跟我出去一趟，明天我要去杭州出差，可能要两三天，有件事想拜托你。”宋老师没有回去，等明明吃好早餐就出发了。

他们要去的地方离学校不远，从学校后门往南走，绕过两条街道，就在街尾的一处民房里。明明一路猜测着会是什么事，总有一种神秘感，会不会有不同寻常的事儿发生？他们在一处平房前停了下来，把电动车停在门外。宋老师敲了敲门，听到屋里传出几声咳

嗽，便推开门走了进去。明明跟随着，不知道发出咳嗽声的会是什么样的一个人，不来开门，也不在外间（那平房分前后两间），木板墙隔着，看不到里屋。房间里充斥着刺鼻的酸臭，明明想要捂上鼻子，可面对宋老师他只能把呼吸放缓，少吸多呼，希望不要停留时间太长。水泥地面上日积月累后沉积着厚厚的泥土，看不出半点儿水泥的痕迹，踩上去黏黏的有些粘脚，像是涂了一层胶液。外面是做饭、洗涮的地方，有一个水泥板搭起的台子，台子上放了一个电饭锅，锅里的米粥早已放凉。旁边还有吃剩下的半碗，碗边抹着黄黄的泥土一样颜色的污渍，饭勺掉落地上。另一侧靠墙有一张小方桌，桌子上有一袋包子、三个烧饼，还有一大堆药品，空的药盒桌上地上随处可见。宋老师捂着鼻子弯下腰，捡起饭勺，从裤兜儿里掏出一张餐巾纸擦了擦，放置台上。明明见状瞬间捂上了鼻子，看来宋老师也是无法忍受那种气味了。此时，又有几声咳嗽传来，他们迈着太空步走进里屋。哦！明明这才发现一个老头儿躺在地上，没有看错，是躺在地上！没有床，一张凉席上铺着褥子，被子缠住了两条腿，露出上身和两只脚，左脚大拇指肿得像榔头，脚面上有凝结的血渍。瘦骨嶙峋的老头儿躺着不能动弹，连说话都费力，他用尽全力说了一声：“来了……”宋老师回道：“来了，大叔还没吃吧，我把剩饭给您热一下。”说过，宋老师打开电源，那电饭锅异常陈旧，足足十来分钟，才看到锅里冒出热气。他把碗里的倒进锅里搅一搅，重新盛上一碗米粥，又从药盒里倒出一粒红色药片放进碗里。老头儿的双手还能活动，但无力坐起身来。宋老师就一只手端着碗，一只手托起老头儿的后背，然后把米粥递给他。宋老师支撑着他的后背，不能松手，稍稍松动他就会后仰，甚至躺倒。老头儿第一口饭吃得太急，喷在了被子上，有谁知道他差点儿饿得昏死过去。“大叔慢点儿吃！”宋老师说道。老头儿喘了几口气，不急不慢地把裹着药片的米粥吃个精光。两个人早已被酸臭的气味熏得缺氧，宋老师接过空碗，放老头儿躺下。他说：“大叔躺着休息吧，我明天再来。”说罢，把碗放在台子上。两个人迈开弹簧步，跳出房间。

宋老师关好门，两个人就在门口呼吸了一番新鲜空气。他们没有急着回去，还没等明明发问，宋老师就娓娓道来：“这个老头儿瘫痪三天了，我也照顾了他三天，三天前他还能走动，还能生活自理，三天后就成了这个样子。他唯一的儿子跟我年龄相仿，我刚到这所学校的时候，他儿子已经任教一年了。我那个时候生活有些困难，认识了他儿子后，就得到了一些帮助，老头子也经常来学校看我，有时候还带些面包、水果之类的。很可惜，他儿子在我任教两年后得了肺癌去世了。老头子早年就没了老伴儿，儿子的病逝使他的身体和精神一落千丈。在我心里，他们是多么好的父子啊！可人性的另一面让我了解到，他的亲戚、邻居都巴望着他早日死去。他可能不曾有过朋友，原因很简单，他太过庇护儿子，从小到大二十多年，不管大事小事，只要是为了儿子，都会跟人争上一番吵上一番。不懂得为人处世，惹得他身边的人甚至连亲戚都厌恶他憎恨他，在那些人看来，他瘫痪了是一桩喜事——离死不远了。他们不会因为老头子也曾做过一些善事而原谅他，更不会因为一个不知名的老师而改变自己的看法。老头子承受着他的行为带来的后果，有一‘善’有一‘恶’，我一己之力抵不过众人之心。一个奄奄一息的老人不能善终，是何等的悲哀啊！把包子、烧饼放桌子上有什么用？他坐都坐不起来，怎能拿得到？最终不还是活活饿死。我喂了他早饭，那中午呢？喂了他中午饭，那晚饭呢？多喂他一碗粥只能让他多留一口气。我纵有菩萨心肠又能怎样？我能做得如何？能够时时刻刻陪在他身边的唯有亲生儿子，一千个一万个可惜啊！——白发人送黑发人了。对老头子来说，也许死亡是一种解脱，人死了，苦难也就结束了……我去杭州，这位大叔就暂且由你照顾两天，别指望他那些邻居，更别指望他那些亲戚，买再多吃的，往桌子上一放就走，哼哼……老头子不饿死，看着吃的也急死了。”听了宋老师一番话后，明明默默无语，他想：让自己拥有一种博爱，理应做到。

回到家，已经临近中午，明明无心吃饭，下午想必无心讲课了。对生活的渴望和对死亡的恐惧同时在老人的脸上呈现，想到那张脸，明明的心弦就会绷得紧紧地。在梦莹的再三催问下，明明讲了实情。不管是出于爱心也好，出于好奇也罢，梦莹一定要见一见那位老人。明明答应带她去，只是担心她无法忍受那屋里的气味。

第二天中午，明明带着梦莹去看望老人，也好喂他一碗粥。明明没有敲门，直接推门而入，梦莹躲在背后拽着他的衣服。刚踏进屋里，梦莹踩上黏黏的地面，闻到酸臭的气味，双手捂住鼻子和嘴巴，话也没说就退却了，在门外候着，眼中闪烁着灰色的光——明明对梦莹的担心兑现了。明明镇定地往里屋走去，发现桌子上多了一袋饼干，一袋尚未开封的饼干，多么“好心”的人啊！他没有过多停留，只是重复了宋老师那套动作。老头子的脸变得僵硬，眼睛浑浊不清，呆滞的目光盯着屋顶，抖动着嘴唇却说不出话来。临走时，明明把一块面包放在他伸手就能够到的地方，但愿这块面包能让他坚持到明天。看到明明从房屋走出，梦莹急忙解释：“你知道吗？那种气味让我窒息，脚踩在地上，我浑身就会哆嗦，你跟宋老师是怎么做到的？”明明说：“这不怪你，像这种情况，看似寻常小事，却不是随便谁都能做到的，我跟宋老师……我们可能想得多一些，是心中无形的力量驱使着我们。”这一天终将过去，这一夜无法想象——一个垂死挣扎的老人怎样在饥饿和病痛的双重折磨下熬过——他是否能在痛苦中想到过去？

第三天上午，明明一个人去了，他想再次重复一下那一连串的动作，可当他看到老头儿僵尸一般的身体时，心头一颤。老头子睁着眼，一直睁着，不眨眼也不转动眼珠，难道是……明明从未亲眼见过死人的模样，眼前老人的面孔虽然不可怕，但跟“死亡”扯上关系之后，还是让人心中发怵。明明鼓起勇气伸出右手，把食指放在老头儿的鼻孔下，一分钟……两分钟……没有一点儿气息……明明缩回手揉捏着手指，像是被毒蛇咬伤，没想到这就是所谓的死亡面孔。他退回到外屋，站立片刻后走出平房关了门。他心绪不宁：是怪自己照顾不周呢，还是老头子命该如此？从瘫痪到死去，前前后后加起来还不到一个星期，疾病可以治疗，可饥饿呢？他是活活被饿死的。没人知道老头子临死前经历了什么，房间里只有他一个人躺在地上。锅里的米粥已经见了底，桌子上的包子发了霉，烧饼硬得像铁盘，饼干还是没开封的饼干，药物只剩了空盒，手边的面包滚得更远。孤独、痛苦、凄惨，人生的悲哀莫过于此。

三天后，宋老师回来了。明明哀痛地说：“宋老师，对不起，让您失望了，我没有做到该做的，大叔他……”宋老师神情淡然地说：“大叔走得并不突然，自从他瘫痪在床，不！瘫痪在地那天起，我就预料到会有这样的结果。我们做得很好，请不要自责，他饿过了这顿饿不过下顿，饿过了今天饿不过明天，那是迟早的事。什么是我们该做的？问问他那些邻居和亲戚，有谁喂过他一口饭吃？又有谁感到愧疚？人啊！哼哼……人这一生别的什么都可以没有，但一定要有自己养大的孩子，哪怕不是亲生的，一定要有。当自己不能动弹的时候，陪在身边的非子女莫属。就像我，我并非父母的亲生儿子，但我知道，当我的父母卧床不起的时候，我或者我的老伴儿会守在他们身边的。再想想自己，我已经五十多岁了，离那一天也不远喽——”

宋老师走出了明明家小区，步行赶往学校。一路上，他心中斟酌着一段话：“没有谁对谁错，谁也不去怪谁，该来的都会来，该去的都会去，留得住的赶都赶不走，留不住的要也要不到。人的选择，自然的选择，逃不过苦难，逃不过生老病死，幸福的又能留得

多久？活在当下，珍惜生命的每一刻！”

梦莹有所顾虑地问：“老头子怎么办？”明明说：“他的亲戚很快就会知道，会来收尸的，那可是他们喜欢干的事儿。我和宋老师的所作所为，他们无从知晓，就像没发生过一样。”

听过宋老师一番话后，梦莹也深有感触。她走到《龙凤宝宝》婴儿画像前，凝视着，思索着。片刻后，她说：“明明，我想要个孩子。”明明激动得快要落泪，搂紧梦莹说：“等你这句话等得好辛苦啊！”

半年后，梦莹的肚子里就住进了小天使，她成了名副其实的“保护动物”。这可乐坏了明明，把洗衣服做饭的事儿全包了。他经常提醒梦莹注意饮食搭配，而梦莹偏偏喜欢甜食和回锅肉。明明的话她是听得进的，也竭力克制自己，但有时候也难免失控。有一次偷吃回锅肉被明明看到了，那肉块儿刚从冰箱里取出，热也没热直接塞进嘴里，绷着嘴用舌头搅动。“你嘴里吃的什么？”明明问。梦莹嘴里塞着肉块儿，没有舌头活动的空间，无法言语，只是：“嗯啊……嗯……”打那以后，明明炒菜的分量相对减少，做到定时定量，少食多餐，营养均衡。

梦莹已不再讲课，站在讲台上，手中捏着粉笔写着字，难免吸入粉尘。她每天要做的就是吃喝、休息、活动，所谓活动，无非就是绕着小区溜达。心情沉闷的时候就读读绘本，唱唱儿歌，早早地进行胎教。分神的时候眼光会从家里的这件物品移动到另一件物品上。一天，她无意中看到窗帘的挂钩掉了一个，便想着装上。她翻抽屉，找到一个类似的，站在塑料凳上，伸出手臂，正要把挂钩往窗帘上夹的时候，脚下踩空，跌倒了。当时，她只觉得屁股疼，摸摸肚子，并没有异常的感受，就没多想，爬起身来，揉揉屁股。

等到了夜里，梦莹开始感觉腹部隐隐作痛，越来越痛，才知道出事了。明明扶她侧过身，发现床单上的一摊血，瞬间崩溃了，脸上的肌肉变得像死人一样僵硬，眼中的泪结成了冰流不出来。没什么可猜疑的，出了这种状况，不是流产还能是什么？刀割一般的心痛使梦莹失去了知觉，一动不动地躺在床上。意外让她无法预料不幸的事，僵硬的脸像干枯的河床，蒸发了最后一滴泪，凝结了。她把痛苦赶在灾难之前度过了，哭完了，哭累了。一切成为空白，接下来该做些什么？梦莹在心中呐喊：“可爱的天使啊！你何苦来到人间，你来得并不匆忙，走得却如此仓皇，不该留下痛苦让人心伤——一片血红一片红！”

熬过了沉寂的一夜，明明再也无心拉开窗帘，再也无心看那张婴儿画像。他听什么都刺耳，看什么都不顺眼，吃什么都没味道，脑神经像被蛀虫侵蚀着，却无法将其清除。他愣是把物理课讲成了生物课，讲到宇宙大爆炸孕育了地球，没有“流产”，否则的话，就不会有今天的我们，可有了今天的我们，却造就了“流产”。“哦……流产……”他再也讲不下去了，叹着气走出了教室。就在意外流产前几天，梦莹做过一次检查，说是子宫壁薄，胎心管跳动不明显。当时，她就有些忧虑，手里捧着一对小纸鹤，眼中含着泪说：“明明，我现在是真心想要有个小宝贝，可检查结果……”明明安慰道：“亲爱的，别想复杂了，医生不是说了嘛，这种情况还是比较常见的，这才两个月，胎儿还在生长，等过一个月再去复查。”还没过一个月呢，意外就发生了。究竟是意外呢，还是与这名小天使无缘？谁能告诉他们答案？无形中平添了许多苦楚，不只是心里的一点点阴影，何时才能重现喜悦？不知道，他们自己不知道，别人更不知道。不同的人说着不同安慰的话，他们听了一次又一次，听了一遍又一遍，却始终无法抹去心中的忧伤——一个天大的“喜”瞬息变成了巨大的“痛”。也许，随着时间的流逝，在日月永无止境的交替中，痛苦会慢慢淡化。到那个时候，才好安排新的生活，他们绝不会把命运锁定在一次流产上。明明和梦莹共同期待着，期待着美好的一天早日来临。

第二十八章　疾苦

一

时光荏苒，弹指一挥间。那年，东明三十出头儿。一切都觉得力不从心。深夜里，他一觉醒来，就再也睡不着，独自一人坐在台灯下，看着高尔基的名著《童年》。看了十页后，两眼雾蒙蒙的，犹如郊外黄昏的昏黄。他闭上双眼，用手指揉了揉，接着又看了四页。每一个字似乎游离了原来的位置，出现了重影，他皱起眉，眯起眼睛，无论怎样地努力，都无法使重影消除，便合上了书本。爱兰睡醒，悄无声息地站在他的身后。东明感受到她的气息扭转身，轻声地问："你怎么也起来了？"爱兰抚摩着东明的肩膀说："我看你一个人坐着，都一年多了，你这样长期失眠，身体一日不如一日，去中医诊所看看吧，让医生开个方子调理调理。"

"我也不知道这是怎么了，看着字，两眼昏花，脑中嗡嗡作响，心中憋闷烦躁不安。"说着，他揉了揉又酸又涩的眼睛。别人的疼痛无法体会，可东明不是别人。爱兰说："我虽然不能为你分担病痛，但我也不能置之不理，你总说没事，我不能再依你了。明天，拖——也要把你拖到诊所！"她是下定决心不再妥协了。

翌日下午，东明随爱兰去了诊所，坐堂的是一位老中医。爱兰在门外看了资历介绍，应该是经验丰富的。爱兰询问道："缪医生，我老公总是失眠，还有脑鸣，最近又有些胸闷，像他这种情况，用什么药可以调理一下？"缪医生暂不回话，他一边给东明把脉一边问道：“你是做什么工作的？多大了？”

“我——在超市里……”

“他每天都送货，三十刚出头儿就出现这种情况，是不是积劳成疾？”爱兰抢过话茬儿说。

“劳累过度只是外在因素，他脉象平稳，没什么问题，像他这样的年纪，不应该累成这样。有没有什么心理负担？你们生活上……还有，思虑过度，也会想出毛病来的。”

“我们生活很幸福。”爱兰羞涩地笑了笑，接着又说，“他喜欢看书，最近又在写……写日记，写女儿成长的日记，这个挺伤脑筋的。”爱兰撒了一个有点儿真实的谎。东明是在写，但不是日记，而是小说，听起来很不可思议，但确实是真的，又不能说出去，免得别人耻笑。

“肾是先天之本，脾胃乃后天之本，思伤脾，脾主气，倘若他体内的气血不能畅通，就会出现大脑供血不足，气结于胸，从而引起脑鸣、胸闷。”

“那我老公他……”

“你先别急，让我看一下你老公的舌头。”东明伸出舌头，缪医生仔细端详一番后断言，“很明显的气虚体质，舌边有齿痕！”

“让我看看！让我看看！”爱兰说着凑上前去。

“哎呀！东明，你的舌头边上怎么跟锯齿一样，我还真没注意过。”爱兰既惊讶又羞愧，觉得对老公关心不够。

“缪医生，气虚的话，舌头怎么会变成这样？”爱兰不解地问。缪医生解释说：“因为气虚，舌头就会发胖，牙齿闭合的时候，就会留下牙印。”

东明身体不适，爱兰比他自己还心切。他也只是在诊断结束后问了一句：“那您看，我该吃些什么药呢？”

“我给你配十服滋补的汤药，回去煎熬了喝，平时可以吃一些

黄芪童子鸡补补气。”

他们拿了药走出诊所，辗转来到小街杂货店，好不容易才买到了一个煎药用的砂锅。回到家，照老中医所说，先把草药泡上一个小时，然后用文火去煎，把一锅水熬成半锅，方可用细纱布滗出药汁。东明屏住呼吸，然后一口气喝完，那真叫一个苦！他咕咚咕咚连喝几口凉开水，才把苦味儿冲淡。

“兰兰，再给我拿块糖压压这苦味儿。”

“刚喝完药，不好吃糖的。”

“我这是第一次喝汤药，记得小时候，妈妈三天两头儿地喝，真是苦了她了。”

一服药煎两次，早晚各一次，煎第二遍的药汤就没有第一遍的苦。十天后，东明把十服药全都煎完喝完，爱兰问他：“这两天感觉怎么样？有效果吗？”

东明没有正面回答，反而问道：“昨天晚上，是你把我叫醒的吧？”

“嗯，你好像做噩梦了。”

“像是梦，但又不像，我就觉得脑子里跟闪电似的忽闪忽闪，一次又一次，一遍又一遍，我拼命地挣扎，还是没用，我似乎灵魂出窍了，对着自己说：算了吧，放弃吧，一切都结束了，没救了。我不知道那是不是人之将死的感觉，我很恐惧很害怕，我清晰地意识到，可能真的完了，就在我绝望的时候，你把我叫醒了——不！我本来就是醒着的！”东明心有余悸地说着，细思极恐。

“亲爱的，你可别吓我，怪不得你身体一颤一颤的，我还以为你做噩梦呢，”爱兰忧心忡忡地说，“不行，你跟我去找缪医生，问问清楚。”

见到缪医生，爱兰言简意赅地说明情况：“昨天晚上有些不妙，我老公他睡觉抽搐。”

“我脑子里一闪一闪的，是不是汤药有副作用？”东明问道。缪医生说：“即便副作用，也不会这么大，让我测一下你的血压。”

东明伸出左手臂，缪医生测完血压又拿出听诊器听了听心跳。他已经有了答案：“你的血压偏高，补药都会影响血压，但像你这种情况并不多见，看来你不太适合药物滋补，这就难办喽。我先给你开一盒降压药，降降血压，你要保持好心情，尽量多睡，可你现在胸闷失眠，这就形成了恶性循环。你可以多吃一些健脾胃的红豆薏米粥，做一些理疗，刮痧呀拔罐呀都可以。”

缪医生分析得极为透彻——最好的药材是食材，最好的医院是厨房，最好的医生是自己，药补不如食补，食补不如睡补，睡好了容光焕发，睡不好昏昏沉沉。熬个红豆薏米粥倒是容易了，可拔罐儿就没那么简单，东明小时候倒是见过。于是，他准备好了玻璃罐、酒精、棉签、面团儿，指导着爱兰去做。爱兰先把面团儿捏成薄薄的圆饼状，敷在东明的腰间穴位上。然后把棉签折掉一半，蘸上酒精，插在面皮儿上点着。紧接着，迅速地用罐子罩住，等罐内氧气燃尽，便吸附在皮肤上，还不到五分钟呢，就自动松开了，是吸力不够。爱兰索性把酒精倒进瓶中晃了晃，让玻璃罐内壁全部沾上，然后空出多余的。她小心翼翼地点着棉签儿，把瓶口倒过来的时候，不慎碰到火苗，瓶中酒精瞬间点燃。“哎呀！”爱兰大叫一声松开手，玻璃罐连瓶带火掉在地上摔碎了，滴落的酒精也被点着，烧到了东明的臀部。

“哎哟！哎哟！”东明惊叫着连忙用手捂上，火苗是灭了，可屁股却被烧得通红。

到了晚上，东明被烫到的那块皮肤已经破裂，好不容易才把裤子脱掉，趴在床上。爱兰抚摩着伤口的边缘说：“都怪我，笨手笨脚的，白白净净的屁股被烫成这样。”

“兰兰，我怎么会怪你呢，不小心烫了就烫了呗，反正平躺着我也睡不着，正好趴着。”

“不知道小屁屁会不会留下疤痕。”

“兰兰，别说得那么肉麻。”东明说着小姑娘似的捂上了脸，故作娇羞。

“东明，缪医生说，思伤脾，脾主气，你写的那个东西暂且放一放吧。”

“我知道，好几天了，我一个字都没写。”

“是胸闷让你睡不着，明天去医院检查一下心脏吧？”

“再过两天，我的屁股还疼着呢。”

“是，过两天，过两天，可不能伤到了小屁屁。”

“兰兰，你又来了。”东明再次捂上了脸。爱兰拿起棉签儿，蘸些消炎药膏，轻柔地涂在伤口上。

两天后，伤口好了一些，他们去了医院，先做了心电图，然后做彩超，查来查去没问题，一切正常。爱兰不甘心，想查出个究竟，于是便问："医生，还有什么检查我们没做？"

“要不，就做个二十四小时心脏监护吧。”

“心脏监护？这个要怎么做？”东明问道。

“我们有一套设备，装在你身上，二十四小时后，过来采集数据。”听了医生的介绍，爱兰去交了钱，给东明装上了那套设备。回到家，晨燕看到爸爸后背鼓鼓的便问："爸，你背上是什么东西呀，鼓那么高？"

“是、是盔甲，爸爸准备上战场了！”

“让我摸摸。”晨燕摸了摸接着又说，“不像盔甲，一块一块的。”

“还是让妈妈来告诉你吧。”爱兰说着脱下了东明的外套和衬衫，露出了那套监护仪器的真面目——二十多个形似吸盘的东西固定在他的背部，胸前还有几个，每个小吸盘之间都有数据线连接，看上去像个机器人。

“看！爸爸像不像变形金刚？”东明还特意摆了个造型，拿病痛来开涮了。

“孩子，你爸爸身体不好，一直没跟你和哥哥说，他背上的东西是用来检查身体的。”爱兰说着显出满脸忧伤，她想让孩子体会亲情，懂得感恩。

“爸爸，是不是很疼啊？”

东明转过身，握住女儿的手说：“不疼，一点儿都不疼，晨燕学习用功，爸爸的病很快就会好的。”

一天过去了，他们去医院卸下装备，医生把数据输入电脑，经过分析，得出同样的结论——一切正常。东明是不想再查，不想再看，也不想再进医院，因为结果都是一个样。难道这病痛是东明应该承受的吗？若真是这样，也只能听天由命了。别人睡觉是享受，东明睡觉是煎熬，左侧卧不行右侧卧，右侧卧不行趴着。一整夜，他翻来覆去无数次，醒来又睡去，趴得脖子痛了扭一扭，下巴痛了揉一揉，真想在床上挖个洞，把脑袋放进去。这是无形的痛苦，软的折磨，不像一些显眼的疾病，乍一看就知道病了。而东明，他自己不说，谁看了都会质疑——年纪轻轻行动自如，装的吧？这种质疑比胸闷本身更加痛苦，更加撕心。倘若他说了，别人又会以为是想要清闲的借口，幸好爱兰绝对不会那样想，她知道东明是闲不住的，恐怕也只有她能够体会到他的痛苦。也正因为有她，他才始终乐观地面对疾苦，彼此心心相印。

“兰兰，我知道你关心我，心疼我，可我真不想再看了，就这样吧，睡不好就睡不好，没关系的。”

“可你睡不着，我也难受啊！”爱兰捂着胸口说。

“可我……”东明看着爱兰焦虑的眼神不再往下说，他沉默片刻后娓娓而谈，“兰兰，那我就聘请你做我的私人医生，专为我治病好吗？”爱兰微笑着点点头。

随后的日子里，爱兰的精力除了超市，剩下的都花在东明身上。她购买了一套拔罐器，无须酒精，是用管子把罐内空气抽出，既安全又简便。临睡前，爱兰在东明的后背吸上拔罐器，大大小小相互间隔，一个罐子吸起一块皮肤，所有的罐子在不同的位置上同时吸住整个后背。刚开始，揪心地疼，过了十来分钟，便麻木了，透过罐壁可以看到皮肤上已有密密麻麻的小水泡。

“有小水泡了，要不要拿下来？”爱兰问道。

“再等一会儿吧，多出点儿水，”东明趴着，动了动身子说，“听听音乐，放松一下吧。”

爱兰拿出手机，放出歌曲《茉莉花》，多么熟悉的歌声，他们已经很长时间没有聆听了。是歌声把他们带入回忆，是歌声让他们沉醉，飘飘然魂不守舍，让东明忘了疼痛，爱兰忘了观察。

“哎呀！糟了！出血了，全是血水。”当爱兰再次查看的时候，罐内已不是水泡，而是大大的血泡，有的已经破裂，血水几乎装满了整个罐子，她惊慌失措。

“拿纸，放气。”东明淡定地说。

爱兰急忙抽出一大把餐巾纸，叠起几张衬在罐子下面，拉开皮塞，进入空气，慢慢松动。然后，缓缓地拿开罐子，蘸干血水，一个罐子一个罐子地开。等全都处理好了，再看东明的后背上，被罐子印出的大大小小的圆圈，还有鼓起的红一块紫一块的肉囊，再加上皮开肉绽的血泡，衬托着透亮的尚未破裂的水泡，可谓是惨不忍睹，比癞蛤蟆还癞蛤蟆，既恐怖又揪心。爱兰先用牙签儿把水泡、血泡全部捅破，然后拿餐巾纸把水蘸干，再用棉签涂上消炎药粉。

“是不是很疼啊？”爱兰关心地问。

“没感觉，我要是疼的话，早就叫了。”说不疼是因为麻木了。

“我这个私人医生看来是不行了，你就把我辞退了吧。”

“我怎么舍得呢，就当你是实习生，拿我多练练，熟能生巧，一来二去就好了。”

“你都这样了，还在说笑，我……”无须言语，眼神中透露着深情。

后来，东明心中产生一个疑问：“为什么后背吸出那么多血水？”他瞒着爱兰去找了老中医。缪医生告诉他：“你的身体严重了，问题挺多的，拔罐能让气血畅通，出现水泡，说明湿气重，出现血泡是重中之重，是痰湿体质的表现，你这样的年纪出现这种情况，真是……”缪医生说着摇了摇头。

“那该怎么办呢？”

“要不要配点儿除湿的药？”

“不了，我就是来问问。”

“不想吃药的话，继续拔罐，每次不要超过十五分钟，慢慢来。”

下次拔罐要等到伤口痊愈，这段时间，爱兰开始查阅书籍，了解养生之道，学做药膳。调理身体不是一时半会儿的事，更何况，东明自小就身体素质差。

二

端午节后的一天深夜，东明辗转反侧难以入睡，感到腰间隐隐作痛，他没有在意。可过了一阵子，越来越痛，便起身去了一趟卫生间，回来后喝了两口茶水，当他刚要往床上躺的时候，坏了——左边腰开始剧烈地疼痛，从内到外，像针扎、像虫咬、像锤击。紧接着，那种疼痛触遍全身的神经，使他变得僵硬无法动弹，只能捂着腰坐在床边。东明不知怎么回事，不知如何是好，本以为过一会儿就会好点儿，可他想错了，那撕心裂肺的痛让人窒息。难道是将死的折磨，临终的惩罚？这又是为何？此生并未犯下罪孽，何必呢！就不能安乐而去？——东明胡思乱想神情恍惚。又过了一会儿，他终于撑不住栽倒地上，蜷缩着身子满头大汗。爱兰翻过身摸不着东明，台灯开着，以为他去了卫生间，可十来分钟过去了，还不见回来。爱兰坐起身，这才突然发现老公躺在地上不停地抽搐。她撩起被子跳下床，扶起东明惊慌地问："东明，你这是怎么了？"

"把我放下……别动我……腰疼……"东明有气无力地说着，试图推开爱兰，却没了力气。

"东明！东明！"爱兰倍感恐慌，"你先坚持一下！"她轻轻地放下东明，跑去爸妈的房门外，砰！砰！砰！敲了门。

"爸！妈！快起来！东明他出事了！爸、妈……"

杨老倌儿被惊醒，拍拍老伴儿说："快起来！兰兰叫咱们呢！"老两口儿起床趿拉着拖鞋。杨老倌儿开门看到女儿慌里慌张的，便问："怎么了？"

"东明他，他……爸，快跟我来！"爱兰拉着爸爸的手朝自己的卧室走去，妈妈紧跟着。晨亮、晨燕此时也被吵醒，走了过来。

当杨老倌儿看到东明躺在地上一动不动，被震惊了。在他的意识里，只有人去了才会躺在地上，女儿又没说清楚，他还以为……杨老倌儿扑过去扶起东明揽在怀里，连声问道："孩子，你怎么了？怎么了？"他感受到了东明身体的颤抖，悬着的心才落下一半。妈妈急忙拿来毛巾擦去东明额头上的冷汗。

"兰兰，赶快打电话叫救护车！"杨老倌儿心急火燎地说。

"爸，别打……我不要他们抬我……爸、妈……亮亮、燕子……兰兰……我不知道……说疼就疼，疼得要命……万一挺不过去……"

"孩子，千万别多想，咬紧牙，给我挺住了！"

"爸、爸爸……"晨亮、晨燕也急出了泪花。

杨老倌儿给女儿使了使眼神，指了指门外。爱兰领会了爸爸的用意，跑出卧室，拨打了急救电话。过了二十分钟，救护车来了，东明此时感觉疼痛稍稍减轻了一点儿。面对医护人员和家人，他意志坚强地说："我不要你们抬我，也不用扶我，我自己走！"东明吃力地站起身，踉踉跄跄地朝电梯口挪去。爱兰看他一摇一晃便伸着手，寸步不离地准备着搀扶。可他，只是摇头、摇头，然后进了电梯。

来到医院急诊室，打了止痛针，缓解一下疼痛。东明强忍着做完检查，终于水落石出——原来是肾结石惹的祸。有一颗卡在尿道里，让东明疼痛难忍，还有一颗在肾里"修养"。这种病虽然疼的时候死去活来，但治疗的技术非常成熟，不像胸闷那样的慢性疾病，时轻时重难以下药。

一家人忐忑不安的心总算是平静了下来。东明走进碎石中心，松开皮带，躺在碎石机的床上。操作医生先做定位，然后将冲击波机头对准结石，准备就绪后嘱咐道："碎石的时候会有瞬间疼痛，等适应后，我再慢慢加大频率，你要是撑不住就叫我一声。请两位家属帮忙按住他的双腿，免得抖动时变了位置。"

王医生关上了门，杨老倌儿和爱兰照医生所说，一左一右按住东明的双腿。妈妈，还有晨亮、晨燕在门外焦急地等待。"啪！啪！啪！……"富有节奏的击打声，由弱变强，由慢变快，刚开始几下，东明顿觉犹如锤击，渐渐地也就适应了。差不多过了二十分钟，击打声终于停了。王医生打开门说："好了，进来吧，效果很好！"

结石震过之后，虽然还有一些疼痛，但比起之前轻松多了，需要输液消炎。爱兰陪护着，爸妈、儿子、女儿都回去了。等输完液，已经天亮，东明来到就诊室，郝医师开了排石的汤药说："碎石机不是排石机，结石虽然打碎了，但想排出来，还需要吃药，多喝开水多跑步，每次小便前做跳跃运动，一个星期后来复查。哦，还有，平时少吃豆制品，像菠菜、空心菜、苋菜一类含草酸高的就不要吃了。"

东明满心欢喜，本以为治好了，可两天后开始尿血，等不到一个星期就去复查了。这一查，糟了——肾里那一颗掉了下来，堵在尿道与肾脏的连接处，回也回不去出也出不来。郝医师说："这个位置好尴尬，有一半在肾里，还不能震，会伤到肾的，要做软镜手术，很复杂，要分两次，先做硬镜然后才能做软镜。"

这算怎么回事？"调皮"的结石也喜欢开玩笑吗？堵在"门口"——东明想着一阵苦笑。郝医师说："手术肯定是要做的，否则的话，会有肾积水，时间久了就成尿毒症，肾就泡坏了。"东明了解情况后就办了住院手续。等一切准备好，他躺上手术车，护士推着进了手术室。东明并未感到恐慌，一反常态地给爱兰比了个"OK"的手势。进了手术室，东明才真正见到了无影灯、手术台，还有各种仪器，所有一切都白白净净，无尘无菌。他是第一次在多人面前，在非私密场所脱得精光，只罩了一件手术服。麻醉师拿出文件，让东明签过字后，把一个看似氧气罩的东西罩住他的鼻孔和嘴巴，里面冒着白烟。护士给东明扎针输液，监视血压。东明感觉有点儿小题大做了，不就打一块结石嘛，还要这样大动干戈？前一秒他还在想，下一秒已不知不觉，什么时候睡着的，连他自己都不知道。

"好了，醒醒……手术做好了，醒醒……"护士拍拍东明唤醒他。

东明醒来，意识清晰，只是眼皮有些沉重，可能是麻醉还未完全过吧。东明在心里盘问着：好了？这就好了？咋一点儿感觉都没有啊？他们在我身上动了什么手脚？没想到，东明居然能自己走出手术室，进了病房就对爱兰说："睡着真舒服，还没睡够呢就醒了，太快了！"

"还快啊？两个多小时呢！我都快急死了，你还说笑！"

刚做完手术，还不能直接小便，要通过体外输尿管流进尿袋。

东明在医院里待了两天，输液、消炎、止痛。出院那天，要拔掉输尿管。

“用不用打麻药？”东明问。

“不疼，很快的。”郝医师说着便开始拔管。

“啊——”东明大叫一声，快是挺快，也就几秒钟，“还说不疼，跟火烧一样！”郝医师见怪不怪，呵呵地笑了。

在东明身上，如果说胸闷、脑鸣是一种纠缠，那么肾结石只能算是一个过客。后来又出现了新的毛病，对于他来说可谓是雪上加霜。

三

那是在阴雨连绵的日子里，空气异常潮湿，东明经常搬运货物，浑身上下浸透着汗水。有一次，他忙完之后，去了卫生间，当解开皮带后，惊奇地发现，腰间有许多水疱，不疼不痒的就没管它。可到了第二天，面积越来越大，开始向后背蔓延。没做拔罐怎么会有水疱呢？东明有些困惑，他瞒着爱兰，用牙签把水疱一个个挑破。这下可糟了，一天后，开始发痒，不是挑破的皮肤，而是肉里面，奇痒难忍，要不停地去挠，使劲儿地捏。更为糟糕的是——大腿内侧也出现了水疱，痒了就挠，越挠越痒，越痒越挠，水疱全被抓破了。情急之下，他找借口去了医院。医生告诉他说：“你这是带状疱疹，需要输液治疗，至少要一个星期。”东明听了，没有买药，也没有挂水，就回去了。

在回家的路上，细雨打湿了路面，他在给别人让道时，拐了一下，由于刹车过猛，翻倒在地，磕到了嘴巴。他站起身扶起电动车，摸摸鼻子揉揉下巴，还好没出血，可用舌头舔了舔牙齿，很不巧——有颗门牙掉了一半。这下是想瞒也瞒不住了，就等着回家挨

训吧。

东明回到超市，一个下午都绷着嘴不说话。爱兰忍不住问他："你怎么不说话？有什么不高兴的？"东明没有吱声，爱兰怎能耐得住这样的寂寞，她再次问道，"你怎么了？快说话！"东明只得咧开嘴指了指半颗门牙。爱兰看到，惊讶地问："唉——你的牙呢？你的门牙怎么断了，你背着我干了什么？"

"等回家再说。"

"好，那我们现在就回去！"爱兰斩钉截铁地说。她锁上了超市的门，又一次挂出那块写有"家中有事、暂停营业"的牌子。自打东明身体不适以来，半年多了，这块牌匾就经常亮相。

回到家里，还没等爱兰审问，东明就主动招供了："我今天是打算告诉你的，我腰上、腿上长水疱，我去了医院，医生说是疱疹，回来的路上翻车了，磕到了牙。"他脱了外衣，脱了裤子，只穿着内裤光溜溜地站在爱兰面前。爱兰看了看被抓破的皮肤，越看越揪心。

"怪不得这两天我给你拔罐儿，你说不用了，睡觉也不贴着我，原来……"爱兰捶打着东明的胸膛质问，"为什么？为什么？你为什么要瞒我？你可是说过不再瞒我的！"东明紧紧握住她的双手说："兰兰！兰兰！我真的不想让你再为我操心，我的身体，毛病越来越多，就像纸糊的一样，你就一把火把我烧了吧！"

"如果你能在烈火中永生，我会的！这到底是为什么？让你遭罪！"爱兰说着眼角溢出了酸楚的泪。

"我们不去怨天尤人，我没事的，真的没事！"东明一把搂住爱兰说道。

过了一会儿，东明为她抹去眼角的泪水。她舒了一口气说："把衣服穿好，跟我去找缪医生吧。"东明点了点头。

到了诊所，缪医生看过之后嗤笑着说："什么呀，带状疱疹？

是湿毒！带状疱疹很疼的，你又不疼只是痒，根本就不是那回事儿，我看你是遇上实习生了吧，净瞎扯！”

“上次，你说我湿气太重，可没想到会有这症状，该怎么办呢？”

“我先给你配点儿药，控制住不让扩散，吃药是治不好的，只能暂缓一下，有了这症状，哎——得湿容易除湿难呀，没有一年半载是好不了喽。”

本来，胸闷、脑鸣就够东明受的了，又出现了一个湿毒，让他每日每夜备受煎熬，就连去趟卫生间还要带把钳子。女儿看见了不解地问:“爸，您去厕所还用钳子？”

“嘘——小声点儿，别让你妈知道，秘密！”

“那您告诉我，拿钳子干什么？我保证不说出去。”

“马桶坏了，我修一修。”

“修马桶还怕妈妈知道吗？撒谎的爸爸可不是好爸爸。”

“我身上痒，用钳子夹一夹。”

“爸，痒成什么样啊？要用钳子夹，我帮您挠挠吧。”

东明摇摇头说:“不是皮肤痒，是肉里边，挠不到的。”

“爸，是不是皮肤病？去医院看了吗？”

“看了，一时半会儿好不了，没事的，你去睡觉吧。”

翌日清晨，晨燕悄悄地告诉妈妈说:“妈，我爸用钳子夹他自己，别说是我讲的。”

“我知道了，你去上学吧。”

又到了深夜，爱兰佯装熟睡，时刻注意着东明的一举一动。东明以为爱兰没有察觉，便悄然无声地撩起被子下了床，从柜子里摸出钳子去了厕所。他不知，爱兰蹑手蹑脚地尾随其后。东明的疼痛神经被毒素侵蚀，没了感觉，取而代之的是奇痒。他褪下睡裤，用钳子夹起大腿内侧的肌肉，狠狠地用力地夹，青一块，紫一块，不

但不疼，反而止痒。就在他毫不留意的时候，爱兰推开门，看到他还在手持钳子虐待自己，便大声叫道："东明，你在干什么？"东明惊慌失措，急忙把钳子藏于背后，轻声细语地问："兰兰，你怎么进来了？"爱兰伸出手说："给我！把钳子给我！"东明乖乖地交出"武器"，爱兰拿在手里，沉甸甸的。她稍作沉默后诙谐地问："你的身体比铁块儿还硬吗？"

"不是我不想跟你说，是不能跟你说。"

"你这样折磨自己几天了？"

"今天、昨天、前天……不疼，不折磨，真的。"

"你不疼……我疼！"爱兰指了指自己的胸口接着说，"我——心疼！"

东明闭上眼深吸一口气，无言以对。爱兰委婉地说："什么也别想，什么也别说，回屋睡觉吧。"

又是一天过去了，东明见到女儿便问："你干吗要告诉妈妈？"晨燕避开爸爸犀利的眼神，稍加思索后回答："爸，您应该听妈妈的。"说完，她转身上学去了。

临睡前，东明和爱兰四目相对地站着。她手握钳子递给他，钳子还是那把钳子，她握着的是钳夹，递过去的是钳把。东明猜不出爱兰是何用意，是接呢，还是不接？倘若这是一道考题，东明交的肯定是白卷。就在他犹豫不定的时候，爱兰温柔地说："拿着吧，夹的时候轻一点儿，别太用力。"

当东明接过钳子，爱兰松开手的那一瞬间，他百感交集，无以言表，因为——钳子的夹头用医用胶布包扎得严严实实，看不出半丝铁质，冰冷的铁钳变成了娇柔的护士。也是在那一刻，世间万物仿佛都已消失不见，只留下两个人的身影。还有什么要想的？还有什么要说的？东明眼含热泪说了一句："兰兰，你为我操碎了心，我只属于你！"

第二十九章　迷茫

一

东明与药物结缘之后，步入了亚健康的行列。他的身体不能热补，只能温补，否则的话血压便会升高，还容易出现炎症。汤药不喝了，改为中成药冲剂，降压药、滋补药、消炎药充斥着他的身体，让他饱受折磨，无形中平添许多烦恼，不只是身体上，还有心理上。他总觉得自己是在混日子，在消磨时光，想想每天所做的事，心中充满迷茫：人生意义何在？他开始为前途而焦虑，为命运而担忧。

人生苦短，能有几回醉？每一个人都像是关在笼子里的困兽，向天怒吼！想要改变命运，谈何容易，东明写的小说草稿也只能是内心的独白，改变不了什么，有些东西不是灵感所能激发的，需要深厚的文化底蕴。把稿子留给女儿，兴许她会用得着，东明甘心情愿做女儿的垫脚石。

爱兰深夜醒来，习惯性地伸手摸了摸，东明不在身边，台灯开着却不见人影。爱兰来到客厅他也不在，哦——原来他在阳台上。两个人再次并肩站着，穿的还是当年的情侣装睡衣。过了片刻，爱兰问他：“东明，你在想什么呢？”

“我在想茉莉花，过了多少个年头，还有父母、兄弟，还有……”东明想说自己的梦想却没说，话锋一转开起玩笑来了，“兰兰，你说我掉了半颗门牙，是不是很难看？像啮齿动物。”

“没关系呀！掉光了才好呢！我可以吻你的牙床！”

“只要你不介意，我就不去管它。这两年来，我感觉自己一下子老了许多，现在又开始脱发了。”

“是你想得太多，即便真的老了，那也是我的伴儿，我发现自己也有几丝白头发。”爱兰接着问道，“东明，你说到底有没有来世？”

“有，当然有！希望来世还会有你，你是我的知心爱人。”

东明能够遇见爱兰也绝非偶然，定然是前世千百次地回眸才冥冥中注定今生的缘分，当他来的时候恰好她在等他，这是上天的恩赐与厚爱！他们应该感谢上天的眷顾。在人生的大舞台上，他们尽力演好自己的角色，不介意有没有掌声，只要努力过了，就不后悔不懊恼，自己经历过的痛苦无须别人去体会。

“我在想，假如有一个地方只属于我们俩，有着大片树林或者草地，没有围墙，只有花鸟。在花丛中，在林荫处，我们静静地坐在躺椅上，听着鸟儿从头顶飞过，看着远处桃花一片，是何等惬意啊！”

“兰兰出口成章，你说的也是我想的。”东明感慨之余把爱兰紧紧地搂在怀里。

爱兰和东明是夫妻、是朋友、是情侣、是恋人，两个人敞开心扉，无所不谈。他们对人生感悟至深，在这个纷扰的尘世间，有时候，需要扪心自问：为何而来？每天都忙忙碌碌，年复一年，日复一日，最终还是赤裸裸而来，赤裸裸而去，害怕一无所有又害怕失去所有，与其让自己抑郁难眠，还不如顺其自然好。人的一生，也就几十年光景，转眼即逝。什么都不想，是消极、是庸俗；想得太多，是奢望、是迷茫。

“兰兰，凭你的智慧，你的美貌，倘若不是因为我，可能会有另一番人生，比起现在要好上千百倍，我总觉得，是我连累了你。”

“我不许你这么说！”爱兰伸手捂上东明的嘴，“你我不分彼此，何来连累？若不是你，换了别人，生活上兴许会好上那么一点点，但那又能如何？我的爱情又从何寻找？看似风光无限的人，心里可能正在哭泣，属于别人的，我不想要，属于我的，别人也要不去。我需要一个平淡而又完整的人生，一个只属于我的爱情，我不想再经历破碎，不想再哭泣。”

“除了爱情，你就没有想过别的？花园别墅、金银首饰、绫罗绸缎之类的？”

物质的享受是有限的，一个人不便坐两个凳子睡两张床，吃得太饱也就吃不下山珍海味。爱兰对物质和名誉的追求没那么强烈，她不禁反问：“你觉得我需要吗？如果我真想要那些东西，今天晚上把我搂在怀里的可能就不是你了。”

“这倒也是，我应该把今天晚上你所说的话记录下来，值得珍藏。”

“记在心里，还是记在本子上？”

“刻在心里！”

爱兰暖暖地笑了。畅谈之余，东明提起了正事：“我想跟你商量一下，我想重新开始，像孙师傅那样。”

“你是感到超市太无聊了吧？”爱兰看着东明忧虑的眼神说道。

“我总觉得自己无用武之地。”

“说起来容易，做起来难。当初，咱爸也想重新开始，苦于找不到合适的位置就放弃了。”

“我很想尝试一下，倘若失败了，以后什么也不再想，否则的话——我不甘心啊！”

“这么说，你都想好了？打定主意了？”

东明没有回话，握着爱兰的手，面对面站着，探寻的目光在竭力争取爱兰的理解和支持。爱兰嘴角泛起一丝微笑说：“好吧，我跟咱爸好好说说，只要能让你心怀敞亮，就照你想的去做。”

杨老倌儿知道后表示应允，但也谆谆告诫："年轻人想要闯一闯可以，但要考虑清楚了，成功了更好，倘若失败了，我们都不去怪谁。"

二

人生做事就像抛出的硬币，落下之前根本就无法知道是正面朝上还是背面朝上，东明不是在赌，他是有准备的。在一个风和日丽的早晨，东明沿着一条繁华的街道一路走去，途中看到有两家转让的饭店，凭着直觉，他把目标锁定在这两家。但凡转让的生意都是有原因的，要么是改行，要么是发展壮大，照不好的说是太过冷清，入不敷出了。为了证实是否生意清淡，他决定蹲点察看。

第一天，东明带着一个塑料凳，迎着朝阳坐在没人搭理的角落，翻看《骆驼祥子》，他为祥子而感到悲凉，庆幸自己是新时代的宠儿。他的目光时不时地投向街道东侧的餐馆，记下光临的人数。有顾客进店了，三个、五个……八个、十个……中午的时候越来越多，已经超过五十人了，等到饭时过后，才渐渐稀少下来。

此时，东明有些饥肠辘辘，想去买点儿吃的，又怕耽误了"工作"，于是便掏出两块饼干。正在他吃的时候，电话铃响了："喂，东明，你现在哪里？"

"哦，我在两栋房子的夹角处，很隐蔽的。"

"我不是说这个，我是说——我过来了，在工商银行前面。"

"那你往南走，我这就过去接你。"

他们已经离得很近了，东明没走几步就看见爱兰的身影。她手里拎着餐盒，看到东明在频频招手。他快步迎上前去，接过餐盒说："又让你费心了，我们去公交站点的凳子上坐会儿吧。"他们走过去，坐在长凳上，爱兰说："趁热吃吧。"东明一边吃着热腾腾的炒面，一边指了指街道的对面："看到了吗？就是那家——香满园快餐店。"

"怎么样？客流量如何？"

"还行吧，这会儿饭时已过，零零星星会有几个，就忽略不计了，你来的时候，五十多人。"

"这只是保本儿的人数，过了五六十人才能盈利。"

"那就看晚上了，我吃得饱饱的，你等一会儿回去，就别再过来了，在家等我。"

东明吃过炒面，喝瓶绿茶，回到原处，继续他的蹲守，全然忘了这是在一个特殊的日子里做着平凡的事。爱兰回到家中，带着期盼，耐心而又焦急地等待着。

晚上的客人没有中午那样集中，从下午四五点一直到夜里八九点还没完没了，也差不多该收工了。算算一天的总人数，已经过百，该回去了，不能让爱兰等得太久。于是，东明扭扭屁股直直腰，夹起凳子，独自一人走在回家的路上。昏黄的街灯照见他淡淡的身影，鳞次栉比的店铺一家挨着一家。熙熙攘攘的车辆带走他暂时的孤单，车灯的光线忽明忽暗，忽远忽近。他知道家人都在等着，于是乎，便加快了脚步。当他站到家门口的时候，没有按响门铃，迟疑了片刻，自己掏出钥匙开了门。轻轻地推开门，却发现屋里黑咕隆咚一片寂静，一丝透心凉油然而生，这也只能怪自己回来得太晚。正在东明郁闷的时候，下一秒的情景让他惊喜，为之一振！

所有的灯光瞬间点亮，女儿手捧一束茉莉花为爸爸献上："爸爸，今天是您的生日，祝您生日快乐！"爱兰为他点上生日蜡烛，爸妈和晨亮笑脸相迎，东明此刻才恍然大悟——原来是自己把生日给忘了。他接过茉莉花，走到爱兰身边，感到无地自容，惭愧地说："让你们久等了，我还真是把这事儿给忘了。"爱兰说："不是忘了，是你根本就没记住过，对于你来说，哪年过生日都是一个惊喜！"

东明心中升起一股暖流，微笑着吹灭蜡烛，许下心愿。不一样的年轮一样的歌声，曾经的年少轻狂都已渐行远去，岁月留下的痕迹不只是这歌声这烛光所能展现的，更多的是见过世故的迷茫，还有身上每一个细胞每一根神经交替的折磨，但在这美妙的晚上，那些虚无缥缈的感觉都被这缕缕暖意所包裹所融化。幸福取代了灾难，快乐取代了忧愁，阳光取代了阴霾，希望取代了失落，满足取代了奢侈……所谓的“阖家欢乐”尽在这一幕，犹如严冬里的一条毛毯把东明裹了起来。

这天夜里，东明很晚才睡，没有与爱兰畅聊，唯恐说了沉重的现实的话题。他抑制着让自己平静下来，直到第二天早上。醒来，爱兰问道：“西边那家还要去察看吗？”

“我想就算了吧，那是一家早餐店，每天两三点就要起床，我去香满园快餐店找老板谈谈。”

上午，东明去了那家餐馆，与老板面对面地洽谈：“老板贵姓？是哪里人？”

“我，免贵姓吴，老家四川。”

“这么说，吴老板是做川菜的高手了。”

“过奖了，也就一般般，都是家常菜，没有太大讲究。”

“你说——要是在店里顺带做一些涮锅、面食之类会怎么样？”

“哦哟，这个不好说，试了才知道，客人很挑剔的。”

“也没关系，那只是我个人的想法，具体要做也是我自己的事。我虽然也做过厨师，但我还是想跟你学一学川菜，能带我几天吗？”

“这个当然没问题，我要不是想着回老家发展，还真舍不得转让出去呢，别看这小小的饭店，摸爬滚打到如今也不容易啊！”

“我能体会到，我以前也是开饭店的，既然没有大的问题，我们就落实一下具体的价格吧。”

“一听就知道兄弟是个爽快人，本来是想打六折的，就冲你的个性，所有用具也都旧了，一律半价，再加上三个月房租，大概也就三万多元钱。回头我再细算一下，你我明天做最后决定，兄弟怎么称呼？”

“叫我小张吧，那我就先回去了，明天再来。”

回到家里，东明把情况说了，大家一致赞同。只是不知道那些挑剔的客人挑剔到什么程度，让人难以预测。

等东明再次来到快餐店时，吴老板已经核算得清清楚楚，详细地列纸上。他呈给东明说：“所有的东西，所有的钱数都写在这上面，请你过目，若有疑问，可以重新商量。”东明仔细看了一遍，确实是按半价算的，也没什么好顾虑的，便斩钉截铁地说：“行！三万五就三万五！”

“那你什么时候接手啊？”

“吴老板想什么时候撤呢？”

“你什么时候接手，我就什么时候撤！”

两个人一拍即合，东明果断地说：“那我明天后天过来练练，两天后接手怎样？”

“好嘞！没问题！”

事情都已办妥，东明凭着以往的经验，学做几个川菜当然不在话下。头一天，东明一边打下手一边观摩。第二天，东明亲自掌勺，那阵势毫不逊色于吴老板，口味也如出一辙，令人叹服，吴老板竖起了大拇指。临走的时候，东明问吴老板：“你是想拿现金呢，还是转账？”吴老板笑了笑说：“转账吧，我写个账号给你。”

等东明把钱转给吴老板后，便正式接管了快餐店，小超市暂停营业。爱兰和东明共进共退，准备好了开启新的一天。一切都在有条不紊地进行，没有声张，没有鞭炮，没有花篮，除了换人，一切照旧。

天刚亮，东明就去了农贸市场，买回一天所需的蔬菜。从择菜、

洗菜到切菜、配菜，这一系列的杂活儿，东明手脚麻利，一人搞定。爱兰把桌椅板凳擦拭干净，锅碗瓢盆摆放整齐，一切准备就绪后，就等着顾客光临了。临近中午，饭时已到，儿子过来帮忙。开始有客人陆续到来，东明戴上厨师帽，打开煤气灶，拿起炒菜锅，倒入色拉油，烹饪顾客所点的菜肴。

“吴老板，来一份水煮肉片和一份麻婆豆腐！”有人进门直呼，听起来应该是老顾客。

东明迟疑了片刻，不能冒名顶替地把菜做了，要以诚相待，便走出厨房向客人介绍说：“欢迎两位光临！我姓张，刚刚接下了这家餐馆，我会做出你们想要的口味，还望多多指点。”兄弟俩看看眼前的厨师，再看看身边的服务员，这才知道叫错人了。叫菜的那位毫不介意地说：“没关系，炒出你独特的风味，换了和尚换不了庙。”他的话虽然不大悦耳，但很实在。

到香满园快餐店吃饭的常客居多，一来二去大家都知道了——换老板了，换人了。这还是有很大影响的，在以后的日子里慢慢得到了见证，出现了始料未及的状况——有很多老顾客不再回头。他们是吃惯了川味的，嘴上说着客气的话，心里却惦记着吴老板，真真正正的四川人。也许顾客并非认人不认菜，不喜欢东明的独特风味，但在他们看来，东明永远是川外的新手。这可不是什么好兆头，东明只得新增几个炖锅菜和几样面食。其中有一道排骨炖山药，是东明自创的，炖起来容易，可剥山药皮就没那么轻松了，倘若皮肤过敏，沾上山药的黏液便会突发奇痒。还好，东明没有过敏，拿起剥皮刀唰、唰、唰三两下就把十几根山药削好了。排骨炖山药是一道滋补的好药膳，一经推出，就卖了十几份儿，但对于整个营业额来说，还是于事无补。

开店做生意都有风险，老根据地依然是他们强大的后盾。东明总是抢先把活儿做好，除了厨房里的，还要刷盘子洗碗。一天早上，他买菜回来，看到爱兰两手缩进袖套里，还时不时地相互揉搓。

“兰兰，你干吗缩着手？”东明问。

“我……我没事。”

“没事？给我看看！”东明拉过她的手，翻开袖套，惊奇地发现她手背泛红，还有抓过的痕迹。他恳切地说：“还说没事，你趁我去买菜的时候剥山药了吧，你皮肤过敏，不行的。我跟你说过，你只要给客人端端菜收收钱就行，其他的我来做，你要是做了不该做的事，我情愿不开这饭店。”

“我是看你忙，就……”

“好了，别说了，蘸点儿醋吧，以后可别这样了。”

东明拿出一张餐巾纸蘸上醋，轻轻地敷在爱兰的手背上，此刻的温存不言而喻。

过了两个月，快餐店的情况还是不容乐观。东明忧心忡忡，再加上胸闷的折磨，一度失眠。爱兰醒来陪他坐着，关怀地问：“你又在想饭店的事了？”

“我能不想吗？我一心想着怎么做好，很可惜，那些挑剔的客人不认可。我现在才明白吴老板话里的玄机，但没想到会挑剔到这种地步，难道就像兰州拉面一样，只有兰州人才可以做吗？兰兰，你说该怎么办？”

“别想太多了，给自己增添无谓的烦恼，世事难料，这是我们家的事儿，不要一个人扛着。反正，我们投入不多，房租马上就到期了，转出去吧，安心地做好超市。”

“就这样转出去？”东明心绪不宁地问。他确实有些不甘心，是自己心血来潮没事找事，结果却大失所望，自己挖坑往里跳。

“不这样转出去还能怎样？敲锣打鼓张灯结彩？不就是接手转手嘛！这对于我来说根本就不是事儿，只当了却你一桩心事。以后每日每夜想着我就行了，有吃有住还有老婆陪着，谁不羡慕！”

“照你这么说，我不就成了你养的小白脸儿了吗？我还算是男人吗？你看看我的牙，什么时候吻我的牙床？”东明咧开嘴龇着牙嬉笑道。

“等你的牙全都掉光了，我的小男人！”爱兰说着把东明按在床边。

爱兰和东明向爸妈说了饭店的情况后，杨老倌儿哈哈一笑说：“这算什么，小肥牛涮锅店我都转让出去了，区区一个快餐店何足挂齿，就像是买了一部手机，不好了再卖，亏就亏一点儿。看你们俩忙里忙外的，还没有超市挣得多，不划算呀！况且，我年纪大了，也想退下来安享晚年喽。”

听了杨老倌儿所言，东明的心情宽慰了许多。短短两三个月，刚刚接手的快餐店又转让了出去，事情快得像是做了一个梦。

三

岁月已去，揽尽风雨苦亦甜；星光不再，聆听长夜读无眠。太阳东升西落是一天，绕它一周是一年，抬望眼，空际一片，捉不住时光溜过指缝间。

夜里，东明坐在灯下，写着他那没有始终的小说草稿，倘若没有故事，便不知道写什么。东明没有忘记自己的梦想，不会因为困难和挫折让梦想消亡。他的文笔还不能把小说写得像散文那样优美，只能从现实生活和经历中去拾取点点滴滴的片段，苦思冥想地写成文字。花开花落，枯叶纷纷，道不尽人间沧桑，岁月短暂而悠长。写到哪里？该写哪里？漫无头绪，从离开小镇四处奔波起，到遇见星儿，遇见浪仔，遇见爱兰，遇见爷爷、奶奶，然后结婚，然后……身体的衰弱，生意的失败，哦——不！男儿何以言败！东明想着琢磨着：善良的人来到这世上不应该只是受罪，不应该经历太多的苦难，坎坷和不幸不应该只发生在一个人身上，让神灵来分化，让人们来分担。他想用“上帝视角”去编织故事，让笔下的每一个人物经历一些苦难之后都有一个美好的结果。即便想到此，他还是心烦意乱无从下笔。思想可以填满心中的空虚，然而思想的过程却带有一点点苦痛，想得累了就让小动作代替思想——他揉了揉眼角，捏了捏鼻子。

爱兰尚未睡去，东明悠然说道：“兰兰，明天静安寺有庙会，我想去一趟。”

“去吧，是你经历的心路历程太多了，想得复杂了，一时半会儿静不下来，去找回属于你的那份纯真，让自己静一静。”

静安寺在郊区，东明乘坐首班车赶到时还是清晨。天边飘着粉红色的云霞，预示着——这是一个阳光明媚的日子。已有三三两两的善男信女登上石阶去往庙中，那石阶蜿蜒曲折地盘绕在山路上，抬头望去，在寺庙的斜对面有一处瞭望台。 东明来此不为上香也不为参拜，只想借着佛光找一处可以清空心境重塑自我的地方，就是那儿——瞭望台！他想要的地方！东明一步一个台阶地登上瞭望台，这是一个不大的亭子，圆圆的石凳圆圆的石桌。屹立亭台，放眼望去，漫山遍野郁郁葱葱，奇形怪石隐隐约约。清风吹过，仿佛可以去那树梢，伸手掠一片叶子，抛向空中，让它随风而去。闭上眼，仔细聆听山林的波动，吟诵古人的诗句：“人闲桂花落，夜静春山空。月出惊山鸟，时鸣春涧中。”

东明在亭子里整整待了一天，他给自己的过去打上标点符号，有顿号有逗号，有叹号有问号，没有句号没有省略号。吹不散抹不去人生旅途的艰辛，风尘仆仆地走过一程又一程。朝花夕拾，不去捡回那片片忧伤，只愿幸福时光，围绕身旁。东明脱下沾满尘埃的外衣，搭上末班车回家去了。

到中转站的时候，东明感觉想要呕吐，此时再吃晕车药为时已晚。他只好下车，从大街走到小巷，漫步于人群之中。此时，已是傍晚，在一条街的拐角处，他看到一个叫卖花生的小姑娘。她提着一篮花生叫喊着：“花生，煮花生，五元一袋。”每到一个店面前，她都会站立片刻，经过人多的地方，就会提高音量多喊几声。东明有些嘴馋，想买一袋，品尝一下煮出来的乡村味道，于是便走上前去。小姑娘看起来有些瘦弱，衣服宽大，很不合体，仿佛能折射出星儿流浪时的影子。

“给我一袋花生，不！拿两袋吧，刚好十元，省得找了。”东明看她楚楚可怜，心生怜悯地说。

东明拿着花生，端详着女孩儿，看她眼神中透着一丝喜悦，便问：“你多大了？没上学吗？”小姑娘回答说：“没多大，我上二年级，早就放学了。”

“哦，叔叔把这事儿给忘了，现在是傍晚。”东明说着拍了拍额头。他稍稍思索后问道：“嗯——你能带我去你住的地方吗？”小女孩儿盯着东明默视了片刻说：“那你要把花生全都买了。”

“行啊，你还是个生意精！那好，叔叔就全部买下来了！”东明笑了笑并付了钱。

东明提起篮子，看里面有五袋花生，便对小女孩儿说：“我把篮子也买下来，你看行吗？”她停下脚步，夺过篮子，把花生拿出来递给东明说：“花生是你的，篮子不能卖，我明天卖花生还要用呢！”东明又笑了：“叔叔跟你开玩笑呢，别这么认真。你看，我拿这么多花生不方便，先借你的篮子用一下，等到了你家里，给我找个大一点儿的袋子装起来行吗？”

“那好吧，放进去吧。”小女孩儿这才放下戒心。

“你每天都卖花生，学校作业怎么办？”

“早上早点儿起来就行了。”

“你能起得来吗？”

“我爸爸会学鸟叫，他叽叽喳喳一叫，我就起来了。”

东明会心地笑了，跟随小女孩儿走在回家的路上，不经意间路过了他人生中最值得庆贺的地方——与爱兰第一次碰面的那条街道，是那样的熟悉，带着浓浓的诗一般的韵味。东明停下脚步，凝视着悠长的街道，陷入了沉思。

“叔叔，你怎么不走了？”

“哦，没什么？”东明这才回过神儿来。

他们又走了二十多分钟，拐进了一条小巷，在两间破旧的瓦房前停了下来。门缝宽得可以钻进一头牛，玻璃窗变成了塑料膜窗，这就是小女孩儿和爸妈租住的小屋。

“妈妈，我回来了，花生卖完了！”她欢呼雀跃地喊着跑进屋里，“是这位叔叔全都买了。”

“嫂子好，你们住的地方挺偏僻的，大哥没在家吗？”东明向小女孩儿的妈妈打招呼。

“热闹的地方，房租太贵了，租不起呀！她爸爸卖烤红薯，马上就回来了。”

“这倒也是，看你们做小生意也不容易，能省就省。”

“这位兄弟有什么事吗？”

“我呀，没事，我就是…… 我一个人在街上溜达，碰到你家女儿，然后就……等大哥回来了，聊两句就走。”东明支支吾吾地回答。

过了一会儿，小女孩儿的爸爸回来了。他把三轮车停在门口，擦了一把汗，烤炉里冒出青烟，烤箱内散发着浓浓的香气。他进门儿看见东明便问：“家里来客人了？早知道我早点儿回来！”东明看着眼前这位大哥老实本分的样子说：“我就是想过来看看，是过客！”

“来到家里就是客！”大哥热情地说。

嫂子已经准备好晚饭，三大碗一小碗酱汁面。她说："今天就在我家吃饭吧。"

"那我就不客气啦。"

大哥实诚地说："客气啥，我这地方很少有人来，看兄弟就是做大生意的，你能来，就是看得起我。你把花生全买了，说明你是好心人，我知道你吃不了那么多。你要是不嫌弃，吃过晚饭，就住在我家吧。我猜你是跟老婆吵架了吧？出来散散心，找个人说说也好，有什么事，千万不要憋在心里。"

"大哥，我……其实……"东明本想解释，却又话锋一转，脸上挂满微笑随口说，"大哥说得对，我就是出来散散心，看你靠卖红薯维持生计，还能过得如此幸福，那我还有什么好想的？还有什么不满足的？"

"唉！想开了就好，知足常乐嘛！像我这样的粗人，还能有什么？一间屋子一张床，一个女人睡一旁，一儿一女就是好，三餐吃饱不发慌。哈哈……我这顺口溜儿挂在嘴边十几年了，再不说出来遛遛，恐怕就要忘喽……我呀，就是小人物，做些小事情，那些大事就让有知识的、有钱的、有地位的人去做吧，我呀，哈哈……就是大人物脚底下荡起的尘土。"他说着笑着。

东明听后一言不发，那笑里藏有多大的心酸，也只有他能体会到了。他想着：面前的大哥年轻时定然胸怀大志，可到头来……是他努力不够吗？努力了就一定会有好的结果吗？当努力成为后悔的解药时，也只能这样了。若不是遇到爱兰，东明现在又会怎样？眼前的大哥就是影子。

"你家就一个女儿吗？"东明问道。

"不，还有个儿子，学没上成，出去打工了，找好了对象，正准备着结婚呢！"

"喔，那好啊！等你儿子结婚了，也就完成了一桩心事。大哥，像你卖烤红薯，一天能卖多少？”

“这个，不好说，有时多，有时少，总起来说还行吧，生活开支，女儿上学，够用！”

“大哥，天色已晚，我该回去了。”

临行前，东明又买了两个烤红薯。他折返回到与爱兰相遇的那条街，徘徊中给爱兰发了信息：“亲爱的，你知道我在哪里吗？第一次看到你流泪的脸庞，那种美无与伦比。不用等我，早点儿休息，我要很晚才能回去。”他打开手机音乐，重复播放着小提琴《茉莉花》乐曲……

爱兰看到信息，没有回复，也没有打电话，清楚地知道他在哪里。

“远远的街灯明了，好像闪着无数的明星；天上的明星现了，好像点着无数的街灯。”——这夜，如诗如醉！就在东明来回踱步，回味无穷的时候，一个熟悉的身影出现了——还是当年那条长裙，还是当年那顶花帽，还像当年那样婀娜多姿，岁月已去但容颜依旧，时光冲刷不掉记忆中的模样，一切仿佛并未改变——还是当年的她！

走到东明面前，爱兰温柔而又感慨地说：“跟我回家吧，此生——只为遇见你！”东明默然无语，一把抱她在怀里，嘴唇在颤抖，眼泪早已喷涌而出。

四

午夜过后，东明一觉醒来就再也睡不着。在他的影响下，爱兰醒来总是陪着坐一会儿。东明说：“兰兰，前两天我在书店看到一本书，其中有一节谈到知识改命运的话题，我很赞赏。”爱兰抚摩着他的鬓角说：“白头发越来越多了，你的身体——你的命运需要

改变吗？”

“哦，兰兰，千万别想偏了，此生有你，我别无所求！我只是想要摘掉文盲的帽子。”

爱兰面带微笑，握紧他的手说：“我知道，我是你的全部，你若真想学习，我支持你，我只是担心你的身体，怕你支撑不住，学习比做生意还要难。”

“没关系，慢慢来，”东明也有些顾虑，“我看一会儿书就觉得两眼昏花，要闭目养神稍事休息。可我觉得，我的人生观念应当有所改变，做生意不成功就等于失败，学习就不一样了，知识钻进我的脑袋，别人是挖不去的。知识永远无法继承和转让，只有通过学习才能得到，对于我自己来说，得到了充实，不管用得着用不着，都不无裨益。”

“好啊，在你身体允许的情况下，做你想做的事，不要给自己压力，不求成功，只为了享受那样一个过程。”

“你说得对，我会放松自己的，当然了，我也不是茫无目的，我是想把小说草稿写完，现在已经过半了，总觉得欠缺太多，有时候为了一段文字，绞尽脑汁也想不出来，极度失落时，就想把稿子烧掉，不再去写。有的人是掌握了丰富的词汇不知道写什么，而我是知道写什么却写不好。”

“没关系，至少我喜欢呀！你可千万别发疯，把稿子烧了，那可是你的心血，既然有了开始就要坚持下去。不知道写什么是一种悲哀，而写不好只是一种苦恼。”

“这么说，我还稍稍好了一点儿。”

“写吧，用知识武装自己，学以致用，我相信，你会很好地把它写完。”

随后的两天，东明给自己制订了三步学习计划：首先通读词典，这是必须的；然后学习一下语法，练习遣词造句的能力，免得犯低级的错误；最后再深入地学习写作修辞，这是重中之重。

东明的思维活跃，可记忆力却赶不上一个孩童，成千上万的字词，要想记下来，谈何容易。他打开《现代汉语词典》，从头至尾，每一页每一个字都认真筛选。不常用的生僻字画掉，已经熟练掌握的字词圈掉，剩下的就是用得着记不牢的，这样便减轻了学习的负担，但依然是一个艰巨的工程。东明俨然蚂蚁啃骨头一般一点儿一点儿地去啃，犹如挤牛奶一般一滴一滴地挤出时间。坐得困了，眼皮打架，昏昏欲睡，用不着头悬梁锥刺股，趴在词典上打个盹儿，接着再学。两三个月过去了，厚厚的词典已经圈点完毕，可真正记住的却寥寥无几，要想个特殊的办法，毕竟是过了精力的旺盛期，错过了学习的美好年华。

在爱兰的手机里储存着晨燕年幼时咿咿呀呀学话的声音，偶尔会放出来听听。一天夜里，正在东明犯困的时候，爱兰放出录音给他提提神。他一边听着一边浏览词汇，不是一心二用，而是稍稍放松，正巧念到"耳熟能详"。东明的眼神不由自主地停留在这个词语上，并低声念着："耳熟能详、耳熟能详……"念者无心，听者有意，也许是冥冥中思维的碰撞吧。爱兰兴奋不已地说："对！耳熟能详！你为何不用录音？"

"录音？"东明恍然大悟，"有了！就用录音！"爱兰释然地说："一遍一遍地去听，几十遍几百遍地去听，不信记不住！"

录音，那需要一个极其僻静的环境，也只有在夜深人静的时候才行。等到大家都睡了，东明拿出词典和手机。开始录音了，却又顾虑重重，在卧室里怕吵到爱兰，在客厅里怕吵到爸妈，虽然爱兰不介意，儿女无须顾及，但还是心有屏障难以突破。他低声细语地念了几页，录好后放出来听听，声音太小效果不佳。可他张大了嘴巴，鼓足了底气还是上不去音量，这是心理的障碍，总觉得身边有人竖起耳朵在听——他喉咙里发出的怪异的声音。第一次尝试，第二次失败，第三次放弃。不行！不能放弃！东明需要的不是夜深人静，而是无人无声，到哪里去呢？他开始四处寻觅。

清晨，东明迎着朝霞走出小区，来到一处尚未完工的别墅式建筑前，有十几栋，主体工程已经完工，就剩下一座座古堡式的空壳躺在那里。听说是老板跑了，就被政府圈起来查封了，院内有些空地，会有附近上了年纪的老人种上一些蔬菜。他们是怎么进去的呢？东明带着疑问绕着庄园转了一圈，终于发现了破绽：有一节围墙不是墙，而是铁皮板。那铁板已被勤劳的人撬开，没人过问这些闲事，就由得他们进进出出种植蔬菜。东明早就知道这里有停工的建筑，是特意前来，那空空的毛坯房就是他想要的无人无声之处。

东明从破洞钻进院内，绕过周边的楼房，寻觅到居中的那一栋。他跳过散乱的碎砖，来到一楼，除了长短不齐的几十根木棍之外，别无他物。他登上二楼，相比之下干净了许多，水泥墙水泥地，宽敞的客厅，露天的阳台。他走进挡风的厨房间，悄然无声，是个录音的好地方，于是便决定在此录音。

第二天，东明拿着词典带着装备，再次来到那间厨房。他坐在矮凳上，翻开词典放在高凳上，打开手机录音置于词典旁。准备就绪后，他一口气念了两个小时，已经口干舌燥，只好暂且结束。这才录了三分之一，他放出刚刚录完的自己的声音，听起来字正腔圆铿锵有力，要的就是这效果，就是这感觉。一本词典要分三次录完，东明留下凳子带上词典回家去了。

晚上，爱兰迫切地想要听听，于是便问："怎么样？还行吧？"

"行，很清静，录了两个小时。"

"那赶快放出来听听！"

东明拿出手机放出录音，爱兰仔细地听了一会儿，竖起大拇指说："很好嘛！发音很准，这样就好了，你随时随地都可以戴上耳机去听。"

得到爱兰的肯定，东明信心十足地第二次去录音。当他走在杂草丛中的时候，意外地发现一条蛇在爬行，不知是否有毒，他拔腿就跑。那蛇有一米多长，拇指般粗细，淡青色，倘若是毒蛇，最好不要惹它。这让东明想起了十六岁那年在山林中的遭遇，如今回想，仍是心有余悸。他退回到围墙边没有杂草的地方，捡起一根木棍武装起来，去往那栋楼房，没有别的道儿可走。过了十来分钟后，他手持木棍，谨小慎微地再次走进杂草丛。他用棍子拨开杂草，像是在寻找绣花针，探寻不到突如其来的危险，那蛇定是爬远了。东明这才安全地走过草丛，来到楼下。东明丢开手中的木棍，缓步登上二楼，走进厨房间，摆开阵势，接着昨天的那一页念诵着。过了半个小时，远处传来了割草机的轰鸣声，这杂音肯定是要被录进去的，无奈之下只好暂停。他走到阳台上，可以看到对面公园里正有园丁在修剪草坪，割草机的嘟嘟声阵阵传来。东明预习着功课，耐心地等待着。又过了个把小时，那声响终于停了，他们正在收工。东明这才得以继续录音，录完两个小时已是中午，该回去了。

就在围墙边，迎面走过来一位大叔，东明没有回避，各走各的路。那位大叔背着锄头与东明擦肩而过后，扭转身问道：“年轻人，你也是来种菜的？怎么没见过你？不带锄头拿本书，你这是……”

“大叔，我不是来种菜的，我就是想找个清静的地方看会儿书。”

“喜欢看书，喜欢清静，这很好啊！不像我们面朝黄土背朝天的。”

“大叔可以在家歇着，也不差这几棵蔬菜。”

“说是这么说，就是闲不住啊！”

大叔说的也是实情，像他们这样的过来人，只要看到巴掌大的一块空地，就会种上蔬菜。每天清晨，来到自己的庄园，松松土、浇浇水、施施肥，活动活动筋骨，呼吸呼吸新鲜空气。看着绿色的叶片一天天长大，抑制不住内心的喜悦，微笑挂满了沧桑的脸庞。

这天夜里，爱兰听了一段录音后说：“明天带我去你的别墅看看。”

“你还是别去了吧，那就是一座空壳，还要钻过一个破洞。”

“正是这样才好玩嘛！”

第三次录音，也是最后一次录音，爱兰跟着去了。当他们来到破洞前时，东明发现洞口变大了许多，他猜测是那位大叔的功劳。为了方便东明的进出，大叔把本已破了的铁皮撬开更大的口子，可见他是个热心肠，此时已是下午，不会碰到他了。东明先钻进去，然后拉着爱兰的手，引导她也小心地钻了进去。他一只手握着木棍，一只手拉着爱兰不松开，仿佛去往一座碉堡。他们走过杂草丛，跳过瓦砾，再一次来到那栋楼下。拉着的手早已焐热，东明潜意识里还是不能松开。他稍作停留后说：“跟我上楼吧。”幽深的房子里光线暗淡，两个人一步一个台阶地登上二楼，东明这才松开手。爱兰站在宽敞的客厅里环顾四周，那冰凉的水泥房似乎因为她的到来慢慢变着：四壁贴上了暖暖的墙纸，脚下铺上了木质地板，屋顶挂上了七彩的灯饰，透过阳台的玻璃窗，可以望见公园的风景。在这极其幽静的房子里，东明面对着爱兰说：“要是这房子装修好了，我们就把它买下来。”

“不用买，我已经感受到了，领略一番，想象一番，足矣！你准备录音吧，就当我不在，我不会出声干扰你的。”说过，爱兰站到了阳台上。东明翻开词典打开录音，念诵着：“恕，宽恕……要，耍赖……率，草率……”

没多大一会儿，阳台外传来了哀凄的鸟鸣。

“东明，你快过来，过来看看！”爱兰叫道。

东明站起身快步走了过去，只见一只洁白的大鸟拍打着翅膀落在室内墙角。它红红的面部，尖尖的喙，长长的脖子，细细的腿，看起来像丹顶鹤，但又不确定。在这城市里，极少有这种鸟在外飞行，只见大鸟耷拉着左边翅膀，一扭一扭地靠着墙边走动，想要躲避。

“兰兰，看样子，它的翅膀受伤了。”东明说完想要慢慢靠近，可那只鸟却迅速地闪开了。

“让我来！”爱兰说道。只见她闭上双眼，舞动着臂膀，做出飞翔的样子，飘飘然，犹如天使，好似仙女。那只鸟神奇般地静了下来，这让东明难以置信。他顿时想起年少时带着星儿在流浪的路上，曾是孩童的星儿在花丛中徒手捉蝴蝶的情景。若说星儿徒手捉蝴蝶是身入“画”境，那爱兰此举就是身入“仙”境了。爱兰嗅着鸟的气息缓步走了过去，伸出手，用手指轻轻地触碰它纤柔的羽毛。那只鸟没有躲开，在它的瞳仁中爱兰化身成了一只美丽的白鹤。爱兰睁开眼睛把它抱了起来，像是抱着自己刚刚满月的孩子，看它凄切地叫了两声便柔弱地躺在怀里一动不动了。东明走过去翻开它的翅膀，仔细地查看，像是被铁丝刮到了。他说：“兰兰，你抱着这只鸟先回去，我在这儿录音，等录完了我再回去。”爱兰说：“我看也只能这样了。”

两个人走到围墙边，爱兰钻了出去。东明把受伤的鸟递给她，等她走远了，才折返回去继续录音。

就在录音的时候，不远处又有鸟儿传来了清脆的鸣叫，这可不是什么噪声，比起割草机的轰鸣声，堪称伴乐，非常悦耳。东明没有停歇，一口气念完了剩下的所有字词。

爱兰没有去超市，一直抱着那只鸟儿安抚它。等东明回到家里，她说：“我已经查过图片了，这应该是一只白鹤，我们该怎么办呢？”

“我去拿一些消炎药粉给它涂上，管不管用，先试一下再说。”东明准备好了以后，翻开它的羽毛，用湿棉签擦去凝结的血迹，然后揞上药粉，等伤口痊愈了再放归大自然。

“兰兰，你在家等着，我去花鸟市场买点儿鸟食回来。”东明说道。

从家里到花鸟市场有一段路程，东明乘公交车前往。路上，他寻思着白鹤的来历：是从动物园飞出来的，还是野外的？在四处寻找失散的伴侣吗？这可不像麻雀随处可见，东明是生平第一次抚摩到珍稀鸟类。爱兰也是第一次抱它在怀里，比起在动物园远远地观赏，让人觉得格外亲切。

晚上，一家人围着那只白鹤，看它吃了一点儿食料，在客厅里闲逛，虽然没那么恐惧，但还是有些怯生生。晨燕连连赞赏：“好漂亮啊！好美啊！”杨老倌儿观赏之余突然想到了昨天看的报纸，惊喜地说：“我昨天在报纸上看到，说动物园丢了一只白鹤。”他急忙回屋找到那张报纸，对照图片，果真如此，真让人兴奋！没想到白鹤来到了自己家中，大家商量好了，次日便与动物园取得了联系。这下可热闹了，园长带着饲养员来到家中，找回他们丢失三天的白鹤，还把绣着“爱心天使”的锦旗献上。若说爱心，大家都有，若说天使，唯独爱兰，她获此称号当之无愧！动物园不比大自然的广阔无限，但至少还有同伴，大家最终还是恋恋不舍地与白鹤告别，让它回到人们为它搭建的家中。

碰上白鹤是偶然是巧合，送走白鹤当然不舍。生活仍在继续，东明的学习也从未停止，只要有空，他便会戴上耳机，放出录音，听着自己念诵的字词。别人不知，还以为他在听流行歌曲呢。两个月后，东明开始系统地归类总结语法知识和写作修辞，相比字词就没那么繁多了，也是容易掌握的，但能否学以致用，就看他的悟性了。

第三十章　恋爱和友谊

一

每逢晨燕生日，东明都会给她写一封家书，至于所写内容，晨燕一直视为隐私，收藏在一个粉红色的盒子里。从八岁那年算起，已经有八封了，第九封家书——她十六岁生日那天——爸爸亲手递给了她。那是一个特别的日子，不仅仅是因为生日，更重要的是下一个生日，晨燕只能和同学们一起过了。那天下午，晨燕请了假，从学校赶回家里，除了两个要好的朋友之外，就是爸爸、妈妈，外公、外婆，还有哥哥了。

晚上，荧光灯下闪耀着十六支蜡烛，在《祝你生日快乐》的歌声里，闪闪烛光映照出晨燕美丽的脸庞。十六岁的花季，十六岁的她，已经出落得秀雅端庄而又楚楚动人，是校花更是班花。在妈妈潜移默化地影响下，她不折不扣地秉承了妈妈的个性。

等晨燕吹灭蜡烛许完愿，做了一个很特殊的决定：想把家书念给大家听。她没有直截了当地这么做，还是请示了爸爸："爸，我可以把这封信念出来吗？" 东明看了看女儿，深切地说："你说了算。"

晨燕瞧了瞧大家期待的眼神，缓缓地打开信封。那是一封不需要邮递的家书，是爸爸用妈妈送给他的金色钢笔写出来的，每一个字每一句话都饱含深情：

晨燕，我亲爱的女儿：

不知不觉，十六个年头过去了，你长大了，懂事了，就要离开爸爸、妈妈去往遥远的城市。爸爸舍不得让你离开，可为了你的前途你的学业，就放心地去吧，学出好成绩，爸爸、妈妈在家里为你鼓掌为你喝彩！

记着，爸爸的世界很小，小得只有你和你的妈妈，还有你的哥哥；爸爸的世界又很大，大得你们可以代表所有的一切。

爸爸一直有个心愿：这几年，我点点滴滴零零星星地根据自己的经历写了二十万字的小说草稿，希望你能改写一下，爸爸想做你小说里的主人公。可你却不太喜欢文学，想研究动物，爸爸只好把小说封存。没关系，做你想做的事，只要你觉得好就行，自己的前途自己的命运自己主宰，爸爸默默地为你加油！

念完家书，晨燕的脸颊已挂满泪水。她抹去泪滴，深吸一口气说："爸，您写小说的事，妈妈早就告诉我了，只是您还不知道而已，您的愿望我也知道。可您知道吗？我已经报考了北京大学中文系，准备学文学专业。"听了女儿的话，东明的泪不是挂在脸上，而是流到心里。就在这时，爱兰从卧室拿出尚未写完的小说草稿，那是装在一个盒子里的。晨燕从妈妈手中接过盒子问道："爸，您可以把这个作为生日礼物送给我吗？"东明默默地点了点头。

"爸，您就放心吧，我会走到哪里带到哪里，我一定会把它改写好。"

那是一个长方形木盒子，是东明找人特意定制的，大小刚好可以装下一本书，带有一把小锁，仿佛锁进了东明坎坷的经历，沉甸甸的。

半年后，晨燕如愿地走进了北京大学，就读中文系，开始深入地钻研文学。学习之余，她把全部精力投入那个带锁的木盒子里，畅游在爸爸所编织的世界中。那里面不仅有爸妈，还有自己，还有很多曾听爸爸讲过的事儿，总能折射出生活过的轨迹。看到动情处会潸然泪下，看到有趣处会暗自发笑，她的情感已经能够融入其中，去感悟、去体会。

由于东明没有系统地学习过，小说难免有许多漏洞和谬误，但能够像他这样写出人生经历的又有几人？他是一个文盲，走进中学大门不久，学业就结束了。他全凭着对生活的至深感悟，写出了这篇草稿。晨燕在改写的时候，不仅在篇章布局和故事情节上下功夫，甚至精细到每一个字词每一个标点符号。她在想：等小说改好，能不能出版，似乎已经不重要了，因为自己和爸爸已经领略了这样一个过程，那是一本写给自己愉悦自己的书，这样已经够了，还要别的吗？

三个月后，晨燕熟悉了学校，熟悉了周边环境，便与同班同学小娜在学校附近租了一间房子。两个人性情相投，又有着一样的兴趣爱好，没多久便成了闺蜜，晨燕亲切地叫她小娜姐。她们每天都是骑单车去学校，照她们自己的话说——“可以锻炼身体”。

朝阳透过玻璃窗映照在书桌上，晨燕和小娜吃过早饭，整理好书籍就出发了。一路上，她们总觉得有人尾随，很长时间了，一天比一天拉得近。

“小娜姐，后面有个男的跟着我们。”

小娜回头瞟了一眼，呵呵一笑说：“你怎么现在才发现，我在校园里见过他。”

“不是现在才发现，是现在才提起。”晨燕说过，若无其事地和小娜去学校了。

翌日清晨，一样的路上，一样骑单车的三个学生，两个在前一个在后。小娜性格开朗，不提起便罢，昨日一提，总觉得多了个影子似的。小娜示意晨燕停下，然后径直走到那男生跟前，只见他

跨着车停在路边。小娜直率地对他说："今晚八点，京华超市门口见！"那男生听了这话，居然吹起了口哨，蹬上车子，飞快地前面跑了。

"唉！唉！唉！他怎么跑到我们前面去了！"晨燕见状惊呼，诧异地问，"小娜姐，你跟她说了什么呀？"

"我说——晚上，京华超市门口见。"

"难怪呢，他以为你在约他。"

"哈、哈、哈……约他？"小娜仰天长笑。

到了晚上，八点刚过，姐妹俩和那男生在京华超市门口如约而至。小娜开门见山地问："你干吗老跟着我们？还离得那么近。"

"我也住这边呀！"他镇定自若地回答。

"那你可以早点，走在我们前面，或者再晚一点儿，等我们到学校了，你再出发。"

"那样的话，时间很难把握。"

"那也不能跟在我们屁股后面，跟那什么似的。"

"你是说跟苍蝇似的吧？"

"啊哈，我可没说，是你自己说的哟。"

"唉，你是有意跟着我们的吧？"晨燕严肃地问。面对美女的质问，他只得找个借口认了："我是想暗中保护你们。"男生风趣的回答让小娜忍俊不禁。小娜说："我们暂时不需要护花使者。"

晨燕看着眼前的这位男生，一身白色装束，带有一股茉莉花的清新气息，长得还算俊朗。她对小娜说："就让他做这个使者吧。"

"呃——那好吧。恭喜你，男同学，你被录取了。"小娜庄严地握了他的手，接着又说，"明天星期天，带我们去你住的地方看看，不要说遇到歹徒，跑得比我们还快。"

晨燕本想与他握手，可片刻间又迟疑了。她缩回手说道："还是等到了你家再说吧。"

“那该怎么联系？”他轻声地问。

“不用联系，明天上午，还在这儿见。”小娜快嘴快舌地说。

“大概几点？”

“没点，从早上到中午。”

星期天上午，姐妹俩去了超市门口，那男生已经恭候多时了。

“那我们走吧，很近的。”他前面骑着单车，姐妹俩后面跟着，果然很近，不一会儿工夫便到了。

走上二楼，推开房门，首先映入眼帘的是吊起来的一个大大的沙袋，然后是旁边的一些体育器材，还有墙角架子上的画纸、画笔、颜料之类。

“哇——你这是……”小娜惊讶得不知说些什么。

屋里的摆设让姐妹俩瞠目结舌，这可不是空穴来风，这是真的，没有金刚钻是不揽瓷器活儿的。等她们把屋里扫视之后，小娜疑惑地问：“我说男同学，你是搞体育的还是学美术的？”

“学美术，练拳是我的业余爱好。”

“练拳……练拳……”小娜喃喃自语着矗立在沙袋前，推了一下，似乎是一块巨石。她随手在沙袋上啪啪就是两巴掌，而后偷偷地笑了，笑的是自己的柔弱，在沙袋跟前显露无遗。男同学拿出两副拳击手套问：“你们俩要试一下吗？”

“我不要！”小娜心直口快地说。

“我来试！”晨燕感到好奇，戴上手套靠近沙袋，深吸一口气，憋足了劲儿，猛地打出一拳。可沙袋只是哆嗦一下，又挺起了胸膛。就在晨燕尝试的时候，男同学也已戴好手套，他要展示一番。晨燕往后退开，只见他跃动着预热之后，瞅准沙袋就是重重一击。那袋子似乎瞬间变轻了，犹如棉花包飘荡开去，他紧接着又来了两拳。这下，晨燕和小娜没什么好质疑了，玩笑已变成现实，让这男生做姐妹俩的私人保镖定能胜任。晨燕想要看看他的手掌，于是便问：

“我可以看一下你的手吗？”男生默默地摘下手套伸出双手，手掌粗糙，手背已磨出茧子。他自嘲地说：“很难看，就像一块块伤疤。”

“不难看，就像小小的乌龟壳。”晨燕笑了笑，“你这样还能拿画笔吗？”

“说，不如去做！”男同学二话没说，拿起画笔唰唰唰画了起来，还不到半个小时，一片翠竹林便跃然纸上。小娜连连夸赞：“很好！功底不错啊！”男生自卖自夸地说：“我这是刚中有柔，柔中带刚，刚柔相济。”接着又谦逊地自我介绍起来，“我就是这样一个人，没有特别之处，平平常常，来自泉阳，就读大二美术系，大家都叫我高总。很高兴认识两位，很想成为你们的朋友。”

“嘿！嘿！嘿！晨燕，有缘啊！跟你一个地方，这也太巧了吧，我要靠边站喽！”小娜惊喜万分地说着并退开两步，看高总伸着手等待回应，小娜说，“我们俩已经握过了，那位——”

晨燕主动来到高总面前伸出了手，两手相握，算作朋友，点头之交。

“我说，高什么总，你别握着我妹的手不放啊！”

“哦，哦。”高总这才松开了手。

晨燕也自我介绍说：“我，姓杨，名晨燕，大一中文系，跟你一个地方。我很意外，也许是老天有意的安排吧。”

“我叫李娜，叫我小娜就行，跟她一个班，来自吉林省松花江畔的小阿妹。”她思量片刻后又说，“高总，你的名字很奇特嘛！”

“都是爸妈的期望，姓高名总，就这么高总高总地叫下去了。”

“我们还是叫你小总吧，叫你高总，不就成了你的小职员了吗？”小娜说着笑了笑。

“小总就小总吧。”高总含蓄地说。

姐妹俩领略了高总的拳术，欣赏了他的画作。中午，他们没有出去吃饭，高总有机会展示他的厨艺——涮锅，那味道，就跟晨燕小时候在自家店里吃的如出一辙。这让晨燕感到很不可思议，更让她吃惊的是，在吃涮锅的时候，高总居然播放了钢琴曲《茉莉花》。要知道，那可是晨燕爸妈的恋爱曲，他怎么会……这也是巧合吗？晨燕琢磨着开始沉默了，一言不发直到离开。就连下楼时，小娜佯装摔倒，想要试探一下高总的身手，他敏捷地扶起她的一幕，晨燕也是视若无睹。

夜里，高总和晨燕身居两处，却一样地辗转反侧难以入睡。晨燕想着：白天在高总身上所看到的，不应该只是巧合，肯定另有隐情；而高总则是在想着：应该把实情告诉晨燕，否则她将无法安睡。

小娜终于忍不住问道："你怎么不说话呀？"

"我在想，为什么会有这么多一样的。"晨燕茫无头绪地回答。

"你是说，你们是一个地方的，纯属巧合嘛！"

"不只这个，还有涮锅，还有音乐，都是我熟悉的，简直就像是有人安排的一样。"

"是不是他想追求你，暗中做了调查，对你了如指掌。"

"也只有你会这么想，我倒没有觉察到。"

"别再想了，赶紧睡吧。"

"不行，明天早上，我要打电话跟我妈说说。"

"唉！女孩儿就这样，一有事就想到妈。我也要给我妈打电话，说我想家了。"小娜说着故意抽噎了两下。

度过了心乱如麻的一夜，晨燕早早地起床，拨通了家里的电话。她说："妈，我跟您说个事儿，我认识了一个男生。"

"哦，谈恋爱了？妈跟你说过，只要不影响学习，可以的。"

"不是啊，我是说，他会拳击，也是泉阳的。"

"那好啊，有老乡了，他会保护你的。"

"还有更蹊跷的，他会做我们店里的涮锅，还喜欢听《茉

莉花》。”

“哦哟，这倒是稀奇了，你可以跟他聊聊，问问清楚，也许都是巧合，也许……妈妈也说不清了。”

晨燕听妈妈这么一说，一整天迷迷糊糊地过了。又到了晚上，她拿出高总的名片，拨通了电话：“喂，小总，今晚老地方见，有事找你，不骑车了，步行。”

“好啊，不见不散！”

晨燕和高总会面，沿着街道并肩而行。他似乎已经猜到了她的心思，还没等她开口，便先问道：“你约我，是不是想问我，怎么会做涮锅，怎么喜欢听《茉莉花》，是吗？”晨燕此时不只是惊讶，更是觉得神乎其神了：他什么都知道！难道自己真被这小子掌控了？他可是北大学子，并非歹徒，不应该对他有太大戒心，若是真如小娜所说的那样倒也无妨，只是不知他用何种手段来了解的，不会是卑劣的，应该很不寻常。晨燕已经迈不开脚步，她一本正经地问：“那你能否告诉我，这到底是怎么回事？”

“我想……我是应该告诉你，不能回避。在你没有留意我的中学时代，我就注意到你，看到你的那种感觉永远都说不清。给我印象最深的，就是你在校园运动会上跳的拉丁舞，真的很美！我爸说我早恋，我说我没有，我只是想看到一个女孩子，能够偷偷地多看一会儿，我学习会更带劲儿，我的学习没有受到影响。我爸为了能让我敞开心扉，就打听了你的事，还明察暗访地找机会跟你爸套近乎。知道你想考北京大学，还知道你喜欢吃涮锅，还知道了《茉莉花》的故事，你爸根本就没有留意这些。打那以后，我就下定决心，一定要考进北京大学，就希望在我的视野里有你的身影。学习之余，我就苦练拳击，那是我的一个妄想：希望能成为你真正的贴身卫士。我非常感谢我爸的良苦用心，还好我们住在同一个城市，来来去去都方便。我们的做法都是单方面的，没有对你造成不利的影响，希望你不要责怪我们。”

听了高总滔滔不绝的讲述，像是背熟的台词，晨燕长长地舒了一口气，呼之而出的气息仿佛比高总的“故事”还要长。晨燕心里打起鼓来：我的天哪！何曾想到，自己早就成了别人盯上的“猎物”，眼前的男生竟然如此“成熟”，如此“远虑”，如此“深不可测”——他隐藏得太深太深了。除了高总，恐怕再也找不到第二个了。晨燕许久没有说话，仿佛遇到了一个能在过去、现在、未来穿梭的神圣。她越想就越发觉得不是一个时空里的他们俩偏偏站在了同一排路灯下。晨燕抬起头，用跳着舞步的眼神看了看高总。她不应该责怪，不应该消沉，不应该猜忌，不应该从别人身上找问题。她竭力让自己平静下来，放松下来，愉悦起来。她不急不躁、不紧不慢地说：“我不怪你，有你这位免费的拳击手保护我，我高兴还来不及呢。你和你爸的做法虽然没有攻击性但也不是常人能够轻易接受的，相当冒险，你就不怕我毫不留情地拒绝你？”

“你不会！”

“你就这么肯定？”

“要是真被你拒绝了，就如同回到过去，那是我的命——一生为你守候！”

“一生太长，把你的青春搭进去就行了。”晨燕风趣地说，“听你这么说，你早就暗恋我喽！你说不是早恋，那就是单相思了，我可是不负责的呀！”

“那是肯定，我的事儿我负责。”

“那你是为了学业考北京大学呢，还是为了我？”

“事情是为着你而来，但能够考上北京大学，可不是我主观意识能决定的。”

“这倒也是，倘若我没考上，去了别的学校，你会怎么办？”

“我——可能的话，我会转学，从头开始——但那是不可能的。

有缘的话，毕业后我去找你，那个时候还会是现在的你；无缘的话……‘把我的青春搭进去’，我乐意！”

这回答、这想法、这念头儿，不是信口开河。庆幸他们都考上了理想中的同一所学校，要不然，其中一个可能要为另一个而改变人生的轨迹。其中蕴藏着什么力量？除了爱慕还是爱慕！早恋也好，暗恋也罢，高总始终是积极的、向上的，他从中找到了无穷的力量！晨燕得到了一轮船的货物，收获了一秋天的果实，难以拒绝。晨燕沉着冷静地说："此话言重了，你所做的事，我只当是儿戏；你所说的话，我只当是玩笑。你的愿望都已实现，但我还是希望你不要太在乎我，要不然，我不知道以后如何与你交往，是恋爱呢，还是友谊？”

“是友谊！你放心好了，我不会给你造成任何的心理负担！”高总诚恳地回答。

“但愿如此。”

“你就没有质疑，我说的是真是假？”

“你会骗我吗？”晨燕的反问让高总含蓄地笑了。

一弯新月挂在夜空，满天繁星眨着眼不知在聊些什么，夜幕下的街上渐渐地静了下来，行人越来越少。灯光照见两个人的身影，有些亲密有些疏远，已经很晚了，他们才各自回家。高总推开门，走进空空的小屋，难免有几丝孤寂，陪伴他的也只有那些不会说话的摆设和用具了。作为学生，本应埋头苦读，比不了古人的头悬梁锥刺股，最起码也要起早贪黑。刻苦学习不是口号，不能有私心杂念，是友谊不是爱情。可在今晚，高总想要画一幅晨燕的肖像，他的脑海中开始浮现她的容颜。他拿起画笔，先用素描的方式勾勒出大致的轮廓。画好眉梢，当他开始描绘眼睛时却犯了难，无从着手无从下笔，尝试着画来画去总也画不出那神态。高总最不擅长的就是肖像画，这可如何是好？画得目中无神还不如不画，他放下手中的画笔，静静地坐着。

晨燕回到家，小娜还在等她，两个人相视一笑。晨燕默不作声地去洗把脸，洗去困惑和迷惘，理一理头绪，好让自己清晰地看到台前幕后的情景，不至于那么快地陷入其中难以自拔。时间是相互了解的最好法宝，不轻信对方有多优秀多执着，也不否定对方有多深邃多玄虚，在相互交往中，所有的一切都会得到见证。但最起码，第一印象是好的，有那么一点点喜欢。

临睡前，小娜问晨燕："你们俩是不是恋上了？"

"没有的事，我只是想了解一下情况。"

"我敢肯定地说，高总是有心思的，他会对你穷追不舍。"

"落花再有意，也要看流水有没有情。"

"那是当然，我们晨燕可是百里挑一的哟，你是不是也想拥有像你妈妈一样的爱情？"

"不太一样，共融点不一样，我爸妈是在生活中相融，我嘛——应该是在文学上相融。"

"照你这么说，高总他没戏了，他可是学美术的。"

"也不一定，兴许他会为了我爱上文学呢！"

"你的意思是，愿意给他机会喽。"

"机会是自己争取的，不是别人给的。"

"有道理，我们都还小着呢，好事多磨，睡觉了，亲爱的小妹，祝你今晚做个美梦。"

"小娜姐，晚安。"

二

过了一段时间，晨燕向妈妈说了一些关于高总的事。妈妈没有过多的担心，只是提醒该注意些什么。东明虽说与高总的爸爸有些

渊源，见过面聊过几句，但几年过去了，也没留下什么印象，毕竟是点头之交，时间久了都会淡忘，见到人认识，倘若凭空去想，谁知道是哪位呀。

凡事总要有个开端，自从三位大学生相识相知后便结伴而行，高总成了名副其实的护花使者。兴许会有比高总更优秀的男生想要接近晨燕也被挡在了门外，即便某个男生鼓起勇气向前几步，一听说高总天天练习拳击，也就不自觉地退却了。晨燕当然是毫不介意的，巴不得周身清静呢。只是可怜了小娜，要是有个喜欢小娜的男生想要靠近，就得事先打听清楚那个喜欢黑白相间装束的男生是何来头，是哪位小妹的“主儿”，这就要费上一番周折了。但于己于人都无妨，照小娜自己的话说——“还小着呢”。

高总一直想送给晨燕一件礼物，他省吃俭用，又问家里要了两千元钱，买了一部联想笔记本电脑。晚上，他依旧约她在街灯下，手捧电脑对她说：“送给你的，收下吧，希望你能喜欢！”

“这……这太贵重了，我不能……这要好几千元钱呢！”

“没！没那么贵，收下吧，你用得着！”

两个人不知，小娜已经注视他们许久，看他们扭扭捏捏的，真急人！

“好！好！好！收下了！我先替我妹说声谢谢了！我来拿着，完事了，高总，你回去做美梦吧！”这小娜是怎么冒出来的？神出鬼没的，怎么一下子站在了两个人面前。高总和晨燕还没反应过来，小娜已将电脑抱在怀里。小娜一手抱着电脑一手搂着晨燕说：“走了，回去了。”她说过扭头向高总挤眉弄眼，满脸俏皮。高总自言自语：“这俩闺密……”

过了一天，晨燕作为回赠，像妈妈送给爸爸的一样，送给高总一支金色的钢笔。

两个星期后，姐妹俩约高总有正事商量。他这才有机会走进她们的闺房，特殊的待遇让高总受宠若惊。房间里，除了芳香就是书香，浓浓的糅合着温馨。

“小总，你比我大一岁，比晨燕大两岁，见多识广，我们请你过来，是想请教你一些事情。”小娜开门见山地说。

“说吧，有什么事儿？只要是我知道的，我会毫不隐瞒。”

“我和晨燕酝酿了很久，我们想办一个文学社，给别人也给自己搭建一个相互交流的平台，想法是有了，就是不知道从何着手。”

“不是学校的，也不是别人的，就你们俩，未免有些孤单。”

“是啊，要不怎么请你过来说这事儿呢！”小娜快言快语地说。

“不知道你是否喜欢文学，你要是加入的话，不就三个人了吗？三个臭皮匠顶个诸葛亮嘛！”晨燕补充道。小娜急忙应和：“对呀！对呀！”

“我加入当然没问题，我觉得这样还远远不够，我个人认为文学和美术是可以相融的，办一个文学美术社也未尝不可呀！”

高总所说让晨燕和小娜陷入了沉思，三个人的目光交织在一起。晨燕问道：“这个——我们还真没想过，学写作的跟学绘画的搞在一起能行吗？”面对晨燕的疑虑，高总慷慨陈词：“难道你们写的文章我看不懂吗？难道我画的画儿你们看不懂吗？只要懂得欣赏就行，我们开始的时候最重要的是要有社员，不能敲锣打鼓给自己听，否则的话还不如专心致志地搞创作呢！”

“晨燕，我觉得高总说得很有道理耶。”小娜说着摸了摸额头。晨燕点点头问高总：“那你说——该怎么办？”

“这件事由我们三个发起，我会想办法联络更多的社员，让学生会那几个管事的帮忙张罗一下，肯定会有人加入的。我们还需要租一间房子，作为固定的活动场所，房租我出一半！”高总豪气地说。小娜听后叫道：“哎！那可不行，说好了三个人的！”

高总笑了笑说：“行，我们用的都是爸妈的钱，那就三个人平

摊，我会努力去各班游说，争取更多的社员，希望到那个时候，大家能给我们减轻一些负担。”晨燕说：“我们首先要想着能为别人做些什么，大家高兴了，房租的事儿就不成问题了。”高总听了连连点头，然后说道：“我们办个文学美术社还要有个名称。”

“我们早就想好了，本来嘛，是想叫‘艺扬文学社’的，听你这么一说，就叫‘艺扬文学美术社’，你看怎么样？”小娜胸有成竹地问。

“艺扬，文艺飞扬，不错！”高总一锤定音。

事情就这么定了下来。又过了两个星期，有二十多名中文系和美术系的同学聚在一起。那是在一间宽敞明亮而又整洁的楼房里，在京华超市上面三楼。透过玻璃窗可以看到街上熙熙攘攘的行人和停在路边一排排的车辆。房间里有四张长方形桌子和一些凳子，左边靠墙有一个书架。书籍都是社员们带过来的，相互传看，晨燕还特意在书架上放了一盆茉莉花。墙上挂着社员们创作的一幅幅绘画，有的淡雅，有的前卫，有的古朴。他们不仅是把自己的作品给别人看，也看到了别人的许多作品，取长补短，相互交流，甚至是把尚未写完的文章或者尚未画完的绘画拿给别人求得指点。每个星期，他们都会评选出一篇文章或者一幅画去投稿，但都是石沉大海，几个月过去了，未曾发表。在这种情况下，他们更倾向于内部交流，每周一次的研讨会，没有教授只有学生，讨论他们想不通做不好的难题。

慢慢地，在晨燕心中萌生一个想法：用艺扬文学美术社的名义办一份杂志。这可不是小事情，不是一朝一夕、随随便便就能办得到的。晨燕深知这一点，她不曾向任何人透露过，只是藏在心底。这也是东明心中遥不可及的一个梦想，只对晨燕说过。东明的梦想和愿望，在女儿身上得到了继承，至于能不能做到无关紧要。梦想，始终是美好的，追梦人在乎的是梦境，而不是梦醒后的失落。生命闪电般划过天边，燃烧的心永不改变，年轻的梦没有终点！晨燕切切实实地做着爸爸尚未做完的梦。

曾有几天，晨燕闷闷不乐，高总陪她在街上漫步。她诉说了心中的苦闷："你们的画作、我们的文章都不好吗？为什么不能发表？前些日子，我投了一篇散文，收到的回复就是：'平淡，没有通过初审。'哈哈……"晨燕冷笑一声，"那你告诉我，什么样的作品才算高雅？"高总急忙握住她的手安慰道："不必沮丧，有时候不是我们的作品不好，而是不对杂志社编辑的胃口，就像菜肴，有的人喜欢香辣，有的人喜欢清淡，即便你有独特风味，也不一定能讨得别人的喜欢。还有一个重要原因就是，能够适合发表我们作品的杂志太少了。我们现在别把这些事儿放在心上，写得开心画得愉悦最重要。"

过了些日子，晨燕把爸爸写的小说草稿中最精彩的一些章节打印出来，装进一个皮夹子里，拿去给高总看。那天晚上，刚下过一场雨，路上行人寥寥无几。晨燕没有注意别人，可偏偏就有人盯上了她，不是劫色，而是她手中的包，误以为里面有很多的金钱。就在晨燕毫无防备的时候，劫匪抢过她手中的皮包，骑上电动车飞驰而去。

"抢劫！抢劫！有人抢劫！"晨燕大声呼喊。

高总是约好了出来接她的，此时已离得不远，听到呼声，他快马加鞭跑上前去。那劫匪何曾料到，在他逃去的方向，迎面杀出个"程咬金"。高总勇猛地扑向劫匪，那劫匪瞬间人仰马翻，连人带车倒在地上。高总把他按住，然后腾出右手，只用了半分力气在他脸颊上打了一拳。劫匪头昏脑涨地直呼："兄弟，饶命啊……饶……"高总把他拉起来，拽到电线杆旁，抽出他的皮带，把他捆在电线杆上，指着他的脑门儿呵斥道："你！等着警察来接你吧！"然后就报了警。这一幕并非编排好的戏，晨燕在一旁看得目瞪口呆。

高总制伏了劫匪，捡起皮包擦拭干净，洒脱地走到晨燕身边。他说："让你受惊了，都怪我来得太迟，以后有什么事在家等我，不要出来了。"

晨燕没有回话，默默地目不转睛地看着高总。他此时觉得脸颊烫烫的，已经泛起了红晕，难为情地避开了晨燕直视的目光。高总先是送晨燕回家，然后带着稿件折返回去了。灯下，他仔细地看完了那几个章节，晨燕说她没有动过一个字，高总更是觉得了不起，一个只有初中文化的人能写得感人至深，除了叹服还是叹服。从那天晚上起，高总愈加喜欢文学了，他给晨燕回话说："无须修改，我将成为这篇小说的忠实读者。"晨燕诚恳地道了一声："谢谢！"

在以后日复一日的学习和生活中，三个人奠定了深厚的友谊。至于晨燕和高总之间到底有没有恋爱，很难说得清。在两个人一次又一次单独约会的时候都说了些什么，恐怕也只有他们自己知道了，应该不只是文学、绘画，肯定还有别的什么话题，倘若一定要冠以名称，那就暂且算作恋爱吧。

第三十一章　似曾相识

那是草莓收获的旺季，在街头巷尾时常会看到有人架起一张台子，上面整整齐齐地摆放着一盒盒草莓，每一颗都饱满红润光泽照人。瞟上一眼，令人垂涎欲滴，尝一小口，酸中带甜，甜中带酸。看看草莓的产地，不是这个采摘园就是那个种植棚，都是纯天然生长。

在一个晴朗的日子里，有一位身穿绿色制服的男青年，骑着电动三轮车，载着三箱草莓，穿梭于人群之中。他没有叫卖，也不像是要摆摊儿，当他经过东明超市的时候，停了下来。他缓步走进超市，先是转了一圈儿，然后看看东明瞧瞧爱兰，凝神片刻后，走到东明跟前问道："你们超市里卖草莓吗？"

"草莓？没有，我们还没想过在超市里卖草莓。"东明直爽地回答。

只见那位男青年不声不响地走到三轮车旁，从箱子里取出一盒儿新鲜的草莓。回到超市，他把草莓递给东明说："送给你的。"说完扭头就走。东明叫了一声："唉！等一下，我付钱！"那男子没有回头，骑上车驶向人群。东明站在门口，手捧草莓，凝视着"绿色制服"的背影消失在街的尽头，感觉是那样的熟悉。

"兰兰，他是卖草莓的吗？他就这样卖草莓？这一盒要十几元钱呢！"

"给我看看。"爱兰说过从东明手中接过草莓，翻转盒子，发现盒儿底附有一张名片，上面印着"子明种植园""新鲜草莓""吴子

明”等字样。看过名片，爱兰说道：“他叫吴子明，很有内涵的名字，他肯定是来推销的，想在我们超市代销草莓，送一盒儿给我们尝尝。”

“我总觉得这人很熟，好像在哪里见过，我们也不能白尝，就卖他的草莓！”东明爽快地说。

“行！我也这么想！”

东明趁热打铁拨通了名片上的电话：“喂！是吴子明吗？”

“对，是我。”

“明天，你带些草莓过来，是东明超市，你来过的。”

“好的，知道了。”

第二天早上，吴子明带着草莓来到超市，东明和爱兰笑脸相迎。吴子明没有多说，把十盒儿分装好的刚刚采摘的草莓交给东明。草莓都已称好分量，不占地方，就放在门口最显眼的位置。新鲜的草莓透过塑料盒微笑着，嫩得就像婴儿的脸庞。他们谈好了，卖十五元一盒儿，付给子明十元一盒儿。酸甜可口的草莓引诱着顾客，一天下来，出乎意料地卖了个精光。爱兰想着自己没有付出劳动，只是转转手，于是十盒儿给了子明一百二十元，自己留了三十元。子明依旧没有说话，微笑着收下了爱兰的美意。东明超市是吴子明联系的第八家，打那以后，他每天都会送最亮泽最新鲜的草莓过来，从十盒儿到十二盒儿到十五盒儿。

子明一个人料理两个大棚，每天天蒙蒙亮就起床，果实膨大期就更为忙碌。这天，他凌晨三点钟就起床，把十公斤草莓专用肥磷酸二铵兑入两百公斤水中，一桶桶地喷施。为了达到更好的效果，要喷在叶下根部，一株一株地喷，不能像喷洒农药一样一扫而过。两个大棚里每一株草莓全部喷好已是中午，热点儿剩饭剩菜将就着吃吃，冲个凉水澡歇一歇。中午，他赶紧去几家超市送草莓。回来后，又要清理杂草，除去病叶、枯叶和病果。新生的枝茎也要拔除，以免影响正在结果草莓的生长，还要把半青半红的草莓果翻转，青的一面朝阳，使之色泽均匀，他忙了整个下午。虽然不用天天喷肥、除草，可整理田畦，清理草莓每天都要进行。每一株草莓就是每一个婴儿，只有精心呵护了，草莓才会果实饱满，色泽鲜亮红润。一份劳动一份收获，每当他接到超市催着送草莓的电话时，所有的劳累顿时变成了喜悦。到了晚上，他看着防治蚜虫的吡虫啉时，脸上显出几分犹豫，真不想把它喷在草莓上。

第二天早上，子明采摘好新鲜的草莓，分装好盒子，然后装箱送去超市。他多带了一箱，还带了一张可以拆装的长方形桌子，一个电子秤。回来的路上，他寻觅到一个路口，就停下车，支起桌子，摆上草莓，亲自卖了起来。还别说，一个上午卖完了，不是子明会做生意，只因路人挡不住草莓的诱惑。

几天来，东明对爱兰说的最多的话就是“我好像在哪里见过他”。

星期六上午，子明送来了十五盒儿草莓后便离开了。东明远远地跟随着，迫切地想了解子明，想要知道他与自己的渊源。直觉告诉他：肯定在哪里见过子明，否则不会有似曾相识的感觉。

在一条街的拐角处，子明停下车，远远地听着《真心英雄》的歌声：“在我心中，曾经有一个梦……”

歌声停了，子明走到一个卖唱的袖珍男人跟前，递给他一袋水果说：“蒋大哥，你妈妈卧床不起，全靠你照顾，真是不容易啊！昨天聊了几句，就觉得蒋大哥是心地善良的人，这水果你就带回去吧。”

蒋大哥看上去三十多岁，身高一米出头儿，留着一撮小胡子。虽然没人驻足听他唱歌，但他每次都用心地唱完，唱出了属于自己的歌声，也唱出了属于自己的心声。《真心英雄》是蒋大哥的“药膳”，滋养着他，每天都要唱上几遍。歌词精辟地阐述了他的内心

世界，他一笔一画地写下来贴于床头，每天临睡前都会念上一遍。

“这位兄弟，别人都是五毛、一元地给，你昨天一下子就给了我十元钱，今天又给我送水果，我们素不相识，你能这样照顾我，我真的……”蒋大哥放下话筒说道。

“以前不认识，从今往后不就认识了嘛。”

就在此时，走过来一对儿青年男女，女的欲要施舍，被男的阻拦：“这种人不用可怜，他们走到哪里都是城市的污点。”蒋大哥忍气吞声。子明听了却怒不可遏，憋着气说：“歧视别人的人，是人渣！”

“你是在说我吗？”男青年听了质问道。

“这里有别人吗？”子明的反问令那人火冒三丈。

“妈的……”男青年刚要抡起拳头，就被女伴儿推开。她说：“行了，走吧！是你不对嘛！你不应该说人家。”男青年气势汹汹地指了指子明，愣是被女伴儿给拽走了。

“兄弟，你这何必呢，我都习惯了，这个世界上有我没我都一样，别人爱怎么说就怎么说呗！”也许是蒋大哥听的类似话太多，真的习惯了。

“蒋大哥，你不能！没你不一样！别人看不起你，你不能自己看不起自己！”子明愤愤地说。

此刻，东明已悄悄地走了过来，他不动声色地往蒋大哥手中塞了一百元钱，随即快步走开。

“唉——这位朋友，太多了，你没零钱的话，下次再给！”

东明头也不回地挥了挥手，快步走开。子明看着东明远去的背影说道：“蒋大哥，收下吧，这个人我认识，他是开超市的。”

“跟你一样，都是好心人啊！”蒋大哥热泪盈眶。

日有所思夜有所梦，在梦里：东明回到了流浪的路上，一辆大巴开了过来…… 一个小学生走出车厢……那双大耳朵……梦醒后，东明惊喜万分！

东明和子明就这样认识了熟悉了。似曾相识的子明闲话不多，东明也照样子给了他一张名片。几天后，东明随子明去了他的种植园，说近不近说远不远，就在郊区的一片田里，驱车半个小时就到了。他们把车停在大棚外，没有直接进去，而是来到了一间木板房，那是子明生活的小屋，吃饭睡觉在一间房里。简单的摆设，陈旧的用具，即便如此却不失整洁，他默不作声地给东明倒上一杯茶。东明接过茶水看到床头的画架和尚未画完的草莓画便想说些什么，于是问他："你不想给我介绍一下这里？"

"我就等着你问呢。"

听了子明的回话，东明笑了，不是因为子明的沉默，而是他的直率和坦然。笑过之后，东明指了指电饭锅问："你不炒菜吗？"

"炖菜，有时候买着吃，很简单的生活。"

东明转过脸看了看画架又问："我看你——喜欢画画儿？"

"对，没事的时候就随便画画，解解闷儿。不想失去的失去了，想要得到的得不来，剩下的也只有寻求精神上的慰藉了。"子明很凝练的一句话使东明一阵默然。

"有没有画作，拿出来欣赏一下？"东明问。子明怕别人否定，更怕别人嗤笑，便婉言拒绝了："下次吧。"

"好吧，我还会再来的……带我去棚里看看吧？"

"行，跟我来。"

棚内的草莓一株株一行行排列着，白色的小花映衬着绿色的叶片，鲜红的草莓果儿镶嵌其中，有的藏于叶下，有的躲在花间，有的耷拉着脑袋像害羞的小姑娘。在子明的精心料理下，草莓茁壮地成长，开花结果。东明不禁感慨："多好的草莓啊！我要是有个草莓园就好了！"

"那我们可以换换，我把草莓园给你，你把超市给我。"

“都是玩笑话。”东明笑了笑。

快要中午了，东明临走时说：“我顺便带些草莓回去，你明天就省事了。”

“那可不行，我要确保绝对的新鲜，若是什么事都省的话，我们可能还停留在远古时代。”

“有道理！有道理！”东明拍拍子明的肩膀赞叹道。

东明在回家的路上神情悠悠，总觉得子明不是一般的种植户，不是为了钱而种草莓，也不是为了种草莓而来到这里。在子明的背后肯定隐藏着什么，或是不为人知的故事，或是一段心酸的经历，否则的话——他不会一个人待在郊区的种植园。子明虽然闲话不多，但每一句都很有分量，是他不愿轻易说出？东明寻思着：他明知道我要来，却不把画架、画纸收起，是有意在试探？我要看时，他却不给看，我会否定他嗤笑他吗？

东明回到家中，爱兰了解情况后也将信将疑：“他一个人？没有老婆吗？”

“除了一只小狗，我就看见他一个人，那是一张单人床，也没有女人的衣服呀鞋子呀什么的。”东明说着摇了摇头。

“会是什么情况呢？”爱兰自问道。

半个月过去了，每天都能看到穿着绿色制服的吴子明给东明超市送草莓，可东明和子明之间还是隔着一层薄纱一般。一天晚上，东明终于等来了期盼已久的电话：“喂！东明兄，明天有空过来吗？我请你家中做客。”

“有你邀请，我再忙也要去啊！”

次日，刚吃过早饭，子明一如往常地送来了草莓。东明忙里偷闲地再次随他去了种植园，准备揭开那层相隔的薄纱。上次，东明是以客户的身份，而这次是以客人的身份去的。

刚一开门，东明就看见木板墙上挂着的一幅幅水墨画。子明日常生活的缩影在这一刻展露无遗，他除了种草莓还画草莓，而这也是不为人知的。子明开门见山地说："你不是想看我的画吗？这只是一部分，请不要见笑。"

"我看到的不只是画，还有画背后的人——那就是你！"东明感慨之余指了指子明的胸膛。

"难得你看得透。"子明说罢从床底下拉出一箱早已备好的啤酒，又从橱柜里拿出一盘猪头肉、一盘豆腐丝、一碟花生米，想要与东明畅饮。

东明比子明大了六岁，不抽烟不喝白酒，这是子明已经知道的。东明性情刚毅而又内敛，子明直爽而又深沉。在他们心中都一样地充满狂热，东明曾经释放过，而子明还不曾爆发。

"你平日里话不多，怎么今天想跟我聊起来了？"东明深感意外。

"对，是跟你，换了别人，我又不知道该说些什么了。不恰当地说，我是见人说人话，见鬼说鬼话，见了哑巴不说话，始终都是被动的那一个，我想我会因为东明兄而有所改变。"

东明风趣地问："那我是哑巴呢还是鬼？"

"你是我遇到的第一个真人。"

说着，两个人碰杯，一饮而尽。东明问道："除了水墨画，你还有别的爱好吗？"

"没了。"

"你喜欢画，我喜欢写，有个乐趣真好，你只画草莓？"

"还画我自己。"

"你有自画像？"

子明不声不响地从一个木盒子里拿出一幅画，一幅略带讽刺略带夸张的自画像——耳朵画得像兔子，鼻孔画得像山洞。他自嘲地对东明说："看到了吧，画如其人，非常难看！"

“我觉得……还有其他的肖像画吗？”东明是想避开敏感的话题。

“这屋子里又没有别人，有谁愿意站在这儿让我画呀！我只画自己，画得多了就烧掉，烧掉自己的过去，烧掉自己的愚昧，烧掉自己的卑贱！”

“你一直都是一个人？”

子明沉默片刻后掷地有声道：“是的！一个人挺好！”还摆出一副无所谓的样子耸耸肩膀。

“你这是违心的话。”

东明戳穿了子明的伪装，曾经的伤痛让子明情绪失控。子明愤慨地指着那幅画吼道：“你看看，你仔细看看！你再看看我！其貌不扬，招风的耳朵，漏财的鼻孔，有谁愿意跟我在一起？”东明已经洞察到了子明的心事，必须使出绝招，方能让他镇定下来。东明默默地走到他面前，接过他手中的画，含蓄地问：“这幅画也要烧掉吗？”

“那是当然！……对不起，想起过去那些事，让我恼火，让我气愤！”

“我知道你不是冲着我，活着不是给别人看的，要活出自己，不要太在乎别人怎么说、怎么做、怎么看。说你想说的，做你想做的，想你所想的，做真正的自己，时刻保持好心情最重要。我不知道你曾经的那些不愉快的事儿，但在此时此刻，我想——我可以帮你，帮你消除烦恼，就从这幅画开始。”

就在子明面前，东明撕碎了那幅画，就像撕碎了子明的过去，使他心情得到了舒缓得到了平静。人生在世，身体固然重要，但子明的经历改变了固有的观念。他觉得心情同样重要，一时的愉悦消融不了沉积的忧愁，一时的忧愁却总能掩盖内心的愉悦。他说：“一个郁郁寡欢的人，纵有一个好身体又有何用？相反，一个心中充满快乐的人，病痛也就得到化解不那么痛了。谁都不会把快乐和烦忧时时刻刻挂在脸上，谁也看不透谁。”

“哥，我来问你，你是想一生苦闷呢，还是想快乐一年？或者是一天？哪怕只有一刻钟？”子明说出了东明不承想的问题。东明静默许久后回答说：“我和我的爱人在一起的每一分每一秒都是快乐的，可以驱散所有的痛苦。苦闷，不是我想要的！我想用我喜欢的方式过完这一生。”

人生难得一知己！杯子嫌小，子明就拿出一个面碗，满上一碗啤酒，双手捧起，向东明敬上说：“哥，你若是肯认我做兄弟，就干了这碗酒！”无须多虑，东明爽快地接过啤酒，一饮而尽，并豪迈直言：“我们原本就是兄弟！”

“兄弟”不是随便说说，东明追忆过去，已经想起，在他年少时流浪的路上，曾经有一位小学生给了明明三块面包，那位小学生的一双大耳朵此刻就镶嵌在子明的脑袋上。二十年了，都变了，只有那双耳朵跟小时候一样的大。东明认定子明就是当年的那位小学生，也就无须特意提及，让缘分在心中成为现实。

夜里，子明收到了东明饱含深情的诗话：“喝到半醉方自醒，人生苦短犹如梦。辗转轮回何相见？尽在今宵酒影中。”打那以后，他们交往日密，相互吐露心声，子明也开始一点一滴地向东明诉说那些想忘却难以忘掉的经历。

第三十二章　不只是友情

正要吃中午饭的时候，莓子叔（脸上写着‘沉稳’的中年男人）来找子明，手里拎着鸟笼，笼子里有两只喜鹊。见了面，莓子叔说:“我的草莓这几天疯狂地长，眼看就要掉落了，急于采摘，我想跟你联合搞一个营销活动。具体方案我都策划好了，时间就定在这个周六、周日，我去印一些传单，你帮忙去市里张贴、发放，考虑一下？”子明没有这方面的经验，对于莓子叔所说的计划毋庸置疑，只剩了点头。

“莓子叔今天好有兴致，遛鸟来了？”子明笑嘻嘻地说。

“这不是因为兴致，是为了顾客，等采摘草莓的客人到了，就把它放在大棚里，让他们知道绿色水果是怎么种出来的，我会在传单上写上这些内容。”

“这样做，未免有些弄虚作假了吧？”

“想来真的？那就养七星瓢虫，那可是活农药啊！我们都想来真的，问题是，谁能做到啊？”

“莓子叔，我也有这想法，”子明靠近莓子叔说，“我们想到一块儿去了，我想试试！”

“我只是随便说说，你别冲动，等你把瓢虫养好，草莓早烂在地里了，防治病虫害，农药是最高效的。”莓子叔说，“况且，那么小的瓢虫不容易被发现，‘旗帜’不鲜明，不如喜鹊——‘绿色旗帜’啊！”子明沉默了，眼下确也不能指望七星瓢虫。

一天后，子明照常送完了草莓。另外带着一千份宣传单，还有十盒儿草莓、一把香蕉、两袋夹心饼干去了东明超市。子明没有逗留，向东明说明情况后就走了。东明立马行动，把子明留下的传单贴在附近的信息栏上，剩下的一百多份就在小区里挨门挨户地发放。那传单上写着：

好消息、好消息！

兹有草莓园草莓丰收在即，特安排本周六、周日，为大家开放入园采摘。

采购十斤赠送两斤，让客人们喜悦在采摘中，甜蜜在回家路。

我们的草莓都是纯天然生长，园中的喜鹊会告诉您啄了多少虫子。

我们说一万个“好”，不如您说一个“好”。来吧！来我们的草莓园！

真诚地期待您的光临！

地址：西郊莓园新村农副产品种植基地

12、13、15、16号大棚

周六那天，杨老倌儿带着家人和一大帮亲朋好友来到草莓园，也有亲朋好友的亲朋好友，大多是看到传单的小区居民。这一天，由于来的人多，东明就帮忙称重。周日比周六来的人更多，大都是陌生面孔，东明再次抽空来草莓园帮忙。在采摘草莓的顾客中，有一位热心的妇女，当她看到跳来跳去的喜鹊，了解到喜鹊的作用时，理解了主人的良苦用心。她特意走到每一位顾客面前，都是为了说一句话：“这个园里的草莓没用农药，完全可以放心，多摘点儿回去放冰箱里。”这个人子明并不认识，她的言行让子明深感惭愧。

经过两天的采摘，莓子叔的草莓少了一大半，子明的草莓更是

所剩无几。

随后，连续下了几天的雨，虽然停了，但空气却异常潮湿，有阳光照射的古城墙巍然屹立于现代都市的边缘，残垣断壁处昭示着曾经的风霜雨雪。古城墙是一首诗，吟诵着千年沧桑，让现代人得以回归历史，去寻找那响着牛铃的农耕时代。在没有硝烟的日子里，一样有如同今日般暖暖的太阳照在守城门的士兵身上，城中百姓进进出出，熙熙攘攘，一片祥和。在郊外的旷野，有一段古城墙，方砖高砌，可望而不可攀。内侧沙土堆积，长满杂草，外侧平整，偶尔也会从墙缝中钻出一些不知名的青草，或者是一根小小的柏树枝。爱兰带东明去过，东明也想带子明去游览一番。

星期六那天，雨过天晴，路面上、屋顶上、城墙上的水开始在阳光的照射下慢慢蒸发。东明和子明从城墙内迂回到城墙外，东明仰望城门问道:“子明，你有何感想？”

“仿佛回到了古代。”子明深有感触地说。东明继续问道:“倘若有古人向你问路:‘这是哪里？’你该如何回答？”

“这是哪里？”子明近乎自言自语，“这会是哪里？我们的现在是古人的未来，我们的过去是古人的现在，它是同一片蓝天下，同一个地方的过去、现在和未来。”

“你感悟很深！”东明钦佩之余也感慨道，“也许我们的生命在几千年前就开始酝酿了，生命的种子在空气中飘散，几千年后飘落人间，化作你我，就像这墙缝中的一棵草，它们的种子原本不在墙缝中。”

“是啊！它们的种子也不知道飘了多久，更不知道飘了多远，才落入墙缝，也许不应该落入墙缝。”

“不落入墙缝还能落在哪里？正如我们，不来到这里又会去哪里？”东明反问道。

“也是，又能去哪里呢？我们没得选择，种子也一样。”

“落入墙缝已是幸运，倘若落在岩石上，落在水塘里，或者落入火坑，那它们也就不复存在了。”

“哥，照你这么说，我们都是幸运的。”

“对！不要哀叹命运的不公，不要再为命运哀号，说多了都是怨言，只会给人增添烦恼，没人会听你喋喋不休的诉苦。我们都是一样地在不断改变着，不要停留在一个点上。就像墙缝中的草，它们不屈服于命运，只要有阳光、空气和水分，哪怕只有一丁点儿土壤，它们就会拼了命地生长，最终长出来了，你看！”东明说着指了指墙缝中的小草。

“我看到了，它们比我强。”

“你也强！我只是觉得你应该更强！当我们被生活压榨得皮包骨头，折磨得体无完肤的时候，就看看这墙缝中的草。”东明拍了拍子明的肩膀说。

“小草啊小草，你是草，不需要名字，我是子明，那子明是谁？没有名字的话，我又是谁？”子明一阵迷惘和惆怅。

“你就是你，你就是子明！子明就是你！没人能够替代！世界上独一无二，相信自己！这个世界因你而存在！你是最重要最有用的！向天咆哮！我们是属于世界的，世界也是属于我们的！”东明慷慨激昂的话不是一时心血来潮，在他心里已经藏了很久，只愿讲给懂的人听。

东明和子明踏着阶梯，一步一步登上城楼，眺望远方，所有景物尽收眼底。看身边，别无旁人，他就对子明说：“跟我一起喊！喊出自己的最强音！”

“喂——东明——我是王者——我回来了——”

“喂——子明——我是王者——我回来了——”

嘹亮的呐喊声在圣洁的空气中回荡，在历史的残影中穿梭。所有的事物，在世间喧嚣的洗礼下，慢慢褪变了颜色。尘世的云烟遮掩不住微弱的身躯，厚重的城墙屏蔽不了内心的狂热——是他们！

从无到有，从小到大，想到了便去执行，不去顾虑将要遇到的困难和挫折，更不去担心失败，做了就知道——还是他们！毫不吝啬地去努力去付出，做别人想都不敢想的事，即便做不到，但至少留有一种别样的经历可以回味——依然是他们！ 呐喊了、咆哮了、发泄了，两个人哈哈地笑了，如同笑傻了的疯子——玩世不恭——没人能懂。

有梦想的人遇到有梦想的人才能做出“白痴”一样的梦。东明悠悠然说道：“我们俩就像是疯子。”

“要是真疯了才好呢！”

笑声散去，东明说：“不能等到所有愿望都破灭了，才知道命运的悲惨。”

“倘若真的都破灭呢？”

“那就重塑自我，改变不了命运，也不能自暴自弃，要像深山道士那样拥有一份净土，让自己心如止水。我们不能拿上天惩罚自己，更不能拿别人惩罚自己——假如苦难是一种惩罚。当我们感到‘惩罚’够了的时候，就要去规避，否则就是对自己的不公！”

他们走下城楼的时候，子明惊奇地发现在两块砖的夹缝里藏着一个锈蚀的箭头，几乎辨不出铁质，只是尚有一点儿形状，他向东明招手。东明走到跟前仔细一看说：“是箭头！不要去碰它！不要触碰历史！”东明不晓得为何会说出这样的话，不是随便说说。射出那支箭的，也许是一名普通的士兵，也许是一名将军，必然在战场上。

两个人默默地沉思了许久，难得有同样的感受，仿佛置身于疆场，看那战火中的硝烟。人类文明不会嘲笑自己如何地残杀同类，却喜欢指着一堆战死的蚂蚁露出狰狞的笑：蔑视它们、吹散它们、踩死它们、毁灭它们——在路边，就连小孩子都可以做到。“物竞天择，适者生存。”一点儿没错，人类对于蚂蚁来说就是“神”一样的存在！

后来，东明把那天的所说、所见、所想都写进了日记。再后来，被晨燕融入了小说。

草莓的旺季已过，子明清闲的日子也就开始了。他拿出画笔，支起画架，聚精会神地画着。画纸上渲染着几株草莓、几片叶子、几颗干瘪的草莓果，看着凄凉，看得心酸。拿着画笔的时刻是属于他自己的时间，坐在画架前是属于他自己的空间，子明全然不知东明已站在身后。他转过身，两个人相视而笑。

“哥，你怎么来了？”子明惊喜。

“这样不好吗？一切尽在意念之中，是你太入神了。”

“快来看看，我刚画的，好像缺点儿什么。”

东明看着大棚已有几处被掀开，微风吹动塑料膜哗哗地响。他灵机一动说：“缺少风，你这画不应该是静的。”

“对！对！是风！”子明说着闭上眼，感受从大棚的另一端吹来的风，接着把画笔横着噙在口中，把刚画好的那幅撕碎，然后重新画来。过了两个小时，画作圆满完成，看着画上被风吹动的绿叶，两个人会心地笑了。这次，东明不仅欣赏了子明的画作，还领略了他创作的乐趣，以至于忘了时间，忘了琐事。东明风趣地问：“这幅还要撕掉吗？”

“收藏，我要收藏起来！”

“收藏起来，不给别人看？”

“给谁看？有几个人能像你一样看得透彻？”子明反问。

“你能告诉我，收藏了多少类似的画吗？”

“哥，你要想看，那就跟我来吧。”子明欣然答应。

东明随他走进小屋，只见子明从床底下拉出一个木箱，打开来，里面是一卷卷的画作，有一幅一卷的，也有两幅一卷的。子明展示出自己较为满意的十幅作品，默默地站立一旁。东明看后不禁惊

叹："虽然出自普通人之手，却神韵十足，在我看来——很完美！"东明的赏识是对子明最大的鼓励。

"多谢！不是因为哥哥的夸赞，而是欣赏！"

"那你就甘心让这些画藏于床下？把自己困在大棚里？"

"不这样还能怎样？你不也一直守着超市吗？"子明的问话让人深思。东明咬咬牙根说道："这不好比。"

"怎么不好比，你有漂亮老婆，有儿子，有女儿，我呢？我有什么？从大棚的这头儿走到那头儿，然后再走回来，始终都是我一个人！"子明的愤慨之言让东明沉默无语。当他看到东明面无表情时说了一声："对不起，我……"

每个人身上都存在着不同的问题，重要的是——要知道问题出在哪里。子明心中有怨，但不是怨天尤人，他在自我嘲讽，只是在东明面前说些言不由衷的话。他没有自暴自弃，他有草莓园，还喜欢画画儿，他只是不想让不懂他的人打搅他，不想从那些人的眼中看自己。东明的理解和宽慰让子明深深地体会到——这不仅仅是兄弟的情意！更是前世的缘分，难遇的知己！

东明拍了拍子明的肩膀语重心长地说："出去吧！走出去，走出这破屋子！走出这大棚！到外面广阔的世界去！"

"出去？外面？有属于我的地方吗？"

"有！肯定有！"东明坚定地回答。子明稍作沉默后问："哥，冒昧地问一下，你走出去了吗？"

"我早已离开了那个小镇，把我的经历我的梦想我的感悟都写了出来，交给了我女儿，她会带着我走得更远。"

"明白了，你曾经跟我说过的小镇，还有你写的小说草稿，有机会的话，很想领略一下你的文采。"

"哪儿来的文采，只是一些感悟罢了。"东明笑了笑。

"这么说，哥哥对自己的人生很满意喽？"

“把‘很’字去掉，我还能有什么不满意的？自打结婚后，我的人生就有了归宿，是她——难得一遇的知心爱人，是苍天的垂爱！可遇而不可求啊！”

“除了爱情，你就没有别的追求？”

“有！我也曾一度迷茫过，想要轰轰烈烈地干出一番事业，如今看来，只能算是梦想；我也曾努力过、奋斗过、失败过，但那都已成为过去。你这样问我，也如同问你自己，看似渺茫的事，也许机遇就在眼前，不要轻易放弃。我做不了雄才伟略的男人，我想和我的爱人演绎平凡而又伟大的爱情，我相信真爱是永恒的话题，是值得颂扬的！爱情，不管是有文化或是没文化，不管是贫穷或是富裕都可以拥有，这一点还算公平。”

“但愿我的画会有更多人欣赏，也希望自己能像哥哥一样，遇到一位知心爱人。”

“你这样想就对了，做真正的自己，会有那么一天，一切都如你所愿！”

“不知道以后……”子明还没有着实地想过下一步该怎么做。

“我都替你想好了，我跟你说过的，我女儿在北京上学，可我还没告诉你，她跟同学办了一个文学美术社。你准备一下，带着作品去北京，去我女儿的美术社展览一下，我就不信吸引不到别人的目光。现在的大学生对生活的感悟不是很深，倒是你，你的画是活生生从泥土里‘种’出来的！”

“哥，我……我有一点儿自信，但不十足。”

“这不是问题。”

东明脸上洋溢着微笑，有他的鼓励和帮助，子明多了一些信心和勇气。一个人想要成就一些事，往往需要别人的助推。东明回家后次日，把拍下来的图片发给了女儿，并简单作了介绍。晨燕看后赞叹道：“真是不可思议！完全超乎我的想象，这是他画出来的

吗？”东明幽默地回复：“不是‘画’出来的，是‘种’出来的！”晨燕也心领神会：“我仿佛闻到了泥土的气息！”接着又附上一条信息，“爸，倘若他愿意，可以来北京找我。”

“他已经订好了车票。”

“全谋！神速！果断！”晨燕的六个字三个叹号是对爸爸激情的肯定。东明看后回了一个含羞的表情。

从泉阳坐高铁去北京，一夜便到。周六下午，微风徐徐，东明送子明去了车站，临别前寒暄了几句：“北京的气候与我们这里不同，不知道你能否适应。”

“这个没关系，我只是怕给你女儿增添麻烦。”

“你无须考虑这些，只管去就是了，这进站出站的，也不用太慌，小心点儿。”

“我虽然没有走南闯北的经历，但毕竟这么大人了，不会有事的。”

“但愿此行能改变你的人生，带着你的梦想你的希望去吧，等你的好消息！”东明说着扶了扶那个装满画卷的皮箱。

子明抿抿嘴咬咬牙点点头，此时此刻，有些哽咽，眼眶有些湿润。他挎起背包拉起皮箱进站了，就在即将从东明的视线消失的最后瞬间，他蓦然回首，向东明挥手告别。

火车飞驰在轨道上，车厢内的乘客都已平静下来，放好了行李，找好了座位。子明看着行李架上的皮箱，思绪万千，那里面装的可是实实在在的“宝贝”。也许这些画本身并不能改变什么，但最起码能为子明开启人生的新篇章，找到与过去截然不同的道路，找到真正属于自己的那个“座位”。而改变这一切的，很可能不是那些画——而是某一个人。

第三十三章　相逢在雨中

经过了一夜的颠簸，火车终于到站了。子明带好行李走出车厢，随着人流穿过地下通道，来到出站口，注视着那些举牌子的人。看到了！是自己的名字！子明激动不已。他朝着牌子走去，到了跟前，面对漂亮的女孩儿，忸怩而又恭敬地说："你好，我是吴子明，刚从泉阳过来，你是东明的女儿吧，真是麻烦你了。"晨燕看着子明想要回避的眼神，听他这般客气的言语，不由得暗自发笑，也客气地说道："是我，东明是我爸，一路辛苦了，走吧，跟我回去吧。"就在子明刚要迈开脚步的时候，伸过来一只手，握住了皮箱的拉杆，还有男人的声音："让我来拉吧。"子明这才意识到那人的存在，难怪刚才有一双眼睛直盯着自己，原来接他的不是一个人，而是两个。那人是——"哦，我忘了介绍了，这是我的校友，学美术的，听说你喜欢画画儿，便执意要来接你。"听了晨燕的介绍，子明先是一愣，而后微笑着松开了手。

李娜在家候着，听到敲门声便知道他们回来了。她打开门，目光盯着刚进屋的子明。直视的眼神让子明有些慌乱，低头看看自己的衣襟裤脚，也没什么不对呀。当小娜和子明的视线再次碰撞时，小娜不由自主地叫了一声："哥——"子明听了很不自在，晨燕和高总顿时愣住了，这是怎么回事？还在大家纳闷儿的时候，李娜转过身，一声不吭地跑了出去。

"这是……"高总异常迷惑。

"是不是我……我不该来？"子明更是不得其解。

晨燕说："你们先等着，我去看看。"她追出门外没多远，在一处拆迁的房屋旁，残垣断壁的角落里，小娜坐在一块石板上，手里捏着一张照片，眼中充满忧伤。晨燕走到她身后，委婉地说："小娜姐，你这是……"

小娜泪眼汪汪的，让人心生怜悯。她扭头看了看晨燕，哀痛地说："两年前，我哥用自己的生命救了我，我真的……"

"你哥？我可从来没听你提起过呀？你很怀念哥哥，小娜姐别急，别太难过，你慢慢说，我听着。"晨燕紧靠小娜坐下，她此时能做的，就是用心去听。

"我哥从小到大都护着我，是我的保护神。读高一那年，我在课堂上昏倒，我哥得知后急忙赶往学校，那天下雨路滑……他骑着摩托车……着急……骑得太快……结果就出事了……我醒来的时候……他却永远地离开了我……晨燕，我哥他……"小娜说着说着失声痛哭起来。

"小娜姐，你别说了……我也想哭。"晨燕的嗓音有些颤抖。

小娜的情绪稍稍平静后，用手背擦去脸庞的泪水，悲伤地说："我哥真的很不幸，若不是因为我，他就不会……你仔细看看照片。"说完，她把那张日夜怀揣的照片递给晨燕。

小娜的泪流到晨燕心里，从眼角溢出，晨燕用手指擦了擦，接过照片仔细地看着。她自言自语难以置信："是子明，不，不是他，这也太像了吧，简直就是一个人。"

"不仅长得像，就连个头儿都一样，真想他就是我哥，可惜不是。"

晨燕握住小娜的手说："小娜姐，我们回去吧，免得人家误会。"

小娜的哥哥出事之后，她的嫂子眷恋着难以忘怀，直到去年才找了一位，留下两岁的女儿由爸妈带着。后来的事情，小娜就不清楚了。

回到家中，看着小娜泪眼模糊的样子，子明愈加莫名其妙了。为了缓解这尴尬的一幕，晨燕只得拿出照片给子明看。子明看着照片与自己如此相像，猜想着照片上会是何人。晨燕拉着小娜的手说："她叫李娜，是我的同班同学，照片上是她哥哥，两年前离开了，看你很像，她就……"

"明白了，你哥哥还会回来的，我和他长这么像，可能前世就是双胞胎，或许我和他能成为很好的朋友。"

"我哥他……他永远也回不来了。"小娜用低沉而又沙哑的嗓音说道。

"对不起，我没想到你哥他……"子明话没说完就把照片还给了小娜。

"好了，不说了，子明刚到，让他歇会儿，我带他出去转转。"高总站在一旁说道。

这天晚上，子明在旅馆给东明发了信息："哥，都见到了，一切顺利！不知道什么时候才能回去。"东明回复说："把事情做好，不要太急，你的爱犬花花我来照顾，无须挂念。"

安顿好子明，高总又返回晨燕和李娜的住处，三个人在一幅一幅地欣赏子明的画作。那是经过子明同意的，可以随心所欲地去看，若是有精神，翻来覆去看到深夜也无妨。高总当然是不便在她人家里看到深夜的，便挑了一幅自己最喜欢的，准备带回去慢慢欣赏。晨燕看了高总手里的那幅画问道："你喜欢残缺的美？"

"很有内涵的一幅画，最美的东西不能直接看到，要去想，想象一下画中的景象之后——会是多么美！"高总如获珍宝般微笑着回答。

那是一幅别样的画，画中的塑料大棚已经破损，草莓也已枯萎，一只小狗扒开土壤，欲要掩盖几颗干瘪的草莓果儿。高总带着画回去了，没有盯着看，而是放在枕边，也许梦里他走进了草莓园，满

目的翠绿，还有那红润饱满的草莓果儿。

小娜静静地躺在床上，晨燕知道她的心事，靠在身边不去打搅她——哥哥的离去留给小娜无尽的思念。子明的出现仿佛是哥哥归来，想要抓住不放，可他能像哥哥一样呵护着妹妹吗？莫名其妙地叫一声“哥”就能改变现实吗？这是异想天开还是痴心妄想？他来北京是带着画，而不是小娜喜欢的发卡或者零食，更何况是素不相识，他根本就不知道还有一个叫李娜的女孩儿。而此时此刻，李娜也根本没有想到——子明躺在床上，眼前却浮现出她的身影，挥之不去。

文学美术社是在周末集会，还要等上一个星期。

这些天，子明开始在身边熟悉这座城市，走街串巷寻找灵感，或许自己也能换个题材画点儿别的。远在老家的东明陪爸妈和爱兰看了一套房子，不在闹市区也不在郊区。那十几栋楼房风格古朴，色调暗淡，迎和性情沉稳的人士。一家人商量好了，准备买下一套给晨亮一个新家。鸟需筑巢，人要安家，平民百姓先安家而后立业。

子明的画一直放在晨燕那儿，她和李娜欣赏之余连连称赞，高总更是自愧不如。看来这民间还真是有高手，只是题材没那么宽泛，但也不妨碍画风的独到。

星期三早上，李娜醒来觉得头昏脑涨，还不停地咳嗽，想必是感冒了。一向性格开朗的李娜这几天变得少言寡语，她对晨燕说：“我今天不去学校了，你先帮我跟老师说一声。”

“好吧，你在家好好休息，我走了。”

子明看看窗外，阴沉沉的像要下雨，这样也好，若真下了雨，雨后空气清新，令人心情舒畅，于是便借了雨伞走出旅馆。他沿着街道往前走，在街角处，拐进了一条胡同。胡同口左右趴着两只半米高的石狮，看起来有些历史了，应该是伴随着胡同而来，如今已被人淡忘了吧，以至于路人不屑多看它两眼。

顺着胡同往里走，并非通直，而是有一些弯弯的，俨然泉阳幽深的小巷，子明像是受了无形的诱惑一般越发想往里走。胡同两边低矮的民房躲在高楼大厦的阴凉处，就像大树下的小草，不知是否等着被割除。在胡同里来往的都是上了年纪的人，年轻一辈都搬出去了吧。偶尔也会有妙龄女子擦肩而过，那应该是来探望亲人或者是想返璞归真净化心灵。

一阵雷声过后，刮起了风，尚未紧闭的窗子啪啪作响，不知是从哪家院子里凋落的枣树叶随风而去——哦，此时已是晚秋。秋叶是一种经历，是一种诉说，是一种思念，是一份温情！空气中弥漫着淡淡的桂花香，令人心旷神怡，不愿光彩照人，只愿给你清香，等不到“人闲桂花落”，先闻奇来香。

风渐渐地小了，开始有雨点打在脸上，慢慢地，雨点越来越密集，子明撑起了雨伞。就在此时，迎面走来一位女子，花伞遮住了脸庞，走过时碰到了伞面。那女子瞟了一眼子明，子明却毫不留意。没走多远，她躲在一处屋檐下，时不时地扭头看看，似乎认出了什么。子明头也不回地往前走，雨点顺着珠尾落下，他也站到了屋檐下避雨，无意间看到了花伞少女的身影，她还在他的视线里。十分钟、二十分钟过去了，她依然站在那里，雨依然下个不停，子明开始关注这位少女。

雨越下越大，从淅淅沥沥变成了哗哗啦啦，屋脊上的雨水开始流向瓦檐，在门前形成一道雨帘，最后啪嗒啪嗒地滴在石阶上，溅起朵朵水花。这雨不算太大，润泽了空气，沐浴了房屋，洗刷了道路，让人神清气爽。雨雾中弥漫着浪漫的气息，子明浮想联翩：那花伞少女是在等我吗？倘若真是那样，可不能错过了缘分。子明没有勇气走过去，更没有信心面对她——犹如梦幻般的情景。

不知这雨何时才能停下，不停也好，可以默默地等待，悄悄地窥视。过了一会儿，她终于走出了屋檐，撑着伞站在石板路上一动

不动，这是为了引起子明的注意吗？她站在那里，如同雕塑，好似铜像，站着站着，她居然把伞合上，让自己淋在雨中。子明看到她的举动，猜不出是何原因，很想跑过去问个究竟，可始终没能迈出半步，只是在原地打转。雨水洒落，眼看着花伞少女已经浑身湿透，秀发贴在了肩膀上。就在子明犹豫不决的时候，她——昏倒在地！事不宜迟，不容许子明多想，他迈开脚步飞奔而去，当他面对她的那一刻才知道，原来是她——小娜！

空空的胡同里只有子明和李娜两个人，这该如何是好？子明从未亲密地接触过女孩儿，打量了一番后，撂下雨伞，抱起李娜站到了屋檐下，雨还是下个不停。子明不敢直视她的脸庞，一直站着，直到腰酸胳膊痛了，才偷偷地转过脸看了看李娜，她正闭着眼感受他身体的温暖。子明嗅到她身上散发出的犹如桂花般淡淡的清香，咬着牙坚持着，绝对不会放下怀中娇柔的女孩儿。

过了半个多小时，雨终于停了，子明听到李娜在不停地念叨："哥哥、哥哥……"子明此时已是筋疲力尽，低声细语地说："李娜，我是吴子明。"

"子明哥，把我放下来吧，我……我没事。"李娜眨巴眨巴疲惫的双眼，有气无力地说着。

子明放下李娜，缓缓地松开手。李娜双脚刚刚着地，身子就趔趄了一下，站立不稳地紧贴着子明靠在他的肩膀上。子明耷拉着双手不敢抱她，那一瞬间，他流泪了，是感激的泪。想想过去那些事儿，没有一个女孩儿能像李娜这样靠在他的怀里——即便是被她当成已去的哥哥也无妨！是哥哥铸就了此刻的温馨，哪怕只有几分钟几十秒，也足以让子明刻骨铭心永生难忘！他搂紧了她，激情的泪混合着发梢滴下的雨点轻轻滑落。子明说："我背你回去吧。"

"谢谢你了，子明哥。"

子明俯下身子，背起李娜往回走。李娜提醒道："子明哥，雨伞。”

“送给过路人吧。”

“不行，而且我那把……是我哥给我买的，我一直珍藏着，你递给我，我来拿。”

“行吗？你一点儿力气都没有。”

“没事给我吧。”

于是，子明背起李娜，李娜拿着雨伞，他迈开铿锵有力的步伐走在石板路上，脚下踩出了水花。小娜的衣服已经湿透，粘住了子明的上衣。出了胡同口，来到大街上，子明叫了一辆出租车。车停在路边，他打开车门，轻柔地扶她钻进车里，靠在座椅上。

回到家，还没坐稳，李娜就是一阵呕吐，上气不接下气，整个后背都是痛的，子明看着却不知所措。等她吐干净了，漱漱口擦干头发对子明说：“子明哥，我想换件衣服。”

“哦，我到外面等你，你要是坚持不住就叫我。”子明走出房间，在门外候着，都是租的房子，没那么方便。

李娜摇摇晃晃地来到床边，拉起帐子，换好衣服，顺势躺在了床上。她叫了一声：“子明哥，进来吧。”子明听到叫唤推开门走进屋里，应了一声：“李娜。”李娜伸手拉开帘子说：“子明哥，帮我把湿衣服……放洗衣机里好吗？”子明回道：“好的，你躺着别动。”子明从未照顾过女孩子，他放好衣服，看着躺在床上的李娜，心急如焚却不知该做些什么。

“子明哥，送我去诊所吧，我这会儿……头疼得厉害……不远，就在路边……你背我去吧。”李娜所说的诊所，回来时经过门前，子明透过车窗瞟了一眼。“好！我这就背你过去！”子明说过，背起李娜去往诊所，短短的一段路，他走了很久，真想一直走下去。可李娜现在正忍受着病痛的折磨，他又不得不加快了步伐。李娜想从子明哥——不！是哥哥！——身上找回曾经的温暖，错过了今

天，就再也没机会了。她强忍着病痛说："子明哥，慢点儿。"

到了诊所，医生给李娜把把脉量量体温，看两个人有几分相像，便问："她是你妹妹？"子明瞅了瞅李娜，羞涩地说："嗯，我妹妹她怎么了？"

"她发高烧，需要输液，屋里有床位，很安静，你扶她进去吧。"

来到里屋，也就两张床，全都空着，无须挑选，李娜随意在一张床上躺下。医生拿来药水挂在床头，给李娜扎上了针。瓶中的药液一点儿一点儿滴落，感觉时间过得好慢好慢。一个多小时后，李娜感觉好了一些，看着坐在床边的子明说道："子明哥，真是辛苦你了。"

"别这么说，我来北京给你们添麻烦了。"

"子明哥，你怎么会到胡同里去呢？"

"这个——应该是我来问你，你怎么一个人……"子明微笑着没再说下去。

"早上起来，我感觉不舒服，就没去学校，看着天要下雨，我就带上雨伞，换上哥哥给我买的衣服就去了胡同，想舒缓一下心情。你从我身边走过的时候，我就认出你来了，不知道该跟你说些什么，就没打招呼。"

"因为要下雨，看到了雨伞，就想起了哥哥。"子明深有感触地说。

看着子明犹如哥哥般温情的目光，李娜默默地、默默地……电话铃响了，她才从沉思中清醒过来，接通了电话，听到了晨燕的声音："小娜姐，你在哪儿？"

"晨燕，你回来了，我在圣爱诊所。"

"圣爱——诊所？你怎么了？我马上过去！"晨燕说罢一路小跑而去……

"怎么样了？"当晨燕看到躺在病床上的小娜时，急切地问。

小娜用微笑告诉晨燕，已经好了许多。看到子明，晨燕客气地说："子明哥，谢谢你照顾小娜，我过来了，你回去休息吧。"子明没有回话，带着顾虑的眼神看着李娜。她面带笑容地说："子明哥，晨燕一个人陪我就行了，你回去吧。"

"好吧，那我先回去了，有事打电话。"

李娜点点头，目送子明依依不舍地离开。子明回到旅馆，心情久久不能平静：李娜真是把我当成了思念的寄托，倘若因此影响了她的学习，那可是罪过！罪过！是迎合还是回避？子明思来想去：也许不应该来北京，也许不应该去那胡同，也许不应该跟她哥哥长得如此相像，也许……也许根本就没有也许。李娜能为思念哥哥在雨中昏倒，足见兄妹之情有多深！子明不知，李娜当年跪在哥哥坟前悲痛欲绝，痛哭流涕，以至于昏迷不醒，手中紧紧地攥着摩托车钥匙。她甘愿用自己的生命去换回哥哥，但那是不可能的神话，只有倍加珍惜自己，哥哥才能安息。

晨燕陪小娜输完液回到家中，两个人躺在床上久久不能入睡。晨燕翻过身面对着李娜问："小娜姐，你是不是把子明当自己的亲哥哥了？"

"他不仅跟我哥长得像，就连眼神都一样，当他看我的时候，我觉得那就是我哥！"小娜说着，忧伤中带有几分激昂。

"那以后该怎么办？"

"他要是能留在北京就好了。"

"不只是留在北京，要留在你身边。"

小娜听了晨燕知心的话，激动不已地握紧了她的手。

第三十四章　画里画外

周末那天，社员们不约而同地来到文学美术社。子明准备了一些中幅和小幅的作品，挂满了墙壁。从画风上看得出，绝非出自同学之手，会是谁呢？子明俨如学生一般站立一旁，陌生的面孔并未引起别人的注意。就在大家沉浸于田园花草的意境中时，晨燕隆重地介绍："朋友们，我们今天看到的这些画儿，不是我们中的某一位同学画的，而是一位种草莓的农民。"

晨燕的话音刚落，大家便朝那位陌生的男人投去了钦羡的目光。真是不可思议，这些别具一格的绘画竟然出自农民之手，令社员们啧啧称赞。学子们年复一年日复一日地画呀画呀，灵感哪里去了？创意哪里去了？内涵哪里去了？同学们开始怀疑自己。正如东明所说，子明的画是从地里"种"出来的。大学生们无可比拟，有人想与子明攀谈，有人想向子明请教，但最终都沉默了，给自己留下思索的空间。平淡而又短暂的集会结束了，社员们各自回去。高总这几天很少说话，正一门心思地琢磨子明的画作，想从中找到点儿启发，或许以后能用得着。

晚上，晨燕和李娜与其说是感慨万千不如说是胡思乱想。李娜问道："晨燕，我们给子明哥办个画展怎么样？"

"画展？在我们的活动室？我们都是学生，真正办画展的费用你出得起吗？反正我是出不起。"

"真想子明哥能留在北京。"

"我们可以帮他找工作呀！"晨燕这才说到点上。李娜会心地点点头，然后转过身躺下睡觉去了，但愿在梦里，她能想到一个好主意。

翌日，天刚蒙蒙亮，小娜就起了床，吃个面包喝杯茶就准备出发了。

“小娜姐，你这么早就去学校啊？”晨燕莫名其妙地问。

“不！”

“那你去哪里？”

“晚上回来再告诉你。”

小娜没有直接去学校，而是驱车径直朝菜市场骑去，她想看一下信息栏，搜集一些招工的信息。那些信息，有的已经很久，有的不合适。小娜左看右看，好不容易拍下几张后，辗转来到另一条街道，挨门挨户地查找。等她赶到学校时，差一点儿迟到，看到晨燕笑了笑，两个人你看我，我看你，像是最熟悉的陌生人。

晚上，她们再次回到共有的小屋。晨燕洗了两个苹果，递给小娜一个问道：“小娜姐，你现在可以告诉我，早上去干吗了？”

“我去看了一下招工信息。”

“看来，你是铁了心想让子明留下来喽？”

小娜依旧是点了点头，晨燕也就正儿八经地问：“有什么收获吗？”

“有，不多，你也来琢磨一下。”小娜说着拿出手机，把拍下来的信息念了几条给晨燕听听。

“打住！有一个招园艺师的，我觉得不错。”晨燕说道。

“嗯——我也这么想，就是不知道人家要求有多高。”

“这没关系，可以问问嘛。”

小娜再次点点头，趁热打铁给子明发了一条信息：“子明哥，你什么时候回去呀？”过了一会儿，子明回复：“我暂时没打算回去。”

小娜这是抛砖引玉的问话，可一问一答之后，却沉默了，没有

继续发信息，似乎觉得还不是时候，应该等今晚过了，等到明天。此时的子明倒没有多想，他很清楚小娜的心思，而他自己也确实想在北京另寻出路。子明握着手机躺在床上，过一会儿看一下，始终都是那么一问一答两条信息，不知不觉中也就昏昏入睡了。

朝霞透过玻璃窗照亮房间，子明洗漱好，吃过早点，拉着皮箱出发了，去一个寻觅好的地方。晨燕看着李娜坐在教室里心不在焉，只剩了眨眼。还没到下课呢，李娜便坐不住了，向教授撒了谎，声称自己不舒服请了假，临走时也只是给晨燕递了个眼神。

李娜出了学校并没有回去，而是给子明打了电话："喂，子明哥，是我。"

"李娜！你这会儿有空了？没在学习？"

"我没在学校，我不太舒服。"李娜的回答，严格地说，并不纯粹是撒谎，她心里确实不舒服，不舒畅！

"那你在家好好休息吧。"子明关切地说。

"我也没在家，我在外面。"

"那你……"

"我……我想见你，我有事跟你说。"

"我现在也没在旅馆，要不——我回去一趟？"

"不了，子明哥，你告诉我，你在哪里，我去找你。"

"好吧，我不太清楚这里的位置，我打听一下，发个信息给你。"

"好的，待会儿见。"

李娜和子明的第一次通话结束了，子明不知道李娜会有何事。李娜满怀期待，希望这一天能够办好所有的事。没多大一会儿，李娜便收到了信息："青果河畔，青阳大街，孔庙民间文化市场外面。"子明所说的地方，李娜去过，走上半个多小时就到了。"知道了，我现在就过去。"李娜回复后便朝着那个熟悉的地方快步走去。

青果河不是很宽，静静地流淌着，把青阳大街隔成东西两侧，一座座小桥联系着两岸的人们。文化市场就在东侧，市场内的店铺经营着字画、古玩、花鸟、小宠物……市场外的街上人来人往非常热闹。小娜沿着河岸迈着轻快的步伐走着，有风吹在脸上，仿佛是从草莓园吹来，吹动她的秀发。她加快了步伐，知道子明哥就在前方。快到文化市场的时候，小娜看到有路人驻足围观摆摊卖画儿的，有几幅用画架撑了起来，剩下的小幅作品就直接摆在地上。看那人，不会是子明吧！小娜离那个熟悉的身影越来越近，走到近前一看，果真是他！小娜悄悄地绕到子明身后。他此时正与一位大姐讨价还价，尚未发觉她的到来。那位大姐看中了画架上的一幅，也就是高总欣赏过的带有“残缺的美”的那幅画。

“这画儿多少钱？”大姐问道。

“你想给多少？”

“画是你的，应该你定。”

“大姐，我不是专业卖画儿的，这些都是我自己画的，不怎么好，你要是喜欢就拿去吧，随便给。”

“你画的？不错嘛！随便给？那我给你二十元钱，你卖吗？”大姐是舍不得花钱还想要好东西。她给出的打劫价，子明听后低下了头，冷笑着没有回话。她见状连忙改口：“不行就三十吧！”

子明抬起头，正要回话的那一刻，听到了一个熟悉的声音：“我给三百！这幅画我买了！”清脆而又刚劲有力的话语让子明回过头。当他看到她的刹那间，他大惊失色，瞪大眼睛凝视着她，呆呆地站在那里，却依然没有说话。小娜话音刚落，便假戏真做地把钱塞给子明，有没有三百谁知道呢？她接着把画儿收起来揣在怀里。

“哎——你这……不行我再加嘛！”大姐急也没用了，没戏了，也只得没趣儿地走开了。

“子明哥，你不能这么便宜就卖了！”

“你以为我会吗？”子明把钱还给李娜接着又说，“收摊儿吧，我们回去。”

两个人收起画卷装进皮箱，扛起画架离开了热闹的街道，漫步于青果河畔，顺河的清风轻轻吹拂着。他们走下河堤，坐在石阶上。小娜悠悠然问道：“子明哥，你怎么想起来卖画儿了？”

“我只是想知道，会不会有人买我的画儿。”子明含蓄地回答。

“收获怎么样？”

“一个上午，无人问津，刚有人想买，第一笔生意就被你搅黄了。”子明的话里带有一股风趣。

“是不是我来得很及时？否则的话——我相信你肯定不会轻易出手的。除了你刚才说的，还有别的原因吗？”

“我想……有可能的话……在北京一直待下去。”子明显得底气不足。

“靠卖画儿？”

“我不知道能做些什么。”

小娜暗自心喜：“你想留下来，当然很好啊！其实，没你想的那么难，我们都会帮你的。”

“小娜，你说有事找我，有什么事？”

“我正想跟你说呢，就是你说的，想在北京的事啊，我有个朋友，她认识一个种花儿的，想找人帮忙。”

“找帮工吗？”

“嗯——是园艺师。”

“哦，我只会种草莓，不会园艺。”

“草莓园，园艺师，听起来差不多嘛！”

“差远了，万一我把花种成了草莓怎么办？况且，园艺师还要会规划设计，我可是一窍不通。”子明有些茫然。

“种什么都是种，你能把草莓种好，也就能把花种好，你画画儿不就是在规划设计吗？”

子明听了李娜所言，默默地笑了。片刻后，小娜柔声细语地说：“不行的话，我再找找。”

“非常感谢你，可也不能为了我耽误了你的学习。”

“子明哥，你多虑了，不耽误学习，我能赶得上。”

“你想让我留在这里，那你要答应我，专心致志地学习，找工作的事，我自己来。”

“那好吧，希望子明哥不要心急，会找到合适工作的。”

“你明天准备干吗？”

“我明天当然是去学校了，那你呢？”

“我呀，还想再来试一下。”

“试一下可以，但不能傻里傻气地贱价出售哇！”

子明以笑作答，他们相互叮嘱，相互承诺，似乎有一种秘而不宣的契约。

暖暖的风轻轻地吹，傍晚的河畔，忙碌中透着悠闲，天边的火烧云遮挡不住调皮的阳光，折射着披向大地——那是一件红艳的外衣。

“子明哥，你看！火烧云，多美啊！”小娜站起身注视着天边。子明也陪她一同站着，直到那云彩渐渐淡去……

子明回到旅馆，小娜回到住处，他们的谈话仿佛还在继续，彼此的身影挥之不去。等到晨燕回来，小娜递给她一个桃子说：“你先解解渴，听我给你说件事儿。”晨燕接过桃子啃了两口便问：“说吧，什么事儿？”小娜没有直截了当地回答，故弄玄虚地问：“你猜子明哥今天干什么去了？”

“他能干什么？出去转转呗，要不就是去找工作了？”

小娜摇摇头说：“没有，他去文化市场摆摊儿卖画儿了。”

“啊？不会吧！”晨燕惊讶之余接着又说，“我知道了，他是想靠自己的能力留在北京。”

“希望渺茫，我们要尽快想办法帮帮他。”

“小娜姐，你今天去找他了？”

小娜听了晨燕的问话羞愧地低下了头，作为学生，本不该做这些校外之事。晨燕不是在责问，她也想尽快地把事情稳定下来，把小娜拉出思念的旋涡。就在晚上，晨燕给高总打电话，召他过来，开了紧急会议，商定了策略。

临睡前，子明看到东明发来的信息：“这两天可好？”子明回复道：“一切都好，请勿挂念。”有这么多人的关心，子明只能迎难而上，心中迸发出无尽的勇气。他很清楚，只有把自己的事情做好了，才能让大家安心。

第二天，子明再次来到文化市场外，展开画卷，摆放整齐。小娜和晨燕端坐在教室里，一如往常在听课。还是在老地方，子明把“残缺的美”摆在最显眼的位置，倘若那位大姐再次来到——管她怎么着吧，最好不要碰见她。有人围观，有人夸赞，就是没人出钱，子明并未因此而心灰意冷。他自始至终都没有抱太大希望，奇迹和幸运不会发生在自己身上，也只有一步一步脚踏实地往前走。

时近中午，子明本想收摊儿回去，就在他迟疑不决的时候，走过来一位中年男子，戴着眼镜，看起来文质彬彬的。那人默不作声地欣赏着子明的画作，久久没有离去，似乎对这些画很感兴趣。他的眼神最终停留在无名无题透着残缺的美的那幅画上，饱含深情地问：“这幅画能送给我吗？”子明听了眨眨眼，看着眼前素不相识的男子，感到很是蹊跷——难道这人另有来头？子明细想片刻后说：“那就请你给这幅画题个名，倘若点中画意，我就送给你。”中年男子听了子明的回话，同样觉得眼前这小伙儿不简单，于是先赔上个笑脸，然后说道：“好，这样很好，请容许我稍稍想一下。”

那位男子干脆拿起画儿来，仔细地看：画儿中除了枯萎的枝叶，几颗干瘪的草莓果儿，小狗扒开的土壤，还有什么？对！就是土壤！看那土壤，透着湿气，难道是刚洒过水？不！应该是刚下过雨，雨后会是一派美好的景象，是画者心中寄托的向往。什么都不难，难的是画出土壤的水分——这一点，需要有人能看得出，而这位高师已经站立眼前。经过一番观察之后，中年男子胸有成竹地说："雨后，是雨后……对吗？"

子明万分惊讶！这怎么可能，他怎么能知道，他是神人吗？子明越想越难以置信，可他真的说中了，那确实是在雨后所画。子明清晰地记得，那个时候，一株株草莓就像一个个瘦骨嶙峋的病人，急需大自然的滋养。那天刚好下了蒙蒙细雨，子明掀开塑料大棚，让雨雾润泽了草莓，虽然没有收到理想的效果，却有了创作的灵感。他就满怀激情地画了那幅画儿，一遍又一遍地画，不满意撕碎了重画，直到画出被细雨打湿的土壤为止。子明真是没啥说了，耸耸肩膀笑了笑，从容地说了一声："恩师，送给您！"那人听子明称他"恩师"，便实情相告："不瞒你说，我确实是一位老师，教美术的，我还不曾有恩于你，何来恩师？这让我羞愧难当啊。"

"一言之师，一字之师，您一语道破，师之有恩！"子明的言行彰显出脱俗的人格魅力和颠覆常规的文化底蕴，令"恩师"肃然起敬。子明的才华可以被埋没，但他的品性却不会，那骨子里的东西会在平凡的生活中点点滴滴渗透出来。老师给予赏识的目光，那是对子明的赞许和肯定，是莫大的荣誉！他说："我有个学生叫高总，你应该认识吧？"

"认识、认识，是我来北京才认识的，请问恩师如何称呼？"

"叫我秦老师吧。"

"秦老师，您是听高总说的吧？"

秦教授点点头说："嗯，高总和晨燕还有李娜是很要好的朋友，这个我早就知道了。是今天早上，高总跟我说了你的事情，我就抽空过来看看，你要相信自己，是金子总会有发光的一天。"

“多谢秦老师的关心。您能来，我真的非常荣幸，可是我的画儿……”

“一幅也没卖出去，是吗？”秦教授代为所言，会心一笑说，“可那有什么关系呢？钱并不能说明一切，别人不认可，只是欣赏角度的不同，并不代表你的画儿不好。”

“秦老师，看来靠卖画儿我是难以在北京待下去了。”

“现实一点儿，另想办法，我今天来找你，给你带来了一份工作，希望你不要嫌弃，虽然工资不高，但可以近距离地接触知识分子，给自己营造一个大的人文环境。这比起卖画儿更为实际，搞绘画本身就是欣赏大于金钱，倘若只是为了钱而去创作，那自打有这个想法之初就已经失败了。为创作而创作，把自己的情感融入进去，即便是孤芳自赏也是充满乐趣的，安顿好眼前的生活是暂时的，而绘画才是一生的！”子明听了秦教授一番话，茅塞顿开，感激地说：“秦老师所言极是，那我能做什么呢？”秦教授说：“我们学校食堂缺人手，你来帮忙吧。”子明听说是在大学校园，也就无须多虑，爽快地接受了秦教授的美意，那幅《雨后》也就作为礼物送给了他。

常住旅馆，对于子明来说负担不起。高总看出了他的难处，就接纳了这位远道而来的朋友。几天后，子明去学校食堂上班了。工作之余，他开始学人物、动物素描，没有基础，从零开始。高总成了他的老师，没画过的，可不是一下子都能画得像草莓一样活灵活现。不必一味地模仿别人，效法别人，找到属于自己的那份独特，也是别人所不能及的。每个人都有自己所擅长的东西，找出来，发挥到极致，这才是真正要做的：想到此，子明信心十足。

深夜里，高总已经睡了，为了不影响他的休息，子明把日光灯关掉，开了一盏小夜灯放置眼前。那微弱的灯光只能照见画纸上巴掌大的一块，子明竭力睁大眼睛，盯着画纸仔细地画着。他的眼睛酸了就揉一揉，胳膊痛了就捏一捏，脑子困了就晃一晃，看似辛苦，却乐此不疲。

相比夜里还是白天绘画好。星期天，子明来到池塘边，看到有人在钓鱼，便撑起画架，画了起来。钓者不介意，画者更有心，等人物画好了，鱼竿画好了，水塘画好了，可就是不见鱼。鱼呢？咋都不愿上钩了？

“大哥，还没钓到啊？”子明问道。

“是啊！今天见了鬼了，一个上午，一条也没有……你也没吵到鱼呀？”

“是啊、是啊，我没出声！”

钓者不赖画者，画者反而心虚，子明把画架往远处挪了挪，这距离就是钓到了鱼也看不清了。快该吃午饭了，还是不见鱼儿，水桶里空空如也，饵料倒是少了一大半，是鱼长手了吗？把饵料拿下来吃了？钓者越是钓不到就越不信邪，“中午饭不吃了，我就不信钓不到！”

子明开始瞎想：难道真是因为我？鱼儿不想让人画？他悄悄地收起画笔、画架、颜料离开了，已经到了池塘的对岸，钓者却不知晓。就在此时，钓鱼那人头也不回地大喊：“出来了！钓到了！还是一条大草鱼，画画儿的——过来！”

“画画儿的——”钓者回过头，“嗯？人呢？”

他朝对岸望去，看到子明，一边招手一边喊：“回来！钓到了！”

子明听到呼唤，兴奋地跑了回去，展开画架便要画鱼。钓者哈哈一笑说：“你是属鱼精的吧？你一来，鱼就成精了；你一走，鱼就变笨了。我虽然不懂画画儿，但我知道，菜场里的鱼都死气沉沉的，只有这水塘里钓的鱼，画出来才有灵性。这条鱼送给你了，带回家慢慢画，水桶明天送来，还在这儿。”他说着收起鱼竿准备回去了。

“那我付钱给你。”

“不要钱，画好了，把画儿送给我就行！”看来，这位钓者蛮欣赏绘画的。

高总回到家，看到水桶里的鱼，不解地问：“你去买鱼还带水桶？”

“这鱼不是买的，是钓的。”

“钓的，钓鱼竿呢？”

“鱼是别人送的。”

“哦——你外出写生了，画得怎么样了？”

子明展示出尚未完工的画作，高总看后点头说道：“嗯，不错，作为初学者，不错，就差这条鱼了。”高总也来了兴致，与子明比着画。子明依然是先用速写的方式勾勒出轮廓，然后找到闪光点再渲染。高总则是一步到位，自信满满。

两个月后，子明系统地掌握了各种画法，基本功算是打好了，但还不扎实。他让高总挑选了十几幅可以摆上台面儿的画儿，再加上自己的草莓画儿，也差不多可以像模像样地摆上一摊儿了，总比单调的草莓画儿要好一些。是啊，子明又想着摆摊儿卖画儿了。

在食堂里干活儿，没有假期，星期天也不一定休息，有事就要请假。子明请了一天假，去了文化市场外的老地方，把装裱好的画儿一幅幅挂在市场外侧的墙壁上。这天，小娜也恰巧请了假，这次是真真正正病了。刚输完液，她就给子明发了信息：“子明哥，你在忙吗？”小娜也不清楚为什么，就想让子明知道她病了。子明看到短信回复道：“我请假了，你有事吗？”

“没事，我头疼，你在家吗？”

“头疼还说没事，我在文化市场，我马上回去。”为了小娜，子明可以立马回去，倘若换成别人，他就会找借口，不愿回去了。

“子明哥，你又去卖画儿了，你别回来，我想出去走走，我去找你。”

小娜的身子内热外凉，比别人多穿了衣服还是觉得有点儿冷。她把拉链往上拉了拉，围紧脖子。这天不算晴好，太阳唤醒大地之后就躲了起来，有风吹动，时大时小。子明请了假，不能白请，还是出摊儿了。风似乎越来越大，吹得画框不停摆动，子明按住这幅，那幅在晃，按住那幅，这幅在动。他正准备把画收起时，小娜来到跟前，子明看她面色苍白，关切地说：“风大了，我看你气色不好，我们回去吧。”其实，小娜不在家里待着，就是想陪子明走走。还没等子明把画儿全部收好，一阵大风直吹而来，有几幅画儿掉落地上，小娜帮着捡起。不想，有两幅草莓画儿被划破了，那两幅仅次于《雨后》，是子明较为得意的，就这样破损了。子明看着画儿，百般惋惜，意味悠长地说：“这风就是冲着我来的。”说完呵呵地笑了。

“子明哥，你别笑，你别这样，别自我解嘲，妹妹心里好难受。”小娜莫名其妙地想要落泪。子明沉静下来，翘起嘴角，微微一笑说：“没事了，我们回去吧。”

两个人把画儿全部收好，往回走。小娜长发飘起，抱紧双臂。灰蒙蒙的天空毫无色彩，也许下了雨，风就会停，可不知为什么，一直没下雨，那风吹得人心发慌。回到家，小娜关好窗子，拉上窗帘，不让外面沉闷的空气飘进屋里。她打开台灯，柔和的光线铺满房间，亮而不刺眼。小娜坐在床边，子明坐在椅子上，两个人静静地坐着。子明说：“小娜，你躺在床上好好休息吧。”

“我没事，身上的病算不了什么，倘若一个人心里有了创伤，就很难痊愈。”小娜情深意切地说，“你虽然不是我的亲哥哥，但我想做你的亲妹妹，也许我不应该对你有牵强的要求，可我还是想说，子明哥，以后别再卖画儿了，好吗？我知道，你不是真想着赚钱，你自己也清楚，那是不可能的，你只是想把自己的画儿展示给别人看。可那些路人，有谁能看得透、看得懂？我和晨燕，还有高总，包括秦教授，我们都很欣赏你的画儿，难道这还不够吗？”

“够了，有你们，我知足了！”子明瞬间湿了眼眶，坦言。子明凝视着自己的作品思绪万千，他想到了秦教授的话：“为创作而创作……绘画才是一生的。”他不想那些画只是一张张废纸，小娜在他失落时给予了莫大的宽慰。十来分钟后，子明说：“不说这个了，你躺下休息吧。”

“答应我！否则，我就不睡！”

子明看了看小娜坚定的眼神应诺道：“我答应你，今天这是最后一次，以后绝不再卖画儿了！”小娜这才安了心，缓缓地躺下了。她说：“子明哥，给我盖一下被子好吗？”

“哦，好！”看这“粗心”的哥哥，还要妹妹去提醒。子明给小娜盖好被子，看着小娜安心地睡去，想着：有个可以照顾的妹妹真好。子明没有离开，守候着直到晨燕放学回来。

第三十五章　相依相伴

小娜和子明同在一所校园，一个是学生，一个是帮工，虽然不便见面，但是心心相印，不是亲兄妹胜似亲兄妹。

日子一天天地过去了，小娜念想着一件事：她觉得子明哥不应该是一个人，不应该一个人生活。就在她生日那天，许下了心愿。在小娜和晨燕的闺房里，多了两名男士——高总和子明。小娜以往是喜欢热闹的，可因为子明的出现，她婉言谢绝了几位同学的庆祝，让小屋里的气氛既喜庆又凝重。小娜面对着生日蛋糕，面对着闪烁的烛光，双手置于胸前深情地说："谢谢我最要好最亲近的你们，我今天有两个愿望，愿由心生，心遂人愿，希望我的愿望很快就能实现。"接着，她默默地许下心愿。

不管晨燕能否猜得透小娜心中所愿，她都想做一件事：在这个特殊的日子里，就在此时此刻，让李娜和子明不失时机地来一个结拜——那可不是江湖武侠的专利。晨燕向高总递了个眼神，然后微笑着对小娜说："小娜姐，你跟子明哥结为兄妹如何？"小娜早有此意，被晨燕点中，一番喜悦涌上心头，脸上泛起一道道彩虹。再看看子明，羞答答地站着，像一只温顺的羔羊。好了，时机已到，不吭声就是默认，晨燕灵机一动把任务交给了高总："高总，你的鬼点子多，你说该怎么结拜呢？"高总笑了笑说："嗯，依我看，不必像古人那样又是喝酒又是下跪什么的，我们是现代人，随意一点好，但也要有个形式，用我们自己喜欢的形式。"

"快说呀，什么形式？"晨燕急切地问。

“这还用说，当然是我们喜欢的拥抱、亲吻呀！”高总慷慨激昂地说。

“我看是你喜欢吧，小时候可以，长大就不行了。”晨燕话锋一转接着又说，“不过——我觉得这主意不错哟！”

“子明哥，快过去呀！”晨燕说着向子明使了使眼色。

事情来得太快，子明扭扭捏捏还没反应。晨燕只得对小娜说：“小娜姐，这是你的地盘儿，你只好主动一点儿喽。”片刻之后，小娜伸出了手，拉过子明，并肩站着。看着他那温存的目光，小娜说道：“帮我吹蜡烛吧。”子明心领神会地说：“我们一起吹。”就这样，两个人吹过蜡烛，子明鼓起勇气说了一声：“祝你生日快乐！”

“小娜姐，快叫哥呀！”此时，晨燕比小娜还心急。

“哥——哥哥。”小娜用低沉的嗓音叫了两声。

“接着该怎么呢？高潮啊！”高总这不算助威，更不是起哄，他很想看到一种至真至纯的情意。

子明看着高总、晨燕还有小娜期待的眼神，再一次鼓起一万分的勇气，在小娜的额头上轻轻地一吻，接着又大方地把她揽在怀里。小娜把脸靠在子明的肩膀上，他不知道她已经热泪盈眶。

过完生日，小娜和子明正式结为兄妹，两个人便可以名正言顺地拉近距离，小娜的第一个愿望算是实现了。

傍晚，兄妹俩在街上漫步，小娜绕着哥哥转了一圈后问道：“哥，你来北京，最想去的地方是哪里？”

“北京地方大，我想去的地方也多，有可能的话，我想去……”

“其实，像历史古迹、山水名胜那些地方，熙熙攘攘的，就别去了，明天星期天，我带你去一个不起眼的小地方。”小娜的话打断了子明的畅想。

“是你问我，却不让我说，那你明天想带我去哪里呀？”

“你先别急着问我，我来问你，你一个人不孤单吗？”

“谁说我一个人了，现在不是有你了吗？”

“哥，我不是说这个，我是你妹妹，在我面前就别再掩饰了，我看得出，你应该找一个……”小娜没有继续说下去，她想哥哥应该明白。

“找了，还不止一个，结果呢？你也看到了。”子明停下脚步，面对着小娜耸耸肩膀，一副很无奈的样子，像是在醋坛里泡过的竹笋，酸溜溜的。

“那是她们肉眼凡胎不识英雄！”小娜义愤填膺地说。

“谢谢妹妹的高看，可别人不这么想啊！你看我，从上到下，从左到右，从前到后，有哪一点能让女孩子喜欢的？”

“哥，我知道，你肯定经历了很多感情的挫折，但那并不代表着结束。人生的路还很长，也许你的另一半指不定在哪个站台等你，只是你还没有到站而已。”

小娜的宽慰使子明有了一番暖意，他不能再消沉，要在感情的路上继续走下去。兄妹俩沿着街道，也不知走了多久，更不知走了多远。妹妹想着哥哥何时有人朝夕相伴，有人疼有人爱，而哥哥总觉得那是一个遥不可及的梦。

兄妹俩似乎忘了时间，等到一排排的街灯亮了，行人少了，才意识到该回去了。小娜回到家已经很晚，晨燕听到动静，坐起身来开了灯。

“小娜姐回来了？又跟你哥逛街了？咋回来这么早泥（呢）？”晨燕故意拿着腔调说。

“什么你哥我哥，那是咱哥，希望你不要酸我，小心我掐你脖子。”小娜说着装出一副恶狠狠的样子逼近晨燕，“我来了，我要掐你——”

“小娜姐饶命，小娜姐饶命……不跟你闹了，说点儿正经的吧。”

小娜收住手，刮了刮晨燕的下巴说：“那就跟你说点儿正经的，

我想找一个嫂子。”小娜的想法不是一时冲动，她觉得两个人的生活才是幸福的，就像亲生哥哥和嫂子那般。

“这是你的另一个愿望？你这弯儿拐得不是很长，那你想怎么做呢？”

“又被你猜对了，我想在相亲网站上搜搜，找一个合适的，让我哥跟她联系。”小娜暂时还没有更好的主意。

晨燕听了抖抖身子一本正经地说：“小娜姐，你要学习，这些事儿你就别掺和了，让子明哥自己找呗。”

“他找归他找，我也不能闲着。”

“你可不能忘本啊小娜姐，你是学生，你的问题越来越严重了。”

“晨燕，别这么严肃嘛，我害怕。”小娜说着避开了晨燕犀利的眼神。

“小娜姐，你真要这么干？”

“我保证就这一次。”

“好吧，晚安，祝你梦见一个嫂子。”

星期天清晨，小娜向晨燕打过招呼便匆匆出门。子明已在路口等着，他们一同乘车去郊外的月老祠。个把小时后，车停在了路边，兄妹俩下车朝月老祠走去。那是一个不大的祠堂，木板门，红砖墙。在祠堂的旁边有一棵连理树，树枝上挂满了福牌，牌牌上写着形形色色祈祷、祝福的文字。小娜拉着哥哥走进祠堂，他们先跪拜，后求签。小娜嘴快手快，拿过圣杯（竹筒）说道：“哥，我来帮你抽签。”

“这个能说明什么？”子明半信半疑地问。

“不管那么多，信则灵，不信则无。”小娜镇定自若地回答。

小娜晃动着圣杯，口中还念念有词：“恳求月老公公显灵，让我哥哥有个好姻缘，也希望我将来遇到一位白马王子。我叫李娜，属蛇，九月初六生，家住吉林省松花江畔；我哥叫子明，属鼠，六月初三生，家住……跟我一个家。”哗啦哗啦地摇签停了，小娜闭上眼郑重其事地抽出两支签捂在手心。片刻之后，她睁开眼，递给子明一支签说：“哥，这个算你的，看一下。”小娜再次把双手合并，似乎真能暖出好运来。待她缓缓打开手掌，便从掌缝中仔细地瞧，俨然偷窥一般。 她已经看得清签上所写：“因荷而得藕，有杏不须梅。”

“哥，你那上面怎么写的？”小娜迫不及待地问。

“有心栽花花不发，无心插柳柳成荫。”子明低声念道。

小娜琢磨了一下说：“子明哥不用愁了，就像签上所写，一切随缘。”

“啊？可以这样想呀！”

“当然可以！往吉祥处想，就会多一份喜悦。”

“还是妹妹想得透彻，那我们就在北京等着自己的祥云瑞气吧！”

祈完福抽完签，他们把福音写在牌子上，挂于连理树，然后绕树而行。在漫步中，小娜提起了正事：“哥，我有个老乡，人挺好的，你跟她联系一下，聊一聊怎么样？”兄妹俩停下脚步，子明半天没吱声。小娜再次问道：“哥，怎么样吗？”

“那就联系一下吧。”

“太好了，我有她的号码。”小娜欣喜地向哥哥做了简单介绍后，拿出手机找到了号码。子明扭扭捏捏地拨了那个号，居然还真通了。他听到了千里之外传来的女人的声音，温文尔雅：“喂，你好，请问找谁？”子明刹那间支支吾吾不知如何回答：“我……我不找谁……我是……听说……你……”

“哦，明白了，那就自我介绍一下吧。”

子明先是瞥了瞥小娜，然后走出十几米远，继续与那陌生女子电话聊着。小娜注视着哥哥的一举一动 ，搓着双手，显得有些着

急。过了一会儿，子明走了回来，似乎聊完了。小娜急切地问："怎么样？"

"没听她说什么，她什么也没说。"

"她把电话挂了？"

"没挂，就是听不到声音。"

"哥，你就说了什么呀？"

"我说，我是一个文盲，身高一米七，不胖不瘦，只是——耳朵、鼻孔有点儿大。我又说……"子明是把自己淋漓尽致地介绍给了别人，就像药品说明书一样，生怕别人买去吃错了而耽误病情。殊不知，他的这种真诚在恋爱上只能算作"白痴"。小娜虽没经历过恋爱，但从旁观者的角度去想也能想得到。她说："好了，不用说了，我知道了，你怎么一开始就说这个，这也结束得太快了吧，你可能不适合这种方式。"

"小娜，哥让你的心思白费了。"

"哥，别这么说，我就是觉得你不应该是一个人——没关系，也许缘分没到吧。"

事情变得茫然而无头绪，子明笑了笑没说什么。小娜拉住哥哥的手往回走，心情越发沉重。

没过几天，小娜就往家里打电话，想从父母那儿打听嫂子的事："妈，您和我爸都好吧？"

"好，今天有空了？"

小娜很会讨父母欢心，即便有事也不会单刀直入地把事情说出来。她委婉地问："我呀，说有空就有空，只要您和我爸过得好，我就放心了，我嫂子还回来吗？"

"三天两头儿地回来，她还是舍不了这个家。"

"她那边人不介意吗？"

"你说的是哪边？"

“还能是哪边，不是她又结婚了吗？她又结的哪边呀。”

“嗐！哪儿结了？她是又找了一个，没过多久，就觉得不合适，根本就没结。”

“没结，我怎么不知道？”

“你又没问，你是学生，以学习为重，家里的事少知道为好。”

说到她嫂子菊英又找的那位，已经是去年的事儿了。那男的拥有一颗女人心，甚至比女人还女人，鸡毛蒜皮的事都要说都要问都要管。两个人逛商场，菊英想买件衣服，好不容易看上一件喜欢的，他总要挑出一点儿毛病不可，结果两手空空而归。去饭店吃个饭吧，他尝尝这个菜淡了，尝尝那个菜咸了，尝尝汤又太酸了，他总要去说。类似的事儿太多，菊英感到心烦，两个人就不欢而散了。

“没结……没结……”小娜不停地嘀咕着，突然灵光一闪，“妈，我跟您说个事儿，我哥他——回来了。”

“你在瞎说什么呢？”

“妈，实话告诉您，我认识一个人，跟我哥长得一模一样，就连眼神、说话的语气也都一样。我第一次见到他，还以为真是我哥呢，我已经和他结拜为兄妹，他看起来也挺高兴的。”

“真有这事儿？”

“是真的，要不我怎么问起嫂子呢，我想——是不是给他们俩撮合撮合？”小娜所说是好事，只是太过突然，真就像月老公公一下子站到了眼前，手里还拿着一根牵牛绳一般粗的红线。妈妈惊讶地说：“小娜，你让妈好好想想，我要跟你爸说一声，等你嫂子回来，我还得问问她。”

“妈，等我嫂子回来了，跟我说一声，我自己跟她说。”

“这样也行。”

时隔两天，小娜的嫂子菊英从娘家回来了。她看上去长发披肩，身材匀称，眉目犹如京剧花旦那般上扬，脸上散乱着细小的雀

斑。她心地善良，是左邻右舍口中的好女人。她给女儿带了奶粉和饼干，听婆婆说小娜有事找她，便主动打了电话：“喂，小娜，我是你嫂子，很长时间没联系了，学习还好吗？你有什么事吗？”

“哦，嫂子，你不介意我一直这样叫你吧？”

“当然不介意！”

“嫂子，你能来一趟北京吗？”

“去北京？那么远，能有什么重要事？”

“来见一个人，一个很特殊的人。”

“啊？什么大人物，让我跑到北京去呀！”

“不是什么大人物，只是很特殊，假如是我哥复活了——我是说假如——是我哥在北京，让你过来，你愿意吗？”小娜一时心急，差点儿说漏嘴。

“你说什么呢？我都糊涂了。”

“嫂子，你就当是妹子邀请你来北京好吗？我知道你有的是时间，来回所有的费用我包了，可以吗？”

“这个……我……”

“嫂子，你现在拿不定主意没关系，你考虑一下。”

通完话之后，小娜耐心地等待着嫂子的最终决定。在这种情况下，妈妈胸怀大度地使出了绝招儿。就在第二天，她给菊英送去了一张去北京的车票，并嘱咐说：“去吧，去看看小娜，顺便见一见那个特殊的人，谁知道小娜这葫芦里卖的什么药，我年纪大了，跑来跑去是个累赘，要不然，我也跟着你去。”

菊英推托不掉，只好答应了。她琢磨着：会是什么人呢？搞这么神秘，去一趟也好，既然大家都不愿明说，其中肯定另有隐情，是想让自己大为惊喜的安排吧。于是，菊英收拾好行李，准备应邀进京。

第三十六章　迟来的爱

一

子明来北京，是高总陪晨燕去接，菊英来北京，当然是高总陪小娜去接，还是老地方，还是那块牌子，只不过换了名字而已。为了节省费用，小娜把床铺腾了出来，自己备好了躺椅，没让嫂子住旅馆。当菊英刚看到高总时，误以为是小娜的男朋友，等他们回到家，小娜做了介绍："嫂子，这是晨燕，我最好的朋友，这位是高总，我们的学长，他们俩才是真正的一对儿。"小娜说着特意把晨燕和高总拉拢在一起。

他们聊了一会儿，高总便回去了，子明已备好了晚饭在家候着呢。高总洗洗手坐下来说："子明哥，你跟晨燕的爸爸是结义兄弟，那我们要不要改口叫你叔叔呀？"子明笑哈哈地回答："还是叫我哥吧，这样显得我年轻嘛！"

"子明哥，从某种意义上讲，我挺敬佩你的。"

"我就是一个认不了多少字的农民，有什么好敬佩的？"

"同样的事情要看发生在谁身上，如果发生在我身上，别人会觉得很正常，倘若发生在你身上，那可就不一样了，也就是你说的——你是一个小学生，而我是大学生。有时候，学历高了并不一定是好事。"

"理解！就说那些画儿吧，假如是你画的，别人肯定会嗤笑你——画得那么烂！"

高总听了，不禁竖起大拇指夸赞道：“高！很有洞察力，一点就透，是啊！那些画儿是你画的，你是种草莓的，所以才出乎人们的意料。不过话说回来——你画得真的很好，比我画得好。”

“谢谢夸奖，高总也太谦虚了。”

“好了，不说画儿了。我想冒昧地问一下，你想找一个什么样的女人？呃——应该说是女朋友。”高总这是想要引入的正题。子明反问：“你觉得我有选择的权利吗？”

“当然有！我们每个人都有！你选择了别人，别人却没有选择你，表面上看，好像很被动，但事实上，没有选你的那些人只是过眼云烟，随风而逝，正好把一个完整的你留给了真正的她——你生命中的彩虹！”

“还能有彩虹？你很会哄人嘛！”

“我不是在哄你，相信我，你要充满信心，明天会与她不期而遇。”

“明天？”

“对！是明天，那将是一个不同寻常的日子。”高总越说越近，仿佛奇迹立马就要发生似的。

“那我明天该做什么呢？蹲在街头看看天，看看地，再看看形形色色的人群，正在我迷迷糊糊的时候，突然走过来一位小姐，伸出娇嫩的手对我说：‘哥哥，你是不是无家可归了，跟我回去吧。’你说的是不是这种情景？敢情，我成了小媳妇儿了。”

“子明哥，别再取笑自己了。虽然没听你说过感情的经历，但也能体会到，很少有人理解，而我能够理解。在你的内心深处是滚烫的，渴望着拥有自己的爱情，别把坚硬的外壳套在自己柔弱的身上，等你有了自己的港湾之后，就可以尽情地去笑去哭泣。”听了高总一番话，子明心里酸溜溜的，他饱含深情地说：“谢谢！谢谢你们对我的关心。我时常做一个梦，梦见自己走进大学校园，可不知怎么的，就是找不到教室。也许，可能的话，我应该完成学业，但那是不可能的，我……”子明说着摇了摇头。

“完成学业固然是好，可精彩的人生并不总是局限在校园之内。校园之外，齐乐无穷，是我们这些大学生永远无法体会的。当我们离开学校之后，才知道自己只是一只羽翼未满的雏鸟，不经历苦难，哪能体会到幸福？相信我，也许明天一切都会改变。”

“高总说得很透彻，这是从我身上得到的感悟吧？你总是提到明天，恕我直言，你们是不是又让我去见什么人？”

“子明哥，哈哈……不过这次不是一般的相亲，明天你将要见到的这个人，前世就是你的老婆，你们情缘未了，所以……”子明接过话茬儿说：“所以，你们硬是把前世的姻缘扯到今生！说吧！她是谁？”

“嗯——好吧，我全都告诉你。”接下来，高总一五一十地向子明述说了详情。

子明听了高总的讲述后，深为感动，想想自己一个不起眼的小人物，竟让大家围着团团转。他想化作一团空气，瞬间消失，不想打扰大家。然而，子明实属多虑了，大家都很乐意为他的前途出谋划策，为他的爱情牵线搭桥。子明诚恳地说：“你们想得很周到，就是不为我自己，为了小娜，我也要去见她。”

“好！好！”高总竖起大拇指，“好了，不多说了，我们要准备一下，明天，晴空万里，彩虹高挂！”

两个人只顾着说话，饭菜都凉了。是画儿把两个人联系在一起，是高总的热情把两个人的心连在一起。高总趁着热乎劲儿，拿出小娜为子明准备的衣服和鞋子，嬉笑着说：“喏，都准备好了，快换上，找找感觉，男人的行头就这么简单，黑西装、黑皮鞋、白衬衣，换上吧，瞧瞧怎么样。”

大家的一片热心，子明是盛情难却喽，只好乖乖地换上行头。

人靠衣服马靠鞍，七分长相三分打扮，子明穿上西装，精气神儿豁然而出。高总端详一番后说："不错！很好！还要去一趟理发店，把头发整一整。"说着，他在自己的头上比画了一下。

"现在就去？"

"等吃完饭就去，明天就没时间了，这次要十拿九稳。"

这个时候，小娜也在紧锣密鼓地为嫂子准备着，再心急也要先问一声："嫂子，坐了一天车，累吧？"

"没事，还好不晕车，趴在座位上睡了几个小时。"

"那就好。晨燕，你和我嫂子身材差不多，你那件牛仔裤，还有羊毛衫，还有鞋子，就是我说过的'绝顶搭配'，你舍不得穿，压箱底儿了，能借给我嫂子穿穿吗？"

"小娜姐，还是让嫂子休息休息吧。"

"晨——燕——别转移话题，你可不是小气鬼哟！"

"好吧、好吧，除了小娜姐，没有第二个人有这么大面子了。"

"省钱是次要的，主要是省时间，没工夫去买衣服了，我们今天把所有的事情都准备好，明天一天的时间都交给他们。更何况，我一直觉得，你那套衣服是最漂亮的。"好一张灵巧的嘴巴，小娜说出的话，甜丝丝地裹着蜜糖，使得晨燕不紧不慢地拿出那套绝顶搭配。小娜接过来对嫂子说："嫂子，你穿上肯定漂亮，快换上让我们看看。"要穿别人的衣服了，菊英感到很拘谨，面带羞涩地说："小娜，你这是准备的哪一出儿啊，咋跟相亲似的。"

"嫂子，也不完全是相亲，明天要见的那个人你很熟悉，见面就能认得出。"

"既然很熟悉，就不用这么麻烦了吧。"

晨燕在一旁插话说："嫂子，你是小娜的嫂子，也就是我的嫂子，小娜想把你打扮得漂亮一点儿，是有特殊用意的，说明要见的人非同寻常。我和小娜是穿一条裤子的人，你就当这是小娜的衣服，换上吧，看合不合适。”

菊英瞧瞧李娜瞅瞅晨燕，脸上挂满笑容说：“那就谢谢你了。”她拿着衣服，小娜拉开帐子。过了一会儿，菊英换好衣服走了出来，小娜眼前一亮说：“晨燕，你看怎么样？”

“确实好看！你再把嫂子的头发梳理一下会更好！”晨燕脱口而出。

小娜拿来梳子给嫂子梳好头发，在头顶上卷出几缕小辫子，俨然蝴蝶一般。再扎上精美的头花，别上闪亮的发卡，看上去确有几分姿色，岁月并未在她脸上留下太多痕迹。小娜看着嫂子想着哥哥：他要是还在的话，该是多么幸福！可偏偏……真让人痛惜。菊英看小娜眼泪汪汪的便问：“小娜，你这是……”

“没事，我就是……想哥哥……”小娜话没说完，眼泪便溢出了眼眶。菊英默然低头，被小娜带入了片刻的忧伤。小娜赶忙抹去眼泪，哀痛中挤出一丝微笑说：“嫂子还是结婚时的样子，很漂亮！可惜我哥他……”不管别人怎么看，至少在小娜心里，嫂子永远是漂亮的！晨燕悄悄地转过脸，她不想看到小娜姐和嫂子伤心的样子，怕抑制不住自己的情绪，也流下泪来。

夜里，菊英把衣服整整齐齐地叠好，放在床头。她躺在床上，听着躺椅不时地发出吱吱的响声，体会着小娜的良苦用心，想着将要见到的那个人会是多么不同寻常。

二

第二天上午，菊英穿好晨燕的绝顶搭配，精心梳理了一番后，补上淡淡素妆。小娜带她去了景虹公园，在公园入口，小娜停下脚步说：“嫂子，我在这边等你，你去吧，他在一个亭子里。”

“你让我自己过去？不是你陪我？”

“嫂子，这事儿别人不能打搅。”

“小娜，你真的在给我介绍对象？”

“嫂子，等你见到他，自然就会明白。”小娜不叫嫂子不说话。

菊英想立马知道，见到那个人，会是怎样的一幕，真相即将揭晓。她有点儿心切，有点儿紧张，缓步走进公园，穿过一片草坪之后，望见不远处的凉亭。亭子里确实有个人影，应该是他。菊英顾虑重重地走向亭子，这虽然不是第一次与陌生人见面，但由于小娜把事情搞得如此神秘，心中还是怦怦直跳，不知如何搭话。当菊英站在凉亭的台阶上时，那个身穿黑西装的男士猛然转身。就在她看到他的刹那间，她惊呆了！菊英失声叫道：“李贤！”话音刚落，她刻意让自己清醒下来，回想小娜说过的话——“假如我哥复活了”——但那是不可能的。她凝眸而视，确定不是幻觉，可他不应该是小娜的哥哥，不会是李贤；但他看起来就是李贤，婚礼上，李贤穿的就是这样的西装。就在菊英稀里糊涂莫名其妙的时候，子明向她打招呼：“你好，我是小娜的哥哥，但我不是李贤。”

“这是怎么回事？小娜让我来北京见一个人，还说很特殊，是你？我知道你不是李贤，那你是——”

“是的，我就是你要见的人，小娜说你昨天到了，让我今天来见你，今天——是个特别的日子。”子明说着凝视她片刻，不由得心生暖意，感到一股脱俗而又纯朴的气息在身边荡漾，这不是一般的村姑所能散发的。子明从未这样“大胆”地看过一个女人，看得她侧过脸低下了头。

“是我的一个兄弟介绍我来北京的，快一个月了，他女儿和小娜是同班同学，你见到的那个就是。”子明接着说，“我叫子明，小娜见我和她哥非常相像，就认我做了哥哥。我就把她当亲妹子，是巧合也是缘分。她一直很关心我，想帮我找……很高兴认识你。”经历了风吹雨打之后，子明不再是青春萌动的毛头小子了，关键时刻，他的嘴巴顺溜了许多。菊英抬起头，看着子明那熟悉而又温情的眼神说：“是的，你跟她哥哥看起来就像是一个人，她哥走了以后我就再也找不到合适的，似乎李贤能给我的别人都给不了。”

“你还惦念着他，不能忘怀？”

“忘不了。”菊英深情地回答。

子明掏出纸巾垫在石凳上，两个人面对面坐下，看着亭外的月季花，一时间都沉默无语。过了一会儿，菊英问道：“你怎么想到来北京？”

“来开开眼界，我在家里是种草莓的，总不能老是待在一个地方。闲的时候画了一些画儿，后来听晨燕的爸爸说，可以带过来给大学生们看看，我就过来了。”

“你会画画儿，我什么都不会。”

“我就是随便画画，不怎么样，也等于什么都不会。听小娜说，你跟她哥感情很好，你现在还是一个人。”

“都是粗人，什么感情啊，我就是觉得她哥实诚、细心，对我很好，这样就够了，长什么样并不重要。”

“话虽这么说，可每个人都喜欢赏心悦目的感觉。我没有李贤哥的福分，虽说他英年早逝，但毕竟和你曾经相爱过。”

“是啊，他要是还在该多好。”菊英深吸一口气说，“我们去走走吧。”

“好哇！”

他们站起身走出凉亭，绕过竹林，走在林荫道上，走走停停，不是情侣胜似情侣。

菊英若有所思地说：“赏心悦目只是结婚前的想法，结了婚就不一样了。”子明正想说些什么，电话铃响了。他拿出手机，看到小娜发来了信息：“哥，我去学校了，嫂子就交给你了。”

天空已经变得晴朗，微风徐徐，湛蓝的天幕下飘着片片白云，

清脆的鸟鸣时远时近。池塘的水面上还有野鸭游过，在一簇芦苇荡里，一只红冠野鸭正忙着搭建自己的窝；水下的鲤鱼在蜈蚣草和金鱼藻之间穿梭；一位老爷爷正划着小船去往彼岸，将要捞起虾笼，看看今天的收获。子明和菊英在公园里转了一圈又一圈，还不到半天时间两个人便熟悉了，没那么拘束，有说有笑。刚才还在池塘边，这会儿就坐在凳子上了，再过一会儿，又回到了凉亭。来来回回一个上午过去了，太阳爬到了头顶，子明感到肚子咕咕作响。他们走出公园，顺着街道前行，在一个菜市场的外围，有一家烤鸭店。他们走了进去，店主倒上两杯清茶问道："来一只吗？"子明点了点头。

烤炉里的烤鸭色泽金黄，外焦里嫩，油而不腻，让人垂涎欲滴。只见店主把烤鸭放在砧板上，一片一片地片出鸭肉。片不到的就连同骨头装进餐盒，片好的鸭肉装盘上桌，配有甜面酱、面皮、葱皮。子明和菊英你看我，我看你，谁都不好意思先动筷子。子明愣了片刻说："尝尝吧，夹块瘦的，蘸点儿酱，用面皮卷起来吃，味道很好的。"听了子明细说，菊英还是不知从何下手，看样子，她是没这么吃过。幸好子明尝试过这种吃法，便夹了一片肉，蘸了酱卷进面皮送入口中，一边嚼着一边点头。看他吃得津津有味，菊英也挡不住诱惑吃了起来，鲜香而又酥软，果真爽口！一只烤鸭，没多大工夫，就已吃得精光。瘦一点儿的子明总是夹给菊英，自己吃那半肥半瘦的。菊英这次算是过了嘴瘾解了馋。

子明和菊英离开烤鸭店时，又买了一只，分做两份，一份带给高总，一份带给晨燕和小娜。他们没有直接回去，而是去了几家商场逛了逛。随后，又拐进了一家精品店，菊英看上了一对儿情侣表。她毫不掩饰地对子明说："你看，这手表多漂亮！"子明定睛瞧了瞧，稍加思索后说："漂亮是漂亮，就是不上档次。"这是他最好的回答。倘若只说漂亮而不买的话，往小处说显得小气，往大处说那是拒绝了菊英的情意；倘若说不漂亮，那是一个巴掌打在菊英的嘴上，伤人透顶。恋爱中的言语犹如拨动的琴弦，有时节奏明快可以随心所欲地去说，有时曲调委婉需三思而后言。这迟到的爱情来得太快，似乎要快马加鞭向前冲。子明还不曾做好准备，只好说那对儿情侣表不上档次，也好给菊英一个回旋的余地。

“上档次的太贵了，这个便宜、实惠。”菊英似乎有些执着。子明笑了笑说：“等以后有钱了买高档的。”他暂且把当前之事推到了以后。他们离开精品店，菊英三步一回头，等着以后吧，既然子明说了，就肯定会有以后。

逛商场也只是凑热闹，落得个一饱眼福，转来转去看来看去，手里拎的袋里装的还是那两份烤鸭。不过，他们真没打算买东西，即便是子明想要给菊英买点儿什么，她也不会乐意，还是要拒绝的。她清楚地知道北京的消费，就子明那点儿工资，唉——实在是少得可怜！他们也只是想把心情放松，放松到琳琅满目的各色商品中去，可单单是看，似乎少了一些情趣。于是，菊英问道：“子明，附近有电影院吗？”

“电影院？你想看电影？听小娜说，这边有，好像就在商场旁边。”

“那好啊！不如，我们去看电影吧！”

像子明和菊英这样非情侣似情侣的去看电影就是图个气氛，根本不在乎播放的是何类型。他们找到电影院后，买了票，走进放映厅，看看场内也就寥寥几人。他们挑选了居中的座位，并肩坐下，心不在焉地看着银幕。在那情意浓浓的气氛中，子明轻声地问：“菊英，你和李贤是怎么认识的？”

“我和他呀，农村嘛，亲戚介绍的，说实话，刚开始我不太愿意，我只是想给他一个机会，没想到……”子明接过话茬儿说：“没想到他会缠着你不放。”菊英含蓄地说：“后来发现，他真的挺好的，

然后就订了婚，再后来就结了婚。那你呢？有没有缠上一个？”平凡的人说着平凡的话——“挺好的”——三个字，多么朴实！多么简单！却概括了一个人所有的好处，比起天花乱坠地去夸赞，更显得凝练而又贴心。

“缠谁呀！关键是，没人给我机会呀！”

“机会？会有的，那你说——结了婚的女人跟没结婚的女人有什么不同？”

“我没结过婚，不太了解，结婚后应该会有一些改变吧，但本质上，好人不会轻易地变坏，坏人也没那么容易变好。”

“你说得有些严重了，没什么好坏，就是有时候，爱情会——管不住自己。”

“对！爱情会让一个人失去理智，是这样吗？”

“是的、是的，我是想这么说来着，那你是想找一个结过婚的还是没结婚的？”菊英这是抛砖引玉的问话。子明直率地说：“遇上什么就找什么呗！有没有结过婚，对于我来说并不重要，只要人好就行！”菊英听了暗自心喜，正当她默默无语的时候，银幕上惊险的一幕伴随着片中女主人公的惊叫传来，她不由自主地握住了子明的手。子明顿觉一股暖流涌上心头，紧紧地回握着她的手。菊英体会到了他传递出的心灵的感应，就把脸颊贴紧了他的肩膀。过了许久许久，菊英才柔声细语地说：“子明，我明天要回去了。”子明没有回话，只因那声小得恐怕只有她自己才能听得到。于是，她放大了音量再次说道：“子明，我想明天回去。”

“你说——你要回去？”

“是的，在这儿挺不方便的。”

“可小娜她……”子明不知该说些什么，迟来的爱情还能继续吗？

“我跟她说一声就行了。”

“来一天就走啊？”

“倘若不走，那要有一个让我留下来的理由。”菊英这话不是随口说出，是内心的呼唤，她已经直觉到身边这个人就像李贤一样——挺好的。

子明两眼盯着银幕默不作声，看着闪动的画面，心神不定。此时的他回想起在雨中的胡同里，抱着小娜的一幕，再看看与自己并肩而坐的菊英，情感一时间纠结万分，不知是挽留还是相送。

两个人没能等到电影播放浪漫的情节，看看时间，也该回去了。在经过婚纱摄影楼的时候，菊英停下脚步，看着橱窗内洁白的婚纱，回想当年结婚时的情景，仿佛就在眼前，她的思绪飘飘然不知所向。子明没有叫她，默默地等她回过头，相视一笑。

子明把菊英送到家门口，然后再折返回到自己的住处。临别时，子明没有说出菊英所期待的话。

晚上，高总品尝着子明带回的烤鸭问道：“你跟她见了吗？她有没有表示或者暗示什么？”

“因为我长得像小娜的哥哥，一会儿便熟悉了。”

“应该说像她已去的老公，她有没有，那个——”

“她看上了一对情侣表。”

“暗示！这是暗示！表呢？我看一下。”要不怎么说高总情商高呢，自己的事儿把握得很准，别人的事儿，他一听就透，无须细讲。

“没买。”

“啊——你拒绝了？我看她挺有女人味儿的嘛！”

“哪儿拒绝了，我就是……”

“你还要考虑呀？也是，她毕竟是结过婚的。”高总为子明感到担忧。

“也不是因为这个，我可能……我想跟我的老兄说一下。”

“哦，明白了，那你跟他联系吧，我不打搅你了。”高总说罢继

续品尝美味烤鸭。

子明拿出手机，给东明发了一条信息："哥，我现在不知道如何面对身边的两个人，所有这些眼前之事，都是因为我长得像小娜的哥哥而起。小娜（你应该听晨燕说过）她哥哥英年早逝，就认我作了哥哥，还把她的嫂子介绍给我。她嫂子昨天来北京，我今天见了她，她想回去，我该如何是好？"子明握着手机，静静地等着东明的回复。不大一会儿，手机响了，他激动地打开来看："从直觉上说，小娜和她嫂子有何不同？"

"她嫂子，有一点儿喜欢，她也欣然接受了我；小娜嘛，有一点儿恋爱的感觉，可她真把我当哥哥了。"

"那你就把对小娜的情感藏到心底，既然她嫂子还是孤身一人，就说明她是一个重情重义的好女人，可别错过了。"

"明白了，哥哥的提醒很及时。"子明茅塞顿开。

"当局者迷，旁观者清，这是你唯一的选择，把握好眼前，不要想着那些虚无缥缈的，希望你和她是一见钟情，喜欢就是爱的开始。顺便告诉你，我儿子前两天也相亲了，两个人一见钟情，是我的一个远方妹妹介绍的，是她的徒弟，我们正准备着给孩子办订婚宴呢！"

"太好了！订了婚就准备结婚，到时候去参加婚礼的可能就不是我孤家寡人了。"

"平凡的智慧！幸福已悄悄在你身边萦绕，等着你和她一块儿回来！"

"一定！我想，我知道该怎么做了。"

子明啪地合上手机问高总："味道怎么样？"高总指着啃剩下的骨头说："很地道，就是这味儿，你们怎么说了？"

"明天就会有结果。"

"这么说，你已经心中有谱儿了？今晚能不能透露一点儿？"

“早点儿休息吧，明天你们都去上学，我也要起来忙了。”

“那好吧，等你明天的好消息，听你说忙，保证有戏！”

菊英回到家，小娜和晨燕倒是没急着吃烤鸭，她们迫切地想知道事情如何。小娜催问着：“嫂子，快说说，怎么样？”

“还好，跟你哥简直就是一个人……”菊英说，“可惜，他不是你哥。”

“嫂子，是不是他不愿意？”

“他没说不高兴的话……小娜，我明天就回去了，这儿吃的住的都不方便。”菊英有意岔开话题。

小娜看到嫂子的眼神中夹杂着一丝忧伤，也为她感到焦虑。嫂子和子明哥要是不能走到一起，小娜怎能甘心啊！

“嫂子，你来一趟也不容易，再住几天吧，我还没带你出去逛呢。”

“以后有机会再说吧。”

“要不，我再跟子明哥说说。”

“别，随他吧。”

“那我明天请假去送你。”

“小娜，你可千万别请假，我能找到车站，我这是回去，又不是出来。”

“嫂子，我……”

“小娜，你别多想，没事的。”

第二天清晨，子明和菊英，还有三位大学生都早早地起了床。学生去学校，菊英等不到想要留下来的理由便去了车站。刚出门，小娜就给子明发了信息：“哥，我嫂子去车站了。”

“收到！”子明回过两个字后便急匆匆地乘车朝精品店奔去。他得到了想要的东西之后又赶往车站，相信不会错过的。半个小时后，终于到了，售票大厅里人头攒动，瞧来瞧去不见她的身影，子明有一种预感——菊英不到最后一刻不会去候车室。她在哪里呢？

当子明回过头的一瞬间，她正站在售票大厅门口注视着他。菊英早已看到他在四处张望，就等着他回头的那一刻，那一秒。

“你怎么来了？”

“你忘了一样东西。”子明说着拿出那对儿情侣表。菊英面对此情此景，眼眶瞬间湿润了，她不顾众人的目光，甩开手中的车票，扑进了子明的怀里。

“把车票退了吧。”

“那你帮我在北京找工作。”

晚上，大家欢聚一堂，这样的结果不能不让人心喜！

一个星期后，菊英在一家超市做了营业员，子明依然在学校食堂做帮工。小娜开始旁敲侧击地说：“嫂子，你是过来人，你跟子明哥说说，你们再租一间房子吧。”

“我们才认识几天呀，我们还没……”

“没结婚有什么呀，那是迟早的事，你应该主动一点儿，当他是我哥不就行了嘛，子明哥从不介意作替身的。”

众人拾柴火焰高，这个说两句，那个说两句，这火候儿也就到了。有情人终成眷属，没多久，子明和菊英便一个屋檐下进进出出了。

夜幕下，月亮藏起了半边脸。菊英坐在床头，子明拿着画笔。他聚精会神地注视着她的面孔，找着闪光点。是眉毛呢还是眼睛？是鼻子呢还是嘴巴？看她那勾魂的嘴角，对！就是那嘴角，向上翘起，泛着喜悦，温润而又甜美，给人想要一吻的冲动。菊英静坐着，子明细心地描绘，两个多小时后，菊英的素描画像完成了。虽然没有颜色，但她看后还是惊讶地说：“画得真好！真漂亮，这是我吗？”

“你比画儿漂亮多了！”

菊英把画儿放好，该睡觉了，一人一个被窝儿，同床却没共枕，菊英在里，子明在外。菊英是再也睡不着了——身边躺着一个傻小子。

“子明，你见过真正的女人吗？”

“啊？”子明听不懂菊英的话意，“你不就是女人吗？”

“可我……我穿着睡衣，盖着被子呢，你能看见什么呀？”

“我……我……”子明似乎明白了什么，“以后再看嘛，等结婚的时候。”子明的乡巴佬儿气息卷土重来了。

“我不要以后，今天晚上我就要你看，不光要看，还要……还要……”菊英耐不住爱的冲动说，“把手伸过来。”

子明已经迷失自我，不相信会有这样的事情发生，更不相信身边的女人会如此主动。即便不相信，他还是偷偷地把手伸出了被窝儿，不知道下一刻会发生什么，女人还有什么不一样的？子明很想知道，却没有勇气拿出行动。菊英敏感的神经察觉到了他细微的动作，就放开胆量，一把抓住子明的手放在自己的胸口上。子明心跳加快，手指颤抖，呼吸急促……

“这就是真正的女人，水做的女人。”菊英柔声细语地说。

世界仿佛被他们俩冻结了，也不知过了多久，菊英下了床，子明也随之坐起身来。菊英拉开帐子，脱去睡衣，光着身子走到子明面前，一动不动地站着。他全身酥软了，失控了，扑上去紧紧地抱住了她！

第三十七章　等着我

就在子明和菊英相见的前两天，远在泉阳的晨亮见了一位姑娘，那是东明委托星儿找的儿媳妇。

为侄子物色女友，星儿格外挂心，一年多来，她通过各种途径了解母校即将毕业的女生。就在上个月，她特意去观看毕业会演，看上了一位弹古筝的女孩儿，可能是因为自己学过古筝吧，觉得非常亲切。乐由心生，能够弹出婉转的乐曲，她的心境一定是平静的、柔和的。她身材匀称，端庄秀雅，若说美中不足，那就是她的两颗龅牙，不是太过突出，就一直没管它。她总是抿嘴笑，想要遮羞，可星儿还是看上她认定她了。

星儿向校长表明了心意，走上舞台，为那名女孩儿献上一束粉红色百合花。她手捧鲜花，欢喜万分，能够得到别人的赏识，对于她来说就是至高荣誉。会演结束后，星儿约了她，得知她名叫徐梦，来自延边，二十一岁，学古筝和小提琴。徐梦嗓音不佳，听起来沙哑而又单调，这是她人生的一大缺陷。在晨星艺术学院的每一位学生，又有谁没有缺陷呢？那些相似或不同的生理上的残缺并不能阻挡他们对艺术的追求。她说话很难听得清楚，平日里惯用手语，星儿只是向她做了自我介绍，暂不提及晨亮。徐梦告诉星儿，她也想留在宾州，想找个工作，还想找个白马王子。她的爸爸英年早逝，妈妈曾托人给她介绍过一个对象，可人家嫌她说话像个男人就拒绝了。后来，徐梦再也不相那些不靠谱儿的亲事了，就想着在一样的人群中找。这样一来，星儿晨亮便有了机缘。星海琴行老板正想添人，何不收了徐梦做徒弟，然后介绍她和晨亮认识，那不就水到渠成了吗？星儿想到这里，也就暗自发笑了。她用手语问徐梦："你想不想做调音师？"徐梦万分惊喜，连连点头，两个人算是说好了。至于老板，有星儿这样的优秀员工介绍，又是晨星艺术学院的，他高兴还来不及呢，怎会拒绝？当然了，面试还是少不了的，但对于徐梦来说只是一个过程。

面试那天，徐梦还是有些紧张，虽然面对的是一个人，但他毕竟是老板。一首小提琴名曲《梁祝》，徐梦练了一遍又一遍，她不想失去这个机会。功夫不负有心人，老板听完那悠扬的曲子，鼓起了掌。徐梦被正式录用，星儿和她成了真真正正的师徒。

徐梦每天都早早地来到琴行，把店门擦拭一遍，等师傅来开了门，再把地板拖上一遍，然后轻轻地擦拭每一件乐器。星儿待她如同小妹，嗯，应该说是侄媳妇（那是迟早的事儿）。徐梦离开学校后就住进了童缘家（是的，童缘在宾州的家，八年的等待八年的拼搏，他交了首付买了房），吃饭随师傅和童缘，生活得很融洽，已经成为童缘家不可或缺的一员。

在星儿心里，一直纠结一个问题：是把晨亮的事告诉徐梦呢，还是不告诉她。告诉她吧，她会有一种过望的期待，想着晨亮会是多么优秀；不告诉她吧，万一见了面，第一印象不好，就很难撮合。童缘表示：不告诉她，还是让晨亮自己争取吧。没错！自己的爱情，自己的婚姻，自己争取！星儿把徐梦的喜好一五一十地告知晨亮，还为他出谋划策，就连徐梦喜欢男生什么样的穿着打扮都打听透彻，相信晨亮定能赢得她的欢心。

那是在星期天，徐梦休息，她早上起来，把房间里收拾好就去打理客厅，把东西摆整齐，把桌子擦干净。吊顶有一盏圆形的灯饰，四壁贴着暗花淡黄色墙纸，浅白色地板瓷砖上泛着一道道水纹，纯木质家具都是星儿挑选的，有点儿仿古有点儿现代，堂壁上挂着一

幅《万马奔腾》画儿。童缘确实什么都准备好了，就等着国庆节那天迎娶心爱的人儿。

童缘看到徐梦擦拭桌椅便用手语表示："没关系的，不用天天擦。"徐梦笑了笑继续擦着。星儿起床走出自己的房间，跟徐梦打过招呼便去洗脸刷牙。

去年国庆，明明哥结婚了，了却了星儿的心结；今年国庆，她就要和童缘步入婚姻殿堂，让人兴奋，让人期待。快了！八年都等过了，又怎能耐不住这倒数的时刻，幸福就在眼前。

星儿洗好脸刷好牙就去准备早餐，熬点儿小米粥，把剩菜温一下，拿出三块酒酿饼。吃过早饭，童缘要去市外演出，晚上不一定回来。这个星期天，星海琴行老板亲自上阵营业，让星儿和徐梦休息一天。徐梦来到星儿房间，看她正在梳妆，温文尔雅地用手语表示："师傅，我今天想回老家一趟，过几天回来，帮我向老板请个假，说不准几天。"

星儿手语："回去？有事儿还是想家了？"

徐梦手语："我妈给我找了个对象，让我回去见一见，我不回去，我妈就要闹。"

星儿听了，把发卡插在了耳朵上，疼了一下。

"噢——"星儿不自觉地发出了声音。

徐梦接过发卡，手语："师傅，我帮你别。"

星儿想着：可不能让她回去，万一相上了，那可就竹篮打水一场空了，该怎么办呢？

星儿手语："你不想回，就跟你妈说生病了。"

徐梦手语："我妈都烦了，不看我发的短信。"

星儿沉默许久后，拉开抽屉，拿出晨亮的照片，还是实话告诉她吧。星儿拉过徐梦的手，用手语告诉她："这是我侄子，我想让你们俩见一见，总觉得你俩就是一对儿。"

徐梦接过照片端详着——那是一张生活照，不加任何修饰，彰显出晨亮活力四射的一面。徐梦心想：师傅对自己关怀备至，师傅人好，她侄子的为人也一定很好。

徐梦手语："我不回去了，随便我妈怎么闹吧，我想见你侄子。"星儿欣喜地搂住了她，手语："给你妈写封信，实话实说，把照片也一块儿寄回去。"

"嗯！"徐梦点点头，吃了蜜糖般回房间写信去了。还不到半个小时便写好了，她急切地想知道师傅的侄子到底怎么样，便像小孩子似的偎依在师傅身旁，不用手语，面对面地发手机短信，聊一些关于晨亮的话题。聊了一会儿，徐梦发信息问："我和你侄子什么时候见面？"星儿回信息："你想什么时候见？"徐梦："越快越好，我妈她烦着呢！"星儿："好！我马上安排！"徐梦趴在师傅的腿上嬉笑不止，真就像个吃了棒棒糖的娃娃。徐梦一连几天都是笑着睡去笑着醒来，甜如蜜的美梦伴随着她。晨亮、亮亮、亮子、阿亮，徐梦想着见了面该怎么称呼他。

在晨亮和徐梦见面的头一天，星儿有些顾虑：晨亮视觉模糊，身处陌生环境，会有所不便。她就给东明发了信息："哥，我想让徐梦去你那里与侄儿相见。"东明回信："多谢妹妹良苦用心，那就辛苦徐梦了，我会热情接待的。"

周六下午，徐梦精心打扮一番后，穿着蓝色牛仔裤，乳白色内衣，粉红色外套，坐上了去往泉阳的高铁。

听说徐梦要来，晨亮既兴奋又紧张，天还没亮就起床，先绕着小区跑上两圈儿，然后踢踢腿，伸伸腰，他要给徐梦朝气蓬勃的印象。他还学会了几个简单的手语，不为深层的交流，最起码的手语打招呼还是要懂得。

火车到站了，徐梦背着旅行包，刚到出站口就看到一个男人高举牌子。她走到东明跟前，指指牌子指指自己，抿着嘴笑着。东明

领会了眼前这位女孩儿的意思，赔着笑脸说："我是晨亮的爸爸，他在家等着呢，我们回去吧。"徐梦看着如此年轻的爸爸，很是亲切，没有丝毫陌生的感觉。

晨亮穿着牛仔裤，白色内衣，浅黄色夹克衫，这装束是徐梦最喜欢的。等了半个多小时，听到了敲门声，爱兰前去开门。晨亮急忙把桌边的水果拼盘挪到中间，把不锈钢叉摆放好。他虽然看不清，但对于熟悉的东西还是能够做出准确的判断。

"哦，回来了，徐姑娘一路辛苦了，快进来坐！"爱兰热情欢迎。

徐梦微笑着走进客厅，向晨亮点了点头。晨亮迎上前去，却不知该做些什么，那就去倒茶。对！倒茶！他不声不响地倒上一杯绿茶，端在手里，等徐梦坐下，恭恭敬敬地递给了她。

"坐！你俩坐下来慢慢聊吧！"爱兰说罢拉住东明出去了。

"我们这是要去哪儿？"走出客厅，东明问道。

"哪儿远去哪儿，你忘了吗？你第一次来这家里的时候，爸妈住进了火锅店，把屋子腾出来给我们俩，现在轮到我们回避喽！"

"嗯！还是老婆心细，那我们就去逛大街。"

"逛大街？嗯，还是跟着我走吧。东明，我有一种冲动，真想把他们俩的手拉在一起。"

"哈、哈、哈……"东明听后只剩了笑。

绿茶、水果不能当摆设，徐梦喝了两口茶，吃了两片水果，让动作代替言语，免得静默让彼此窘迫。这第一印象算是好的，她比他想象中的更漂亮（晨亮凭直觉能感受得到），他比她想象中的更帅气。至于人品嘛，一个是姑姑介绍的，一个是师傅介绍的，都是星儿介绍的，也就无须多虑了。

两个人坐在沙发的两边，给彼此假设了天涯海角，好让情丝如电波一样传送。徐梦比画着手语说："我说话嗓音不好。"晨亮觉得，那是特别的人才能发出的特殊音调。他说："没关系，想着自己的声音就是最美的声音，我们不要介意彼此的缺陷。像我这样，看东西就像一个影子，手机上的字根本就看不清，都是语音或者电话，也是有很多不便的。不过——我能看清你，长得很漂亮！"晨亮是学着嘴甜，讨好别人，在用"心"去看她。还别说，徐梦真的乐了，也就不再顾忌发出沙哑的嗓音了。晨亮问她："听姑姑说，你叫徐梦，喜欢音乐？"徐梦回道："有音乐，生活才精彩！"

"姑姑什么都说了，我们什么都知道了，节省了相互了解的时间。"

"那剩下的时间干什么呢？"

"享受美好时光！"

"我想多玩几天再回去，你带着我！"

"那是当然！"

时间过得真快，也不知到了夜里几点。月光下，东明和爱兰站在石拱桥上，情丝万缕。爱兰问道："倘若人生可以重新来过，在另外一条路上，你事业成功，财富无限，你会做何选择？"东明不假思索地回答："我依然会选择这条路，因为在这条路上有你，能有一位知心爱人，金山银山也不换。"

东明有一种理念：人世间最珍贵的是真爱！爱需要彼此间的融合、关爱、理解和包容，而不是规则和惩罚。东明对爱情和事业的诠释，爱兰了解得极为透彻。她也切身体会到了与东明朝夕相处时他的表现，不失为一个好男人，这也正是爱兰想要的——一个完整的，只属于她的男人。毫不夸张地说，东明可以为爱人舍弃生命，在他心里，爱兰的美可以抵过一切，爱兰的柔情可以融化一切。东明实在想不出还有什么比爱兰更重要的了，大男人有大志，何为志？何为大？爱情最伟大！有雄才大略的男人不是爱兰想要的，她喜欢东明这样的小男人，他们的婚姻不是爱情的坟墓，而是归宿！

相识是缘，相爱是缘，相守是恩，一日夫妻百日恩，一生相守恩如天！把爱人抱在怀里的那一刻，要有一种心声：感恩这份情，感恩这份爱！东明和爱兰感慨之余，借着儿子和徐梦相约的浪漫之夜，联名在朋友圈里发了一段意味深长的话：“我们身边的每一个人，我们最亲近、最值得我们关注的可爱的你们，包括我们自己，都应该为我们的爱情，为我们选择的幸福干杯！因为我们的选择是唯一的，我们颂扬这种唯一，平凡而又单纯！平凡的人过着平凡的生活，我们不需要轰轰烈烈，只需要平平淡淡，恩恩爱爱。我们不去打搅别人，也不想被别人打搅，更不想被别人牵绊，我们拥有的只能是两个人的爱恋，还有那浓浓的亲情和深深的友谊。让我们彼此都能郑重地说一声——此生，只为遇见你！”

就在此时，手机响了，爱兰接了电话，是儿子，“妈，您跟爸爸回来吧，爷爷、奶奶已经回来了，我们也要睡了。”

“好吧，一会儿就回去。”

“走吧，回去了，我的牛郎！”爱兰饶有情趣地对东明说。

东明和爱兰回到家，客厅里的灯还亮着。晨亮躺在沙发上，听到爸妈回来便起了身，爱兰急忙“嘘”了一声指向卧室，示意不要让徐梦听到。东明给儿子拿来一条被子，让他也尝尝被“冷落”的幸福。

随后的两天，晨亮带徐梦去过君上桥，去过平顶山，去过河滩，去过并蒂莲公园，去过爸妈相遇的那条街，去过……他带她沿着爸妈恋爱的足迹一路找去，不仅是让徐梦熟悉这座城市，更重要的是向她讲述爸妈那纯朴而又忠贞的爱情。

到了第三天，徐梦的妈妈催着她回去，晨亮握着她的手，万般不舍。爱兰从手指上取下结婚戒指装进盒子对东明说：“徐梦要回去了，这枚钻戒就让儿子给她戴上吧。”

“兰兰，这样……不合适吧？”

“合不合适，还不是你我说了算嘛，儿子不介意，徐梦不知道，让‘爱’有个传承。”

“这份‘爱’太重太重！不知道徐梦能否受得起。”东明沉着地说。

“能！我相信她能受得起！”

当晨亮为徐梦戴上订婚戒指后，她暖暖地笑了。他不想让她走，她想留却又不得不走。临行时，徐梦不想去火车站，晨亮问起缘由，她告诉他：“去汽车站，我可以多看你一会儿。”是啊！对于情侣来说，多一分钟相聚就少一分钟离别，他们的情感他们的相聚是用秒来计算的。徐梦终究还是走了，晨亮不顾可能碰到的危险，看着眼前各种各样的物影，凭着敏锐的听觉，用尽全力追着远去的车影跑了一程又一程，直到跑不动了才停下来。

她——走了……

晨亮刚回到家中，就接到了徐梦发来的语音：“亮，我喜欢你，我愿意嫁给你……可我要安抚好妈妈，我妈妈身体不好，不想让我嫁得太远……你要等我，我会说服妈妈的……戒指留下了，放在枕下红纸包里。”那是一枚凝结着晨亮爸妈爱情的戒指，徐梦怎舍得带走？

“妈——戒指！”晨亮听了徐梦僵硬的语音留言后，摸到戒指，喊了一声。

爱兰听到叫唤来到卧室，看到戒指，正想说些什么，儿子递过来手机。她听过徐梦的语音后代儿子回了信息：“我也喜欢你！我愿意等你！爸妈说了，下次来的时候，带着你妈妈，让她跟我们住在一起。”

徐梦不愧是心明眼亮的女孩儿，能够看得出爱兰手上戴过的戒指。她在车上看到回信，双手捂着钻戒盒，流下了热泪。

第三十八章　梦圆童话

一

子明和菊英在北京的生活非常拮据，感情的融洽不能消除生活的艰辛。鸡窝一样的小房间，水电费不说，光房租就要六百元一个月，还只能睡觉不能做饭炒菜。两个人只能买着吃，一日三餐笼统说来，早餐十元钱，午餐二十元钱，晚餐二十元钱，一个月稍稍算下来菊英的工资就没了。平日里还不能害病，不能进医院，子明一个月两千元出头儿的工资肯定是不够用的。于是乎，子明便想着带菊英回泉阳，回他的草莓园，重操旧业。菊英想来满心欢喜，农村出身的她向来喜欢土地的气息，热爱黄土地长出的庄稼、蔬菜。土地虽然很容易跟农民联系在一起，但把土地和草莓联系在一起后，就有了一片庄园，自己就是庄园主，啊哈，子明从来没这么想过。

子明打定主意后，告知东明。东明回复道："你的人生已经得到转变，回来吧！草莓园还是那个草莓园，人却不是原来的人，新的生活正等着你！"

半个月后，当子明再次站到塑料大棚前，再次与东明面对面的时候，他们握了手，深情地握了手。子明不是英雄，却最终凯旋——身边多一位爱人。对于子明来说，还有什么比这更重要的吗？花花围着子明撒欢，它想主人快要想疯了吧。子明抱起花花像抱起满月的孩子，顶顶头蹭蹭它的耳朵。木板房里很显然是收拾过的，除了东明，还会有谁干这事儿？再走进塑料大棚，子明更是难以置信——土地全都翻松过了。为了这个，东明的手腕贴上了膏药，不经常活动的部位还是经不起连续的单一的劳作。

在北京的时候，子明经常向菊英提起草莓园的事，可百闻不如一见，当她真正来到草莓园了，那种体会就不是“亲切”两个字能说得清的。她吃饭在大棚里，洗衣服还在大棚里，就像蹲在老家的田间地头儿。子明问她：“这里还缺什么？”她说：“什么都不缺。”到了第二天她就改了口，“好像缺少一个人，我想回老家把女儿接过来，她一定会爱上草莓园的。”子明说：“我陪你一起去。”菊英说：“你把草莓园整理好，等我们。”

菊英的丈夫去世了，看望女儿是理所当然的，尚未再婚（她和子明从法律上讲，还不算夫妻）也就没什么牵绊，那依然是她的家。她回去没有告诉家里人，那会是多惊喜呀！女儿看到妈妈不得高兴得跳起来？可当青青看到妈妈的那一刻，非但没有跳起来，反而躲在了门后。菊英叫着：“青青，不认识妈妈了吗？快快出来，让妈妈看看。”婆婆笑了笑说：“小孩子都这样，长时间没见了，你这么突然回来……青青，来！过来！”婆婆拉过青青，菊英蹲下身抱起女儿亲亲脸蛋儿——一个可爱的“洋娃娃”。青青已经三岁半了，身上散发着稚嫩的娇气，肉乎乎的脸蛋儿不会让人想到“胖”，而是“柔”，是“嫩”。把大脸贴在她的小脸上试一下就知道了，倘若用手背去触碰，那可就挪不开了。她脑后梳着两条小辫子，齐眉的刘海儿卷曲柔滑，再看那双眼睛——试想一下：在炎热的夏日里，口渴难耐的时候，面前摆放两杯清凉的绿茶，会是多么解渴？还有那双红唇，跟妈妈一样，总是给人想要一吻的冲动。

回到屋里，婆婆问道：“事情怎么样了？都好吧？”菊英说：“妈，您和小娜的心思没有白费，很好！我和他都很好，我们……”菊英没有细说，也不必细说，妈妈能体会到。在这人世间，有陌生人长得极其相似是怎样一种缘分？李贤的容貌在子明身上得以复

现，大家都欣然乐道这段儿奇缘。年幼的青青尚且不懂得这些，在她的记忆里没有爸爸的样子，看到的只有照片。她不清楚为何只有妈妈没有爸爸，听奶奶说，爸爸在一所“土房子”里睡觉。她去过土房子，也曾敲过“门”（她觉得那墓碑就是门）叫爸爸出来，可始终叫不醒，她显得很忧伤。奶奶把死亡讲得像童话，带给孙女儿无尽的期盼，期盼着爸爸早点儿醒来。可总有一些心术不正的人，恶意在青青面前说：“你爸爸死了，你没有爸爸。”青青对死亡的说法没有恐惧，反而更相信奶奶的“童话”。听到恶意的话多了，她也免不了犯疑心，要向妈妈问个清楚。

夜里，青青躺在妈妈怀里问道：“妈妈，奶奶说，爸爸在土房子里睡觉，可有人说，爸爸死了，那爸爸到底在哪里？”菊英抚摩着女儿问：“那你相信谁说的？”青青说：“我相信妈妈！”菊英说：“那好，妈妈告诉你，你奶奶说得对，爸爸是在睡觉，要睡好久好久。”青青问：“我们明天去看爸爸好吗？”菊英爽快地回答：“好啊！那你今晚乖乖地睡觉。”

第二天清早，菊英带着女儿来到李贤的墓前，献上一束菊花（因为李贤生前曾说过，不管何时何地，只要看到菊花就能想到菊英）。母女俩在墓碑前跪拜后，青青起身绕着土冢转了一圈又一圈，像是在找东西。随后，她又趴在土房子上仔细地观察，不放过每一颗土块儿，还有每一块碎石。菊英看到女儿的举动，感到疑惑，问道：“青青，你在找什么呀？”青青说：“我不找什么，我想看看土房子哪里漏水。”菊英更为不解了：“漏水？现在又没下雨，你在想什么问题吗？”青青没想到，大人也有不知道的事。她就把昨晚的梦笼统地讲给妈妈听：“我昨天晚上做了一个梦，梦见爸爸的土房子漏雨……下了很大的雨，爸爸的被子都淋湿了，他叫我把房子修一修……我想看看哪里坏了。”女儿的天真使菊英把“梦”和“童话”联系在一起，那是多么美妙的事啊！于是，菊英陪女儿一起察看，也许真能找出“漏洞”来。菊英真就发现在墓碑后面有一个洞，一个孩童手腕般粗细的洞，她愣了半天说不出话来。她不相信鬼神，不相信梦与现实的巧合，只相信童话，在女儿的世界里，所有一切都是真的，所有的事都有可能发生。不知道是何种动物掘出的洞穴，能有多深？另一端通向哪里？答案是：通向青青的梦境！这是童话的现实也是现实的童话。菊英盯着洞穴惊叫：“青青，这里有个洞！”青青连蹦带跳来到妈妈跟前问：“在哪里？”菊英指着洞口说：“你看，这儿！”

“我看到了，水是从这个洞里流进去的，我要把它堵上！”

“堵上！堵上！我们一起来！可不能再让爸爸淋雨了。”

母女俩把洞穴严严实实地堵上了，青青还用脚使劲儿地踩踏一番。除了她们，谁会相信曾有这样一件事？

两天后，菊英准备回泉阳。临行前，她问女儿：“你是想坐汽车呢，还是火车？”青青不假思索地回答：“火车！”说实话，青青连火车的影子都没见过，更别提坐了，不知道火车什么样子，出于好奇，很想坐火车。在城里，在年轻人口中，经常提到的字眼儿是“高铁”；可在乡下，在农村，还是习惯了称之为“火车”。青青听伙伴们说，火车很长很长，能绕着村子转好几圈儿，进站的时候就像蛇一样盘成一圈一圈的，车头在里面，尾巴在外面。她对这种说法深信不疑，她知道村子有多大，那火车该有多长啊！青青告别了爷爷、奶奶，跟着妈妈去往一个有草莓的地方（听妈妈说的）。

站在月台，青青握紧妈妈的手，凝视着铁轨，咋就那么长呢？一眼望不到尽头。火车进站了，停靠在月台。车厢门开了，青青两眼直直地盯着车轮，似乎发现了奇迹。也不知什么时候，她迷迷糊糊地被妈妈的大手拉着进了车厢。真是苍天照顾啊！这一趟，上车的人少，下车的人多，车厢里空荡荡的，寥寥几人。倘若有激情，可以从第一节车厢一口气跑到最后一节车厢，不用担心会被绊倒；

要是跑得累了，那就躺在座位上歇一歇，无须顾虑是不是自己的座位，只要乐意就行。母女俩随便在一排座位上坐下，旁边没人，前后没人，只有乘务员走来走去。青青把车厢内的事物饱览一番后，趴在车窗前，极力地想要把外面的景象尽收眼底。

听到车轮和铁轨的摩擦声了，火车缓缓开动。车窗外推着小货车卖零食、饮料的奶奶从青青的眼眶中渐渐远去。她坐下来问妈妈疑惑不解的问题："妈妈，火车的轮子为什么没有胶皮呀？汽车轮都有胶的，火车轮没胶怎么还能跑哇？"这可把菊英给难住了，不能用生活常识去回答，要用童心童言。她琢磨了一会儿说："你有没有看到长长的两条铁轨？那是火车的轨道，一节一节连起来的。"青青说："看到了，看不到头儿。"菊英说："嗯，两条铁轨很光滑的，车轮要是包上了胶，一拐弯儿，就会掉下来。"青青说："那为什么不在马路上跑呢？就不会掉下来了，汽车都是在马路上跑的。"菊英稍加思索后说："火车轮很硬，车厢又很重，会把马路碾出两条沟的。"青青想到什么问什么，菊英也随女儿体会着童真童趣。

"香肠、泡面、八宝粥、饮料、矿泉水喽！有需要的顾客前来选购。"有位大姐推着满满一货箱零食和饮料在叫卖。她从母女俩身边走过时，停了片刻。菊英注意到了货箱上的两盒草莓，问道："大姐，你有草莓？没听你叫嘛。"大姐说："两天了，还是这两盒，喊破了嗓子也没人买，我就不喊了，不是我卖得贵，从草莓棚里出来到我手里，那得经历多少周折呀！"菊英含笑说："是啊！不容易……多少钱一盒？"大姐很淡定地回道："三十元一盒。"乖乖！这确实是个天价，把市场价翻了两番，没想到在火车上也存在"商业垄断"。菊英本想买一盒给女儿的，听到这价格，犹豫了。正在她举棋不定的时候，听到了女儿的声音："妈妈，我想吃草莓。"呵呵！青青的眼神真够犀利的。为了给女儿解解馋，菊英就买了一盒，不情愿地让人坑了。想来也是没办法的事，谁让在火车上呢！

不知道这草莓的源头会是哪里。

车厢咣当当、晃悠悠，像个大摇篮，把青青摇入了梦乡。菊英静坐着，浮想联翩，想着怎样让童话继续，趋于完美。她给子明发微信问道："你喜欢童话吗？"远在泉阳的子明，正在给草莓喷水，看到信息立马回道："当然喜欢！"菊英又问："那你愿意演一场童话吗？"

"演童话？好啊！是要演给谁看哪？"

"还能是谁？我女儿呗！"

"哦——明白。"

半个小时后，两个人通了电话，编排好具体的细节，准备上演梦一般的童话故事。青青一觉醒来，列车离泉阳还有两站。菊英佯装刚刚睡醒，揉揉双眼，打了个哈欠说道："青青，妈妈做了个神奇的梦，梦见你爸爸在草莓园等着我们。"青青兴奋地问："是真的吗？离草莓园那么远，爸爸是怎么去的呢？"菊英说："嗯——这个要问你爸爸，他最清楚。"

二

到达泉阳后，她们就马不停蹄地赶往草莓园。在公交车上，菊英给子明发微信问道："我们马上就到，你准备好了吗？"子明回了一个"OK"的手势。在莓园新村下车后，走上十来分钟就是草莓种植园了。青青有些迫不及待地问："妈妈，快到了吗？"菊英拉着女儿加快了脚步："快了！快了！"女儿很显然跟不上妈妈了，大手牵着小手，一时分开一时拉上。"草莓园，种植棚，木板房，我回来了。"菊英在心中念叨着。是啊！她带着女儿回来了，再次回到了子明身边。

"你先站在这儿，等我一下，我过去看看，看爸爸有没有在屋

里。”菊英让女儿站在离木板房二十多米远的地方，自己先走了过去。青青乖乖地站在那里一动不动，不懂得妈妈的特殊用意，只知道马上就要见到爸爸了。她想：等以后回到老家，看那些人还有什么话说——我也是有爸爸的！菊英趴在窗台上朝屋里张望，看到子明躺在床上，如同“睡美人”。她向女儿招招手，喊道：“青青——来，过来！”青青听到召唤快步来到妈妈跟前。菊英轻轻地推开门拉着女儿走了进去，站到床前。青青既惊喜又忧伤——见到爸爸了，他却没有迎上来亲吻。菊英蹲下身对女儿说：“是巫师给爸爸施了魔法，只有女儿的亲吻才能让他醒过来。”青青听懂了妈妈的意思，她想：我要救爸爸，我要解除巫师的咒语。她相信这一切都是真的，就在爸爸的脸上来个深深的吻。子明的眼角瞬间淌下泪来，不是入戏太深，是情真意切的感触，是从心里流出来的。他缓缓地睁开眼，坐起身来，环顾四周，仿佛沉睡百年后突然醒来，对所有的事物感到既陌生又惊奇。他的眼神落在母女俩身上，最终聚焦在青青的脸庞——她比想象中的还要可爱。子明轻柔地对青青说：“是你救了我，我的女儿。”青青刹那间眉开眼笑：“爸爸，你醒了！”

就这样，三个人拉开了童话故事的序幕。不是青青来到了大人的世界，而是大人走进了青青的世界，在那个世界里，所有的一切都是那样自然而又温馨。

子明毫不费力地当上了爸爸，听着女儿亲切的呼唤，反而羞涩了。“等草莓结果儿了，所有草莓果儿都是你的，想怎么吃就怎么吃。”子明向女儿许诺。他还向女儿科普了草莓的生长过程，还提到了七星瓢虫——七星瓢虫是青青最感兴趣的，她曾梦见过十二星瓢虫呢！刚见面的第一天，青青最想知道爸爸是怎样从土房子来到木房子的。晚上，她不睡觉，就是要听听爸爸怎么讲。子明抠抠耳朵细想：从土房子到木房子，坐火车？不！坐汽车？不！乘飞机坐轮船？哼哼，那都是有钱人的事儿……应该，应该是一种看不到的方式。他理清思路后说："爸爸是从管道里爬过来的，那管道在地下，看不到的。我在土房子里睡醒后，灯不亮了，什么也看不见，就顺着管道往前爬呀爬呀，爬到半路，被巫婆挡住了。她要我的手电筒，我不给，她就念了咒语，等我爬到木房子里，就什么也不清楚了。醒来的时候，你们就在我面前。"子明讲得不算精彩，对于青青来说，根本不需要精彩，只需要真切。"那你的手电筒呢？"青青不想手电筒落到巫婆手里——她会拿着手电筒到处乱照，只要被照到，就会变成虫子或者石头，很可怕的。青青不放心，要看一看手电筒是否还在。"手电筒？"这突如其来的问题使得子明瞥向菊英，"我的手电筒，在床头儿，帮我拿过来。"菊英知道子明有一个手电筒，他夜里去草莓棚经常用到。她翻开枕头，拿出手电筒对女儿说："看到了吧，你爸爸就是用这个照路的。"青青安下心说："没有被巫婆抢去，她就没办法害人了。"在青青心里，手电筒只要落到巫婆手里，就会变成害人的武器。

"你不想睡觉，爸爸带你去草莓棚里捉七星瓢虫吧！"青青听爸爸这么一说，兴奋地跳了起来："好哇！好哇！"看来，他们是不打算睡觉喽。子明打开手电筒，射出一道光照亮前方，领着女儿进了大棚。

东明听说菊英把女儿带过来了，就特意前来看望，带了两袋饼干、两瓶娃哈哈、两个火龙果，另外还有一套芭比娃娃。见了面，他们分外高兴，木板房里一时间成了欢聚的餐厅。东明嚼了一口花生米，说道："拿把刀来，切水果。"菊英就拿来菜刀，递给他。东明接过来放在鼻孔下嗅了嗅，瞅着一盘青椒炒肉丝说："切辣椒了吧？这火龙果最容易串味儿。"说着，他把菜刀放置一边，从裤兜儿里掏出一把小巧的折叠式水果刀，这是有备而来呀！火龙果长得真像一团燃烧的火焰，昂贵的价格，使其成为乡里人吃不起的水果。

别说吃了，青青是连见都没见过。东明把皮剥下来，切出一小块儿一小块儿，摆放在盘子里，红色的果肉上密密麻麻裹着黑色的小颗粒。青青盯得眼馋，指着果肉惊喜地说："黑芝麻，这上面有黑芝麻！"一句话惹得大人们无声地露出笑脸。东明又从衣袋儿里掏出一包牙签，每人发一根儿，用牙签扎起来吃，讲究一番。

正在他们品尝水果的时候，东明接到明明的电话："哥，我在山东师范大学参加学术交流会，现在要回去，刚好路过你那里，我想……我想到你那里待一天……"东明满心欢喜，没等弟弟说完就接上了话："好哇！好哇！别说待一天，十天半个月都行！"明明说："哥，就冲你这兴奋劲儿，我保证半个小时内让你见到我。"东明说："开什么玩笑，从山东到这儿，半个小时？"明明说："实话告诉你吧，我就在公交车上，正去你家小区呢！"东明说："真的？这不像是你的作风，你应该提前跟我说一声。"明明说："我这不是学大哥嘛，神不知鬼不觉地就来到跟前了。"东明说："那好……我不在家，在一个种草莓的兄弟那里，我这就回去，你……"一听说草莓，明明打断了哥哥的话，兴致勃勃地说："草莓！那可是我的最爱，我做梦都想看看草莓是怎么种出来的，那会是多大的庄园啊！你别回家，咱就草莓园见，告诉我地址，我倒个车。"草莓园见，相约草莓园，说到了东明的心坎儿里。他给弟弟回了详细地址后就站在大棚外等候着，一直站着。半个小时后，电话响了，东明快步走向路口……

走进木板房，明明立马注意到了正在摆弄芭比娃娃的小女孩儿。"爸爸，芭比的鞋子我穿不上了。"青青着急地叫道。"叔叔来帮你吧。"明明说着放下山东大饼和德州扒鸡来到近前。当他眼眶中出现小女孩儿可爱的面孔时，有一种奇妙的感觉，总觉得是自己的女儿。他想着：梦莹流产的那一个小生命，倘若是女孩儿的话，倘若她能来到这个世上的话——也这么大了！明明不声不响地给芭比穿好鞋子，又梳理了金色的头发，旁若无人地把芭比娃娃全都组装好。东明、子明和菊英在一旁看着，却窥探不出这意味着什么。青青目不转睛地瞧着，一副陶醉的样子，脸上露出灿烂的笑容。不用说，她很喜欢这套芭比娃娃。

临近傍晚，东明要回家去了，可明明呢？他原本打算去二哥家逗留的，青青的出现像一根红线牵动了他的心。他说："哥，你先回去吧，我……我想再晚点儿……"东明拍拍弟弟的肩膀默默地走了。都是兄弟，子明也是兄弟，兄弟之间还有什么可避讳可顾忌的？这天夜里，陪青青捉七星瓢虫的不是子明，而是明明。子明和菊英趴在窗台上望着大棚里的灯光，吃了醋一般酸溜溜的。子明说："他们真像父女俩。"菊英拍了拍他的手背说："别哪壶不开提哪壶！"

明明看看时间，已经很晚，就给东明发了信息："不用等我，大棚里很清静，是个睡觉的好地方，子明不是有一张折叠床嘛，刚好用得上。"明明的异常举动，令子明和菊英满怀揣测。当子明打电话从东明口中得知详情后，也就难怪了——明明一心想要孩子，可梦莹第一次流产后，就再也没怀上；他见到喜欢的女孩儿，情感瞬间升腾，仿佛把自己置身于旋涡之中，根本没想着脱身。

夜，一片宁静。不知从哪里散射的光照进大棚，落在草莓果儿上；余下的，像碎了的雪片，洒向垄畦。偶尔会有细微的虫鸣飘进耳朵，才知道还有不甘寂寞的它们。透过塑料膜，可以望见忽明忽暗的群星，缀满夜的黑幕。明明躺在折叠床上，目光投向北斗七星，凝望中，想到了七星瓢虫，十二星瓢虫——神奇的十二星瓢虫。

第二天凌晨，东明在家里收到了一条信息，子明在草莓棚看到了一张纸条。信息中说："哥，此行出现偏差，似乎只为了遇见她——可爱的小女孩儿。不用解释，你最懂我。要不了多久，我会专程来泉阳的，今日暂别。"纸条上写道："同是好兄弟，我们的缘

分还在继续，代我告诉青青，告诉你女儿，等我找到十二星瓢虫就会回来。”青青看着空空的床铺问妈妈：“叔叔走了，他答应给我捉一只十二星瓢虫的。”菊英微笑着瞥了瞥子明，子明心领神会地说：“他既然答应你了，很快就会回来的。”菊英附和道：“他一定是给你捉十二星瓢虫去了。”青青神情坚定地说：“我等叔叔回来。”

三

明明回到荣城见到梦莹，不像以往那样滔滔不绝地讲述学术交流会的事，第一句话居然是：“你知道吗？我见到我的小情人了！”梦莹哈哈一笑说：“小情人？别逗我了。”明明一本正经地说：“梦女士，请肃静！我没逗你，也不是开玩笑，是真的，我见到了一个我喜欢的小女孩儿，差不多三岁半了，很懂事，那种感觉说不清，只有见了才知道。”梦莹有所领悟：“是一个真实的童话？”“对！”明明肯定地说：“今天晚上，我细细讲给你听。”明明魂牵梦萦静不下心，还没到晚上呢，就已把事情的来龙去脉说得一清二楚。紧接着，他就给东明打电话，了解幕后的故事。东明体会到弟弟的心思，就把子明和菊英，还有青青的事一五一十地告诉了他。明白人无须多想，糊涂人多想也枉然，接下来该怎么做？圆一个梦，圆一个童话，明明不相信十二星瓢虫只是一个梦。随后的每天晚上，小区的花坛边、公园里、草坪上，只要有适合瓢虫活动的地方就会有明明的身影。梦莹奉劝身边的“大白痴”说：“张飘飘，再这样下去，你恐怕要变回童年了，还怎么教学？十二星瓢虫都是怪胎，即便不是，也如同大海捞针。人要是生个怪胎，那就是畸形，或者残疾；昆虫生个怪胎却成了稀罕物，实乃虫笑人生究可悲啊！”明明不以为然：“变回童年不好吗？大海捞针也要捞啊！我下定决心非要捞出那根针不可。梦想成真！使劲儿地想，往死里想，就一定会成真！”梦莹又是一阵笑："哎呀呀！你别再飘了！"明明肃然回道："等你见到那个女孩儿，就会变成梦飘飘，比我还飘，你应该好好思索一下，为什么长得不算漂亮的小女孩儿也能人见人爱——这是一个很好的课题。"

半个月过去了，窗台上多了十个小玻璃瓶，其中九个瓶子里有二十多只七星瓢虫，还有一个瓶子里只有两只 —— 一只四星瓢虫和一只八星瓢虫。梦莹指着瓶子说："看！它俩打起来了……收获不错呀，有两只怪胎了，就差十二星了，会差在哪里呢？"明明风趣地说："差在 —— 我还没有往死里想。""往死里想？哈哈哈……"梦莹挥挥手走向卧室，"我去睡觉喽，你一个人在这儿想吧，趴在窗台上，等着瓢虫飞过来，你定睛一看，正是你想要的，但愿那样的奇迹今晚出现。"明明把窗帘拉开，关了吊灯，只开一盏壁灯，通透而又柔和的光线照向窗外的夜空。瓢虫在瓶中爬呀爬呀，抖抖翅膀想要飞翔，不停地躁动着。明明趴在窗台上，时间久了，有些昏昏沉沉似睡非睡。又过了一会儿，他浑然入梦了……"砰、砰、砰……"传来一阵急促的敲玻璃窗的声音，明明抬头看去，是一个老头儿，头戴金龟帽，留着两撇儿小胡子，插着两片银翅。老头儿满脸怒气地说："是你让我来的，却把我关在窗外！"说罢扭头飞去了。明明急忙伸出手，却没能拉住老人。醒来，他手扶窗框，朦朦胧胧看见一只瓢虫在窗外飞舞，时远时近，时而贴着玻璃飞过。"我的梦来了！"明明念头儿一闪打开了窗，请瓢虫进来。那只瓢虫似乎就等这一刻，忽地飞入，落在窗台内，悠闲地爬动。明明张开右手掌，手背紧贴窗台，静待瓢虫爬过来。也不知瓢虫来来回回爬了多少趟，碰到手指了才停下来，左转右转不是它的道，便顺着明明的食指爬进了手心，结束了它的长途之旅。

"梦莹、梦莹！快起来看！梦想成真了！成真了……"明明两手相扣跑去卧室。梦莹起身揉揉双眼说："成真了？不是你用钢笔

在翅膀上再涂五个点吧？”明明坐在床边，惊喜地说：“什么也别说，瞪大你的眼睛，仔细地看！”说着，他缓缓地分开双手。“是真的！梦是想出来的？这怎么可能？”梦莹难以置信，“让我仔细看看，翅膀上密密麻麻的，有没有十二颗星？我去拿个瓶子装起来，别让它飞了。”说罢，梦莹跳下床，拿来一个备用的空瓶。明明小心翼翼地把瓢虫装了进去，拧上戳了孔的盖子。这下，睡不着的不只是明明了，还有梦莹。她盯着瓶中瓢虫翅膀上的小黑点数着：“一、二、三……八、九、十……”一遍又一遍，直到数出十二颗星为止。

第二天，梦莹同明明前往泉阳，要见一见那个小女孩儿，在瓢虫成为标本之前交给她。这行径意味着什么？千里迢迢就为了一个人，一只瓢虫？但这是值得的，至少明明和梦莹这么认为。感动自己，感化别人，人与人的情感无不由一些不同寻常的行为或言语体现出来——但愿不虚此行。

由于上次路过泉阳的失礼，此行需先到二哥家中。见了面，妯娌之间聊得最多的是家庭、父母和孩子，而东明兄弟虽不是大人物，但也喜欢谈论社会，谈论前途命运。兄弟闲聊一番后，明明才提到那个小女孩儿，他说：“哥，一个孩子要是有两个爸爸、妈妈是不是更为幸福？我和梦莹这两年来没少寻医问药，情况有所好转，可我们还不能急于眼下，还要再等等。每日里，我和梦莹四目相对，难免心中空虚，我们何尝不想有个孩子啊！在不久的将来，会的！会有的！可那只能是自我安慰，但愿奇迹能够降临。当我见到那个女孩儿后，是激动、是兴奋，也有几分冲动，在我脑海中就闪出一个念头儿，我想……我想认她做女儿，在我看来，义女和亲生女儿没什么两样。我把她带到荣城，在那边上学，这样也减轻了子明的负担。还有就是……我在经济上是很宽裕的，需要的话，他尽管开口。我知道子明不会拿金钱来做亲情的交易，但我也知道他有用得着钱的时候。他应该在泉阳安个家，买一套房子。二哥最懂我，就代我向子明表明心意，牵线搭桥。”东明听后没有立马回话，他已经开始琢磨怎样办好这件事儿了。片刻的思索后，他说：“我懂！不仅懂你，还懂子明，菊英虽说是孩子的亲妈妈，但她和子明是一条心，你就放心好了，我会牵好这根红线的。”

晚上，三家人在四海香饭店欢聚一堂。梦莹把青青拉到自己身边，给她夹菜吃，给她舀汤喝，情不自禁地抱起她放在双腿上。菊英低着头，想看而又没去看，一味地抿嘴笑。明明亲手把精心准备的大礼递给青青，希望她能够喜欢。她迫不及待地打开纸盒——有七个小玻璃瓶，其中四个瓶子，每个里面有七只七星瓢虫，有一个里面是一只四星瓢虫，有一个里面是一只八星瓢虫，还有一个瓶子里装的就是青青梦寐以求的十二星瓢虫。“十二星瓢虫！叔叔给我捉了一只十二星瓢虫，哦——我有十二星瓢虫喽！”青青拿起斑点最多的那只，晃动着瓶子，兴奋地叫着跳着。大家也为之激动，不约而同地鼓起了掌。席间，东明叫上子明来到盥洗室，站在玻璃镜前，真诚地向他透露了弟弟的想法。子明感触颇深，看得出明明对青青的喜爱。他意味深长地说：“哥，我们都是兄弟，每一个孩子都是我们共有的，不管到什么时候在什么地方，都是这样，我想……我今天夜里会和菊英谈得很开心，有这么多人的关爱，青青的将来一定是最幸福的。”子明这番话出人意料。东明先是握了他的手，而后相拥相抱。

明明和梦莹又在泉阳待了一天，来了个简单的仪式，正儿八经地认青青为义女。在菊英的教导下，青青面对义父、义母，乖巧地叫了一声：“爸爸……妈妈……”那只十二星瓢虫，青青爱不释手，心有顾虑地问：“爸爸，它要是不动了怎么办？”明明抚摩着她富有弹性的脸蛋儿说：“这只瓢虫很珍贵，等它不能动了，爸爸就把它做成标本，就可以永久保存了，想什么时候看就什么时候看。”

泉阳之行，圆满结束，来的时候是两个人，回的时候是三个人，小孩子是激动，大人是感动。就在车站，他们挥手告别。菊英目送大巴远去神情悠悠，自己疼爱的女儿就在车里。她问子明："看一下，我有没有哭、有没有流泪？"

"挺好，一切都很好！"

第三十九章　归宿

一

2021 年中秋节前夕，兄弟仨的父亲躺在了县人民医院骨伤科的病床上。六十七岁的老张实在想不通，都这把年纪了还要承受骨伤的折磨。他甚至怪自己买了医保，冥冥中变着法儿地给用上了；倘若不买，或许不会有这次意外。经过检查，确诊髋关节中度骨折，外加手腕扭伤和大腿内侧肌肉拉伤。要命的是骨折，剧烈的疼痛使他嗷嗷呻吟，三天后才得到缓解。老张这一生也算是勤勤恳恳，二十年来种植葡萄，挣钱的时候种葡萄，不挣钱的时候还种葡萄，在乡里是出了名的“专业户”。也正是因为这份执着和坚持使他总结出了丰富的经验，成了致富带头人。他如今年龄大了，后续老婆生的儿子小超已当家立业。二十四岁的小超朝气蓬勃，自带年轻人的活力，刚刚完婚老爸就出了这档子事。看来，葡萄园他是想接也得接，不想接也得接，不过说，他蛮喜欢种葡萄的。把葡萄园交给儿子，老张也就放心了，只是这骨折要了他半条命哪！即便痊愈了，也别想着再去葡萄园忙活了。新媳妇名叫秋霞，长相喜人，心眼儿多主意多，嘴巴灵巧。她是看中了父子俩的踏实才嫁过来的，兴许会造就一个女强人呢。小两口儿跟妈妈替换着伺候老张，没两三个月是回不了家了。老张满脸的憔悴，想到了另外三个儿子，想让他们全都回来，可骨折却不是个美好的理由。快要中秋节了，他却躺在了病床上，为了能让鲁明、东明、明明一同回来，他强忍着疼痛，积极地配合医生进行治疗。

做过手术，装上固定支架，老张天天躺在床上，如同僵尸。骨折？老张怎么会骨折呢？这不得不提到一个人，村霸赵二能。村民都喜欢把“能”字去掉，单叫他“赵二”。他哥哥是村支书，他的“霸”是有根源的。赵二在村上倒也不曾平白无故地欺压百姓，只是习惯于强词夺理，一来二去也就没人敢招惹他了。据说，他出生都是“横”着出来的，把老娘折磨个半死，真是“横”到娘胎里去了。对于这样传的“据说”，赵二听了非但不生气，反而有些沾沾自喜 —— 总算是连出生都跟别人不一样。赵二身上的蛮横，有一点好处是 —— 倘若有本村的人被外村人欺负了，他能带上一帮人，牵上一匹狼狗去把事情给摆平了。就这样，他的名声也就渐渐传了出去。他好打抱不平，不图回报，情绪激动的时候难免分不清“平”与“不平”，稀里糊涂地把别村人给收拾了。赵二在村口开了一家榨油坊，需要用到三百八十伏动力电，从变压器那里接三根电线，横平竖直规规矩矩地沿着路边电线杆扯到油坊花费有点儿大。他仔细考察一番后，发现从老张家院子上空斜着扯过去倒是个捷径。唯一的障碍就是老张家大门外的楝树，又粗、又壮、又直的一棵树，长得枝繁叶茂。赵二拿定主意后便去找老张商议：“老张，你家的楝树都这么粗了，应该值不少钱吧？眼下木材都涨价了，赶紧刨了卖掉吧。我想扯三根电线从你家院上过，省下的钱，等我榨了油，给你提两壶过来，你看怎么样？”他说着瞅了瞅那棵楝树。老张没想到他会动起这心思，舍不得伐掉楝树，不愿依从就没吭声。“老张，怎么样啊？还要考虑吗？”赵二催问着。老张依然没吭声，他在琢磨两全其美的办法。“到底怎么样嘛！”赵二有些急了。直到他问了三遍后，老张才无可奈何地说：“我说赵二啊，我都这么大年纪了，还指望卖棵树挣点儿钱吗？让它好好长着吧。况且，不管是砍、是锯还是卖，那都不是一时半会儿的事，怕你等不及喽。不如这样，你不就是想扯电线吗？树枝碍事，我爬上去把它锯了，锯得光秃秃的不就结了。”老张给自己也给赵二一个台阶，能不下吗？

商量是商量好了，可具体实施的时候就觉得困难，毕竟老张已经不是年轻小伙子了。他像树懒一样爬了半天才爬上楝树，用根绳子，一头拴住腰一头拴住树干，以为稳稳妥妥，手里拿着单锯开始锯掉树枝。才锯了两根枝杈，想要挪动位置时，脚底踩空，身体坠落，拽断了绳子（绳子的拉力起到缓冲作用，保了他一条命），一百多斤的肉体重重砸在地上，髋关节骨折了。此事，老张并没有声张，让老婆骑着电动三轮车送去了医院。老张不去怪赵二，虽说是因他而起，但总归是自己不小心摔下来的，但愿赵二能够良心发现。赵二两天不见老张，这才知道出了事，便带上老婆，拎着一袋水果和一箱牛奶去了医院。老张看到赵二把脸转了过去，是疼痛让他说不出话来（也有几分不想说）。小超代言：“多谢赵叔了！”赵二说：“哪里，是我给你爸找了麻烦，我家里还有事，先回去了，有什么需要的，回头再说。”看来，他似乎良心发现了，只是撤得有些快，生怕老张伸长了手臂拽住他。

老张有事很少直接跟三个儿子联系，总喜欢让老婆代劳。张夫人首先想到的是明明，与他相处的时候最长，感情最深，就给他打电话说了家中的事。明明不敢相信，当他确定事实后，立马告知大哥、二哥，也就不到十分钟，兄弟仨全知道了。该怎么办呢？尽量赶在中秋节回家看看。东明向老婆表明了心意后，先坐车去往月城，会同鲁明大哥再乘车去荣城，去明明那里。对！这次三个人决定一道儿回家，让老爸同时看到他们的身影。

中秋节上午，在病房里，老张果真见到了三个儿子，一个不多一个不少，是三个！仿佛一轮圆月照进了房间，这可是活生生的最珍贵的“礼物”。老张泪流满面，泣不成声，这是多么不容易呀！他此时倒是想着能过个一年半载就摔上那么一次，或者害上别的什

么要不了命但又卧床不起的病，他好让儿子们名正言顺回到他身边。这虽然听起来代价有些惨痛，但老张真是这么想的。兄弟三个面对躺在病床上虚弱的父亲，也深感沉痛。他们愧对父亲，离得太远，不能经常回家，更不想以这种理由回来。东明和明明向后妈、小超、秋霞打过招呼，放下礼品。鲁明保持当初的沉默，默不作声地把一袋香蕉和一箱牛奶放在了床头柜旁边地上。过了片刻，鲁明抽出几张餐巾纸，为爸爸擦去眼角的泪滴。他说："爸，看把您高兴的。现在感觉好些了吗？还疼吗？我们这次回来，准备多住几天，没别的事就天天陪着您。"老张含着泪露出笑容说："都回来了，回来了！以往啊，见到这个见不到那个，有时候我都搞不清，我到底几个儿子……"他伸出右手隔着石膏板摸了摸髋部，"疼倒不疼了，只是想下床走动，还得过两三个月。"东明说："爸，您说笑了，除了我们三个，不还有小超嘛，他也结了婚了，以后就少操点儿心，享享清福吧！"明明说："是啊！爸，您都四个儿子了，别嫌少，以后家里即便什么事都没有，只要您想让我们三个一同回来，不需要理由，只说想见我们，一个电话就成。"明明说过看了看大哥、二哥，三个人的笑意融汇在爸爸的眼眸里。老张若有所思地说："儿子是不少，就是少个女儿啊！"鲁明瞅了一眼秋霞，意味深长地说："爸，您没有女儿，可别忘了，您可是有四个儿媳妇呢。以后，我们会带上老婆、孩子回来看您的。"东明和明明应声连连说道："是啊、是啊……"

中午，老张留下老伴儿陪着，嘱咐小超和秋霞带三位哥哥回家去了。他们拐进一家兰州拉面馆，吃完面，鲁明要付钱，被弟妹叫住了。她站起身快步上前，说道："大哥，你大老远回来一趟不容易，怎么能让你花这个小钱呢！我不就是想多喝两口汤嘛，别嫌我掏钱的动作慢，我来付！"她说着从衣袋里摸出一张百元大钞，她向来喜欢现金支付，喜欢手里捏着钱的快感。

快到家门口了，五个人远远地看到了那棵楝树。鲁明更是思绪万千，想着小时候是如何抱着它唱着歌谣，希望快点儿长高长大，可如今这希望却成了泡影。东明、明明、小超和秋霞，看着被锯掉枝叶的几根光秃秃的树杈，再想想病床上的父亲，心中一阵无声的叹息。

打开大门，走进院子，小楼前挂着的大红灯笼张扬着喜庆的气氛。然而，楼房却失去了鲁明相亲时花冠一般的娇艳，仿佛即将萎落的花瓣显出几分凋敝。山墙上有一道道雨水冲刷后留下的痕迹，门窗也褪色变得斑驳。所有事物都挡不住时间的洗礼，人变了，楼房也变了。来到客厅，灯饰、家具、家电，各种摆设充满着新婚的欢悦。东明和明明在心中默默地为小弟和弟妹祝福，只有小两口儿日子过得好了，父亲才能得到更好的照顾。

秋霞给三位哥哥端上茶水，嬉笑着说："大哥、二哥、三哥，你们也不经常回来，以后这家里多了我这么一个人，你们可要经常回来哟，除了看望父母、弟弟，也顺便看看我这个小妹，那弟妹我心里该是多么高兴啊！"瞧这小嘴儿把三位哥哥乐得顾不上道谢，捧起茶杯放置嘴边，两手遮住了笑脸。在农村，男人见面，不管抽不抽香烟都要递上一支，这是礼节。小超拆开一包"帝豪牌"香烟，给三位哥哥每人递上一支，这包香烟是特意为哥哥们准备的。兄弟三人连连道谢并回拒了，他们确实是不抽香烟的。同父异母的四兄弟在客厅里聊着，三位哥哥讲讲各自的经历，小超讲讲家里的变化。秋霞来到院子里，扫扫地、晾晾衣服、修修花枝，耳朵却总想听到男人们说些什么。然而，屋里时不时飘出的能听到的只是一阵阵笑声，她也莫名其妙地跟着笑了，却没有声音。

晚上，秋霞和小超坐在卧室的床上，看看床头墙上的结婚照，再看看床尾墙上的"喜"字。沉默十来分钟后，秋霞说："今晚，把事情跟大哥说清楚。"小超说："大哥刚回来，再过两天吧。"秋霞

说:“过两天?大哥该走了!”小超拍了拍老婆的手:“你放心,在大哥走之前,我会把事情办妥的。”

兄弟三个人心意相通,大哥率先去医院陪护。吃过晚饭,鲁明来到病房,后妈也就回去了。老张也正有此意,这是心灵相通啊!鲁明二话没说就把大灯关了,只开了壁灯。他坐在爸爸床头边,看着父亲花白的头发,想着自己已是年过四十的人了。人就是这么老去,年轻岁月时留下的痕迹,能够记得起的屈指可数,青春的活力纵有金山银山也换不回了。鲁明看尿袋满了就拿去厕所倒掉,看老爸想要挪动身子,就把床身摇高。老张看儿子有困意,就说:“鲁明啊,你今年四十刚过,已是不惑之年了。夜长,怕是熬不住的,还有两个床位没人,你随便哪张躺上去睡吧,有事我再叫你。”“爸……”鲁明看了看那两个床铺,“再等会儿,现在还早,我都是过了十点才睡的,您要是想睡就先睡吧。”“我啊,整天躺在床上,不分白天黑夜,说睡就睡,下午睡过一觉了。”老张说,“你们兄弟三个都很有志气,只是走的路不一样,结果就不一样了。你受的罪吃的苦最多,受的委屈也最多,可你总是憋在心里,慢慢养成了习惯,总是不声不响地把事情给做了,不留下蛛丝马迹,干脆利落。”鲁明哼哼一笑说:“说给谁呀?别人不理解,说了也没用;理解了,一句废话都不用说。自己怪异的行为别指望别人能够理解和包容,说——改变不了事实,只有做了才知道,为人处世不是光靠说,关键要做。爸,说句掏心窝子的话,我当初满怀信心和追求,可到头来呢?哼哼,却沉没于平淡的生活中。我也没有什么大的能耐,我也想着怎样带给别人福气,可我心有余而力不足啊!我也只能做好我的本分喽——”老张感慨地说:“你这句话说得好哇!做好本分就够了,还能想什么呀?把自身的能力发挥到极限,只要努力了奋斗了就不后悔。像我这次,为了能让别人扯三根电线把自己给摔了。抱怨吗?有什么用?该受的罪总归要受,人来到这世上本来就是为了受罪。你说，我要是一直卧床不起，你会一直陪着我吗？”听了老张的问话，鲁明知道父亲并非要说事儿，只在拿话问人，意在说人。鲁明心直口快地说：“只要您不嫌我伺候不周到，我就一直陪下去。”老张笑着说：“很爽快！”

夜里，鲁明也不知道什么时候就躺在了床上了。老张一觉醒来，发现他又坐回了床头，如此几番后也就天亮了，后妈来了。

第二天夜里，换东明陪护。他觉得大灯光线耀眼，就问父亲：“爸，您想睡觉吗？要不要关灯啊？”老张说：“关了吧。”东明关了大灯，坐下。“东明啊，你今年刚满四十，笼统地说，人生过半了。”老张说，“你年轻的时候虽说也经历了一些挫折，但那是你自找的呀！你敢说不是吗？不过，你却‘折腾’出了一位漂亮老婆，谁不羡慕啊！你这可不是瞎折腾，好哇！好得不能再好了！你大哥是不服命，你是想法多。”听了父亲感慨的话，东明说：“爸，您也替我高兴啊？您说得对，我当初要是不离开小镇，现在还不知道在干什么呢，有没有结婚还不一定呢！求之不来的女人被我遇上了。您说我人生过了一半，我总觉得是一大半，感觉就像四十岁的年纪拖着六十岁的身体——纸糊的！大哥和三弟身体好，也是值得我羡慕的。”老张说：“身体好不好，由得自己也由不得自己，有些人粗茶淡饭一样硬朗，有些人顿顿药膳养着，还是浑身上下都是毛病。我这一摔，是半截儿入土喽！那我问你，我要是一直卧床不起，你会一直陪我吗？”老张说着伸手摸了摸腿上的固定支架。东明说：“爸，别说丧气的话，等您出院了，我在家里陪您。”老张想听的不是这个，于是重申：“正面回答，你会一直陪我吗？”东明稍加思索后说：“您在哪儿，我就陪您在哪儿，不过——医院可不是好待的地方。”已经很晚了，各个病房也都静了下来，老张让东明躺床上睡觉。东明有所顾虑：“那是病人的床位，万一有人来查房，多难为情，等一下我睡躺椅上。”老张说：“你想多了，我已经出了钱，这间病房我包了三天。”深夜里，东明躺在床上，翻来覆去睡不着，一方面听着父亲的动静，一方面自觉成了病人——躺在病人的床上，没病也想出病了。天刚蒙蒙亮，东明就起身去了卫生间，洗把脸清醒清醒。等到后妈来了，他才回去。

到了第三天，明明来到医院陪护。他站起身伸伸腰说：“爸，我把灯关了，您要是睡不着，就闭目养神。”老张点点头：“嗯，你要是想睡觉就躺床上吧。”明明扭头看看床铺说：“哎哟，这倒是个新鲜事儿，我还真没住过院，那我就尝尝躺病床的滋味，看会不会躺出病来。”说过，他关了灯，自得其乐地笑着，走到床前，掀开被子，真就躺了上去。“明明啊……呵呵……”老张也跟着笑两声，又说了几句，“你从小到大吃的苦最少，做事很随和。小时候跟着你二哥出去晃悠了一圈又回到老家，然后上学、毕业、教书、结婚，都顺理成章地一步步走过来了，没什么弯弯，唯有不如愿的是——孩子不是亲生的。”明明坐在床上说：“爸，您这话要是放到八年前，我会难过半天的。现在不了，人是会变的，我刚结完婚那会儿，是一心想着生一个，可……时至今日，我确切地说，非常喜欢领养的女儿，我和梦莹都很疼爱她，比亲生的还亲！”老张感慨地说：“唉！这就对了，难得你想得开。不说孩子了，说说我，假如我一直卧床不起，你会一直陪我吗？”明明不假思索地回道：“那您就教我下象棋，我学会了天天陪您下。”老张应声道：“嗯——那敢情好！”

不知不觉，明明已进入梦乡。睡梦中，他仿佛听到父亲翻身时床铺发出的咯吱声，就问了一句：“爸……有事吗？”他迷迷糊糊，连自己都搞不清到底是醒着呢还是在做梦。直到早上护士来查房，他才从床上起身，下了床把被子叠好。

二

三天后，东明兄弟似乎该各自回去了，怎么跟父亲说呢？还是让后妈传个话吧。秋霞得知三位哥哥要走，催着小超跟大哥说那件酝酿已久的事儿。第四天头儿上，小超把大哥叫到自己的卧室，他说："大哥，有个事儿想跟你商量一下，其实也不用怎么商量，就看你愿不愿意，就是……""还是我来说吧，"秋霞接了话，她相信自己的嘴巴能把事情说得更为圆满，"我是嫁过来后才听爸爸说的，家里这所楼房是你当初辛辛苦苦打工挣钱盖的……你就要走了，我就不绕弯子，长话短说。爸爸说，前前后后大概用了你五万多元钱，我和小超商量好了，也是爸爸的意思，你可能不会回来住了，我们就把盖房子的钱给你，你把房子交给我们……大哥，现在物价都上涨了，给你五万元钱，确实太少，只要你愿意，我们以后再补上，大哥……"秋霞话里含着无限的期待，希望大哥真像传言中的那样爽快。秋霞说过后，小超把一张银行卡递给了大哥。鲁明接过银行卡沉默片刻后说："不是可能，我是真不会回来住了。这件事是谁的意思不重要，重要的是要有人。有人就有家，人在哪里家就在哪里；没有人，房子就是一堆破砖烂瓦。我走了，这'家'就交给你们，过日子，不要太较真。说实话，我早把房子的事儿给忘了。钱呢，你们拿着，爸爸年纪大了，身体以后是健壮不起来了，该出的毛病都会出来，你们待在家里，全靠你们了。"鲁明说着把银行卡交给了弟妹，默默地走出了卧室。秋霞鼻尖一酸，感动得想要流泪。鲁明哥的通情达理和大度豁达超乎了她的想象，她决心要做一个孝顺的儿媳妇。

临走前，兄弟仨要跟亲生母亲道个别。一晃二十年过去了，若说有什么变化，那就是土冢围起了半米高的土墙，土冢前竖了一块

墓碑，碑前是水泥板供台。墓碑上镌刻着“贤妻良母”四个字，没有姓名，没有生卒年月——那是要刻在活着人心中的。鲁明供果，东明上香，明明献花，三个人并肩齐跪。一磕头：思念；二磕头：感恩；三磕头：道别。

县城车站离老张所住的医院很近，东明兄弟先到医院。难得的相聚，不舍得离开，“常回家看看”不能只挂在嘴边。鲁明松开父亲的手，东明摸了摸固定支架。明明说了一声：“爸，我们走了，以后会经常回来的。”老张面带微笑，看着三个儿子走出了病房。

在车站售票厅，东明想到了另外一件事儿，他认为很重要的事儿。“大哥、明明，”东明问，“我们就这么走了？”明明回道：“二哥，不这么走还怎么走？你又在想什么事儿了？是不是想带些老家的特产？”鲁明在一旁只是笑了笑。东明意味深长地说：“那是我们人生的转折点，是我们从闭塞中走向大千世界而迈出的第一步……还记得那个地方吗？”明明应声回道：“怎么不记得，还是二哥有情怀。”此时，听到了大哥口中的地名：“西梁小镇！”东明一个“对！”字把兄弟三人再次凝结在一起。当东明和明明扭头时，鲁明已经站在了售票窗口前：“我买三张去西梁镇的票。”售票员惊讶：“西梁？没有去西梁的车！”鲁明更为惊讶：“没车？”在他身旁的花甲老人听到“西梁”二字热情地说：“你是要去西梁啊，只能坐出租车了，中巴……没有，早停了，现在啊，‘西梁’变成了‘西凉’。”他说着还在柜台上用手指画了一个“凉”字，生怕别人听不出他话里的意思。他接着说：“由于过度采矿，地面塌陷，不能住人了……都搬出去喽——老的、少的、小的，有钱的、没钱的，全都搬出去了！我呀，老家就是西梁的。”东明和明明也听到了老人的话。明明问道：“我们还去吗？”东明肯定地回答：“去！”

他们叫了一辆出租车，顺带一箱啤酒。上坡下坡，下坡上坡，公路翻过一座座小山坡，路上似乎只有他们这一辆车。来到镇上，一片荒凉，昔日热闹的小镇如今已成为废墟，没有一处房屋是完好的，像是被轰炸过一般。出租车停在街道的一头，是那条街，东明家开小吃店的那条街。明明前面走着，鲁明和东明后面跟着。他们沿着街道背面的铁路缓步前行，两条铁轨锈迹斑斑，也不知脱了几层皮。他们凭着记忆寻找残垣断壁的房屋，还有那棵老槐树。明明停在一个腐烂的树桩前，似乎还能辨得出——老槐树是被锯掉的，留下了树桩。等鲁明和东明跟了上来，明明问道："是这里吗？"东明放下啤酒，看着前面坍塌的房屋辨认着，自言自语："店面、后屋，是这一间房……"对上了，虽然时过境迁，但岁月冲刷不掉深刻的记忆。他们围着树桩，坐在地上，把树桩当作餐桌，啤酒瓶碰得砰砰响。连着干两瓶后，三个人带着几分酒意畅想着。东明说："人的一生究竟是为了什么，想要得到什么，被所有人想过千百遍后，有谁对自己的人生很满意？永无止境的贪欲呀！惹得人心惶惶。穷有穷的苦，富有富的苦，叫苦不迭，怨声载道，怨别人、怨自己，怨来怨去，一生过了，何苦呢？"鲁明说："我年轻的时候太要强了，总想做出一番成就，是我把未来想得太过美好，结果大失所望，只要努力了就不后悔。不服输，只能去吃更多的苦，没有真正的苦，所谓的吃苦受累，很大程度上是心理感受，自己不觉得苦也就不苦了。我没有能力改变别人，只有改变自己。我何尝不想闯出一番事业啊！我努力了、奋斗了，可结果呢？也许我今天得到的不是当初我预想的，但我却得到了；回过头去，倘若当初我想要得到今天得到的，可能就没有今天这些了。"明明说："贪欲是人之本性，不说、不做，不等于没有，谁会满足现状？学生想要进步，老师想要晋升，工人想要更多工资，商人想要更多利润。倘若付出了，没有收获会是怎样？我不特意想要什么、得到什么，凡是我所拥有的都是最好、最珍贵的，美好的事物诚然美好，不好的只当苦丁茶，当作调味剂，让我在心酸的泪里寻觅幸福和快乐。我们都想让人生更有意义，几番拼搏，几番挫折，几番困苦之后，却无力改变现状。能够主宰命运改变人生的成功人士能有几个？普遍存在的是我们这样的平凡人。我们如此这般谈论生活，显得消极而‘胸无大志’喽……”东明说：“我们三个，我是最幸运的，别人都在拼了命地苦苦追寻，我却在无意中与她相遇，‘知心爱人’相比‘光辉业绩’，我更满足于现在我所拥有的。是能力所限还是自我安慰都不重要了，我的人生不需要别人去评判。既然大局已定，我也只能用我的经历述说人生。为谁而活？为真挚的爱！”东明想得最多，有很多感悟早已写进了他的小说。他站起身，自饮一瓶啤酒后说出了自己小说中的一段话：“对客观世界和自我要有个清晰的认识，否则就会被悲观和消极侵蚀。追求啊、努力啊、奋斗啊，到最后，想要得到的得不来，不想失去的失去了，剩下的还有什么？只有属于自己的一种生活。倘若年轻的时候辛辛苦苦挣钱，仅仅是为了养活一个年老时的自己，悲哀啊！把格局放大，把年老的自己早早地送入地狱，趁着年轻，趁着尚有一番激情，做自己想做的事。不必向往别人的风风火火，也不必慨叹自己的平平淡淡，活在当下，活得愉悦，足矣！被迫、无奈、阻力、困难都是暂时的，一定要去改变。最终，改变了！不再羡慕别人的幸福和欢笑，肯定自己、体会自己、安慰自己——自己眼角的泪，别人是流不出来的，即便是酸楚，也含有无尽的感动。”东明把空瓶扔进草丛，似乎又想到了什么。他说：“要是我没记错的话，这树根旁应该埋着一本书。”明明应声道：“是有一本书，我知道的！”鲁明和明明让开地方，东明找来有角有刃的石块儿便开始刨去树根旁的土壤。会扒出来吗？二十多年了，即使扒出来，又会是什么样子呢？十来分钟后，真就扒出了那本书，二十多年无人知晓。东明小心翼翼地打开密封的塑料袋，看到了当年亲手埋下的书，什么都变了，唯有书籍没变。还是那本书，清楚可见——《钢铁是怎样炼成的》。

鲁明递给二弟、三弟每人一瓶啤酒说："想不想听生活的爆音？来！碰上一瓶！"三个人碰响啤酒瓶，一口闷了，把空瓶摔碎在岩石上，发出清脆的、爽快的、激奋的、生活的爆音。

啤酒喝完了，生活还要继续。此次，离开小镇时，东明把微信收藏的一段话，也是他写进小说的一段话发送到朋友圈，并署上三个人的名字。那段话是：

人生是一种经历，经历了幼年、童年、少年、青年、老年，直到生命的终结；经历了春夏秋冬，花开花落，绿树枯黄，潮起潮落；经历了酸甜苦辣，悲欢离合，痛苦磨难，坎坎坷坷；经历了勤学苦练，结婚生子……经历了这样那样这事那事之后，回首望去，那就是自己走出的一条路，一条与众不同的路。也许没有大树遮凉、鲜花簇拥，但至少经历过了，不埋怨，不后悔。一个人的出生无法选择，是天意，不是天命。孩童时，不懂得命运，也不懂得抱怨；长大后，体会了命运，也学会了抱怨。只有走过一程又一程，经历了不曾经历的事之后才会发现——哦，原来命运并非天命，只是客观存在的人为因素决定。我们潜移默化地相互影响着，努力着、奋斗着、完善着自己。当我们没有能力改变别人的时候，只有改变自己，以适应身处的环境；当我们能够改变别人的时候，也就主宰了命运。是的，我们还算幸运！在改变别人的时候，不经意间被别人所改变。命运就是这样，在不知不觉间得到了转变，只有经历了一些困难和挫折后，才会真正懂得如何去改变自己。最终，我们知道了命运是公平的——对于每一个人！